KB0599921

버지니아 울프 단편소설 전집

The Complete Shorter Fiction of Virginia Woolf

버지니아 울프 단편소설 전집

버지니아 울프

한국 버지니아 울프 학회 옮김

솔

울프 전집을 발간하며

왜 지금 울프인가? 1941년 3월 28일 양쪽 호주머니에 돌을 채워 넣고 우즈 강에 투신 자살한 작가 버지니아 울프의 전집을 이역만리 한국에서 왜 지금 내놓는가?

20세기 초라면 울프에 대한 모더니스트로서의 위상 정립 작업이 필요했을 수도 있다. 또한 1980년대라면 1970년대 이후 서구에서 활발하게 진행된 페미니즘 논의와 연관시켜 페미니스트로서의 위치 설정 작업이 필요하다고 할 수도 있다. 울프는 누가 뭐래도 페미니스트이다. 울프의 페미니즘은 비록 예술이라는 포장지에 곱게 싸여 있기는 하지만 나름대로 격렬한 것이다. 그럼에도 불구하고 페미니즘은 절대로 울프 문학의 진수도 아니며, 전부는 더더욱 아니다.

그녀의 문학은 한마디로 말해서 인간주의 문학이다. 사랑을 설파한 문학, 이타주의利他主義를 가장 소중히 여긴 고전 중의 고전이 그녀의 문학이다. 모더니즘, 페미니즘, 사회주의와 같은 것들은 그녀가 목적지를 향해 나아가는 도중에 잠깐씩 들른 간이역에 불과하다. 궁극적인 목적지는 인본주의라는 정거장이었다. 그동안 그녀는 모더니즘의 기수라는 훤칠한 한 그루의 나무로, 또는 페미니즘의 대모代母라는 또 한 그루의 잘생긴 나무로 우리의 관심을 지나치게 차지하여 우리가 크고도 울창한 숲과 같은 이 작가의 문학 세계를 제대로 보지 못하는 경향이 없지 않았다. 이제는 바야흐로 이 깊은 숲을 조망할 때가 온 것으로 믿는다. 지금 우리가 울프를 다시 읽어야 하는 이유가 여기에 있다.

이 전집이 울프를 바로 이해하는 데 도움이 되고, 나아가 읽는 이의 정서를 순화하는 데 작은 도움이 되었으면 한다.

울프 전집 간행위원회

차례

울프 전집을 발간하며 —5

필리스와 로자먼드 —11

불가사의한 V 양 사건 —34

조앤 마틴 양의 저널 —39

펜텔리쿠스 산정에서의 대화 —89

어느 소설가의 전기 —99

벽 위에 난 자국 —118

큐 가든 —129

저녁 파티 —139

단단한 물체들 —149

동감 —158

씌어지지 않은 소설 —165

유령의 집 —183

어떤 연구회 —188

월요일 아니면 화요일 —212

현악 사중주 —214

청색과 녹색 —221

밖에서 본 여자대학—223

과수원에서—229

본드 가의 댈러웨이 부인—234

럭튼 유모의 커튼—249

과부와 앵무새: 한 편의 실화—253

새 옷—267

행복—280

조상들—286

소개—291

만남과 헤어짐—299

동족을 사랑한 남자—309

단순한 멜로디—318

하나의 요약—330

존재의 순간들:
슬레이터네 핀은 끝이 무뎌—336

거울 속의 여인: 반영—346

연못의 매력—354

세 개의 그림—358

어느 영국 해군 장교의 생활 현장—364

프라임 양―368

펜턴빌에 있는 정육점 간판에서
컷부시라는 이름을 보고 쓴 산문체 송시―372

인물화 모음―379

반야 아저씨―389

공작부인과 보석상―391

사냥꾼 일행―404

라빵과 라삐노바―417

탐조등―432

잡종견 집시―440

유산―457

상징―470

해변 휴양지―476

작품 해설―479

연보―518

수록 작품 일람―522

옮긴이 소개―525

필리스와 로자먼드

Phyllis and Rosamond

사람들이 인물들의 속마음과 겉차림의 초상肖像을 요구하기 시작한 이 호기심 많은 시대에, 기술적이지는 못하지만 진실되게 그린 정직한 윤곽은 어느 정도 가치가 있지 않을까 생각한다.

얼마 전에 누군가가, 우리 모두가 하루하루 일어난 일을 자세히 기록해놓는다면 후세 사람들이 그 기록을, 글로브 극장[1]의 수위나, 1568년 3월 18일 토요일에 하이드 파크의 문지기였던 사람[2]이 남긴 일기만큼이나 귀중하게 여길 거라고 주장하는 것을 들었다.

그런데 우리 손에 들어오는 초상화들의 대부분이 무대를 뽐내며 활보하는 남자들의 것이니만큼 그늘에 다닥다닥 모여 있는 여자들 중의 하나를 모델 삼아 그린 초상화도 값어치가 없지 않으리라고 본다. 사실, 역사나 전기傳記를 공부해본 온전한 지성을 가진 사람이라면 이 그늘 속의 인물들이 꼭두각시 극에서 줄을

---

1 엘리자베스 여왕 시대의 영국 런던에 있었던 극장으로, 셰익스피어의 연극을 상연했던 곳. 1990년대에 복원되어 많은 관광객들이 찾고 있다.

2 엘리자베스 여왕의 조카이자 스코틀랜드의 여왕이었던 메리 스튜어트를 반역죄로 체포하여 압송하던 행렬이 1568년 3월 18일에 하이드 파크를 지난 것으로 추측된다.

조작하는 연출가의 손과 크게 다르지 않은 역할을 한다는 것을 잘 알 것이다. 그리고 그 줄을 당기는 손은 우리의 심금을 울린다. 물론 우리의 순진한 눈은 여러 세기 동안 그 꼭두각시들이 저절로 춤을 추고 제 마음대로 걷는다고 믿어왔고, 근자에 와서 작가와 역사가들이 무대 뒤 그늘에 떼 지어 모여 있는 사람들의 모습을 비춰주기 시작했지만 아직 우리는 무대 위의 인물들을 조종하는 줄이 얼마나 많은지, 주인공들의 춤이 얼마나 전적으로 어둠 속에서 휘감고 젖는 손에 의해 결정되는지를 겨우 조금씩 깨닫기 시작했을 뿐이다.

이 서론은 그러니까 우리를 출발점으로 되돌려준다. 우리는 이제부터 아주 면밀히 이 시점(1906년 6월 20일)에 현존하는 한 작은 그룹의 인물들을 주목하려고 한다. 그리고 그들은 우리가 이제부터 설명하는 이유 때문에 같은 처지에 있는 많은 사람들의 성향을 대표하고 있는 것으로 보인다. 부유하고 체면이 있고, 공직에 있는 부모를 둔 젊은 여성들은 사실 아주 흔하다. 그리고 그들은 모두 같은 문제에 부딪힐 것이고, 그리고 그들이 찾아내는 해답 또한 그리 다양할 수는 없을 테니까.

그 집은 딸이 다섯이다. 모두 딸이라고, 그들은 서글프게 말할 것이다. 그들은 일생 동안 이 근원적 과오 때문에 부모를 매우 안쓰러워했다. 이 다섯 딸들은 두 진영으로 분리되었다―아주 다른 유형의 자매 둘씩. 그리고 막내는 두 성향의 언니들 사이에서 오락가락하는 상황이었다. 두 딸은 선천적으로 아주 건장하고 투쟁적인 기질을 타고났고, 정치 경제니 사회문제니 하는 것들을 연구해서 성공적인 답을 찾았으며, 그런 일을 즐겨했다. 한편 다른 두 딸은 세심하고 가정적이고 좀 더 밝고 여린 성격을 타고났다. 이 두 딸은 당시 '가정적인 딸'이라고 불린 그런 종류의 딸이었다. 그 둘의 언니들은 지적으로 자기 계발을 하고 대학에 가서 우등생이 되고 교수들과 결혼하는 그런 유형이었다. 이들의 일생은 남자들의 일생과 별로 다를 바가 없기 때문에 특별히 그들의 삶을 들여다볼 필요가 있을 것 같지 않다. 막내딸은 언니들보다 성격이 뚜렷하지 않았지만, 스물두 살 때 결혼을 했기 때문에 우리가 고찰해보고자 하는 젊은 여성의 개성적 면모를 계발할 겨를이 거의 없었다. 그러나 '가정적인 딸'들인 필리스와 로자먼드에게는 우리가 탐사해볼 흥미로운 점이 매우 많다.

세부적인 관찰로 들어가기 전에 몇 개의 기본적인 사실을 짚어야겠다. 필리스는 스물여덟 살이고 로자먼드는 스물네 살이다. 외모는 둘 다 예쁘고 볼에 화색이 돌며 명랑하다. 세밀하게 뜯어본다면 미모라고 할 수는 없겠지만, 옷매무새와 몸가짐이 그들을 예뻐 보이게 했다. 그들은 응접실에서 살도록 태어난 사람들처럼 보였다. 즉, 그들은 마치 비단옷을 입고 태어나서 일생 동안 터키 융단보다 거친 바닥을 밟아본 일이 없고 안락의자나 소파보다 딱딱한 곳에 몸을 기대본 일이 없는 사람들처럼 보였다는 말이다. 그들이 성장盛裝을 한 신사 숙녀들 사이에 섞여 있는 것을 보는 것은, 상인이 증권거래소에 있는 모습을 보는 것이나 변호사가 법정에 있는 것을 보는 것처럼 자연스러운 광경이었다. 그들의 모든 동작과 말이, 응접실이 그들의 타고난 활동 무대라고 선언하는 것 같았다. 그들은 분명히 응접실에서, 어릴 적부터 훈련받아온 특기를 펼쳤다. 어쩌면 그들은 응접실에서 승리를 거두고, 그들의 밥값을 하는 것인지도 모른다. 그러나 이 비유가 전적으로 합당하다고 우긴다면 매우 부당한 것이 될 것이다. 사실 이 비유는 합당하지 못하다. 그러나 이 비유가 왜 합당하지 못하고, 어떤 점에서 합당하지 않은가를 알아내려면 시간과 공력이 좀 필요할 것이다.

그러려면 관찰자는 이 젊은 숙녀들의 집으로 따라가서 그들이 침실에서 촛불을 켜놓고 하는 이야기를 들을 수 있는 위치에 있어야 한다. 그리고 그 이튿날 아침에 그들이 잠에서 깰 때 그들 곁에 있어야 하고 하루 종일 그들과 같이 다녀야 한다. 이러기를 하루 이틀이 아니고 여러 날 계속하고 나서야 저녁의 사교적 모임에서 받은 인상이 어느 정도나 정확한 것인지를 가늠할 수 있게 된다.

앞에서 사용한 비유를 계속 활용해서 말하자면, 응접실에서의 광경은 그들이 즐기며 노는 장면이 아니고 그들이 일하는 장면이다. 이 사실은 그들이 집으로 향하는 마차 속에서 나누는 말을 들어보면 명백해진다. 윌리엄 히버트 경의 부인은 사교장에서의 매너에 대한 엄격한 비평가다. 그녀는 사교장에서 자기 딸들의 외모와 언행과 처신이 적절했는지, 그리고 그들이 적절한 사람들을 그들 곁으로 다가오게 만들고 적절한 사람들을 접근하지 못하게 막았는지를 눈여겨보았고, 그리고 그들이 사람들에게 대체로 좋은 인상을 남겼는가를 관찰했다. 지극히 세밀하고도 다면적인 그녀의 관찰을 들어보면 사교를 주업으로 하는 그녀 같은 예술가들에게 있어서 두 시간의 사교 모임은 지극히 미묘하고도 복잡한 업무라는 것을 알 수 있다. 아마도 그들이 사람들에게 어떤 인상을 주느냐에 매우 중요한 것이 걸려 있는 듯하다. 어머니가 칭찬을 하건 비난을 하건 가혹한 꾸지람을 하건, 딸들은 온순하게 대답했고 변명이나 항의는 전혀 하지 않는다. 마침내 이 거대하고 흉칙한 저택의 꼭대기에 있는, 그들이 같이 쓰는 자그만 방에 둘이만 있게 되었을 때, 그들은 기지개를 켜면서 안도의 한숨을 내쉬었다. 그들의 대화에 그리 배울 만한 내용이 있는 것은 아니다. 그 대화는 사업가들의 사업 논의와 마찬가지로 그날의 손익을 따져보는 이야기였다. 그리고 그들의 손익계산은 전적으로 자기중심적인 계산이었다. 조금 전 야회에서 그들은 책과 연극과 회화에 대해서, 마치 그런 것들이 그들에게 가장 소중한 것이라는 듯이, 그런 것을 논하는 것이 파티의 유일한 효용이라는 듯이, 이야기했지만.

그래도 관찰자는 그들이 교양의 가면을 벗고 솔직하게 나누는 어여쁘지 않은 대화에서 매우 진지할 뿐 아니라 결코 추하지 않은 어떤 것을 발견할 수 있을 것이다. 두 자매는 서로에게 애정이 깊었다. 둘 사이의 애정은 전혀 감상적이지 않은 일종의 비밀결사의 형태를 띠었다. 그들은 공통된 희망과 두려움을 갖고 있었는데, 그것은 매우 가식 없는 감정이었고, 비록 겉으로는 삭막해 보여도 매우 깊은 감정이었다. 그들은 서로를 속이거나 이용하는 일이 없었다. 그리고 동생의 언니를 향한 감정에는 어떤 기사도적인 요소마저 있었다. 언니가 나이가 많기 때문에 더 약하니까 언제나 더 좋은 것을 언니에게 주어야 한다고 동생은 생각했다. 그리고 언니 필리스가 동생 로자먼드의 양보를 받아들이는 고마운 심정에는 조금 서글픈 무엇이 있었다. 밤이 깊었고, 두 자매는 얼굴의 혈색을 위해서 촛불을 끄고 잠을 자야 한다고 사무적으로 결정했다.

이렇게 일찌감치 잠을 잤음에도 불구하고 아침에 두 자매를 부르는 소리가 들렸을 때 그들은 조금 더 자고 싶었다. 그러나 로자먼드가 뛰쳐 일어나서 필리스를 흔들어 깨웠다.

"필리스, 아침 식사에 늦겠어."

이 경고가 상당히 힘 있는 경고였던지 필리스는 침대에서 내려와서 조용히 옷을 입기 시작했다. 급한 동작이었지만 손을 아주 민첩하게 놀려서 정성스럽게 옷을 입었고, 아래층으로 내려가기 전에 두 자매는 서로의 맵시를 면밀히 검토했다. 그들이 식당에 들어설 때 시계가 아홉 시를 쳤다. 아버지는 이미 식당에 와 있었고 그들이 들어서자 의무적으로 키스를 했다. 그리고 커피를 달라고 컵을 내밀었고, 커피를 마시며 신문을 읽었고, 그러고는 사라져버렸다. 식사는 침묵 속에서 진행되었다. 어머니는 자기 방에서 아침 식사를 했고, 딸들은 아침을 먹은 뒤 어머니 방으로 가서 그날의 일과를 받아와야 했다. 딸 하나는 어머니를 대신해서 편지를 썼고 다른 딸은 요리사에게 점심과 저녁 준비에 대해 지시했다. 열한 시에는 잠시 자유로운 시간을 가질 수 있었기 때문에, 그들은 열여섯 살 난 막냇동생 도리스가 대헌장大憲章[3]에 대해 불어로 글짓기를 하고 있는 학습실[4]로 갔다. 막냇동생은 방해가 된다고 불평했으나 아무도 신경 쓰지 않았다.

"여기 말고는 앉아 있을 데가 없으니 여기 있을 수밖에 더 있니?"

로자먼드가 말했다.

"우리들 이야기에 끼어들지 않아도 돼."

필리스가 말했다. 그러나 이 말들은 가시 돋힌 말이 아니었고 다만 일상생활에 필요한 대사일 뿐이었다.

그래도 막냇동생의 공부를 방해하지 않기 위해서 필리스는 아나톨 프랑스의 저서를 하나 집어 들었고, 로자먼드는 월터 페이터의 『그리스 문화 연구』를 펼쳤다. 그리고 잠시 조용히 책을 읽었다. 그러나 하녀 하나가 숨 가쁘게 노크를 하고 "마님께서 아가씨들을 응접실에서 보자십니다"라고 전했다. 그들은 신음 소리를 냈다. 로자먼드는 자기 혼자 가보겠다고 했지만 필리스는 아

---

3 1215년 영국 왕 존이 왕권을 강화하고 세금을 착취하려다가 봉건귀족들의 저항을 받아서, 왕권을 제한하는 데 동의하고 서명한 헌장. 영국 민주주의의 출발점으로 간주되는 역사적인 문서.

4 영국의 중상류층 가정에서 가정교사가 어린 자녀를 교육하는 방.

니라고, 그들은 둘 다 제물祭物이라고 했다. 무슨 일을 시키려는 것일까, 궁금해하면서 그들은 시무룩하게 계단을 내려갔다. 히버트 경의 부인은 그들을 조급하게 기다리고 있었다.

"아, 이제야 오는구나."

어머니가 소리쳤다.

"너희 아버지가 미들턴 씨와 토머스 카류 경을 점심에 초대했다고 전갈을 보내왔다. 이런 성가실 데가 있니. 갑자기 그 사람들을 왜 초대했는지, 점심거리도 없는데. 필리스, 너 꽃도 꽂아놓지 않았구나. 로자먼드, 너는 내 자주색 옷에 깨끗한 목가리개를 꿰매줘야겠다. 아니, 정말 남자들은 왜 그리 집안 사정 생각을 못 하는지."

딸들은 어머니가 아버지를 비난하는 말을 듣는 일에 익숙해 있었다. 그들은 대개 속으로 아버지 편을 들었지만 소리 내서 말하지는 않았다.

그들은 조용히 각자 지시받은 일을 하러 갔다. 필리스는 나가서 꽃을 사고 점심 식탁에 추가할 한 가지 요리 재료를 샀다. 로자먼드는 바느질감을 들고 앉았다.

일을 마치고서 점심때까지는 옷을 갈아입을 시간도 모자랐다. 그러나 그들은 한 시 삼십 분 정각에 화색이 만면한 얼굴로 미소를 지으며, 과시적으로 장식된 응접실로 들어섰다. 미들턴 씨는 히버트 경의 비서였는데, 약간의 지위와 장래성이 있다고 판단되어 딸들의 신랑감으로 집에 드나들게 해도 좋다고 히버트 경 부인이 판정을 내린 청년이었다. 토머스 경은 같은 사무실에서 일하는 관리 중 한 사람으로 육중하고 통풍痛風을 앓는 사람인데, 식사 초대 손님으로는 버젓한 인물로 보이지만 개인적으로는 보잘것없는 사람이었다.

점심 식사 중에 어른들이 쩌렁쩌렁한 목소리로 진부한 이야기를 나누는 동안, 필리스와 미들턴 씨 간에는 약간의 활기 있는 대화가 오갔다. 로자먼드는 언제나처럼 거기 말없이 앉아서 형부가 될지도 모르는 그 청년의 됨됨이에 대해서 예리하게 관찰하고 있었다. 그녀는 자기가 생각해낸 이론에 견주어 그가 내뱉는 한마디 한마디를 검증했다. 미들턴 씨가 언니의 '몫'이라는 것은 공인된 사실이어서 그녀는 그들 사이에 개입하지 않았다. 로자먼드의 생각을 읽을 수 있는 사람이라면, 토머스 경이 1860년대에 인도에서 겪은 일화들을 말하는 동안, 그녀가 아주 심오한 계측을 하고 있다는 것을 알았을 것이다. 그녀가 속으로 '꼬마 미들턴'이라고 부르는 이 남자는 과히 나쁘지 않은 신랑감이기는 했다. 그는 머리도 좋았고 효자였고 그리고 충직한 남편이 될 것이다. 그는 경제적으로도 여유가 있었고 관직에서도 출세할 것이었다. 그러나 그녀의 예리한 심리적 관찰력은 또한 그가 편협하고, 그녀가 생각하는 의미의 상상력이나 지성은 전적으로 결여된 인물이어서, 그녀가 알고 있는 언니의 성격으로 미루어 보아 이 효율적이고 적극적인 키 작은 사나이를 인정하기는 해도 결코 사랑할 수는 없으리라는 것을 알았다. 과연 언니가 그와 결혼을 할까? 토머스 경의 회고담이 마요 경이 살해당한 대목[5]에 이르렀을 때 그녀는 그 점에 대해 생각하고 있었다. 입으로는 "아니, 그럴 수가!" 하면서 토머스 경의 이야기에 경악을 표하면서 눈으로는 언니에게 '나는 확신이 안 서'라는 메시지를 전송하고 있었다. 만약 로자먼드가 고개를 끄덕여 보였더라면 필리스는 이미 많은 여성들이 구혼자들에게서 청혼을 유도해낸 그 기술을 발휘하기 시작했을 것이다. 그러나 로자먼드는 아직 확신을 가질 만한 근거를 찾지 못했다. 그녀의 눈은 다만 '그를 아직 떼버리지는 마'라는

---

5   마요 백작은 1868년 인도 총독으로 임명되었고, 1872년 안다만제도에서 살해되었다.

메시지를 보내고 있었다.

아버지와 손님들은 점심 식사 후 곧 떠났고, 히버트 경 부인은 침대에 누워 쉬려고 응접실에서 나갈 채비를 했다. 그러나 나가기 전에 그녀는 필리스를 불러세웠다.

"그래, 애, 점심 잘 먹었니? 미들턴 씨가 상냥하게 굴던?"

어느 때보다도 정다운 어조로 말했다. 그러고는 딸의 볼을 어루만지며 예리하게 눈을 들여다보았다.

필리스는 왠지 좀 심술이 나서 내키지 않는 어조로 말했다.

"뭐, 나쁜 사람은 아니지만 통 관심이 가지를 않아요"

히버트 경 부인의 안색이 확 달라졌다. 조금 전에는 그녀가 박애주의적인 동기에서 쥐를 데리고 논 인자한 고양이 역을 했다면 이제는 아주 본색을 드러낸 고양이였다.

"마냥 이렇게 지낼 수는 없다는 것을 명심해. 그리고 너 좋을 대로만 하지 말고 딴 사람도 좀 생각해."

어머니가 욕설을 내뱉었다 하더라도 이보다 더 불쾌할 수는 없을 것이다.

어머니는 휑하니 나가버렸고 딸들은 의미심장하게 입술을 삐죽거리며 서로 마주 보았다.

"난 그럴 수밖에 없었어."

필리스는 맥없이 웃었다.

"이제 좀 쉬자. 어머니가 네 시까지는 우리를 안 부를 테니까."

그들은 학습실로 올라갔는데, 이제 그곳은 비어 있었다. 그들은 안락의자에 깊숙이 몸을 묻었다. 필리스는 담배에 불을 붙여 물었고, 로자먼드는 박하사탕을 빨아 먹었다. 마치 그것들이 생각의 촉진제나 되는 듯이.

"자, 그러니 어쩌지? 지금은 유월이고, 어머니 아버지는 칠월까지만 말미를 줄 텐데. 그리고 꼬마 미들턴 아저씨 말고 딴 혼처는 없고."

"그……."

"그 사람은 생각할 필요도 없어."

"불쌍한 언니! 뭐, 미들턴도 나쁜 혼처는 아니잖아."

"단정하고 술도 안 마시고, 충직하고 부지런하고. 그러니까 정말 우리는 모범 부부가 될 거야! 너 다비셔의 우리 집에 와서 같이 살아야 해."

"좀 더 기다리면 그보다 나은 사람이 나올지도 모르는데."

로자먼드는 심사숙고해서 판결을 내리는 판사처럼 말했다.

"하지만, 그들은 기다리지 않을 거야.'

'그들'이란 히버트 경과 부인, 즉 그들의 부모를 가리키는 말이었다.

"아버지가 어제 나한테 결혼을 안 하면 뭘 하겠느냐고 물었는데, 난 할 말이 하나도 없더라구."

"없지. 결혼하도록 교육받았을 뿐인데."

"넌 뭔가 나은 일을 할 수도 있었잖아. 나는 머리가 나빠서 하려고 해봤자 아무 소용이 없었겠지만."

"난 결혼이 최상이라고 생각해. 정말 자기가 원하는 사람하고 결혼할 수만 있다면."

"그래. 달갑지도 않은 사람하고 결혼한다는 것은 고약해. 그렇지만 현실은 피할 수 없잖아."

"미들턴 아저씨가 오늘의 현실이야."

로자먼드가 핵심을 요약해서 말했다.

"언니, 그 사람, 마음에 들어?"

"전혀."

"그와 결혼할 수 있어?"

"엄마가 시키면 해야지."

"결혼도 하나의 탈출구가 될 수 있지."

"너는 그를 어떻게 평가하니?"

필리스가 물었다. 필리스는 로자먼드의 충고에 따라서 남자의 청혼을 수락하기도 거절하기도 했을 것이다. 아주 예리하고 유능한 두뇌를 가진 로자먼드는 인간성을 관찰하는 것밖에는 자신의 지성을 단련할 방편이 없었기 때문에 사람을 꿰뚫어 보는 데 능했고, 그 관찰은 사심 없는 것이었기 때문에 그녀의 판단은 신뢰할 만했다.

"그는 아주 괜찮은 사람이야. 도덕성도 우수하고, 지능도 괜찮고, 출세도 할 거고, 상상력이나 낭만 같은 것은 손톱만큼도 없지만, 언니에게 부당하게 하지는 않을 거야."

"다시 말하면 아주 모범 부부가 될 거라는 말이지? 어머니 아버지같이?"

"지금 생각해야 하는 것은, 다음 구혼자가 나타날 때까지 일 년 이상 더 이 노예 생활을 할 가치가 있느냐는 거지. 그리고 다음에 나타날 구혼자는 과연 누구일까? 심프슨? 로저스? 레스터?"

동생이 한 사람씩 거명擧名할 때마다 필리스는 얼굴을 찡그렸다.

"결론은, 괜찮은 사람이 나타날 때까지 기다리면서 그동안 체면을 유지하는 거야."

"아! 우리, 시간이 허락하는 동안 즐기기로 해. 로자먼드 네가 아니었다면 나는 벌써 열 번도 더 결혼했을 거야."

"그랬다면 이혼 법정에 섰겠지."

"아니, 난 체면이 두려워서 이혼 법정에는 못 서. 네가 옆에 없으면 나는 쓰러져. 그럼 이제부터는 네 문제를 생각해보자."

"내 문제는 미뤄둬도 돼."

로자먼드는 단호하게 말했다. 그리고 그 두 젊은 여성은 친구들의 일을 논의하기 시작했다. 그들의 분석은 예리했지만 악의는 없었고 동정적이었다. 어쨌든 그들의 대화에서 두 가지 점은 특기할 만했다. 첫째, 그들이 지성을 지극히 경외했고, 그래서 어떤 사람을 평가할 때 지성에 제일 큰 비중을 두었다는 것, 둘째, 그들이 어떤 사람의 결혼 생활이 불행하다고 추측하거나 누가 애인에게서 버림받았다고 추측하는 경우에, 비록 당사자가 매력이 거의 없는 사람이라 하더라도, 그들은 남의 불행을 즐기는 쪽이 아니고 불행을 당한 사람을 동정하는 쪽이었다는 것.

네 시가 되자 그들은 어머니 히버트 경 부인과 함께 사교적인 방문을 나갔다. 이 방문은 아주 엄숙하게 마차를 달려 그들이 저녁 초대를 받았던 집들과 초대받기를 바라는 집들을 하나씩 방문해서 하인의 손에 그들의 명함을 쥐여주는 절차로 진행되었다. 어떤 집에서는 안으로 들어가서 차를 마시면서 정확히 십오 분간 날씨에 대해 이야기했다. 그들은 하이드 파크[6]를 천천히 가로질러서 그 시간에 아킬레스의 동상을 돌아나가는 밝은색 마차의 대열에 끼었다. 히버트 경 부인은 영구불변의 미소를 얼굴에 고정시키고 있었다.

여섯 시에 집으로 돌아와보니 히버트 경이 이미 귀가해서 좀 나이 지긋한 친척 한 사람과 그의 부인에게 차를 대접하고 있었다. 그 친척들은 그리 깍듯이 예우를 해야 할 사람들이 아니었기 때문에 히버트 경 부인은 잠시 침대에서 휴식하기 위해서 자기 방으로 갔고 필리스와 로자먼드는 응접실에서 그 친척들에게 아들이 잘 있는가, 손녀는 홍역에서 나았는가 등의 질문을 하며 대

6 영국 런던의 공원. 켄싱턴 가든의 이웃에 있다.

화 상대를 해주어야 했다.

"우리 여덟 시에 만찬 장소로 출발해야 하는 걸 잊지 말아요."

히버트 경 부인은 방을 나가기 전에 남편에게 말했다.

필리스는 부모와 함께 만찬에 참석했다. 그 만찬은 저명한 판사가 베푸는 것이었고 그녀는 어느 점잖은 KC[7]의 말 상대가 되어야 했다. 그는 그녀의 신랑감이 아니었기 때문에 그녀는 어머니의 주의를 받지 않았고, 그래서 여성적 매력을 풍기려는 노력은 하지 않아도 되었다. 필리스는 개인적인 이야기가 아닌 주제를 갖고 나이 지긋한 지성인과 대화를 하는 것이 한 모금의 맑은 냉수처럼 신선하다고 느꼈다. 그는 이론을 도출하려고 노력하지 않고 그녀에게 사실들만을 말해주었고, 그녀는 이 세상에 그녀의 생과 무관한 확실한 실체를 가진 일들이 많다는 것을 실감하고 기뻤다.

그 집을 떠날 때 그녀는 어머니에게 트리스트람네 집에서 로자먼드를 만나기로 했다고 말했다. 히버트 경 부인은 입 가장자리를 말아 올리며 어깨를 으쓱해 보이고는 "그러렴" 하고 말했다. 그녀는 적당한 이유가 있다면 못 가게 하고 싶은 것 같았으나 남편이 기다리고 있었으므로 그냥 인상만 한번 썼을 뿐이다.

그래서 필리스는 혼자서 트리스트람 자매가 사는 좀 떨어진 곳에 있는 시내의 서민 주거지역으로 갔다. 그녀가 트리스트람 자매에게서 부러워하는 것 중의 하나가 그들이 사는 동네였다. 자기 부모가 사는 벨그레이비아와 사우스 켄싱턴[8]의 치장 벽토

---

7 '중급 훈작사Knight Commander'라는 일종의 훈장을 받은 사람.

8 런던의 고급 주택가. 여기서 트리스트람 자매가 거주하는 블룸즈베리 지역은 버지니아 울프와 언니 바네사 울프가 부모의 사망 후 거주하면서 매주 목요일에 친구들에게 집을 개방했던 런던 시내의 (당시에는 주거 환경이 좋지 못해서 다가구주택에 중산층 내지 중하층민들이 살았던) 지역이다.

로 전면 장식을 한 나무랄 데 없는 저택들은 자신들의 운명의 표상과 같았다―그 주변 인생들의 근엄한 추함과 조화되기 위해서 추한 틀에 맞게 성장하는 인생의 표상같이. 그러나 여기 블룸즈베리에서 저 무성한 나무의 그늘 아래 산다면 자기가 원하는 대로 성장할 수 있을 거야, 하고 그녀는 그녀가 탄 택시가 조용한 큰 광장을 지날 때 손을 저으면서 생각했다. 거기에는 공간이 있고, 자유가 있고, 그리고 스트랜드[9]의 아우성과 찬란함 속에 그녀들의 저택의 치장 벽토 앞면 장식과 육중한 기둥들이 그로부터 그녀들을 철저히 차단하는 현실이 실재하는 것 같았다.

택시는 어느 불 켜진 창문 앞에 멈춰 섰고, 여름밤이라서 그 창문이 열려 있었으므로 방 안의 대화와 생기가 창을 통해 길 위까지 넘쳐나오는 것 같았다. 그녀는 방으로 들어가서 그 생명의 박동에 참여하려고 조급한 마음으로 문이 열리기를 기다렸다. 그러나 그녀가 방 안에 들어섰을 때, 그녀는 만찬에서 돌아오는 자기의 옷차림이 롬니[10]의 초상화에 나오는 귀부인의 차림과 비슷하다는 것을 깨달았다. 그 담배 연기 자욱한 방 안에는 사람들이 마룻바닥에 앉아 있었고, 스포츠 재킷을 입은 주인은 장난스러운 표정으로 목을 빼고 그녀를 보며 무슨 야유라도 하려는 듯이 입을 쫑긋했다. 필리스의 흰 비단 드레스와 앵두색 리본이 그녀를 그 방에서 이색적인 존재로 만들었다. 그녀는 어색하게 느끼면서 아주 조용히 앉았고 사람들이 그녀에게 대화에 끼어들 틈을 마련해주어도 입을 열지 않았다. 그녀는 좀 어리둥절한 기분으로 거기 모인 십여 명의 사람들을 둘러보았다. 화제는 그때 전시되었던 어떤 미술 작품에 관한 것이었고, 사람들은 좀 기술적인 측

9 런던 템스 강변의 호弧 형으로 된 거리 이름. 현재는 사보이 호텔이 위치한 금싸라기 땅.
10 조지 롬니(George Romney, 1734~1802), 당대 영국의 상류층 신사 숙녀의 초상화를 많이 그린 화가.

면에서 그 미술품의 장단점을 평가하고 있었다. 그녀는 어떻게 대화에 참여해야 할지를 몰랐다. 그녀도 그 전시회를 보았지만, 자신의 진부한 소감이 그 방 안 사람들의 분석과 비평에 도저히 맞먹을 수가 없다는 것을 알았다. 그리고 그 방에서는 그녀의 여성적인 우아함이 지성의 모자람을 커버해줄 수 없다는 것도 알았다. 토론은 진지하고 열띠었고 토론자들은 어느 누구도 비논리적인 덫에 걸려 넘어지기를 원하지 않았으므로 시간은 빨리 지나갔다. 그래서 필리스는 마치 양 날개를 묶인 새처럼 그냥 앉아서 관람했고, 어떤 무도회나 연극에서보다 더 진정으로, 그리고 예리하게, 이질감을 의식했다. 그녀는 속으로 '양다리를 걸치다가 도랑에 빠졌다'는 속담이 바로 자신의 경우를 말하는 거라고 씁쓸하게 생각하면서 정신을 잘 차리고 머리를 써서 오가는 대화를 이해하려고 노력했다. 로자먼드가 방의 건너편에서 자기도 같은 곤경에 처해 있다는 표정을 지어 보였다.

마침내 토론하던 그룹이 흩어졌고, 화제는 좀 더 일반적인 것이 되었다. 그러나 아무도 전의 화제가 논쟁적이었던 것에 대해서 사과를 하지 않았고, 이제 화제가 좀 더 일반적인 것이 되었지만 비록 사소한 주제에 대해 대화할 때도 그들은 평범한 것에는 경멸적이었고 아무 거리낌 없이 그것을 표현했다. 그러나 대화는 재미있었고, 로자먼드는 화제의 대상이 된 어떤 인물을 논하는 데 상당히 적절한 고찰을 했다. 그러나 그녀는 자신의 가장 예리한 통찰도 더 깊은 탐색을 위한 출발점이 될 뿐이고 결론으로 받아들여지지 않는다는 것을 발견하고 놀라웠다.

뿐만 아니라 히버트 가의 영양들은 그들의 교육이 얼마나 그들의 머리를 굳어지게 했나를 발견하고 놀랐고 조금 낙담했다. 필리스는, 트리스트람 자매가 기독교를 야유한 가벼운 농담을 하

고 마치 종교라는 것이 사소한 문제인 것처럼 재미있어 한 것을
본능적으로 비난하고 나서 다음 순간 자신의 뺨이라도 때리고
싶었다.

히버트 양들에게 더욱더 놀라운 것은 그들의 전공 분야인 결
혼이 성립되는 과정을 논하는 좌중의 태도였다. 그들은 이 사람
들에게도 '인생의 기본'은 중요하게 다루어지리라고 생각했었
다. 뛰어난 미모에 장래가 촉망되는 화가인 트리스트람 양은 그
녀의 신랑감으로 추측되는 어떤 젊은 남성과 결혼에 대해 논했
다. 그 두 사람이 사랑과 결혼이라는 문제에 대해 거침없이 솔직
하게 자신들의 견해를 설명하고 이론을 피력하는 태도는 결혼이
라는 문제를 전혀 새로운, 놀라운 시각에서 검토하게 했다. 그것
은 두 젊은 여성을 이제까지 그들이 보고 들은 어떤 것보다 매혹
시켰다. 그들은 결혼이라는 문제에 대한 모든 면모와 관점을 알
고 있다고 생각해왔다. 그러나 이날 제시된 견해들은 새로울 뿐
아니라 참된 시각이었다.

"나는 아직 청혼을 받아본 일이 없는데 청혼을 받는 게 어떤 기
분인지가 궁금해."

트리스트람 자매 중의 동생이 솔직하고 궁리하는 어조로 말했
다. 그래서 필리스와 로자먼드는 좌중의 궁금증을 풀어주기 위해
서 그들의 경험을 공개해야 한다고 생각했다. 그러나 그들은 이
기이한 새로운 시각을 채택할 수가 없었고 어쨌든 그들의 경험
은 이들의 관심사와는 전혀 상관이 없는 그런 종류의 것이었다.
사랑이란 필리스와 로자먼드에게는 정해진 타산적인 언행의 결
과로 생성되는 것이었고, 그것은 무도회장이나 꽃향기 가득한 온
실이나, 의미심장한 눈길이나 부채의 펄럭임이나, 더듬거리는 암
시적인 말 속에 소중하게 여겨지는 것이었다. 그런데 이 방 안에

서는 사랑이라는 것이 대낮의 햇빛에 노출된 건장하고 꾸밈없는 것으로서 누구나 마음대로 한 조각 떼어내서 면밀히 관찰할 수 있는 벌거벗은 견고한 실체였다. 필리스와 로자먼드는 만약에 그들에게 마음대로 사랑할 자유가 주어진다 해도 이런 식의 사랑을 할 수 있을 것 같지가 않았다. 젊은이다운 조급한 충동으로 그들은 스스로를 가망없는 인간들로 규정했고, 오랜 감금 생활이 그들을 외적으로 내적으로 완전히 타락시켰기 때문에 자유를 향한 그들의 모든 노력은 헛된 것이라고 단정했다.

마치 어떤 연회에서 춥고 바람 부는 밖으로 내쫓긴 사람들처럼, 그들은 안에서 잔치를 하는 사람들에게는 안 보이는 존재가 되기나 한 것처럼 자기들이 침묵하고 있다는 사실도 인식 못 하고 그렇게 가만히 앉아 있었다. 그러나 사실은 말없이 허기진 눈으로 그들을 바라보고 있는 두 여성의 존재는 왠지 모르게 — 아마도 지루해지려는 참이었기 때문인지 — 그곳의 모든 좌중에게 압박감을 주었다. 그러나 트리스트람 자매는 두 사람이 대화에 참여하지 않는 것에 대해 책임감을 느꼈고, 그래서 동생인 실비아 트리스트람 양은 언니가 귓속말로 뭐라 이르자 필리스와 둘만의 대화를 시도했다. 필리스는 마치 뼈다귀를 받아 먹는 개처럼 황송해서 실비아와 대화를 했다. 정말이지 그녀의 얼굴은, 생경한 대화의 내용을 파악하지도 못하고 있는데 시간이 쏜살같이 지나가는 것을 느끼면서 수척한 기근 들린 사람의 표정을 띠고 있었다. 그녀가 그 대화에 참여하지 못한다 해도 적어도 그녀를 그 대화에 낄 수 없게 만드는 것이 무엇인지 설명할 수는 없을까? 그녀는 스스로에게 자기의 무능력에는 그럴 만한 정당한 이유가 있다는 것을 증명하고 싶었다. 그리고 그녀는 실비아 트리스트람 양이 개인적으로는 자기의 관심사가 아니라는 듯이 일반론을 내뱉지만 현실 감각이 있는 여자라면 언젠가는 그녀와 서로 대화가 통할 수 있으리라고 생각했다. 필리스는 대화를 나누기 위해 앞으로 몸을 굽히면서, 마치 자기가 열병에 걸린 손으로 인위적인 잡동사니의 더미를 헤치고 그 아래 존재하리라고 믿는 순수한 자아의 견고한 몸체를 만지려고 휘젓고 있는 것 같은 기이한 느낌이 들었다.

"아, 트리스트람 양. 당신들은 어찌나 모두 명석한지 나는 겁이 나네요."

그녀가 말문을 열었다.

"우리들을 비웃으시는 건가요?"

실비아가 말했다.

"제가 비웃다니요. 제가 얼마나 바보같이 느끼고 있는지 모르시겠어요?"

실비아는 그 사실을 보기 시작했고, 그것은 그녀의 흥미를 유발했다.

"당신들의 사는 방식은 정말 경이적이에요. 저와 동생에게는 신기할 정도로요."

작가 지망생이었고, 자신의 모습이 신기한 거울에 비치는 것을 보고, 또 이질적인 사람들을 자신의 거울에 비추어주는 것에 작가다운 즐거움을 느꼈던 실비아는 정열적으로 그 작업에 착수했다. 그녀는 히버트 자매들을 인간으로 생각해본 일이 아직 없었고 그들을 '숙녀들'로 불러왔다. 하지만 그 때문에 이제 반은 진정한 호기심에서, 반은 허영심에서, 자기의 실수를 시정할 적극적인 자세가 되었다.

"뭘 하세요?"

실비아는 즉각 시정 작업에 들어가기 위해서 물었다.

"뭘 하느냐구요?"

필리스는 되물었다.

"뭐, 저녁 상차림을 감독하고 꽃을 꽂고 하지요."

"아, 네. 직업은 뭔데요?"

실비아는 사소한 말에 밀리지 않을 작정으로 물었다.

"그게 제 직업이에요. 아니라면 좋겠는데! 트리스트람 양, 정말
이지 당신은 대개의 젊은 여성들이 노예라는 사실을 기억하셔야
돼요. 그리고 당신이 자유인이라고 해서 나를 모욕하시면 안 돼요."

"그 말씀의 뜻을 정확히 설명해주세요."

실비아는 달려들었다.

"전 알고 싶어요. 사람들에 대해서 알고 싶어요. 중요한 건 사람
의 영혼이잖아요."

"그래요."

실비아는 대화가 이론으로 흐르지 않게 하고 싶어서 대답했다.

"그렇지만 나와 내 동생의 생활은 너무 단순하고 평범해요. 우
리 같은 사람들을 여럿 아실 텐데."

"저는 당신들의 야회복 차림을 알아요. 그리고 당신들이 성장盛
裝하고 행렬을 이루어 지나가는 것을 보아요. 그러나 아직 당신들
의 육성을 들어본 일이 없어요. 당신들은 속속들이 견고한가요?"

실비아는 자신의 이런 어조가 필리스에게 거슬릴 거라는 생각
이 들었다. 그래서 어조를 바꾸었다.

"아마 우리는 속으로는 공통점이 많을 거예요. 그런데 외양은
왜 이렇게 다르죠?"

"아녜요. 속으로도 우린 공통점이 없어요."

필리스는 쓰라린 심정으로 말했다.

"우리가 비슷하다면 당신들을 불쌍히 여겨야죠. 모르시겠어

요? 우리는 길러지기를 다만 파티에 나가서 애교 있게 말하고, 결혼이나 하도록 양육되었지요. 아마 우리가 대학에 가고 싶어 했다면 대학에 다닐 수 있었겠지만 대학에 가고 싶은 마음이 없었기 때문에 그저 교양 있는 젊은 숙녀들이 되었을 뿐이지요."

"우리도 대학에는 안 갔는데요."

실비아가 말했다.

"그리고 젊은 숙녀들에게 필수적인 자잘한 재주도 없으시지요? 그러니까 당신과 당신 언니는 진짜고 나와 내 동생은 가짜예요. 아니, 어쨌든 저는 가짜예요. 그런데 그 사실이 확연히 보이지 않으세요? 당신들의 생활이 얼마나 이상적인 것인지 느끼지 못하시나요?"

"당신들이 왜 우리처럼 하고 싶은 대로 하지 못하는지 이해 못하겠는데요."

실비아가 방 안을 둘러보며 말했다.

"우리가 이런 사람들과 교류할 수 있다고 생각하세요? 우리는 부모님이 여행을 가시지 않는 한 친구를 집에 초대하지 못해요."

"왜 못 하죠?"

"우리 몫의 손님방도 없구요, 부모님이 허락도 안 해요. 우리는 결혼해서 나갈 때까지 그냥 '딸들'일 뿐이에요."

실비아는 좀 찌푸린 얼굴로 그녀를 관찰했다. 필리스는 자기가 사랑에 대해 이야기한 솔직함이 부적절한 종류의 솔직함이었다고 자각했다.

"왜 결혼이 하고 싶으시지요?"

실비아가 물었다.

"그걸 모르신단 말인가요? 당신은 천진난만하시군요! 물론, 당신 생각이 옳아요. 결혼은 사랑과 이상을 위해서 해야 하죠. 그렇지만."

필리스는 필사적인 심경으로 진실을 말했다.

"우리는 결혼을 그렇게 생각할 수가 없답니다. 우리에게는 너무나 많은 것이 결여되어 있어서 결혼을 그 자체로 따로, 또는 이상의 실현으로 생각할 수가 없답니다. 결혼에는 참으로 여러 가지가 얽혀 있으니까요. 자유와 친구와 내 집, 기타 당신이 이미 소유하고 누리는 많은 것을 나는 결혼을 통해서만 소유할 수 있어요. 그런 결혼이 끔찍하고 타산적으로 보이나요?"

"끔찍하게 보이지만 타산적이라고 보지는 않아요. 내가 당신 같으면 글을 쓸 텐데."

"트리스트람 양. 또 모르는 말씀을 하시네요."

필리스는 희극적인 절망감에서 외쳤다.

"글을 쓰려면 두뇌가 있어야 하잖아요. 그리고 우리는 두뇌를 타고났어도 그것을 사용할 수가 없었을 거에요. 다행히도 자비하신 하느님이 우리를 우리 처지에 맞게 만들어주셨지요. 로자먼드는 무언가 할 수도 있었을 텐데, 이제는 너무 늙었어요."

"아니, 그런 절망의 구덩이에 빠져 있다니요! 나 같으면 불을 지르거나, 권총 자살을 하거나, 창문에서 뛰어내리거나 무슨 수단이라도 썼을 거예요."

"정말요?"

필리스는 좀 조소하는 어조로 말했다.

"당신들이 우리 처지에 놓였다면 그랬을 수도 있지요. 그러나 당신들은 우리 처지에 떨어지지 않았을 거예요."

필리스는 조금 더 쾌활하고 냉소적인 어조로 말했다.

"그럴 수가 없지요. 이건 우리가 빠진 운명이고, 우리가 능력껏 벗어나야 하는 운명이에요. 나는 다만 당신이 우리가 어째서 여기 와서 아무 말도 못 하고 앉아 있을 수밖에 없는가를 알아주셨으면 하는 것뿐이에요. 모르시겠어요? 우리도 이런 생활을 하고 싶은데, 그러나 이제 보니 우리에게는 어림도 없는 생활인 것 같네요. 당신들은,"

그녀는 방에 있는 모든 사람을 눈으로 훑으며 말했다.

"우리를 그냥 유행이나 좇는 상류사회의 숙녀로 보지요. 그리고 사실 상당 부분 그렇기도 해요. 그렇지만 우리도 더 나은 사람들이 될 수도 있었을 텐데. 처량하게 생각되지 않으세요?"

그녀는 메마른 웃음을 웃었다.

"그렇지만 한 가지만 약속해주세요, 트리스트람 양. 우리를 보러 우리 집을 방문해주겠다고. 그리고 우리가 여기에 가끔 오는 것을 허락해준다고. 애, 로자먼드. 이제 집에 갈 시간이야."

그렇게 필리스와 로자먼드는 그곳을 떠났다. 돌아오는 택시 안에서 필리스는 실비아에게 자기 심경을 그렇게 털어놓은 것이 잘한 일이었나 의심이 들었다. 그러나 그녀는 후련한 느낌이었다. 그녀들은 둘 다 좀 흥분해 있었다. 그리고 그들의 불안감을 분석해보고 그 의미를 알아내고 싶었다. 전날 밤에 그들은, 집으로 돌아가는 마차 안에서 이보다 기분은 저조했지만, 스스로에 대해서 불만스럽지는 않았었다. 전날은 그들의 역할에 대해 지겹게 느꼈지만 그들이 그 역할을 잘해냈다는 것을 자각하고 있었다. 또한 그들이 훨씬 더 중요한 일을 하기에 적합한 사람들이라고 느꼈다. 오늘은 지겨운 느낌은 없었다. 그러나 그들은 기회가 왔을 때 훌륭하게 능력을 발휘했다고 느끼지 못했다. 그들이 침실에서 나눈 대화는 좀 의기소침했다. 자기의 실존을 꿰뚫어 보는 과정에서 필리스는 그 잘 호위된 곳으로 찬바람이 뚫고 들어오게 했던 것이다. 내가 정말 원하는 것은 무엇인가? 그녀는 스스로에게 질문했다. 나는 무슨 역할에 적합한가? 나는 두 세계를 다 비판하면서 그 둘 중의 어느 것도 내가 원하는 것을 주지 못한다고 느끼고 있지 않은? 그녀는 너무나 우울했기 때문에 동생에게도 사실을 말하지 못했다. 그리고 그녀의 발작적인 정직함은 누구에게 마음을 털어놓는 것조차 아무 소용이 없다는 느낌을 주었다. 무언가 할 수 있다면 스스로 하는 수밖에 없었다. 그날 밤 그녀의 마지막 생각은 히버트 경 부인이 그녀에게 그 이튿날 일거리를 잔뜩 지워놓은 것이 오히려 다행스럽다는 것이었다. 적어도 그녀는 생각할 필요가 없을 것이고, 강에서 보트 놀이를 하는 파티는 유쾌한 것이니까.

불가사의한 V 양 사건
The Mysterious Case of Miss V.

　군중 속에서 외톨이인 자신을 발견할 때보다 더한 외로움이 없다는 말은 진부한 말이다. 소설가들이 거듭 그렇게 말했고, 그 말이 주는 서글픔은 부인할 수 없는 것이다. 그리고, V 양의 사건 이래로 적어도 나는 그 말을 믿게 되었다. 그녀와 그녀의 동생 이야기 — 그런데 그들에 대해 글을 쓸 때 이름 하나로 두 사람을 다 지칭할 수 있는 것처럼 느껴지는 것이 그들의 특징적인 요소를 보여준다고 할 수 있다. 사실, 말 한마디로 그들 자매와 비슷한 자매 여럿을 다 포괄할 수 있다. 이런 이야기는 런던에서가 아니면 일어날 수 없는 이야기다. 시골에는 정육점 주인이나 우편배달부나 목사의 부인 같은 사람이 있어서 어떤 사람이 눈에 띄지 않을 때 그걸 알아차리지만, 고도로 문명화된 도시에서는 인간 생존의 예절은 최소한으로 줄어든다. 정육점 주인은 배달할 고기를 지하 부엌문을 향해 계단 밑으로 던져놓고, 우체부는 편지를 우편함에 넣을 뿐이며, 목사의 부인도 교회 소식지를 우편함에 넣기도 한다. 그들은 모두 허비할 시간이 없다고 한목소리로 말한다. 그래서, 비록 고기가 소비되지 않아도, 편지가 읽히지 않아도, 교회 소식지의 지시 사항이 준수되지 않아도 아무도 그 사실을 모른다. 그러다가 마침내 이 사람들은 16번지 또는 23번지에는 더 이상 배달하지 않아도 된다고 결론을 내릴 뿐이다. 그래서 그들은 동네를 돌면서 그 집은 건너뛰게 되고, 가련한 J 양이나 V 양은 인생이라는 촘촘한 사슬에서 떨어져 나가고, 모든 사람에게서, 영원히 간과되는 존재가 된다.

그렇게 간과되는 존재가 되기가 지극히 쉽다는 사실이, 우리가 간과되지 않기 위해서는 자기의 존재를 드러내야 할 필요가 있음을 시사해준다. 정육점 주인이 또는 우체부가 또는 경찰관이 당신의 존재를 무시하기로 결심한 다음에는 어떻게 당신이 되살아날 수가 있겠는가? 그것은 정말 끔찍한 운명이 아닌가. 지금 당장 의자를 넘어뜨려야겠다는 생각이 든다. 그러면 아래층 사람이 최소한 내가 존재한다는 사실만은 알게 되겠지.

그러나 불가사의한 V 양의 사건으로 돌아가자. V라는 머리글자 속에는 자넷 V 양이 숨겨져 있지만, 글자 하나를 두 부분으로 나눌 필요까지는 없다.

V 양 자매는 한 십오 년 동안 런던 거리를 소리 없이 돌아다녔는데, 어떤 집들의 응접실이나 미술관 같은 곳에서 그들을 만날 수 있었고, 그들에게 마치 매일 만나는 사람에게 하듯이 "안녕하세요, V 양" 하고 인사하면 그녀는 "날씨 참 좋지요?"라든가 "날씨가 너무 궂네요"라고 대답했으며, 이쪽에서 먼저 걸음을 옮기면 그녀는 안락의자나 서랍장 속으로 스며들어버린 듯이 더 이상 눈에 띄지 않았다. 어쨌든 그러고 나서 한 일 년쯤 후에 그 가구들에서 분리되어 나왔는지 그녀가 다시 나타났고, 다시 같은 인사가 반복되었다.

혈연이 —V 양의 혈관에 흐르는 액체가 피라면— 그녀를 다른 어떤 사람보다도 꾸준히 마주치는—또는 스쳐 지나는, 또는 그녀가 용해되는 것을 보는—것을 나의 운명으로 만들었다. 그래서 그 짧은 인사는 거의 습관적인 요식이 되어버렸다. 어떤 파티나 음악회나 미술 전시회에서, 낯익은 회색 옷을 입은 그녀의 희미한 모습이 보이지 않으면 어딘가 빈 것 같았다. 그리고 얼마 전부터 그녀가 내 앞에 나타나기를 그쳤을 때 나는 무언가가 빈 것 같은 막연한 느낌을 갖게 되었다. 그녀의 모습이 보이지 않는다고 느꼈다면 과장이 되겠고, 어쨌든 무언가가 빈다는 느낌이 들었다는 것은 진실한 표현이다.

그래서 나도 모르게 사람이 잔뜩 모인 방에서 막연하게 불만스러운 느낌으로 주위를 둘러보게 되었다. 아니, 모두들 왔는데— 그렇지만 가구인지 커튼인지 무언가 허전한 느낌이 드는데? 벽에서 그림을 떼었나?

그러다가 어느 이른 아침, 새벽에 잠에서 깨어, 나는 "메리 V! 메리 V!" 하고 외쳤다. 그것은 내게 처음 있는 일이었고 아마도 어느 누구도 그녀의 이름을 그렇게 확실하게 불러본 일이 없으리라고 확신한다. 그녀의 이름은 다만 막연한 기호로서 긴 문장을 채우기 위해서 삽입되었을 뿐이지 않을까 싶다. 그러나 그렇게 크게 불렀지만 내가 막연히 기대한 대로 그녀의 모습, 또는 그녀를 닮은 모습을 내 앞에 나타나게 하지는 못했다. 내 방은 어중간하게 빈 채로 있었다. 하루 종일 나의 외침이 내 머릿속에 메아리쳤고, 나는 어느 길모퉁이에서나 예전처럼 그녀와 마주치고, 공기 속으로 분해되는 그녀의 모습을 보게 될 것이고, 나의 불만은 가라앉을 거라고 확신했다. 그러나 그녀의 모습은 나타나지 않았고 그것이 나를 불만스럽게 한 모양이다. 어쨌든, 그날 밤 잠들지 못하고 누워 있는 동안 그녀를 찾아가봐야겠다는 터무니없는 계획이 떠올랐다. 내 스스로 메리 V 양을 찾아가봐야겠다는 생각은, 처음에는 그저 잠시의 허황된 공상에 불과했으나 점점 진지하고 기대되는 계획이 되었다.

생각해볼수록 참 터무니없고도 재미있는 생각이었다. 그 그림자를 추적해서 그녀가 어디에 살고 있고, 정말 살고 있는지를 알아내고, 그리고 마치 그녀가 우리 보통 사람들과 마찬가지로 그림자가 아니고 실체가 있는 사람인 것처럼 대화를 나눈다는 생각은.

벌써 해가 넘어가기 시작하는 시간에 큐 가든에 있는 블루벨 꽃의 그림자를 만나기 위해서 버스를 타고 출발하는 자신을 상상해보라.[1] 또는 한밤중에 서리[2]의 풀밭에서 민들레 홀씨를 잡기 위해 이리저리 뛰는 모습을. 그러나 내가 실행하려는 계획은 이런 것들보다 훨씬 허황된 것이었다. 그래서 옷을 차려입으면서 나는 그 허황된 계획을 실행하기 위해서 실질적인 준비가 필요하다는 사실을 생각하며 깔깔 웃었다. 메리 V를 만나기 위해서 장화를 신고 모자를 써야 하다니! 그것은 지극히 안 어울리는 일이었다.

마침내 나는 그녀가 살고 있는 다세대주택에 도착했고, 안내판을 보니 대부분 우리 집들의 안내판처럼 그녀는 안에 있는 것 같기도 하고 외출한 것 같기도 하게 표시되어 있었다. 그래서 그 집의 맨 꼭대기 층에 있는 그녀의 집까지 올라가서 문을 노크하고 초인종도 눌렀다. 그리고 기다리면서 그 집을 자세히 살펴보았다. 아무도 문을 열지 않았다. 그래서 그림자도 죽을까, 그림자가

---

1 블루벨 꽃은 해 넘어갈 무렵에 꽃이 피는 흔한 키 작은 야생초이므로, 큐 가든 같은 식물원까지 보러 갈 필요가 없다. 또 해 넘어갈 무렵에 키 작은 야생초의 그림자를 보기 위해 집을 나선다는 것은 바보스러운 일이다.
2 잉글랜드 남부의 주.

죽으면 장례는 어떻게 하는 걸까, 하는 생각을 하고 있는데 하녀가 문을 열었다. 하녀는 V 양이 두 달 동안 아팠고, 그 전날 아침에 죽었다고 말했다. 내가 그녀의 이름을 부른 바로 그 시간에. 그러니까 나는 그녀의 그림자를 다시는 만나지 못할 것이다.

조앤 마틴 양의 저널

The Journal of Mistress Joan Martyn

아마 독자들은 제가 누군지 모르실 거예요. 그래서, 비록 그런 행위가 일상적이지 않고 부자연스럽지만—왜냐하면 작가들이 얼마나 겸손한지 아시잖아요—주저하지 않고, 저는 로자먼드 메리듀이고, 마흔다섯 살이며—저의 솔직함은 한결같아요!— 저의 직종에서는 중세 영국의 토지 보유권 체계에 대한 연구로 상당한 명성을 얻었다고 설명드리겠어요. 베를린은 제 이름을 들 었지요, 프랑크푸르트에서는 저를 위해서 기꺼이 야회를 열어줄 거예요, 그리고 저는 옥스퍼드와 케임브리지의 하나나 둘 정도의 숨겨진 모임 공간에서 어느 정도는 알려진 인물이랍니다. 아무래 도 좀 더 납득하실 수 있게 제 입장을 말씀드려야겠어요. 인간 본 성이 지금 같은 상태에서, 만약 제가 남편과 가족 그리고 나이 들 어가며 살 집을 어떤 노란색 양피지 문서 조각들과 교환했다고 말하려면 말이에요, 그것도 소수 사람들만이 읽을 수 있고 또 읽 을 수 있다 해도 더 소수의 이들이나 읽고 싶어 할 문서를 위해서 말이에요. 하지만 어머니가 자식 중 제일 못생기고, 가장 어리석 은 자식을 최고로 소중하게 여기는 것처럼, 그렇게 저와 같은 성에 관한 문학에 호기심이 없지는 않아 간혹 읽었지요, 그러곤 이 주름지고 퇴색한 난쟁이들을 향해서 일종의 모성적인 열정이 저의 가슴에서 솟아올랐답니다. 실제 삶에서 저는 그들을 초조한 얼굴을 한 지체장애인들로 보았지만, 그럼에도 불구하고, 그들의 눈에는 천재의 불길이 있었어요, 제가 그 문장을 설명하지는 않겠어요, 제가 스스로를 비교한 바로 그 어머니가 지체장애인 자식이 다른 형제들보다 더 수려한, 정말로 아름다운 소년이라고 애써서 설명한다 해도 성공할 수 있을 것 같지 않은 것처럼 성공할 수 없을 것 같거든요.

어쨌든, 조사 때문에 저는 돌아다니는 행상인이 되었어요, 사기는 하지만 팔지 않는 저의 습성을 제외한다면 말이에요. 저는 언제나 똑같은 것을 요구하며 오래된 농가, 쇠락한 공회당, 목사관, 교회의 제의실 등을 찾아다녔어요. 제게 보여줄 오래된 문서들 없으세요? 당신도 짐작하시겠지만, 이런 종류의 게임은 전성기가 끝났지요, 시대 특성이 아주 타산적이 되었어요, 더군다나 국가가 권한을 가지면서 개인 장사 대부분에 종지부를 찍었어요. 때때로 듣지요, 어떤 공무원이 내려와서 그들 문서들을 조사하겠다고 약속했다고 말이에요. 그리고 그런 약속이 수반하는 '국가'를 좋아하기 때문에 저처럼 가난한 개인의 발언은 설득력을 잃지요.

그래도 제가 할 수 있는 한 멀리 뒤돌아볼 때, 역사가라면 정말로 관심 있을 어떤, 아주 훌륭한 횡재든, 그들이 아주 단속적으로 너무 세세하게 밝혀주어서 저를 훨씬 더 기쁘게 한 다른 것들이든 저는 불만이 없어요. 엘리자베스 파트리지 부인의 다리에 갑자기 빛이 비치면 영국 전역에, 왕좌의 왕에게 그 빛이 보내졌어요. 그녀는 스타킹을 원했어요! 그리고 어떤 다른 절박한 요구가 중세인의 다리가 갖는 진실만큼 정말 똑같이 당신에게 감명을 주겠어요. 그래서 중세인의 육체가 갖는 진실도 마찬가지지요, 그렇게, 위로 한 걸음 한 걸음 나아가면, 중세인의 두뇌가 갖는 진실도 마찬가지예요, 거기에서 당신은 모든 시대의 중심에 서게 되지요, 중간이든 시작이든 끝이든지 간에요. 이 일이 저로 하여금 저의 장점을 더욱 고백하게 만드네요. 제가 확신하건대, 13, 14, 15세기의 토지 보유권 체계에 대한 연구를 그 시대의 삶과 관련지어 제시한 저의 뛰어난 재능 때문에 제 연구의 가치는 두 배가 되었어요. 저는 토지 보유권의 복잡한 사정이 남자와 여자와 아이들의 삶에서 언제나 가장 중요한 사실은 아니었다는 것을 명심했지요. 저는 가끔 아주 대담해져서 우리에게 그토록 격렬한 즐거움을 주는 미묘함은 조상들이 놀라울 정도로 정성을 들인 증거라기보다 그들의 무관심을 증명한다고 암시했지요. 어떤 정신이 멀쩡한 사람이 자신이 무덤에 들어가고 나서 5세기 후에 태어날 대여섯 명의 골동품 연구가를 위해서 자신의 법을 복잡하게 만드는 데 시간을 쓸 수 있겠어요? 저는 그렇게 말할 정도로 대담했어요.

여기서 제가 누구를 대표해서 많은 날카로운 공격을 하고 공격받았는지에 관한 이 논쟁을 계속하지는 않겠어요. 제가 문제를 소개한 것은 이 모든 탐구들이 단지 제가 텍스트에서 소개하는 가족사에 대한 어떤 영상映像을 보충하게 만든 이유를 설명하기 위해서랍니다. 영상을 이 모든 복잡한 뿌리의 꽃이요, 부싯돌을 이리저리 마찰시켜 일으키는 섬광으로 만들 이유 말이에요.

만약 당신이 「장원 기록부」라는 저의 작품을 읽으신다면, 거기에서 지엽적인 이야기들을 보시면서 기질에 따라서 즐거워하시거나 반발을 느끼실 거예요.

저는 주저하지 않고 여러 쪽을 큰 판화로 채워서 그 시대 삶에서의 몇몇 장면을 그림처럼 생생하게 보여주려 시도했어요. 자, 저는 노예 집의 문을 두드리고 그가 밀렵한 토끼를 굽고 있는 것을 발견합니다, 저는 장원의 영주가 여행길에 나서는 것, 들판에서 산책하려고 개를 자신이 있는 곳으로 부르거나, 높은 등받이가 있는 의자에 앉아서 번들번들한 양피지에 애써 숫자를 적으면서 앉아 있는 것을 보여줍니다. 다른 방에서는 엘리너 부인이 바늘로 수를 놓고, 그녀 곁의 등받이 없는 낮은 의자에는 딸 또한, 하지만 별로 열성 없이 자수를 놓으면서 앉아 있는 것을 저는 당신에게 보여줍니다. "애야, 리넨이 준비되기도 전에 네 남편감이 당도하겠구나." 어머니는 꾸짖습니다.

아, 하지만 이것을 상세히 읽으시려면 당신은 제 책을 연구하셔야 돼요! 비평가들은 언제나 두 개의 가늠자로 저를 위협했답니다. 그들이 말하길, 첫째 지엽적인 이야기는 그 시대의 역사에서는 다 괜찮지만 그것은 중세 토지 보유권의 체계와는 아무런 관계가 없다. 둘째, 이런 이야기들을 진리 비스름한 것으로 강화시키는 자료가 제게는 전혀 없다고 불평했어요. 제가 선택한 시기가 어떤 다른 시기보다 개인적인 기록이 없는 것은 잘 알려져 있죠. 당신이 『파스톤의 편지들』[1]에서 전적으로 영감을 받겠다고 정하지 않는 한, 당신은 다른 이야기꾼들처럼 단지 상상하는 것으로 만족해야만 해요. 그리고 그것은 나름대로 유용한 기술이라고 저도 들었지요, 하지만 역사학자라는 보다 준엄한 기술과 관계있다고 주장하게 허용할 수는 없다는 거죠. 하지만 여기서, 다시, 제가 한때 너무 열성적으로 『역사가들의 계간지』에서 벌였

---

1 1422~1509년 사이, 파스톤 가족 구성원들 간에 오고 간 사적인 서신들이다. 영국에 남아 있는 최초의 개인 편지 기록이다.

던 그 유명한 논쟁에 가까워지는군요. 우리 서론은 생략하지요, 아니면 어떤 고집 센 독자는 책을 집어 던지고 이미 그 내용을 다 익숙하게 안다고 단언할 거예요. 아 케케묵은 이야기! 골동품 연구가들의 말다툼! 제가 여기에 선을 하나 긋게 해주세요, 그래서 이런 옳고 그르고, 진실과 허구 같은 질문을 전부 잊어버립시다.

이 년 전 유월 아침에, 저는 차를 타고 우연히 노리치에서 이스트 하링으로 가는 셋퍼드 길을 가고 있었어요. 저는 일종의 탐험을 하고 있었어요. 카이스터 대수도원 폐허에 묻혀 있으리라 믿어지는 어떤 문서들을 되찾으려는 야생 오리 사냥 같은 것이었지요. 만약 우리가 그리스 도시를 발굴하는 데 매년 쓰는 액수의 십분의 일만이라도 우리 자신의 폐허를 발굴하는 데 쓴다면 역사가들이 얼마나 다른 이야기를 할지!

저의 묵상 주제는 그런 것이었어요. 하지만 그럼에도 불구하고 저의 눈, 고고학적인 눈은 우리가 지나치는 풍경에 계속 깨어 있었지요. 이러던 중 풍경의 계시에 순응해서, 저는 어떤 지점에 이르자 마차에서 벌떡 일어났고, 운전수에게 왼쪽으로 급하게 돌라고 지시했어요. 우리는 오래된 느티나무 길, 평상적인 길을 내려갔어요, 하지만 저를 잡아당긴 유혹은 저 멀리 끝에 초록색 가지들로 섬세하게 테두리를 두른 작은 사각 그림으로, 조각된 하얀 돌이 만든 선으로 오래된 대문간이 명확하게 그려져 있었어요.

가까이 다가가자, 대문간이 기다랗고 낮은 소가죽 색의 회반죽 담장으로 둘러쳐 있는 것이 보였어요. 그리고 그 위로, 멀지 않은 곳에 불그스름한 타일 지붕이 보였고, 저는 제 앞에 위엄 있는 작은 집 전체를 마침내 바라볼 수 있었어요. 가운데 새긴 금이 매끄럽게 나와 있는 E자처럼 지어진 집이었어요.

그래요, 소박하고 작은 오래된 대저택들 가운데 하나였는데,

버지니아 울프 단편소설 전집   43

거의 손대지 않고, 수 세기 동안 거의 알려지지도 않은 채 남아 있었죠. 왜냐하면 헐고 다시 짓기에는 너무 보잘것없는 집이었고, 집주인들은 너무 가난해서 야심을 품을 수가 없었지요. 그리고 집 지은이의 자손들은 여기서 계속 살았어요. 집이 어떤 식으로든 뛰어나다는 진기한 무의식이 있어서 여러 세대를 걸치면서 부엌 연기로 까매진 키 큰 굴뚝만큼이나 그들을 집의 일부가 되게 했지요. 물론 더 큰 집을 선호하지요. 그래도 저는 의심치 않아요, 아주 좋은 제안이 있다 해도, 그들은 이 낡은 집 팔기를 주저할 거예요. 그런데 바로 그렇게 자연스럽고 자의식이 없는 정신이 어쨌든 이 모든 것이 진짜라는 것을 반증한답니다. 당신이 오백 년 동안 살아왔던 집에 대해서 감상적일 수는 없거든요. 벨에 손을 대고 서서, 집주인들이 절묘한 필사본을 소유할 것 같은 그런 집이라고 저는 생각했어요. 그리고 그들은 지나가는 첫 번째 넝마장수에게 꿀꿀이죽이나, 혹은 수렵장에서 채취한 목재를 파는 것처럼, 아주 쉽게 그것들을 팔리라. 내 관점은 필시 병적인 괴짜의 관점이고, 이들은 진실로 건강한 속성을 지닌 사람들이니까. 그들이 글을 쓸 줄 알까? 그들이 내게 말해주리라. 게다가 옛 편지들이 무슨 가치가 있지? 저는 언제나 제 편지는 태우거나— 아니면 잼 병을 묶는 데 그것들을 사용하거든요.

하녀가 마침내 나왔고, 마치 제 얼굴과 제 일을 기억해야만 하는 것처럼 찬찬히 저를 응시했어요. 여기 누가 삽니까? 저는 그녀에게 물었지요. "마틴 씨요." 그녀는 마치 제가 영국을 지배하는 왕의 이름을 물었다는 듯이 입을 크게 벌렸어요. "마틴 부인이 계신가요, 지금 집에 계신가요, 부인을 만날 수 있을까요?" 소녀는 내게 따라오라고 손짓했고, 추정컨대 저의 이상한 질문들을 책임지고 대답할 수 있는 사람에게로 조용히 저를 데려갔어요.

저는 참나무 판자를 댄 커다란 홀을 가로질러 좀 더 작은 방으로 안내되었어요. 그 방에는 제 나이 또래의 얼굴이 불그레한 여자가 재봉틀을 사용해 바지를 꿰매고 있었지요. 그녀는 가정부처럼 보였어요, 하지만 그녀가 마틴 부인이라고 하녀가 속삭였어요.

그녀는 아침 예방을 받는 귀부인은 아니라는 것을 넌지시 암시하는 제스처를 하며 일어섰어요. 하지만 그럼에도 불구하고 권위 있는 사람이었고, 집안의 안주인이었고, 제가 그곳에 온 업무를 알 권리가 있는 사람이었지요.

골동품 연구가의 게임에는 어떤 규칙들이 있는데, 그중 제일 우선시해야 하며 가장 간단한 것은 처음 만나서 당신의 목적을 말하지 말아야 한다는 것입니다. "제가 이 집을 지나가고 있었는데요, 저는 아름다운 것을 굉장히 사랑하는 사람이라는 것을 말씀드려야겠군요, 제가 이 집을 둘러볼 수 있을까 해서 제멋대로 방문했습니다. 집이 제게는 특별히 멋진 표본인 것 같아서요."

"세 들고 싶으신지 물어도 될까요?" 마틴 부인은 기분 좋은 사투리를 약간 섞어서 말했어요.

"그럼 방들을 세놓으시나요?" 제가 물었지요.

"이런, 아니요," 마틴 부인이 단호하게 대답했어요. "우리는 절대로 방을 세놓지는 않아요, 저는 당신이 혹시 집 전체를 세 들고 싶어 하시나 생각했어요."

"이 집은 제게는 약간 크네요, 하지만 그래도 저는 친구들이 있어요."

"그럼, 그러세요," 마틴 부인이 수익을 보겠다는 생각은 제쳐두고, 단지 관대한 행동으로 기울면서 쾌활하게 말을 가로막았어요. "저는 아주 기쁘게 당신에게 집을 보여드릴 수는 있어요 ─ 오래된 것들에 대해서라면 저는 아는 게 별로 없어서요, 저는 집이 어떤 식으로든 특별하다고 들은 적이 없어요. 그래도 당신이 런던에서 왔다면, 기분 좋은 그런 곳이지요." 그녀는 호기심 어린 눈으로 저의 옷과 모습을 쳐다보았지요. 제가 고백하건대 그녀의 신선한, 다소 인정 있는 시선을 받으며 저는 평상시보다 더 긴장하면서, 그녀가 원하는 정보를 주었지요. 하얗게 칠한 벽을 참나무 가로장이 쾌적하게 줄무늬로 장식하는 긴 복도를 천천히 걸으며, 정원으로 사각의 초록색 창문이 나 있는 흠잡을 데 없는 작은 방들을 들여다보고, 그곳에서 많지는 않지만 괜찮은 가구들을 보면서, 우리는 상당한 수의 질문과 대답을 주고받았어요. 그녀의 남편은 꽤 큰 규모의 농지를 소유한 농부였지만 땅의 가치는 끔찍하게 떨어졌고, 이제 그들은 세가 나가지 않아서 대저택에서 살 수밖에 없었어요. 그들에게는 집이 너무 컸고, 쥐들이 골칫거리였지만 말이에요. 대저택은 오랜 기간 동안 남편 집안 소유였다고 그녀는 약간은 자부심을 가지고 말했어요. 그녀는 얼마나 오랫동안인지는 모르지만, 마틴 가문은 한때는 이 주변에서 위대한 사람들이었다고 사람들은 말한대요. 그녀는 그들 이름의 'y' 자에 저의 주의를 환기시켰지요. 하지만 그녀는 개인적으로 힘든 경험을 해서 물질적인 장애, 예를 들면 땅은 가치가 없고, 지붕에 난 구멍들에다, 쥐들은 약탈해대는데, 출생의 고귀함이 얼마나 소용없는지 알기 때문에, 단련되고 식별력이 있는 자존심을 가지고 말했지요.

이제 그 장소는 구석구석 깨끗하게 잘 보존되었지만, 거대한 참나무 테이블이 눈에 띄고, 저의 호기심 어린 시선에는 불길해 보이는 밝은 주석 컵들과 도자기 접시들 외에는 다른 장식이 없어서 모든 방들이 다소 휑뎅그렁해 보였어요. 방에 가구를 갖춘 것처럼 보이게 하는, 운반할 수 있는 많은 것들은 팔린 것 같았어요. 하지만 안주인의 위엄 때문에 저는 집이 현재 모습과 다른 적이 있었던 것 같다고 넌지시 말할 수는 없었지요. 하지만 현재의 가난을 훨씬 더 유복했던 시절과 비교하면, 거의 텅 비어 있는 방들을 보여주며, 하마터면 "한때 더 좋았던 때가 있었죠" 하고 말할 뻔하던 그녀의 면모에서 저는 일종의 씁쓸함을 상상하지 않을 수 없었어요. 연이어 있는 침실과 사람들이 여가를 즐길 때 썼던 한두 개의 방으로 이끌고 가면서, 그녀는 또한 반쯤은 사과하는 듯이 보였지요, 마치 그 집과 자신의 건장한 모습 간의 모순을 자신이 잘 알고 있다는 것을 저에게 보이고 싶어 하는 것처럼 말이에요. 모든 일이 이와 같아서, 저는 제게 가장 흥미 있는 질문—그들이 어떤 책이라도 가지고 있나?—을 묻고 싶지 않았어요. 저는 착한 여자를 재봉틀에서 너무 오래 붙잡아두었다고 느끼기 시작했지요. 그때 그녀는 아래에서 휘파람 소리를 듣고, 갑자기 창밖을 쳐다보았고, 정찬 먹으러 들어오는 것에 대해서 무슨 말을 외쳤어요. 그러고는 약간은 수줍어하면서 제게로 돌아서서 그들과 함께 "정찬을 먹자"고 저에게 간청했어요. "남편 존이 이런 오래된 물건들에 대해서 저보다 볼 줄 알고, 누군가와 얘기할 수 있으면 기뻐하리라는 것을 저는 알지요, 혈통의 내력이라고 저는 그에게 얘기하지요." 그녀는 웃었고, 저는 초대를 거절할 아무런 이유가 없었어요. 그런데 존은 공식적인 항목 아래 그의 아내처럼 그렇게 쉽게 속하지 않았어요. 그는 중년에 중간 정도의 몸집이고 머리와 얼굴빛이 까맸지만, 농부에게는 자연스러워 보이지 않게 피부가 창백했고, 말할 때는 잘생긴 한 손으로 축 늘어진 콧수염을 서서히 매만졌어요. 그의 암황색 눈은 빛났지요, 저를 홀끗 쳐다보았을 때는 약간은 의심한다고 저는 생각했어요. 하지만 그는 아내보다 더 심한 노퍽 사투리로 말하기 시작했어요. 모습 전부는 아니지만, 그의 목소리와 옷은 정말로 노퍽 농부라는 것을 확실히 말해주었어요.

그의 아내가 친절하게도 집을 보여주었다고 그에게 말하자 그는 단지 고개를 끄덕였어요. 그러고는, 눈을 반짝이며 그녀를 쳐다본 뒤 말했어요. "그녀 마음대로 했다면 이 오래된 곳에는 쥐들만 살 거요. 집이 너무 크고, 귀신도 너무 많아요. 그렇지 베티." 이 논쟁에서 그녀의 지분은 오래전에 끝났다는 듯이 그녀는 단지 미소 지었어요.

제가 집의 아름다움이나 나이를 역설하면서 그를 즐겁게 해야겠다고 생각했지만, 그는 제 칭찬에 별 관심이 없어 보였고 차가운 쇠고기를 많이씩 우적우적 씹었고, 무관심하게 "그래요"와 "아니요"를 덧붙였어요.

아마도 찰스 1세 때 그려졌을 그림 하나가 그의 머리 위에 걸려 있었는데, 깃과 트위드 양복을 주름 옷깃과 실크 더블릿[2]으로 바꾸기만 하면, 그의 모습과 너무나도 같다고 저는 분명하게 비교했지요.

"아 그래요, 저분은 나의 할아버지, 아니 할아버지의 할아버지이십니다. 우리는 여기서 조부들을 다루지요." 그는 크게 관심을 보이지 않으며 말했어요.

"저분이 본느에서 싸우신 마틴인가요?" 베티가 나에게 쇠고기 한 조각을 더 먹으라고 권하면서 무관심하게 물었어요.

"본느라고?" 그녀의 남편은 의아하다 못해 거의 짜증을 내면서 외쳤어요. "저런 마나님, 당신은 재스퍼 아저씨를 생각하는군. 이분은 본느 훨씬 전에 무덤 속에 있었죠. 그의 이름은 윌로비

---

2 르네상스 시대에 남자가 입었던 몸에 착 달라붙는 옷옷.

랍니다." 그는 마치 내가 그 일을 완전히 이해하기를 바라는 것처럼, 계속 저에게 말했어요. 사실 자체가 그렇게 중요한 일은 아닐지라도, 그렇게 간단한 일에 대한 실수는 용서할 수 없기 때문이지요.

"윌로비 마틴, 1625년에 태어나서 1685년에 죽었습니다. 그는 마스톤 황무지에서 노퍽 장정들 기병 중대의 대장으로 싸웠어요. 우리는 언제나 왕정파였지요. 그는 보호령에서 추방되어서, 암스테르담으로 갔는데, 거기서 뉴캐슬 공작에게 사냥감 모는 말을 샀으며, 우리는 그 종자를 아직도 갖고 있답니다. 그는 왕정 복고 때 이곳으로 돌아와서 장원의 샐리 햄튼과 결혼했지요, 하지만 그들은 바로 전 세대에 손이 끊겼어요. 아들 넷에 딸 둘, 해서 여섯 명의 자식이 있었지요. 그는 로어 초원을 샀었지, 알았소, 베티?" 그는 아내의 이해할 수 없이 굼뜬 기억을 자극하려는 듯이, 그녀에게 돌연히 말했어요.

"이제 그를 아주 잘 기억해요." 그녀는 평온하게 대답했어요.

"그는 여기서 죽을 때까지 살았고, 홍역인지, 그때 그들이 홍역이라 부르던 그 병으로 죽었습니다. 그리고 딸 조앤이 그에게서 전염됐어요. 그들은 저 너머 교회의 같은 무덤에 묻혔습니다." 그는 엄지손가락으로 가리키고는 계속 식사를 했어요. 그가 마치 어떤 필요한 과제를 수행하듯이 아주 짧게 간추리기까지 해서 자진해서 이 모든 것을 이야기했어요. 오래 익숙해서 그에게는 거의 관심이 없는 일이었지만, 무슨 이유에서인지 그는 여전히 그것을 되풀이해야만 한다는 듯이요.

저는 비록 제 질문에 주인이 즐거워하지 않을 것을 의식했지만, 이야기에 관심을 표하지 않을 수 없었어요.

"당신은 기묘하게도 이 오래된 조상들을 좋아하는 것 같군요."

그는 마침내 의견을 말했어요. 익살스럽게 짜증스러워하며 기묘하게 약간 상을 찌푸리면서 말이에요. "당신, 식사 후에 그녀에게 그림들과 오래된 모든 것들을 보여주셔야만 해요, 존." 그의 아내가 끼어들었어요.

"저야 굉장히 관심이 있지요, 하지만 당신의 시간을 뺏을 수는 없어요." 제가 말했지요.

"아, 존은 그것들에 대해서 많이 알아요, 그는 경탄할 정도로 그림들에 대해서 박식하답니다."

"여느 바보라도 자신의 조상들은 알지, 베티." 그녀의 남편이 투덜거렸어요.

"하지만, 만약 당신이 우리가 가진 것을 보고 싶다면, 부인, 영광으로 여기고 보여드리지요." 어구의 정중함과 그가 저를 위해서 문을 열어주는 태도가 그의 이름에서 'y'를 기억하게 했어요. 그는 어두운 이 유화에서 다른 유화를 승마용 채찍으로 가리키면서 대저택을 두루 보여주었어요. 그리고 각각의 그림마다 망설이지 않고 두서너 마디씩 강한 어조로 묘사했어요. 그들은 분명히 연대순으로 걸려 있었는데, 먼지와 어두움에도 불구하고 후기의 초상화들은 예술적으로 미약한 작품들이며 덜 뛰어나 보이는 머리들을 재현한 것이 분명했어요. 군복이 점점 더 드물어졌고, 18세기의 남자 마틴들은 코담배 색깔의 촌스럽게 재단된 의복을 입고 재현되었으며, 자손들은 그들을 "농부들"이나 "펜 농장을 판 사람"으로 간략하게 묘사했어요. 마침내 그들의 아내와 딸들은 아예 없어졌어요. 마치 초상화는 아름다움 그 자체가 요구할 수 있는 권리라기보다는 집안 우두머리에게 필요한 부속물로 간주되게 된 것처럼 말이에요.

그래도, 남자의 목소리에서 그가 승마용 채찍으로 자신 집안의 쇠락을 좇고 있다는 징조를 추적할 수는 없었어요. 왜냐하면 그의 어조에는 자부심도 애석함도 없었기 때문이에요. 너무나도 잘 알려진 이야기를 해서 단어들의 의미가 반질반질하게 닳은 것처럼 정말로 기복 없는 어조를 유지했어요.

"그들의 마지막, 나의 아버님이십니다." 그는 마침내 말했고, 그때 그는 대저택의 사면을 서서히 왔다 갔다 했어요. 추측컨대 60년대 초반에 떠돌아다니는 화가가 상상력이 부족한 화법으로 그린 듯 조야한 유화를 저는 바라보았어요. 아마도 미숙한 솜씨가 거친 이목구비에 거친 혈색을 두드러지게 했을 거예요. 추측컨대 아들처럼 아버지에게도 뒤섞여 있었을 미묘한 균형보다는 농부를 그리는 것이 쉽다고 생각한 것 같았어요. 예술가는 그의 모델을 까만 코트로 가득 채우고, 목에는 뻣뻣한 하얀 타이를 감았어요. 애처로운 신사는 그렇게 입고 결코 편안하지 않았을 거예요.

"그럼, 마틴 씨, 당신과 당신 아내에게 단지 감사할밖에······" 저는 말해야만 하겠다고 느꼈지요.

"잠시만요, 아직 끝나지 않았어요. 책들이 있어요." 그는 내 말을 중단시켰어요.

그의 목소리에는 반쯤 희극적으로 끈덕진 데가 있었어요. 자신이 맡은 일에 관심 없지만, 완벽하게 그 일을 하겠다고 결심한 사람 같은 것 말이에요.

그는 문을 열고 저에게 작은 방이라기보다는 차라리 사무실 같아 보이는 곳으로 들어오라고 명했어요. 책상에는 문서들이 쌓여 있고, 벽에는 선반이 줄지어 있었는데 영지의 주인이 사무를 처리했던 방 같았어요. 장식용 잉크대와 브러시가 있었고, 대부분 죽은 동물들이 다양한 받침대와 케이스에서 생명 없는 발을 들어 올리고 석고로 된 혀를 드러내며 싱긋 웃고 있었어요.

"이들은 초상화들보다 이전으로 돌아갑니다." 그는 몸을 구부려 커다란 노란 문서 더미를 힘들게 들어 올리며 말했어요. 양쪽 끝에 막대가 달린 초록색 실크로 된 두꺼운 끈 외에 그것들은 제본되거나 어떤 식으로든 한데 묶여 있지 않았어요, 기름에 찌든 서류 꾸러미들 — 푸줏간 계산서나 한 해의 영수증들을 핀으로 고정시키듯이 말이에요. 손가락으로 책장을 한 팩의 카드처럼 훌훌 넘기면서, "저것이 첫 번째 뭉치예요." 그는 말했어요. "그것이 일 번이에요. 1480년에서 1500년까지요." 누구라도 추정하겠지만 저는 숨이 막혀왔어요. 하지만 마틴의 절도 있는 목소리가 이곳에서는 열의가 부적절하다는 것을 상기시켰지요. 열의는 진짜 물건과 대조할 때 정말로 아주 싸구려 물품처럼 보이기 시작했어요.

"아아 정말로 매우 흥미롭네요, 제가 볼 수 있을까요?" 제가 말한 전부예요. 꾸러미가 아무렇게나 제 손에 놓였을 때 잘 통제되지 않은 제 손은 약간 떨렸어요. 마틴 씨는 저의 하얀 피부를 더럽히기 전에 걸레를 가져오겠다고 실제로 제안했어요. 하지만 저는 아무런 문제가 되지 않는다고 그를 안심시켰지요, 아마도 너무 진지하게 말이에요. 왜냐하면 제가 이 귀한 문서들을 잡으면 안 되는 보다 근본적인 어떤 이유가 있지 않을까 두려웠거든요.

그가 책장 앞에 수그리고 있는 동안, 저는 황급히 양피지에 첫 번째로 적힌 것을 보았어요. "노퍽 주, 마틴 저택에서 서기 1480년에 기록한 조앤 마틴의 일지." 저는 한 자 한 자 읽었어요.

"조앤 할머니의 일기예요." 마틴이 팔 가득히 책을 들고 돌아서면서 제 말을 가로막았어요. "그녀는 이상한 옛날 숙녀였을 거예요. 저 자신은 일기를 계속 쓸 수 없거든요. 자주 시도했지만, 2월

10일 너머까지 일기를 쓴 적이 없어요. 하지만 여기 보세요." 그는 내게로 굽히고, 페이지를 넘기면서, 손가락으로 가리켰어요. "여기 1월, 2월, 3월, 4월 등 열두 달이 전부 있어요."

"그럼, 마틴 씨는 이걸 읽으셨어요?" 그가 아니요, 할 것을 기대, 아니 희망하면서 저는 물었어요.

"아, 물론이죠, 읽었어요." 그는 그것이 단순한 맡은 일인 것처럼 일상적으로 말했어요. "글에 익숙해지는 데 꽤 시간이 걸렸어요. 옛날 소녀의 철자법은 기묘하거든요. 그런데 이 글에는 약간 기묘한 데가 있어요. 이리저리하여, 땅에 대해서 그녀에게서 많이 배웠어요." 그는 묵상에 잠기듯이 그것을 톡톡 두드렸어요.

"그녀가 어떤 분인지도 아세요?" 저는 물었지요.

"조앤 마틴은 1495년에 태어났습니다." 그는 흥행사의 목소리로 시작했어요. "그녀는 자일스 마틴의 딸입니다. 그의 유일한 딸이지요. 하지만 그는 아들이 셋 있었어요, 우리는 언제나 아들이 있지요. 그녀는 이 일기를 스물다섯 살 때 썼어요. 그녀는 여기서 평생을 살았어요 — 한 번도 결혼하지 않았어요, 실제로 서른 살에 죽었습니다. 감히 말하건대, 당신은 다른 사람들의 무덤과 함께 그녀 무덤을 저 아래에서 보실 수 있을 거예요."

"그런데 제 생각에는 이것이 더 흥미롭습니다." 그는 양피지로 제본된 두꺼운 책을 만지면서 말했어요. "이것은 1583년 재스퍼의 살림 책입니다. 옛날 신사가 그의 계산을 어떻게 기록했는지 보세요. 그들이 무엇을 먹고 마셨는지, 고기와 빵과 와인이 얼마나 하는지, 그가 하인을 몇 명이나 두었는지 — 그의 말과 마차, 침대, 가구, 모든 것들에 대해서 말이에요. 우리에게 일의 체계를 전해주죠. 저는 그런 것이 열 세트가 있어요." 그는 지금껏 자신이 소유한 어떤 것에 대해서보다 훨씬 더 자랑스럽게 그것들에 관해서 말했어요.

"이것은 겨울밤에 읽기 좋아요." 그는 계속했어요. "이것이 윌로비의 종마 책입니다. 윌로비 기억하시죠.'

"공작에게 말을 샀고, 홍역으로 죽은 사람이죠." 저는 유창하게 반복했지요.

"그래요." 그는 끄덕였어요. "그런데 이것은 정말로 훌륭하답니다, 이게 말이에요." 그는 감식가처럼, 선호하는 어떤 포트와인 브랜드를 말하는 것처럼 계속했지요. "저는 이십 파운드를 준대도 이것을 팔지 않을 거예요. 여기에는 이름, 혈통, 수명, 값어치, 후예들이 있어요. 모든 것이 성경처럼 쓰여 있어요." 그는 이 죽은 말들의 이상한 옛 이름 몇 개를 낭랑한 목소리로 말했어요. 마치 그가 와인처럼 그 소리를 즐기는 것처럼 말이에요. "제가 책 없이도 그들 모두를 말할 수 있는지 제 아내에게 물어보세요." 그는 그것을 조심스럽게 닫고 선반 위에 올려놓으면서, 웃었어요.

"이것들은 소유지에 대한 책들입니다, 그것들은 올해까지 내려오죠, 마지막 권이에요. 여기 우리 가족의 역사가 있어요." 그는 긴 양피지 조각을 펼쳤고, 그 위에는 중세 펜으로 쓴 희미해지고 지나치게 장식한 글자로 족보가 새겨져 있었어요. 가지가 점점 더 넓게 퍼져서 그들은 양피지 크기의 한계 때문에 무자비하게 잘라냈어요—예를 들면 열 명의 아이들에다 아내는 매달려 있지 않은 남편과 같은 식으로 말이에요. 모든 것 밑에 새 잉크로 집주인 재스퍼 마틴과 그의 아내 엘리자베스 클레이의 이름이 기록되었어요, 그들은 아들이 셋이에요. 그의 손가락은 기민하게 족보 아래를 훑어 내려갔는데, 손가락이 이런 일에 너무도 익숙해서 거의 혼자서 실행할 수 있다고 믿어도 될 정도였어요. 마틴의 목소리는 어떤 단조로운 기도에서 성자들이나 덕목 일람표를 반복하는 것처럼 계속 중얼거렸어요.

"그래요, 생각하기에 나는 이 두 개를 최고로 좋아하는 것 같습니다. 나는 눈을 감고도 그들을 끝에서 끝까지 말할 수 있거든요. 말이나 할아버지들 말이에요!" 그는 양피지를 둘둘 말아서 곁에 놓으면서 결론지었어요.

"그럼 당신은 여기에서 공부를 많이 하시나 봐요?" 저는 이 이상한 남자가 약간은 당혹스러워서, 물었지요.

"나는 공부할 시간이 없어요." 마치 제 질문에 그에게 있는 농부가 나타난 것처럼, 그는 다소 거칠게 되받았어요. "나는 겨울밤에 쉬운 것들을 읽기 좋아해요. 그리고 일찍 깨면, 아침에도 좋아요. 나는 때때로 그것들을 침대 곁에 두지요. 그것들을 읽으면 나는 잠이 들지요. 자신 가족의 이름을 아는 것은 쉬워요. 그것들을 자연스럽게 다가오지요. 하지만 나는 책으로 배우는 것은 잘했던 적이 없어요, 유감이지만."

제 허락을 구한 뒤, 그는 파이프에 불을 붙이고, 자신 앞에 순서대로 책들을 정렬하면서, 커다란 연기 소용돌이를 내뿜기 시작했어요. 하지만 저는 첫 번째 것, 양피지 더미를 제 손에 쥐고 있었고, 그 또한 나머지 것들 중에서 그것을 찾지 않았어요.

"제가 감히 말하건대, 이 중 어느 것하고든 헤어지면 당신은 유감스럽겠지요?" 저는 웃어보려 하면서 진짜 열의를 감추고, 마침내 과감히 말했지요.

"그것들과 헤어진다고요? 제가 왜 그것들과 헤어지죠?" 그는 되받았어요.

그 생각이 분명히 너무도 동떨어져서, 제 질문은 두려워했던 것처럼 그의 의심을 불러일으키지는 않았어요.

"아니, 아니요." 그는 계속했어요. "그러기에는 그것들은 훨씬 더 유용하다고 봐요. 글쎄요, 부인, 예전에 법정에서 이 문서들에 대한 권리가 제게 있다고 인정했지요. 게다가 사람은 언제나 자신의 가족을 주변에 보존하고 싶어 한답니다. 당신이 제 말을 이해하신다면, 저는 저의 할아버지들과 할머니들, 삼촌들과 숙모들이 없으면 글쎄, 일종의 외로움을 느낄 거예요." 그는 마치 약점을 고백하는 것처럼 말했어요.

"아, 잘 이해합니다." 저는 말했지요.

"제가 감히 말하건대 부인께서도 비슷한 감정을 가지실 거예요, 여기 이 아래, 이처럼 외로운 장소에서, 친구는 부인이 간단히 생각할 수 있는 것보다 훨씬 더 의미를 갖지요. 제 친척들이 아니었더라면, 제가 어떻게 시간을 보냈을지 모르겠다고 가끔 생각합니다."

저의 어떤 말이나, 그의 말을 보고하려는 어떤 저의 시도도 그가 말할 때 일으키는 야릇한 인상을 전할 수가 없네요. 이 모든 '친척들', 엘리자베스 시대의 할아버지들, 아니 에드워드 4세 시대의 할머니들이, 말하자면, 바로 모퉁이를 돌면 꽉 차 있는 것 같았어요. 그의 목소리에는 '혈통'에 대한 자존심은 전혀 없었고, 단지 아들이 부모에게 갖는 개인적인 애정이 있었어요. 모든 세대들이 그의 마음에서는 똑같이 맑고 한결같은 빛 속에 둘러싸여 있는 것 같았어요. 그것은 정확하게 현재의 빛은 아니었지만, 우리가 흔히 과거의 빛이라고 부르는 것도 분명히 아니었지요. 그리고 그것은 허황되지 않았고, 아주 차분하고, 매우 넓게 퍼져서, 그 빛 속에서 인물들은, 제가 상상컨대, 그들이 육체를 입었을 때와 너무나도 닮은, 확고하고 유능한 모습으로 두드러져 보였어요.

재스퍼 마틴이 농장과 들판에서 돌아와, 여기 혼자 앉아서 그의 '친척들'과 편안하게 잡담하리라는 것을 아는 데는 정말 멀리 상상을 확대할 필요도 없었어요. 그가 그렇게 하고자 할 때마다 그랬으리라, 그리고 그에게는 그들의 목소리가 평평한 오후 햇살 위로 열린 창을 통해서 흘러 들어왔던 아래 들판의 노동자들의 목소리와 거의 비슷할 정도로 들렸으리라는 것도 말이에요.

하지만 그에게 팔겠는지 물으려던 저의 원래 의도는, 이제 기억해보니 거의 저를 부끄럽게 했어요. 너무도 부적절하고 너무도 무례했어요. 그리고 또한, 이상하게 생각하시겠지만, 저는 순간 골동품 연구가로서 적절한 열의를 잃어버렸어요. 오래된 것들, 시기를 구별하는 작은 증표들에 대한 흥미가 사라졌어요, 그것들은 커다랗고 본질적인 상황의 하잘것없고 보잘것없는 아주 우발적 사건 같았기 때문이지요. 마틴 씨 자신의 역사를 설명하기 위해서 골동품 연구가 필요치 않은 것처럼 그의 조상들에 관한 한 골동품 연구가 창의성을 발휘할 여지가 없었어요.

그들은 모두 저처럼 피와 살을 가졌다고 그는 저에게 말할 거예요. 그리고 그들이 4~5세기 전에 죽었다는 사실은 유화를 덮은 유리가 그 아래 그림을 변화시키지 않는 것처럼 그들에게는 문제가 되지 않았어요.

그렇지만 다른 각도에서 생각하면, 만약 사는 것이 부적절하다면, 빌리는 것은, 어쩌면 조금 어리석을지언정, 자연스러운 것 같았어요.

"그래요, 마틴 씨." 저는 그런 상황에서 가능하리라 생각했던 것보다는 열의 없이, 떨지도 않으면서 마침내 말했지요. "저는 이 주변—실제로 가슴에 있는 스완—에서 일주일 정도 머물려고 생각 중입니다. 제가 머무는 동안 이 문서들을 훑어볼 수 있게 빌려주신다면 정말 감사하겠습니다. 이것이 제 명함입니다. 라섬 씨가(그 지역의 거대한 지주), 저에 관해서 모두 얘기해드릴 겁니다." 마틴 씨는 마음의 관대한 충동을 믿는 남자가 아니라고 본능이 제게 말해주었지요.

"아, 부인, 그런 건 신경 쓰지 마세요." 그는 마치 제 요청이 면밀히 살필 필요가 있을 만큼 중요치 않은 듯 무심하게 말했어요. "만약 이 오래된 문서들이 당신을 즐겁게 한다면, 정말로 환영합니다." 하지만 그가 약간은 놀란 것 같아서, 제가 덧붙였지요. "비록 그들이 제 가족이 아니어도, 저는 가족사에 아주 관심이 많답니다."

"시간이 있다면 충분히 흥미롭지요." 그는 공손하게 동의했어요, 하지만 저의 지력에 대한 그의 평가가 낮아졌다고 저는 생각했어요.

"당신은 어느 것을 원하시죠?" 그는 재스퍼의 살림 책들과 윌로비의 종마 책을 향해서 손을 뻗으면서 물었어요.

"글쎄 저는 당신의 할머니 조앤부터 시작하겠어요." 제가 말했어요. "저는 처음부터 시작하는 것을 좋아하거든요."

"아, 아주 좋아요." 그는 미소 지었어요. "비록 당신이 그녀에게서 색다른 어떤 것도 발견하리라고는 생각 않지만 말이에요. 그녀는 우리들과 아주 똑같아요. 제가 아는 한 전혀 뛰어난 데가 없어요."

그렇지만, 저는 팔 아래 조앤 할머니를 끼고 돌아왔어요. 베티는 꾸러미의 기묘한 성격을 위장할 수 있도록 고동색 종이로 싸주겠다고 우겼어요. 왜냐하면 제가 그들이 원하는 대로, 자전거로 편지를 나르는 소년 편에 그것을 보내는 것을 거절했기 때문이지요.

1

세태가 어머니가 소녀였을 때보다 안전하지 않고 형편이 좋지 않아서, 되도록이면 우리 영지 내에 머물 필요가 있다고 어머니가 나에게 말씀하신다. 일월에는 해가 끔찍하게 일찍 졌는데, 어두워진 다음에는 정말로, 우리는 저택 대문 뒤에 안전하게 있어야만 한다. 어둠이 깔려 수를 놓을 수 없게 되자마자, 어머니는 팔에 큰 열쇠들을 들고 밖으로 나가신다. "모두들 들어왔지요?" 어머니는 외쳤고 우리 일꾼 중 누가 아직도 들판에서 일할 경우, 밖의 길 위에서 종을 앞뒤로 흔들었다. 그러곤 대문을 끌어 닫고, 자물쇠로 고정시켰다. 우리는 빗장을 질러 온 세계를 밀어내었다. 때로, 서리로 반짝이는 땅 위로 달이 떠오를 때, 나는 아주 대담해지고 참을성이 없어졌다. 이 자유롭고 아름다운 모든 장소들─영국 전역과 바다, 그리고 그 너머의 땅들─이 길고도 어두운 밤이 새도록 바다의 파도처럼 우리 쇠대문에 거슬러 물결치고, 부서지고 물러갔다가─다시 부서지는─압박감을 느낀다고 생각했다. 나는 한번은 침대에서 벌떡 뛰어 일어나 어머니의 방으로 달려갔다. "그들을 들어오게 하세요, 그들을 들이세요! 우리는 굶어 죽어요!" 하고 외치면서 말이다. "얘야, 군인들이 왔니, 아니면 너의 아버지 목소리니?" 어머니는 창문으로 달려갔고 우리는 함께 은빛 들판을 내다보았고, 모든 것은 평화로웠다. 하지만 나는 내가 들은 것이 무엇인지 설명할 수 없었다. 어머니는 자라고, 그리고 나와 세상 사이에 대문이 있다는 것에 감사하라고 말했다.

하지만 다른 날 밤에는, 바람이 거칠고 빠르게 흐르는 구름 아래 달이 가라앉을 때, 나는 불 가까이 다가가며, 길에서 배회하며 이 시각에 숲에 숨어 있는 모든 그런 나쁜 남자들이, 아무리 노력

해도, 우리의 거대한 대문을 뚫을 수 없다고 생각하면서 기뻤다. 어젯밤이 그런 밤이었다. 그들은 겨울에 가끔 왔는데, 아버지는 런던에 가 있고, 어린 동생 제레미를 제외하고 오빠들은 군대에 있고, 어머니가 농장을 관리하고, 사람들을 지시하고, 우리의 모든 권리를 살필 때였다. 교회 종이 여덟 번을 친 다음에는 작은 양초를 태울 수 없었고, 그래서 우리는 목사이신 존 샌디스와, 저택에서 함께 자는 한두 명의 하인과 함께, 장작불 둘레에 앉아 있었다. 그때 장작불 곁에서도 한가하게 보낼 수 없는 우리 어머니는 뜨개질을 하기 위해 실을 감으며 벽난로 측면에 있는 큰 의자에 앉아 계셨다. 실이 엉키면 어머니는 쇠막대로 세게 쳐 불꽃과 불똥이 샤워처럼 뿜어져 나오게 했다. 어머니는 암황색의 불빛 속으로 머리를 수그렸고, 그러면 그녀가 얼마나 고귀한 여인인지를 볼 수 있었다. 나이 — 어머니는 사십이 훨씬 넘었다 — 도 많은 데다 많이 생각하고 주의가 깊어 이마에 새겨진 견고한 주름에도 불구하고 말이다. 어머니는 머리 모양에 꼭 맞는 리넨으로 만든 멋진 실내용 캡을 썼고, 눈은 깊고 엄격했으며, 뺨은 건강한 겨울 사과 같은 색이었다. 그런 여인의 딸이고 언젠가 똑같은 능력이 나의 것이 되기를 희망하는 것은 대단한 일이었다. 그녀는 우리 모두를 다스렸다.

목사인, 존 샌디스 경은 그의 모든 신성한 업무에도 불구하고, 어머니의 하인이었고, 푸념을 늘어놓긴 했지만 성실하게 그녀 뜻대로 했고, 그녀가 그의 충고를 요청하면 그렇게 행복할 수가 없었으며, 어머니의 충고를 받아들였다. 하지만 내가 그런 것에 대해 속삭이면 어머니는 나를 꽤 야단쳤다. 왜냐하면 어머니는 교회의 충실한 딸이었고 목사를 존경했다. 그리고 우리와 함께 앉는 윌리엄과 앤이 있었는데, 그들이 너무 나이 들어서 어머니는 그들과 불을 함께 나누시기를 원했다. 하지만 윌리엄은 너무 늙고, 씨 뿌리고 땅 파는 일로 등이 너무 굽고, 햇빛과 바람에 많이 상처 입고 망가져서, 늪에 있는 가지 쳐낸 버드나무에게 불을 나누거나 함께 이야기하자고 하는 편이 나았다. 하지만, 그의 기억은 과거로 멀리 돌아갔고, 그가 때때로 시작하려 시도하는 것처럼 젊은 시절에 본 것들을 우리에게 이야기할 수 있다면, 그것은 듣기에 흥미로우리라. 늙은 앤은 우리 어머니의 유모였고 나의 유모였다. 그리고 그녀는 여전히 우리 옷을 수선했고, 어머니를 제외하고는 누구보다도 살림살이에 대해서 많이 알았다. 그녀는 또한 집 안에 있는 각각의 의자와 테이블, 태피스트리들의 역사를 말해주리라. 하지만 무엇보다도 그녀는 어머니와 존 경과 함께 내가 결혼할 가장 적절한 남자에 대해서 의논하는 것을 좋아했다.

빛이 있는 한 큰 소리로 읽는 것이 내 의무였다. 왜냐하면 비록 어머니가 쓸 수 있고, 그녀 시대의 관습 이상으로 단어 철자를 쓸 수 있었지만, 나는 읽을 수 있는 유일한 사람이었기 때문이었다. 그리고 아버지께서 런던에서 존 리드게이트가 쓴 『유리로 된 궁전』의 필사본을 나에게 보내셨다. 그것은 헬렌과 트로이 공격에 관해서 쓴 시였다.

어젯밤 나는 헬렌, 그녀의 아름다움과 구혼자들, 아름다운 트로이 마을에 관해서 읽었고 그들은 조용히 들었다. 왜냐하면 비록 우리 중 누구도 이 장소들이 어딘지 모르지만, 우리는 그곳이 어떻게 생겼는지 아주 잘 알 수 있었다. 그리고 우리는 군인들의 고통 때문에 울 수 있었고, 우리 어머니 같은 어떤 사람이었을 것이라 생각되는, 그 당당한 여자를 우리 마음속에 그려볼 수 있었다. 어머니는 팔로 장단을 맞추었고 행렬 전체가 지나가는 것을 보았다. 어머니의 눈이 빛나고 머리를 흔드는 것으로 보아서 나는 알 수 있었다. "그곳은 틀림없이 아서왕이 기사들과 살았던 콘월이었을 거야." 존 경이 말했다. "그들이 한 모든 일에 대해 말해줄 수 있는 이야기들이 기억나는군. 하지만 기억이 희미해."

"아아, 하지만 북녘 사람들에 대해서도 멋진 이야기들이 있어요." 자신의 어머니가 그 지역 출신인 앤이 끼어들었다. "제가 그 이야기들을 도련님들과 조앤 아씨께도 자주 불러드렸죠."

"빛이 있는 동안 계속 읽거라, 조앤." 어머니가 명하셨다. 실제로 모든 사람 중에서 그녀가 가장 자세히 듣고, 가까이 있는 교회에서 통금이 울리면 가장 애타한다고 나는 생각했다. 하지만 어머니는 런던에 있는 아버지를 위해서 아직도 계산을 해야 하는데도, 이야기를 듣고 있는 자신을 나이 든 바보라고 불렀다.

빛이 사라지고 더 이상 보이지 않아 읽을 수 없을 때, 그들은 나라의 상황에 대해서 이야기하기 시작했다. 우리 주변에서 진행되는 책략과 전쟁, 그리고 피비린내 나는 행위들에 대한 무시무시한 이야기들을 했다. 하지만 내가 무엇을 보든, 우리는 지금 언제나 그랬던 것보다 더 나쁘지는 않았다. 현재 노픽의 우리는, 헬렌이 어디에 살았건, 그녀 시대의 우리나 거의 같았다. 결혼식 날 저녁에 제인 모리슨을 빼앗아 간 것이 바로 작년이 아닌가?

하지만 어쨌든, 헬렌의 이야기는 오래되었고, 어머니는 그 일은 그녀 시절보다 훨씬 전에 일어났다고 말했다, 그런데 탈취하고 불태우는 일은 지금도 계속되고 있다. 그래서 그 이야기는 나와 제레미 역시 떨게 했고 큰 문이 흔들릴 때마다, 배회하는 어떤 노상강도가 큰 소리로 외치고 있다고 생각했다.

하지만, 잘 시간이 되고 불이 점점 낮아졌을 때, 상황은 더 나빠졌고, 우리는 거대한 층계 위로, 창문이 회색으로 빛나는 복도를 따라서, 그래서 우리의 차가운 침대 방으로, 길을 더듬어 가야만 했다. 내 방 창문이 부서져서, 짚으로 막았다, 하지만 돌풍이 불어 닥쳐 벽 위의 태피스트리를 들어 올려서, 드디어 나는 말들과 갑옷을 입은 남자들이 나를 습격한다고까지 생각했다. 어젯밤 내 기도는 커다란 대문이 굳건하게 견뎌서, 모든 강도와 살인자들이 우리를 그냥 지나가게 하소서, 하는 것이었다.

2

춥고 우울할 때조차도, 새벽은 살을 에는 듯한 반짝이는 얼음 화살처럼 언제나 내 팔다리를 뚫고 지나갔다. 나는 두꺼운 커튼을 옆으로 젖히고, 생명이 헤쳐 나오는 것을 보여주는 하늘의 첫 번째 빛을 찾았다. 나는 창문에 뺨을 기대고 가능한 한 바짝 육중한 시간의 벽을 민다고 공상하는 걸 좋아했다. 그리고 시간은 영원히 우리 위에 새로운 생명의 공간을 들어 올리고 잡아당기고 밀어 넣었다. 그 순간이 전 세계에 펼쳐지기 전에 내가 경험하게 하소서! 가장 새롭고 가장 신선한 것을 음미하게 하소서. 나는 창문에서 교회 마당을 내려보았고, 그곳에는 너무도 많은 나의 조상들이 묻혀 있었으며, 나는 기도하면서 순환하는 오래된 물속에서 영원히 뒤흔들리는 그 불쌍한 죽은 사람들을 동정했다, 왜냐하면 나는 그들이 창백한 조류 위에서 영원히 선회하며 소용돌이치는 것을 보았기 때문이었다. 그러면, 현재를 선물로 가진 우리는 그것을 사용하고 즐깁시다. 그것이, 고백컨대, 나의 아침 기도의 일부이다.

오늘은 내내 비가 왔다, 그래서 나는 바느질하면서 아침을 보

버지니아 울프 단편소설 전집   63

내야만 했다. 어머니는 존 애쉬가 다음 주에 런던 아버지께 가져갈 편지를 쓰고 계셨다. 나는 자연스럽게 이 여행과, 내가 영원히 꿈꾸지만, 아마도 결코 보지 못할 거대한 도시를 자꾸만 생각했다. 새벽에 출발해야 했다, 왜냐하면 며칠 밤은 길에서 보내야 하기 때문이다. 존은 같은 장소로 향하는 세 명의 다른 남자들과 여행한다. 나는 그들이 출발하는 것을 자주 보면서 그들과 함께 가기를 갈망했다. 그들은 마당에 모였고, 별들이 아직 하늘에 있었다. 그리고 이웃 사람들은 망토와 이상한 옷들로 감싸고 나왔고, 어머니는 강한 맥주를 큰 컵으로 가져가서, 여행자 한 명 한 명에게 손수 주셨다. 그들의 말은 앞뒤에 짐을 실었지만, 필요할 경우 질주해서 나가는 것을 방해할 정도는 아니었다. 그리고 남자들은 잘 무장했고 털로 안감을 댄 옷을 꼭 맞게 입었다, 왜냐하면 겨울날은 짧고 추웠으며, 그들은 아마도 산울타리 아래에서 자야 하기 때문이리라. 새벽녘에 그것은 당당한 광경이었다. 말들은 재갈을 물어뜯으며 가려고 안달이었으며, 사람들은 주위에 모여들었다. 그들은 런던에 있는 친구들에게 그들의 최근 메시지들을 빨리 전하기를 신께 빌었다. 시계가 네 시를 치자 그들은 돌아서서, 어머니와 나머지 사람들에게 인사하고, 급하게 길을 떠난다. 많은 젊은 남자들과 여자들도 안개가 가로막을 때까지 몇 발자국 그들을 따라간다. 왜냐하면 그렇게 새벽녘에 출발한 남자들이 다시는 집으로 돌아오지 않는 일이 빈번하기 때문이다.

그들이 하얀 길을 따라서 하루 종일 말을 타는 것을 그려보고, 우리 성모님의 성당에서 내려 경의를 표하고, 안전한 여행을 비는 것을 본다. 길은 외길이고, 그 길은 거대한 땅을 지나갔으며, 그곳에는 살인했거나 강도질하던 이들 외에는 아무도 살지 않았다. 그들은 마을에서 다른 이들과 살 수 없고, 마찬가지로 살인하고 당신의 등에서 옷을 빼앗는 야생동물들과 그들의 인생을 보내야만 하기 때문이다. 그것은 무시무시한 여행이지만, 진실로, 나는 그 길을 한 번은 가고 싶고, 바다의 배처럼, 그 땅을 지나가고 싶다.

정오에 그들은 주막에 당도한다─런던으로 가는 여행지 휴게소마다 주막이 있고, 그곳에서 여행자는 안전하게 쉴 수 있다. 주인들은 길의 상태를 얘기해줄 것이며, 당신의 모험에 대해서 물을 것이다. 그래서 같은 길을 여행하는 다른 이들에게 경고할 수 있게 말이다. 하지만 낮에는 숨어 있던 모든 사나운 존재들을 어둠이 풀어놓기 전에 잠잘 곳에 당도하려면, 당신은 길을 서둘러야 한다. 존은 자주 나에게 말했다, 태양이 하늘에서 내려오면 침묵이 동료들 간에 흐르고, 각기 팔 아래 총을 늘어뜨렸으며, 심지어는 말도 귀를 쫑긋 세워 다그칠 필요가 없었다. 산등성이에 당도하면, 길가 전나무 그늘에 어떤 것이 움직이지 않는가, 두려워하면서 아래를 내려다본다. 그러면 명랑한 제분업자[3]인 울새가 노래 한 가락을 불러대고, 그들은 마음을 다잡고 용감하게 산 아래로 내려간다. 깊이 한숨 쉬는 여자 같은, 바람의 깊은 숨이 그들 마음을 두렵게 하지 않도록 이야기하면서 말이다. 그때 어떤 이가 등자[4]에서 일어서며, 저 멀리 땅 언저리에서 숙소의 불빛을 본다. 그리고 성모께서 그들에게 자비로우시면 우리가 집에서 무릎 꿇고 그들을 위해서 기도할 때 그들은 이곳에 무사히 당도한다.

---

3 밀을 축내는 울새의 별명으로 보인다.
4 안장 안쪽에 기수의 발을 받치는 고리.

3

오늘 아침에 책을 읽는데 어머니께서 부르셔서 어머니의 방에서 이야기했다. 나는 아버지가 계실 때면 장원 공문서와 다른 법적 서류들을 늘어놓고 앉아 계시곤 하는 작은 방에 어머니가 계신 것을 발견했다. 어머니는 집안의 우두머리로서 할 일이 있으면 여기 앉아 계셨다. 나는 깊게 무릎을 굽혀 인사했고 왜 부르셨는지 이미 짐작한다고 생각했다.

어머니는 촘촘하게 쓴 종이를 앞에 펼치고 계셨다. 나에게 그것을 읽으라고 명하셨다. 그러고는 내가 손에 종이를 들기도 전에 "아니야, 내가 직접 이야기할게" 하고 외치셨다.

"얘야." 엄숙하게 시작하셨다. "네가 결혼할 적령기구나. 단지 지역이 혼란스러운 상태에다"—어머니는 한숨지었다—"우리 스스로 당황스러워서 그 문제를 너무 오랫동안 지연시켰다."

"너는 결혼에 대해서 많이 생각하니?" 그녀는 반쯤 미소 지으면서 나를 쳐다보았다.

"저는 어머니를 떠나고 싶지 않아요." 나는 대답했다.

"저런, 얘야. 어린아이처럼 말하는구나." 어머니는 웃었다, 그녀가 내 애정에 흡족해한다고 생각했지만 말이다.

"게다가, 내가 결혼하라는 대로 결혼하면" 그녀는 종이를 톡톡 쳤다. "너는 멀리 떠나지 않는단다. 네가 예를 들면, 커플링 가의 땅을 지배할 수 있고, 네 땅은 우리 땅과 맞닿게 되지, 너는 우리의 좋은 이웃이 될 거야. 커플링 영주는 아미야스 비고드 경이고 오래된 집안의 남자이지."

"내가 생각하기에는 적절한, 어머니가 딸을 위해서 바라는 그런 결혼이다." 어머니는 언제나 앞에 종이를 놓고 상념에 잠겼다.

나는 아미야스 경이 노리치의 법정에서 아버지와 함께 집에 왔을 때, 단지 한 번 보았고 그때 그와 나누었던 대화는 내가 무릎 굽혀 인사하며 내놓은 백포도주를 마시라고 엄숙하게 권한 것이 전부였기 때문에, 어머니가 말씀하시는데 어떤 말이건 더할 수 있는 척도 할 수 없었다. 내가 아는 것은 그가 깨끗하고 곧바른 얼굴을 가졌고 머리가 반백이지만, 아버지만큼 회색은 아니라는 것이며, 그의 땅이 우리 땅과 접해 있어서 우리는 함께 행복하게 살 수 있으리라는 것이 전부이다.

　"애야, 너는 알아야만 한다, 결혼은 커다란 영예이며 커다란 짐이란다. 네가 아미야스 경 같은 남자와 결혼하면 너는 그 집안의 우두머리가 될 뿐만 아니라, 그것도 중요한 일인데, 아주 영원히 그의 가문의 우두머리가 되는 것이며, 그것은 더 대단한 일이란다. 우리는 사랑을—네가 읽는 노래 작가가 사랑을 이야기하는 것처럼, 열정과 불꽃이요 광기로 얘기하지는 않겠다."

　"아, 어머니. 그는 단지 이야기꾼일 뿐이지요." 나는 맞장구치며 끼어들었다.

　"그리고 그런 일들은 실제 삶에는 있지 않단다. 적어도 자주는 아니라고 생각한다." 어머니는 말씀하실 때 엄숙하게 생각하시곤 했다.

　"하지만 그것은 문제가 아니고," 앞에 종이를 펼치며, "애야, 아미야스 경이 아버지께 쓴 편지다, 그는 청혼을 했고, 너에게 다른 협약이 있는지, 우리가 네게 어떤 지참금을 주는지 알고 싶어 한단다. 그가 그의 편에서는 어떤 것을 제공할지 우리에게 말했지. 이제 혼자 이 편지를 읽을 수 있게 너에게 주마, 그래서 이런 교환이 공평한 것 같은지 네가 생각할 수 있게 말이다."

　나는 어떤 땅과 얼마의 돈이 내 몫인지 이미 알았다. 그리고 외동딸인 나의 지참금은 결코 초라하지 않다는 것을 알았다.

그래서 나는 내가 사랑하는 이 시골, 어머니 가까이에서 계속 살 수 있으리라. 나는 내 권리보다 적은 부와 땅을 가지고 가리라. 그러나 협약의 중요성 때문에 마치 내 나이에 여러 해가 더해진 것처럼 느꼈고, 그때 어머니께서 나에게 종이 두루마리를 넘겨주셨다. 어린아이 적부터, 나는 언제나 부모님께서 내 결혼에 대해서 이야기하시는 것을 들어왔다. 그리고 지난 이삼 년 동안 거의 이루어질 뻔한 여러 계약들이 있었던 것을 알았지만, 결국에는 무산되었다. 하지만 나는 젊음을 잃었고, 계약을 성사시켜야 할 적절한 때였다.

정확히 정오에 만찬 종이 칠 때까지 나는 당연히, 오랫동안 어머니가 지칭하시는 대로, 결혼의 일반적인 영예와 짐에 대해서 생각했다. 한 여자의 삶에서 어떤 다른 사건도 그렇게 커다란 변화를 의미하지는 않는다. 아버지 집에서는 스쳐 지나가는 그림자 같고 중요하지 않다가, 결혼은 갑자기 사람들이 보면 길을 내주는 무게를 지닌 견고한 본체로 서 여자를 형성하기 때문이다. 그것은 물론 그녀의 결혼이 적합하면 그렇다. 그래서 모든 처녀는 경이로워하고 근심하며 이 변화를 기다린다. 왜냐하면 결혼은 그녀가 어머니처럼, 영원히 존경받을 만하고 신뢰할 수 있는 여자인지 아닌지를 반증할 것이기 때문이었다. 아니면 그것은 그녀가 중요하지 않거나 가치가 없다는 것을 보여준다. 이 세상에서든 다음 세상에서든 말이다.

그리고 만약 내가 결혼을 잘하면, 위대한 이름과 거대한 땅의 짐이 내게 지워질 것이고 많은 하인들이 나를 안주인이라고 부를 것이다. 나는 아들을 낳아 어머니가 될 것이며, 남편이 없을 때에는 그가 부리는 사람들을 지배하고, 가축 무리와 곡식을 돌보고 그의 적들을 경계할 것이다. 집 안에 좋은 리넨을 쌓아놓을 것이며, 내 궤에는 향료와 잼들이 쟁여 있을 것이며, 바느질을 해서 시간이 흐르고 사용해서 소모된 것을 보충하고 새롭게 채우면, 내가 죽을 때 내 딸은 내가 처음 보았을 때보다 더 훌륭하고 좋은 의복이 벽장에 줄지어 있는 것을 볼 것이다. 그리고 내가 죽어서 누웠을 때, 시골 사람들이 내 시체 앞을 사흘 동안 지나가며 나에 관해 좋은 말로 기도하고 이야기하리라. 내 아이들의 뜻에 따라 목사는 나의 영혼을 위해 미사드리고 촛불이 영원히, 영원히 교회에서 타리라.

4

처음에는 만찬 종소리 때문에 그런 생각을 하다 멈추었다. 그리고 늦어서는 안 되며, 아니면 존 경의 식전 기도를 방해하게 되고, 그것은 푸딩을 못 먹는 것을 의미한다. 그러곤 내가 좀 더 결혼한 여자 위치가 되어보려 할 때, 남동생 제레미가 어머니 다음으로 아버지의 집사장 격인 앤서니와 산책을 가자고 우겼다.

그는 촌스러운 남자지만, 나는 그가 충직한 하인이어서 좋아했고, 그는 노력의 여느 남자처럼 땅과 양에 대해서 잘 안다. 어머니께 나쁜 언어를 사용했다고 지난 미가엘 축일에 랜슬럿의 머리에 상처를 낸 것도 바로 그였다. 그는 영원히 우리의 들판을 밟고 다녔고, 어떤 사람보다도 들판을 더 잘 알고 더 사랑한다고, 그렇게 나는 그에게 말했다. 그는 이 땅덩어리와 결혼했고 거기서 보통 사람들이 아내에게서 보는 그런 무수한 아름다움과 재능을 본다. 그리고 우리가 혼자 걸을 수 있게 되었을 때부터 종종 걸어

다니면서, 그의 곁에서 그의 애정의 일부가 또한 우리의 것이 되었다. 노픽과 노픽의 롱 윈튼 교구는 나에게는 할머니와도 같았다. 자애로운 부모이며, 사랑스럽고 친근하고, 말이 없어서 내가 때가 되면 돌아갈 대상이다. 아, 결코 결혼하지 않고 늙어간다면 얼마나 축복받은 것인가, 세상 어려움의 와중에서 유일하게 초연하고 어린아이 같을 수 있게 해주는 나무들과 강들 사이에서 자신의 인생을 순결하고 무관하게 보낼 수만 있다면 말이다! 결혼이든 여느 다른 커다란 기쁨이든 여전히 나만의 명확한 비전을 혼란시키리라. 그리고 그것을 잃을 생각에, 나는 마음속으로 외쳤다. '아니, 나는 결코 이 땅을 떠나지 않을 테야―남편이든 연인을 위해서든 말이야.' 그리고 나는 곧바로 제레미와 개들과 함께 황야를 가로질러 토끼를 쫓기 시작했다.

추운 오후였지만 밝은 날이었다. 태양이 불이 아니라 반짝이는 얼음으로 만들어진 것 같았고, 햇살은 하늘에서 땅까지 닿는 기다란 고드름이어서, 우리 뺨 위에서 산산이 부서졌고, 늪을 가로질러 반짝이며 사라졌다. 그리고 온 시골은 몇 마리의 재빠른 토끼를 제외하고는, 텅 비어 보였고, 외로운 가운데 아주 순결하고 아주 기뻐 보였다. 우리는 체온을 유지하기 위해 달렸고, 피가 반짝거리며 팔다리를 통해서 흐를 때면 재잘거렸다. 앤서니는 활보하는 것이 세상에서 추위를 막는 데 최고인 것처럼 곧바로 의젓하게 걸었다. 우리가 부서진 산울타리에 다다르거나 토끼 덫을 잡아당길 때면 반드시, 그는 장갑을 벗고 무릎을 굽히고는, 마치 한여름인 것처럼 그것을 주의 깊게 살폈다. 한 번 우리는 낯선 사람을 만났는데, 그는 퇴색한 초록색 옷을 입고 길을 따라서 고개를 수그리고 발을 질질 끌며 걸어가는데, 어떤 길로 가야 할지 알지 못하는 사람의 표정이었다. 앤서니는 내 손을 단단히 잡았고,

이이가 음식을 찾아서 경계 밖으로 헤매는 성역권에 거하는 사람이라고 말했다. 그는 도둑질을 했거나 살인을 했거나, 아니면 어쩌면 단지 빚쟁이일 수도 있었다. 제레미는 그의 손에서 피를 보았다고 맹세했지만, 그는 단지 어린 소년이었고, 그의 활과 화살로 우리 모두를 방어하고 싶어 했다.

앤서니는 초가 한 채에서 무엇인가 용무가 있었고 우리는 추위를 피해 그와 함께 들어갔다. 하지만 정말로, 나는 열기와 냄새를 거의 견딜 수가 없었다. 베아트리스 소머스와 그녀의 남편 피터가 여기서 살았고, 애들도 있었다. 하지만 그곳은 사람의 집이라기보다는 황야의 토끼 굴 같았다. 지붕은 덤불과 짚으로 되어 있으며, 바닥은 단지 풀과 꽃이 없도록 밟았다 뿐이지 흙이었고, 구석에서는 잔가지가 타고 있었는데, 눈을 찌르는 연기를 내보냈다. 단지 썩은 통나무가 하나 있었는데, 한 여자가 그 위에 앉아서 아이에게 젖을 먹이고 있었다. 그녀는 두려움이 아니라, 그녀 눈에 분명하게 쓰인 불신과 반감을 가지고 우리를 쳐다보았다. 앤서니는 강한 발톱과 사악한 눈을 가진 어떤 동물에게 말하는 것처럼 그녀에게 이야기했다. 그는 그녀 위에 서 있었고, 그의 커다란 장화는 그녀를 으깰 채비가 된 것 같았다. 하지만 그녀는 움직이지도 말하지도 않았다. 그녀가 말을 할 수 있는지, 혹은 으르렁거리고 울부짖는 것이 그녀의 유일한 언어인지 나는 의심스럽다.

밖에서 우리는 늪에서 집으로 돌아오는 피터를 만났는데, 비록 이마에 손대며 우리에게 인사했지만, 그는 아내와 마찬가지로 어떤 인간적인 감각도 없어 보였다. 그는 우리를 쳐다보았고 내가 입은 색깔 있는 망토에 매혹된 것 같았다. 그러고는 그의 토끼 굴로 비틀거리며 들어가, 추측컨대 땅바닥에 누워서, 아침이 될 때까지 마른 고사리 더미에서 뒹굴리라. 이들이 우리가 지배해야 하는 사람들이다, 짓밟아야 하고, 그들이 하기에 적절한 유일한 일을 하도록 매질해야 한다, 그들이 송곳니로 우리를 조각조각 찢으려 할 때 말이다. 앤서니는 우리를 데리고 가면서 말했고, 그러고는 그가 그런 불쌍하고 비참한 사람들을 이미 완전히 땅에다 때려부순 것처럼 주먹을 불끈 쥐고 입술을 악물었다. 하지만 그런 추악한 얼굴을 본 것은 나머지 산책을 망쳐버렸다, 나의 사랑스런 시골조차도 이런 해로운 사람들을 기르는 것 같았기 때문이다. 나는 가시금작화 덤불과 잡초가 엉켜 있는 곳에서 그런 눈들이 나를 응시하는 것을 보았다.

우리의 깨끗한 저택에 들어서자 악몽에서 깨어나는 것 같았다. 그곳에서는 통나무가 커다란 벽난로에서 탔고 참나무가 밝게 빛났고, 어머니가 화사한 가운을 입고 머리에는 아주 깨끗한 리넨을 쓰고 층계에서 내려오셨다. 하지만 얼굴에 있는 주름살과 목소리의 엄격하심 또한 다가왔다. 왜냐하면 어머니는 오늘 내가 본 것 같은 광경들을 멀지 않은 곳에서 언제나 보고 계시기 때문이라고, 나는 갑자기 생각했다.

5

5월

이제 다가온 봄은 단지 초록색으로 자라는 것들이 움트는 것보다 더 많은 것을 의미했다. 다시 한 번 영국 주변을 맴돌던 생명의 흐름이 겨울 서리에서 녹아내렸고, 우리의 작은 섬에서는 해안에 조류가 세게 부딪치는 것을 느꼈다. 지난 한두 주 동안 낯선 여행자들이 길에서 보였고, 그들은 순례자와 행상인, 혹은 런던이나 북쪽으로 무리 지어 여행하는 신사들이리라. 그리고 이 계절에 비록 육체는 정지해 있을 수밖에 없을지라도 마음은 갈망하며 희망에 찬다. 왜냐하면 저녁이 길어지고 새 빛이 서쪽에서 차오르는 것 같으면, 다른 종류의 새롭고 더 하얀빛이 땅 위에 퍼진다고 공상할 수 있으리라. 그리고 당신이 걷거나 수놓으며 앉아 있을 때 그 빛이 눈꺼풀에 비치는 것을 느낄 수도 있으리라.

그렇게 설레고 소란한 어느 밝은 오월 아침에, 우리는 한 남자의 형상이 길을 따라서 활보해 오는 것을 보았다. 그는 빠르게 걸으며 마치 대기와 대화를 나누는 것처럼 팔을 흔들었다. 그는 등에 커다란 배낭을 지고 있었고 한 손에는 육중한 양피지 책을 들고 있는 것이 보였으며 때때로 그 책을 쳐다보았다, 그러는 동안 내내 발에 어느 정도 맞추어서 어떤 말들을 소리쳤고 그의 목소리는 위협하는 혹은 탄원하는 투로 오르락내리락해서 제레미와 나는 산울타리 가까이 기대며 뒷걸음질쳤다. 그러나 그는 우리를 보았고, 모자를 벗고 깊게 인사했으며, 그에 대해서 나는 내가 할 수 있는 한 적절하게 무릎을 굽혀 인사했다.

"아씨, 이 길이 롱 윈튼 가는 길인지 여쭐 수 있을까요?" 그는 여름 천둥처럼 구르는 목소리로 말했다.

"앞으로 일 마일만 가시면 됩니다, 선생님." 나는 말했고, 제레미는 막대기를 길 아래로 흔들었다.

"그러면 도련님, 제가 책을 가장 쉽게 팔 수 있는 집이 어디에 있는지 더 물어도 될까요?" 책을 닫고, 당장에 차분하게 시간과 장소를 더욱 의식하는 것처럼 보이면서 그는 계속 물었다. "저는 멀리 콘월에서 왔어요, 노래를 부르며, 제가 가지고 있는 필사본을 팔려고 말이에요. 제 배낭은 아직도 그득해요. 시절이 노래에 호의적이지 않군요."

실제로 그 남자는, 비록 뺨의 혈색이 좋고, 체격이 건장했지만, 여느 농사꾼처럼 옷을 남루하게 입었다. 그리고 장화는 많이 기워서 걷는 것 자체가 고행이었으리라. 하지만 그는 쾌활하고 예의바른 그런 류의 분위기를 지녔다, 마치 자기 노래의 멋진 음악이 그에게 달라붙어서 평범한 생각을 초월하게 하는 것처럼 말이다.

나는 동생의 팔을 잡아당기며, 말했다. "우리가 바로 대저택에 사는데요, 우리가 기꺼이 당신에게 길을 안내하지요. 당신의 책들을 볼 수 있으면 저는 아주 기쁘겠어요." 그의 눈은 당장에 쾌활함을 잃었고 거의 단호하게 나에게 물었다. "당신이 읽으실 수 있나요?"

"아, 누나는 언제나 책을 읽고 있지요." 제레미가 말하기 시작했고, 또한 나를 잡아당기면서 소리쳤다.

"선생님, 우리에게 당신의 여행에 대해서 이야기해주세요. 런던에 갔었나요? 당신 이름은 뭐죠?"

"저는 리처드라고 합니다, 도련님." 그 남자는 웃으며 말했다. "의심할 여지없이 제게 다른 이름이 있었겠지요, 하지만 한 번도 그것을 들은 적이 없어요. 저는 콘월에 있는 귀디안에서 내려왔어요. 저는 콘월 공령의 어떤 사람보다도 콘월 지방의 노래를 더 많이 불러드릴 수 있어요, 아씨." 그는 내게로 돌아섰고 책을 가진 손을 휘두르며 끝맺었다. "예를 들어 여기 이 작은 책에는 원탁의 기사들 이야기가 전부 있지요. 마스터 앤서니 자신이 직접 쓰고 캠브리아의 수도승들이 그림을 그렸어요. 저는 이것을 제 아내나 아이들보다 더 귀하게 여기지요. 왜냐하면 저는 아무도 없거든요. 이것이 제게는 고기이며 음료이지요, 왜냐하면 제가 이 안에 있는 이야기들을 읽으면 저녁과 잠자리를 제공받거든요. 이것은 또 제게는 말이며 지팡이지요. 왜냐하면 이것이 피곤한 길 수 마일을 태워다주거든요. 그리고 이것은 길에서 최고의 친구예요. 왜냐하면 이것은 언제나 제게 불러줄 새 노래가 있거든요. 이것은 제가 자고 싶을 때는 조용하지요. 이런 책은 절대로 없을 거예요!"

그가 말하는 방식이 그러했는데, 나는 어떤 이도 그렇게 말하는 것을 들은 적이 없었다. 왜냐하면 그는 말할 때 자신의 마음을 정확하게 말하는 것 같지 않았으며, 혹은 우리가 그를 이해하는지 관심 있는 것 같지 않았다. 하지만 그가 농담을 하건 진담을 하건, 말들은 그에게는 귀한 것 같았다. 우리는 마당에 당도했고, 그는 몸을 꼿꼿이 세우고, 손수건으로 부츠를 털어내고, 손가락을 여러 번 재빨리 놀려서 옷매무새를 전보다 조금 더 단정히 하려고 애썼다. 또한 노래 부를 준비를 하는 사람처럼, 헛기침을 했다. 나는 어머니를 부르러 달려갔고, 어머니는 천천히 오시며, 그의 이야기를 듣겠다고 약속하시기 전에 위 창문에서 그를 바라다보셨다.

"그의 가방은 책으로 가득 찼어요, 어머니." 나는 재촉했다. "그는 아서왕과 원탁에 관한 모든 이야기를 가지고 있어요. 제가 장담하건대 남편이 헬렌을 데려간 뒤 그녀가 어떻게 되었는지 그가 우리에게 얘기해줄 수 있을 거예요. 아, 어머니. 제발 그 이야기를 들을 수 있게 해주세요!"

그녀는 내가 조바심을 내자 웃었고, 존 경을 부르라고 내게 명했다. 어찌 되었건 아름다운 아침이었으니 말이다.

우리가 내려왔을 때 그 남자 리처드는 내 동생에게 여행에 관해서 이야기하며 위아래로 걷고 있었다. 어떻게 한 남자의 머리를 박으면서 다른 이에게는 "덤벼라 악당아" 하고 외쳤는지를 말이다. "그리고 무리 전부가 뭐처럼 도망," 여기서 그는 어머니를 보았고 그의 방식대로 모자를 황급히 벗었다.

"선생님, 제 딸이 당신이 낯선 지역에서 왔으며 노래할 수 있다고 말했어요. 우리는 시골 사람들이랍니다. 그래서 다른 지역 이야기들은 거의 알지 못할까 두렵군요. 하지만 우리는 들을 준비는 됐어요. 우리에게 당신 땅에 관한 것을 불러주세요. 그런 뒤, 당신이 원하신다면, 우리와 함께 식사하시고, 우리는 기꺼이 세상 소식을 듣겠어요."

그녀는 참나무 아래 의자에 앉았고 존 경은 담배를 피우며 와서 그녀 곁에 섰다. 그녀는 제레미에게 대문을 열라고 명했고 듣고 싶은 사람 누구라도 들이라고 했다. 그들은 수줍어하면서 호기심에 어려서 들어왔고 입을 벌린 채 리처드 선생님을 바라보며 서 있었다. 그리고 그는 다시 한 번 그들에게 모자를 흔들었다.

그는 풀이 자라고 있는 작은 언덕에 섰고 높고 아름다운 목소리로 시작해서, 트리스트람 경과 이졸데 부인[5]의 이야기를 했다.

그는 쾌활한 매너를 멈추고, 우리 모두 너머를 바라보며, 이상하게 고정된 눈매로, 마치 자신에게서 멀지 않은 어떤 장면에서 말들을 꺼내는 것 같았다. 그리고 이야기가 정열적이 되어갈수록 그의 목소리는 높아갔고, 주먹을 불끈 쥐었고, 발을 들어 올리고 팔을 앞으로 쭉 폈다. 그러고는 연인들이 헤어질 때, 그는 부인이 그에게서 맥없이 무너져 내리는 것을 보는 것 같았고, 그 비전이 사라질 때까지 그의 눈은 멀리 더 먼 곳을 찾았고, 팔은 텅 비었다. 그리고 그는 프랑스 서북부에서 부상을 당하고, 공주가 바다 건너 그에게 온다는 이야기를 듣는다.

그러나 어떻게 해서 대기가 기사들과 귀부인들로 가득 차고,

---

5 아서왕 전설에서 아일랜드 앤거시 왕의 딸로, 콘월의 마크 왕의 아내가 되었는데, 트리스트람의 애인이다.

그들이 손에 손을 맞잡고 우리들 사이를 지나다니고, 속삭이면서, 우리를 보지 못하는지 나는 알 수 없었다. 그러고는 미루나무와 너도밤나무가 은색 보석을 지닌 회색빛 인물들을 내보냈고, 그들은 대기 중을 떠돌아 내려왔다. 아침은 갑자기 속삭임, 한숨, 그리고 연인들의 한탄으로 가득 찼다.

그러나 그때 목소리가 멈추었고, 이 모든 인물들은 희미해지며 그들이 사는 서쪽으로 하늘을 가로질러 꼬리를 끌며 물러갔다. 내가 눈을 떴을 때, 그 남자, 회색 담, 대문 곁에 사람들이 어떤 심연에서부터, 서서히 헤엄쳐 올라와, 표면 위에 내려앉았고, 그곳에 맑고 차갑게 머물렀다.

"불쌍한 이들!" 어머니가 말씀하셨다.

그동안 리처드는 무언가를 꼭 잡았다가 놓아주고, 허공에 부딪친 사람 같았다. 그는 우리를 바라보았고, 나는 손을 뻗어 그가 안전하다고 말하고 싶은 마음이 반쯤 있었다. 그러나 그때 그는 제정신을 차렸고 즐거운 일이 있는 듯이 미소 지었다.

그는 대문에 모인 군중을 보았고 밤색 처녀[6]와 연인에 관한 즐거운 노래를 부르기 시작했고, 그들은 싱긋 웃었으며 발을 굴렀다. 그때 어머니께서 우리에게 식사하러 들어오라고 명했고, 리처드 선생을 어머니 오른쪽에 앉혔다.

그는 들장미 열매와 산사나무 열매를 양식으로 하고 시냇물을 마시고 지냈던 사람처럼 먹었다. 그리고 고기가 치워진 뒤, 그는 엄숙하게 배낭으로 돌아서서, 거기서 다양한 것들을 꺼내서 테이블 위에 놓았다. 걸쇠와 브로치, 그리고 구슬 목걸이가 있었다. 하지만 한데 묶은 여러 장의 양피지 문서도 있었다. 비록 그의 책 크

---

6 작자 미상의 15세기 발라드이다. 1910년에 아서 퀼러-카우치가 편집한 『옥스포드 발라드 *The Oxford Book of Ballads*』에 수록되었다.

기만 한 것은 하나도 없었지만 말이다. 그러고는 내가 원하는 것을 보고 그는 그 귀중한 책을 내 손에 놓았고 나에게 그림들을 보라고 말했다. 그것은 정말로 아름다운 작품이었다. 왜냐하면 대문자들이 밝고 푸른 하늘과 금빛 예복을 둘러쌌는데, 글 한가운데에는 총천연색의 넓은 공간이 있었고 그곳에서 왕자들과 공주들이 행렬에서 걷는 것을 볼 수 있었고 가파른 언덕에 교회가 있고, 그 아래에는 바다가 파랗게 부서지는 도시들을 볼 수 있었다. 그들은 내가 대기 중에 지나가는 것을 본 그 비전들에 들이댄 작은 거울 같았다, 하지만 그들은 여기에 잡혀서 영원히 머물렀다.

"이와 같은 광경들을 본 적이 있으세요?" 나는 그에게 물었다.

"그들은 찾는 사람에게만 보이지요." 그는 신비하게 대답했다.

그리고 그는 내게서 필사본을 가져다 커버를 덮어서 안전하게 묶었다. 그는 그것을 가슴에 품었다.

그것은 여느 경건한 사제의 미사 전서처럼 노랗고 표면이 뒤틀려졌지만, 안에서는 멋진 기사들과 귀부인들이 끊임없는 아름다운 말들이 만드는 가락에 따라, 희미해지지 않고 움직였다. 그가 자신의 코트 안에 가둔 것은 요정의 세계였다.

그가 머물면서 다시 우리에게 노래해줄 수 있다면, 더 이상은 아니고, 하룻밤 머물 것을 제안했다. 하지만 그는 담쟁이덩굴에 있는 부엉이와 마찬가지로 우리의 간청을 듣지 않았다. 단지 "저는 길을 계속 가야 해요" 하고 말하면서 말이다. 새벽녘 그는 집을 나섰고, 우리는 낯선 새가 우리 처마 아래 잠시 머물다가 날아가버린 것처럼 느꼈다.

6

한여름

한 해가 최고의 정상에 의식적으로 균형을 잡고 있는 것 같은 그런 한 주, 아니 단지 하루인지 모르겠는데, 그런 때가 왔다. 그것은 마치 장중한 명상에 잠긴 것처럼 그곳에 꼼짝 않고 길게 혹은 짧게 머물렀다. 그러고는 옥좌에서 내려오는 군왕처럼 서서히 내려와서 어둠 속에 휩싸였다.

하지만 형상들은 붙잡기 어려운 것이다!

이 순간 나는 고요한 지역, 세상의 거대한 등 위에 높이 들린 사람 같은 느낌을 가진다. 나라가 평화스럽고, 그중 우리만의 작은 귀퉁이가 번창하니, 왜냐하면 아버지와 오빠들이 집에 있었다, 완벽하게 만족스러운 서클을 만들어주었다. 하늘의 매끄럽고 둥근 지붕에서 우리 지붕으로 아무런 만灣도 건너지 않고 지나갈 수 있을 것 같다.

그래서 월싱엄에 있는 성모 성당으로 한여름 순례를 가기에 가장 적절한 시기 같았다. 특별히 올해 나는 감사드릴 것이 많았기 때문에 더 그랬다. 아미야스 경과 나의 결혼은 12월 20일로 정해졌고 우리는 준비하느라 바쁘다. 그래서 어제 나는 새벽녘에 출발했고, 겸손한 마음으로 성당에 다가간다는 것을 보이기 위해서 걸어서 여행했다. 그리고 적절히 걷는 것은 분명 기도를 위한 최고의 준비였다!

옥수수를 먹인 말처럼 신선한 정신으로 출발해라, 그녀[7]가 뒷발로 서고, 경주하고, 너를 이리저리 마구 몰게 내버려두어라. 아무것도 그녀를 길에 머물게 할 수는 없을 것이다. 그녀는 이슬 맺

---

7 정신을 지칭.

힌 초원에서 즐겁게 놀면서, 발아래 수천 송이의 꽃을 으깨어버릴 것이다.

그러나 날이 더워졌고, 여전히 뛰어오르는 걸음걸이지만 똑바른 길로 다시 그녀를 끌고 나올 수 있을 것이고, 그러면 한낮의 태양이 쉬기를 명할 때까지 그녀는 너를 가볍고 재빠르게 운반해주리라. 과장 없이 진실로, 은유를 쓰지 않고, 마음은 한 쌍의 기운찬 다리가 재촉하면 정체된 정신의 모든 미궁을 깨끗하게 통과해서 운전할 수 있으며, 마음을 훈련시키면 피조물은 민첩해진다. 그래서 월싱엄으로 가는 길을 따라서 활보한 세 시간 동안, 나는 집 안에서 한 주 내내 있을 때만큼 충분히 생각했다고 여겼다.

처음에는 재빠르고 명랑하며, 놀이하는 아이처럼 뛰어오르던 내 뇌는 마침내 도로에서 진지한 작업에 몰두했다, 비록 마찬가지로 즐겁기야 하지만 말이다. 왜냐하면 나는 인생의 심각한 것들을 생각했기 때문이다—나이, 가난 그리고 병과 죽음 같은 것 말이다, 그리고 그것들을 만나는 것이 분명한 내 운명이라고 생각했다. 그리고 내 인생을 가로질러 영원히 서로서로를 좇고 있는 기쁨과 슬픔을 또한 생각했다. 사소한 것들이 더 이상 예전처럼 나를 기쁘게 하거나 괴롭히지 않으리라. 하지만 비록 이런 생각이 나를 엄숙하게 느끼게 했지만, 그런 감정들이 진실인 시기에 이른 것을 또한 느꼈다. 더 나아가서, 내가 걸어가면서, 그런 감정 속으로 들어가서 그것들을 연구할 수 있는 것처럼 보였다. 실제로, 내가 마스터 리처드의 필사본 표지 안에 있는 넓은 공간으로 걸어 들어갔었듯이 말이다.

나는 그것들을 수정으로 된 견고한 구체들로 보았는데, 그들은 채색된 땅과 대기로 된 둥근 공을 에워싸고 있었고, 그 안에는 작은 남자들과 여자들이 진짜 하늘의 둥근 지붕 아래에서처럼 일했다.

월싱엄은 세상 사람들이 다 아는 대로, 산꼭대기에 있는 아주 작은 마을에 불과했다. 하지만 풀밭이 넓게 펼쳐진 들판을 통과해서 다가갈 때, 당신은 그곳에 당도하기 전 한참 동안 이 높은 지형이 당신 위에 솟아 있는 것을 보게 된다. 한낮의 태양이 늪지의 부드러운 초록색과 푸른색 모두에 불을 밝혀서, 채색한 책처럼 빛나는, 부드럽고 풍요로운 땅을 지나서, 험한 정상을 향해서 가는 것처럼 보이게 만들고, 그곳에서 빛은 위를 가리키고 있는, 뼈처럼 창백한 어떤 것에 내리쬐었다.

마침내 내가 언덕 꼭대기에 도달했을 때, 다른 순례자 행렬과 합류했고, 우리가 인간으로서 겸허하게 온 것을 보이기 위해서, 우리는 두 손을 꽉 잡고, 시편 제 오십일 편을 노래하며, 순례 길의 마지막 발걸음을 같이 내딛었다.

남자들과 여자들, 절뚝발이와 장님이 있었고, 어떤 이는 누더기를 입고, 어떤 이는 말을 타고 왔다, 내가 그들의 얼굴을 호기심 어린 눈으로 바라보았다는 것을 고백한다. 그리고 육신과 [늪들?]이 우리를 갈라놓는 것이 끔찍하다고 한순간 생각했다. 그들은 낯설고 재미있는 이야기를 해주리라.

그러나 그때 상像이 있는 창백한 십자가가 나를 감탄케 했고, 그것을 향한 존경심에서, 나의 온 마음이 끌렸다.

내가 그 소환을 준엄하다고만 생각했던 것을 아닌 척하지는 않겠다, 태양과 폭풍이 그 형상을 하얗게 만들었기 때문이었다, 하지만 내 주위의 다른 이들처럼 그 형상을 숭배하려 애쓰자 내 마음이 너무도 크고 하얀 상으로 가득 채워져서 달리 생각할 여지가 없었다. 한순간 나는 남자나 여자에게는 결코 그런 적이 없지만, 나 자신을 그녀에게 맡겼고, 그녀 옷의 거친 돌에 내 입술은 멍이 들었다. 하얀빛과 열기가 나의 맨머리에 증기를 뿜었고, 황홀의 순간이 지나가자 아래에 있는 시골이 갑자기 펼쳐진 깃발처럼 펄럭이기 시작했다.

7

가을

가을이 왔고, 내 결혼이 멀지 않았다. 아미야스는 훌륭한 신사이고, 아주 예의 바르게 나를 대하고, 나를 행복하게 하기를 희망했다. 어떤 시인도 우리의 구애를 노래할 수는 없었다. 내가 공주들 이야기 읽는 것을 좋아하게 되었기 때문에, 내 운명이 그들과 조금도 같지 않은 것이 때때로 슬펐다. 그렇지만 그들은 노략에, 내란 시기에 살지 않았다. 어머니는 나에게 사실이 언제나 최고라고 말씀하셨다.

결혼한 여자로서 의무를 준비시키기 위해서, 어머니는 나에게 집과 땅을 관리하는 일을 돕게 하셨다. 나는 내가 얼마나 많은 시간을 남자나 행복과는 무관한 생각을 하며 지내야 하는가를 이해하기 시작했다. 남편께서 아주 자주 그러시겠지만 멀리 가시면, 양, 숲, 곡식, 사람들, 일들이 나의 관심과 판단을 필요로 했다. 그리고 지금까지 그래왔던 것처럼 시절이 어수선하면, 나는 또한 적에 대항해서 그의 병력을 배치하는 최고 부관 역할을 해야만 했다. 그러고는 집 안에서 내가 해야 하는 여자로서의 적절한 일이 있으리라. 정말로, 어머니가 말씀하시는 대로, 왕자들과 공주들을 위한 시간은 거의 없으리라! 그리고 어머니는 스스로 소유권의 이론이라고 칭하시는 것을 나에게 계속해서 설명하셨다. 이런 시기에 어떻게 우리가 작은 섬의 통치자로 거친 물결 한가운데에 있는지, 어떻게 우리가 그곳에서 심고 경작해야 하고, 그것을 관통해서 길을 뚫고, 조수로부터 안전하게 담을 쳐야 하는지에 대해서 말이다. 그러면 언젠가 아마도 물결이 약해지고 이곳의 땅은 새로운 세계의 일부가 될 채비를 갖추리라. 영국의 미래에 대한 어머니의 꿈은 그랬다. 자신의 영토를 그렇게 정돈해서 여하튼 간에 지나갈 수 있는 하나의 단단한 장소로 만드는 것이 지금까지 그녀 삶의 소망이었다. 어머니는 나에게 살아서 영국 전역이 그렇게 견고히 설립되는 것을 보겠다는 희망을 가지라고 말했다. 만약 그렇게 된다면, 나는 어머니와 어머니 같은 다른 여자들에게 감사하리라.

하지만 비록 어머니를 깊이 존경하고 그녀 말을 존중하기는 했지만, 나는 그들의 지혜를 한숨 없이는 받아들일 수 없음을 고백한다. 어머니는 지금 화환처럼 둘러치고 있는 안개 밖으로 땅이 견고하게 솟아나는 것만을 고대하는 것 같다. 내가 믿건대, 어머니가 생각하는 아름다운 전망은 넓은 길이 땅을 가로질러 이어지고, 그 위에 말 탄 이들의 긴 행렬이, 편안하게 말을 타고, 순례자들은 무장하지 않고 명랑하게 걸어가고, 마차들이 해안으로 짐을 싣고 가고 배에서 내린 물건들을 무겁게 싣고 돌아오면서 서로를 지나쳐 가는 것이다. 그러곤 어머니는 어떤 거대한 집들을 꿈꾸리라. 그 집은 누구나 볼 수 있게 펼쳐져 있으며, 해자에는 물이 가득 차 있고, 탑은 헐었으며, 대문은 지나가는 누구에게나 자유롭게 열려 있고, 손님이나 하인이 영주와 같은 식탁에서 음식을 대접받으리라. 그리고 옥수수로 넘치는 들판을 가로질러 말을 달리고, 목초지에는 양 떼와 소 떼가 있고 가난한 이들을 위한 돌로 지은 오두막이 있으리라. 이것을 적으며, 나는 그것이 좋다는 것을 알겠고, 그것을 소망하는 것은 우리가 바르게 행하는 것이다.

하지만 동시에, 내 앞에 그려지는, 그런 아름다운 정경을 상상할 때, 나는 그것이 보기 좋다고 생각할 수 없었다. 나도 그렇게 평탄하게 밝은 길들을 보며 살아 숨 쉬기 어려운 것을 알게 되리라 생각되었다.

하지만 내가 원하는 것이 무엇인지, 나는 말할 수 없었다, 비록 내가 그것을 갈망하고, 무언가 비밀스러운 방식으로, 그것을 기대하지만 말이다. 왜냐하면 자주, 시간이 흘러가면서 더 자주, 마치 내가 그렇게 잘 아는 땅 표면 위에서 낯설고 새로운 모습 때문에 멈추듯이, 나는 자신이 갑자기 산책하다가 멈추는 것을 발견하기 때문이었다. 그것은 무엇인가를 암시했지만, 무엇을 의미하는지 알기 전에 사라져버렸다. 그것은 마치 잘 알고 있는 얼굴에서 새로운 미소가 소리 없이 기어 나오는 것 같았다. 그것은 반쯤은 나를 깜짝 놀라게 했지만, 또한 손짓하며 부르기도 했다.

마지막 페이지

어제 내가 이것들을 쓰며 책상에 앉아 있을 때 아버지께서 들어오셨다. 아버지는 읽고 쓰는 나의 기술을 많이 자랑스러워하시고, 실제로 나는 그것을 대부분 아버지 무릎에서 배웠다.

하지만 아버지가 나에게 무엇을 쓰는지 물으셨을 때 나는 혼란스러워졌고, 일기라고 더듬거리며 손으로 가렸다.

"아아, 아버님께서 일기만 쓰셨다면!" 그는 외쳤다. "하지만 그 불쌍한 양반은 자신의 이름조차도 쓸 수 없었어. 저쪽 교회에 존과 피어스와 스티븐이 모두 누워 있지만, 그들이 좋은 사람인지 나쁜 사람인지 말해줄 이야기가 남아 있지 않아." 아버지는 그렇게 말했고 나의 뺨은 다시 창백해졌다.

"내 손자도 나에 대해서 그렇게 얘기하리라, 만약 내가 할 수 있다면 내 자신이 한 줄 쓰고 싶어. '나는 자일스 마틴이다. 나는 중간 체격의 남자이고, 검은 피부에, 엷은 갈색 눈을 가졌고, 입술에는 털이 나 있다. 나는 읽고 쓸 수 있기는 하지만, 그 어느 것도 그렇게 쉽지는 않다. 나는 이 지역에서 발견할 수 있는 최고로 좋은 몰이용 암말을 타고 런던에 간다.'"

"그래 무슨 할 말이 더 있지? 그 애들이 그것을 듣고 싶어 할까? 그들은 어떤 애들일까?" 그는 웃었다. 비록 아버지는 말을 진지하게 시작하시지만, 웃으면서 끝맺는 성향이기 때문이다.

"누구라도 자신의 아버지에 대해서 듣고 싶을 거예요." 나는 말했다. "왜 아버지 얘기를 듣고 싶지 않겠어요?"

"내 선조들은 나와 많이 비슷하지." 그는 말했다. "그들은 모두 여기서 살았어. 나와 똑같은 땅을 경작했고, 시골 여자들과 결혼했어. 어쩌면 그들이 이 순간에 문으로 걸어 들어올 수도 있어, 그리고 내가 그들을 알아볼 것이며, 그것이 조금도 이상하게 생각되지 않을 거야. 하지만 미래는" —아버지는 손을 쭉 폈다— "누가 말할 수 있겠니? 우리는 지구 표면에서 쓸려 사라질 수도 있단다, 조앤."

"아, 아니에요." 나는 큰 소리로 말했다. "틀림없이 우리는 언제까지나 여기서 살 거예요." 이 말이 아버지를 은근히 즐겁게 했다, 왜냐하면 아버지처럼 자신의 땅과 이름을 사랑하는 사람은 없었기 때문이었다. 비록 우리가 더 훌륭한 혈통이었다 해도, 우리가 한결같이 그렇게 오랫동안 융성할 수는 없었을 것이라고 그는 언제나 주장했을 테지만 말이다.

"그럼 조앤, 너는 네 글을 잘 보관하기 바란다." 그는 말했다. "아니 차라리, 내가 너를 위해서 그것을 보관해야겠다. 네가 우리를 떠날 것이니 말이다, 비록 멀리 가지는 않지만 말이야." 그는 재빨리 덧붙였다. "그리고 이름들은 별로 중요하지 않단다. 하지만, 네가 가버렸을 때, 너의 어떤 표시라도 가지고 있고 싶구나. 그래서 우리 자손들이 우리 중에 한 명이라도 존경할 충분한 근거가 되게 말이다." 그는 감탄하면서 나의 훌륭한 필적을 바라보았다. "자, 애야, 나와 함께 교회로 가자, 그곳에서 나는 아버지의 묘비 새기는 일을 조처해야겠다."

아버지와 함께 걸어가면서, 나는 아버지의 말씀과 내 참나무 책상 안에 써서 보관해놓은 여러 장의 일기에 대해 생각했다. 내가 너무도 자랑스럽게 처음으로 장식 글자를 쓴 이래, 겨울이 다시 돌아왔다. 비슷한 일을 할 수 있는 여자가 노퍽에는 거의 없다는 것을 생각하면서, 그런 어떤 자부심이 없었더라면 내 글쓰기는 훨씬 이전에 끝났으리라고 생각했다. 왜냐하면, 정말로, 내 일상의 범주에서 이야기할 필요가 있는 일이라곤 하나도 없었고, 그래서 기록은 지루해졌다. 겨울 아침에 살을 에는 듯한 추위 속에서 움직이면서, 나는 생각했다. 여하튼 내가 다시 글을 쓴다면, 그것은 노퍽이나 나 자신이 아니고, 기사들과 귀부인들과 낯선 땅에서의 모험들에 관한 것이리라. 서쪽에서 모여들어 하늘을 가로질러 다가오는 구름조차도 지휘관이나 군인들과 비슷한 모습을 띠었으며, 나는 채색된 안개 물결로 아름다운 얼굴과 높은 머리 장식뿐만 아니라, 헬멧과 검을 만드는 것을 좀처럼 멈출 수 없었다.

하지만 어머니가 말씀하시듯이 최고의 이야기는 화톳불가에서 하는 이야기들이다. 나는 내가 보았던 낯선 광경과 젊었을 적에 했던 일들을 이야기하면서 겨울 저녁에 식구들을 잠잠하게 할 수 있는 나이 든 여인 중에 하나가 되어 내 생애를 마감한다면 만족하리라. 나는 언제나 그런 이야기들 일부분은 구름 속에서 나온다고 생각해왔다. 아니면 왜 그런 이야기들이 우리 자신이 볼 수 있는 어떤 것보다 더 우리를 감동시키겠는가? 어떤 글로된 책도 그들에 견줄 수는 없다.

귀부인 엘스베스 애스키는 그런 여자였다. 너무 늙어서 뜨개질이나 바느질도 할 수 없고, 몸이 너무 굳어서 의자를 떠날 수도 없었을 때, 그녀는 하루 종일 손을 꼭 쥐고 화톳불가에 앉아 있었다. 그리고 당신이 그녀의 옷소매를 잡아당기기만 하면 그녀의 눈은 밝게 빛났고 싸움과 왕들, 그리고 위대한 귀족들, 그리고 가난한 사람들의 이야기도 당신에게 해주었으리라. 대기가 움직이고 속삭이는 것 같아질 때까지 말이다. 그녀는 또한 발라드를 부를 수 있었고, 그것은 그녀가 거기 앉아서 만든 것이었다. 남자들과 여자들, 늙거나 젊거나, 그녀의 이야기를 들으려 먼 길을 왔다. 그럼에도 불구하고 그녀는 쓸 수도 읽을 수도 없었다. 그리고 그들은 그녀가 미래 또한 얘기해줄 수 있다고 생각했다.

그렇게 우리는 선조들이 묻혀 누워 있는 교회까지 왔다. 유명한 석수장이인, 노리치의 랄프가 최근에 할아버지 묘비를 새겼고, 이제 거의 완성되어서 그의 시신 위에, 놓여 있었다. 우리가 들어섰을 때 침침한 교회에 양초가 위를 향해서 너울거리며 타고 있었다. 우리는 무릎 꿇고 그의 영혼을 위해서 낮은 목소리로 기도했다. 그리고 나서 아버지는 존 경과 이야기하러 나가시며, 내가 좋아하는 일인 그들의 이름을 소리 내서 읽으며, 죽은 친척들과 조상들의 특색들을 응시할 수 있도록 두셨다. 아이일 적에 나는 섬뜩한 하얀 형상들이 나를 두렵게 하곤 하는 것을 알았다, 특별히 그들이 내 이름을 가졌다는 것을 읽을 때 그랬다. 하지만 이제 그들이 뒤로 누워서 절대로 움직이지 않고, 언제나 손을 포개고 있는 것을 알기 때문에, 나는 그들을 동정했고, 그들을 기쁘게 할 수 있는 어떤 작은 행위라도 하고 싶었다. 그것은 비밀스럽고 생각한 적이 없는 어떤 일일 것이다―살아 있는 사람에게 하는 것처럼, 키스하거나 어루만지는 것 말이다.

펜텔리쿠스 산정에서의 대화

A Dialogue upon Mount Pentelicus

몇 주일 전, 영국인 여행가들이 펜텔리쿠스 산기슭을 내려오고 있었다. 하지만 이들은 이 첫 문장에 묘사된 자신들의 모습이 부적절하고 부당하다고 지적하고 수정할 최초의 사람들일 것이다. 왜냐하면 이국땅에서 만난 어떤 사람을 가리켜 '여행가'라고 부르는 것은 그가 처한 상황뿐 아니라 그의 영혼까지 지칭하는 것이기 때문이다. 아마 그들은 자신들의 영혼이 그러한 호칭에 묶일 수 없다고 말하리라. 독일인들은 여행가이며 프랑스인들 역시 여행가이다. 그러나 영국인들은 여행가가 아닌 바로 그리스 사람들이다. 그들의 항변은 그런 의미였고 우리는 그 항변이 매우 정확했다고 받아들여야만 한다.

베데커[1] 독자들인 우리가 알고 있듯이, 펜텔리쿠스 산은 몇몇 그리스 석공들의 손에 의해 자행된 고귀한 상처를 여전히 자신의 옆구리에 간직한 채 서 있다. 이 석공들은 자신들의 노동의 대가로 페이디아스[2]의 미소, 아니 저주를 받은 사람들이다. 따라서

---

1   19세기 여행 안내서 저자.
2   펜텔리쿠스 산의 채석장에서 캐낸 돌로 건축한 파르테논 신전을 감리한 그리스의 석공.

펜텔리쿠스 산을 제대로 평가하려면, 먼저 개별적인 시각에서 분석한 다음, 다시 매끈하게 통합해보아야 한다. 당신은 그 산을, 플라톤이 화창한 아침에 책을 읽다가 올려다본, 수많은 그리스의 가옥을 가로지르는 윤곽선으로서 뿐 아니라, 노역에 지쳐 삶을 소진했던 무수한 노예들의 작업장 또는 거주지로 그려보아야 한다. 언덕을 넘어 아테네로 향하는 마차를 위해 한쪽으로 치워둔 거친 대리석 덩이에 걸려, 정오 즈음 하산하는 여행객들이 고통스럽게 넘어진 것은 따라서 상당히 교훈적인 일이었다. 교훈적이라 함은, 그리스에서는 조각상들이 대리석으로 만들어진다는 사실을 잊기 쉽기 때문이고, 대리석 덩이가 완강하고 날카로우며 때로는 조각가의 끝에 대항하기까지 한다는 사실을 인지하는 것은 정신 건강에 유익하기 때문이다.

"그리스 사람들은 그렇게 위대했다!" 만약 당신이 그런 소리를 들은 적이 있다면 당신은 그렇게 외치는 사람이 축하할 만한 개인적인 정복 경험의 소유자이거나 혹은 그 자신이 돌덩이에 대한 확실한 승리자라고 생각했을 것이다. 그는 돌덩이에 강제적인 힘을 가하여 단번에 헤르메스[3] 또는 아폴로[4]의 조각상을 만들어냈던 것이다. 바로 그때, 석회동굴 속 마구간에 매어두었던 당나귀들이 그들의 상념을 중단시켜서, 여섯 명의 여행객들은 한 사람씩 언덕의 측면을 엄숙하게 걸어 내려갔다. 그들은 멀리 마라톤과 살라미스를 볼 수 있었는데, 구름만 끼지 않았다면 아테네까지도 볼 수 있었을 것이다. 아무튼 그들은 양쪽에서 거대한 존재들에게 둘러싸여 있음을 느낄 수 있었다. 그들은 자못 고양된 기분으로, 안내역을 맡은 꾀죄죄한 행색의 시골 소년들과 함께 포도주를 나누

3 그리스 신화에서 메신저 역할을 하는 신.
4 그리스 신화에서 태양, 의약, 시가, 음악, 예언을 관장하는 신으로 흔히 미소년의 모습으로 조각됨.

어 마셨고, 플라톤이 해로에서 그리스어를 익혔다면 그랬을 것처럼 그들은 소년들에게 그리스어로 말을 걸 만큼 마음을 낮추었다. 그런 태도의 적절성 여부는 다른 사람들이 판단할 것이지만, 영국인 여행객들의 그리스어를 그곳 토박이들이 알아듣지 못한다면, 남녀노소 할 것 없이 그리스 전체 인구를 단번에 멸망시키는 셈이 된다. 그런 위기 상황에서 그들에게 딱 적절한 표현 하나가 떠올랐는데, 소포클레스[5]가 말하고 플라톤이 재가했음직한 말, 즉 그들은 '야만인들'이라는 표현이 바로 그것이다. 그리스 사람들을 그렇게 무시하는 것은 죽은 사람들을 대신하여 의무를 이행하는 것이며 적법한 후계자를 선포하는 셈인데, 몇 분 동안 그 소식은 펜텔리쿠스 채석장 돌무더기 아래 잠든 모든 사람들과 그 동굴 속에 출몰하는 사람들에게 천둥치듯 알려졌다. 가짜 인간들은 유죄판결을 받았는데, 검은 피부의 수다스러운 사람들, 즉 목적의식이 없고 수다스러운 사람들은 장구한 세월에 걸쳐 영웅들의 이름을 도용하고 그들의 연설을 패러디했다는 죄목으로 체포되어 유죄판결을 받았다. 노새의 울음소리를 듣자 노새 주인은, 다른 사람의 짐을 덜어주려는 선의에서, 흰색 노새를 앞세우고 자신의 책임 구역으로 내려왔다. 왜냐하면 영국인들이 큰 소리를 내지르자, 그는 좀 더 빨리 걷는 것이 상책이라고 판단했기 때문이다. 그 노새 주인은 영국인들에 대해 정확한 판단을 내린 다음, 그 순간에 딱 들어맞는 말을 던진 셈이다. 어떤 시인과 산문가라도 그를 능가할 수 없었을 것이다. 단 한 마디의 외침에, 영국인들은 자신들의 절정에서 굴러떨어져 마치 그리스가 고국 땅인 것처럼 즐겁고 유쾌하게 산기슭을 딸랑거리며 내려왔던 것이다.

5   그리스 비극을 연극의 한 양식으로 발전시킨 고대 그리스의 극작가(B.C. 496~B.C. 406).

그러나 펜텔리쿠스 산정에서의 하산 길은, 마치 자연이 똑바로 선 것처럼, 푸르고 평평한 돌출 암괴에 의해 잠시 멈추어지다가 다시 언덕 아래쪽으로 급하게 내달았다. 그곳엔 거대한 초원 나무들이 너그럽게 팔을 벌린 채 서 있었고, 키 작은 잡목들이 편안한 모습으로 친밀하게 뒤엉켜 자라고 있었다. 또한 그곳엔 실개천이 하나 흐르고 있었는데, 그 소리는 마치 포도주와 노래의 기쁨을 찬양하는 것 같았다. 아마 당신은 비탄에 잠겨 돌멩이들에게 외치는 테오크리투스의 목소리를 들었을 것이다. 아니, 비록 그의 텍스트는 고향 집 서가에서 먼지에 뒤덮여 있겠지만, 영국인이라면 틀림없이 그의 우렁찬 목소리를 들었을 것이다. 실컷 자연에 취하면서 고전 문학의 향기를 노래하던 여섯 친구들은 그만 하산해 쉬고 싶었다. 우리가 그리스인들에 대해 알고 있는 한 가지 사실은 그들이 언행에 신중하고 조용한 민족이며, 그리스 화병에서 볼 수 있듯이 그들은 개울가 초원의 나무 아래 편안한 자세로 자리 잡았다는 점이다. 예컨대, 지팡이에 턱을 괸 노인이, 풀밭 위 자신의 발치에 누워 있는 젊은 사내를 어두운 표정으로 굽어보는 것처럼 말이다. 그리고 순백의 주름옷을 걸친 진지한 표정의 여인네들이 어깨 위에 물동이를 얹고, 말없이 그 뒤를 따른다. 유럽의 어느 학자라도 그토록 멋진 장면을 재현할 수는 없으려니와, 그러한 모습을 그리스인 자신들보다도 더 멋지게 그려낼 사람은 아무도 없다고 그는 우리 친구들을 설득할 것이다.

이제 영국인들은 나무 그늘 아래 길게 드러누웠다. 그들의 대화 내용이 고답적인 그리스인들에게 멀리 못 미침은 자신들이나 선조들 탓이 아니었다. 대화 내용을 일일이 기록하는 것이 무척 어려운 일이고, 기록된 대화가 말로 표현된 적이 있거나 또는 대화가 기록된 적이 있었는지가 의심스러운 일이고 보면, 이 스토리의 전개에 걸맞은 편린들을 끌어모을 뿐이다. 하지만 이것만은 말할 수 있으리라, 펜텔리쿠스 산정에서의 그 대화가 이 세상에서 가장 멋진 대화였다는 것을.

그 대화의 주제는 여러 영역을 넘나들었다. 예컨대, 새들과 여우들에 관하여, 포도주에 함유된 테레빈유가 몸에 유익한 것인지 여부에 관하여, 고대인들의 치즈 제조 방법에 관하여, 그리스 도시 국가에서의 여성의 지위에 관하여(그것은 정말 탁월한 담론이었다!), 소포클레스의 운율에 관하여, 나귀에 안장을 얹는 방법 등에 관해서 말이다. 허공을 비상하는 독수리가 부침을 거듭하듯이, 드디어 그들의 대화는 해묵은 난제인, 오늘날 세계에서 그리스인들이 차지하는 위상에 이르렀다. 낙천적인 성향의 몇몇은 그리스인들의 현재성을 주장하였고, 건강한 회의론자들은 그리스인들의 미래를 낙관하였으며, 나머지는 풍부한 상상력을 동원하여 그리스인들의 과거를 회상하였다. 그러나 마지막 한 사람은 시든 올리브 나무의 밑동을 내려치면서 친구들의 말은 미신이라고 일거에 반박하였다. 또한 그는 충격적인 수사법과 제스처를 동원하여, 그리스 사람들의 구체적인 과거의 모습과, 더 이상 현존하지 않는 그리스인들의 모습을 보여주었다.

그는 말하기를(그가 말을 시작할 즈음 해는 중천에 떠 있었고, 황금빛 독수리 한 마리가 언덕 위에 떠 있었다) 그러한 민족이야말로 이곳 그리스에서 새벽처럼 갑자기 출현하여 해가 지듯 완벽하게 사라진다는 것이다. 그들은 예컨대 자선, 종교, 가정생활, 배움과 학문 등, 무시해도 좋은 모든 이슈에 무지한 채, 오로지 아름다운 것과 선한 것에만 자신들의 정신을 집중하였으며, 자신들은 현세에만 적합한 사람들이 아니라, 다가올 미래의 무수한 세상들에도 적합한 사람들이라고 여겼다. "그 세상에서 그리스인들은 중용을 지켰는데……"라는 자신의 인용문을 완성시키기 위해 그는 피콕[6]을 끌어들였는데, 피콕은 몇 켤레의 양말과 한 갑의 잎담배만 주어진 채 올림피아의 폐허에 쓸쓸하게 방치되었던 사람이다. 그의 진지함은 처음 말을 시작했을 때처럼 여전했지만 말하는 톤은 약간 낮아졌다. 그리스인들이 어떻게 불필요한 부분을 사상시킴으로써 완벽한 조각품 혹은 충분한 시가를 후세에 남겼는지에 관해 그는 말했다. 우리는 그들과 정반대로 누더기처럼 빈약한 우리의 정서와 상상력을 동원하여 불필요한 것들을 은폐시킨 나머지 사물의 실체의 윤곽을 지워버리고 그 내용마저 파괴시켰다. 그는 큰 소리로 외쳤다, 올림피아 산정의 아폴로 상과, 아테네에 있는 소년의 두상을 한번 주목하라고. 『안티고네』를 읽어보라고, 폐허가 된 파르테논 신전을 한번 거닐어보라고. 그리고 스스로에게 질문해보라고, 그 어느 조각이나 건축물 옆이나 발치에 그 어떤 현대의 미 형식이 끼어들 틈이 있더냐고. 사실인즉, 어둡고 창백한 새벽에 상상력이 힌트를 내보일 때, 그토록 많은 미의 형체들이 우리의 상념 속에서 불투명하게 유영할 때, 그리스인들이 석조물과 언어로 겹겹이 자신을 무장했다는 사실을 깨달으면서 우리는 말없이 그들을 경배하거나, 기껏 텅 빈 대기를 휘젓는 일밖엔 우리에게 남은 것이라곤 없다는 것이다.

위험한 이단 사설에 빠져 성격마저 이상해진 한 사람이 그에게 대답했다. (그는 일 년 전, 그리스 사람들은 '어리석은 소년들을 회초리로 때려 올바른 행동거지를 가르치려는 시도'를 그만두어야 한다고 주장했던 장본인이다) 하지만 그 역시 학자였다. 우리는 그와의 그런 종류의 대화를 경계해야 하지만, 알파벳을 재조합한다 해도 무슨 말인지 도무지 알 수 없는 몇몇 곁가지를 빼면 그

---

6 토머스 러브 피콕(1785~1866), 영국의 수필가이며 시인.

의 논지는 대략 다음과 같은 것이었다.

그는 말했다. "당신은 그리스인들에 대해 마치 감상주의자 또는 바보처럼 말하는군요. 게다가 당신은 그리스인들에 대해 말하기를 무척 좋아하고요. 당신이 주장해왔듯이 그들은 예술적 고상함과 철학적 진실을 대변하는 민족이고, 당신이 갖고 있는 최고의 것마저 그들의 미덕에 덧붙이고 싶어 할 테니까, 당신이 그들을 사랑하는 것이 조금도 이상할 건 없지요. 사실, 그와 같은 민족은 여태껏 없었지요. 그리고 당신이(케임브리지 대학에 삼 등으로 입학한 당신이) 그들을 그리스인들이라고 부르는 까닭은, 그들을 이탈리아인, 프랑스인, 혹은 독일인이라고 부르는 것조차 불경스럽게 느끼기 때문이지요. 우리 영국인들보다 더 거대한 선박을 만들 수 있는 민족이라거나 우리가 이해할 수 있는 언어를 말하는 민족이라고 부르는 것 역시 불경스러운 일이겠지요. 아니 차라리 그들에게, 다른 철자법으로나 겨우 표기될 수 있는 호칭이나, 어원학자들이 정의할 수 있는 호칭, 고고학자들이 논쟁을 벌일 호칭, 한마디로 우리가 모르는 모든 것을 의미하는 호칭, 그리고 당신의 경우처럼, 우리가 소망하고 꿈꾸는 모든 것을 의미하는 호칭을 부여합시다. 사실 그들의 저작물을 읽을 필요가 없지 않소? 당신 역시 글을 쓰는 작가가 아닌가요? 그들이 작성한 은밀하고 신비스러운 글들은 당신이 느꼈던 예술적 아름다움과 철학적 진실에 향유를 부어주지 않소? 왜냐하면, 당신도 알다시피, 아직 세례받지 못한 아름다움의 진수가 마치 그리스의 마라톤 만 저편에서 솟아오르듯이 밀턴의 시편에도 샘솟지 않소? 아마 밀턴의 시구는 우리의 손아귀를 벗어나 사라질 것이오. 왜냐하면 우리 영국인들은 그리스 문학에 너무 경도되어 있기 때문이지요. 의심할 여지없이, 당신들은 바로 이 순간에도 밀턴의 시에 그리스어로 된 세례명을 짓고, 그리스식의 장식을 덧붙이느라 분주하지요. 이미 밀턴의 시편들은 당신들이 읽은 적 없는 '그리스어로 작성된 그 무엇'이 아니던가요? 그것들은, 소포클레스와 플라톤의 저작물 또는 당신네 서재에 있는 먼지 쌓인 장서의 일부분, 아니 가장 훌륭한 부분이 아니던가요? 그리하여, 당신들이 펜텔리쿠스 산기슭에서 그리스어를 읽고 있는 동안, 우리 학자들을 제외하곤 영국학의 추종자가 더 이상 없다는 사실을 인정하고 있는 것이오."

"오, 무지하고 비논리적인 영국인들 같으니라고." 누군가가 말을 막았다. 바로 그 순간 하늘에서가 아니고 기껏 산기슭에서 결론 삼아 개진된 또 다른 의견만 아니었다면 그의 말은 계속되었을 것이다. 키 작은 잡목들이 끼익 소리를 내며 휘어지더니, 커다란 갈색의 형체가 몸을 내밀었다. 그의 머리는 어깨에 짊어진 말린 나뭇단에 가려 보이지 않았다. 처음엔 무척 잘생긴 유럽산 곰이려니 하고 생각했으나, 주의 깊게 살펴보니 그는 인근 수도원에서 허드렛일을 하고 있는 수사였다. 가까이 다가오기 전, 그는 여섯 명의 영국 남자들을 눈치채지 못했다. 그들의 모습에 깜짝 놀란 그는 마치 즐거운 명상을 방해받은 듯 우뚝 서서 그들을 빤히 쳐다보았다. 그래서 그들은 그의 큰 몸집과 이목구비, 그리고 이마가 그리스 조각상처럼 아름답다고 생각했다. 사실 그는 긴 구레나룻과 더부룩한 머리 때문에 더럽고 무식한 사람으로 생각될 법도 했다. 눈이 휘둥그레져 그곳에 멈춰 선 그의 모습을 본 사람들의 뇌리엔 환상적인, 아니 감상적인, 희망 하나가 섬광처럼 스쳤다. 세월의 흐름을 거스르면서, 조악한 현실에 발을 담그고 서 있는 그의 모습이 마치 최초의 인간처럼 보여, 그들은 그가 인류역사의 시초뿐 아니라 파멸되지 않은 인간의 전범을(만약 그런 것이 있다면) 상기시켜 주길 희망하였다.

그러나 부드러운 귀와 열 개로 갈라진 발굽에 털이 자라는 것을 알아보는 능력이 영국인들에겐 없다. 그러한 재능은 아마 러시아인들이나 즐길 수 있을 것이다. 왜냐하면 러시아인들은 무언가 다른 것, 무언가 더 세련된 것을 알아보는 능력이 있기 때문이다. 아무튼 평원의 나무 아래 몸을 쭉 펴고 누워 있던 여섯 명의 영국인들은, 우선 자신들의 더러운 다리를 움츠려 똑바로 앉은 다음, 자신들을 낱낱이 응시하는 갈색의 수사에게 눈길을 주어야만 했다. 그 눈빛엔 그들의 시선을 잡아끄는 강력한 힘이 있었다. 왜냐하면 그 눈빛은 올리브 숲을 살랑거리는 바람에 의해 명징해 보였을 뿐 아니라 나무들보다 더 장수하고 나무를 심기까지 한 또 다른 힘에 의해 활활 타오르고 있었기 때문이다. 그리고 분명한 것은, 당신이 어떻게 해석하든 간에, 당신이 사실이라고 주장하거나 혹은 기적이라고 속삭이든 간에, 아니면 둘 다일 수도 있는데, 그리스의 햇빛이 나무들로 하여금 웅성거리게 만들고 대기로 하여금 살랑거리게 만든다는 것이다. 그리고 수천 종의 작은 짐승들이 풀밭에서 이리저리 움직이고, 발바닥 아래에선 수 마일에 걸쳐 대지가 견고하게 펼쳐져 있다. 이곳의 대기는 그날 하루와 더불어 그리고 그 지평선과 더불어 시작하지도 않고 끝나지도 않는다. 아니, 대기는 투명한 녹색의 강물이 되어 사방으로 끝없이 펼쳐지고, 이 세상은 영원에 맞닿은 그 강물 속에서 헤엄쳤다. 갈색 수사의 두 눈에 서려 있는 빛은 그러했다. 그 눈빛의 배후에서 죽음이라든가, 먼지라든가 또는 파멸을 떠올리는 것은 종이 한 장을 불 속에 던져 넣는 것처럼 부질없는 일이었다. 왜냐하면 그 눈빛은 찌를 듯이 강렬했고, 모든 시대와 종족을 관통하면서 금빛 사슬 꼬리를 남기는 화살처럼 전진했기 때문이다. 그것은 마치 남자와 여자, 하늘과 나무의 모습이 화살이 날아가는 길 양쪽에 솟구쳐 올라, 시간의 시작부터 종말에 이르기까지 견고하고 연속적인 거리를 이루는 것 같았다.

바로 그 순간 영국인들은 자신들이 어느 지점에 서 있는지 알 수 없었다. 왜냐하면 그 거리는 금 고리처럼 부드러웠기 때문이다. 그러나 플라톤, 소포클레스와 같은 그리스인들은 마치 친구 또는 연인처럼 영국인들 곁에 가까이 있으면서, 그들과 똑같은 대기, 즉 뺨을 어루만지고 포도나무를 간질이던 대기를 호흡했다. 그들은 젊은이들처럼 미래에 대해 질문을 던졌다. 그 수사의 눈빛에 서린 그러한 불꽃은 인류 최초의 화덕에서 점화되어 분명코 수사 혹은 농부의 두뇌 속에서 길이길이 타오를 것이다. 물론 그 눈빛은 어두컴컴한 곳을 방황하기도 했고, 황량한 언덕배기나 돌무더기 또는 키 작은 나무들을 비추기도 했지만 말이다.

하지만 갈색의 수사는 고작 저녁 인사 한마디만 우리에게 건넸을 뿐이다. 한 가지 기묘한 사실은, 그가 자기 종족의 운명에 대해 맨 처음 언급한 영국 신사에게 말을 건넸다는 점이다. 그 영국 신사가 자리에서 일어나, 입에 물고 있던 담배 파이프를 빼내면서, 수사의 인사에 답례할 때, 그는 마치 그리스 사람이 그리스 사람에게 인사하는 것 같은 확신을 맛보았다. 설령 케임브리지 대학이 그 둘의 관계를 인정하지 않는다 해도, 펜텔리쿠스 산기슭과 멘델리의 올리브 숲은 그것을 인정했다.

그리스에서의 짧은 하루를 마감하는 황혼이 하늘 저편에 칼 모양으로 서서히 깔리고 있었다. 포도나무 사이로 시원스레 뚫린 고속도로를 따라 숙소로 돌아오는 동안, 아테네의 거리엔 하나둘 불빛이 반짝이기 시작했고 그들의 대화는 저녁 식사와 숙소에 관한 것으로 바뀌었다.

어느 소설가의 전기[1]
Memoirs of a Novelist

1884년 10월에 윌랏 여사가 서거하자, 그녀의 전기 작가가 표현한 것처럼 '은퇴했으나 경탄할 만한 한 여성에 관하여 세상이 더 많이 알 권리를 가지고 있는 듯한' 느낌이 들었다. 골라 쓴 형용사로 보아서 분명한 것은 세상이 많은 이득을 볼 것이란 확신을 그녀에게 주지 않는 한, 그녀 자신은 그것을 원하지 않았을 거라는 점이다. 그녀가 죽기 전에 아마도 린셋 여사가 그녀에게 그러한 확신을 준 것 같다. 왜냐하면 린셋 여사가 쓴 두 권의 전기와 서간문집이 가족의 승인하에 출판되었기 때문이다. 만일 우리가 앞서 인용한 서두의 어구를 도덕적인 면에서 생각해본다면, 한 면을 가득 채울 만큼 흥미 있는 질문들을 할 수 있을 것이다. 세상 사람들이 남녀를 막론하고 어떤 한 사람에 관하여 무슨 알 권리를 갖고 있는가? 전기 작가가 무슨 얘기를 할 수 있단 말인가? 그리고 무슨 의미로 세상이 이득을 본다고 할 수 있는가? 이와 같은 문제들을 제기하는 데에 반대하는 이유는 이 질문들이 너무

---

1 이 단편 속의 주인공인 윌랏 여사와 전기 작가 린셋 여사는 버지니아 울프가 고안해낸 상상 속의 인물들이다.

많은 지면을 소요所要할 뿐만 아니라, 마음을 불편하게 하는 애매모호한 정신 상태를 초래하기 때문이다. 우리의 개념 속에서 세상은 둥근 공과 같다. 들과 숲은 녹색이고, 바다는 푸른색 주름으로 표시되어 있으며, 산맥은 작은 봉우리들이 솟아 있는 것처럼 그려져 있다. 윌랏 여사나 또는 그 외의 다른 어떤 사람이 이 세상에 어떤 영향을 미치는지 상상해보도록 요청받는다면, 그러한 요구는 점잖은 것이기는 하되, 재미는 없는 것이다. 서두를 이런 식으로 시작해서 왜 전기가 씌어지는가를 물어보는 것은 시간 낭비가 될 테지만, 윌랏 여사의 전기가 왜 집필되었는가를 묻고 그녀가 어떤 사람이었는지 답변해보는 것은 전혀 흥미가 없는 일은 아닐 것이다.

린셋 여사는 집필 동기를 거창한 표현 뒤에 숨기고 있지만, 마음속으로부터 어떤 강렬한 충동을 가지고 있었다. '십사 년 동안의 변함없는 우정을 나눈 후' 윌랏 여사가 죽고 나자 (유식하게 표현하자면) 린셋 여사는 마음의 불안을 느꼈다. 그녀가 당장 말하지 않으면 소중한 것들이 상실될 것이란 생각이 들었다. 이와 더불어 분명히 다른 생각들도 그녀를 부추겼다. 글을 쓴다는 것만으로도 얼마나 즐거운가. 인쇄되어 책으로 나오면 그 인물들이 얼마나 소중하고 꿈 같은 존재들로 변모되는지, 그리하여 그 사람들을 알고 지냈다는 사실 자체가 영광스러운 일이 되니. 한 개인이 얼마나 공정하게 글을 쓸 수 있을런지. 하지만 그녀가 맨 처음 느낀 감정은 가장 순수한 것이었다. 장례식을 마치고 돌아오는 길에 창문 밖을 내다보면서 그녀는 우선 참 이상하다는 느낌을 가졌다. 그리고 거리의 행인들이 ─그중의 일부는 휘파람을 불어댔고, 거의 모두가 무관심한 표정을 지었다─ 무심하게 지나쳐 가는 모습이 마땅치 않다는 감정이 들었다. 그 후 자연스럽게 '두 사람을 다 아는 친구들'로부터 편지를 받았다. 모 신문의 편집인이 천 개의 단어로 감사의 글을 써줄 것을 그녀에게 요청한 것이다. 그러다 결국 그녀는 윌리엄 윌랏 씨에게 누군가가 누이동생의 전기를 집필해야만 한다고 제안하기에 이르렀다. 그는 글을 써본 경험이 없는 사무 변호사였지만 '경계를 넘어서지 않는' 조건으로 타인의 집필을 반대하지 않았다. 요컨대 이렇게 해서 린셋 여사가 채링 크로스 로드에서, 우리가 지금도 운이 좋으면 구입할 수 있는 책을 집필하게 되었던 것이다.

외형적으론 세상이 윌랏 여사에 대해 알 권리를 그렇게 많이 활용하지는 않은 듯하다. 이 책들이 바깥 서가 위에 스텀의 『자연의 미』와 『수의사 교범』 사이에 처박혀 있었기 때문이다. 그곳에서 이 책들은 매연에 손상되고 먼지로 더럽혀졌으며, 누구라도 점원의 허락만 받으면 그 자리에서 읽을 수도 있었다. 사람들은 거의 무의식적으로 윌랏 여사와 그녀의 유품들을 혼동하여 이초라하고 더럽혀진 책들을, 약간은 우월감을 가지고 대하기 시작한다. 그래서 사람들은 그녀가 옛날에 살았던 사람이라는 것과, 지금은 그녀가 약간은 우스꽝스럽다—비록 사실이긴 하지만—고 말하기보다는 과거에 그녀가 어떤 사람이었는지를 아는 것이 더 적절한 일이 될 거라고 반복해서 말해야만 한다.

그럼 윌랏 여사는 어떤 사람이었을까? 그녀의 이름은 현세대 사람들에게 거의 알려져 있지 않아서, 어떤 사람이 그녀의 책을 한 권 읽었다면 아마 그건 단지 우연한 일일 것이다. 그녀의 작품들은 60년대와 70년대의 세 권짜리 소설들과 함께 소규모 해변 도서관의 맨 꼭대기 서가 위에 꽂혀 있어서, 사다리를 타고 올라가 걸레로 먼지를 닦아내고 나서야 손에 넣을 수가 있다.

그녀는 1823년에 웨일즈의 사무 변호사의 딸로 태어났다. 그녀의 가족들은 일 년 중 얼마 동안은 부친의 사무실이 있던 텐비 근처에 살았다. 그녀는 펨브로크의 시청 홀에서 지방 프리메이슨 단원들이 주최한 무도회에 참석함으로써 '사교계에 등장'했다. 린셋 여사는 이 십칠 년 동안의 일을 36면이나 할애하여 다루면서도 그들에 대해서는 거의 언급하지 않고 있다. 그녀는 윌랏 가문이 이름을 글자 V로 쓰던 16세기의 한 상인으로부터 유래되었다고 말하고, 소설가 프란시스 앤에게 두 분의 숙부가 계셨는데, 한 분은 양을 목욕시키는 새로운 방법을 고안해냈고, 다른 한 분은 교구 신자들에 의해 오래 기억된 목사님이었다는 것도 말해준다. 심지어 아주 가난한 사람들까지도 선한 교구 목사를 추념하여 상복을 입었다는 것이다. 그러나 이런 이야기들은 전기 작가의 한낱 수법에 지나지 않는다. 그것은 주인공이 특징적인 행동이나 말을 전혀 하지 않는 책의 썰렁한 서두에서 시기를 나타내주는 하나의 방편이다. 무슨 이유인지 몰라도 사람들로부터 존경을 받았던 린네르 포목 상인 조시아 본드 씨의 딸, 윌랏 부인에 대해서는 거의 얘기를 들은 바가 없다. 그녀는 나중에 '저택'을 하나 구입한 것으로 보인다. 그녀는 외동딸이 열여섯 살 되던 해에 죽었다. 아들을 둘 두었는데 하나는 누이동생보다 먼저 죽은 프레데릭이고 다른 아들은 누이동생보다 더 오래 산 변호사 윌리엄이다. 비록 이들이 못생겼고 어느 누구도 기억해주지 않겠지만, 이들은 우리의 주인공의 환영 같은 소녀 시절 이야기를 어떻게 해서든지 사람들이 믿게 만드는 데 도움을 주기 때문에 서두에서 언급할 만한 가치가 있었을 것이다. 린셋 여사가 어쩔 수 없이 숙부들이 아니라 그녀에 관해 얘기를 하면서 그 결과가 이렇게 된 것이다.

"그리하여 프란시스는 열여섯 살에 더 이상 어머니의 보살핌을 받지 못한 채 남게 되었다. 우리는 이 외로운 소녀가 아버지와 오빠들의 애정 어린 보살핌으로도 그 빈 공간을 채울 수 없었기에 —하지만 사실 우리는 월랏 부인에 관해서는 거의 아는 게 없지만—그 고독 속에서 얼마나 위안을 찾으려 했는지 그리고 허물어져 폐허가 된 옛 성곽들이 있는 히스 숲과 모래언덕을 얼마나 헤매고 다녔을지를 충분히 상상할 수 있다."

누이동생의 전기에 대한 윌리엄 월랏 씨의 헌정사는 확실히 더욱 적절하다.

"내 누이동생은 쏘다니기를 무척 좋아한 소심하고 별난 소녀였다. 집안에는 잊히지 않는 농담이 하나 있는데, 한번은 그 애가 세탁실로 착각하고 돼지우리로 걸어 들어간 일이 있었다. 늙은 흑돼지 그런터가 그 애의 손에 있던 책을 빼앗아 물어뜯을 때까지도 자기가 어디에 있는지조차 몰랐다는 것이다. 그 애의 학구적인 습관으로 말하자면, 나는 그것이 아주 현저하게 변함없는 버릇이었다고 말해야만 한다. 그래서 그 애의 버릇없는 행동에 대한 벌은, 침실 촛불—그 불빛으로 침대에서 책을 읽는 버릇이 있었다—을 압수하는 것이 가장 효과적이었다는 사실도 언급하는 바이다. 내가 어린 소년이었을 때, 그 애가 손에 책을 들고 유모가 바느질을 하고 있던 방 문틈으로 새어 나오는 불빛을 받기 위해 침대 밖으로 몸을 기울이던 모습을 나는 잘 기억하고 있다. 이런 방법으로 그 애는 늘 수중에 지니고 다니며 좋아하던 책인 브라이트의 『교회사』 전부를 독파했다. 우리는 그 애의 학구열을 항상 존중해주질 못했던 것 같다. 그 애는 그 당시에 온전한 모습을 하고 있었지만 전체적으로 잘생긴 용모는 아니었다."

이 마지막 언급이 중요한데, 이와 관련하여 우리는 그 지방의 모 화가가 열일곱 살 때의 월랏 양을 그린 초상화를 참고로 할 수 있다. 그녀의 얼굴이 1840년 펨브로크 시청 홀 안에서 호감을 불러일으킬 만한 용모가 아니었음을 확인하는 데는 전혀 통찰력이 필요치 않다. 두툼하게 땋은 머리 — 화가가 반짝거리는 모습으로 그렸다 — 가 이마 위에서 사리를 틀고 있고, 두 눈은 크기는 하나 다소 불룩 튀어나온 모습이고, 입술은 두툼하나 관능미는 없었다. 그녀와 친구들의 얼굴을 비교해볼 때, 전체적으로 그녀에게 용기를 준 하나의 특징은 코다. 그녀가 듣는 데서는 아마 누군가가 잘생긴 코라고 했겠지만, 여성의 코치고는 대담한 코였다. 하여간 그 한 곳을 제외하곤 그녀의 초상화는 윤곽만으로 되어 있다.

우리는 린셋 여사의 적절한 표현대로 상상해볼 수 있다. "쏘다니기를 무척 좋아했던 이 소심하고 별난 소녀"가 첫 번째 무도회를 즐기지 못했을 것임을. 그녀의 오빠의 말은 그들이 귀가할 때의 분위기를 명증적으로 요약해준다. 그녀는 커다란 무도회장의 한쪽 구석을 찾아내어 그녀의 큰 체구를 반쯤은 숨길 수가 있었다. 거기서 그녀는 함께 춤을 추자는 제의가 오기를 기다리고 있었다. 그녀는 그 도시의 상징 휘장을 장식한 꽃줄 장식에 시선을 고정한 채, 주위에서 꿀벌들이 윙윙거리며 노래하는 가운데 자기가 바위 위에 앉아 있는 모습을 상상하려고 애썼다. 그녀는 그 방 안의 어느 누구도 신앙 통일령 선서의 의미를 자기만큼 잘 알지 못할 거라고 생각했다. 그리고 그녀는 앞으로 육십 년 아니 어쩌면 그보다 더 짧은 기간 안에 벌레가 그들 모두를 갉아 먹어버릴 거라는 생각도 했다. 이어서 그녀는 혹시 그날이 이르기 전에 저기서 춤추고 있는 사람들 모두가 자기를 존경할 이유를 찾지 못하지는 않을까, 하는 궁금증을 가져보았다. 그녀는 초기에 보낸 모든 편지의 수신인이었던 엘렌 버클 양에게 "우리가 망각하지 못하도록 하기 위해 실망도 기쁨과 함께 뒤섞여 있으니 참으로 이치가 깊다"고 썼다. 그런데 시청 홀 안에서 춤을 추다가 지금은 벌레의 밥이 된 모든 사람들 가운데, 비록 아무도 그녀와 함께 춤 추기를 원하지는 않았지만, 아마 말 상대로는 월랏 양이 최고였을 것이다. 얼굴에 생기는 없으나 총명한 모습이었다.

이 인상은 대체로 그녀가 보낸 서신을 보면 확실히 증명된다.

"지금은 열 시. 나는 침대 위로 올라왔어. 하지만 먼저 너에게 편지를 쓸 거야. 우울한 하루였지만 난 무익한 날이었다고는 믿지 않아. 아! 내 사랑하는 친구여,—네가 가장 소중한 친구란 다—내 영혼의 비밀과 시인詩人이 말한 이 이해할 수 없는 세계[2]가 주는 중압감을 전할 수 있는 상대인 네가 없다면, 내가 그걸 어떻게 견디어내겠니?"

우리는 오도하는 찬사를 많이 제쳐놓아야만 월랏 여사의 내면을 좀 더 깊이 이해하게 된다. 그녀는 열여덟 살 정도가 되도록 자신이 세상과 관련되어 있음을 의식하지 못했다. 이런 자각과 더불어 그 문제 해결의 필요성이 대두되고, 결국 무시무시한 우울증까지 생기게 되었다. 월랏 양이 알려준 것보다 더 많은 정보가 없다면, 우리는 단지 그녀가 인간 본성과 선악에 관한 개념을 획득하게 된 과정을 추측할 수 있을 뿐이다. 역사 공부를 통해 그녀는 오만과 탐욕과 완고한 고집에 대해 전체적으로 이해하게 되었고, 그녀가 읽은 웨이블리 소설에서 사랑에 관한 개념을 갖게 되었다. 이 개념들이 막연하게 그녀를 괴롭혔다. 버클 양이 빌린 종교 서적들을 통해 다행스럽게도 그녀는 사람들이 세상에서 도피하는 방법과 그와 동시에 영원한 즐거움을 얻는 방법도 배웠다. 어떤 말을 하거나 행동을 하기에 앞서서 이것이 옳은가 하는 질

---

2 윌리엄 워즈워드의 시 「틴턴 사원」에 나오는 표현.

문을 던지는 단순한 방식만으로도 그녀는 누구보다 더 위대한 성인군자가 되었다. 그 당시 세상은 대단히 흥측했다. 그러나 그녀는 세상의 추한 모습을 발견하면 할수록 더욱 덕성스러워졌다. 어느 날 저녁 창문이 진홍빛으로 물든 어느 방을 지나가면서 안에서 춤추는 사람들의 음성을 듣고는 "죽음이 집 안에 드리웠고, 지옥이 그 앞에서 하품하도다"라고 그녀는 기록했다. 그러나 그녀가 기록한 감정들이 전적으로 고통스러운 것만은 아니었다. 그럼에도 불구하고 그녀의 진지한 태도는 단지 부분적으로 그녀의 바람막이가 되었을 뿐, 무한한 고통의 여지를 남겨놓았다. 1841년 오월에 그녀는 "내가 자연의 얼굴 위에 남겨진 유일한 오점인가"라고 질문을 던졌다. "새들은 창문 밖에서 지저귀고, 갖가지 곤충들이 겨울의 잔재를 내몰고 있는데" 그녀 홀로 효모가 들어가지 않은 찐빵처럼 마음이 무거웠다. 무시무시한 자의식이 그녀를 사로잡자, 그녀는 천사들의 비난의 눈총을 받으며 그녀의 그림자가 온 세상에 드리워져 떨고 있는 모습을 목격한 것처럼, 버클 양에게 보내는 편지에 쓰고 있다. 그 그림자는 악으로 인해 등이 굽고 꼬부라지고 부풀어 올라 있어서 바로 고쳐놓기 위선 두 젊은 여성들이 힘을 쏟아야 했다. 버클 양은 "널 돕기 위해 내가 무엇인들 못 주겠니"라고 하였다. 우리가 오늘날 그녀의 전기를 읽으며 갖는 어려움은 그들의 목적이 무엇이었는가를 이해하는 것이다. 왜냐하면 분명히 그들은 영혼이 평온하고 행복한 상태를 상상하였고, 만일 그 상태에 도달한다면 완전한 행복에 이르게 될 거라고 생각했기 때문이다. 그들이 암중모색한 것이 아름다움이었을까? 그 당시 그들 둘 다 덕성에 대한 관심 외에는 어떤 다른 관심을 갖지 않았기 때문에 아마 위장된 심미적 쾌락이 그들의 종교의 한 부분을 차지했을 것이다. 그들이 이런 황홀경에 빠져 있을 때는 주위 환경을 까맣게 잊었다. 그들이 자신들을 내맡긴 유일한 즐거움은 이런 몰아의 쾌감이었다.

불행하게도 우리는 여기서 하나의 심연에 이른다. 예견되었듯이, 친구 월랏 양보다 세상을 향한 혐오감을 덜 가지고 있었고, 자기 자신의 짐을 인류의 어깨 위에 전이시킬 수 있었던 엘렌 버클은 자신의 회의를 완전히 잠재워준 어느 엔지니어와 결혼했다. 같은 시기에 프란시스는 스스로 진기한 경험을 하나 하게 되었다. 그 일은 린셋 양이 쓴 다음 구절 속에서 가장 도발적인 방법으로 은폐되었다.

"그 책(『인생의 십자가』)을 읽은 사람이라면 누구라도, 불행한 사랑을 한 후 에덴 에셀이 겪은 슬픔을 착상해낸 사람의 마음이 너무나도 격동적으로 묘사한 그 고통들을, 어느 정도는 절감했으리라는 점을 의심할 수가 없다. 우리는 많은 것을 말할 수 있지만, 그보다 더 많은 것들은 말할 수 없을 것이다."

이렇게 해서 그녀의 친구가 지녔던 점잔 빼기와 황량한 문학적 전통으로 인하여 월랏 여사의 생애에서 가장 흥미로운 사건이 진공 상태가 되어버렸다. 당연히 사람들은 그녀가 사랑했고, 희망에 부풀어 있었으나, 곧 그녀의 온갖 희망이 산산조각 나서 사라지는 모습을 보았을 것이다. 하지만 실제로 무슨 일이 일어났으며 그녀가 어떤 감정을 가졌는가 하는 것은 우리가 추측해보는 도리밖에 방도가 없다. 이 시기의 그녀의 편지들은 지독하게 지루하다. 그 부분적인 이유는 사랑이란 단어와 그 말로 인해 오염된 전체 구절이 생략 부호인 별표로 축소되어 있기 때문이다. 더 이상 무가치성에 관한 언급은 나오지 않는다. 단지 이런 구절뿐이다.

"아, 내가 세상을 벗어날 은거지를 찾을 수만 있다면 축복받았다고 여길 텐데."

갖가지 이론을 섭렵했건 배격했건 간에 그녀가 단지 자신을 보존하기만을 원했던 이 시기에, 죽음은 완전히 사라지고, 그녀는 제2의 성숙 단계에 접어든 것으로 보인다. 1855년 부친의 죽음은 인생의 한 장을 끝마치게 했으며, 블룸즈베리 스퀘어에서 오빠들을 위해 가사를 돌봤던 런던으로의 이주는 인생의 또 다른 한 장을 시작하게 해주었다.

이 장면에서 우리는 여러 차례 암시해온 사실, 즉 분명히 사람들은 린셋 여사의 글 읽기를 전적으로 포기해버리거나 아니면 그녀의 저서를 마음대로 고쳐 읽어야 한다는 점을 더 이상 무시할 수가 없다. 블룸즈베리의 역사에 대한 짧은 스케치, 자선단체들과 그 주인공들에 관한 설명, 왕의 병원 방문을 다룬 한 장, 크리미아 전쟁터에서의 플로렌스 나이팅게일에 대한 찬사 등이 나쁘지는 않게 되어 있지만, 우리는 말하자면 유리 속에 보존된 월랏 여사의 밀랍 인형만을 보고 있을 뿐이다. 우리는 영영 이 책을 덮어버리려고 하던 참에, 순간적으로 결국 이 모든 일들이 참 희한하다는 생각이 들어서 손길을 멈추고 만다. 사람들이 이런 얘기들을 서로서로 꼭 들어맞는다고 생각하다니 믿을 수가 없는 일로 여겨진다. 그런데 만일 그들이 그렇게 생각하지 않는다면, 수고스럽게도 이런 말을 해야 할 것이다.

"그녀는 자비심과 철저한 정직성으로 마땅히 존경받는다. 그렇다고 이런 성품이 그녀의 가슴이 차갑다는 책망을 초래하지는 않았다. 그녀는 어린 동물과 봄을 좋아했다. 그리고 워즈워드는 그녀가 침대 머리맡에 두고 즐겨 읽는 시인이었다. 그녀는 부친의 죽음을 효성 깊은 딸의 마음으로 대했지만, 쓸데없이 자기 위안을 위한 슬픔에 빠져들지는 않았다. 가난한 사람들이 그녀의 자식들의 자리를 대신했다고 말해도 될 것이다."

　이런 구절들을 골라내는 일은 이 책을 풍자하는 손쉬운 방법이다. 하지만 이런 얘기들이 깊이 묻혀 있는 이 책의 변함없는 단조로움은 나중에야 이 책을 비판적으로 보도록 만든다. 린셋 여사는 이런 이야기들을 믿었지만, 사람들을 당황하게 만드는 이 이야기들의 터무니없음은 믿지 않았다는 것 또한 사실이다. 하여튼 그녀는 사람들이 미덕을 찬미해야 하고, 자신과 친구들을 위해 그 미덕을 친구들 덕분으로 돌려야 한다고 믿었다. 그러므로 그녀의 책을 읽는 일은 대낮에 세상을 떠나 자홍색 견면絹綿 벨벳 천이 드리워져 있고 텍스트들로 장식된 폐쇄된 방 안으로 들어가는 것과 같다. 무엇이 이런 진기한 인생관을 촉발시켰는가를 발견하는 것은 흥미로운 일이 될 테지만, 월랏 여사에게 그녀가 그녀 친구의 가면을 어디서 찾아냈는지 물어보지 않고서 그녀 친구의 가면을 제거해내는 일은 대단히 어려운 일이다. 다행히 월랏 여사는 겉모습과는 다르다는 징후가 많이 있다. 그런 증거는 그녀의 메모와 서신 속에, 아니 가장 분명하게는 그녀의 초상화 속에서 드러난다. 능력이 엿보이는 이마와 무뚝뚝해 보이지만 총명한 두 눈을 가진 크고 이기적인 얼굴은 맞은편 지면에 나열된 모든 평범한 특징들을 믿지 못하게 만들어버린다. 오히려 그녀는 능히 린셋 여사를 기만했을 수도 있는 모습으로 보인다.

　늘 싫어하던 부친이 세상을 떠나자 그녀는 기분이 고양되었다. 그래서 그녀는 런던에서 "내가 자각한 위대한 능력"을 발휘할 기회를 찾아볼 결심을 했다. 그 당시 가난한 이웃들과 살면서 여성이 쉽게 할 수 있는 일은 선행이었다. 월랏 양은 처음에 모범적인 열정을 가지고 헌신했다. 그녀는 미혼이었기 때문에 그 마을에서 감상적이지 않은 면을 대변하려고 마음을 정했다. 만일 다른 여성들이 자녀를 출산하면, 그녀는 그들의 건강을 위해 어떤 일을 할 요량이었다. 그녀는 자신의 정신적 발전을 점검하고, 일기장 말미 여백에다 그 설명을 기록하는 버릇이 있었다. 그곳에다 그녀는 자신의 체중과 신장과 시계의 숫자를 기록하였다. 그녀는 "언제나 내 마음을 심란하게 하여 방향에 대해 질문하게 만드는 불안정한 정신"을 종종 책망하곤 했다. 아마 그녀는 린셋 여사가 우리로 하여금 믿도록 만들려는 것처럼 자신의 자선 행위에 대해 그렇게 만족하고 있지는 않았던 것 같다. 1859년에 그녀는 흔치 않은 솔직한 태도로 "행복이 무엇인지 내가 알고 있는가"라는 질문을 던지고선 곰곰이 생각한 후에 "아니"라고 대답한다. 그 당시의 그녀를 친구가 묘사하듯이 피곤하지만 한결같은 믿음을 가지고 선행을 하는 세련되고 진지한 여성으로 상상한다면 사실과 대단히 다르다. 그와는 반대로 그녀는 불안정하고 불만에 가득 찬 여성으로서 타인의 행복보다는 자기 자신의 행복을 추구하였다. 그녀가 마땅히 할 일을 하기보다는 자신의 복잡한 정신적 상황을 정당화하기 위해 서른여섯의 나이에 손에 펜을 들고 문학을 생각한 것은 바로 이 무렵이었다. 그녀의 정신적 상태는 우리가 비록 멀리 떨어져 있어서 뭐라고 규정하기가 망설여진다 하더라도 복잡한 것이었음은 명백하다. 여하간 그녀는 자선에 대한 '소명감'을 갖지 못했음을 발견하고, 1856년 2월 14일에 한 인터뷰에서 "그것은 우리 두 사람 모두에게 고통스럽고 고민스러웠다"라고 알 에스 로저스 목사에게 말했다. 그녀는 이런 고백을 하면서 여러 가지 미덕이 부족하다고 인정했다. 그래서 적어도 다른 미덕을 소유하고 있음을 자기 자신에게 입증하는 일이 꼭 필요했다. 단지 두 눈을 활짝 뜨고 가만히 앉아 있으면 머릿속에 온갖 생각이 차오르다가 사라지면서, 아마도 섬광처럼 비쳐오는 어떤 중요한 진리에 마주칠 것이다. 조지 엘리엇과 샬롯 브론테가 이 당시 많은 소설들의 기원을 이루고 있었음에 틀림없다. 왜냐하면 책의 주요 소재가 여성들이 주로 생활하는 응접실과 주방 등 여성에 관한 것들이며, 괘종시계의 째깍째깍하는 초침 소리와 더불어 그 소재들이 축적된다는 비밀을 그들이 드러냈기 때문이다.

윌랫 여사는 교육이 필요 없다는 이론을 받아들였으나, 자신이 목격한 것을 묘사하는 것은 점잖지 못하다고 생각하여 오빠들(그중에 한 사람은 매우 별난 삶을 살았다)의 초상이나 부친(우리가 고맙게 생각해야 하는 분이었다)에 대한 회상 대신에, 아랍 연인들을 고안해내어 오리노코 강변에 있는 설정을 하였다. 그녀는 그 연인들이 하나의 이상적인 사회에 살도록 만들었다. 그녀는 법률을 제정하는 것을 즐겼으며, 열대지방은 영국보다는 더 신속하게 원하는 효과를 얻을 수 있는 배경이었기 때문이다.

그녀는 "측면을 갈라놓은 깊고 푸른 협곡이 없다면 마치 구름 성벽 같아 보이는 산들과, 때로는 황금빛으로 때로는 자줏빛으로 번쩍거리며 쏟아져내리는 폭포 — 소나무 숲속 그늘 속으로 흘러들다가 다시 햇빛 속으로 나와선 온통 꽃으로 채색된 아래쪽 초원 위에서 무수히 작은 개울을 이루며 사라진다" — 에 관한 글을 쓸 수도 있었다. 그러나 해질 무렵 — 젖을 짜기 위해 염소들을 몰아들이는 때이기도 한데 — 천막 속에서 들리는 연인들의 이야기를 들어야 할 때와 "출산을 즐거워하고 죽음을 애도하며 수많은 탄생과 죽음을 목격한 현자 노인"의 지혜를 마주할 때, 그녀는 말을 더듬거리며 눈에 띌 정도로 얼굴이 빨개졌다. 그녀는, 당신을 사랑합니다, 라는 말을 건네지 못하고, 단지 '그대를'과 '그대'라는 표현을 사용했다. 이런 어휘는 그 완곡한 의미와 더불어 그녀가 완전한 언질을 주고 있지 않다는 암시를 해주는 듯했다. 예의 그 자의식이 그녀로 하여금 자기 자신을 아랍인이나 그의 신부로 상상하지 못하도록 만들었다. 그리고 그녀가 대화를 연결해주고, 열대지방의 불빛 아래와 영국의 느릅나무 그늘 아래에서 동일한 유혹이 우리를 어떻게 엄습해오는가를 설명해주는, 경이로운 음성 외에 다른 어떤 것이라고는 생각조차 할 수 없었다.

이런 까닭에 오늘날 이 책이 끝까지 읽혀지는 경우는 거의 없다. 윌랏 여사 또한 좋은 글을 쓰는 데 신중한 태도를 지녔다. 그녀는 어휘를 선택하는 데 정직하지 못한 부분이 있었다고 생각했다. 어머니의 무릎을 베고 누운 아이처럼 마음속의 모든 것을 털어놓으며 정직하게 글을 쓰는 것이 최선이며, 그런 믿음의 보상으로서 중요한 의미들이 포함되는 것이라고 그녀는 생각했다. 그럼에도 불구하고 그녀의 책은 두 가지 평가를 받았다. 한 비평가는 톤이 "더 만족스럽다"는 것만 제외하면 이 책이 조지 엘리엇의 소설에 비유된다고 했고, 또 다른 평자는 이 책을 "마티노 여사[3]나 악마의 작품"이라고 선포했다.

만일 린셋 여사가 지금도 살아 있다면 ― 하지만 그녀는 몇 년 전에 호주에서 사망했다 ― 무슨 체재에 근거하여 친구의 생애를 여러 장章으로 세분했는지를 사람들은 물어보고 싶을 것이다. 구분된 장들을 살펴보면 최대한 주소의 변경에 따라 구분한 것 같으며, 린셋 여사는 윌랏 여사의 성격을 파악하게 해줄 어떤 지침도 갖지 못했을 거라고 확신할 수 있다. 분명히 가장 큰 변화는 『린다마라: 하나의 판타지』의 출판 이후에 생겨났다. 윌랏 여사가 로저스 씨와 잊을 수 없는 '장면'을 경험한 후, 그녀는 너무나 마음이 동요하여 흐르는 눈물로 베일이 얼굴에 달라붙은 채로

---

3 헤리엇 마티노(1802~1876)는 소설가이자 언론가인데, 본문 속의 평자는 마티노가 사회 개혁을 옹호했던 일을 염두에 두고 언급하였다.

베드포드 스퀘어를 두 차례나 걸어 다녔다. 그녀의 생각으로는 자선에 대한 이 모든 언급은 엄청난 넌센스이며, 자선은 소위 '개인적인 삶'을 자기에게 주지 못했다. 그녀는 이민을 가서 한 단체를 설립하려는 생각을 했다. 두 번째 산책을 마칠 때쯤 그녀는 백발이 되어서 한 권의 책을 통해서나 일단의 근면한 제자들—그녀가 아는 사람들과 아주 닮았지만 그녀를 대모라는 점잖은 호칭으로 불러준 사람들—에게서 지혜를 배워가는, 자신이 속한 사회를 그려보았다. 『린다마라』에는 이것을 암시하고 '지혜가 없는 사람'인 로저스 씨를 은근히 암시하는 구절들이 있다. 그러나 그녀는 게으른 편이었으나 몇몇 사람들에게서 나온 찬사가 그녀를 그럴싸하게 만들었다. 그녀의 글 중에 걸작은—우리가 여러 권을 섭렵했고, 그 결과는 우리의 이론과 일치하는 것으로 보이기 때문에—그녀 자신을 합리화하는 데 쓰였다. 그러나 소기의 목적을 성취한 후에 그녀는 자기 체계에 지대한 손상을 끼치면서도 미지의 영역에 머물며 타인들을 위해 예언을 계속해나갔다. 그녀는 엄청나게 비대해졌고, 린셋 여사는 이것이 "질병의 징후"라고 말했다. 린셋 여사는 이 가슴 아픈 문제를 즐겼는데, 그것은 벽지가 더러워진 작은 방에서 월랏 여사가 수없이 티파티를 열었다는 것과 '영혼'에 관한 친밀한 대화를 무수히 가졌다는 증거이기도 하다. '영혼'이 그녀의 영역이 되었다. 그녀는 영원한 황혼으로 장식된 낯선 고장을 찾아 남부 평원을 떠났다. 그곳에는 형상이 없는 실체들이 존재했다. 그리하여 린셋 양은 "나의 모든 세속적 희망을 빼앗아버린 존경하는 부모님의 죽음"으로 그당시 엄청난 실의에 빠져 있던 중에 월랏 양을 만나러 갔다가 얼굴이 붉어지고 부들부들 떨면서 떠나갔다. 하지만 그녀는 모든 문제에 해답을 주는 비밀 하나를 알았다고 확신했다. 월랏 양은 너무나 영리하여 누군가가 어떤 문제에 대해 해답을 줄 수 있다는 사실을 믿을 수 없었다. 마치 스패니얼 개처럼 매질하거나 쓰다듬어줄 요량으로 자기를 올려다보는 이 특이하고 자그마한 전율하는 여인들을 보고 나서 여러 가지 감정들이 솟아올랐다. 그러나 그들 모두가 나쁜 건 아니었다. 그 여성들이 원하는 것은 마치 우유 잔 속에 빠진 파리가 스푼을 지지대로 찾듯이, 그들이 전체의 일부라는 얘기를 듣는 것이었다. 그녀는 나아가서 사람들은 일을 하기 위해서는 동기가 있어야 함을 알았다. 그녀는 신념이 매우 강한 여자였다. 어머니로서의 그녀의 힘은 비록 불법적인 경우라 할지라도 그녀에게 소중했다. 그녀의 또 하나의 재능은, 그것이 없다면 나머지 모든 재능도 쓸모가 없는데 — 그녀가 은둔 상태로 도피할 수 있다는 점이었다. 사람들에게 무엇을 할 것인가에 대해 말한 후, 그녀는 처음에는 속삭임으로 나중에는 떨다가 사라지는 음성으로 다소 신비적인 이유들을 제시했다. 그녀는 소위 세상의 변방을 엿봄으로써 그것을 발견할 수가 있었다. 먼저 그녀는 단지 그곳에서 본 바를 정직하게 말하려고 노력했다. 현재의 상태는 속박되어 억눌려 있어서 매우 작은 화살들의 표적이 된 것과 같은데, 그녀의 생각으로는 이런 상태가 대부분 지루하고 가끔은 견딜 수 없는 것이었다. 그들에게는 클로로포름[4]처럼 흐릿하면서도 아름다운 설계도 — 윤곽을 혼동하게 만들고, 일상적 삶이 미래의 전망에 대한 암시로 두 눈앞에서 춤추게 만드는 설계도 — 가 필요했으며, 또한 그녀의 천성은 그들에게 그런 설계도를 주기에 적합했다. 그녀는 "인생은 고단한 학교"라고 말하고 나서 "……않는다면 어떻게 그것을 견뎌나갈 수 있을까"라고 말했다. 그다음 순간에, 더 잘 보기 위해 머리를 뒤로

---

4 무색 휘발성 액체로 마취약으로 쓰인다.

젖히고 두 눈을 지그시 감자, 나무와 꽃과 깊은 물속의 고기와 영원한 하모니에 관한 광상곡이 떠올랐다. 헤이그 여사는 "우리 가운데 예언자가 한 사람 있다고, 난 종종 느꼈어요"라고 기록했는데, 만일 예언자가 단지 어느 정도 영감을 받고 제자들의 어리석음을 인식하고 그들을 안쓰러워하며, 그들의 환호에 대해 대단한 허영심을 품고, 그들의 사고 속에서 갑자기 혼란스러워하는 사람이라면, 윌랏 여사 역시 예언자였다. 그러나 초상肖像 중에 가장 두드러진 부분은 이 당시 블룸즈베리의 정신적 상황에 대해 그것이 제시하는 불행한 견해이다. 이 시기에 윌랏 여사는 워번 스퀘어에서 스스로 만든 거미줄 한가운데 있는 게걸스러운 거미처럼 깊은 생각 속에 빠져 있었으며, 그 상념의 실타래를 따라 불행한 여성들이 햇빛과 마차와 무서운 세상에 놀란 야윈 암탉 같은 모습으로 달려와서는 윌랏 여사의 치맛자락 그늘 속에 그 모든 사건의 흐름으로부터 자신들을 감추기를 원했다. 엔드류 가문, 스폴딩 가문, '그때 이후로 우리 곁을 떠난' 찰스 젠킨슨 청년, 통풍으로 고생하던 연로한 베트스비 여사, 시실리 헤이그 여사, 유럽에서 누구보다도 풍뎅이에 관해 해박한 지식을 가졌던 에브네즈 엄펠비 — 이 모든 사람들은 티파티에 와서 함께 일요일 저녁 식사를 하고 담소를 나누던 사람들이었다 — 등이 다시 살아나 우리로 하여금 견딜 수 없을 정도로 그들에 관하여 더 많이 알고 싶은 마음이 들도록 유혹한다. 그들의 모습은 어떠했는가? 그들이 윌랏 여사에게서 원한 것이 무엇이었으며, 개인적으로는 그녀에 대해서 어떻게 생각했는가? 하지만 우리는 결코 다시는 그들에 관하여 알지도 못하고 소식도 듣지 못할 것이다. 그들은 돌아올 수 없는 흙으로 돌아가고 없다.

이제 진정 린셋 여사가 '완성'이라고 명명한 마지막 긴 장의 요점만을 말할 때다. 분명히 그것은 가장 이상한 부분이다. 죽음에 대해 강렬한 매력을 느낀 린셋 여사가 오히려 죽음의 면전에서 달콤한 말을 하고 몸치장을 하며, 스스로 죽음을 맞이하질 못한다. 한 사람의 생애에 관해서보다는 보편적인 죽음에 관해 글을 쓰는 편이 더 쉽다. 그래서 사람들이 가끔 사용하고 싶은 일반적 표현들이 있으며, 어떤 사람에게 작별 인사를 건넬 때 부드러운 매너와 흐뭇한 감정에 이르게 하는 무언가가 있는 것이다. 게다가 린셋 여사는 거칠고 평범하며, 자기를 그다지 호의적으로 대해주지 않은 삶에 대해 당연한 불신을 품고 있었기에 마치 어떤 버릇 나쁜 학생을 윽박지르듯이 모든 인간은 죽는다는 사실을 기회가 있을 때마다 증명해왔다. 만일 사람들이 원한다면 앞서 세상을 떠난 그 누구보다도 월랏 여사의 마지막 몇 개월 동안의 삶에 관해 자세히 말해줄 수도 있다. 우리는 정확하게 그녀가 무슨 병으로 죽었는지 알고 있다. 이 부분에서 전기의 서술 어조가 장례식 행렬 속도로 느려진다. 한 단어 한 단어를 깊이 음미한다. 하지만 실상은 다음과 같다. 월랏 여사는 몇 년 동안 어떤 속병을 앓아왔으나 절친한 몇몇 친구들에게 말고는 말을 하지 않았다. 그러다 1884년 가을에 그녀는 감기에 걸렸다. "그것이 최후의 발단이 되었으며 그때 이후로 거의 희망이 없었다." 사람들이 언젠가 한번 그녀가 죽어가는 중이라고 말해주었지만 그녀는 단지 "조카를 위해 깔개를 만드는 일에 몰두하고 있는 모습이었다." 그녀가 침상에 눕게 되자 삼십 년 동안 함께 산 하녀 에마 그리스 말고는 아무도 만나기를 원치 않았다. 마침내 10월 18일 "비바람이 몰아치던 가을 밤"에 린셋 여사가 작별 인사를 나누도록 소환되었다. 월랏 여사는 눈을 감은 채 등을 바닥에 대고 누워 있었으며, 어둠 속에 반쯤 가려진 그녀의 머리는 "대단히 장엄한" 모습이었다. 월랏 여사는 말을 하거나 돌아눕지도 않고 눈도 한번 뜨지 않은 채로 긴 밤을 가만히 누워 있었다. 한번은 그녀가 왼손을 들어 올렸는데 거기엔 어머니의 결혼반지가 끼워져 있었다. 그 후 그 손은 다시 침대 위로 내려졌다. 사람들은 무언가를 더 기대했지만, 그녀가 원하는 것이 무엇인지를 몰라서 아무 일도 하지 못했다. 삼십 분이 지나도록 이불이 미동조차 없었기에 사람들은 그녀가 숨을 거둔 것을 알고는 침대 곁에서 물러났다.

부적절한 부분들과 더불어 이 마지막 장면을 읽고 나자 되는 대로 여기저기가 절정을 향해 무성하게 밀려든다. 그녀의 안색이 어떻게 바뀌었는지, 어떻게 사람들이 오 드 콜로뉴 향유로 그녀의 이마를 닦아주었는지, 설리 씨가 다시 왔다 갔는지, 곤충들이 창문에 와서 탁탁 소리를 내며 부딪쳤는지, 동이 트자 방 안이 어떻게 밝아왔는지, 어떻게 참새들이 재잘거리고, 어떻게 마차들이 광장을 지나 시장으로 덜커덩거리며 갔는지 하는 두서없는 얘기들이. 린셋 양은 죽음이 주는 자극적인 정서와 일시적으로 중요한 의미를 주는 무언가를 느끼도록 해주기 때문에 죽음을 좋아했다고, 사람들은 믿고 있다. 그 순간에 그녀는 월랏 여사를 사랑했다. 잠시 동안 월랏 여사의 죽음은 그녀로 하여금 심지어 행복감마저 갖도록 만들었다. 그것은 새로운 시작의 기회이기에 흔들림 없는 하나의 종말이었다. 그러나 그 후 귀가하여 저녁 식사를 하면서 그녀는 외로움을 느꼈다. 왜냐하면 그들은 일요일이면 늘 함께 큐 가든에 가곤 했기 때문이었다.

벽 위에 난 자국
The Mark on the Wall

아마도 올해 일월 중순 즈음이었으리라. 내가 처음 벽 위를 올려다보다 그 위에 난 자국을 본 것이 말이다. 날짜를 확실히 하기 위해서는 보았던 것을 기억할 필요가 있지. 그래서 이제 불이 생각나고, 내 책 페이지에 노란 불빛이 고르고 얇은 막으로 어렸고, 벽난로 위 선반에는 둥근 유리로 된 단지에 국화 세 송이가 꽂혀 있었지. 그래, 분명 겨울이었어, 우리는 막 차를 마셨었지. 왜냐하면 내가 벽 위를 올려다보다 처음으로 자국을 보았을 때 담배를 피웠던 것이 기억나니까. 나는 담배 연기 사이로 올려다보았고 타고 있는 석탄 위에 눈길이 잠시 머물렀지, 그리고 성의 탑에서 진홍색 깃발이 펄럭이는 오래된 공상이 마음에 떠올랐으며, 붉은 기사 행렬이 말을 타고 검은 바위의 측면을 오르는 것을 생각했지. 자국을 보면서 공상이 중단되어 한시름 돌릴 수 있었다. 그것은 오래된 공상인 데다, 아마도 아이 적에 만들어진 습관성의 공상이기 때문이리라. 그 자국은 작고 둥근 자국으로, 하얀 벽 위에 까맣게, 벽난로 선반 위 약 육에서 칠 인치 정도 위에 있었다.

마치 개미들이 너무도 열성적으로 지푸라기 한 가닥을 운반하듯이, 우리 생각은 정말로 쉽사리 새로운 대상 위로 몰려들어, 그 것을 약간 들어 올리고, 그러고는 그것을 내버린다…… 만약 그 자국이 못자국이라면, 그림을 걸기 위한 것일 리는 없었다, 틀림 없이 작은 화상을 위한 것이었으리라—하얀 머리 분을 뿌린 곱 슬곱슬한 머리털에, 가루분을 바른 뺨과 빨간 카네이션 같은 입 술을 가진 귀부인의 작은 화상 말이다. 물론 거짓말이다. 왜냐하 면 우리 전에 이 집을 소유했던 사람들은 오래된 방에는 낡은 그 림을, 하는 식으로 선택했을 것이기에 말이다. 그들은 그런 종류 의 사람들이었다. 상당히 흥미로운 사람들이었고, 나는 그들을 꽤 자주 생각했다, 참으로 기이한 장소들에서 말이다. 왜냐하면 다시는 그들을 보지 못할 것이며 이후에 무슨 일이 일어났는지 결코 알 수 없기 때문이었다. 그들은 가구 스타일을 바꾸고 싶어 이 집을 떠나고 싶어 했다. 그렇게 그는 말했다. 그리고 그의 견해 로는 예술에는 사상이 깔려 있어야만 한다고 말하는 중에 우리 는 뿔뿔이 헤어졌다. 기차를 타고 급히 지나갈 때, 차를 막 따르려 하는 늙은 귀부인과 교외 빌라의 뒷마당에서 정구공을 치려 하 는 젊은 청년에게서 억지로 우리를 잡아떼듯이 말이다.

　하지만 그 자국으로 말할 것 같으면, 확실치가 않았고, 나는 그 것이 결국 못이 만든 것이라고는 믿기지 않았다. 그러기에, 자국 은 너무 크고, 너무 둥글었다. 내가 일어설 수도 있으리라. 하지만 만약 내가 일어나 그것을 본다 해도, 십중팔구 나는 확실하게 말 할 수 없으리라. 왜냐하면 일단 일이 일어나면, 어떻게 그 일이 일 어났는지 결코 아무도 알지 못했다. 아! 저런, 삶의 신비라니! 생 각의 부정확함! 인간의 무지! 우리가 자신의 소유물을 거의 통제 할 수 없으며, 우리의 모든 문명에도 불구하고 이 삶이란 것이 얼 마나 우연한 사건인지 보기 위해서, 우리 평생에 잃어버리는 것들 몇 가지만 헤아려보자. 책을 제본하는 도구들이 든 세 개의 창백한 푸른색 깡통부터 시작해서 말이다. 왜냐하면 그것이 언제나 가장 불가사의한 손실물 같아서이다. 고양이가 쏠아 먹었나, 쥐가 갉아 먹었나. 그러고는 새장들, 굴렁쇠, 철 스케이트들, 앤 여왕 시대식 석탄 통, 바가텔[1] 평판, 손풍금, 모두 사라졌다. 보석 또한 사라졌다. 오팔과 에메랄드, 그들은 무의 뿌리 주변에 널려 있네. 삶이란 얼마나 산산조각을 내고 도려내는 일인지 확실했다! 내가 등에 옷을 걸치고 있고, 이 순간에 견고한 가구들에 둘러싸여 앉아 있다는 것이 경이로웠다. 아니, 만약 사람이 인생을 어느 것에건 비교하기를 원하면, 우리는 시속 오십 마일의 속도로 전철을 타고 날려가는 것에 비유해야 하겠다. 그러고는 머리에 머리 핀이 하나도 남아 있지 않은 채 다른 쪽 끝에 내린다! 신의 발아래 완전히 벌거벗은 채 쏘아 떨어진다! 우체국에서 아래로 떨어지는 통로에 던져진 갈색 종이로 싼 소포처럼 수선화 초원에 거꾸로 떨어진다! 머리털을 경마競馬의 꼬리처럼 뒤로 날리면서 말이다. 그래, 그것이 삶의 속도를 표현하는 것 같아, 영원한 소모와 복구, 모든 것이 너무도 무심하고, 모든 것이 너무도 터무니없어.

하지만 삶이 끝난 뒤. 두터운 초록색 줄기가 서서히 파괴되고 그래서, 꽃의 잔이 엎어지면서, 자주색과 붉은빛으로 쏟아진다. 어쩌면, 결국, 사람이 여기서 태어나듯이, 거기에 태어날 수 없는 것일까? 의존해야 하고, 말도 못하고, 시력을 고정시킬 수도 없고, 풀뿌리를, 거인들의 발가락 아래를 손으로 더듬으면서 말이다. 어느 것이 나무이고, 어느 것이 남자이고 여자인지, 그런 것들이 있기나 한지 말하는 것에 관한 한, 그 존재는 오십 년이나 그쯤 동안은 그럴 수 있는 상태에 있지 않으리라. 거기에는 두터운 줄기가

1 큐로 공을 쳐서 반대쪽 끝에 있는 구멍에 넣는 배 위에서 하는 공놀이.

가로지르는 빛과 어둠의 공간 외에는 아무것도 없으리라. 그리고 다소 더 높은 위에는 아마도 불분명한 색, 희미한 분홍색이나 푸른색, 장미 모양을 한 얼룩들이 있고—그것은, 시간이 가면서, 더욱 명확해져서, 되리라—무엇이 되는지는 모르겠지만……

하지만 벽 위에 난 자국은 절대 구멍은 아니다. 그것은 둥글고 까만 어떤 물질, 여름이 지나면서 남겨진 작은 장미 이파리 같은 것이 만들었을 수도 있다. 나는 빈틈없는 가정주부가 아니었다—예를 들면 벽난로 위에 먼지를 보아라, 오로지 항아리 조각들만 완전히 전멸되는 것을 거부했지만, 우리가 믿을 수 있듯이 트로이를 세 겹이나 덮어 묻은 먼지 말이다.

창밖의 나무는 아주 부드럽게 창문을 두드린다…… 나는 조용히, 차분하게, 여유 있게 생각하기를 원한다. 절대로 중단되거나, 의자에서 일어날 필요 없이, 하나의 사물에서 다른 것으로 쉽게, 아무런 적대감이나 장애물 없이 거침없이 움직이기를 원한다. 나는 단단하고 분리된 사실들로 구성된 표면에서 벗어나, 더 깊이, 더 깊이 가라앉기를 원한다. 나를 진정시키기 위해서, 지나가는 첫 생각을 잡아보자…… 셰익스피어…… 그래 다른 사람처럼 그도 괜찮아. 한 남자가 팔걸이의자에 꼼짝 않고 앉아서, 화롯불 속을 쳐다본다, 그래, 생각이 소나기처럼 어떤 아주 높은 하늘에서 그의 마음을 통해서 아래로 무한히 쏟아져 내린다. 그는 앞이마를 손으로 괴고, 사람들은 열린 문을 통해서 들여다본다. 왜냐하면 이 장면은 여름날 저녁에 일어나기로 되어 있다. 하지만 이것, 이 역사적인 소설은 얼마나 지루한지! 나는 그것에 전혀 관심이 없다. 나는 기분 좋은 영역이 생각나기를 소망했다. 간접적으로 내 자신의 면목을 세워주는 영역 말이다. 왜냐하면 그것들이 가장 기분 좋은 생각들이고, 진짜로 자신들 칭찬은 듣고 싶지 않는다고 믿는, 쥐색을 한 평범한 사람들 마음에서조차도 자주 생각나기 때문이다. 그것은 직접 자신을 칭찬하는 생각이 아니며, 그점이 그런 생각의 아름다움이며, 그것은 이런 생각들이다.

"그러고는 나는 방으로 들어왔다. 그들은 식물학을 논의하고 있었고, 나는 킹스웨이에 있는 오래된 집터 먼지 더미에서 꽃이 자라는 것을 어떻게 보게 되었는지 말했다. 그 씨앗은 틀림없이 찰스 1세 통치 때 뿌려졌다고 나는 말했다. "찰스 1세 통치 때에는 어떤 꽃들이 자랐죠?" 나는 물었다(하지만 답변은 기억나지 않는다). 아마도 자주색 수염이 달린 키가 큰 꽃들이었나. 그리고 그렇게 이야기가 계속되었다. 그러는 내내 나는 나 자신이라는 인물을 마음속에서 사랑스럽게, 은밀히, 차려입혔지만, 공공연히 숭배하지는 않았다. 만약 그렇게 했다면, 나는 나 자신을 잡아내어, 스스로를 보호하기 위해서 당장에 책으로 손을 뻗었다. 정말로, 사람이 자신의 이미지를 우상처럼 숭배하거나, 우스꽝스럽게 만들거나, 너무 원형과 달라서 더 이상 믿을 수 없게 취급하려 하면, 정말로 본능적으로 보호하는 것이 진기했다. 아니, 어찌 되었건 아주 그렇게 진기한 일은 아니지 않은가? 그것은 아주 중요한 문제였다. 만약 거울이 산산조각이 난다면, 이미지는 사라지고, 숲 깊이의 푸른빛으로 둘러싸인 낭만적인 인물은 더 이상 그곳에 존재하지 않고, 단지 다른 사람들이 보는 한 사람이라는 껍데기만이 있다. 얼마나 답답하고, 표면적이고, 단조롭고, 남의 눈에 띄기 쉬운 세상이 되어가고 있는지! 세상 안에서 살 수가 없다. 버스와 지하철에서 우리가 서로를 마주할 때, 우리는 거울을 들여다본다. 그 사실이 우리 눈에 어린 모호함과 무표정을 설명해준다. 그래서 미래의 소설가들은 이 반영들의 중요성을 점점 더 실감할 것이다. 왜냐하면 물론 하나가 아니라 거의 무한한 수의 반영들이 있기 때문이다. 그것이 그들이 탐험할 깊이이며, 그것이 그들이 추구할 환영들이다. 점점 더 현실 묘사는 그들의 이야기에서 사라지고, 그리스인들이 그랬고 아마도 셰익스피어가 그랬듯이, 그것에 대한 지식을 당연시한다. 하지만 이런 일반화는 아주 가치 없다. 그 말이 갖는 군대식 울림이면 충분하다. 그것은 주요 기사들, 각료들을 생각나게 한다. 어린아이일 적에 사물 그 자체, 표준적인 사물, 실제 사물로 생각했던 실제 사물의 전체 등급, 이름도 없이 저주받을 각오를 하지 않는다면 거기서 떠날 수 없는 것들 말이다. 일반화는 어쩐 일인지 런던에서의 일요일, 일요일 오후의 산책, 일요일 오찬들과 또한 죽은 자들이 이야기하는 방식들, 옷과 습관들, 아무도 그것을 좋아하지 않지만, 일정한 시간까지 모두 함께 한 방에 앉아 있는 습관 같은 것이 생각나게 한다. 모든 것에는 규칙이 있었다. 그 특별한 시기에 식탁보에 대한 규칙은 왕궁 복도에 있는 카펫 사진에서 본 것 같은 노란색의 작은 구획이 표시된 두꺼운 천으로 만들어야만 한다는 것이었다. 다른 종류의 식탁보는 진짜 식탁보가 아니었다. 이런 진짜 물건들, 일요일 오찬, 일요일의 산책, 시골 저택과 식탁보가 완전히 진짜는 아니며, 정말로 반쯤은 환영이며, 이런 것들을 믿지 않은 자들을 찾아오는 저주는 단지 불법적인 자유의 감각이라는 것을 발견하면 너무도 충격적이지만, 얼마나 멋진가. 그런 것들, 표준이 되는 그 진짜 것들을 이제 어떤 것이 대치하지? 당신이 여자라면, 아마도 남자들일 것이다, 남성적인 견해는 우리의 삶을 지배하고, 표준을 설정하고, 휘터커의 우위 목록[2]을 설립한다, 그 목록은 추측컨대, 전쟁 이후에 많은 남자들과 여자들에게 반쯤 환영幻影이 되었기 때문에, 우리가 소망하길, 곧 웃음거리가

2 휘터커의 연감에 포함된 영국 귀족 계급을 말함.

되어 쓰레기통으로 들어가게 되리라. 환영, 마호가니 찬장, 랜드시어[3]의 그림들, 신과 악마, 지옥 등등이 사라지는 곳으로 말이다. 그래서 만약 자유가 존재한다면, 우리 모두 불법적인 자유 감각으로 도취되게 하고 말이다……

빛이 어떻게 비치면 벽 위의 자국은 실제로 벽에서 돌출한 것처럼 보인다. 그것은 완전히 둥글지도 않았다. 확신할 수는 없지만, 분명한 그림자를 던지는 것 같았다. 만약 내가 그 벽 부분을 손가락으로 쓸어내리면 어느 지점에서 작은 둔덕을 올라갔다 내려가리라. 그들이 말하길, 무덤이거나 야영지라고 하는 사우스다운즈[4]에 있는 분묘[5]처럼 평평한 둔덕 말이다. 둘 중에 나는 무덤을 선호했다. 대부분의 영국인들처럼 우울함을 원했고, 산책을 마무리하면서 잔디밭 아래 흩어진 뼈들을 생각하는 것이 자연스러웠다…… 그것에 관해서 무슨 책인가 틀림없이 있었다. 어떤 골동품 연구가들은 그 뼈들을 파내서 그들에게 이름을 붙였으리라…… 골동품 연구가들은 어떤 부류의 사람일까, 나는 생각했다. 감히 말하건대, 대부분 퇴역한 대령들이리라. 여기 꼭대기까지 나이 든 인부들 무리를 이끌고 와, 흙더미와 돌들을 검사하고, 이웃에 사는 성직자와 서신 왕래를 하기 시작한다. 아침에 편지를 열면, 무엇인가 중요한 일 같은 느낌이 들었고, 화살촉을 비교하기 위해서는 시골 마을로 교외를 횡단하는 여행을 해야만 했고, 그런 필요는 그들과 그들의 아내 모두에게 기분 좋은 필연성이었다. 아내들은 자두 잼을 만들거나 서재를 치우고 싶었고, 야영지인지 무덤인지 하는 위대한 질문을 영원히 결정하지 않고

---

3 영국의 동물 화가.
4 영국 잉글랜드 남부 및 동남부 지방의 구릉지대.
5 영국과 스칸디나비아에 흩어져 있는 유사 이전 거주자의 무덤을 말함.

싶은 충분한 이유가 있었다. 대령 자신은 질문 양편에 증거를 모으면서 기분 좋게 철학자처럼 느꼈다. 그가 마침내 야영지를 믿는 마음이 드는 것은 사실이었다. 그리고 반대에 부딪쳐서는, 소책자를 썼고, 그는 그것을 지방 학회의 계간 모임에서 읽을 예정이었다. 그때 그는 뇌졸중으로 쓰러졌고, 그가 마지막으로 생각한 것은 아내나 아이들이 아니고, 야영지와 거기 있는 화살촉에 대한 것이었고, 그 화살촉은 이제 케이스에 담겨 지방 박물관에 있다. 중국 여자 살인자의 발, 엘리자베스 시대의 못 한 줌, 다량의 튜더 시대 점토 파이프들, 로마 시대 도자기 조각, 그리고 넬슨이 썼던 와인 잔과 함께 말이다―내가 무엇인지 정말로 알 수 없다는 것을 입증하면서 말이다.

아니야, 아니야, 아무것도 입증할 수 없어, 아무것도 알 수 없어. 만약 내가 바로 이 순간에 일어나서 벽 위에 난 자국이 정말로, 무어라고 말할까? 거대한 낡은 못 머리, 이백 년 전에 박은 것인데, 이제 수 세대 동안 하녀들이 참을성 있게 마멸시킨 덕분에, 칠한 위로 머리를 내밀고, 하얀 벽에 불 켜진 방의 현대적인 삶을 처음 본다고 확인해도, 내게 무슨 이익이 있을까? 지식? 더 심사숙고할 일? 나는 일어서서 뿐만 아니라 앉아서도 생각할 수 있지. 그런데 지식은 무엇일까? 학식 있는 사람들이란 동굴이나 숲속에 웅크리고 앉아서 약초들을 달이며, 뒤쥐들에게나 따져 묻고, 별들의 언어를 적어놓은 마녀들과 은둔자들의 자손이 아니고 무엇일까? 미신이 점점 사라지고 아름다움과 건전한 마음에 대한 존경심이 증가하면서 우리가 그들을 덜 공경할수록…… 그래, 아주 쾌적한 세계를 상상할 수 있지. 너른 들판에 아주 빨갛고 파란 꽃들이 그득한, 조용하고 널찍한 세계. 교수들이나 전문가들, 혹은 경찰의 얼굴 생김새를 가진 가정부들이 없는 세계, 물고기가 수련 줄기를 뜯어 먹고, 하얀 바다 알들의 둥지 위에 떠서 맴돌면서 지느러미로 물을 가르듯이 우리도 생각으로 가를 수 있는 세계…… 여기 아래, 세계의 중심에 뿌리내리고 갑작스럽게 빛이 번쩍이기도 하고 반사되기도 하는 회색빛 물을 통해서 위를 올려다보는 것은 얼마나 평화스러운가! 만약 휘터커의 연감만 없다면―휘터커의 우위 목록만 없다면 말이다.

나는 벌떡 일어나 저 벽 위의 자국이 정말 무엇인지 내 스스로 보아야겠다. 못, 장미 이파리, 나무 사이의 틈새?

자연은 자기 보존이라는 오래된 게임을 다시 한 번 시작했다. 그녀는 이 일련의 생각이 위협적이고 단순한 에너지 낭비이고, 심지어는 실제와 충돌까지 하는 것을 알았다. 왜냐하면 휘터커의 우위 목록에 대항해서 누가 손가락 하나 들어 올릴 수 있을까? 캔터베리의 대주교 다음에는 대법관이 뒤따랐고, 대법관 다음에는 요크의 대주교가 뒤따랐다. 누구나 다른 이를 뒤따랐고, 그것이 휘터커의 철학이었다. 위대한 일은 누가 누구를 뒤따르는지 아는 것이다. 휘터커가 아니까, 당신은 격분하는 대신에, 그것으로 위안을 삼으라고, 자연은 그렇게 충고했다. 만약 위안받을 수 없다면, 이 평화스러운 시간을 산산이 부숴야만 한다면, 벽 위에 난 자국을 생각하라.

나는 자연의 게임을 이해한다, 그녀는 흥분시키거나 괴롭히려 위협하는 어떤 생각이건 끝내는 방법으로 행동을 취할 것을 재촉한다. 그래서 추측컨대, 행동하는 사람―우리가 생각하지 않는다고 가정하는 사람―에 대한 약간의 경멸이 있는 것 같다. 하지만, 맘에 안 드는 생각을 완전히 멈추기 위해서 벽 위에 난 자국을 바라보는 것은 무방하다.

이제 내가 눈을 거기에 고정하고 나니, 정말로, 바다에서 널빤지를 잡은 것처럼 느껴진다. 당장에 두 명의 대주교와 대법관을 그림자 중의 그림자로 바꾸어버리는 현실감이 만족스럽게 든다. 여기에 무언가 확실한 것, 무언가 실재하는 것이 있다. 그래서 한밤중의 공포 어린 꿈에서 깨어나, 서둘러 불을 켜고, 서랍장을 숭배하면서, 견고함을 숭배하면서, 현실을 숭배하면서, 우리 외에 어떤 다른 존재를 증거하는 비개인적인 세계를 숭배하면서, 조용히 누워 있다. 그것이 우리가 확신하고 싶은 것이다…… 목재는 생각하기에 기분 좋은 것이다. 그것은 나무에서 나온다. 나무는 자라지만, 우리는 그것이 어떻게 자라는지 모른다. 몇 년이고 그들은 자란다, 우리에게 전혀 신경 쓰지 않고, 목초지에서, 숲에서, 그리고 강가에서 말이다―사람들이 생각하기 좋아하는 모든 것들이다. 더운 날 오후이면 소들은 그 아래에서 꼬리를 획획 휘두른다. 나무들이 강을 진한 초록색으로 칠해서 붉은 뇌조가 잠수를 했다 다시 올라오면, 깃털이 온통 초록색으로 보이리라 기대된다. 나는 바람에 부풀어 오른 깃발처럼 흐름에 대항해서 물고기가 균형 잡는 것을 생각하고 싶다, 강바닥 위로 돔 모양을 한 진흙을 서서히 밀어 올리는 수생 갑충을 생각하고 싶다. 나는 나무 자체를 생각하고 싶다. 우선 나무의 빡빡하고 마른 감각, 그러고는 폭풍이 몰아치고, 그러고는 서서히 아주 향긋한 수액이 솟아나는 것을 말이다. 또한 모든 이파리들을 밀집하게 접어서, 부드러운 어떤 것도 달빛의 잔혹한 탄알에 노출하지 않은 채, 겨울밤 텅 빈 들판에 서 있는 나무, 밤새도록 곤두박질치고, 곤두박질치는 땅 위의 벌거벗은 돛대를 생각하고 싶다. 유월에는 새들의 노래가 틀림없이 아주 크고 이상하게 들리리라. 곤충들이 나무껍질의 쭈글쭈글한 곳을 열심히 힘들여 전진하거나, 얇은 초록색 이파리 해 가리개 위에서 해바라기를 할 때, 그 노랫소리에 그들의 발은 얼마나 차갑게 느낄까. 그래서 그들은 다이아몬드로 절단한 붉은 눈으로 정면을 똑바로 쳐다본다…… 식물 섬유가 하나씩 하나씩 땅의 광대하고 차가운 압력 아래에서 끊어진다, 그러고는 마지막 폭풍우가 오고, 가장 높은 가지들이 땅속으로 깊이 박아 들어간다. 그래도, 생명이 끝나지는 않는다. 나무에게는 그래도 백만 개의 참을성 있는, 빈틈없는 삶이 전 세계에 널려 있다. 침실에, 배에, 보도에, 남자와 여자가 차를 마신 후 담배를 피우면서 앉아 있는 정렬해 있는 방들에 말이다. 이 나무는 평화로운 생각들, 행복한 생각들로 가득하다. 나는 그 하나하나를 개별적으로 집어 들고 싶다 — 그런데 무엇인가가 가로막는다…… 내가 어디에 있지? 모두 무엇에 관한 것이지? 나무? 강? 다운즈? 휘터커의 연감? 수선화 들판? 나는 하나도 기억할 수가 없다. 모든 것이 움직이고, 떨어지고, 미끄러지고, 사라진다…… 거대한 누군가가 내 위에 서서 말한다 —

"나는 신문 사러 나갈 거요."

"그래서요?"

"신문을 사는 것이 아무 소용도 없긴 하지만…… 결코 아무 일도 일어나지 않아. 저주스런 이 전쟁, 빌어먹을 이 전쟁! ……언제나 똑같아, 왜 우리 벽 위에 달팽이가 있어야 하는지 난 모르겠어."

아, 벽 위에 난 자국! 그것은 달팽이였다.

큐 가든

Kew Gardens

　타원형의 화단에는 아마 백여 그루쯤 될 듯싶은 식물의 줄기
가 혹은 하트 모양으로 혹은 기다란 혓바닥 모양으로 잎사귀를
반쯤 내밀며 올라오고, 그 끄트머리엔 갖가지 채색된 점박이 무
늬를 한 빨강, 파랑, 혹은 노랑 꽃잎이 펼쳐지고 있었다. 그 빨강,
파랑, 혹은 노랑의 꽃목 그늘에서는 곧추선 막대기 모양이 솟아
나와 있는데, 곤봉처럼 살짝 둥글어진 그 끝에는 황금빛 가루가
묻어 있었다. 꽃잎은 저마다 풍성한 것이 한여름의 미풍에 한들
거렸고, 꽃잎이 움직일 때마다 빨강, 파랑, 노랑의 빛깔들이 서로
겹쳐지면서 그 아래에 있는 한줌의 갈색 흙을 가장 영롱한 색채
로 물들여놓았다. 그 빛은 매끄러운 잿빛 자갈 위에, 혹은 나선형
줄무늬가 있는 갈색 달팽이 껍데기 위에 떨어지기도 하고, 혹은
빗방울 속으로 들어가 그 얇은 표면을 빨강, 파랑, 노랑의 강렬한
빛으로 팽창시키는 것이 급기야는 터져서 사라져버릴 것만 같았
다. 하지만 대신에 물방울은 다시 한 번 두 번째 은회색 방울로 남
아 있고, 이제 빛은 나뭇잎 위에 내려앉아 표면 아래 실처럼 뻗어
있는 잎맥을 드러내주고 있었다. 그러고는 다시 자리를 옮겨 하

트 모양, 혓바닥 모양의 잎사귀들이 만들어낸 지붕 아래로 드넓게 펼쳐진 초록색 공간 속에 그 광채를 뿌려놓았다. 그때 머리 위로 좀 더 힘찬 미풍이 흔들리자, 색채는 대기 속에서 반짝였고, 칠월의 큐 가든을 산책하고 있는 남자들, 여자들의 눈동자 속에서 반짝였다.

이 남자들, 여자들이 호기심에 이끌린 듯 정처 없는 발걸음으로 삼삼오오 화단을 지나쳐 가는 모습이, 잔디밭을 가로질러 이리저리 화단을 옮겨다니는 희고 푸른 빛깔의 나비들과 별반 다르지 않았다. 그 남자는 그 여자보다 한 뼘 정도 앞서서 한가롭게 걸음을 옮기고 있었고, 여자는 아이들이 너무 뒤쳐져 있는지 보려고 이따금씩 고개를 돌려볼 뿐 뭔가 보다 큰 의도를 심중에 가지고 있는 태도였다. 남자는 아마도 무의식적으로 그랬겠지만 일부러 여자보다 앞서서 그만큼의 거리를 유지하고 있었다. 자신의 생각을 계속 이어가고 싶었기 때문이었다.

"십오 년 전, 릴리와 이곳에 왔었지," 하고 그는 생각에 잠겼다. "우린 저쪽 호숫가 어딘가에 앉아 있었어. 그리고 그 무더웠던 오후 내내 난 그녀에게 결혼해달라고 애원했어. 그 잠자리가 어찌나 우리 곁을 맴돌았던지…… 그 잠자리의 모습과 앞부리에 네모난 은색 장식이 달려 있던 그녀의 신발이 지금도 눈에 선해. 나는 이야기를 하면서 줄곧 그녀의 신발을 바라보고 있었는데, 그것이 초조하게 움직이는 걸 봤을 때 고개를 들지 않고서도 그녀가 무슨 말을 할 것인지 알아챘지. 그리고 내 사랑, 나의 갈망, 이런 것들은 잠자리에 담겨 있었어. 무슨 이유에서인지 난 그 녀석이 거기, 저 잎사귀, 한가운데에 보이는 빨간 꽃이 피어 있는 저 넓적한 잎사귀에 앉는다면, 잠자리가 그 잎사귀에 앉는다면, 그녀가 당장 '좋아요'라고 대답할 것이라고 생각하고 있었지. 하지만 잠자리는 빙글빙글 맴돌 뿐 아무 데에도 내려앉지 않는 거야—그렇지, 물론 앉지 않았어, 다행스럽게도. 그렇지 않았다면 난 지금 엘리너와 아이들과 함께 여길 산책하고 있지 못하겠지—엘리너, 당신 말이야, 과거에 대해서 생각해보나?"

"왜 그런 걸 물어요, 사이먼?"

"내가 과거 생각에 잠겨 있었거든. 릴리 생각을 하고 있었어. 내가 결혼할 뻔했던 여자 말이야…… 음, 왜 말이 없지? 당신, 내가 과거를 생각하는 게 신경 쓰이는 모양이군?"

"내가 왜 그걸 신경 쓰겠어요, 사이먼? 나무 아래에 남자들 여자들이 누워 있는 이런 공원에 나오면, 누구든 지난날을 생각하곤 하지 않겠어요? 저 사람들이 우리의 과거가 아닌가요? 지나간 과거가 남겨놓은 것이죠. 저 남자들과 여자들, 나무 아래 누워 있는 저 유령들…… 우리의 행복, 우리의 현실이 아닌가요?"

"그건 나한테는 네모난 은색 구두 장식과 잠자리였지—"

"내게는, 키스였어요. 생각해보세요, 이십 년 전, 저 아래 어느 호숫가에 어린 여학생 여섯 명이 화판을 앞에 두고 나란히 앉아 있었던 거예요. 수련을 그리고 있었지요. 처음 보는 빨간 수련이었어요. 그런데 갑자기 키스가 느껴졌어요, 내 목덜미에 말이에요. 그러고는 그날 오후 내내 손이 떨려서 난 그림을 그릴 수가 없었죠. 난 시계를 꺼내 시간을 봤어요. 딱 오 분 동안만 그 키스에 대해서 생각할 시간을 가지려고요—그건 너무나 소중했어요—콧잔등에 사마귀가 나 있는 백발이 성성한 노파의 키스, 그것이 내 생애에 있어서 모든 키스의 근원이었지요. 어서 오너라, 캐롤라인. 어서 오렴, 휴버트."

이제는 넷이 나란히 걸으면서 그들은 화단을 지나쳐 갔고, 이윽고 나무들 사이로 점점 작아지더니 마치 햇빛처럼 반투명체로 보였는데 이런저런 커다란 모양의 그림자가 그들의 등 뒤에서 헤엄치듯 흔들리고 있었다.

타원형의 화단에서는 달팽이가, 이 분 남짓한 공간을 지나오는 동안 껍데기에 빨강, 파랑, 노랑의 물이 들어 있었는데, 이제는 그 껍데기 속에서 아주 천천히 움직이는 듯이 보였다. 그러고는 푸석푸석한 흙덩이 위로 기어오르느라 애를 쓰기 시작했고, 그러자 흙덩이는 무너져 내리고 말았다. 달팽이는 제 앞에 뭔가 확고한 목표가 있는 모양인데, 그것이 두 발을 높이 쳐들고 있는 특이한 모양의 각진 초록색 벌레와 다른 점이었다. 그 녀석은 흙덩이 앞에서 넘어가려고 시도를 하려다가 신중을 기하려는 듯 더듬이를 뻗어 더듬어보고 나서는, 재빨리 그리고 수상쩍은 태도로 반대편 방향으로 달아나버렸던 것이다. 우묵하게 패인 곳에 깊은 초록빛 호수가 고여 있는 갈색 벼랑, 뿌리에서부터 꼭대기까지 흔들거리는 넓은 칼날 모양의 나무들, 둥글고 넓적한 잿빛 자갈돌, 부서질 듯 얇은 흙으로 거대하게 펼쳐져 있는 울퉁불퉁한 지표면 — 이 모든 것들이 한 걸음 한 걸음 목표를 향해 나아가고 있는 달팽이의 앞길에 놓여 있었다. 죽은 나뭇잎으로 된 아치형 텐트를 우회할 것인가, 아니면 과감히 도전해나갈 것인가, 그가 망설이고 있는 동안에 다른 사람들의 발이 화단 앞으로 지나쳐 갔다.

이번엔 둘 다 남자였다. 그중 젊은 쪽은 뭔가 심상치 않은 조용한 표정을 하고 있었다. 상대가 말을 하는 동안 그는 눈을 치켜뜨고서 시선을 고정시킨 채 앞만 바라보고 있었다. 그러다 상대가 말을 마치자 그는 다시 땅을 내려다보는 것이었다. 때로는 한참 후에나 입을 열기도 하고, 때로는 아예 입을 닫아버리기도 하면서. 나이가 든 쪽은 묘하게 비틀거리는 듯 불규칙한 걸음걸이를 하고서, 손을 앞으로 내뻗기도 하고 머리를 갑작스레 치켜들기도

했는데, 그 태도가 어쩐지 집 앞에서 기다림에 지쳐 조바심하는 마차의 말 같았다. 단지, 그 남자의 태도엔 결단력이나 박력이 있어 보이지는 않았다. 그는 거의 쉴새없이 말을 했다. 저 혼자 미소를 짓기도 하고 그러고는 다시 말하기 시작했는데, 마치 그 미소는 스스로에게 하는 대답 같았다. 그는 영혼에 대해 말하고 있었다―죽은 자의 영혼 같은 것이었는데, 그에 따르면 지금도 그 영혼들이 천국에서 경험한 갖가지 기이한 이야기들을 그에게 하고 있다는 것이었다.

"천국은 테살리아[1] 같은 고대인들에게 잘 알려져 있었어, 윌리엄. 그리고 지금은, 이 전쟁 때문에, 영혼의 문제가 산과 산 사이에서 천둥처럼 울리고 있어." 그는 잠깐 말을 멈추고서, 귀를 기울이는 듯 하더니, 입가에 미소를 띠고, 고개를 홱 돌리면서 이렇게 말을 잇는 것이었다.

"네게 작은 전지 하나와 전선을 절연할 고무 조각이 있다고 하자―단절? 절연?―아무튼, 자세한 건 생략하기로 하고, 이해도 안 되는 걸 가지고 물고 늘어질 필요는 없으니까―요컨대 그 작은 기계가 침대 머리맡 어디 편리한 위치에, 아마 아담한 마호가니 받침대쯤 되겠지, 거기에 놓여 있어. 내가 지시한 대로 직공들이 모든 걸 제자리에 잘 맞추어놓고, 그러면 미망인은 귀를 대고 약속된 신호에 따라 영혼을 불러내는 거야. 여자들! 미망인들! 상복을 입은 여자들―"

이쯤에서 그는 저 멀리 어떤 여자의 옷에 눈길을 주는 듯했다. 그늘에 서 있는 여자의 모습은 짙은 자줏빛으로 보였다. 그는 모자를 벗어 들고, 가슴에 손을 얹었다. 그러고는 뭔가 중얼거리면

---

1   그리스의 동부 지방. 올림포스 산, 오사 산, 핀두스 산맥 등과 에게 해로 둘러싸여 있다. 말 사육에 적합하여 고대부터 기병이 유명했던 곳이다.

서 열심히 손짓을 하며 그녀를 향해 서둘러 발걸음을 옮겼다. 그러나 윌리엄이 노인의 소매를 잡아끌며 관심을 돌리려고 지팡이 끝으로 꽃 한 송이를 건드렸다. 잠깐 동안 혼란스럽게 그 꽃을 바라보던 노인은 몸을 굽혀 귀를 대고 거기서 나오는 목소리에 대답을 하려는 것 같았다. 수백 년 전 유럽에서 가장 아름다운 젊은 여자와 동행하여 방문했던 우루과이의 숲에 관한 이야기를 시작하려던 참이었기 때문이다. 그가 윌리엄에게 질질 끌리듯 걸음을 옮기는 동안, 열대 장미의 매끄러운 꽃잎, 나이팅게일, 해변가, 인어와 바다에 빠져 죽은 여자, 이런 것들로 뒤덮여 있는 우루과이의 숲에 대해서 그가 중얼거리는 소리가 들려왔고, 그의 얼굴에는 금욕적인 인내의 표정이 서서히 점점 깊어만 갔다.

그의 태도를 보고 약간 의아할 정도로 가까이 뒤따라오는 사람은 나이가 지긋한 중하류층의 두 여자였다. 한 사람은 몸집이 크고 육중했고, 한 사람은 분홍빛 뺨에 명민해 보였다. 그들이 속한 계층의 다른 사람들처럼, 두뇌장애를 나타내는 정신이상의 징후에 대해서 노골적인 관심을 보였는데, 특히 유복한 사람들의 경우에 더 그러했다. 하지만 거리가 너무 떨어져서 그들은 그의 태도가 단지 특이한 건지 아니면 정말로 미친 건지 확실히 알 수가 없었다. 노인의 뒷모습을 잠시 조용히 관찰하고 나서 서로 야릇하고 교활한 눈짓을 주고받은 후, 그들은 매우 복잡하게 얽힌 그들의 대화를 열심히 이어나갔다.

"넬, 버트, 롯, 세스, 필, 파, 그가 말하고, 내가 말하고, 그녀가 말하고, 내가 말하고, 내가 말하고, 내가 말하고—"

"나의 버트, 언니, 빌, 할아버지, 노인, 설탕,
  설탕, 밀가루, 청어, 야채

설탕, 설탕, 설탕."²

몸집이 큰 여자가 떨어져 내리는 단어들의 무늬 사이로, 침착하고 확고히 그리고 꼿꼿이 흙 속에 서 있는 꽃들을, 신기한 표정으로 바라보았다. 그녀가 그 꽃들을 바라보는 모습이, 마치 깊은 잠에서 깨어나 빛을 비추고 있는 놋쇠 촛대를 전혀 낯선 듯 바라보다가, 눈을 감았다가는 다시 떠서 그 촛대를 또 바라보고, 마침내 잠에서 완전히 깨어 온 힘을 다해 그 촛대를 응시하는 사람의 모습 같았다. 그리하여 몸집 큰 여자는 타원형의 화단 건너편에서 걸음을 멈추어 섰고, 상대가 말하는 것을 듣는 체하는 것조차 그만두었다. 그녀는 거기 서서 자신의 몸 위로 단어들이 떨어져 내리는 가운데, 상체를 아주 천천히 앞으로 뒤로 흔들면서 꽃들을 바라보았다. 그리고 그녀는 어디 앉을 곳을 찾아 차나 한 잔 하자고 말했다.

달팽이는 이제 죽은 잎사귀를 돌아서 가거나 아니면 그 위로 기어가지 않고서도 자신의 목표에 도달하는 방법을 여러모로 생각해보았다. 잎사귀 위로 기어가는 데 필요한 수고는 그렇다 쳐도, 더듬이를 살짝만 대도 심상치 않게 바스락거리며 흔들리는 그 얇은 조직이 과연 그의 몸무게를 견뎌줄지가 의문이었다. 때

---

2 울프가 출간 직전에 교정한 타자기로 친 원고에는 있으나 아마도 실수로 출판본에 누락된 것으로 보이는 내용이 한 단락 있다. 다음의 내용은 타자기로 친 원고에서 "설탕, 설탕, 설탕" 뒤에 이어지는 단락이다.
"그들은 무덥고 조용한 대기 속에서 이 사람들과 이 물건들을 가지고 그들 주위에 모자이크를 짜 넣었는데, 각자는 자신이 짜 넣는 무늬만을 확고하게 갖다 붙일 뿐, 거기에서 눈을 떼는 일도, 옆의 친구가 전혀 다른 빛깔의 조각으로 자신의 영역을 마구 파고들어오는데도 눈길을 주는 법이 없었다. 하지만 이 시합에서 친척의 규모로나 입심으로나 우세에 있던 작은 여자 쪽이 승리를 거두었고, 몸집이 큰 쪽은 어쩔 수 없이 입을 다물고 말았다.
그녀는 계속해나갔다―넬, 버트, 롯, 세스, 필, 파. 그가 말하고, 내가 말하고, 그녀가 말하고, 내가 말하고, 내가 말하고, 내가 말하고―"

문에 그는 그 밑으로 지나가는 쪽으로 결론을 냈다. 나뭇잎의 한쪽 끝이 그가 지나갈 수 있을 정도로 땅에서 살짝 들려 있었기 때문이었다. 그가 우선 입구에 머리를 밀어 넣고는 갈색 지붕의 내부를 탐색하면서 서늘한 갈색 채광에 적응해가고 있을 무렵, 화단 밖에서는 다른 두 사람이 지나갔다. 이번에는 둘 다 젊었다. 젊은 남자와 젊은 여자였다. 둘 다 한창 젊은 꽃다운 나이, 혹은 그 꽃다운 나이 직전, 그러니까 부드러운 분홍 꽃잎이 그 끈끈한 겉싸개를 터뜨리기 직전, 완전히 허물을 벗었으나 햇빛 속에서 날개를 편 채 아직 움직이지 않고 있는 나비와 같은 그런 때였다.

"금요일이 아니라서 다행이야" 하고 그가 말했다.

"어째서? 넌 행운을 믿어?"

"금요일이면 넌 육 펜스를 내야 하잖아."

"육 펜스가 어때서? 그게 그 정도로 가치가 없어?"

"'그게' 뭔데? ―'그게' 뭘 말하는 거야?"

"음, 아무거나―내 말은―너도 알잖아, 뭔지."

각자 이렇게 말하고는 한동안 침묵이 흘렀는데, 그 말들은 억양 없이 단조로운 목소리로 나왔다. 두 사람은 화단 한쪽 끝에 가만히 멈추어 서서, 그녀의 양산 끝을 함께 눌러 부드러운 흙 속으로 밀어 넣었다. 이런 행동이, 그리고 그의 손이 그녀의 손 위에 포개져 있다는 사실이 그들의 감정을 묘하게 드러내서, 이렇게 토막토막 이어지는 별 뜻 없는 말들이 뭔가를 나타내주는 것이었다. 그 의미의 무거운 몸체에 비해서 날개가 작은, 그래서 그들을 멀리 데려다주기에는 부적합하고, 그러므로 그들을 둘러싸고 있으며 또한 경험 없는 그들이 손을 대기엔 너무나 거대한 아주 평범한 사물들에 어색하게 내려앉는 말들이었다. 하지만 어느 누가, (양산 끝을 흙 속으로 누르면서 그들은 이렇게 생각했다) 그

속에 어떤 벼랑이 숨겨져 있지 않은지, 저 반대편에 어떤 빙벽이 있어서 햇빛에 반짝거리고 있지는 않은지 알고 있단 말인가? 누가 알까? 과연 누가 전에도 이걸 본 적이 있었을까? 그녀가 큐 가든에서는 어떤 차를 팔까 하고 물었을 때조차도, 그는 그녀의 말 뒤에서 뭔가 어렴풋이 피어올라 퍼지면서 확고해지는 걸 느꼈는데, 안개가 아주 서서히 걷히면서 그 모습을 드러냈다 ― 오, 맙소사 ― 그게 무슨 모양이었을까? ― 작은 흰색 탁자들, 처음엔 그녀를 다음엔 그를 쳐다보는 여종업원, 그리고 이 실링짜리 두 개로 그가 계산하게 될 청구서가 있고, 이건 현실이다, 모두 현실이야, 하고 그는 주머니에 있는 동전을 만지작거리며 스스로에게 다짐했다, 그와 그녀만을 빼고 모든 사람들에게 현실이야. 그에게도 그것은 현실처럼 보이기 시작했다, 그러고는 ― 하지만 그것은 너무나 벅찬 것이어서 더 이상 서서 생각할 수가 없었다. 그리하여 그는 흙에 박힌 양산 끝을 홱 잡아 빼고는, 초조한 마음으로 다른 사람들과 함께, 다른 사람들처럼, 차를 마실 만한 곳을 찾았다.

"가자, 트리시. 차 마실 시간이야."

"어디로 가서 차를 마시지?" 더할 수 없이 묘한 흥분이 담긴 목소리로 그녀가 물으면서 주변을 막연히 둘러보며 저도 모르게 잔디밭 길로 발걸음을 옮겼다. 양산을 땅에 질질 끌고서, 고개를 이리저리 돌리면서, 차 마시는 건 잊어버리고, 야생화 사이의 난초와 학 그리고 중국식 탑과 진홍빛 벼슬이 난 새를 떠올리면서, 저 아래로 또 그 아래로 내려가고 싶은 마음이었다. 하지만 그가 그녀를 재촉했다.

그렇게 한 쌍 또 한 쌍의 사람들이 아주 흡사하게 불규칙하고 정처 없는 걸음걸이로 화단을 지나가면서 청록색의 부연 안개 속으로 한 겹씩 한 겹씩 싸여 들어갔는데, 그 속에서 처음엔 그들의 몸이 실체와 부딪쳐오는 색채감을 갖고 있었으나, 나중엔 실체와 색채가 청록의 대기 속에 함께 어우러졌다. 날씨가 어찌나 더웠던지! 너무나 더워서 개똥지빠귀까지도, 꽃그늘 속에서, 장난감 새처럼, 깡충거렸다. 한 번, 그리고 한참 후에 또 한 번. 흰나비들은 막연히 배회하는 대신에 이따금씩 춤을 추면서, 그 파닥거리는 날개로 가장 키가 큰 꽃머리에서 산산이 부서진 대리석 기둥 모양을 만들어내고 있었다. 야자나무 온실의 유리 지붕은 반짝이는 초록색 우산 시장 전체가 햇빛을 받으며 펼쳐져 있는 듯 반짝거렸다. 웅웅거리는 비행기의 소음 속에서 여름날의 하늘은 그 맹렬한 영혼의 소리를 중얼거렸다. 노랑, 검정, 분홍, 그리고 눈같이 흰색, 이 모든 빛깔을 지닌 모습들, 남자들, 여자들, 아이들, 모두가 아주 잠깐 동안 지평선 위에 한 점으로 나타났다가, 잔디밭에 넓게 펼쳐진 노랑과 마주치고, 마치 물방울처럼 노랑과 녹색의 대기 중에 용해되어, 그 대기를 빨강과 파랑으로 살짝 물들이며, 나부끼듯 그들은 나무 그늘을 찾아갔다. 거대하고 육중한 육체는 모두가 더위 속으로 가라앉아서 요동도 하지 않은 채 아무렇게나 바닥에 놓여 있는 것만 같았다. 하지만 그들의 목소리는 굵은 양초의 몸체에서 넘실대는 불꽃처럼 그들의 몸에서 빠져나와 흔들리고 있었다. 목소리, 맞아, 목소리, 말 없는 목소리들, 그 깊은 만족감과 갈망의 열정으로, 혹은 어린이의 목소리에서 나온 신선한 놀라움으로 갑자기 침묵을 깨뜨리는…… 침묵을 깨뜨리는? 하지만 침묵은 없었다. 언제나 버스는 기어를 바꾸며 바퀴를 굴리고 있었다. 끝없이 겹겹이 벗겨지는 상자처럼, 정교하게 만들어진 강철이 모두 맞물려 돌아가면서 도시는 낮게 중얼거렸다. 그 꼭대기로 날카로운 목소리가 울부짖고, 무수한 꽃잎들은 대기 중에서 저마다의 빛깔로 반짝였다.

저녁 파티
The Evening Party

아, 그러나 조금만 더 기다리자! ─ 달이 떠오른다, 하늘이 펼쳐지고, 그리고 저기 하늘을 뒤로하고 나무들이 자라는 언덕으로 떠올라 보이는 것이 땅이다. 흘러가는 은빛 구름들이 대서양의 파도를 내려다본다. 바람이 부드럽게 거리의 모퉁이를 감아 돌면서 내 외투자락을 들치고는 순하게 공중에 머물다가 스르르 가라앉는 사이 이제 바닷물이 부풀어 올라 바위들 위로 살짝 넘치더니 다시 물러간다. ─ 거리는 거의 비어 있다. 창문에는 블라인드가 내려져 있다. 원양 정기선의 노랗고 붉은 창살이 출렁이는 푸른 물 위에 잠시 동안 한 점이 된다. 밤의 대기는 달콤하다. 처녀들은 우편함 주위를 맴돌거나 아니면 어두운 꽃보라를 흩뜨리는 나무가 있는 담장 그늘에서 머뭇거리고 있다. 사과나무 수피에서 나방들이 파닥이며 길고 검은 실낱 같은 주둥이로 단물을 빤다. 우리는 어디에 있는가? 어떤 집이 파티가 열리는 집일까? 분홍과 노랑 창문의 이 모든 집들은 말이 없다. 아, ─ 모퉁이를 돌아 중간쯤에 문이 활짝 열린 곳 ─ 잠깐 기다리자. 자, 사람들을 지켜보자, 하나, 둘, 셋, 서둘러 빛 속으로 들어가고 수풀 속 마당에서 있는 등의 유리에 나방들은 제 몸을 부딪는다. 여기 택시 한 대가 급하게 같은 장소로 오고 있다. 창백하고 몸집이 큰 숙녀가 내리더니 집 안으로 들어간다. 흑백의 야회복을 입은 신사가 운전사에게 돈을 지불하고 그 역시 바쁜 사람처럼 여자 뒤를 따라간다. 빨리 가보자.

의자마다 작고 부드러운 봉긋 솟은 형체가 있다. 눈부신 비단에 얇은 노방 다발이 감겨 있고, 타원형 거울 양쪽으로 촛불이 배 모양으로 타오른다. 얇은 거북 등 껍데기로 만든 솔들과 은 손잡이가 달린 세공된 병들이 놓여 있다. 늘 이렇게 보일 수 있을까— 이것이 정수가 아닐까—정신? 무엇인가가 내 얼굴이 보이지 않게 만들었다. 은촛대의 안개 같은 불빛 속에서는 내 얼굴이 드러나지 않는다. 사람들은 나를 보지 못한 채 지나친다. 그들은 얼굴이 있다. 그들 얼굴의 장밋빛 살갗은 시종 별들이 반짝이는 것 같다. 방은 활기에 찬, 그러나 실체가 없는 형체들로 가득하다. 그들은 수많은 작은 책들이 줄지어 꽂혀 있는 선반 앞에 꼿꼿이 서 있다. 그들의 머리와 어깨가 네모난 황금색 액자의 모서리에 그림자를 드리운다. 돌로 빚은 조각처럼 매끄러운 그들의 몸집은 커튼 치지 않은 창문 너머의 바다처럼 회색이고 출렁이고 빛나기도 하는 무언가를 배경으로 덩어리져 있다.

"저 구석으로 가서 이야기해요."

"멋있어요! 멋있는 인간들! 영적이고 멋있어요!"

"하지만 그들은 존재하지 않아요. 교수님의 머리 너머로 연못이 보이지 않으세요? 메리의 치맛자락 너머로 백조가 헤엄치는 게 보이지 않으세요?"

"그 사람들 주위에 타는 듯한 작은 장미가 점점이 있는 것 같은데요."

"그 타는 듯한 작은 장미는 우리가 플로렌스에서 함께 봤던 개똥벌레 같은 걸 거예요, 등나무 사이에 흩뿌려져 있는, 불의 떠다니는 원자 같은, 떠다니며 타오르는—타오르는, 생각하지 않고."

"생각하지 않고 타오르는. 모든 책은 우리 뒤에 있어요. 여기 셸리가 있고—여기에는 블레이크가 있네요. 그 모두를 공중에 집어던져 그들의 시가 황금 낙하산처럼 반짝이며 뒤집혀 별 모양의 꽃비로 떨어지는 걸 보자고요."

"셸리를 인용해 드릴까요? '가라! 저 황무지는 달빛 아래 어두운데—'"

"기다려요, 기다려! 우리의 이 좋은 대기를 보도에 흩뿌리는 빗방울로 액화시키지 마세요. 아직은 불똥이 떨어지는 이 대기를 들이마시자고요."

"등나무 사이의 개똥벌레들."

"매정하시긴, 그래요, 인정해요. 그러나 그 커다란 꽃송이들이 어떻게 우리 앞에 매달려 있는지 보세요. 하늘에 매달린 황금과 연보라의 거대한 샹들리에. 우리가 그 속으로 들어서면 멋있는 금빛이 우리의 넓적다리에 칠을 하는 걸 못 느끼세요? 우리가 더 깊이깊이 꽃잎 속으로 돌진할수록 청회색의 벽들이 우리 주위에 차고 끈적이게 늘어지거나, 아니면 북처럼 팽팽하게 당겨지는 걸?"

"교수님이 모습을 나타내는군요."

"말해주세요, 교수님—"

"네, 부인?"

"문법에 맞춰 쓰는 게 꼭 필요하다고 생각하세요? 구두점도요. 셸리의 쉼표 문제가 저에게는 심오한 관심사예요."

"앉읍시다. 사실 해 진 뒤 열린 창문에—등을 대고 서 있는 게—기분 좋긴 하나 이야기하기에는—셸리의 쉼표에 대해 물었지요.

어느 정도 중요한 문제지요. 저기 당신의 약간 오른편으로. 옥스퍼드 판이 있지요. 아, 내 안경! 예복을 입은 벌이지! 읽을 엄두를 못 내겠소―더구나 쉼표는―요즈음의 신식 인쇄는 형편없어요. 신식이라는 빈약함에 딱 맞게 돼 있으니, 고백하건대 신식이라는 것 중에 찬탄할 만한 걸 찾을 수가 없어요."

"그 점에는 저도 전적으로 생각이 같아요."

"그래요? 반대할 걸 겁냈지요. 그 나이에, 그런―의상을 입은 분이."

"선생님, 저는 옛날 것들 중에 감탄할 만한 걸 못 찾겠어요. 이 고전들―셸리, 키츠, 브라운, 기번, 사람의 펜이거나 하느님의 펜이거나 수정하지 않은 한 페이지, 완벽한 한 단락, 심지어 한 문장이라도 인용할 수 있나요?"

"쉬―이―이―잇, 부인. 당신의 반대 의견이 무게가 있긴 합니다만 냉정함이 결여됐어요. 더군다나 거론한 이름들이―어떤 정신적 맥락에서 셸리와 기번을 나란히 놓을 수 있어요? 그 둘이 가졌던 무신론을 빼고는―자, 요점으로 가서. 완벽한 단락, 완벽한 구절이라, 흠―내 기억력이―그런 데다 안경까지 벽난로 선반에다 두고 와서. 말하건대. 그러나 당신의 논평은 인생 자체에도 적용되는 겁니다."

"확실히 오늘밤은―"

"사람의 펜으로도, 내 생각에, 그걸 다시 쓰는 데 별 어려움이 없을 것 같은데. 이 열린 창문―바람이 들어오는 곳에 서서―그리고, 귓속말로 하겠소. 이 숙녀들의 대화라는 것이, 진지하고 인정이 많지요. 여기서 이 기분 좋은 대화에 열중한 우리 친구 중의 누군가를 위해 지금 이 순간에도 채찍 아래서 고무를 채취하는 검둥이들의 운명에 대해 고귀한 견해를 갖고 있으니 말이요. 당신네들의 완벽함을 즐기기 위해 ―"

"그 점은 수긍해요. 제외되는 게 있게 마련이에요."

"모든 것의 대부분이 제외되지요."

"그러나 그것을 올바르게 주장하기 위해서는, 사물의 근본 저 아래를 쳐야 한답니다. 왜냐하면 내 생각에 당신의 그 신념이라는 것은 하룻밤의 축제를 위해 사서 심었다가 아침에 시든 걸 알게 되는 빛바랜 팬지 꽃 중의 하나일 뿐이라는 거예요. 당신은 셰익스피어가 제외됐다고 주장하세요?"

"부인, 나는 어떤 것도 주장하지 않습니다. 이 숙녀분들은 나로 하여금 냉정을 잃게 하는군요."

"그 사람들은 인정이 많아요. 그 사람들은 강물의 작은 지류 둑에서 천막을 치고 야영을 하다가 거기서 갈대를 꺾어 독약에 적시지요. 그 사람들은 가끔씩 윤기 없는 머리카락에 노란 기가 도는 피부를 하고 천막에서 나와서는 그 갈대를 안락한 사람들의 옆구리에 심는 거지요, 그런 사람들이 바로 인정 많은 사람들이죠."

"그 침들은 따끔하지요. 그것과 류머티즘이요 ―"

"교수님은 벌써 갔나요? 딱한 노인네!"

"그렇지만 어떻게 그 나이에 우리가 우리 나이에도 이미 놓친 것들을 그대로 간직하고 있지요? 제 말뜻은 ―"

"네?"

"아주 어린 시절, 놀이를 하다가 아니면 이야기를 하다가 흙 웅덩이를 지나거나 층계참의 창문에 이르면 우리가 알 수 없는 어떤 충격이 한순간 이 세상을 수정으로 된 견고한 공으로 얼어붙게 만든 걸 기억하지 않으세요? 나는 어떤 신비한 믿음을 갖고 있거든요. 모든 지난날과 미래가, 모든 세대의 눈물과 가루가 된 재들이 하나의 공으로 뭉쳐졌다고요, 그때에 우리는 완전 무결하고 온전하다고요, 그럴 때면 어떤 것도 제외될 수 없는 거죠, 그건 확실한 거죠―행복. 그러나 듣고 있던 그 수정 공은 나중에 사라지죠, 누군가는 검둥이들 이야기를 하고. 제대로 의미 전달을 하려는 게 어떤 결과를 가져오는지 보셨죠! 무의미해요!"

"바로 그거예요. 그러나 의미라는 게 얼마나 슬픈 건지! 얼마나 엄청난 포기를 나타내는지! 잠깐 귀를 기울여봅시다. 저 목소리들 중에 하나를 가려봅시다. 자, 들어봐요. '인도에 있다 오면 여기가 추워요. 칠 년씩이나. 다 습관이죠.' 저게 의미예요. 저게 동의고요. 저 사람들은 각자에게 보이는 어떤 것에 눈길을 고정시키고 있어요. 그들은 작은 빛의 불꽃이나 지평선 가장자리의 열매 맺는 땅일 수도 있는 작은 보랏빛 그림자나 물 위의 나는 듯한 광채는 보지 않으려고 하죠. 그건 모두가 타협이고―모두가 안전한 거죠, 인간들의 일반적 소통이라는 것이. 그러니 우리는 아무것도 알아낼 수가 없어요, 우리는 탐색을 멈추죠, 우리는 찾아낼 무언가가 있다고 믿는 것을 그만두는 거예요. '무의미'라고 당신은 말했죠, 당신의 수정 공을 내가 볼 수 없을 거라는 의미로, 보려고 애쓰는 게 어째 부끄럽네요."

"말이란 낡고 찢어진 그물이에요. 던지는 순간 물고기가 빠져나가 버리는 그물 말이에요. 아마 침묵이 더 낫겠지요. 침묵해봅시다. 창가로 오세요."

"침묵이란 이상한 거예요. 마음이 별 없는 밤처럼 되지요, 그러다가 유성이 하나 흘러가고, 황홀하게, 어둠을 가로질러 똑바로 흐르다가 사라져버리죠. 우리는 이 침묵의 환대에 한 번도 충분하게 감사를 못 드렸네요."

"아, 우리는 참 고마움을 모르는 족속이죠! 창틀에 놓인 내 손을 보면서 내 손 안에 어떤 즐거움을 쥐고 있었는지 생각해보게 돼요. 어떻게 손이 비단과 도자기 그리고 뜨거운 담벼락에 닿았고, 젖은 잔디 위에 납작하게 펴졌다가 햇빛에 그을기도 하면서, 손가락 사이로 대서양 물을 퉁기기도 하고, 푸른 종꽃이나 수선화를 부러뜨리고 잘 익은 자두를 따기도 했는지 말이에요. 그런데도 태어나서 한 번도 쉬지 않고 뜨겁다, 차갑다, 젖었다 아니면 말랐다는 말만 한 것 같네요. 살과 신경의 이 신기한 합성물을 삶의 악습을 써내는 데만 사용했다고 생각하니 놀랍기만 하네요. 그게 우리가 하는 짓이에요. 한번 생각해보면, 문학이란 우리의 불만의 기록이에요."

"우리의 우월성의 표시죠, 우리에게 우선권이 있다는 주장이고요. 인정하세요. 불만에 가득 찬 사람들을 가장 좋아한다고요."

"나는 먼 바다의 구슬픈 소리가 좋아요."

"내 파티에서 구슬프다는 게 무슨 말이에요? 물론 두 사람이 구석에서 소곤거리기만 한다면야 ― 그렇지만 이리 오세요. 소개해드릴게요. 당신의 글을 좋아하는 네빌 씨예요."

"그러시다면 ― 안녕하세요?."

"어디서더라, 그 신문 이름은 잊어버렸는데 ― 당신에 대한 거였는데 ― 그 기사의 제목도 기억이 안 나네요 ― 그게 소설이었던가요? 소설을 쓰세요? 시를 쓰지는 않죠? 친구 중에 많은 사람이 ― 그리고 또 매일 뭔가 새로운 게 나오니까 ― 그게 ―"

"안 읽게 되는 거죠."

"글쎄, 불쾌하게 들리겠지만, 정직하게 말하면, 나처럼 하루 종일 싫은 일에, 아니, 피곤한 성격의 일에 몰두하다 보면 ― 문학에 할애하는 시간 모두가 ―"

"죽은 작가들이죠."

"당신이 받아치는 말은 빈정대는 투군요."

"빈정대는 게 아니라 시기하는 거예요. 죽음이야말로 궁극의 중요성이죠. 프랑스 사람들처럼, 죽은 자들은 너무나 글을 잘 써서, 그리고 또 어떤 이유로 그들을 존경하게 되지요, 대등한 경우에라도 어쩐지 죽은 사람들은 우리의 부모가 그렇듯이 더 나이 들고 더 현명하게 느껴지지요, 산 자와 죽은 자의 관계야말로 분명 가장 고상한 거지요."

"아, 그렇게 느끼신다면, 죽은 사람들에 대해 이야기해봅시다. 램이나 소포클레스, 드퀸시, 토머스 브라운 경에 대해."

"월터 스코트 경, 밀턴, 말로."

"페이터, 테니슨."

"자, 자, 자."

"테니슨, 페이터."

"문을 잠그세요. 당신의 눈만을 볼 수 있게 커튼도 치세요. 꿇어 앉을게요. 손으로 얼굴을 가립니다. 페이터를 사모합니다. 테니슨을 존경합니다."

"딸이여, 계속하거라."

"자신의 잘못을 고백하는 건 쉬운 일이에요. 그러나 누군가의 장점을 감출 만큼 충분히 깊은 어둠이 있을까요? 나는 사랑합니다, 사모합니다―아니에요, 내 영혼이 그를 향해 어떻게 한 떨기 숭배의 장미가 되는지 말할 수가 없어요―내 입술 위에서 그의 이름이 떨립니다―셰익스피어."

"나 그대를 사면하노라."

"그런데 사람들은 셰익스피어를 얼마나 자주 읽을까요?"

"얼마나 자주, 여름밤은 흠 없고, 달은 높이 뜨고, 대서양처럼 깊은 별과 별 사이의 나락, 그 어둠을 뚫고 장미가 하얗게 모습을 드러낼까? 셰익스피어를 읽기 전의 마음이란―"

"여름밤이에요. 오, 그게 그의 글을 읽는 방법이에요!"

"장미가 나부끼고—"

"파도가 부서지고—"

"들판을 넘어 새벽의 낯선 대기가 집의 문들을 흔들다 스러지고—"

"그러고는 자려고 드러눕고, 침대의—"

"배! 배! 밤새도록 바다 위에—"

"꼿꼿이 앉아서, 별들은—"

"태양 한가운데 홀로 떠서 우리의 작은 배는 외로이 그래도 꼿꼿이 흐르네. 북녘 빛의 충동에 이끌리며, 안전하게, 둘러싸여, 바다 위 밤이 머무는 곳에서 녹아드네, 거기서 점점 작아지다가 사라지네, 그리고 우리는 가라앉아 매끄러운 돌처럼 차갑게 봉해졌다가, 다시 눈을 활짝 뜨네, 벌떡 밀고, 치고, 때리고, 첨벙이고, 침실의 가구들, 그리고 봉에 매달린 커튼의 달그락거림 —나는 내 힘으로 먹고살아요. —소개해주세요! 오, 그 사람은 옥스퍼드에 있는 우리 오빠를 알아요"

"당신도 알아요. 방 가운데로 나오세요. 여기 당신을 기억하는 사람이 있어요."

"어렸을 때 당신은 분홍색 드레스를 입었지."

"개가 날 물었어요."

"바다에 막대기를 던지는 건 위험한 짓이지. 그런데, 당신 어머니는—"

"해변가, 천막 옆에—"

"앉아서 웃고 있었지. 당신 어머니는 개들을 좋아했어요. —당신은 내 딸을 알지요? 저 사람은 그 아이의 남편이에요. —이름이 트레이던가요? 큰 갈색 개가, 우체부를 물어뜯던 조금 더 작은 개가 또 있었죠. 이제 알겠네요. 사람의 기억이란! 그러나 지금 나는 그것을 가로막고—"

"오, 제발(그래요, 그래요, 내가 썼어요, 생각나요), 제발, 제발—빌어먹을, 헬렌, 또 끼어들다니! 저기 그녀가 가고 있네, 결코 다시는—사람들 사이를 밀치며, 숄을 핀으로 고정하고, 천천히 계단을 내려가네, 가버렸어! 지난날이! 지난날이! —"

"아, 그런데 들어보세요. 말해주세요, 나는 겁이 나요, 낯선 사람이 너무 많아요, 턱수염이 난 사람들도 있네요, 어떤 이들은 너무 아름답고, 저 여자가 작약꽃을 만졌어요, 꽃잎이 다 떨어지네요. 그리고 사나워요—저런 눈을 한 여자가. 아르메니아 사람들이 죽어가요. 그리고 종신형. 왜? 저렇게까지 재잘거리다니, 지금은 말고—속삭여—우리 모두 속삭여야 해요—우리 모두 귀를 기울이고—기다리죠—뭣 때문에 기다려야 되는데요? 등잔에 걸렸어요! 당신의 그 얇은 옷감을 조심하세요! 여자가 죽은 적이 있대요. 사람들 말로는 그게 백조를 깨웠대요."

"헬렌은 겁을 내요. 이 종이 등잔은 불붙기가 쉬워요, 열린 창문으로 바람이 들어와 우리 옷의 주름 장식을 들어 올리니까요. 그래도 나는 불길이 무섭지 않아요. 정원이—내 말은 이 세상이. 나를 겁나게 해요. 저기 저 밖의 작은 불빛들 그 아래 원형의 땅을 제각각 가진—언덕과 마을들, 그리고 그림자들, 라일락이 흔들리고. 그렇게 이야기만 하고 있지 마세요. 이제 갑시다. 정원을 지나서, 당신 손을 잡고."

"가라. 달은 황무지 위에 어둡게 드리우고. 가라, 우리는 과감히 맞설 거예요, 나무가 일으켜놓은 높은 어둠의 파도에, 끝없이 솟아오른, 외롭고 검은 어둠의 파도에. 빛은 일었다가 스러지고, 바다는 대기처럼 엷어지고, 달은 그 뒤에 있고. 가라앉고 있나요? 떠오르고 있나요? 섬들을 보고 있나요? 나와 단둘이서."

단단한 물체들
Solid Objects

거대한 반원형의 해변에서 유일하게 움직이는 것은 작고 검은 점 하나뿐이었다. 좌초한 밴댕이 어선의 늑재와 뼈대 쪽으로 가까이 다가갈수록, 그 검은 점이 가느다래지면서, 그 점이 네 개의 다리였다는 게 드러났다. 시간이 지나자 그 점이 두 사람의 젊은이 모습이라는 것이 분명해졌다. 모래를 배경으로 드러난 윤곽만으로도 그들에게서는 틀림없이 활기가 넘쳐났다. 그들의 몸이 서로에게 다가갔다 물러섰다 하는 모습에서 비록 약하긴 하나 말로 표현할 수 없는 활력이 넘쳐나고 있는 것으로 미루어보아, 그 작고 둥근 머리에 있는 더 작은 입에서 격렬한 논쟁이 쏟아져 나오는 것임이 확실했다. 어느 정도 시야에 가까이 오자 오른쪽 사람이 계속해서 지팡이를 내밀어 찔러대는 모습이 그 점을 입증해주었다.

'자네는 나에게 말하려는 거지······ 실제로 그렇게 믿는다고······'

파도가 밀려오는 쪽에서 오른편에 선 지팡이를 든 사람이 모래 위에 길고 똑바른 사선을 그어대면서 그렇게 주장하는 것 같았다.

"망할 놈의 정치!"

분명히 왼편에 있는 사람에게서 나온 말이었다. 이런 말들이 흘러나오는 동안, 그 두 사람의 입과 코, 턱, 작은 콧수염, 트위드로 만든 모자, 투박하고 목이 긴 구두, 체크무늬의 긴 양말 등이 점점 더 분명하게 보였다. 그들이 내뿜는 파이프 연기가 하늘로 올라갔다. 수 마일의 바다와 모래 둔덕이 펼쳐진 이곳에 이 두 사람의 신체보다 더 확실하고, 더 생기 있고, 더 단단하고, 붉고, 털투성이에 씩씩한 모습은 아무것도 없었다.

그들은 검은 밴댕이 어선의 여섯 개의 늑재와 뼈대 옆에 매치듯 주저앉았다. 그 모습에서 우리는 어떻게 몸이 논쟁을 털어내고 격앙된 기분에 대해 변명을 하는지 알게 된다. 털썩 주저앉아 태도의 느슨함을 표현하는 것은 무언가 새로운 어떤 것을 잡을 준비가 됐음을 잘 보여준다―가까이에 있는 것이 무엇이건 상관없이. 그래서 찰스는 반 마일 이상 해변을 가르며 왔던 그 지팡이로 물 위에 떠 있는 판판한 석판 조각을 걷어내기 시작했다. '망할 놈의 정치!'라고 소리쳤던 존은 손가락으로 모래 속 깊이 더 아래로 구멍을 파기 시작했다. 그의 손이 더 깊이 파고 들어가 팔목을 넘자, 옷소매를 조금 더 위로 끌어올리면서 그의 눈길의 강렬함은 사라졌다. 아니, 그렇다기보다는 어른으로서의 불가해한 깊이를 갖게 하는 사고와 경험의 배경이 사라지고, 오직 어린아이들의 눈길이 그렇듯 경이로움 말고는 아무것도 드러나지 않는 투명한 표면만이 남아 있을 뿐이었다. 모래에 구멍을 파는 것은 분명 어린아이가 하는 짓이다. 조금 더 파내려간 후에 그는 기억했다, 손가락 끝에 물이 배어나올 것을. 그러고 나면 그것이 해자가 된다는 것을. 우물이 되고, 샘이 되고, 바다로 가는 비밀 통로가 된다는 것을. 여전히 물속에서 손가락을 움직이면서, 어떤 것을 만들지 선택하는 동안, 손가락이 무언지 단단한 물건을 감아쥐었다―꽉 쥐어지는 단단한 것이었다―크고 울퉁불퉁한 덩어리를 서서히 빼내 밖으로 끄집어냈다. 겉의 모래를 닦아내자 녹색 빛이 드러났다. 그것은 유리 덩어리로, 너무 두꺼워 거의 불투명하게 보였다. 바다의 어루만짐이 그것의 모양이나 모서리를 완전히 마모시켜 원래 그것이 병이었는지, 큰 잔이었는지 아니면 창문이었는지 알아낼 수가 없었다. 그것은 유리라고밖에 할 수 없었다. 그것은 거의 보석에 가까웠다. 금테두리로 둘러싸거나, 구멍을 뚫어 줄에 달면 그대로 보석이었다. 목걸이의 일부나 아니면 손가락 위에서 둔중한 초록빛을 발할지도 모를 일이었다. 어쩌면 정말 보석인지도 몰랐다. 바다를 가로질러 노를 젓는 노예들의 노랫소리를 들으며 뱃전에 앉아 있던 검은 공주가 바닷물에 손가락을 넣고 물길을 끌 때 꼈을지도 모를 일이었다. 아니면 바다에 가라앉은 엘리자베스 시대의 참나무 보물 상자 옆구리의 판자 조각이 떨어져나가 구르고 구르다가 또다시 굴러 마침내 해변에 닿은 에메랄드일지도 모를 일이었다. 존은 그것을 손안에서 돌려보았다. 또 그것을 빛이 있는 쪽으로 들어 올렸다. 그러고는 그 울퉁불퉁한 덩어리가 친구의 몸과 뻗은 오른팔에 그림자를 드리우게 했다. 공중에 대면 초록빛이 엷어졌다가 친구의 몸에 대면 그 색이 짙어졌다. 그것은 즐겁기도 하고, 당혹스럽기도 했다. 희미한 바다나 안개 낀 해안에 비하면, 그것은 너무 단단하고, 너무 응축되고, 너무도 분명한 물체였다.

한숨 소리가 그를 방해했다―깊고 결정적인 그 소리는 그의 친구 찰스가 주변에 있는 판판한 돌을 다 던졌거나 아니면 이제 돌을 던지는 것이 부질없는 일이라는 결론에 도달했음을 알려주는 것이었다. 그들은 나란히 앉아 샌드위치를 먹었다. 다 먹고 나서 털고 일어난 후에도 존은 유리 덩어리를 들고 말없이 그것을 들여다보았다. 찰스도 그것을 들여다보았다. 그러나 그는 즉각 그것이 판판한 것이 아님을 알고, 파이프에 담배를 채우고는, 바보 같은 생각을 털어버리고 기운차게 말했다,

"아까 하던 이야기로 돌아가서……"

그는 보지 못했다, 아니, 보았다 하더라도, 존이 잠시 그 덩어리를 쳐다본 후에 마치 머뭇거리듯 그것을 그의 호주머니에 집어넣는 것을 눈치채지 못했을 것이다. 그 충동 역시, 길에 흩어져 있는 조약돌 중에 하나를 집어 그 돌에 유아방 벽난로 선반 위의 안전하고 따뜻한 삶을 약속하며 자신의 행동이 조약돌에 부여하는 능력과 선의에 즐거워하는, 그 조약돌의 마음이 수백만 개 돌 중에 자신에게 선택되어 한길가의 춥고 축축한 삶 대신에 이런 축복을 누리는 것에 기뻐 날뛸 거라고 믿는 그런 어린아이와 같은 충동일지도 몰랐다.

'수백만의 조약돌 중에 쉽게 다른 돌이 선택될 수도 있었는데, 그런데 내가 바로, 내가, 내가!'

이런 생각이 존의 마음속에 있었는지 없었는지 그 유리 덩어리는 벽난로 선반 위에 자리를 잡고, 청구서나 편지 등의 작은 더미를 누르는 훌륭한 문진 역할을 할 뿐만 아니라 그 젊은이가 책에서 눈을 뗄 때면 눈길이 자연스럽게 머무는 곳이 되었다. 무언가 다른 생각을 하며 반은 의식적으로 어떤 물건을 보고 또 보노라면, 그 물건은 생각 속의 어떤 것과 심오하게 뒤엉킨 다른 물건이 되어 원래의 형체를 잃고 전혀 예기치 않은 순간에 우리 머릿속에 맴돌던 이상적인 형태로 재구성되는 법이다. 그렇게 되어 존은 산책을 나갈 때면 그 유리 덩어리를 떠올리게 하는 다른 어떤 것을 볼 수 있을까 하고 골동품상 진열창에 끌리는 자신을 발

견했다. 어떤 것이라도, 다소 둥글고 그 몸피에 사라지는 불길이 깊게 가라앉아 있는 물건이라면 그것이 무엇이든,—도자기나 유리, 호박, 바위 조각, 대리석—심지어 매끈한 타원형의 선사시대 조류의 알까지도 마다하지 않았다. 또 그는 땅바닥에서 눈을 떼지 못했다. 특히 가정용 쓰레기를 내다버리는 이웃 공터를 유심히 눈으로 훑었다. 그곳에는 가끔 그런 물건들이 있었다—내다 버린, 아무에게도 필요없는, 형체 없는, 버려진 것들이. 몇 달 안에 그는 네댓 개의 그런 별난 물건들을 수집했고, 그것들을 벽난로 위의 선반에 올려놓았다. 그것들은 이제 막 국회의원으로 입후보해 전도 유망한 경력을 거머쥘 찰나에 있는 그가 서류들을 정리해 눌러놓는 데에 유용하게 쓰였다—선거구민들의 주소, 정책 선언들, 기부금을 위한 호소문, 만찬 초대장 등등.

어느 날, 선거구민들에게 연설을 하기 위해 기차를 타려고 템플에 있는 집을 출발한 그는 커다란 법원 건물의 초석 가장자리의 잔디 화단에 반쯤 가려져 있는 놀라운 물체에 눈길이 머물렀다. 그는 철제 난간 사이로 그의 지팡이 끝을 밀어 넣어 겨우 그 물건에 닿았다. 그것은 아주 놀라운 형태의 도자기 조각으로 거의 불가사리와 모양이 흡사했다—불규칙적이긴 했으나 틀림없이 다섯 개의 뾰족한 끝이 있는 형태의, 아니면 우연히 그런 모양으로 깨진 물건이었다. 색깔은 전체적으로 푸른색이었으나 초록의 사선이나 점 같은 것이 그 푸른색 위에 덮여 있었고 진홍색의 선들이 몹시 매력적인 풍요로움과 광채를 더해주었다. 존은 그것을 갖기로 마음먹었다. 그러나 지팡이를 밀어 넣을수록 점점 그 물건은 더 뒤로 밀려났다. 결국 그는 다시 집으로 와서 지팡이 끝에 철사로 둥근 고리를 만들어 붙인 뒤 그것을 가지고 대단한 조심성과 기술을 동원한 끝에 마침내 그 도자기 조각을 손이 닿는 곳까지 끌어냈다. 그것을 손에 잡는 순간 그는 승리감에 소리를 질렀다. 바로 그때 시계가 쳤다. 그가 약속을 지키는 건 이제 문제 밖이었다. 그 회합은 그가 없는 채로 진행되었다. 도대체 이 도자기 조각은 어떻게 이렇게 놀라운 형태로 깨질 수 있단 말인가? 자세히 살펴볼수록 그 별 모양은 우연의 소산임에 틀림없어 신기함을 더하게 했고, 같은 모양의 또 다른 것이 있을 거라는 생각은 해 볼 수가 없었다. 모래에서 파낸 유리 덩어리 반대쪽 선반에 그것을 올려놓자 마치 딴 세상의 물건 같았다 — 화려한 어릿광대처럼 기괴하고도 환상적이었다. 그것은 공중에서 외발돌기를 하며 깜박이는 별처럼 빛을 발하는 것 같았다. 그렇게 생기 있고 정신이 번쩍 나는 도자기 조각과 그렇게 말없고 생각에 잠긴 유리 사이의 대비에 매료된 그는, 같은 방 안에 같은 좁다란 대리석 조각 위에 놓여지는 것은 고사하고라도 어떻게 이 두 물건이 같은 세상에 존재할 수 있단 말인가, 하는 놀라움과 의아함에 찬 질문을 스스로에게 던졌다. 그 질문은 답을 얻지 못한 채 남아 있었다.

이제 그는 깨진 도자기 조각이 가장 흔히 널려 있는 곳을 찾아, 철로 사이의 버려진 땅이나, 가옥이 철거된 곳, 런던 근교의 공유지 같은 곳을 헤매고 다녔다. 그러나 도자기가 아주 높은 곳에서 던져지는 예는 드물었다. 그런 일은 사람들이 가장 드물게 하는 행동 중의 하나일 터였다. 아주 높은 집에 살면서, 그 집 아래에 누가 있는지 생각하지 않고 무모한 충동과 열정적인 편견으로 창문에서 곧바로 물병이나 항아리를 집어 던지는 여자가 있는 상황을 찾아야 하는 일이었다. 깨진 도자기는 도처에 많았다, 그러나 아무런 특징이나 목적 없이 사소한 가정사로 깨진 것뿐이었다. 그럼에도 불구하고 그는 놀라운 일을 자주 겪었다. 즉, 그가 그 문제에 깊이 파고들수록, 런던 한 곳에서만도 대단히 다양하게 깨진 모양의 도자기들을 찾아낼 수 있었고 더 큰 놀라움과 추측을 불러일으키는 원인은 질과 디자인에 있어 여러 가지로 차이가 난다는 사실이었다. 그가 집으로 들고 와 벽난로 선반 위에 올려놓을 수 있는 그 기묘한 견본들의 역할은, 이제 눌러놓을 필요가 있는 서류들이 점점 줄어들고 있었기 때문에 점차 장식적 성격을 갖게 되었다.

그는 그의 업무를 소홀히 했다. 아니면 아마도 아무 생각 없이 일을 했거나, 그것도 아니면 선거구민들이 그를 방문했을 때 벽난로 위의 모습에서 불쾌한 인상을 받았을지도 모를 일이었다. 어쨌든 그는 의회에서 대표로 선출되지 못했고, 그의 친구 찰스는 그 사실에 몹시 마음이 쓰여 급히 그를 위로하러 왔으나 이 재난에 별로 기가 죽지 않은 친구의 모습을 보고는 즉각 깨닫기에는 너무 엄청난 일이라 그럴 거라고 추측할 수밖에 없었다.

사실, 그는 바로 그날 반즈 콤몬에 다녀왔고, 그곳의 가시금작화 관목 아래서 아주 신기한 철 조각을 하나 찾아냈다. 육중하고 둥근 모양이 유리와 거의 흡사했으나 너무 차갑고 무거웠고, 너무 시커먼 데다 금속질이어서 분명히 그것은 이 지상의 것이 아니라 사라진 어느 별에서 유래했거나 달에서 떨어져나온 부스러기임에 틀림없었다. 그 물건의 무게 때문에 그의 주머니가 아래로 처졌다. 그 무게는 벽난로 선반도 처지게 했다. 그것은 차갑게 빛을 발했다. 그럼에도 그 운석은 유리 덩어리와 별 모양의 도자기 조각과 함께 같은 선반에 놓였다.

그의 눈길이 이 물건에서 저 물건으로 스쳐 가노라면, 그는 이것들을 능가하는 또 다른 물건들을 손에 넣겠다는 결의로 몹시 고통을 받았다. 그는 점점 더 결연하게 그런 물건을 찾는 데에 헌신했다. 만일 그가 그런 열망에 불타지 않았었다면, 그리고 언젠가는 새로 찾아낸 쓰레기 더미가 그에게 보상을 해줄 거라는 확신이 없었다면, 고단함과 조롱은 차치하고라도 그가 겪은 실망이 이런 추적을 포기하게 했을지도 모를 일이었다. 탈착 고리가 달린 긴 지팡이와 가방을 챙겨 들고 그는 흙이 쌓인 곳이라면 어디든지 샅샅이 뒤지고 다녔고, 마구 엉킨 관목 숲 아래까지 긁어내면서, 이런 종류의 물건들이 버려져 있을 거라고 예상되는 모든 골목길과 담장 사이의 빈 터를 찾아 헤맸다. 그의 기준이 점점 높아지고 취향이 점점 엄격해질수록 무수히 실망도 했으나, 항상 신기한 표시가 있거나 기이하게 깨진 도자기나 유리가 어딘가에 있을 거라는 희망의 빛이 그를 옭아맸다. 하루하루가 이렇게 지나갔다. 그는 이제 더 이상 젊지 않았다. 그의 이력 — 정치가로서의 이력 — 은 과거의 것이 되고 말았다. 사람들은 더 이상 그를 찾아오지 않았다. 그는 이제 너무 말이 없어 저녁 식사에 초대할 가치가 없었다. 그는 한 번도 자신의 그 진지한 열망에 대해 어느 누구에게도 발설한 적이 없었다. 사람들이 그를 대하는 태도로 미루어 그들이 그 사실을 모르고 있다는 것은 분명했다.

그는 지금 의자 등받이에 기대고 앉아 찰스가 그것들의 존재에 대해서는 일말의 관심도 없이, 정부의 일 처리에 대해 자신의 의견을 강력하게 피력할 때마다 벽난로 선반 위에 있는 돌들을 열두 번도 더 들었다 놓았다 하는 것을 지켜보고 있었다.

"어떻게 된 일이야, 존?"

찰스가 갑자기 돌아서서 그를 마주 보며 물었다.

"한순간에 자네를 포기하게 만든 게 뭔가?"

"포기하지 않았네."

존이 대답했다.

"그렇지만 자넨 이제 가망이 없지 않은가."

찰스가 거칠게 말했다.

"나는 자네와 생각이 다르네."

존은 확신을 가지고 말했다. 찰스는 그를 바라보면서 극도로 마음이 불편했다. 비상한 의문이 그를 사로잡았다. 그는 두 사람이 서로 다른 것에 대해 이야기를 하고 있다는 미심쩍은 생각이 들었다. 그는 이 엄청난 낙담을 덜어줄 뭐가 없을까, 하고 방 안을 둘러보았으나 방의 어수선한 모습이 그를 더욱 낙담시킬 따름이었다. 도대체 저 지팡이는 뭐며, 벽에 걸려 있는 낡은 양탄자 가방은 뭐란 말인가? 그리고 저기 놓인 돌들은? 존을 바라보자, 뭔가에 씌인 듯한 소원한 표정이 그를 경악하게 했다. 그는 이제 존이 단상에 모습을 드러내는 것조차 힘들 거라는 사실을 너무도 잘 알고 있었다.

"멋있는 돌이군."

그는 최대한 기분 좋게 말했다. 꼭 지켜야 할 약속이 있다는 말을 하고는, 그는 존을 떠났다—영원히.[1]

---

1 울프는 후에 이 단편을 확대하여 장편 『댈러웨이 부인』(1925)을 썼다.

동감
Sympathy

험프리 해먼드, 벅스의 하이위컴에 있는 더 마너에서 4월 29일
사망 ― 샐리아의 남편! 샐리아의 남편이 틀림없어! 죽다니! 세
상에! 험프리 해먼드가 죽다니! 초대를 할 참이었는데 ― 잊어버
렸지. 그들이 나에게 오라고 한 날, 왜 못 갔지? 그날 모차르트의
음악회가 있었어 ― 그래서 그것 때문에 미뤘지. 여기서 같이 저
녁을 먹은 날 밤, 그는 거의 말을 하지 않았어. 노란색 안락의자에
앉아 날 마주 보고 있었지. 그 사람은 '가구'를 좋아한다고 말했
어. 무슨 뜻이었을까? 왜 그 사람한테 설명해보라는 말을 하지 않
았을까? 왜 내가 그 사람이 했을 수도 있는 말을 하지 못한 채 가
게 했을까? 왜 그 사람은 이층 버스에 대해 이야기하고 있던 우리
를 두고 그렇게 오랫동안 혼자 말없이 앉아 있었을까? 지금 얼마
나 분명히 그 사람의 모습이 떠오르는지, 그의 수줍음, 아니면 말
로 할 수 없었던 어떤 의미에 대한 자신의 느낌이, "가구를 좋아
한다"는 말을 했을 때 스스로 말을 중단하도록 만들지 않았나 하
는 생각을 혼자 해본다. 이제는 절대 알아낼 수 없는 일이 되었다.
이제 분홍색 뺨은 창백하고, 젊은이의 결의와 도전을 담고 있던

눈은 감겨 있다, 아직은 눈꺼풀 아래 도전을 지닌 채. 남자로, 굽히지 않는 뻣뻣함으로 그는 지금 침대에 누워 있다, 그래서 나는 기울어 있는 흰색 침대를 본다. 창문은 열려 있고, 새는 지저귀고, 어떤 죽음에 대한 용인도 없다. 눈물도 없고 감정도 없이 백합 한 다발이 침대보가 접힌 곳에 흩어져 있다, 아마―그의 어머니 것인지 아니면 샐리아의 것인지……

샐리아. 그래…… 나는 그녀를 본다, 그러고는 보지 못한다. 내가 상상을 해볼 수 없는 순간이 있다. 다른 사람의 삶에는 항상 우리를 제외시키는 순간이 있기 마련이다. 그 순간에 대한 것은 그 이후의 결과에 의해 알 수 있을 뿐이다. 나는 그녀를 따라 그가 있는 문 쪽으로 간다. 나는 그녀가 문의 손잡이를 돌리는 걸 본다. 그러고는 아무것도 보이지 않는 순간이 온다, 다시 내 상상의 눈이 떠졌을 때, 그녀는 사람들 앞에 나설 채비를 한 후다―미망인. 아니면 그녀는 아침 이른 시각에 마치 그녀의 이마에서 빛이 부서져 나온 것처럼 머리에서 발끝까지 하얀 베일을 쓰지 않았을까? 나는 오로지 겉으로 드러난 표시만을 보고 있고 앞으로도 영원히 그것만 볼 수 있을 뿐이다. 그것이 가진 의미는 추측할 수밖에 없다. 부러움에 차서 나는 그녀의 침묵과 고통에 주목할 것이다. 그녀가 가진 비밀을 고백하지 않은 채 우리들 사이에서 움직이는 그녀를 지켜볼 것이다. 나는 외로운 여행으로 다가올 밤을 향한 그녀의 간절함을 머릿속에 그려볼 것이다. 낮 동안에는 우리들 사이에 내려앉아, 우리들의 즐거움에 경멸과 관용을 베푸는 그녀를 그려볼 것이다. 소음 가운데서도 나는 생각할 것이다, 그녀는 더 많이 들을 거라고. 그녀의 공허에는 공허의 유령이 따를 것이기에 이 모든 것 때문에 나는 그녀를 부러워할 것이다. 나는 그녀를 부러워할 것이다, 그 안전함을―그 앎을. 그러나 태양이 강해질수록 그녀의 하얀 베일은 이마에서 사라지고, 그녀는 창문 쪽으로 온다. 길 아래에서는 짐마차들이 덜컹거리고 남자들이 곧추서서 마차를 모느라 휘파람을 불고 노래를 하고 서로 소리를 질러댄다.

이제 나는 그녀를 좀 더 분명하게 그려본다. 뺨에는 혈색이 돌아왔다. 그러나 발랄함은 없다. 그녀의 눈길을 부드럽고 모호하게 해주던 얇은 막은 지워져버렸다. 삶의 활기는 그녀에게 가혹하게 들리고, 열린 창가에 서 있는 그녀는 긴장하며 몸을 움츠린다. 나는 그녀 뒤를 따라간다. 더 이상 부러워하지 않으면서. 내가 그녀에게 뻗은 손을 보고 그녀는 움츠러들지 않았는가? 우리는 모두 강도들이다. 모두 잔인하고. 모두가 무심하게 그녀를 지나쳐 흘러가는 강물의 물방울이다. 그녀 쪽으로 나를 던질 수는 있지만 강물의 흐름을 따라 급히 흘러가느라 다시 물러서고 말 뿐이다. 그녀에게 배어들고자 부드럽게 손을 뻗으라고 명한 나의 연민은 동정의 충동이고, 앞으로도 그럴 것이며, 그 충동이 갖고 있는 관대함은 그녀에게는 모욕적으로 보일 것이다. 이제 막 그녀는 발깔개를 터는 이웃집 여자에게 소리 지른다.

"좋은 아침이네요!"

그 여자는 놀라 그녀를 쳐다보고 고개를 끄덕이고는 급히 집 안으로 들어간다. 그녀는 불그스름한 담장에 뻗어 있는 과일 꽃을 응시하며 머리를 손에 의지한다. 눈물이 흘러내린다. 손가락 마디로 눈가를 훔친다. 스물네 살? ─ 많아야 스물다섯일 거다. 누군가가 그녀에게 청할 수 있을까? ─ 하루 날을 잡아 언덕을 같이 걷자고? 큰길에 장화 신은 발을 힘차게 내딛으며 우리는 길을 떠난다. 울타리를 넘고 들판을 가로질러 숲으로 들어간다. 그녀는 아네모네 앞에 털썩 주저앉아 '험프리를 위해' 꽃을 꺾는다. 스스로를 억제하며 저녁때면 더 생생해질 거라는 말을 할 것이다. 우리는 앉아서 기묘하게 갈라진 찔레 가지가 만든 아치를 통해 우리 아래 삼각으로 펼쳐진 황록색 들판을 본다.

"뭘 믿으세요?"

그녀가 갑자기 묻는다, (내 생각에) 꽃대를 빨면서.

"아무것도 안 믿어요—아무것도."

나는 내 의도와는 다르게, 급하게 충동적으로 대답한다. 그녀는 이맛살을 찌푸리며, 꽃을 던지고는 벌떡 일어난다. 그녀는 한두 야드를 성큼성큼 걷다가 나즈막한 나뭇가지 옆에서 격렬하게 몸을 돌리고는 나뭇가지가 겹친 곳에 있는 지빠귀 둥지를 본다.

"알이 다섯 개나 있어요!"

그녀가 소리친다.

"어머나, 재밌어라!"

나도 급하게 되받는다.

그러나 이 모든 것은 상상일 뿐이다. 나는 그녀와 같이 방에 있지도 않고, 숲으로 간 일도 없다. 나는 여기 런던에, 창가에 서서 『타임스』를 들고 있다. 그러나 죽음이 어떻게 모든 것을 바꾸어 놓는가!—일식이 그런 것처럼, 그 어둠이 지나는 동안, 색채는 사라지고, 나무들도 종잇장처럼 납빛으로 보인다. 차가운 산들바람이 느껴지고 자동차의 소음은 멀리서 들리는 것 같다. 그러고는, 잠시 후에 거리는 메워지고, 소리도 뒤섞인다. 그리고 내가 아직도 창백한 나무들을 보노라면 나무는 이제 파수꾼이 되고 안내자가 된다. 하늘은 부드러운 배경을 만들어준다. 하늘은 새벽빛 속 산 정상 저 위로 치솟은 듯 모든 것을 멀어 보이게 한다. 죽음이 그렇게 만든 것이다. 죽음은 나뭇잎 뒤에, 집들 뒤에, 그리고 흔들리며 올라가는 연기 뒤에 있다. 죽음은 그것들이 어떤 생명의 겉치레도 취하기 전의 평정 속에 정지돼 있게 한다. 그런 식으로 나는 급행열차를 타고, 언덕과 들판을 보았고, 낫을 든 남자가 우리가 지나가는 모습을 울타리 너머로 올려다보는 것을 보았고, 길게 자란 풀밭 위에 누워 있는 연인들이 내가 그들을 겉치레 없이 바라보는 동안 그들 역시 겉치레 없이 나를 바라보는 것을 보았다. 이렇게 해서 짐이 떨어져 나가고, 장애가 제거되었다. 나의 친구들은 자유롭게 이 좋은 대기 속에서 지평선을 가로질러 어둠 속으로 갔다, 모두가 좋은 것만을 바라면서, 부드럽게 나를 밀어내고, 세상 끝으로 걸어 나가 폭풍우가 될지 평온함이 될지 알 수 없는 곳으로 그들을 데려갈, 기다리고 있는 배에 올라탔다. 내 눈이 그들의 뒤를 좇을 수가 없다. 그러나 한 사람, 한 사람씩 작별의 키스와 전보다 더 다정한 웃음을 남기고 나를 지나쳐 영원한 항해를 떠났다. 마치 우리가 사는 동안 그들의 갈 길이 늘 그랬다는 듯이 질서정연하게 무리 지어 물가로 내려갔다. 이제 처음부터 정해졌던 우리의 갈 길이 분명해진다. 에돌기도 하고 엇갈리기도 하며 바퀴 소리, 외침 소리, 때로는 높게, 때로는 낮게 조화를 이루며 여기 이 정겨운 하늘과 엄숙한 큰 단풍나무 아래까지 같이 달려온 우리들의 갈 길이.

내가 잘 알지 못하는 그냥 그 보통의 젊은이는 이렇게 그의 안에 죽음이라는 거대한 힘을 감추어 가지고 있었다. 그는 살기를 멈춤으로서 경계를 없애고 분리된 개체들을 융합시켰다 — 밖에서는 새소리가 들리고 창문이 열린 그 방에서. 그는 조용히 물러났다, 그의 목소리는 아무것도 아니었으나 그의 침묵은 심원하다. 그는 그의 삶을 우리가 밟고 지나가도록 외투처럼 깔아놓았다. 그는 우리를 어디로 데려갈까? 우리는 가장자리까지 가서 밖을 내다본다. 그러나 그는 우리가 닿지 않는 곳으로 가버렸다. 그는 저 멀리 하늘 속으로 사라졌다, 우리에게는 하늘의 초록과 푸른 부드러움이 그대로 남아 있다. 그러나 투명한 세계 속에 그는 아무것도 가지지 못할 것이다. 그는 가장자리, 바로 그 경계에 웅숭거리고 있는 우리에게서 등을 돌렸다. 그는 새벽빛을 가르며 사라진다. 그는 갔다. 이제 우리는 돌아가야 한다.

큰 단풍나무는 선 채로 대기의 심연에 빛의 비늘을 떨어내며 잎을 흔든다. 단풍잎 사이로 해는 곧장 풀밭까지 빛을 쏟는다. 흙에서는 제라늄이 붉게 자란다. 외마디 외침이 내 왼쪽에서 시작되고 또 하나, 급작스럽고 토막 난 외침이 오른쪽에서 들린다. 바퀴들이 엇갈리며 부딪힌다. 마차들이 충돌해 뒤엉켜 있다. 시계가 분명히 열두 번을 쳐 정오임을 확실히 알린다.

나는 돌아가야 할까? 지평선이 닫히고 산이 가라앉고 거칠고 강한 색채가 돌아오는 것을 봐야만 할까? 안 돼, 안 돼, 험프리 해먼드는 죽었어. 그 사람은 죽었어 ─ 하얀 시트, 꽃의 향기 ─ 벌 한 마리가 방으로 들어왔다가 다시 나간다. 그 벌은 어디로 갈까? 풍경초 위에 벌 한 마리가 있다. 거기에 꿀이 없는 걸 알고 벌은 노란 계란풀로 가본다, 그러나 이 오래된 런던의 정원에서 어찌 꿀을 찾을까? 거대한 강철 배수관 위에, 터널의 곡선 위에 소금 알갱이를 뿌린 것처럼 대지는 건조하다 ─ 그러나 험프리 해먼드! 죽다니! 신문에서 다시 한 번 그 이름을 봐야지. 내 친구들한테로 돌아와야지. 너무 일찍 그들을 저버리지 말아야지. 그 사람은 사흘 전 화요일에 이틀을 앓다가 갑자기 죽었다. 그러고는 끝났다, 죽음의 대단한 작업이. 끝나버렸다. 이미 그 사람 위에 흙이 덮였을지도 모른다. 그리고 사람들은 이제 조금 다르게 일을 처리할 것이다. 비록 아직 소식을 듣지 못한 이들은 그에게 편지를 보낼 것이다. 그러나 현관 탁자 위의 봉투들은 이미 날짜가 지난 것처럼 보인다. 그가 죽은 지 몇 주가, 몇 년이 지난 것 같다. 그를 생각해보면 그에 대해 아는 게 하나도 없고, 가구를 좋아한다는 그의 말도 아무런 의미가 전해지지 않는다. 그런데도 그는 죽었다. 그가 할 수 있는 그 어떤 것도 나에게는 아무런 느낌을 주지 않는다. 끔찍해! 끔찍해! 그렇게 무심하다니! 그가 앉았던 노란 안락의자는 닳긴 했지만 아직도 견고하게 우리 모두보다 오래 남아 있을 것이다. 벽난로 선반에는 유리와 은제품이 흩어져 놓여 있다. 그러나 그는 벽이나 양탄자 위로 줄무늬 지는 빛의 티끌처럼 덧없이 사라진다. 내가 죽는 날에도 그렇게 햇빛은 유리와 은제품 위에 비칠 것이다. 햇빛은 앞으로도 수백만 년 동안 줄무늬져 비칠 것이다. 넓은 노란색의 통로. 이 집과 이 도시를 넘어 무한한 거리를 지나고. 태양 아래 무한의 주름으로 평탄하게 뻗은 바다만이 남아 있을 저 먼 곳을 지나. 험프리 해먼드─험프리 해먼드가 누구였나?─이제 그 이름은 바다 조개처럼 매끈하기도 하고 파도 치기도 하는 이상한 울림이다.

대단한 장치! 우편물! 이 작은 하얀 사각형 위에 꿈틀거리는 검은 자국들.

"시아버님께서…… 오셔서 식사나 같이……"

시아버지 이야기를 하다니, 그녀가 제정신이야? 아직도 그녀는 흰 베일을 쓰고 있고. 침대는 흰색이고 기울어 있는데. 백합들─ 열린 창문─여자가 창밖으로 발깔개를 털고.

"이제 험프리가 사업을 맡았어요."

험프리─죽은 사람이?─

"우리는 큰 집으로 옮겨갈까 생각하고 있어요."

죽은 사람의 집?

"꼭 오셔서 계시다 가세요. 런던에 가야 해요, 상복을 사러."

오, 그가 아직 살아 있다고 말하지 마! 오, 왜 당신은 나를 속였지?

씌어지지 않은 소설
An Unwritten Novel

그런 불행한 표정은 충분히 그것 자체만으로도 신문 귀퉁이에서 눈길을 들어 그 가엾은 여자의 얼굴을 슬쩍 보게 만든다—그 표정이 없었다면 별 볼 일이 없는, 거의 운명의 상징에 가까운 그런 모습이었다. 삶이란 우리가 사람들의 눈에서 보는 것이다, 삶이란 눈이 아는, 지금까지 알고 있는, 비록 감추려고 애를 쓰지만, 아는 것을 멈출 수 없는—그 무엇? 삶은 그런 것처럼 보인다. 맞은편에 다섯 사람의 얼굴이 있다—다섯 사람의 성인의 얼굴이—그리고 각각의 얼굴에는 앎이 있다. 참 이상하게도 사람들은 그것을 감추고 싶어 한다! 그 사람들 얼굴 모두에 속을 드러내지 않으려는 표시가 있다, 입을 굳게 다물고, 눈을 내리깔고, 다섯 사람 제 각각 자신의 앎을 숨기거나 무효화하는 무엇인가를 하고 있다. 한 사람은 담배를 피우고, 다른 한 사람은 책을 읽고, 세 번째 사람은 수첩에 기입된 것들을 점검하고, 네 번째 사람은 맞은편의 선로 지도가 담긴 액자를 응시하고 있다, 그리고 다섯 번째—그 다섯 번째 사람이 끔찍한 것은 그녀는 아무것도 하지 않고 있다는 것이다. 그녀는 삶을 바라보고 있다. 아, 딱하고 불행한 여인이여, 제발 우리 모두를 위해 감추는 척이라도 해주지!

마치 내 말을 듣기라도 한 것처럼, 그녀는 올려다보고, 자리를 약간 고쳐 앉더니 한숨을 쉬었다. 그녀는 변명을 하는 듯 동시에 나에게 "만일 당신이 알기만 한다면!" 하고 말하는 것 같았다. 그리고 그녀는 다시 삶을 바라다보았다. "난 알아요." 나는 소리 없이 대답하고 예의상 『타임스』를 보고 있었다. "나는 전부 다 알아요. '독일과 연합군 사이의 평화가 어제 파리에서 공식적으로 예고되었고―이탈리아의 수상 니티 씨는― 돈카스터에서 여객 차량과 화물 차량이 충돌……' 우리는 다 알아요―『타임스』도 알고―그러나 우리는 모른 척해요." 내 눈길은 다시 한 번 신문의 가장자리를 살그머니 넘어갔다. 그녀는 몸서리치더니 등판 한가운데로 팔을 기이하게 실룩실룩 움직이고는 머리를 흔들었다. 다시 나는 내 삶의 거대한 저수조를 대충 살펴보았다. "무엇이든 원하는 대로 택하세요." 나는 계속했다. "출생, 죽음, 결혼, 왕실 관련 기사, 새들의 습관, 레오나르도 다빈치, 샌드힐스의 살인 사건, 높은 임금과 생계비―오, 뭐든 원하는 대로 택하세요." 나는 반복했다. "모든 게 다 『타임스』 안에 있어요!" 다시 끝없는 권태로움으로 그녀는 머리를 이쪽저쪽으로 움직였고, 마침내 제풀에 돌기를 멈추고 그녀의 목에 제대로 자리를 잡았다.

『타임스』도 그녀의 것과 같은 슬픔에는 보호막이 되지 못했다. 그러나 다른 인간 군상들이 소통을 금지했다. 삶에 대항하는 최선의 길은 신문을 접는 것이다. 그것이 완벽한 사각의 빳빳빳빳한 두꺼운 것이 되어 삶조차 통과하지 못하게 만드는 것이다. 이렇게 하고 나서 나는 스스로의 방패로 무장을 하고 재빨리 위를 올려다보았다. 그녀는 내 방패를 꿰뚫어 보았다, 그녀는 마치 그 깊은 곳에 가라앉은 용기의 어떤 침전물이라도 찾아내 기를 꺾을 것처럼 내 눈 속을 응시했다. 그녀의 비트는 몸짓 하나만으로도 모든 희망이 부정됐고 모든 환상이 깎여나갔다.

이렇게 우리는 덜컹거리며 써리를 통과하고 주 경계를 넘어 서섹스로 들어갔다. 그러나 나는 삶에 눈길을 주느라 책을 읽고 있던 한 남자를 제외하곤 한 사람씩 다른 승객들이 떠난 것을 보지 못했고 우리만 남게 되었다. 여기는 스리 브리지스 역이었다. 기차가 천천히 역 구내로 들어와 멈추었다. 저 남자도 우리를 두고 내릴까? 나는 두 가지 가능성에 다 기도했다―마지막에는 남아 있는 쪽에 기도했다. 바로 그 순간 그는 일어나, 볼일이 끝난 것처럼 신문을 경멸스럽다는 듯 구기고는 문을 벌컥 열고 우리만 두고 가버렸다.

그 불행한 여자는 약간 앞으로 몸을 기울이고는 맥없이 무미하게 말을 걸었다―기차역들과 휴가에 대해, 이스트본에 사는 남자 형제들에 대해, 그리고 계절에 대해, 지금은 잊었는데 그게 이르다고 했는지 늦었다고 했는지. 그러나 마침내 차창에서 눈을 돌려, 내가 알기로는, 삶만을 바라보고 그녀는 이렇게 속삭이듯 말했다. "삶이 나와 이렇게 떨어져 있는 게―그게 바로 삶의 단점이지요―" 아, 이제 우리는 파국으로 다가갔다. "우리 올케가"―그녀의 어조의 비통함은 칼날 위의 레몬 같았고 나에게 말을 하는 게 아니라 자신에게 말하듯 중얼거렸다. "말도 안 돼, 라고 그녀가 말할 거예요.―사람들이 다 그렇게 말할 거예요." 말을 하는 동안 내내 그녀는 마치 자신의 등판의 살갗이 닭집 진열창에 있는 털 뽑힌 닭인 양 안절부절못하는 것이었다.

"아, 저 암소!" 마치 목초지에 서 있는 거대한 목조 암소가 그녀에게 충격을 준 것처럼 그리고 그녀를 분별없는 상태에서 구해내기라도 한 것처럼 초조하게 내뱉었다. 그리고 몸을 떨더니 조금 전 내가 본 어색하고 각이 진 동작을 하는 것이었다. 마치 경련이 끝난 뒤 양어깨 사이의 어느 곳이 불에라도 덴 듯이 아니면 쑤신다는 듯이. 그리고 다시 그녀는 세상에서 가장 불행한 여자처럼 보였고, 나는 전과 같은 확신을 가진 건 아니었지만 또 한 번 더 그녀를 비난했다. 왜냐하면 만일 어떤 이유가 있다면 그리고 내가 그 이유를 안다면 그 오욕을 삶에서 제거할 수 있기 때문이었다.

"올케들이란." 내가 말했다.

그 말에 그녀는 독이라도 뱉어내듯 입술을 오므리고, 오므린 채 그대로 있었다. 그녀는 장갑을 집어 차창의 얼룩을 닦아낼 따름이었다. 그녀는 영원히 무언가를 문질러 없애야 하는 것처럼 문질러댔다.—어떤 오점을, 지울 수 없는 오염 물질을 닦아내듯이. 정작, 그 얼룩은 그녀가 그렇게 문질렀음에도 그대로 있었고 내가 예측한 대로 그녀는 몸서리치면서 팔짱을 꽉 끼고 뒤로 물러나 앉는 것이었다. 무언가가 나로 하여금 장갑을 집어 내 쪽의 차창을 문지르게 몰아세웠다. 그 유리창에도 작은 점이 있었다. 내가 아무리 문질러도 그 점은 그대로 있었다. 그리고 그 경련이 나를 관통했다, 나는 팔을 구부리고 등판 중간을 쥐어뜯었다. 내 살갗 역시 닭집 진열창 속의 축 쳐진 닭의 살처럼 느껴졌다, 양어깨 사이의 한 부분이 가렵고 따끔거리고 불쾌하게 느껴지고 쓰라렸다. 손이 닿을 수 있을까? 남의 눈을 피해 나는 애를 써보았다. 그녀가 나를 보았다. 한없는 빈정거림과 한없는 슬픔의 미소가 그녀의 얼굴에 스치듯 지나갔다. 그러나 이제 그녀는 소통을 할 수 있게 되었고 그녀의 비밀을 나누게 되었고 그녀의 독을 나에게 넘기게 되었다, 그녀는 이제 더 이상 말하지 않아도 될 것이다. 나는 내 자리 뒤로 기대앉아 그녀의 눈에서 내 눈을 가리기 위해 언덕과 골짜기, 회색과 자주색의 겨울 풍경을 바라보면서 그녀의 메시지를 읽고 그녀의 비밀을 해독하고 그녀가 응시하는 가운데 그것을 읽어나갔다.

힐다가 그 올케다. 힐다? 힐다? 힐다 마시—혈색이 좋은, 가슴이 풍만하고 점잖은 힐다. 택시가 다가오자 힐다가 동전을 들고 문 앞에 서 있다. "가엾은 미니, 전보다 더 메뚜기 같네—작년에 입었던 그 낡은 외투다. 그래, 그래, 요즘 세상에 아이가 둘씩 있으니 더 이상은 못해주지. 아니, 미니. 여기 갖고 왔어요. 택시, 자 여기요—나한테는 당신 방식이 안 통해요. 미니 들어와요. 오, 당신 버들고리 가방은 물론이고 '당신'까지도 들고 갈 수 있어요!" 그렇게 그들은 식당으로 들어갔다. "얘들아, 미니 고모 오셨다."

천천히 들었던 포크와 나이프가 내려왔다. 그것들을 내려놓고 (밥과 바바라는) 뻣뻣하게 손을 내밀었다, 다시 자리로 돌아온 두 아이는 음식을 입안 가득 넣는 사이사이에 뚫어지게 바라보았다. [그러나 이건 뛰어넘기로 하자, 장식품들, 커튼, 세 잎 무늬 장식의 도자기 접시, 노란 타원형의 치즈, 흰색의 네모난 비스킷—뛰어넘자—오, 기다려봐! 점심을 먹는 도중에 예의 그 몸을 떠는 것, 밥이 입에 숟가락을 문 채 그녀를 뚫어지게 쳐다본다. "어서 푸딩이나 먹어, 밥." 그러나 힐다도 불만이다. "왜 그녀는 몸을 실룩거려야'만' 할까? 뛰어넘자, 뛰어넘어, 이 층 층계참에 올 때까지, 놋쇠로 단을 댄 층계, 리놀륨이 깔려 있고, 오, 그래! 이스트본의 지붕들을 내려다볼 수 있는 작은 침실—쐐기벌레의 등줄기처럼 지그재그로 이어진 지붕들, 흑청색의 슬레이트에 이쪽저쪽으로 붉고 노란 줄무늬가 있기도 하고] 자, 미니, 문이 닫히고, 힐다는 무겁게 아래층으로 내려온다, 당신은 버들고리 가방의 끈을 풀어 침대 위에 보잘것없는 잠옷을 펴놓고, 털 달린 펠트 슬리퍼를 가지런히 둔다. 거울—아니, 당신은 거울은 피한다. 모자의 핀들을 정연하게 잘 두고. 아마 저 조개껍데기로 만든 상자 속에는 뭐가 들어 있겠지? 흔들어보네. 작년에는 진줏빛 장식 징이 있었는데—그게 다였다. 그러고는 코를 훌쩍이고, 한숨을 쉬고 창가에 앉는다. 어느 십이월 오후 세 시, 비가 흩뿌리고, 직물 상회의 채광창으로 비치는 낮은 불빛, 또 다른 높은 곳의 불빛은 어느 하인의 침실에서 비친 것이었다—이 불빛은 꺼졌다. 아무것도 쳐다볼 게 없었다. 잠깐 동안의 공백—그리고 당신은 뭘 생각하지? (맞은편에 앉아 있는 그녀를 살짝 건너다보자, 그녀는 잠이 들었거나 아니면 그런 척하고 있다, 그렇다면 오후 세 시에 창가에 앉아 뭘 생각할 수 있단 말인가? 건강, 돈, 청구서, 그녀의 하느님?) 그래, 의자 모서리에 앉아 이스트본의 지붕들을 내려다보면서 미니 마시는 하느님께 기도를 한다. 그거 다 괜찮은데, 그녀는 마치 하느님을 더 잘 볼 수 있는 것처럼 창문을 닦을지도 몰라, 그러나 그녀가 보는 하느님은 어떤 하느님이지? 이스트본 뒷거리의 하느님, 오후 세 시의 하느님, 미니 마시의 하느님은 누구인가? 나 역시 지붕을 내려다보고 하늘을 본다. 그러나 오, 세상에—이렇게 신들을 보는 것! 앨버트 공처럼 보이기보다는 크루거 총리처럼 보일 거야—내가 생각해낼 수 있는 최선의 것이야, 나는 그분이 검은 프록코트를 입고 의자에 앉아 있는 것을 본다, 그렇게 너무 높이 있지는 않고, 그분이 타고 앉을 구름 한두 개쯤은 그려볼 수 있는데, 그리고 구름 속에서 길게 뻗은 손에는 지팡이, 그게 권표였던가? —검고 두껍고 가시 돋친—잔인하고 늙은 폭한—미니의 하느님! 그가 그 가려움과 반점과 실룩거림을 그녀에게 주었단 말인가? 그게 그녀가 기도하는 이유란 말인가? 창문에서 그녀가 닦아내고 있는 것은 죄의 오점이다. 오, 그녀가 지은 죄가 있구나!

나는 내 마음대로 그녀의 죄를 택했다. 숲이 나르듯 휙휙 지나간다—여름이면 푸른 종꽃이 피고, 숲 사이의 공터에 봄이 오면 앵초가 핀다. 작별, 그건가, 이십 년 전? 깨진 맹세? 미니가 깨버린 게 아니고!…… 그녀는 맹세를 지키는 사람이었다. 그녀가 어떻게 어머니 병시중을 들었던지! 그녀의 저축은 전부 어머니 비석을 세우는 데 들어갔다—유리 케이스 속의 화환들—항아리 가득한 수선화들. 그런데 지금 나는 궤도를 벗어난다. 어떤 죄…… 사람들은 그녀가 슬픔을 가두고 비밀을 억눌렀다고 말한다—그녀의 성, 사람들, 과학적인 사람들은 그렇게 말한다. 그녀에게 성의 굴레를 씌우다니 얼마나 허튼소리인가! 아니다—이편이 훨씬 더 그럴듯하다. 이십 년 전 크로이든의 거리를 지나다가 직물 가게 진열창 안에 있는 보랏빛 리본 고리가 전기 불빛에 반짝이는 모습이 그녀의 눈길을 사로잡았다. 그녀는 머뭇거린다—여섯 시가 지났다. 뛰어가면 아직 집에 갈 시간에 댈 수 있을 것 같았다. 그녀는 앞뒤로 열리는 유리문을 밀고 들어갔다. 할인 판매 기간이었다. 춤이 얕은 정리 상자들에 리본이 넘쳐났다. 그녀는 망설이다가, 상자를 잡아당겨, 위에 장미 모양의 보풀을 세운 리본을 만지작거린다—딱히 고를 필요도 없었고 살 필요도 없었다. 각각의 상자마다 놀라운 것들뿐이었다. "일곱 시까지 문 닫지 않아요." 그리고 일곱 시가 '됐다.' 그녀는 마구 달려 급하게 집에 도착했다, 그러나 너무 늦어버렸다. 이웃 사람들이—의사가—어린 남동생을—주전자를—불에 데어—병원—죽음—아니면 단지 그 충격만으로도, 그 비난? 아, 그러나 세세한 건 문제가 안 된다! 그녀가 늘 지니고 있는 그 무엇, 그 오점, 그

죄, 갚아야 하는 그것, 항상 그녀의 양어깨 사이에 있는 그것이 문제였다. "그래요." 그녀는 나에게 그렇게 끄덕이는 것 같았다. "그게 바로 내가 한 짓이에요."

당신이 그런 짓을 했건, 또 무슨 짓을 했건 나는 상관하지 않는다, 내가 원하는 건 그런 게 아니다. 보랏빛의 리본 고리들이 있는 직물 가게의 진열 창―그거면 족하다, 아마도 약간 값이 싸고, 약간 평범한―죄를 한 가지 택해야 하니까, 그러니 그 많은 죄는 (다시 한 번 슬쩍 건너다보자―아직 자고 있나, 아니면 자는 척하는 건가! 창백하게, 지쳐서, 입을 꼭 다물고―사람들이 생각하는 것보다 훨씬 더, 고집이 있어 보이는―성 문제의 낌새는 없었다)―그 많은 죄는 '당신'의 죄가 아니야, 당신 죄는 값이 싼 거야, 단지 그 응보가 엄숙할 뿐이지, 자, 이제 교회 문이 열려 있고 딱딱한 나무 의자가 그녀를 맞아준다, 갈색 타일 바닥에 그녀는 무릎을 꿇는다, 매일, 겨울에도, 여름에도, 해 질 녘에도, 새벽에도 (여기 그녀가 와 있다) 그녀는 기도한다. 그녀의 죄가 모두 떨어져 나간다, 떨어져 나간다, 영원히 떨어져 나간다. 그 오점이 죄를 모두 받는다. 그 오점이 부풀어 오르고, 빨개져, 화끈거린다. 그러자 그녀는 몸을 씰룩거리며 비튼다. 어린 사내애들이 손가락질한다. "오늘 점심에 밥이"―그러나 나이 든 여자들이 최악이다.

이제 더 이상 앉아서 기도할 수가 없다. 크루거는 구름 아래로 가라앉아버렸다―어느 화가의 젖은 회색 붓이 칠을 하듯 그 위에 또 거무스름하게 덧칠을 하듯―권표의 끝부분마저 이제는 사라지고 없다. 항상 이런 일이 생기게 마련이다. 이제 막 그분을 보고, 그분을 느낄라치면 누군가가 끼어든다. 이번에는 힐다였다.

얼마나 그녀가 증오스러운지! 그녀는 심지어 욕실 문을 밤새 잠가놓기도 할 거야, 때때로 밤에 날씨라도 나쁘면 씻는 게 도움이 될까 해서, 그나마 찬물로 씻을 뿐인데. 그리고 아침 밥상에서 존이 ― 애들이 ― 식사는 최악이고, 가끔 친구들도 오고 ― 양치식물이 그들을 모두 다 가려주지는 못하지 ― 그들 역시 짐작은 하겠지, 그래서 당신은 밖으로 나가 바닷가를 거닐고, 회색 파도가 치고, 종이들이 바람에 날리고, 유리로 된 보호시설은 싸늘하고 여전히 바람이 들어오고, 의자값을 이 펜스나 내야 하니 ― 너무 비싸 ― 모래사장에는 설교하는 사람들이 있을 거야. 아!, 저기 검둥이가 ― 저기 이상한 사람이 ― 저기 앵무새를 갖고 있는 사람이 ― 가엾은 군상들! 여기 하느님을 생각하는 사람 어디 없어요? ― 저, 바로 저 위에, 부두 저 너머에, 권표를 가진 ― 그러나 아냐 ― 하늘에는 회색 말고는 아무것도 없어, 만일 하늘이 푸르다 하더라도 흰 구름이 그분을 감추고 있을 거야, 그리고 음악 ― 그건 군악이야 ― 뭘 낚으려고 저러지? 그걸 잡았을까? 아이들이 얼마나 뚫어지게 쳐다보던지! 그래, 그러면 뒷길로 집으로 돌아가자 ― "뒷길로 집으로 돌아오기!" 그 말은 의미를 담고 있지, 그 말은 저 구레나룻이 있는 늙은 남자가 한 말일 거야 ― 아냐, 아냐, 그 사람은 말하지 않았어, 그러나 모든 것에는 의미가 있지 ― 문간에 간판들이 기대어 있고 ― 가게 창문 위에는 상호들이 적혀 있고 ― 바구니에는 붉은 과일이 담겨 있고 ― 미장원에는 여인들의 머리가 있고 ― 모두가 "미니 마시!" 하고 말한다. 그러나 여기 불쑥 말이 끼어든다. "계란이 더 싸요!" 이런 일은 늘 생기게 마련이다! 내가 그녀를 광기로 직행하게 해 폭포가 있는 벼랑으로 몰고 가자 그녀는 꿈속에서의 양 떼들처럼 딴 길로 들어서서 내 손가락 사이로 달아나버렸다. 계란이 더 싸다. 세상 가장자리의 삶에 얽매어, 가엾은 미니 마시에게는 어떤 죄도, 슬픔도, 광시곡도, 미친 짓도 없는 것이다, 점심 시간에 절대 늦지 않고, 비옷을 입지 않고는 비바람을 맞는 법이 없고, 계란 값이 싸다는 것을 결코 완전히 의식하지 않을 수 없는 것이다. 그래서 그녀는 집으로 온다―장화를 문질러 닦는다.

내가 당신을 제대로 읽었나요? 그러나 사람의 얼굴은―활자로 가득 찬 종잇장 너머 정상에 있는 인간의 얼굴은 더 많은 것을 담고 있고, 더 많은 것을 뒤로 감추고 있다. 이제, 눈을 뜨고 그녀는 밖을 내다본다, 인간의 눈 속에는―그것을 어떻게 규정하겠는가?―거기에는 어떤 단절이 있다―어떤 분리―그래서 당신이 줄기를 잡았을 때 나비는 이미 날아갔다―저녁나절 노란 꽃 위에 머물던 나방은―당신이 손을 올리면, 움직여, 저 멀리, 높이 날아가버린다. 나는 손을 올리지 않을 것이다. 아직 그대로 머물러 떨고 있어라, 삶이건, 영혼이건, 정신이건, 미니 마시 당신의 그 무엇이건―나 역시 내 꽃 위에―목초지 위에 머물고 있는 매― 홀로, 그렇지 않다면 삶이 무슨 가치가 있겠는가? 날아오르기 위해서는 저녁에도 그냥 머물고, 한낮에도 그냥 머물고, 아직도 내려앉기를 미뤄라. 손이 흔들리면―날아서, 위로! 그러고는 다시 균형을 잡는다. 홀로, 보이지 않게, 저 아래 너무도 조용한 모든 것, 너무도 사랑스러운 모두를 보면서. 아무것도 보지 않고, 아무것도 상관 않고. 다른 사람들의 눈이 바로 우리의 감옥이지, 그들의 생각이 우리의 속박이고. 저 위의 대기, 저 아래의 대기. 그리고 달과 불멸…… 오, 그러나 나는 잔디 위로 하강한다! 구석에 앉아 있는 당신 역시 아래로 내려왔나, 당신 이름이 뭐더라―여인이여―미니 마시, 그런 이름이었나? 저기 그녀가 꽃에 착 달라붙어 있군, 손가방을 열어 속이 빈 껍데기 하나를 꺼내는군― 계란이네―계란이 더 싸다고 누가 말했더라? 당신이야, 아니면 나야? 오, 집으로 가는 길에 당신이 그 말을 했지, 기억나지, 늙은 신사가 갑자기 그의 우산을 폈을 때 ─ 아니면 그게 재채기였나? 어떻든, 크루거는 갔고 당신은 '뒷길로 집으로 돌아와' 당신 장화를 문질러 닦았지. 그래. 이제 당신은 무릎 위에 손수건을 펴놓고 그 위로 각이 진 계란 껍데기 조각들을 떨어뜨리지 ─ 지도의 조각들 ─ 그림 맞추기. 나도 같이 그 그림을 맞췄으면! 제발 좀 가만히 앉아 있기만 해준다면. 그녀는 무릎을 움직였다 ─ 지도가 다시 조각이 나버렸다. 안데스의 저 언덕 아래로 하얀 대리석 덩어리들이 튕기고 흩어지면서 스페인의 노새 마부들 한 무리를 그들의 호송 군단과 함께 깔아뭉개 죽여버렸다 ─ 드레이크의 노획물, 금과 은. 그러나 다시 돌아가서 ─

무엇으로, 어디로? 그녀는 문을 열고, 그리고, 그녀의 우산을 우산 꽂이에 꽂고 ─ 말할 필요도 없이 그대로 진행된다, 아래층에서 나는 쇠고기 냄새 역시 마찬가지다, 점, 점, 점. 그러나 내가 제거할 수 없는 것은, 내가 머리를 숙이고, 눈을 감고, 대대 병력의 용기와 황소의 맹목성으로 공격해서 쫓아버려야 할 것은, 의심할 여지없이, 그 양치식물 뒤에 있는 인물들, 지방을 돌며 물건을 파는 판매원들이다. 나는 내내 그들을 그 양치식물 뒤에다 숨겨놓았다, 어떻든 그들이 사라질 것이라는 바람으로 아니면 나타나는 게 더 낫다고 바랐는지, 사실 그들이 꼭 나타나야만 했는지도 모른다. 만일 이야기가 점점 풍부해지고 정교하게 진행되려면, 그 운명과 비극이, 이야기들이 그래야 하듯이, 셋이 아니면, 둘 정도의 외판원들이 엽란 덤불 전체를 따라 굴러가야 하는 것이다. "엽란의 얇게 갈라진 잎은 그 외판원의 일부만을 가려줄 뿐이야 ─" 철쭉이라면 그를 완전히 가려줄 거야, 게다가 내가 그렇게 갈망하고 해보고 싶은 붉은색과 흰색도 마음대로 다룰 수 있는데, 그러나 이스트본의 철쭉 ─ 그것도 십이월에 ─ 마시 집 안의 식탁에서 —안 돼, 안 돼, 그렇게는 못 해, 빵 껍질과 양념병과, 주름 장식과 양치식물 정도밖에는 못 해. 아마 나중에 바닷가에서 그걸 다룰 순간이 올지도 몰라. 게다가 지금 나는 녹색 격자무늬 사이로 기분 좋게 구멍을 통해 보듯이, 세공된 유리잔의 완만한 곡선 위로 맞은편에 있는 남자를 염탐해보고 싶은 욕구를 느끼고 있지 —내가 감당해낼 수 있을 정도의 인물이야. 마시 집안 사람들이 지미라고 부르는 제임스 모그리지일걸? [미니, 내가 이걸 제대로 정리할 때까지 실룩거리지 않겠다고 약속해야 돼.] 제임스 모그리지는 지방을 돌면서 —단추를 파는 행상이라고 하면 어떨까? —그러나 아직 '그걸' 써넣을 때가 아니야 —길고 두꺼운 종이 위에, 크고 작은, 어떤 것들은 공작의 눈알 같기도 하고, 또 어떤 것들은 희미한 금색에다, 어떤 건 연수정색이고 또 어떤 건 산호색이 뿌려진 것들 —그러나 아직 때가 아니라고 말하잖아. 그는 지방을 돌다가, 그가 이스트본에 오는 날인 목요일이면 마시 가에서 식사를 한다. 그의 불그레한 얼굴, 그의 작고 차분한 눈 —딱히 평범하다고만 말할 수 없는 —그의 대단한 식욕(그게 안전하다, 빵을 육수에 담가 육수가 다 없어질 때까지 미니를 보지 않을 것이다), 냅킨을 다이아몬드 모양으로 끼우고 —그러나 이건 너무 초보적이야, 그게 독자들에게야 어떻게 작용하든, 나를 그런 부류에 넣지 마. 자, 모그리지 집 안으로 재빨리 피해 가서 그곳을 작동시켜보자. 그래, 일요일이면 집 안의 장화는 모두 제임스가 직접 수선을 하고. 그는 『진실*Truth*』을 읽는다. 그의 열정? 장미들 —그리고 그의 아내는 은퇴한 병원 간호사인데 —흥미롭군 —제발 나도 내가 좋아하는 이름의 여자 하나쯤은 갖자고! 그러나 안 돼, 그런 여자는 마음속에 있는 태어나지 않은 아이로, 금제된, 그럼에도 사랑받는, 나의 철쭉과도 같은 것이지. 씌어진 소설마다 얼마나 많은 등장인물들이 죽는지 ─ 모그리지가 살아남는 반면에 가장 뛰어나고 가장 사랑스러운 사람들은 죽는 거지. 그건 우리 삶의 허물이다. 여기 이 순간 맞은편의 미니는 계란을 먹고 있다, 그리고 또 다른 선로 끝에는 ─ 루이스를 지났나? ─ 지미가 있어야 돼 ─ 그렇지 않다면 무엇 때문에 그녀가 저렇게 실룩거리겠어?

모그리지가 있기 마련이야 ─ 우리 삶의 허물이. 삶은 나름대로의 법칙을 부과한다, 삶은 길을 가로막는다, 삶은 양치식물 뒤에 있다, 삶은 폭군이다, 오, 그러나 폭한은 아니고! 아니라고, 분명히 말하는데 나는 기꺼이 온 거라고, 나는 양치식물과 양념병, 흩어진 식탁과 더러워진 병들을 건너지른 무언지 알지 못할 충동에 불려온 것이다. 나는 단단한 살갗 어딘가에, 건장한 척추 속에, 어디든 내가 뚫고 들어갈 수 있는 곳이나, 아니면 그 사람의 어딘가에 있는 확고한 거점을 찾아, 모그리지라는 사람의 영혼 속에 내 거처를 정하기 위해 저항할 수 없이 온 것이다. 그 구조의 엄청난 안정감, 참나무처럼 곧고 고래 뼈같이 강인한 척추, 가지 쳐나간 갈비뼈, 살갗은 팽팽한 방수포 같고, 붉은 관들, 심장의 빨아들이기와 뱉어내기, 한편 위쪽으로부터는 고기가 갈색의 네모난 조각으로 떨어지고, 그리고 꿀꺽꿀꺽 흘러들어온 맥주는 세차게 휘저어져 다시 피가 되고 ─ 그렇게 우리는 눈에 이른다. 엽란 뒤에서 그 눈은 무엇을 본다, 검고, 희고, 음울한 것을, 다시 접시로 갔다가, 엽란 뒤에서 그 눈은 한 나이 든 여자를 본다, "마시 가의 누이. 힐다 쪽이 훨씬 마음에 들어." 이제 식탁보를 보고. "모리스 집안에 뭐가 잘못됐는지 마시는 알게 되겠지⋯⋯" 그것에 대해 이야기를 하고, 치즈가 들어오고, 다시 접시로, 그 접시를 돌리고 ─ 거대한 손가락들, 이제 맞은편에 앉은 여자에게 눈길이 간다. "마시의 누이는―전혀 마시 같지가 않아, 비참한, 나이 먹은 여자…… 집에서 닭 모이나 주시지…… 하느님의 진실, 무엇이 그녀를 실룩거리게 할까? '내가' 말한 것 때문은 아니겠지? 저런, 저런, 저런! 이 나이 든 여자들. 저런, 저런!"

[그래, 미니, 나는 당신이 실룩거린 걸 알아, 그러나 잠깐만― 제임스 모그리지.]

"저런, 저런, 저런!" 울림이 얼마나 좋은지! 잘 마른 목재에 나무망치 두들기는 소리 같고, 물결이 세차게 밀려와 초록 바다가 구름에 뒤덮였을 때의 늙은 고래잡이의 심장박동 같은 울림. "저런, 저런!" 초조해하는 영혼을 진정시키고 위로하는, 그들을 삼베 보에 싸서 "다시 만날 때까지. 행운을 빌어요!"라고 말하는 조종弔鐘, 그러고는 "무슨 낙이 있으세요?" 비록 모그리지가 그녀를 위해 장미를 꺾을지라도, 그건 끝났고, 그건 지나갔다. 다음에는 무슨 일이지? "부인, 기차 놓치시겠어요." 왜냐하면 사람들은 지체하며 기다려주지 않기 때문이다.

그게 그 남자의 갈 길이고, 그게 울려 퍼지는 그 소리이고, 그게 세인트 폴 성당이고, 그리고 이층 버스이다. 그러나 우리는 빵가루를 쓸어내고 있다. 오, 모그리지, 더 머물지 않을 거예요? 꼭 가야 되나요? 당신은 오늘 오후에도 그 작은 마차 중 하나를 타고 이스트본을 지나가고 있나요? 당신이 바로 초록의 두꺼운 종이 상자 속에 갇혀, 때로 블라인드를 내리고, 때로 엄숙하게 앉아 스핑크스처럼 뚫어지게 바라보는, 항상 유령 같은 눈길로, 뭔지 장의사 같은, 관 같은, 말과 마부에게도 내려앉은 그 어둠 같은 바로 그 사람인가요? 말해주세요―그러나 문이 쾅 닫힌다. 우리는 다시 만날 수 없을 것이다. 모그리지, 안녕!

그래요, 그래, 가고 있어요. 곧장 집 꼭대기까지요. 잠깐만 머뭇거릴게요. 마음속이 얼마나 진창이 됐는지 ─ 이 괴물들이 남겨 놓은 소용돌이란, 바다가 흔들리고, 잡초가 물결처럼 흔들리고 여기서는 녹색으로 저기서는 검은색으로, 모래에 부딪고, 조금씩 분자들이 다시 모일 때까지, 퇴적물이 스스로 체질을 하고, 그리고 다시 눈을 통해 분명히 그리고 가만히, 고개를 끄덕여주었던 영혼들, 다시는 만날 수 없는 그 사람들을 위한 장례식을 보는 것이다, 입술에는 떠나가는 사람을 위한 기도를 담고.

이제 제임스 모그리지는 죽었고, 영영 사라졌다. 자, 미니 ─ "나는 더 이상 직면할 수가 없어." 만일 그녀가 그 말을 했다면 ─ (그녀를 한번 보자. 그녀는 깊은 경사로 계란 껍데기를 아래로 쓸어내리고 있다.) 확실히 그녀가 그렇게 말했어, 침실 벽에 기대어. 적포도주색 커튼 가장자리에 붙은 구형 장식을 집어 뜯으면서. 그러나 자신이 자신에게 말을 한다면 누가 말을 하고 있는 걸까? ─ 무덤에 갇힌 영혼, 지하 무덤의 한가운데로 몰리고, 몰리고, 또 몰린 혼령, 베일을 쓰고 이 세상을 떠난 자신 ─ 아마도 겁쟁이겠지, 그래도 그것이 등잔을 들고 어두운 복도 아래위를 불안하게 휠휠 날아다닐 때면 조금은 아름답기도 하겠지. "더 이상 참을 수가 없어." 그녀의 혼령이 말하지. "점심때의 그 남자 ─ 힐다 ─ 아이들." 오, 세상에, 그녀의 흐느낌! 그것은 자신의 운명에 절규하는 혼령이고, 여기저기로 떠밀려 점점 줄어드는 양탄자 위에 묶고 있는 혼령이고 ─ 빈약한 거점 ─ 사라지는 우주의 쪼그라든 조각들 ─ 사랑, 삶, 신념, 남편, 아이들, 소녀기에 스치듯 보았던 멋진 것들과 화려한 구경거리가 무엇인지 나는 모른다. "나에겐 없었어요 ─ 나에겐 없었다고요."

그러나 그다음에 ─ 머핀들, 흰 반점이 있는 늙은 개? 구슬이 달린 장식용 깔개가 어떨까, 그리고 속옷의 위안. 만일에 미니 마시가 차에 치어 병원으로 옮겨진다면, 간호원과 의사들은 자기네들끼리 감탄할지도 모른다…… 좋은 경치와 전망이 있다—거리를 두었으므로—저 큰길 끝에 있는 푸른색 그림자 진 곳, 그래도, 결국, 차 맛은 뛰어났고, 머핀은 뜨겁고, 그리고 그 개—"베니, 네 바구니로 들어가지 그래, 엄마가 뭘 가져다놨는지 보렴!" 그렇게 해서, 엄지손가락이 해져 닳은 장갑을 집어 들고, 소위 구멍투성이라는 서서히 잠식해 들어오는 이 악마에 다시 한 번 도전하면서, 새롭게 방비를 한다, 회색 모직 실을 이리 넣고 저리 빼며.

넣었다 뺐다, 옆으로 위로 실을 자아 그물을 만드는 것을 통해 하느님 스스로는—쉿, 하느님 생각은 하지도 마! 한 땀 한 땀이 얼마나 확고한지! 당신은 자신의 깁는 솜씨가 자랑스럽겠지. 아무것도 그녀를 방해하지 않게 하자. 빛이 부드럽게 내리게 하고 구름이 갓 나온 푸른 잎의 속옷을 보여주게 하자. 참새가 작은 가지에 올라앉아 굽어진 가지에 매달린 빗방울을 흔들게 하자…… 왜 위를 올려다보지? 무슨 소리가 난 걸까, 생각이 떠오른 걸까? 오, 세상에! 당신이 했던 일로 다시 돌아가나, 보랏빛의 리본 고리가 있는 유리창으로? 그러나 힐다가 올 거야. 불명예, 수치스러움, 오! 갈라진 틈을 막아.

장갑 손질을 끝내고, 미니 마시는 그것을 서랍 속에 넣는다. 그녀는 결심을 굳히고 서랍을 닫는다. 나는 거울에 비친 그녀의 얼굴을 본다. 입술을 오므린다. 턱을 높이 쳐든다. 그런 다음 구두끈을 맨다. 그리고 그녀는 목을 만진다. 어떤 브로치를 달 텐데? 겨우살이 꽃 아니면 새 가슴의 두 가닥 뼈? 그런데 무슨 일이 생긴 거야? 내가 그다지 잘못 본 게 아니라면, 맥박이 빨라지고, 그 순간이 오고 있다, 실의 가닥들이 마구 줄달음치고 나이아가라가 목전에 있다. 여기가 위기이다! 하늘이 같이하기를! 그녀는 내려간다. 용기, 용기! 직면하고 그것이 되라! 제발 지금 발깔개 위에서 기다리지 마라! 저기 문이 있다! 나는 당신 편이야. 말해! 그녀에게 맞서, 그녀의 영혼을 혼란에 빠뜨려!

"오, 실례합니다! 그래요, 여기가 이스트본이에요. 제가 내려드릴게요. 손잡이를 돌려드릴게요." [그러나, 미니, 비록 우리가 계속 가장을 하고 있지만, 나는 당신을 제대로 읽었다고요―나는 지금 당신을 다 알아요.]

"짐이 이게 다예요?"

"신세 많이 졌네요, 이게 다예요."

(그런데 당신은 왜 주위를 돌아보세요? 힐다는 역에 나오지 않을 거예요, 존도 안 나오고요. 모그리지는 이스트본의 저 먼 곳을 달리고 있어요.)

"내 가방 옆에서 기다릴게요, 부인, 그게 제일 안전하지요. 그 아이가 마중을 나온다고 했는데…… 오, 저기 오네요! 제 아들이에요."

그렇게 그들은 같이 걸어가버렸다.

그래, 그러나 나는 혼란에 빠졌다…… 확실히 미니, 당신은 나보다 더 잘 아는군! 이상한 젊은이…… 거기 서요! 그에게 내가 말할게요―미니!―마시 양!―비록 모르긴 하지만. 바람에 불리는 그녀의 소매 없는 외투가 어쩐지 기이했다. 오, 그러나 그건 사실이 아니다, 그렇게 말하는 건 야비하다…… 개찰구에 다다랐을 때 그가 어떻게 몸을 구부리는지 봐라. 그녀는 차표를 찾는다. 농담마라. 그들은 나란히 길을 따라 내려가버렸다…… 이제, 나의 세상은 끝이 났다! 나는 무엇에 바탕을 두고 있는가? 나는 무엇을 알고 있는가? 그건 미니가 아니다. 모그리지라는 사람은 존재하지도 않았다. 나는 누구인가? 삶은 이렇게 적나라하다.

그러나 아직도 그들의 마지막 모습—그는 보도를 밟으며 가고 있고 그녀는 큰 건물 가장자리를 돌며 그를 따라가고 있는 모습이 나를 경이로 넘치게 했다—이 새롭게 나에게 밀려왔다. 수수께끼 같은 모습! 어머니와 아들. 당신들은 누구야? 왜 당신들은 길을 따라 내려가지? 오늘 밤 어디서 잠을 자고, 그리고 또 내일은? 오, 그것은 어떻게 소용돌이치고 출렁거리는지—나를 새롭게 떠다니게 하는지! 나는 그들 뒤를 따라 떠났다. 사람들은 이쪽으로 가기도 하고 저쪽으로 가기도 했다. 하얀 불빛이 튀기도 하고 퍼붓기도 한다. 판유리로 된 창문들. 카네이션들, 국화꽃들. 어두운 정원 안의 담장이. 문간의 우유 배달 수레. 내가 가는 어디에나 수수께끼 같은 인물들, 나는 당신들을 본다, 모퉁이를 돌아가는, 어머니들과 아들들, 당신들, 당신들, 당신들. 나는 서둔다, 나는 따라간다. 여기가, 내 생각에는 바다가 틀림없어. 풍경은 회색이고, 잿빛으로 희미한, 바다는 속삭이며 출렁인다. 만일 내가 무릎을 꿇고, 만일 내가 오래된 어릿광대짓인 의식을 치른다면, 바로 당신들, 내가 알지 못하는 인물들인 당신들을 나는 찬미한다, 만일 내가 팔을 벌린다면, 바로 당신들을 품에 안는다, 당신들을 내게로 끌어당긴다—참 멋진 이 세상!

유령의 집
A Haunted House

몇 시에 잠이 깨든 늘 문 닫히는 소리가 들렸다. 손을 맞잡고, 이 방에서 저 방으로, 여기서 무언가를 들어 올리고, 저기서는 또 뭔가를 열어보고, 확인하며 다녔다, 유령 부부가.

"여기다 두었는데."

그녀가 말했다. 그가 덧붙였다.

"오오, 하지만 여기에도!"

"이 층이에요."

그녀가 중얼거렸다.

"그리고 정원에도."

그가 속삭였다.

"조용히 해, 그들이 깨지 않게."

유령 부부는 말했다.

하지만 우리를 깨운 건 당신들이 아니었다. 절대로 아니다.

"그들은 그것을 찾고 있어. 커튼을 젖히고 있어."

그렇게 말하고는 한두 페이지를 읽어나가겠지.

"이제 그들은 찾아냈어."

책장의 여백 위에서 연필 놀리기를 멈추며 확신할 수 있을 것이다. 이윽고 읽는 데 싫증을 느끼고는 몸을 일으켜 직접 확인해 볼지도 모른다. 집에는 아무도 없고, 문이란 문은 모조리 열려 있으며, 단지 산비둘기들만이 행복해서 달아오르고, 농장에서 들려오는 탈곡기 소리만 희미하게 들려올 뿐이다.

"내가 여기 왜 들어왔지? 무얼 찾으러 들어왔지?"

내 양손에는 아무것도 없었다.

"그럼 이 층인가?"

이 층 다락방에는 사과가 쌓여 있었다. 그래서 다시 내려오니까 정원은 여전히 조용했고, 읽던 책만이 잔디 위로 미끄러져 내려가 있었다.

그러나 그들은 그것을 거실에서 찾아냈다. 그들의 모습이 보여서 그렇다는 것은 절대로 아니었다. 유리창에 사과가 비쳤고, 장미가 비쳤다. 유리창 안에서 모든 나뭇잎은 초록색을 띠고 있었다. 유령 부부가 거실에서 서성거리면 사과는 노란 면만 보였다. 하지만 곧 문이 열리면 마룻바닥에 펼쳐지고 벽에 걸리고 천장에 매달렸다, 무엇이? 내 양손은 비어 있었다. 개똥지빠귀의 그림자가 양탄자를 가로질러 걸쳐 있었다. 깊은 침묵의 우물로부터 산비둘기가 '구구, 구구' 하는 소리를 내었다.

"겁낼 것 없어."

그 집의 맥박이 부드럽게 뛰었다.

"보물이 묻혀 있어, 이 방⋯⋯"

맥박이 딱 멈추었다. 오오, 이것이 묻어놓은 보물이었나?

잠시 후에 빛은 스러졌다. 그럼 빛이 바깥 정원에 나간 건가? 하지만 태양 광선은 정처없이 방황하고 있고 나무들은 어둠을 자아냈다. 서늘한 땅속으로 스며드는 그 가냘프고 투명한, 내가 찾는 빛줄기는 언제나 유리창 너머에서 타고 있었다. 죽음은 유리창이었다. 죽음이 우리를 갈라놓고 있었다. 수백 년 전에 여인에게 먼저 찾아왔다가 집을 떠나면서 창문이란 창문을 모조리 봉했고, 그래서 방들은 어둠에 싸였다. 그는 집과 그녀 곁을 떠나 동가숙 서가식하며 남쪽 하늘에서 별들이 방향을 바꾸는 것을 보았다. 집에 다시 찾아와보니, 집은 구릉丘陵 지대[1] 아래로 떨어져 있었다.

"겁낼 것 없어."

그 집의 맥박은 즐거운 듯이 뛰었다.

"보물은 당신 거야."

바람이 함성을 지르며 넓은 가로수 길을 올라간다. 나무들이 허리를 구부리고 이리저리 흔들린다. 달빛이 빗속에서 첨벙거리며 빛을 마구 떨군다. 그러나 램프 빛줄기는 창문에서 일직선으로 떨어진다. 양초는 몸을 곧추세우고 조용히 탄다. 유령 부부는 집 안을 배회하며 창문들을 열고, 우리가 깰까 봐 소근대며 즐거운 추억을 찾아 헤맨다.

"우리는 여기서 잤지요."

그녀는 말한다. 그가 덧붙인다.

"수없이 키스했지."

"아침에 깨서……"

"나무 사이에 은빛……"

"이 층……"

"정원에서……"

"여름이 오면……"

"눈 오는 겨울에는……"

---

1 영국 남동부의 낮은 초지성草地性 구릉.

멀리서 끊임없이 문 닫히는 소리가 들린다, 심장박동 소리처럼 부드럽게 부딪히는 소리가.

유령들은 더 가까이 다가와 문간에서 걸음을 멈추었다. 바람은 잠잠해지고 비는 유리창에 은색 물방울을 미끄러뜨린다. 우리 눈은 어두워지고 바로 옆의 발자국 소리도 듣지 못한다. 우리는 어떤 부인이 유령 같은 망토를 펼치는 모습도 보지 못한다. 그의 두 손이 랜턴을 감싼다.

"자, 봐. 깊이 잠들었잖아. 그들의 입술에는 사랑이 깃들어 있고." 그는 작은 소리로 말한다.

그들은 허리를 구부리고 우리 머리맡에 은빛 램프를 치켜들고 오랫동안 우리를 응시한다. 그러고는 오랫동안 움직이지 않는다. 바람이 곧바로 휘몰아치자 불꽃이 약간 굽는다. 사나운 달빛 줄기가 마루와 벽을 두루 가로질러 가다가 교차하고 고개를 숙인 얼굴들을 비추어 얼룩지게 한다. 깊은 생각에 빠져 있는 얼굴들, 잠든 사람들만 찾아내어 그들의 숨은 기쁨을 찾아다니는 얼굴들.

"겁낼 것은 아무것도 없어."

그 집의 심장은 자랑스럽게 뛰었다.

"오랫동안……"

그는 한숨짓는다.

"또 나를 찾아내고야 말았군."

"자, 봐."

그녀는 중얼거린다.

"자고 있잖아, 정원에서 책을 읽고 있고, 웃고 있으며, 이 층 다락에서 사과들을 굴리고 있잖아. 여기다 우리가 우리 보물을 뒀어……"

허리를 구부린 두 사람이 들고 있는 랜턴이 내 눈꺼풀을 들어

올린다.

"겁낼 것 없어!"

그 집의 맥박이 세차게 뛰었다. 잠에서 깨어나며 나는 외친다.

"오오, 이게 바로 당신들이…… 숨겨놓은 보물인가요? 가슴속의 이 빛이."

어떤 연구회
A Society

일의 자초지종은 이러하다. 우리 예닐곱 명이 어느 날 차를 마시고 나서 앉아 있었다. 몇 명은 진홍색 깃털 장식과 금빛 슬리퍼에 아직도 햇빛이 환하게 비치고 있는 길 건너 숙녀용 모자 가게 창문을 들여다보고 있었고, 다른 사람들은 심심풀이로 차 쟁반 가장자리에 설탕으로 작은 탑을 쌓는 데 몰두해 있었다. 내 기억에 우리는 잠시 후 난롯가에 모여 앉아 여느 때처럼 남자들을 찬양하기 시작했다. 남자들은 얼마나 강하고, 고상하고, 똑똑하고, 용감하고, 아름다운가. 어떻게 해서든지 한 남자에게 달라붙어 평생 같이 사는 여자들이 얼마나 부러운지. 이런 얘기를 하고 있을 때 아무 말도 않고 있던 폴이 갑자기 울음을 터뜨렸다. 솔직히 말해서 폴은 언제나 괴짜였다. 무엇보다도 그녀 아버지가 이상한 사람이었다. 유서에 그녀 앞으로 큰 재산을 남겨주었지만, 런던 도서관에 있는 책을 모두 읽어야 한다는 조건이 있었다. 우린 폴에게 위로를 할 만큼 해줬지만, 마음속으로는 그게 얼마나 소용없는 일인지 잘 알고 있었다. 왜냐하면 우린 폴을 좋아하긴 하지만 예쁘지도 않고 구두끈도 늘 풀려 있는 친구여서, 우리가 남자들을 예찬하고 있을 때, 그녀는 자기와 결혼하려는 남자가 아무도 없으리라는 생각을 하고 있었던 게 분명했다. 마침내 그녀가 울음을 그쳤다. 한동안 우린 그녀가 무슨 말을 하는지 알아들을 수가 없었다. 이상하게 들리겠지만 정말이었다. 모두 알다시피 자기는 런던 도서관에서 책 읽는 데 시간을 거의 다 보내는데, 맨 위층 영국 문학에서 시작하여 맨 아래층에 있는 『타임스』쪽으로 내려오고 있다고 말했다. 그래서 지금 절반, 아니 사분지 일밖에 못 읽었는데 끔찍한 일이 일어났다. 더 이상 읽을 수가 없다는 것이다. 책들은 우리가 생각하는 것과는 너무 다르다고 했다. 그녀는 벌떡 일어나서 결코 잊지 못할 정도로 강한 슬픔에 젖어 이렇게 소리쳤다.

"책들이 대부분 말도 못하게 엉터리야!"

물론 우리는 셰익스피어가 책을 썼고, 밀턴과 셸리가 책을 썼다고 소리쳤다.

"그래, 맞아."

폴이 우리의 말을 끊었다.

"정말 다들 잘 배웠구나. 그러나 너희들은 런던 도서관 회원이 아니잖아."

그녀는 또다시 흐느껴 울기 시작했다. 마침내, 좀 진정한 뒤에, 그녀는 늘 가지고 다니는 책들 중 한 권을 펼쳤다. '창가에서' 또는 '정원에서'와 같은 제목들이었고, 저자는 벤튼 아니면 헨슨, 아니면 그런 종류의 이름이었다. 폴이 처음 몇 페이지를 읽었다. 우린 조용히 들어보았다.

"하지만 그건 책이 아니잖아."

누군가 말했다. 그래서 그녀는 다른 책을 골랐다. 이번 것은 역사책이었는데, 작자 이름은 잊어버렸다. 그녀가 계속 읽어가자 우리는 점점 더 혼란스러워졌다. 한 마디도 진실되게 보이지 않았고 문체도 엉망이었다.

"시, 시를 읽어봐."

우리는 조급하게 소리쳤다.

"시를 읽어줘!"

그녀가 작은 책을 펴서 그 안에 실려 있는 장황하고 감상적인 바보 같은 시를 읽었을 때 우리가 느낀 참담함은 이루 말할 수가 없었다.

"그거 분명 여자가 썼을 거야."

우리 중 누군가가 우겼다. 그러나 아니었다. 현재 가장 유명한 시인 중의 한 사람인 젊은 남자가 쓴 거라고 폴이 알려줬다. 우리가 이걸 알고는 얼마나 놀랐는지 짐작에 맡기겠다. 우리가 모두 더 이상 읽지 말라고 소리쳐 애원해도 그녀는 고집부리며 대법관 위인전에서 뽑은 글들을 읽었다. 그게 끝났을 때, 우리 중 가장 손위이고 현명한 제인이 일어나서 자기는 정말 이해가 안 간다고 말했다.

"남자들이 이런 쓰레기를 쓴다면 왜 우리 어머니들은 이런 애들을 낳느라고 젊음을 낭비한 걸까?"

우린 모두 말이 없었다. 이런 침묵 속에 불쌍한 폴이 흐느끼며 말하는 소리가 들렸다.

"왜, 왜 아버지는 내게 글 읽기를 가르쳤을까?"

제일 먼저 정신을 차린 사람은 클로린다였다.

"이건 다 우리 잘못이야."

그녀가 말했다.

"우리 모두 글을 읽을 줄 알아. 그러나 폴 외에 아무도 읽는 수고를 하지 않았어. 나만 해도 여자는 당연히 애 낳는 데 젊음을 바쳐야 한다고 여겨졌지. 난 자식을 열 명이나 낳은 우리 엄마를 존경했고, 열다섯 낳으신 할머니를 더 존경했고, 솔직히 말하자면 스물을 낳는 게 내 야망이었어. 우린 남자들도 여자만큼 일을 많이 하고, 여자의 일만큼이나 중요한 일을 한다고 지금까지 생각해왔어. 우리가 아이를 낳을 때 남자들은 책과 그림을 만들어낸다고 생각했지. 우린 인구를 불리고, 남자들은 세상을 문명화하고. 그런데 이제 우리가 글을 읽을 줄 아는 이상, 우리가 그 성과를 평가해보는 걸 누가 막겠어? 아이를 하나 더 낳기 전에 맹세코 이 세상이 어떻게 생겼는지 알아봐야겠어."

그래서 우리는 질문을 던지는 모임을 만들었다. 누구는 군함을 방문하고, 누구는 학자 서재에 잠복하고, 누구는 사업가들 회의에 참석해보기로 했다. 그리고 우리 모두 책을 읽고, 그림을 보고, 음악회에 가보고 길거리에서 잘 살펴보고, 끊임없이 질문을 던지기로 했다. 우린 아주 새파랗게 어렸다. 그날 밤 헤어지기 전에 훌륭한 인간과 책을 생산하는 것이 인생의 목표라는 데 동의한 것을 보면 우리가 얼마나 단순했는지 알 수 있을 것이다. 우리의 질문은 남자들이 이런 목표를 현재 얼마나 달성했는지 알아내는 것이었다. 우리는 우리가 만족할 때까지 아기를 한 명도 낳지 않겠다고 엄숙하게 맹세했다.

그래서 우리는 헤어져서 일부는 대영박물관으로, 일부는 영국 해군으로, 일부는 옥스퍼드 대학으로, 일부는 케임브리지 대학으로 갔다. 우리는 왕립 미술원과 테이트 미술관을 방문했다. 연주회장에서 현대음악을 들었고, 법정에도 가고, 새로 나온 연극도 관람했다. 외식하러 나갔을 때는 상대방에게 반드시 질문을 하고 그 남자의 대답을 꼼꼼하게 기록했다. 가끔 우리는 만나서 보고 들은 것을 비교했다. 아, 정말 즐거운 모임이었다! 난 로즈가 '명예'에 대한 메모를 읽어주었을 때만큼 크게 웃은 적이 없다. 로즈는 에티오피아 왕자 옷을 입고 군함에 탑승했는데, 이 날조 사건을 알아챈 함장이 (이젠 신사로 변장한) 그녀를 찾아와서 명예를 회복시키라고 요구했다.

"그러나 어떻게 합니까?"

그녀가 물었다.

"어떻게?"

그가 소리쳤다.

"물론 매로 해야지!"

함장이 분노로 제정신이 아닌 것을 보고, 최후의 순간이 왔다고 생각한 그녀가 허리를 숙이고 엉덩이를 내밀었다. 그러나 놀랍게도 함장은 가볍게 여섯 대만 때리고 말았다.

"영국 해군의 명예가 회복되었다!"

함장이 소리쳤다. 몸을 일으킨 그녀가 쳐다보니, 얼굴에 진땀이 줄줄 흐르는 그가 덜덜 떨리는 오른손을 내밀며 악수를 청했다.

"치우시오."

함장과 같은 태도를 취하고 그의 험한 표정을 흉내 낸 그녀가 소리쳤다.

"내 명예는 아직 회복되지 않았소."

"신사다운 말씀이오."

함장은 이렇게 대꾸하고서 깊은 생각에 빠졌다.

"영국 해군의 명예가 여섯 대로 회복된다면, 신사의 명예는 몇 대가 필요할까?"

함장은 이 문제를 동료 장교들과 의논하겠다고 했다. 그녀는 기다릴 수 없다고 거만스럽게 대꾸했다. 함장은 그 현명함을 찬양했다.

"그러면 어디 봅시다."

함장이 소리쳤다.

"부친께서 전용 마차를 갖고 계셨소?"

"아니오."

그녀가 대답했다.

"아니면 승마용 말은?"

"당나귀는 있었소."

풀 베는 기계를 끄는 당나귀라고 그녀는 속으로 생각했다. 그 말에 함장의 얼굴이 밝아졌다.

"우리 어머니 이름은……"

그녀가 덧붙였다.

"이봐요, 제발 당신 어머니 이름은 입 밖에 꺼내지도 마시오."

그가 사시나무같이 벌벌 떨며 머리끝까지 새빨개져서 소리쳤다. 그녀는 적어도 십 분이 지나서야 그에게 계속하도록 권할 수 있었다. 드디어 그는 자기가 가리키는 허리 뒷부분을 넉 대 반 때리면(반 대를 양보한 것은 그녀의 고조할머니의 삼촌이 트라팔가 해전에서 전사했기 때문이라고 함장이 말했다), 그녀의 명예가 새것처럼 말짱해질 거라고 선언했다. 그렇게 한 후, 둘은 식당으로 가서 포도주 두 병을 마셨다. 함장은 자기가 돈을 내겠다고 우겼다. 그들은 영원한 우정을 다짐하며 헤어졌다.

그다음 우리는 패니가 법원에 갔던 이야기를 들었다. 처음 갔을 때 그녀는 재판관들이 나무로 만들어진 인형이든지, 아니면 사람처럼 생긴 짐승들로서 아주 위엄 있게 움직이면서 중얼거리고 고개를 끄덕이도록 훈련받았을 거라고 결론지었다. 이런 생각을 확인하려고 그녀는 재판이 한창 중요한 순간에 손수건에 들어 있던 금파리들을 날려 보냈다. 하지만 금파리들이 웅웅거리는 소리에 깊이 잠이 들어서 재판관들이 인간이라는 조짐을 보였는지 판단할 수가 없었다. 그녀가 잠을 깨었을 때는 죄수들이 지하 감방으로 끌려 들어가고 있었다. 그러나 그녀가 가져온 증거로 미루어보아 우리는 재판관들이 사람이라고 생각하는 것은 옳지 않다고 의견을 모았다.

헬렌은 왕립미술원에 다녀왔다. 그러나 우리가 그림에 대해 보고하라고 하자 그녀는 연푸른색의 책을 펴고 낭송하기 시작했다.

"오! 사라져버린 손의 감촉과 이제는 들리지 않는 목소리여."

"사냥꾼이 집에, 언덕으로부터 집에 돌아와 있다."

"그는 고삐를 흔들어본다."

"사랑은 달콤하나 사랑은 짧도다."

"봄, 아름다운 봄은 계절의 왕이다!"

"오! 사월을 맞은 영국에 있었다면 얼마나 좋으랴!"

"남자들은 일해야 하고, 여자들은 울어야 하나."

"의무의 길은 영광의 길이로다……"

우린 이런 말도 안 되는 소리를 더 이상 들어줄 수가 없었다.

"시는 더 이상 싫어!"

우린 소리쳤다.

"영국의 딸들이여!"

그녀가 또 시작했다. 우린 그녀를 끌어내렸고 그 바람에 그녀는 쓰러지는 꽃병의 물을 뒤집어썼다.

"아, 고마워라!"

그녀는 개처럼 몸을 흔들어 털었다.

"이제 카펫 위를 뒹굴어서 몸에 남아 있는 영국 국기 흔적을 지울 수 없는지 볼까? 그러면 아마도……"

그녀는 힘 있게 몸을 굴렸다. 그녀가 일어나서 현대미술에 대한 설명을 시작하려고 할 때, 카스탈리아가 말을 막았다.

"그림 평균 크기가 얼마나 돼?"

그녀가 물었다.

"아마 가로 이 피트, 세로 이 피트 반일 거야."

카스탈리아는 헬렌이 말한 것을 받아적었다. 헬렌의 보고가 끝나고 우리가 서로 눈을 마주치지 않으려고 애쓰고 있을 때 카스탈리아가 일어나서 말했다.

"너희가 바라는 대로 나는 지난주에 청소부로 가장하고 옥스브리지에서 지냈어. 그래서 몇몇 교수의 방에 들어가볼 수 있었는데 어땠는지 얘기해줄게…… 그런데……"

그녀는 말을 멈췄다.

"어떻게 말해야 좋을지 모르겠어. 너무 이상해. 그 교수란 사람들은."

그녀가 말을 계속했다.

"잔디밭 주위로 서 있는 큰 집들에서 살고 있는데 각자 독방 같은 곳에서 혼자 살고 있어. 그래도 편한 시설은 다 갖추고 있어. 단추를 누르거나 작은 전등을 켜기만 하면 돼. 서류는 멋있게 정리되어 있고 책이 아주 많아. 아이들이나 동물들은 없어. 도둑고양이 여섯 마리와 늙은 멋쟁이 새 한 마리밖에는. 그 새는 수컷이야. 말하다 보니 생각나는데."

그녀는 말을 멈췄다.

"덜위치에 살던 우리 이모는 선인장을 키우셨어. 이중 응접실을 거쳐 온실에 가보면, 뜨거운 파이프 위에 땅딸막하니 못생긴 가시투성이 선인장 화분들이 수십 개 놓여 있었어. 이모는 백 년에 한 번 알로에 꽃이 핀다고 말씀하셨지. 그러나 이모는 그것도 못 보고 돌아가셨어……"

우리는 본론으로 돌아가라고 그녀에게 말했다.

"아무튼,"

그녀가 다시 말을 이었다.

"홉킨 교수가 나갔을 때 난 그의 평생 역작이라는 사포 평전을 뒤적여봤어. 두께가 육칠 인치나 되는 이상하게 생긴 책인데, 전부 사포 작품만 있는 것도 아냐. 대부분은 한 독일 학자가 부인했던 사포의 순결을 옹호하는 내용인데, 그 두 사람이 논쟁을 벌일 때의 열정과 해박한 지식, 그리고 아무리 봐도 머리핀에 불과한 어떤 의료기구의 용도에 대해 그렇게 전문적이고 독창적으로 주장하는 것은 정말 놀라웠어. 그때 문이 열리면서 홉킨 교수가 나타나서 더욱더 놀랐지. 아주 친절하고, 온화하게 보이는 노신사였어. 그러나 그 학자가 순결에 대해 뭘 알겠어?"

우리는 그 말을 오해했다.

"아니, 아니."

그녀가 부인했다.

"그 교수는 명예심 그 자체야, 확실해…… 로즈가 말한 그 함장과 닮은 데가 있다는 건 전혀 아니지만. 그보다는 난 우리 이모 선인장이 생각나는데, 선인장들이 순결에 대해 뭘 알겠어?"

우린 다시 그녀에게 초점을 벗어나지 말라고 했다. 본론은 삶의 목표인 좋은 사람들과 좋은 책을 만들어내는 데 옥스브리지 교수들이 공헌하고 있는가 하는 것이다.

"저런!"

그녀가 외쳤다.

"그걸 물어본다는 걸 깜빡했네. 그들이 뭔가 생산해낼 수 있다는 생각이 전혀 들지 않았거든."

"내 보기엔 네가 실수한 것 같다."

수가 말했다.

"아마 홉킨 교수는 산부인과 의사일 거야. 학자들은 전혀 다른 종류의 사람들이야. 그들은 유머와 창의성이 넘치지. 아마도 약간 알코올중독일수도 있고, 하지만 그게 뭐 어때? 함께 있으면 즐겁고, 너그럽고, 섬세하고, 상상력이 풍부한 것이 당연해. 왜냐하면 여태까지 살았던 사람들 중에서 가장 훌륭했던 사람들과 평생 함께 지내니까 그럴 수밖에."

"흠."

카스탈리아가 말했다.

"그럼 다시 가서 알아봐야겠네."

그로부터 석 달쯤 지난 뒤 내가 혼자 앉아 있을 때 카스탈리아가 들어왔다. 내가 그녀의 뭘 보고 그렇게 감동했는지 지금도 알수 없다. 그러나 난 감정을 억제하지 못하고 달려가서 그녀를 껴안았다. 그녀는 아름다웠을 뿐만 아니라 기분이 최고로 좋은 것같았다.

"너 정말 행복해 보인다!"

그녀가 앉을 때 내가 소리쳤다.

"옥스브리지에서 지내다 왔어."

그녀가 말했다.

"질문하면서?"

"대답하면서."

그녀가 답했다.

"우리의 맹세를 깨뜨린 건 아니겠지?"

난 그녀의 몸매가 뭔가 다르다고 느끼며 걱정스럽게 물었다.

"아, 그 맹세."

그녀는 아무렇지도 않게 말했다.

"나 아이를 가졌어, 그 뜻으로 물어본 거라면. 넌 모를 거야. 얼마나 신나고, 얼마나 아름답고, 얼마나 만족스러운지."

"뭐가?"

내가 물었다.

"그거…… 그거…… 대답하는 거."

그녀는 혼란스러운 듯이 말했다. 그리고 그녀는 모든 이야기를 털어놓았다. 그런데 내가 들었던 그 어떤 이야기보다도 더 재미있고 흥미진진한 대목에서 그녀는 '와!' 하는 소리인지 '어!' 하는 소리인지 아주 이상한 소리를 질렀다.

"순결! 순결! 내 순결 어디 있어!"

그녀는 소리를 질렀다.

"오, 살려줘. 정신 차리는 약 좀 줘!"

방에는 겨자 양념병밖에 없었고, 그거라도 냄새 맡게 하려고 했을 때 그녀가 정신을 차렸다.

"석 달 전에 그걸 생각했어야지."

내가 엄중하게 말했다.

"맞아. 지금 생각해봐야 아무 소용이 없지. 그런데 우리 엄마가 날 카스탈리아[1]라고 부른 건 잘못한 거야."

"오, 카스탈리아. 네 엄마는……"

내가 말하려고 할 때 그녀가 겨자 병을 붙잡았다.

"아냐, 아냐, 아냐."

그녀는 고개를 흔들었다.

"네가 순결한 여자였다면 날 봤을 때 비명을 질렀을 거야. 그 대

---

1 그리스 신화에서 님프 카스탈리아는 아폴론(제우스)의 사랑을 거부하여 도망치다가 샘에 뛰어 들어 죽었고, 이 샘이 카스탈리아 샘이라고 불리게 되었다.

신 년 달려나와 날 안아주었어. 아냐, 카산드라.[2] 너나 나나 아무도 순결하지 않아."

그렇게 우리는 얘기를 계속했다.

그러는 동안 방은 사람들로 가득 찼다. 각자 알아낸 것을 토론하기로 정한 날이었기 때문이다. 내 생각에 모두들 카스탈리아에게 나와 같은 감정을 느끼는 것 같았다. 다들 그녀에게 키스하면서 다시 만나서 너무 반갑다고 했다. 이윽고, 다들 모이자 제인이 일어나서 시작하자고 했다. 그리고 말하기를, 이제 우리가 조사한 지 오 년이 넘었는데, 비록 그 결과가 확정적일 수는 없지만─이때 카스탈리아가 내 옆구리를 쿡쿡 찌르면서, 자기는 그렇게 생각하지 않는다고 속삭였다. 그러더니 벌떡 일어서서 제인의 말을 끊고 끼어들며 이렇게 말했다.

"네가 더 이상 말하기 전에 알고 싶어. 내가 이 방에 계속 있어도 되는 거야? 고백하건대, 난 불결한 여자거든."

다들 깜짝 놀라 그녀를 쳐다보았다.

"아기를 가진 거야?"

제인이 물었다.

카스탈리아는 고개를 끄덕였다.

회원들이 저마다 다른 표정을 짓는 광경은 볼만했다. 방 여기저기에서 쑤군거리는 소리가 들리기 시작했는데, 잘 들리지는 않았지만, '불결', '아기', '카스탈리아' 등 단어 몇 개를 알아들을 수 있었다. 다른 회원들과 마찬가지로 큰 충격을 받은 제인이 우리에게 물었다.

"카스탈리아가 이 방에서 나가야 되는 거야? 불결한 거야?"

길거리에서도 들릴 만큼 큰 소음이 방에 가득 찼다.

---

2   트로이의 예언자. 불행한 일의 예언자.

"아냐! 아냐! 아냐! 그냥 있게 해! 불결? 그게 무슨 대수야!"

하지만 열아홉이나 스물밖에 안 된 아직 어린 회원들은 부끄러워서인지 아무 말도 하지 않았다. 결국 우리 모두 카스탈리아에게 달려들어 질문을 퍼붓기 시작했다. 그때까지 묵묵히 앉아 있던 한 나이 어린 회원도 머뭇거리다가 부끄러운 듯이 다가와 물었다.

"그럼 순결이라는 게 뭐예요? 좋은 건지, 나쁜 건지, 아니면 아무것도 아닌가요?"

카스탈리아가 너무 작은 목소리로 대답했기 때문에 무슨 말인지 알아들을 수가 없었다.

"난 아까 너무 놀랐어, 적어도 십 분 동안은."

다른 회원이 말했다.

"내 생각엔,"

하루 종일 런던 도서관에 틀어박혀 책을 읽느라고 점점 신경질적이 되어가는 폴이 말문을 열었다.

"순결은 무지일 뿐이라고 생각해. 아주 수치스러운 지적 수준 말이야. 우린 순결하지 않은 사람만 우리 회원으로 받아들여야 해. 카스탈리아를 우리 회장으로 추천하겠어."

이에 대해 격론이 벌어졌다.

"순결한 여자라는 낙인을 찍는 건 불결한 여자라는 낙인을 찍는 것과 똑같이 불공평한 일이야."

폴이 말했다.

"우리들 중 몇몇은 아직 기회도 없었어. 게다가 나는 카스탈리아 자신이 순수하게 지식을 얻고자 그랬다고 주장하는 건 못 믿겠어."

"그 사람은 이제 겨우 스물한 살이고 아주 멋있게 잘생겼어."

카스탈리아가 매혹적인 몸짓을 하며 말했다.

"나는 사랑을 하고 있는 사람 외에는 순결이나 불결에 대해 이렇다 저렇다 말하는 걸 금지할 것을 제안해."

헬렌이 말했다.

"아, 짜증나."

과학 분야를 조사해온 주디스가 말했다.

"나는 사랑을 하고 있지는 않지만, 국회 법령을 제정해서 매춘부들을 불필요하게 만드는 동시에 처녀들을 임신시킬 수 있는 방법에 대해 말하고 싶은데."

그녀는 이어서 설명하기를, 지하철역을 비롯한 공공장소에 그녀가 발명한 기계를 설치하여 약간의 사용료만 내고 쓰게 함으로써, 국민의 건강을 보호할 수 있을 뿐만 아니라 남자들의 욕구를 해결해주고 여자들을 해방시킬 수 있다는 것이었다. 그리고 더 나아가, 밀봉한 시험관에다 미래의 대법관과 시인과 화가와 음악가의 정자를 보관할 수 있는 방법을 고안해냈다는 것이었다.

"전제 조건이 있는데 이런 훌륭한 혈통들이 멸종되지 않았어야 하고, 여자들이 여전히 아이를 낳고 싶어 해야 한다는 거야."

"물론 우린 아이를 낳고 싶어!"

카스탈리아가 얼른 말했다. 그러자 제인이 탁자를 톡톡 두드리며 말했다.

"그 점이 바로 우리가 토론하려고 모인 주제야. 우리는 인류를 존속시키는 게 과연 옳은 일인지 알기 위해 오 년 동안 조사해왔어. 카스탈리아가 우리의 결정을 앞질러 말했지만, 우리는 아직 결정을 내리지 못했어."

우리는 한 사람씩 차례로 일어나 보고하기 시작했다. 문명의 경이는 우리의 상상을 훨씬 뛰어넘는 것이었다. 어떻게 사람이 하늘을 날아다니고, 멀리 떨어져 있는 사람과 이야기를 나누며, 원자의 핵을 뚫고 들어가고, 광대무변한 우주를 사색의 대상으로 삼는지, 처음으로 이런 이야기를 들으면서 우리 입에서 탄성이 터져나왔다.

"우리 어머니들이 이런 성과를 위해 젊음을 희생한 게 자랑스러워!"

우리는 모두 외쳤다. 특히 열심히 귀 기울여 듣고 있던 카스탈리아가 다른 누구보다 자랑스러워하는 것 같았다. 그러자 제인이 아직 들어야 할 이야기가 많이 남아 있다고 일깨워줬다. 카스탈리아는 빨리 계속하라고 재촉했다. 우리는 이번에는 아주 복잡한 통계를 검토했다. 영국의 인구는 수백만 명이며, 그중 몇 퍼센트가 굶주림에 시달리고 있고 몇 퍼센트가 감옥에 있다는 것, 노동자 가정의 평균 가족 수는 몇 명이고, 상당수의 여자들이 출산에 의한 질병으로 사망한다는 것을 알게 되었다. 다음에는 공장들과 상점들과 빈민가와 조선소 방문 보고가 있었다. 그리고 증권거래소와 도시의 어느 거대한 기업 사옥과 정부 청사에 대한 보고가 이어졌다. 이제는 영국 식민지에 대해 논의했고, 인도, 아프리카, 아일랜드를 우리나라가 어떻게 지배했는지에 대한 설명이 있었다. 카스탈리아 옆에 앉아 있던 나는 그녀가 불편해하는 것을 보았다.

"이런 식으로 하다가는 절대 아무 결론도 못 내릴 거야."

그녀가 말했다.

"문명은 우리가 생각했던 것보다 훨씬 더 복잡한 것 같으니까 우리가 원래 조사하려고 했던 것만 조사하는 게 좋지 않을까? 우리는 좋은 사람들과 좋은 책들을 만들어내는 게 삶의 목적이라는 전제에서 출발했어. 그런데 비행기니 공장이니 돈 따위에 대한 이야기만 계속하고 있잖아. 남자들 자체와 그들의 예술에 대해 이야기하자. 그게 문제의 핵심이잖아."

그래서 식탁 인터뷰를 한 사람들이 질문에 답을 적은 긴 보고서를 들고 나왔다. 그 질문들은 심사숙고 끝에 작성한 것이었다. 애당초 우리는, 좋은 남자는 정직하고 열정적이고 순박해야 한다고 의견을 모았다. 하지만 어떤 남자가 그런 장점을 가지고 있는지 없는지는, 문제의 핵심에서 거리가 먼 질문부터 시작해서 여러 가지 질문들을 던져봐야만 알아낼 수 있는 문제였다. 켄싱턴이 살기 좋은 곳이라고 생각하세요? 아드님이 어느 학교에 다니고 있죠? 따님은요? 여송연 담배는 얼마 주고 사는지 말씀해주세요. 조지프 경이 준남작인가요, 나이트[3]인가요? 보다 직접적인 질문보다 이런 사소한 질문에서 더 많은 것을 알아낼 때가 많은 것 같았다.

"내가 작위를 받은 것은 아내가 원했기 때문이오."

벙컴 경이 말했다. 이와 똑같은 이유로 작위를 받은 사람들이 수두룩했다.

"스물네 시간 중 열다섯 시간을 일하면서, 난 이렇게……"

수많은 기술자들이 그렇게 말을 시작했다.

"아니, 글을 읽거나 쓸 줄도 모르면서 왜 그렇게 열심히 일하죠?"

"이거 보세요, 아가씨, 식구는 점점 늘어나는데……"

"식구가 왜 늘어나죠?"

그들의 아내도 아이를 더 많이 낳고 싶어 했다. 아니면 아마도 대영제국이 그러기를 바라는 것인지도 모른다. 그러나 대답의 내용 자체보다 더 의미심장한 것은 대답하기를 거부한다는 사실이었다. 도덕과 신앙에 대해 물어보면 대답을 하려는 사람이 거의

3 준남작 아랫자리.

없었고, 대답을 해도 건성이었다. 돈과 권력의 가치에 대한 질문은 거의 예외 없이 다 무시되었고, 계속 물어보면 질문자의 신상이 큰 위험에 처하게 되었다. 질은 이렇게 말했다.

"내가 자본주의에 대해 질문했을 때, 만일 할리 타이트부츠 경이 양고기를 썰고 있지 않았다면 아마 내 목을 베어버렸을 거야. 우리가 여러 번 그런 위기에서 살아나올 수 있었던 유일한 이유는, 남자들이 너무 배가 고프고 동시에 기사도 정신이 너무 강했기 때문이야. 남자들은 우리를 너무 깔보기 때문에 우리가 뭐라고 말하건 신경도 안 써."

"물론 남자들은 우릴 경멸해."

엘리너가 말했다.

"그럼 이런 사실은 어떻게 설명할래. 난 예술가들에 대해 알아봤는데 여자 예술가는 아직 아무도 없었어, 안 그래, 폴?"

"제인―오스틴―샬롯―브론테―조지―엘리엇!"[4]

뒷골목의 머핀 장수처럼 폴이 소리쳤다.

"그 여자는 집어치워!"

누군가 소리쳤다.

"그 여자는 정말 따분한 여자야!"

"사포 이후로는 일류 여자 예술가가 없었다."

엘리너가 주간신문에 난 기사를 인용하여 말했다.

"사포는 홉킨 교수가 저속하게 꾸며낸 인물이라는 건 이제 다 아는 사실이야."

루스가 끼어들었다.

"아무튼 지금까지 글을 쓸 줄 아는 여자는 한 명도 없었고, 앞으로도 쓸 수 있을 거라고 생각할 이유가 없어."

4 세 명의 여성 소설가 이름을 하나의 이름처럼 붙여서 부르고 있다.

엘리너가 계속 말했다.

"그런데 작가들을 만나보면, 그들은 줄곧 자기 책에 대한 이야기만 해. '대가이십니다!' 아니면 '셰익스피어가 손수 쓴 것 같군요!'라고 내가 말해주지(뭔가 말해야 하니까). 그러면 글쎄 내 말을 믿더라고."

"그게 뭐 어쨌다는 거야?"

제인이 반박했다.

"남자들은 다 그래. 그래 봐야 우리한테 무슨 도움이 되냔 말이지."

그녀는 한숨을 푹 쉬며 말했다.

"현대 문학으로 넘어가는 게 좋겠어. 엘리자베스, 네 차례야."

엘리자베스는 일어나서 조사를 실행하기 위해 남자로 변장하고 평론가 행세를 했다고 말했다.

"지난 오 년 동안 새로 나온 책들을 꾸준히 읽어봤어. 가장 인기 있는 작가를 꼽자면 웰스 씨, 다음으로는 아놀드 베넷 씨, 그리고 콤프턴 매켄지 씨, 매켄나 씨와 월폴 씨는 같이 묶을 수 있지."

그녀는 그러고는 앉았다.

"아니, 그게 다야?"

다들 한 마디씩 했다.

"네 말은, 그들이 제인 — 엘리엇보다 훨씬 더 훌륭한 작가들이고, 네가 보고서에 썼듯이 그들이 영국 문학을 '안전하게 장악하고 있다'는 뜻이야?"

"안전하고 말고."

그녀는 안절부절못하고 불안하게 말했다.

"그리고 그들은 받는 것보다 남에게 주는 게 훨씬 더 많은 사람들이야."

우리도 그것은 잘 알고 있었다.

"하지만 그들이 좋은 책을 쓰고 있느냔 말이야."

우리는 다그쳐 물었다.

"좋은 책?"

그녀는 천장을 쳐다보며 말했다.

"너희들이 알아야 할 게 있어."

그러면서 그녀는 무척 빠른 속도로 지껄였다.

"소설은 삶의 거울이야. 무엇보다 교육이 가장 중요하다는 것은 부정할 수 없어, 밤늦게 브라이튼에 혼자 있으면 아주 난처할 거라는 것도. 어느 하숙집이 가장 좋은지도 모르고 말이야. 그것도 비가 부슬부슬 내리는 일요일 저녁이라고 생각해봐. 영화 보러 가는 게 좋지 않겠니?"

"도대체 그게 무슨 상관이 있다는 거야?"

우리가 물었다.

"아무, 아무런 상관도 없어."

그녀가 답했다.

"그럼, 빨리 진실을 말해봐."

우리는 그녀에게 명령했다.

"진실? 근사하지 않니?"

그녀는 계속 엉뚱한 소리만 늘어놓았다.

"치터 씨는 지난 삼십 년 동안 매주 사랑 아니면 버터 바른 뜨거운 토스트에 대한 칼럼을 썼어. 아들들을 모두 이튼 칼리지[5]에 보내고 말이야."

"진실을 말하란 말이야!"

우린 요구했다.

5   영국 이튼에 있는 가장 유명한 남자 사립학교. 1440년 창립.

"아, 진실이라."

그녀는 말을 더듬었다.

"진실이란 문학과는 아무 상관도 없어."

그녀는 다시 앉아 더 이상 아무 말도 하려고 하지 않았다.

아무 결론도 없어 보였다.

"자, 그럼 결과를 종합해보자."

제인이 그렇게 말했을 때, 열린 창문으로 한동안 들려오던 웅성거리는 소리가 갑자기 커져 제인 목소리가 들리지 않았다.

"전쟁이다, 전쟁! 선전포고다!"

거리에서 남자들이 소리치고 있었다.

우리는 겁에 질린 눈으로 서로 쳐다보았다.

"전쟁이라니? 무슨 전쟁?"

너무 늦긴 했지만, 문득 우리는 하원에 누구를 파견할 생각을 전혀 해보지 않았다는 것을 깨달았다. 하원은 까맣게 잊고 있었던 것이다. 우리는 폴을 쳐다보고, 설명해달라고 요청했다. 폴은 이제 런던 도서관의 역사책 서가의 책을 읽고 있었기 때문이었다.

"남자들은 왜 전쟁을 하지?"

"이런저런 이유가 많지."

그녀는 차분한 목소리로 대답했다.

"이를테면 1760년에는……"

밖의 고함 소리 때문에 그녀의 말이 전혀 들리지 않았다.

"그리고 1797년에는…… 1804년에는…… 1866년에는 오스트리아가…… 1870년에는 프러 전쟁이…… 반면에 1900년에는……"

"하지만 지금은 1914년이잖아!"

우리는 더 이상 참지 못하고 그녀의 말을 잘랐다.

"아, 지금은 왜 전쟁을 하는지 나도 모르겠어."

그녀도 인정했다.

*

전쟁이 끝나고 평화조약이 맺어지고 있을 때, 나는 우리가 모이던 그 방에서 다시 카스탈리아와 함께 앉았다. 우리는 한가하게 옛날 회의록을 뒤적거리기 시작했다.

"오 년 전에 우리가 생각했던 걸 다시 보니까 기분이 야릇해."

내가 생각에 잠겨 말했다.

"우리는 좋은 사람들과 좋은 책들을 만들어내는 게 삶의 목적이라는 데 합의한다."

카스탈리아가 내 어깨 너머로 회의록을 들여다보며 한 부분을 읽었다. 우리는 이 구절에 대해서는 아무 논평도 하지 않았다.

"좋은 남자는 적어도 정직하고 열정적이고 순박한 사람을 말한다."

"여자들이 쓰는 말이란!"

내가 말했다.

"아, 이런!"

카스탈리아가 책을 밀어내며 말했다.

"우리는 정말 바보였어! 다 폴 아버지 때문이었어. 내 생각에는 그분이 일부러 그랬던 것 같아. 그 우스꽝스러운 유언 말이야, 폴더러 런던 도서관의 모든 책을 다 읽으라는."

"만일 우리가 글 읽는 법을 안 배웠다면."

그녀는 쓸쓸하게 말했다.

"아마 지금도 무지 속에 아이를 계속 낳으면서 살겠지. 내 생각에는 뭐니 뭐니 해도 그런 게 가장 행복한 인생이야. 난 네가 전쟁에 대해 무슨 말을 하려는 건지 알아."

그녀는 내 말을 막으며 말했다.

"내가 낳은 아이들이 죽어가는 걸 봐야 하는 끔찍함. 하지만 우리 어머니들도 그랬고, 할머니들도 그랬고, 할머니의 할머니들도 그랬어. 그러면서도 아무 불평도 안 했잖아. 글을 읽을 줄 몰랐으니까. 나는 내 딸이 글 읽는 법을 못 배우게 하려고 최선을 다했어. 하지만 그래 봐야 무슨 소용이 있겠니?"

그녀는 한숨을 푹 쉬었다.

"바로 어제 앤이 신문을 보다가 이게 '사실'이냐고 묻기 시작했지 뭐야. 그러더니 또 로이드 조지 씨가 훌륭한 사람이냐, 아놀드 베넷 씨가 훌륭한 소설가냐, 그리고 드디어는 내가 하느님을 믿느냐고 묻는 거야. 그 애가 아무것도 믿지 않게 할 수 있는 방법이 없을까?"

그녀는 말해달라고 다그쳤다.

"남자의 지성은 근본적으로 여자의 지성보다 우수하며 앞으로도 영원히 그럴 거라고 가르치면 되잖아?"

내 제의에 그녀는 얼굴이 환해지면서 다시 우리의 옛날 회의록을 뒤적거리기 시작했다.

"그래, 남자들의 위대한 발견과 수학과 과학과 철학과 학식을 생각해야지."

그러면서 그녀는 깔깔대고 웃기 시작했다.

"홉킨 교수와 머리핀은 죽을 때까지 못 잊을 거야."

그렇게 웃으면서 회의록을 들여다보는 그녀를 보면서, 나는 그녀가 기분이 아주 좋은 모양이라고 생각했다. 그런데 갑자기 그녀가 책을 내던지면서 울음을 터뜨렸다.

"오, 카산드라, 왜 자꾸 나를 괴롭히니? 남자의 지성에 대한 우리의 믿음이 가장 큰 착각이라는 걸 모르겠니?"

"뭐라고? 저널리스트나 학교 교사나 정치가나 술집주인한테 물어봐. 다들 남자가 여자보다 훨씬 더 똑똑하다고 할 테니까."

"그걸 의심하는 건 아냐."

그녀는 경멸조로 말했다.

"남자들은 그럴 수밖에 없어. 태초부터 우리가 그들을 키워주고 먹여주고 편히 살게 해주었기 때문에 아무것도 아닌 그들이 똑똑해진 거야. 다 우리가 한 짓이야!"

그녀는 소리쳤다.

"우리는 지성을 갖기를 원했고, 이제 그걸 갖게 되었어. 그리고 지성이 진짜 원인이야. 지성을 계발하기 시작하기 전의 사내아이보다 매력적인 게 어디 있겠니. 보기에 아름답고, 잘난 체하지도 않고, 미술과 문학의 의미를 본능적으로 이해하지. 자신의 삶을 즐기고 다른 사람들도 저마다의 삶을 즐기게 하고. 그러다가 교육을 받아 지성을 계발하게 되면, 결국 변호사가 되고, 공무원이 되고, 장군이 되고, 작가가 되고, 교수가 되지. 날마다 사무실에 나가야 하고, 해마다 책을 써야 해. 두뇌의 산물로 식구들을 먹여 살리면서. 불쌍하기도 하지! 나중에는 우리 앞에 나타나기만 하면 우리를 불편하게 만들어. 만나는 모든 여자에게 은혜를 베푸는 것처럼 굴면서, 자기 아내한테까지도 감히 진실을 말하지 못해. 그런 남자들을 품에 안으려면 눈으로 보고 즐기는 대신 눈을 질끈 감아야 해. 그들은 온갖 모양의 별 훈장과 온갖 색깔의 리본과 크고 작은 소득으로 스스로를 위로하지만, 우리는 뭘로 위로받지? 십 년만 참으면 라호르에서 주말을 보낼 수 있다는 걸로?

일본에서 가장 작은 벌레의 이름이 그 몸뚱이보다 두 배나 길다는 걸로? 오, 카산드라, 남자들이 아이를 낳을 수 있는 방법을 제발 연구해보자. 그 방법밖에 없어. 남자들한테 순수한 일을 시키지 않으면 절대로 좋은 사람들이나 좋은 책들이 나올 수 없어. 우리는 그들의 방자한 행동 때문에 파멸하고 말 거야. 세상에 셰익스피어가 살았다는 걸 기억할 사람이 아무도 살아남지 못할 거란 말이야!"

"너무 늦었어. 우리는 우리 아이들한테도 해주지 못하잖아."

"그런데 나보고 지성을 믿으라는 거니?"

그녀가 말했다.

우리가 그렇게 이야기를 나누는 동안, 거리에서는 남자들이 목쉰 소리로 지친 듯이 떠들어대고 있었다. 가만히 들어보았더니, 평화조약이 방금 체결되었다는 것이었다. 이윽고 떠드는 소리가 잠잠해졌다. 비가 와서 화약이 제대로 터지지 못해 불꽃놀이는 할 수가 없었다.

"우리 요리사가 『이브닝 뉴스』를 사 왔을 거야. 앤이 차를 마시면서 그걸 자세히 읽어보겠지. 집에 빨리 가봐야겠어." 카스탈리아가 말했다.

"소용없어, 하나도 소용없어. 일단 앤이 글을 읽을 줄 알게 되면, 믿으라고 가르칠 게 하나밖에 없어. 스스로를 믿는 것."

"그거야말로 하나의 변화가 되겠군."

카스탈리아가 말했다.

그리하여 우리는 우리 모임의 회의록을 챙겨 꾸러미로 만들어서, 인형을 갖고 즐겁게 놀던 앤에게 진지하게 선물로 전달했다. 그리고 그녀를 미래의 회장으로 선출했다고 말해줬다. 앤은 그 말에 울음을 터뜨렸다. 가엾은 아이.

월요일 아니면 화요일

Monday or Tuesday

권태롭게, 무심하게, 날갯짓으로 쉽사리 대기를 흔들어놓고, 갈 길을 아는 왜가리는 교회의 상공을 지나간다. 하얗게, 멀리, 하늘 가운데 있는 하늘은 끝도 없이 흩어져 번지고 거두어 움츠리고 이동하고 정체한다. 호수? 그 해안을 말끔히 지워버려! 산? 아아 완벽한지고—산허리에 비치는 태양은 황금색. 해는 진다. 그러면 양치류는. 아니면 하얀 깃털은. 언제까지나, 언제까지나—

진실을 갈망하고, 진실을 기다리고, 힘겹게 몇 개 안 되는 단어를 뽑아내고, 끝없이 갈망하면서—갑자기 울부짖는 소리가 왼쪽에서 들려오기 시작하고, 이어 오른쪽에서 또 다른 외침이 들려온다. 밖을 향한 자동차 바퀴들은 부딪쳐 일탈한다. 안을 향한 승합 버스는 충돌하여 뒤엉키고—끝도 한도 없이 갈망하면서—(괘종시계는 열두 번을 울려서 지금이 정오라고 확실히 알린다. 빛은 황금색 비늘을 떨어뜨린다. 아이들은 모여들고)—끝도 한도 없이 진실을 갈망하면서. 붉은 것은 원형 지붕, 나뭇가지에는 동전이 매달려 있고, 굴뚝에서는 연기가 꼬리를 끌고 있고,

짖는 소리. 고함 소리. '철물 팔아요' 하고 외치는 소리 — 진실?

벽난로가 빛을 날쌔게 던져서 남자들과 여자들의 검정색 혹은 금장식이 달린 구두 끝을 반짝이게 비추고 — (이 안개 자욱한 날씨 — 설탕 넣으세요? 아니, 괜찮습니다 — 미래의 연방체) — 방을 빨갛게 물들인다. 까만 사람들의 모습과 그들의 번쩍이는 눈은 그대로 두고. 밖에서는 화물차가 짐을 부리고 있다. 미스 싱거미는 책상 앞에 앉아서 홍차를 마시고 있다. 판유리가 모피 코트를 보호하고 있고 —

가볍게 휘날려 모퉁이에서 표류하고, 자동차 사이를 누비고, 은이 튀어 얼룩지고, 사람이 사는 집이건 아니건 상관없이, 모였다, 흩어졌다, 각기 다른 비례로 낭비되고, 빨려 들어갔다가, 나왔다가, 찢겼다가, 땅에 가라앉았다가, 모였다가 — 진실?

이제 벽난로 옆 하얀 정방형 대리석 위에서 회상한다. 상아색 심연으로부터 떠올라온 단어들은 그들의 검음을 떨어뜨려버리고 피어나 뚫고 나온다. 책은 던져졌다, 불꽃 속에, 연기 속에, 순간적인 스파크 속에 아니면 지금 한창 여행 중, 대리석의 사각 펜던트, 아래쪽에 서 있는 광탑, 인도양. 허공은 어느새 검푸르게 물들고 별은 반짝이고 — 진실? 아니면 이제는 진실에 근접한 것에 만족해?

권태롭게, 그리고 무심하게 왜가리는 돌아오나니, 하늘은 별들을 베일로 덮었다가는 다시 베일을 벗겨 그 모습이 적나라하게 드러나게 한다.

현악 사중주
The String Quartet

그런데, 이것 보세요, 방 너머로 시선을 돌리면 전철과 시내버스와 버스들, 적지 않은 개인 마차들, 내가 감히 믿건대, 심지어는 내받이창이 달린 란도 마차까지, 런던의 한쪽 끝에서 다른 쪽 끝을 실로 엮어 짜는 일에 분주한 것을 볼 수 있답니다. 하지만 나는 의심하기 시작했어요……

그들이 말하듯이, 리전트 거리는 저 위쪽에 있고 조약[1]이 서명되고, 당분간 계절에 비해 날씨가 춥지 않고, 그런 월세에도 아파트 한 채도 빌릴 수 없으며, 최악의 인플루엔자는 후유증인 것이 정말로 사실이라면, 만약 내가 식품 저장소의 새는 곳에 관해서 적어놓는 것을 잊은 것과 기차에 장갑을 두고 내린 것이 생각났다면, 만약 혈육이 내가 몸을 굽히면서, 아마도 주저하면서 내미는 손을 공손하게 받아들일 것을 요구한다면.

"만난 지 칠 년이 되었군요!"

"베니스에서 만난 게 마지막이었지요."

---

1 베르사이유 조약, 1919년 6월 28일에 파리에서 서명되었고, 1920년 1월 10일부터 효력이 발생되었다.

"지금은 어디에 살고 있어요?"

"글쎄, 만약 무리가 아니라면 저는 늦은 오후가 제일 좋아요 —"

"하지만 나는 당신을 당장에 알아봤어요!"

"여전히, 전쟁은 단절을 가져오지요 —"

만약 마음에 그런 작은 화살들이 관통한다면, 그리고 — 인간 사회는 그것을 강요하는데 — 한 사람이 시작하자마자 다른 이가 앞으로 몰아붙인다면. 만약 이것이 열기를 일으키고, 더군다나 그들이 전깃불까지 켠다면. 만약에 한 가지를 말하는 것이 많은 경우에 유감스러움, 즐거움, 허영과 욕망을 자극하는 외에도, 그 뒤에 개선하고 수정할 필요를 자극한다면, 만약 내가 의미하는 것이 모든 사실들, 표면화되어버리는 모자들, 긴 모피 목도리, 신사의 연미복, 진주 타이 핀들이라면, 어떤 가능성이 있을까?

무엇에 관해서지? 이제는 무엇인지 말할 수도 없고, 심지어는 그런 일이 있었던 마지막 순간을 기억할 수도 없다고 믿으면서, 모든 일들에도 불구하고, 내가 여기 왜 앉아 있는지 말하는 것이 매 순간 더 어려워진다.

"당신, 행렬 보셨어요?"

"왕은 추워 보였어요."

"아니, 아니, 아니에요. 하지만 그게 뭐였죠?"

"그녀는 말즈버리에 집을 한 채 샀어요."

"집을 찾다니 정말 운이 좋군요!"

정반대로, 그녀가 누구이든지 간에 그녀가 저주받았다는 것이, 제게는 아주 확실한 것 같아요. 왜냐하면 그것은 단지 아파트와 모자들과 갈매기 같은 문제에 불과하기 때문이죠. 아니면, 잘 차려입고, 벽으로 둘러싸여, 모피를 입고, 배가 불러 여기 앉아 있는 사람들 백 명에게는 그런 것 같아요. 제가 뽐낼 수는 없지요. 왜냐하면 저 또한 금칠한 의자에 얌전하게 앉아서, 우리 모두가 그렇 듯이, 묻힌 기억을 찾아서 땅을 파 뒤집기 때문이죠. 제가 잘못 알 지 않았다면, 우리 모두는 무언가를 기억하고, 무언가를 은밀하 게 찾고 있다는 징조들이 있기 때문이지요. 왜 초조해하죠? 망토 가 잘 맞는지 왜 그렇게 염려하죠? 그리고 장갑은—단추를 채울 까, 끄를까? 다음에는 검은 캔버스를 배경으로 한 저 나이 든 얼 굴을 지켜보세요. 조금 전에는 세련되고 홍조를 띠었는데, 이제 는 음지에 있는 것처럼, 말이 없고 슬프군요. 대기실에서 악기 소 리가 나는 것은 제2 바이올린을 조율하는 소리인가요? 여기 오 는군요. 검은 옷을 입은 네 사람이 악기를 들고 빛이 쏟아지는 가 운데 하얀 정사각형들을 마주하고 앉는군요. 활 끝을 보면대에 얹었다가 동시에 움직이면서 활을 들고 가볍게 균형을 잡은 뒤, 맞은편에 있는 악사들을 건너보고, 제1 바이올린 주자가 하나, 둘, 셋, 하고 세네요—

　번성하고, 솟아오르고, 싹트고, 터져라! 산꼭대기에 있는 배나 무. 분수들이 뿜어져 나오고, 물방울들이 쏟아져 내려온다. 하지 만 론 강의 물은 빠르고 깊게 흘러, 아치 아래를 달려서, 뒤엉킨 수초들을 쓸어내리고, 빠른 물살을 따라 달려 내려가는 은빛 물 고기, 점박이 물고기 위에 그림자들을 씻어 내리고, 이제는 소용 돌이 속으로 휩쓸려 들어간다, 그곳은—어렵군—고기들이 모 두 물웅덩이에 이렇게 집합해 있는 곳. 뛰어오르고, 물보라를 일 으키며 뛰어 들고, 날카로운 지느러미를 문지른다. 물살이 그렇 게 들끓어 노란 자갈들이 빙글빙글, 빙글빙글 돌다가, 이제는 자 유로워져 아래로 달려가거나 혹은 어쩐 일인지 절묘한 나선형을 그리며 공기 중으로 올라간다, 대패 아래에서 나오는 얇은 대팻 밥처럼 똘똘 감긴다, 위쪽으로 그리고 위쪽으로…… 가볍게 걸으며, 웃으면서 세상을 살아가는 자들은 얼마나 사랑스럽게 선한지! 또한 아치 아래 웅크리고 앉은, 명랑한 늙은 어부들의 아낙들, 음란한 늙은 여자들도 사랑스럽게 선하다. 그들이 걸을 때, 그들은 얼마나 깊이 웃고, 흔들고, 이리저리로 까불고 뛰노는지, 흠, 저런!

"저건 물론 초기 모차르트예요—"

"하지만 그 선율은 그의 모든 선율들처럼 사람을 절망하게 해요—제가 의미하는 것은, 소망하게 하지요. 제가 무슨 뜻으로 말하느냐고요? 저건 최악의 음악이에요. 저는 춤추고, 웃고, 핑크색 케이크, 노란색 케이크를 먹고, 약하고 짜릿한 와인을 마시고 싶어요. 혹은 외설스런 이야기, 이제—저는 그것을 즐길 수 있어요. 사람이 늙어갈수록 외설을 더 좋아하게 돼요. 하, 하! 저는 웃지요. 무엇에 대해서냐고요? 당신은 아무 말도 안 했어요. 맞은편의 늙은 신사도 안 했어요…… 하지만 만약에—만약에—가만!"

우울한 강이 우리 모두를 싣고 갑니다. 축 늘어진 버드나무 가지 사이로 달이 비출 때, 저는 당신의 얼굴을 보아요, 저는 당신의 목소리를 들어요, 우리가 냇버들 화단을 지나갈 때, 새가 노래해요. 당신은 무엇을 속삭이죠? 슬픔, 슬픔. 기쁨, 기쁨. 함께 엮어서, 뗄 수 없이 함께 섞여서, 고통 속에 묶이고 슬픔 속에 흩어졌다—산산조각이 납니다!

배가 가라앉아요. 솟아오르며, 특징적인 선율이 상승합니다. 하지만 이제는 이파리처럼 여위고, 어두운 환영처럼 가늘어져서, 불로 끝을 달인 듯이 이중의 격정을 나의 가슴에서 자아내요. 그것은 나를 위해서 노래하고, 나의 슬픔을 열고, 동정을 녹이며, 태양 없는 세계를 사랑으로 가득 채우고. 멈추지도 않고, 애정을 약화시키지도 않지만, 능숙하고 예리하게 안으로 밖으로 엮어들죠.

마침내 이 패턴, 이 완성 속에서, 갈라진 자들이 통합합니다. 솟구쳐 오르고, 흐느끼고, 가라앉아 머물지요, 슬픔과 기쁨.

그러면 왜 슬퍼하죠? 무엇을 요구하는 거예요? 만족하지 못하고 있다고요? 모든 것이 결정되었다고 나는 말하겠어요. 그래요. 장미 이파리들의 덮개 아래 편안히 쉬게 놓여서, 떨어져요. 떨어집니다. 아, 하지만 그들은 멈추었어요. 장미 이파리 하나가 엄청난 높이에서 떨어지는데, 보이지 않는 풍선에서 떨어지는 작은 낙하산 같아요. 돌고 나부끼듯이 퍼덕입니다. 우리에게 이르지는 못하죠.

"아니, 아니. 저는 어느 것도 알아차리지 못했어요. 그것은 최악의 음악이에요. 이 어리석은 꿈들. 제2 바이올린 주자가 늦었다고 당신이 말했나요?"

"나이 든 먼로 부인이에요, 더듬어 길을 찾아 나오는군요—매년 눈이 더 안 보여요. 불쌍한 여자—이 미끄러운 마루 위로 말이에요."

눈이 없는 늙은 나이, 회색빛 머리의 스핑크스…… 저기 인도 위에 그녀가 서 있어요, 너무도 단호하게 빨간 버스에 손짓을 하면서 말이에요.

"얼마나 아름다운가! 그들은 얼마나 연주를 잘하는지! 어쩌면—어쩌면—어쩌면!"

혀는 단지 딱따기에 불과해요. 단순성 그 자체죠. 제 옆자리 모자 위의 깃털들은 어린아이의 딸랑이처럼 밝고 유쾌하답니다. 플라타너스 나무 위의 이파리들이 커튼의 좁은 틈 사이로 초록빛으로 반짝입니다. 아주 낯설고, 아주 자극적이에요.

"어쩌면—어쩌면—어쩌면! 가만!"

이들은 풀밭 위의 연인들이에요.

"부인, 당신이 나를 받아준다면 —"

"선생님, 나는 당신을 내 온 마음으로 신뢰합니다. 더군다나 우리는 연회장에 우리 몸을 놓고 나왔어요. 잔디 위의 저들은 우리 영혼의 그림자들이에요."

"그렇다면 이것은 우리 영혼의 포옹들이지요."

매력 없는 여자들이 끄덕이며 동의합니다. 백조는 둑을 밀치고 나와 물길 가운데로 꿈꾸며 떠돕니다.

"하지만 여담은 그만하고. 그는 복도로 나를 따라왔고, 우리가 모퉁이를 돌았을 때, 저의 페티코트 레이스를 밟았어요. '아!' 하고 소리치고 멈추어서 손가락으로 만질밖에 어쩔 수가 있었겠어요. 그러자 그는 칼을 빼들고, 마치 무언가를 찔러 죽이려는 것처럼 팔로 찌르는 시늉을 하면서 외쳤어요. '미쳤다! 미쳤다! 미쳤다!' 이에 저는 외마디 소리를 질렀고, 내닫이 창가에서 커다란 송아지 가죽 책에 뭔가를 적고 있던 왕자가 벨벳 보트 경주용 모자를 쓰고 털 달린 슬리퍼를 신고 나와서는 벽에서 단도를 잡아챘어요. 당신도 알다시피, 그건 스페인 왕의 선물이었죠. 나는 곧 탈출했어요. 이 망토를 덮어서 제 치마에 흠이 난 것을 숨기면서 말이에요. 숨기려고요…… 하지만 들어보세요! 나팔 소리예요."

신사는 너무도 빠르게 숙녀에게 대답했고, 그녀는 아주 재치 있게 찬사를 교환하면서 음계를 올려서, 이제는 열정 어린 흐느낌으로 절정에 이르렀다. 말들은 구별이 되지 않았다. 의미는 아주 명백했지만 말이다 — 사랑, 웃음, 도피, 추적, 천상의 행복 — 모든 것이 애정 어린 정겨움, 최고로 쾌활한 잔물결 위에 떠돌았다. 마침내 은빛 나팔 소리가, 처음에는 아주 멀리서 들리더니, 서서히 점점 더 명확하게 들린다. 마치 집사들이 새벽을 맞이하거나, 연인들의 탈출을 불길하게 선언하는 것처럼 말이다…… 초록색 정원, 달빛 어린 물웅덩이, 매력 없는 여자들, 연인들 그리고 물고기 모두가 오팔색의 하늘 속에 용해된다. 그리고 그 하늘을 가로질러 나팔 소리에 트럼펫 소리가 합쳐지고 클라리온 소리가 받쳐줄 때, 대리석 기둥 위에 견고하게 박아 넣은 하얀 아치가 솟아오른다…… 무겁게 울리는 발소리와 트럼펫 부는 소리. 쨍그렁, 쨍그렁, 쨍그렁. 견고한 설립. 굳건한 기초. 무수한 이들의 행진. 그러나 우리가 여행한 이 도시는 돌도 대리석도 없지만, 매달려 견디며 흔들리지 않고 서 있으며, 어떤 얼굴이나 어떤 깃발도 환영하거나 반기지 않는다. 그러면 당신의 희망이 소멸하도록 내버려두어라. 사막에서 나의 기쁨이 축 늘어지게 내버려두어라. 벌거벗은 채 전진하라. 기둥들은 장식이 없고, 누구에게도 상서롭지 않으며, 그림자도 던지지 않으며, 눈부시고, 근엄하다. 그러면 나는 뒤로 처지리라, 더 이상 열성 없이, 단지 가서 길을 찾아내고, 건물들을 알아보고, 사과 파는 여자에게 인사하고, 문을 여는 하녀에게 별이 빛나는 밤이라고만 말하고 싶다.

"안녕히 가세요, 안녕히요. 당신은 이 길로 가세요?"
"아, 애석해라, 저는 저 길로 갑니다."

청색과 녹색
Blue & Green

녹색

뾰족한 유리 손가락이 밑으로 축 늘어져 있다. 빛은 유리를 타고 내려와, 방울지며 떨어져 초록의 웅덩이가 된다. 온종일 광채 나는 열 손가락에서 대리석 위로 똑똑 초록물이 든다. 잉꼬의 깃털—그들의 거친 울음소리—종려나무의 날카로운 잎사귀—역시, 녹색이다. 햇빛 속에서 반짝이는 녹색 바늘. 그러나 단단한 유리는 대리석 위로 방울방울 떨어지고, 웅덩이가 사막의 모래 위를 배회하는데, 낙타들이 비틀거리며 그 사이를 지나고, 웅덩이는 대리석 위에 자리 잡는다. 주변엔 등심초가 둘러 있고, 잡초는 길을 막고 있다. 여기저기 흐드러져 만발한 흰 꽃. 개구리가 폴짝 뛰고, 밤이면 거기 별들이 총총 박혀 있다. 저녁이 오고, 그림자가 벽난로 장식대 위로 녹색을 덮으면, 물결 일렁이는 바다의 표면. 배는 오지 않고, 텅 빈 하늘 아래 하릴없이 물결만 흔들린다. 밤이다. 바늘에선 점점이 청색이 떨어진다. 녹색은 사라졌다.

청색

넓적코의 괴물이 수면 위로 올라와 무딘 콧구멍으로 두 줄기 물기둥을 내뿜으며, 그 중심은 흰 불꽃 같은데, 언저리는 청색 구슬로 장식된 물보라를 일으킨다. 청색의 타격이 그의 검은 타르색 살갗에 줄지어 떨어진다. 입과 콧구멍으로 물을 들이마셔 무거워진 몸이 물속으로 가라앉고, 윤기 나는 조약돌처럼 빛나는 두 눈이 잠기자 청색이 그 위를 덮는다. 바닷가로 떠밀린 채 그는 누워 있다, 둔하고 무딘 몸으로, 건조한 청색 비늘을 떨구면서. 그 금속성의 청색이 바닷가의 녹슨 쇠를 물들인다. 부서진 나룻배의 늑재가 청색이다. 청색 종 밑으로 청색 파장이 흘러나온다. 그러나 성당의 청색은 달라서, 차갑고, 향내가 실려 있고, 성모의 옷자락에 닿아 연푸른 청색 빛을 띤다.

밖에서 본 여자대학

A Woman's College from Outside

솜털처럼 하얀 달이 결코 하늘을 어두워지게 내버려두지 않았다. 밤새도록 밤꽃들이 잔디밭을 하얗게 물들였으며, 목초지에는 카우 파슬리[1]가 희미하게 보였다. 케임브리지 대학 안뜰의 바람은 타타르 지방으로도 아라비아 지방으로도 가지 않고 뉴넘[2]의 지붕들 위 회청색 구름 가운데로 꿈결처럼 지나갔다. 그곳 정원에서 천천히 거닐 공간이 필요하다면, 바람은 나무들 속에서 그것을 찾을 수 있으리라. 단지 여자들의 얼굴만이 바람의 얼굴을 마주칠 수 있었으므로, 바람은 무표정한 특징 없는 얼굴을 드러내고 방들을 들여다볼 것이다. 그 시간에 방들에는 수많은 여자들이 평범하고 특색 없이, 눈 위에 흰색 눈꺼풀을 감고 이불 위로 반지를 끼지 않은 손을 드러낸 채 잠들어 있었다. 그러나 여기저기에서 불빛은 여전히 빛났다.

안젤라의 방에서는 두 배로 밝은 빛을 보게 될 것이다. 안젤라 자신이 정말로 밝게 빛나는 데다 사각 거울에 반사된 그녀의 모

1   아주 작은 흰 꽃이 많이 피는 유럽산 야생화.
2   Newnham. 케임브리지 대학에서 두 번째로 오래된 여자대학. 1869년에 세워진 여자대학 거튼Girton에 이어서 1871년에 설립됨.

습 또한 환하게 빛났다. 그녀의 전신이 완벽하게 윤곽을 드러내
었다—어쩌면 영혼이. 왜냐하면 거울이 흔들리지 않는 모습을,
흰색과 금색과 붉은색 슬리퍼들과 푸른색 원석들로 장식한 흐릿
한 머리카락을 비추어 보여주었기 때문이다. 마치 그녀가 안젤라
인 것을 기뻐하는 것처럼, 안젤라의 잔잔하게 부드러운 스침이나
거울에 비친 그녀의 모습을 깨뜨리는 잔물결이나 그림자는 결코
없었다. 어쨌든 이 순간은 기뻤다. 밤의 한가운데 걸려 있는 빛나
는 그림. 밤의 암흑 속에 움푹 들어가 앉은 성지. 사물들의 진실에
대한 이런 뚜렷한 증거를 갖는 것은 정말 이상한 일이다. 마치 이
것이면 충분한 듯 두려움 없이 시간의 연못 위에 완벽하게 떠다
니는 이 백합, 이 거울 속의 모습. 몸을 돌려 그녀는 이 명상을 저
버렸다. 거울에는 전혀 아무것도 보이지 않거나, 아니면 단지 놋
쇠로 된 침대 틀만 보이는 듯했다. 그녀는 이곳저곳을 달리고 가
볍게 소리 내어 뛰고 돌진하며 가정주부처럼 되었으며, 다시 변
하여 그녀는 검은색 책 위로 입을 삐죽 내밀며 경제학의 확실하
게 이해가 안 되는 부분을 손가락으로 표시했다. 단지 안젤라 윌
리엄스만이 생계를 꾸리기 위해 뉴넘에 있었으며, 그녀는 열정적
인 동경의 순간조차도 스완지에 있는 아버지의 수표를 잊을 수
없었다. 부엌에서 그릇을 씻는 어머니. 빨랫줄에 널려 있는 분홍
색 작업복들. 심지어 백합조차 더 이상 연못에서 흠 없이 완벽하
게 떠다니지 않고 다른 사람처럼 카드에 적힌 이름을 갖고 있다
는 증표들.

A. 윌리엄스—달빛에 그녀의 이름을 읽을 수 있었다. 그 옆에
각자의 방문마다 네모난 카드에 적힌 메리, 밀드레드, 사라, 피비
란 이름들도. 모두가 이름, 이름뿐이었다. 차분한 백색광이 이름
들을 시들게 하고 뻣뻣하게 풀을 먹여, 마치 이 모든 이름들의 유

일한 목적이라고는 만약에 화재를 진압하거나 폭동을 제압하거나 검열에 통과하도록 그들이 소집된다면 군인답게 용감하게 정렬하는 일인 것처럼 보일 정도였다. 이런 것이 방문에 꽂힌 카드들에 쓰인 이름들의 힘이다. 역시 그런 것이 타일과 복도와 침실 창문에 있어, 은둔이나 수양의 장소인 낙농장이나 수녀원과 유사한 점으로, 이곳에는 우유 통이 시원하고 깨끗하게 놓여 있고 리넨 세탁물이 잔뜩 모아져 있다.

바로 그 순간 방문 뒤에서 가벼운 웃음소리가 들렸다. 틀에 박힌 목소리의 시계가 시간을 알렸다. 하나, 둘. 지금 이 시계가 명령을 내리는 거라면, 그 명령은 무시되었다. 화재와 반란과 검열 모두 웃음소리로 압도당하거나, 아니면 가볍게 뿌리째 뽑혀버렸다. 웃음소리가 심연으로부터 끓어올라 일과표와 규칙과 규율을 부드럽게 날려 보내는 것 같았다. 침대에는 카드가 흩어져 있었다. 샐리는 마룻바닥에 있었고, 헬레나는 의자에 앉아 있었다. 착한 버샤는 벽난로 옆에서 양손을 마주 잡고 있었다. A. 윌리엄스가 하품을 하며 들어왔다.

"정말 견딜 수 없이 지겹기 때문이야." 헬레나가 말했다.

"지긋지긋해." 버샤가 맞장구치고 나서 하품을 했다.

"우리는 내시가 아니야."

"나는 그녀가 그 낡은 모자를 쓰고 뒷문으로 살짝 들어오는 것을 보았어. 그들은 우리가 아는 걸 원치 않아."

"그들?" 안젤라가 말했다. "그녀지."

그리고 웃음이 터졌다.

그들은 카드를 돌렸고, 테이블에 빨갛고 노란 카드들이 펼쳐졌으며, 손들이 카드들을 만지며 움직였다. 착한 버샤는 의자에 머리를 기댄 채 깊이 한숨을 내쉬었다. 그녀는 주저 없이 잠자기를 바랐기 때문이었다. 그러나 밤은 자유로운 목초지, 끝없는 들판이므로, 밤은 모양이 변형된 풍요로움이므로, 우리는 그 어둠 속으로 터널을 파고 들어가야만 한다. 보석들로 밤을 꾸며야만 한다. 밤은 은밀히 공유되었으며, 낮은 모든 가축들에게 뜯어 먹혔다. 블라인드가 올라가 있었다. 정원에는 안개가 껴 있었다. 창가 방바닥에 앉아 있자니 (다른 사람들이 카드놀이를 하고 있는 동안), 몸과 마음이 함께 바람에 실려 관목을 가로질러 천천히 나아가는 것처럼 보였다. 아, 하지만 그녀는 침대에 쭉 뻗고 누워 잠들기를 갈망했다! 그녀는 아무도 잠자고 싶어 하는 그녀의 갈망을 느끼지 못했다고 생각했다. 그녀는 졸린 듯이 겸손하게 고개를 꾸벅이고 몸을 비틀면서, 다른 사람들은 완전히 깨어 있다고 생각했다. 그들이 모두 깔깔거리고 웃었을 때, 정원에서 잠을 자던 새 한 마리가 쩍쩍거렸다. 마치 웃음소리가—

그래, 마치 그 웃음소리가 (그녀는 꾸벅꾸벅 졸고 있었으므로) 안개처럼 떠다니며 부드러운 탄력 있는 조각으로 스스로 나무들과 관목들에 붙어서, 정원을 연무로 채우고 흐려지게 한 것 같았다. 그런 다음 관목들은 바람에 쏠려 고개를 숙일 것이며 흰색 수증기는 세상으로 날아갈 것이다.

여자들이 잠들어 있는 모든 방에서 이 아지랑이가 퍼져 나와 안개처럼 스스로 관목들에 붙은 다음 탁 트인 평야로 자유롭게 날아가 버렸다. 일어나자마자 즉시 교무용 상아 막대를 집어 들 나이 든 여자들은 잠들어 있었다. 지금 평온하고 핏기 없이 잠들어 있는 그들은 누워 있거나 창가에 모여 있는 젊은 여자들 대부분에게 둘러싸여 보좌받고 있었다. 정원으로 내뿜는 이 기운이 넘치는 웃음소리, 이 제멋대로의 웃음소리, 규칙과 일과표와 규율을 날려버리는 몸과 마음의 이 웃음소리. 극히 적은 아지랑이로 장미 덤불에 길게 뻗치며 서성이고 장식하는 엄청나게 풍부하긴 하지만 무정형의 혼돈 상태인 이 웃음소리.

"아." 안젤라는 잠옷 바람으로 창가에 서서 한숨을 쉬었다. 그녀의 목소리에는 고통이 배어 있었다. 그녀는 밖으로 고개를 내밀었다. 마치 그녀의 목소리가 갈라놓은 듯이 안개가 갈라졌다. 다른 친구들이 카드놀이를 하고 있을 때 그녀는 앨리스 애버리와 뱀버러 성[3]에 대해서 얘기했다. 앨리스는 해 질 녘의 모래톱 색깔에 대해 말하며, 편지를 써서 팔월에 날을 잡겠다면서 몸을 굽혀 안젤라에게 키스했고, 적어도 안젤라의 머리에 손을 대었다. 안젤라는 분명히 가슴속에 바람에 시달리는 바다를 품은 사람처럼 가만히 앉아 있을 수 없어, 꼭대기에 황금의 열매를 맺은 기적의 나무가 거짓말처럼 몸을 굽혔다는 흥분과 놀라움을 가라앉히기 위해 두 팔을 내뻗으며 (그러한 장면의 목격자인) 방 안을 서성거렸다. 꼭대기에 달려 있는 황금 열매가 그녀 팔 안에 떨어지지 않았던가? 그녀는 그 황금 열매가 그녀 품 안에서 빛나도록 붙잡았다. 만져서도, 생각해서도, 말해서도 안 되고, 단지 그곳에서 빛나도록 가만두어야 하는 그 황금 열매. 그러고는 천천히 거기에 스타킹을, 거기에 슬리퍼를 벗어놓고, 맨 위에 속치마를 정갈하게 개어놓으며, 그녀의 또 다른 이름이 윌리엄스인 안젤라는— 그녀가 그것을 어떻게 표현할 수가 있겠는가? —어둠에서 수많은 세월을 보낸 후에 여기 터널 끝에 빛이 나타났다는 것을 깨달았다. 삶, 세상이었다. 그것은 그녀 밑에 놓여 있었는데, 모든 것이 좋았고, 모든 것이 사랑스러웠다. 그녀의 발견은 그와 같았다.

정말로, 그녀가 만약 침대에 누워 눈을 감을 수 없었다면? —

3   Bamborough Castle. 잉글랜드 북동부 노섬벌랜드의 뱀버러 해안에 위치한, 주변 경관이 수려한 웅장하고 아름다운 성.

무언가가 저항할 수 없이 눈을 뜨게 했는데—만약 희미한 어둠 속에서 의자와 서랍장이 웅장하게 보였고, 거울이 잿빛의 낮의 암시와 함께 귀중하게 보였다면, 어떻게 그때 이 놀라움을 느낄 수 있었겠는가? 어린아이처럼 엄지손가락을 빨면서 (지난 십일 월에 그녀는 열아홉 살이 되었다), 그녀는 이 좋은 세상, 이 새로운 세상, 터널 끝에 있는 세상에 누워 있었다. 그러다가 결국은 그 세상을 보거나 아니면 앞지르고 싶은 욕망이 충동질해서, 그녀는 담요를 걷어차고 창가로 가서, 거기서 정원을 내다보았다. 정원에는 안개가 껴 있었고, 창문들은 모두 열려 있었으며, 빛나는 푸른빛을 띤 무언가가, 멀리서 무언가가, 물론 세상이, 소근거리고 있었다. 아침이 오고 있었다. "오." 그녀는 고통스러운 듯이 소리질렀다.

과수원에서
In the Orchard

미랜더는 과수원 사과나무 아래 긴 의자에 누워 잠이 들었다. 그녀의 책이 잔디밭에 떨어져 있고 손가락은 여전히 'Ce pays est vraiment un des coins du monde où le rire des filles éclate le mieux……(이 나라는 진정 소녀들이 마음껏 웃음을 터뜨릴 만한 곳이다)'라는 문장을 가리키고 있는 것처럼 보였는데 마치 바로 그 부분에서 잠들어버린 듯했다. 그녀의 손가락에 있는 오팔 보석은 초록으로 빛나고 장밋빛으로 빛나다가 햇살이 사과나무 사이로 새어 나오며 보석을 가득 채우자 다시 오렌지빛으로 빛났다. 그리고 미풍이 불어오자 그녀의 자줏빛 드레스는 나무줄기에 붙어 있는 꽃처럼 물결쳤고, 풀들은 고개를 끄떡였고, 하얀 나비가 그녀의 얼굴 위로 이리저리 바람에 날리며 다가왔다.

그녀의 머리 위 사 피트 공중에는 사과가 매달려 있었다. 갑자기 날카롭고 시끄러운 소리가 났는데 그것은 마치 금이 간 놋쇠 징을 난폭하고 불규칙적으로 잔인하게 쳤을 때 나는 소리 같았다. 그것은 단지 학교 아이들이 일제히 구구단을 외우는 소리였는데 선생님이 그것을 멈추게 하더니 야단을 치고 아이들은 처음부터 다시 구구단을 외우기 시작했다. 그러나 이 시끄러운 소리는 미랜더의 사 피트 위에서 지나갔고 사과나무를 통과하여, 학교에 가 있어야 할 시간에 산울타리에서 블랙베리를 따고 있는 소치기의 어린 아들을 강타하였고 그러자 녀석의 엄지가 가시에 걸려 찢어졌다.

다음엔 외로운 외침 소리가 났다—슬픈, 인간의 소리이면서 짐승의 소리 같은 것이었다. 늙은 파슬리가 실제로 정신없이 취해 있었다.

그러자 땅에서 삼십 피트 위, 사과나무의 맨 꼭대기 잎사귀가—그런데 그것은 푸른 바다를 배경으로 한 작은 물고기처럼 납작했다—생각에 잠긴 애처로운 곡조 소리를 냈다. 그것은 '고대와 현대의 찬송가' 중의 한 곡을 연주하는 교회의 오르간 소리였다. 그 소리는 밖으로 떠다니다가 엄청난 속도로 날아다니는 한 떼의 개똥지빠귀에 의해 산산이 티끌로 잘려나갔다—어느 지점에선가 혹은 어디 다른 지점에서 말이다. 미랜더는 삼십 피트 아래에 잠들어 있었다.

그러자 과수원에 잠들어 있는 미랜더로부터 이백 피트 위, 사과나무와 배나무 위에서 간헐적이고 육중하며 교훈조의 쿵 울리는 종소리가 났는데 교구에 사는 여섯 명의 가난한 아낙들이 교회 신도가 되었고 목사님은 하늘에 감사를 드리고 있었던 것이다.

그리고 그 위에서 날카롭게 삐걱거리는 소리를 내며 교회 탑의 금색 깃털 풍향계가 남쪽에서 동쪽으로 방향을 틀었다. 바람이 바뀌었던 것이다. 그 모든 것 위에서, 바람은 단조로운 소리를 냈다, 숲, 초원, 언덕 위에서, 과수원에 잠들어 있는 미랜더로부터 몇 마일 위에서 말이다. 바람은 자신에 맞서는 어떤 것과도 맞닥뜨리지 않고 머리가 나쁜 것처럼 맹목적으로 계속 휘몰아쳐 불다가 마침내 다른 쪽으로 방향을 틀어 다시 남쪽으로 향하였다. 몇 마일 아래, 바늘귀만 한 공간에서 미랜더는 똑바로 일어서서 크게 소리를 질렀다. "어머나, 차 마시는 시간에 늦겠네."

미랜더는 과수원에서 잤다 — 아니 아마도 그녀는 잠이 든 것이 아니었으리라. 왜냐하면 그녀 입술이 "Ce pays est vraiment un des coins du monde······ où le rire des filles······ éclate······ éclate······ éclate······(이 나라는 진정 소녀들이 웃음을 터뜨릴 만한······, 터뜨릴 만한······, 터뜨릴 만한 곳이다)'라고 말하는 듯 아주 살짝 움직였기 때문이다. 그리고 그녀는 미소 지으며 거대한 대지 위에 자신의 온몸이 가라앉도록 내버려두었는데 그 대지가 벌떡 일어나 그녀를 마치 하나의 나뭇잎이나 여왕이라도 된 듯 등에 업어준다는 생각을 했다(이때 아이들은 구구단을 외웠다), 아니, 갈매기가 내 머리 위에서 끽끽거리고 나는 어쩌면 절벽 위에 누워 있는 것인지도 모르지, 라고 미랜더는 계속 생각했다. 선생님이 아이들을 야단치고 벌로 지미의 손마디를 때려 피가 나는데, 갈매기는 더 높이 날수록 더 깊은 바닷속을 들여다본다고 그녀는 계속 생각했다 — '바닷속으로', 그녀는 되풀이했다. 그리고 마치 바다 위에 떠 있는 듯 손가락의 힘을 빼고 부드럽게 입을 다물고 있는데 술 취한 사내의 외침 소리가 머리 위에서 들리자 그녀는 이상한 황홀경에 빠져들며 숨을 들이마셨다. 그녀는 주홍빛 입안의 거친 혀로부터, 바람으로부터, 종소리로부터, 배추 이파리의 초록색 곡선으로부터 삶 그 자체가 크게 외쳐대는 것을 들었다고 생각했기 때문이다.

오르간이 '고대와 현대의 찬송가' 곡조를 연주할 때 그녀는 당연히 결혼식을 올리고 있었다. 그리고 여섯 명의 가난한 아낙들이 교회 신도가 된 후 벨이 울리자 육중하고도 간헐적인 쿵 울리는 소리는 그녀로 하여금 바로 그 땅이 그녀를 향해 질주해오고 있는 말말굽 소리로 흔들리고 있다고 생각하게끔 했다('아, 나는 기다리고만 있으면 되지'라며 그녀는 탄식했다), 그리고 그녀에게는 모든 것이 이미 움직이고, 소리치고, 달리고, 그녀 주변을, 그녀를 가로질러, 그녀를 향하여 어떤 형태를 띠고 날아다니는 듯이 보였다.

그녀는 메리가 나무를 쪼개고 있을 것이라고 생각했다. 페어맨은 소 떼를 몰고, 초원으로부터 수레들이 올라오고 있으며 말을 탄 이는─그리고 그녀는 사람들과 수레와 새와 말 탄 이가 시골 풍경에 그려놓은 선들을, 그녀 자신의 심장박동 소리가 그것들을 밖으로, 주변으로 그리고 뭔가를 가로질러 모두 몰아내고 있는 듯이 보일 때까지 추적했다.

공중의 몇 마일 위에서 바람이 바뀌었고 교회 탑의 금색 깃털 풍향계는 삐걱거렸다. 그리고 미랜더는 급히 일어서서 소리쳤다, "어머나, 차 마시는 시간에 늦겠네."

미랜더는 과수원에서 잤다, 아니 그녀가 잠이 들었던 것인가 혹은 잠이 든 것이 아니었던가? 그녀의 자줏빛 드레스는 두 그루의 사과나무 사이에 당겨져 있었다. 과수원에는 스물네 그루의 사과나무가 있었는데 어떤 것은 약간 비스듬히 서 있고, 다른 것들은, 잔가지로 넓게 퍼져나가서 끝에서 둥근 물방울 모양을 이루는 몸통 줄기를 따라 황급히 곧게 위로 자라나고 있었다. 각각의 사과나무는 충분한 공간을 차지하고 있었다. 하늘은 그 나뭇잎들에 꼭 들어맞았다. 미풍이 불자 담장 바로 앞에 일렬로 늘어선 나뭇가지들이 약간 기울었다가는 제자리로 돌아왔다. 할미새한 마리가 한쪽 구석에서 다른 쪽 구석으로 대각선을 그리며 날아갔다. 조심스럽게 깡충깡충 뛰면서 개똥지빠귀 한 마리가 떨어진 사과를 향해 나아갔다. 다른 쪽 담장으로부터 참새 한 마리가 풀밭 바로 위로 퍼덕거리며 날아갔다. 나무들의 급격한 상승은 이러한 움직임으로 인해 꼭 묶여 있었고 전체는 과수원 담장에 의해 꽉 짜여 있었다. 몇 마일 아래 흙은 더미를 이루고 흔들리는 공기에 의해 지표면은 물결쳤으며 과수원 구석을 가로질러 청록색은 자줏빛 광선에 베여 갈라졌다. 바람이 바뀌고 한 다발의 사과가 너무 높이 쳐들려 초원 위에 있는 두 마리의 소를 희미하게 가려 안 보이게 했다 ("어머나, 차 마시는 시간에 늦겠네!"라고 미랜더는 외쳤다), 그리고 사과는 다시 담장을 가로질러 똑바로 달려 있다.

본드 가의 댈러웨이 부인

Mrs Dalloway in Bond Street

댈러웨이 부인은 장갑을 사러 가겠노라고 말했다.

그녀가 거리로 나섰을 때 빅벤[1]의 종이 울리고 있었다. 시간은 열한 시였고, 마치 바닷가에서 놀고 있는 어린아이들에게 내준 듯 아직 쓰지 않은 시간은 신선했다. 하지만 반복적인 종소리에서 조심스럽게 퍼지는 진동에는 뭔가 엄숙한 것이 있었고, 그것은 자동차 바퀴의 소음과 바삐 오가는 사람들의 발소리 속에 뒤섞였다.

그들에게 모두 행복한 볼일이 있는 건 아니라는 것은 분명하다. 우리가 웨스트민스터[2] 거리를 걷고 있다는 사실 말고도 우리에 관해서 할 수 있는 말은 훨씬 많다. 빅벤 역시 공무과에서 관리해주지 않으면 녹이 슬어 삭아버리는 쇠막대에 지나지 않는 것이다. 오직 댈러웨이 부인에게만 그 순간은 완벽했다. 댈러웨이 부인에게 유월은 신선했다. 행복했던 어린 시절—저스틴 패리가 그의 딸들에게만 좋은 사람으로 보였던 것은 아니라는 것(물

---

1 영국 국회의사당 시계탑의 대형 시계.
2 국회의사당이 있는 런던 중심부의 구區.

론 그는 법정에서도 마음이 약한 사람이었다), 저녁 무렵의 꽃들, 피어오르는 연기, 까마득히 높은 곳에서부터 시월의 하늘을 가르며 아래로 아래로 내려 떨어지는 까마귀들의 울음소리 ― 그 어린 시절을 대신할 수 있는 것은 아무것도 없다. 박하 잎새 하나가, 혹은 푸른색 테를 두른 컵 하나가 그 시절을 되돌려주기도 한다.

가엾은 사람들…… 그녀는 한숨을 쉬며 갈 길을 재촉했다. 저런, 바로 말[馬]들의 코밑에서…… 짓궂기도 해라! 그녀는 길가 왼편에서 한 손을 뻗어 내밀었고, 지미 도우즈는 저편에서 씽끗 웃음을 지어 보였다.

'매력 있는 여자야. 참하면서 열성적이고, 핑크빛 뺨에 비하면 이상할 정도로 흰 머리가 많이 나긴 했지만.'

스크롭 퍼비스 판사는 바삐 사무실로 가던 길에 그녀를 보면서 그렇게 생각했다. 그녀는 몸을 곧게 세우고 서서 더트널의 화물차가 지나가길 기다렸다. 빅벤이 열 번째 종을 쳤다. 그리고 열한 번째. 묵직한 파장이 둥근 원을 그리며 대기 속으로 번져나갔다. 자긍심이 그녀를 곧게 세웠다. 물려받고 물려주고 익숙해진 자제심과 고통. 사람들은 얼마나 고통을 많이 당할까, 얼마나 고통스러울까, 어젯밤 대사관에서 만난 폭스크로프트 부인을 떠올리면서 그녀는 생각했다. 보석으로 치장했지만 부인은 비탄에 잠겨 있었지. 그 훌륭한 아들을 잃고서, 이제는 옛 장원 저택을 (더트널의 화물차가 지나갔다) 사촌에게 내줘야 하니까.

"안녕하세요?"

어릴 때부터 잘 알고 지내오던 터라, 그릇 가게 앞을 지나던 휴 횟브레드가 다소 과장스런 몸짓으로 모자를 들어 올리며 인사를 건넸다.

"어딜 가십니까?"

"난 런던 거리를 걷는 걸 좋아해요. 정말이지 시골길을 걷는 것
보다 더 좋은 걸요!"

댈러웨이 부인이 대답했다.

"우린 막 올라왔어요."

휴 휫브레드가 말했다.

"불행하게도 병원엘 가봐야 하거든요."

"그럼 밀리가?"

댈러웨이 부인은 금새 동정 어린 표정으로 물었다.

"몸이 쇠약해진 모양이에요. 딕은 잘 지내요?"

휴 휫브레드가 말했다.

"더할 나위 없이!"

클라리서는 대답했다.

그도 그럴 테지, 그녀는 계속 걸으면서 생각했다, 밀리도 내 나
이쯤 되었으니—쉰 하고도 둘. 그러니까 아마 그것일 거야. 휴의
태도가 그렇게 말했어, 완벽하게 말이야—옛 친구 휴, 하고 댈러
웨이 부인은 생각하면서, 감흥에 젖어, 재미있게, 감사하며, 추억
에 잠겼다. 휴가 항상 얼마나 수줍어했던가, 마치 오누이 사이나
되는 듯이 말이야—오빠에게 터놓고 말하느니 차라리 죽는 편
이 낫지—그땐 그가 옥스퍼드에 다닐 때인데, 놀러 왔었어. 아마
우리들 중 누군가가 (한심해라!) 말을 못 탔었지. 그러니 어떻게
여자들이 국회에 앉아 있을 수 있겠어? 어떻게 남자들과 일을 할
수가 있느냐구. 왜냐하면 이런 이상한 깊은 직감 같은 뭔가가 마
음속에 있잖아—넌 그걸 극복할 수 없다, 아무리 애써봐야 소용
없다는. 그런데 휴 같은 남자들은 우리가 말하지 않아도 그걸 존
중해주지. 그 점이 마음에 들어, 하고 클라리서는 생각했다, 소중
한 옛 친구 휴한테서는.

그녀는 해군 본부를 지나쳐 갔다. 그러자 가녀린 나무들이 늘어서 있는 텅 빈 거리 끝에 빅토리아 여왕의 흰 동상이 보였다. 여왕의 넘실거리는 모성과 풍요로움, 그리고 소박함—언제나 우스꽝스러우면서도 또 얼마나 숭고한가, 하고 댈러웨이 부인은 생각하면서, 켄싱턴 가든[3]과 뿔테 안경의 노부인을, 그리고 유모한테서 꼼짝 말고 서서 여왕에게 인사하라는 말을 들었던 기억들을 회상했다. 깃발이 왕궁 위에서 나부꼈다. 그렇다면 왕과 여왕이 돌아온 것이다. 딕이 지난번 정찬 때 여왕을 만났다지—완벽할 정도로 훌륭한 여자. 가난한 사람들에겐 정말 중요한 문제야, 하고 클라리서는 생각했다, 그리고 군인들에게도. 구릿빛 옷을 입은 남자 하나가 권총을 차고서 여왕의 왼쪽에 있는 받침대 위에 영웅적인 태도로 서 있었다—남아프리카의 전쟁. 중요한 문제야, 하고 댈러웨이 부인은 버킹엄 궁을 향해 걸으면서 생각했다. 저기 그것은 밝은 햇빛을 받으며 딱 버티고 서 있었다. 단호하면서도 담담하게. 하지만 그건 성품이야, 그녀는 생각했다. 뭔가 그 종족에서 타고나는 것이지. 바로 인도 사람들이 존중하는 것이야. 여왕은 병원에도 다녔고, 바자회도 열었다—영국의 여왕…… 클라리서는 왕궁을 보며 생각에 잠겼다. 벌써 이 시간에 자동차 한 대가 왕궁 정문을 지나갔다. 군인들이 인사를 하고, 정문은 다시 닫혔다. 그리고 클라리서는 길을 건너고 공원으로 들어서면서, 몸을 곧게 세웠다.

유월은 나무의 잎사귀들을 모두 끌어내놓았다. 웨스트민스터 구에 사는 아기 엄마들이 반점이 난 가슴으로 아기들에게 젖을 먹이고 있었고, 아주 얌전해 보이는 소녀들이 잔디밭 위에 몸을 뻗고 누워 있었다. 나이가 지긋한 남자 하나가 매우 뻣뻣하게 몸

---

3 런던 서부 지역에 있는 공원. 울프가 어린 시절 자주 가던 곳.

을 숙여 구깃구깃한 종이를 주워 들고서 평평히 폈다가는 내던져 버렸다. 오 저런! 어젯밤 대사관에서 다이튼 경이 이렇게 말했다.

"내가 만일 누군가에게 내 말을 잡아달라고 하고 싶으면, 난 그저 손만 들면 돼요."

하지만 다이튼 경은 종교적인 물음은 경제 문제보다 훨씬 더 진지한 것이라고 말했는데, 그건 클라리서 생각엔 엄청나게 재미있는 말이었다. 다이튼 경 같은 사람에게서 그런 말이 나오다니.

"아, 이 나라는 자기가 과연 무엇을 잃었는지 모를 겁니다."

그는 누가 물은 것도 아닌데 자진해서, 친애하는 잭 스튜어트에 대해 말했다.

그녀는 가볍게 작은 언덕에 올랐다. 바람이 힘 있게 흔들렸다. 플리트 가에서 해군 본부까지 메시지가 전달되고 있었다. 피커딜리[4]와 알링톤 가[5], 그리고 몰[6] 거리들이 바로 이 공원[7]의 공기와 몸을 비벼대며 나뭇잎들을 뜨겁게, 찬란하게, 클라리서가 사랑하는 저 신성한 생명력의 파도 위에 띄우는 듯했다. 말타기, 춤추기, 이 모든 것들을 그녀는 사랑해왔다. 혹은 놀라울 정도로 까다로운 젊은이들을 위해 책에 관하여, 인생에서 무엇을 해야 할지에 관하여 이야기를 나누면서 시골길을 오래도록 산책하기, ─아, 언젠가 했던 말인데! 하지만 이것만은 확신하지. 중년의 나이란 악마 같아. 잭 같은 사람들은 절대로 그걸 모를 거야, 하고 그녀는 생각했다, 그는 한번도 죽음에 대해 생각해본 적이 없으니까, 사람들은 그가, 결코, 자기가 죽어가고 있다는 걸 모른다고 했다. 그

4 그린 파크 북쪽에 면한 런던의 번화가.
5 그린 파크 남쪽에 있음.
6 서쪽으로는 버킹엄 궁과 그린 파크에 연결되고, 동쪽으로는 해군 본부와 플리트 가로 이어지는 거리.
7 그린 파크.

리고 지금은 결코 한탄할 수도 없어 — 그다음이 어떻게 되었더라? 희끗희끗해진 머리…… 서서히 퍼지는 세상의 오염에 감염되어……[8] 이미 한두 차례 잔을 받아 마셨다[9]…… 서서히 퍼지는 세상의 오염에 감염되어! 그녀는 몸을 곧게 세웠다.

하지만 잭이 있었다면 얼마나 소리를 질러댔을까! 셸리의 시를 읊어대다니, 피커딜리[10] 거리에서! "당신에겐 빗장이 필요하군" 하고 그는 말했을 테지. 그는 너저분한 사람을 싫어했다. "세상에, 클라리서! 세상에, 클라리서!" 그녀는 지금도 드본셔 저택의 파티에서 그가 말하는 소리를 들을 수 있었다. 호박 목걸이와 그 초라하고 낡은 실크 옷을 입은 가엾은 실비아 헌트에 관해서 말이다. 클라리서는 소리내어 말하다가 이제는 피커딜리에 와 있기 때문에 몸을 곧게 세웠다. 가느다란 녹색 기둥과 발코니가 있는 집을 지나고, 신문이 가득 쌓여 있는 클럽의 창문을 지나고, 반짝반짝 윤이 나는 흰색 앵무새를 걸어놓은 버넷 코우츠 귀부인의 저택과 이제는 도금한 표범이 없어진 드본셔 저택을 지나고, 그리고 클러릿지의 집을 지나갔는데, 그곳을 지나면서 그녀는 딕이 젭슨 부인에게 보내는 카드를 전해달라는, 그러지 않으면 그녀가 떠나가버릴 거라는 부탁을 떠올리지 않을 수가 없었다. 부유한 미국인들은 매우 매력적일 수가 있지. 세인트 제임스 궁이 있었다, 마치 어린아이의 벽돌쌓기 게임처럼. 그리고 이제 — 본드 가를 지나쳐서 — 그녀는 햇차드 서점에 와 있었다. 사람들의 물결은 끝없이 — 끝없이 — 끝없이 — 이어졌다. 로즈, 애스콧, 헐링험[11] — 저건 뭐지? 오리 좀 봐, 그녀는 둥근 창문가에 진열해놓

---

8 셸리의 시 「아도니스」의 한 구절.
9 에드워드 피츠제럴드의 시구.
10 런던의 번화가 중 하나.
11 런던의 크리켓 경기장. 애스콧은 런던 서쪽에 있는 경마장, 헐링험은 폴로 경기장임.

은 어떤 회상록의 표지를 들여다보며 생각했다. 조슈아 경 아니면 롬니일까…… 활달하고, 발랄하고, 새침한…… 그런 소녀 — 그녀의 딸 엘리자베스 같은 — 바로 진짜 소녀. 그리고 거기 그 어처구니없는 책, 소피 스폰지[12]가 있었다. 짐이 뜰에서 인용하곤 하던 책이다. 그리고 셰익스피어의 소네트도 있었는데, 그녀가 줄줄 외울 정도로 잘 알고 있는 것들이었다. 필과 그녀가 다크 레이디[13]에 관하여 하루 종일 토론을 했었는데, 그날 저녁 딕이 식사 시간에 솔직하게 말하는 것이었다. 다크 레이디에 대해서는 들어본 적도 없다고. 정말이지, 그녀가 그와 결혼한 것은 바로 그 점 때문이었던 것이다! 그가 셰익스피어를 읽어보지 않았다는 점! 밀리에게 사다 줄 비싸지 않은 책이 분명 있을 텐데 — 물론 크랜포드[14]지! 페티코트를 입은 암소만큼 멋진 게 또 있을까? 사람들이 그런 유머를, 이제는 그런 자존심을 가지기만 한다면 좋으련만, 하면서 그녀는 그 책을 떠올렸다. 그 대담한 내용과 마지막 문장, 그리고 등장인물 — 어쩌면 그렇게 실제 인물들의 이야기처럼 꾸밀 수가 있을까. 모든 위대한 것들을 찾으려면 과거로 돌아가야 해, 하고 그녀는 생각했다. 서서히 퍼지는 세상의 오염에 감염되어…… 더 이상 두려워 말라, 태양의 열기를[15]…… 그리고 지금은 결코 한탄할 수도 없어, 한탄할 수도 없어, 하고 그녀는 속으로 되뇌며, 진열창 안을 두리번거리며 둘러보았다. 뭔가 머릿속을 스쳐 갔기 때문이었다. 위대한 시의 시련이랄까, 현대 시인들은 죽음에 관하여 독자가 읽고 싶어 하는 것을 결코 써내지 않았다, 그녀는 그렇게 생각하며, 몸을 돌렸다.

12 R. S. 서티즈의 소설의 주인공.
13 셰익스피어의 소네트가 찬미하는 여인.
14 엘리자베스 가스켈의 소설.
15 셰익스피어의 작품 『심벌린』에서 죽은 자를 위한 노래의 한 구절.

버스 뒤로 자동차가, 자동차 뒤로 트럭이, 트럭 뒤로 택시가, 택시 뒤에 또 자동차가 잇달아 달리고―여기 무개차엔 한 아가씨가 타고 있다, 혼자서. 새벽 네 시까지 두 발이 욱신거릴 정도로…… 난 알지, 클라리서는 생각했다. 밤새 춤을 추고, 축 늘어진 몸으로 자동차 한구석에 앉아서 반쯤 졸고 있으니. 이어서 다른 자동차가 한 대 오고, 그 뒤로 또 하나. 아니! 아니! 아니! 클라리서는 마음씨 좋은 미소를 지었다. 저 뚱뚱한 부인은 그토록 공을 들였건만, 하지만 다이아몬드에! 난초! 그것도 이런 아침 시간에! 아니야! 아니야! 저 훌륭한 경찰은, 때가 되면, 손을 들리라. 차가 또 한 대 지나갔다. 얼마나 볼썽사나워! 뭣 때문에 저 나이의 젊은 아가씨가 눈 주위를 시커멓게 칠하고 다녀야 한단 말인가. 또한 한 젊은이가, 한 소녀와, 이 시간에, 나라가 이런 때에―훌륭하신 경찰이 손을 들었고, 클라리서는 그의 신호에 따라 여유 있게 길을 건너, 본드 가를 향해 걸었다. 좁다랗게 굽은 거리가, 노란색 휘장들이 눈에 들어왔고, 하늘에는 굵게 마디진 전선이 뻗어 있었다.

백 년 전 그녀의 고조할아버지 세이머 패리가 콘웨이 집안의 딸과 함께 도망쳐 나와, 본드 가를 걸었었다. 패리 집안 사람들은 백 년 동안 본드 가를 걸어왔던 것이고, 그러다가 길을 가던 댈러웨이 사람들(어머니 집안은 '레이'지만)을 만났을지도 모르는 일이었다. 아버지는 옷을 힐즈에서 구입하셨지. 창문가에 옷감 한 뭉치가 놓여 있고, 까만 탁자 위에는 항아리가 딱 하나 놓여 있었는데, 값이 엄청났다. 마치 생선 가게의 얼음 덩어리 위에 얹혀 있는 두툼한 핑크빛 연어 같았다. 보석들은 값이 비쌌다―핑크빛, 주홍빛으로 반짝이는 보석들, 인조 보석, 스페인 보석, 그리고 오래된 금목걸이들이군, 하고 그녀는 생각했다. 보석이 박힌 혁대 장식, 높은 머리 장식을 한 귀부인들이 푸른색 공단 드레스에 장식했던 작은 브로치들. 하지만 이렇게 구경하는 건 좋지 않아! 돈을 아껴 써야지. 그녀는 발걸음을 재촉하여 그림 가게를 지나쳤는데, 그곳엔 마치 분홍색, 파랑색 색종이를 장난삼아 뿌려놓은 듯한 묘한 프랑스 그림 하나가 걸려 있었다. 만일 그림과 함께 살아온 사람이라면(책이나 음악이라도 마찬가지지만), 이올리언 홀을 지나면서 클라리서는 생각했다, 장난 같은 것에 마음을 빼앗기진 않을 것이다.

본드 가의 물결이 막혀 있었다. 저기, 마상 시합에 참석한 여왕처럼, 군림하듯, 고고한 자태로, 벡스버러 백작부인이 있다. 그녀는 홀로, 꼿꼿한 자세로, 그녀의 자동차에 앉아서 창밖을 내다보고 있었다. 흰 장갑이 손목에 꼭 끼지 않고 느슨해 보였다. 검은 옷을 입고 있었는데, 무척 낡아 보였지만, 그래도 그것이 말해주는 것은 얼마나 범상치 않은 것들인가, 하고 클라리서는 생각했다. 교양과 자존심, 함부로 말하지도 않고 남의 입에 함부로 오르내리지 않도록 하는 태도. 정말 놀라운 친구야, 그 모진 세월을 겪고 난 그녀에게, 이제는 어느 누구도 흠을 잡을 수가 없지, 저렇게 그녀가 있잖아, 하고 클라리서는 생각하며 화장한 얼굴로 미동도 않은 채 앉아서 기다리고 있는 백작부인 곁을 지나쳤다. 남자처럼 정치에 대해서 이야기를 하는 클래어필드의 여주인 같은 그런 사람이 될 수만 있다면, 난 뭐든지 다 주어도 좋을 텐데. 하지만 그녀는 아무 데도 나다니질 않지, 하는 생각이 들었다. 그리고 그녀에게 물어봐도 뻔할 거야. 그러는 동안 자동차는 지나갔고, 벡스버러 백작부인 역시 마상 시합에 참석한 여왕처럼 그렇게 지나갔다. 허나 그녀에게 삶의 의욕을 불러일으키는 건 아무것도 없고, 노인 양반은 기력이 쇠해만 가니, 사람들 말로는 그녀가 이 모든 것에 염증을 느끼고 있다지, 이런 생각이 들자 가게문을 열고 들어서는 클라리서의 눈에 정말로 눈물이 솟아났다.

"안녕하세요?"

클라리서가 매력이 넘치는 목소리로 인사했다.

"장갑이요."

그녀는 더할 나위 없이 상냥한 태도로 말하고서, 가방을 카운터에 올려놓고, 아주 서서히, 단추를 끄르기 시작했다.

"흰 장갑으로 주세요. 팔꿈치 위로 올라오는 걸로."

그녀는 말하면서 여점원의 얼굴을 들여다보았다—이 사람이 내가 기억하는 그 점원이 맞던가? 그녀는 나이가 꽤 들어 보였다.

"이건 잘 안 맞는군요."

클라리서가 말했다. 여점원은 장갑 낀 손을 바라보았다.

"부인께서는 팔찌를 하셨나 봐요?"

클라리서는 손가락을 펴 보이며 대답했다.

"아마 내 반지 때문일 거예요."

여점원은 회색 장갑을 카운터 끝으로 가지고 갔다.

그래 맞아, 만일 내가 기억하는 여점원이 맞다면, 하고 클라리서는 생각했다. 그녀는 스무 살 더 먹었겠지……

가게 안에는 손님이 하나 더 있었는데, 그녀는 팔꿈치를 카운터에 대고 맨손을 축 늘어뜨린 채 멍한 표정으로 비스듬히 앉아 있었다. 클라리서는 그녀가 일본 부채에 그려져 있는 여자 같다고 생각했다. 어쩌면 너무 얼빠진 모습이겠지만, 그래도 어떤 남자들은 그런 여자를 좋아하겠지. 그 부인은 슬픈 듯 고개를 저었다. 이번에도 장갑은 너무 컸다. 그녀는 거울을 향해 보았다.

"손목 위로요."

부인이 책망하듯 머리가 희끗희끗한 여점원에게 말하자, 그녀는 쳐다보곤 고개를 끄덕였다.

그들은 기다렸다. 시계가 째깍째깍 소리를 냈고, 본드 가에서 들려오는 소음이 멀리서 들리듯 희미하게 들렸다. 여점원은 장갑을 가지고 저쪽으로 갔다.

"손목 위로 올라오는 걸로요."

부인이 목소리를 높이며 슬픈 듯이 말했다. 의자, 얼음, 꽃, 그리고 외투 보관실의 보관표도 주문해야 할 텐데, 하고 클라리서는 생각했다. 그녀가 원치 않는 사람들이 올 거야, 오길 바라는 사람들은 오지 않을 테고. 그녀는 문 옆에 서 있을 것이다. 가게에는 스타킹도 팔고 있었다—실크 스타킹. "숙녀란 장갑과 신발을 보면 알 수 있는 거야" 하고 윌리엄 아저씨께서 늘 말씀하셨지. 하늘하늘 나부끼며 걸려 있는 스타킹들 사이로 클라리서는, 어깨를 비스듬히 하고 손을 축 늘어뜨린 채, 가방은 미끄러져 내리고, 멍한 눈으로 바닥을 내려다보고 있는 그 부인을 바라보았다. 만일 촌스럽게 차려입은 여자들이 파티에 온다면 정말 견딜 수 없을 거야! 만일 키츠가 빨간 양말을 신었다면 사람들이 그를 좋아했을까? 오, 마침내—그녀는 카운터 쪽으로 갔을 때, 문득 마음속에 떠오르는 게 있었다.

"전쟁[16] 전에 진주 단추가 달린 장갑을 팔았던 것 기억하세요?"

"프랑스 장갑 말씀이신가요, 부인?"

"네, 그래요. 프랑스 장갑이었어요."

클라리서가 말했다. 저편의 부인이 매우 슬픈 표정으로 일어나서 가방을 들고 카운터에 있는 장갑들을 들여다보았다. 하지만 모두가 너무 큰 것들이었다. 항상 손목이 너무 컸다.

"진주 단추가 달려 있었지요."

16 제1차 세계대전.

이렇게 말하는 여점원이 어느 때보다도 더 늙어 보였다. 그녀는 얇은 포장 종이를 카운터 위에 대고 잘랐다. 진주 단추가 있었지, 하고 클라리서는 생각에 잠겼다. 완벽하게 단순한 디자인에 오, ―그 프랑스풍의 분위기!

"부인 손이 너무 마른 편이라서요."

여점원은 이렇게 말하면서 장갑을 단호하면서도, 부드럽게 그녀의 반지 낀 손 위로 당겼다. 클라리서는 거울에 비친 자신의 팔을 바라보았다. 장갑은 팔꿈치까지 미치지 않았다. 반 인치 정도 더 긴 게 있을까? 하지만 그녀를 성가시게 하면 귀찮아할 것만 같았다 ―어쩌면 달마다 찾아오는 그날인지도 모르지, 서 있는 것조차 고통스러울 때니까.

클라리서는 생각했다.

"아니, 괜찮아요."

그녀가 말했지만, 여점원은 벌써 장갑을 가지고 왔다.

"너무 고단하진 않으세요?"

클라리서는 그 매력적인 목소리로 물었다.

"종일 서 있으라고 말이죠. 휴가는 언제 받으시나요?"

"구월입니다, 부인. 그땐 좀 덜 바쁘니까요."

우리가 시골에서 지내는 때로군, 하고 클라리서는 생각했다. 아니면 사냥을 하거나. 여점원은 보름간의 휴가를 브라이튼에서 보낸단다. 답답한 하숙집에 머물면서. 집주인 여자는 설탕을 받는다. 그녀를 시골로 보내서 럼리 부인의 마음에 쏙 들도록 하는 일만큼 쉬운 일은 없을 텐데(이 말을 하고 싶어 혀끝에서 맴돈다). 하지만 다음 순간, 신혼여행 중에 딕이 충동적으로 베푸는 것이 얼마나 어리석은지에 관해 그녀에게 말했던 기억이 떠올랐다. 그는 중국과 교역을 트는 것이 훨씬 더 중요한 일이라고 말했다. 물론 그의 말이 옳았다. 또한 그녀는 그 여점원이 남에게 호의를 받는 것을 좋아하지 않으리라는 느낌이 들었다. 그녀는 거기 자기 자리에 있었고, 딕 역시 그러했다. 장갑을 파는 일이야말로 그녀의 일이었다. 그녀는 자신의 슬픔을 따로 떼어두고 있었고, "또한 지금은 결코 한탄할 수도 없어, 한탄할 수도 없어" 하는 구절이 클라리서의 머리에 맴돌았다. "서서히 퍼지는 세상의 오염에 감염되어" 클라리서는 팔을 뻣뻣이 한 채 이런 생각을 했다. 왜냐하면 모든 것이 완전히 허망한 듯 보이는 순간들이 있으므로(장갑을 벗기자, 그녀의 팔에는 분가루가 얼룩져 있었다) 이제 사람들은 더 이상 신을 믿지 않는 거지.

갑자기 자동차 소리가 요란하게 들려왔고, 실크 스타킹들이 반짝거렸다. 손님 하나가 가게로 들어왔다.

"흰 장갑 주세요."

그녀가 말했는데, 클라리서는 어쩐지 그 목소리가 귀에 익은 듯했다.

참으로 소박한 생활이었지, 하고 클라리서는 생각에 잠겼다. 저 아래쪽에서 바람결에 까마귀의 울음소리가 실려 왔어. 수백 년 전, 실비아가 죽었을 때, 새벽 예배가 시작되기 전 안개 속에 다이아몬드 모양으로 걸친 거미줄과 함께 무덤가의 나무들은 너무나 아름다웠지. 그러나 내일 딕이 죽게 된다면, 신을 믿는 문제에 대해서는—아니, 그녀는 아이들에게 스스로 선택하도록 할 것이다, 하지만 그녀 자신으로 말할 것 같으면, 벡스버러 백작부인처럼—그녀는 전사 통지서(사랑하는 아들 로든이 전사했다)를 손에 쥐고서, 바자회를 열었다고 한다—그렇게 그녀도 삶을 계속하리라. 하지만 왜 그래야 할까, 신을 믿지 않는다면? 다른 사람들을 위해서지, 장갑에서 손을 빼내며 그녀는 그렇게 생각했다. 저 점원도 믿음이 없었다면 훨씬 더 불행했으리라.

"삼십 실링입니다."

여점원이 말했다.

"아니, 죄송합니다, 부인. 삼십오 실링이군요. 프랑스 장갑은 좀 더 비싸거든요."

사람은 자신을 위해서 살아가는 게 아니니까, 하고 클라리서는 생각했다.

그러자 그때 다른 손님이 장갑 한 짝을 집어 들고 잡아당겼는데, 그만 찢어지고 말았다.

"저런!"

그녀가 소리쳤다.

"가죽에 문제가 있었군요."

머리가 희끗희끗한 여점원이 황급히 말했다.

"가죽 처리 과정에서 때로는 산이 한 방울 떨어지기도 하거든요. 이걸로 껴보시겠어요, 부인?"

"그런데 이 파운드 십 펜스라니, 엄청난 사기로군!"

"전쟁 후로는 장갑 가격이 워낙 변동이 심해서요."

여점원이 변명하듯 클라리서를 보면서 말했다.

그런데 저 부인을 어디서 봤더라? 나이는 지긋하고, 턱 밑에 주름 장식을 둘렀으며, 금테 안경에 어울리는 검은 리본을 달고, 관능적이면서도 영리해 보이는, 마치 서전트[17]의 그림에 나올 법한? 다른 사람들을 복종하도록 만드는—"이건 약간 끼는군요" 하고 그녀가 말했다—습성을 가진 사람들이 수두룩한데, 목소리 하나만 가지고 누군지 어떻게 알 수 있겠어, 하고 클라리서는 생각했다. 여점원이 다시 저쪽으로 갔다. 남겨진 클라리서는 기

17 존 서전트(John Sergent, 1856~1925), 미국 화가. 상류층 여성의 초상화를 많이 그렸다.

다리고 있었다. 더 이상 두려워 말라, 카운터에 올려놓은 손가락을 만지작거리며 그녀는 속으로 되뇌었다. 더 이상 두려워 말라, 태양의 열기를. 더 이상 두려워 말라, 하고 그녀는 거듭 되뇌었다. 그녀의 팔에는 작은 갈색 점들이 있었다. 여점원이 달팽이처럼 기어 왔다. 그대, 세상에서의 그대의 임무는 다 끝났소. 수천 명의 젊은이들이 목숨을 바쳤고, 그리하여 세상은 계속되리라. 아, 드디어! 팔꿈치 위로 반 인치 정도 올라오는 길이에, 진주 단추가 달렸고, 가격은 오 파운드 이십오 펜스. 이봐요, 나의 느림보 코치님, 내가 오전 내내 여기 이렇게 앉아 있을 수 있다고 생각하시나요? 하고 클라리서는 생각했다. 이제 거스름돈을 거슬러 주느라 또 이십오 분은 걸리겠지요!

바깥 거리에서 큰 폭발음이 들려왔다. 여점원은 카운터 뒤로 몸을 움츠렸다. 그러나 클라리서는 매우 똑바른 자세로 앉은 채, 저편 부인에게 미소를 보냈다. "미스 안스트루더!" 하고 그녀는 소리쳤다.

럭튼 유모의 커튼

Nurse Lugton's Curtain

유모인 럭튼은 잠이 들었다. 그녀는 코를 한 번 크게 골았다. 머리를 떨어뜨리고 안경은 이마 위로 밀어 놓고 삐죽 튀어나와 있는 손가락엔 골무를 끼운 채 그녀는 벽난로 불똥막이 옆에 앉아 있었다. 면실이 잔뜩 꿰어진 바늘을 밑으로 늘어뜨린 채, 그녀는 코를 골고 또 골고 있었다. 그리고 그녀의 무릎 위에는, 무늬 있는 커다란 파란색 모직 천 조각이 앞치마 전부를 덮은 채 놓여 있었다.

그 모직 천을 뒤덮고 있는 동물들은 럭튼 유모가 다섯 번째로 코를 골 때까지는 움직이지 않았다. 하나, 둘, 셋, 넷, 다섯 — 아, 그 나이 든 여자가 마침내 잠이 들었다. 산양이 얼룩말에게 고개를 끄덕였다, 기린은 나무 꼭대기에 있는 이파리를 물어뜯고, 모든 동물들이 뒹굴고 뛰어다니기 시작했다. 왜냐하면 그 파란 모직 천의 무늬는 몇 무리들의 야생동물과, 창밖을 내다보거나 말을 타고 다리 위에 있는 작은 남자와 여자들로 되어 있었던 것이다. 그런데 그 나이 든 유모가 다섯 번째로 코를 골자마자 그 파란 모직 천은 파란 공기로 바뀌고, 나무들은 흔들렸고, 호수의 물이 찰

싹거리는 소리가 들리고, 사람들이 다리를 지나가고 창밖으로 손을 흔드는 것을 볼 수 있었다.

그 동물들이 이제 움직이기 시작했다. 처음에는 코끼리와 얼룩말이 갔다. 다음에는 기린과 호랑이가 갔다. 타조, 맨드릴개코원숭이, 열두 마리의 마멋 그리고 한 떼의 거위가 뒤따랐다. 펭귄과 펠리컨이 가끔 서로를 쪼아대기도 하면서, 어기적대며 힘들여 걸어갔다. 그 위에 럭튼 유모의 금색 골무가 태양과 같이 빛나고 있었다. 럭튼 유모가 코를 골자, 동물들은 숲 전체에 부는 거센 바람 소리를 들을 수 있었다. 동물들은 물을 마시러 아래로 내려갔다. 동물들이 밟고 지나가자 그 파란 커튼은 (럭튼 유모는 존 재스퍼 깅엄 부인의 응접실 커튼을 만들고 있었다) 풀과 장미와 데이지로 가득 차고, 까만 돌과 하얀 돌, 웅덩이, 마차 바큇자국, 코끼리에게 행여 밟히지 않도록 재빠르게 깡충깡충 뛰어다니는 작은 개구리들로 가득해졌다. 동물들은 아래로 내려갔다, 물을 마시러 언덕 아래 호수로. 그러자 곧 모두 호숫가에 모이게 되었다, 어떤 동물은 몸을 굽히고 어떤 동물은 머리를 위로 젖혔다. 그것은 참으로 아름다운 광경이었다 ― 그런데 나이 든 럭튼 유모가 램프 빛 아래 윈저 의자에 앉아서 잠들어 있는 동안 그녀의 무릎 위를 가로질러 이 모든 동물들이 누워 있다고 생각해보면! 그녀의 앞치마가 장미와 잔디밭으로 뒤덮여 있고 이 모든 야생동물들이 쿵쿵거리며 그 위를 걸어가고 있다고 생각해보면! 럭튼 유모는 동물원에서 우산으로 쇠창살 사이를 찔러보는 것조차도 끔찍하게 무서워하는 판인데 말이다. 심지어 작은 바퀴벌레 한 마리도 그녀를 화들짝 놀라 뛰어오르게 하는데 말이다. 하지만 럭튼 유모는 잠들어 있었다, 럭튼 유모는 아무것도 보지 못했던 것이다.

코끼리들은 물을 마셨다, 그리고 기린들은 키가 제일 큰 튤립

나무의 이파리들을 싹둑 베어 먹었다, 그리고 다리를 건너는 사람들은 동물들에게 바나나를 던져 주고 파인애플을 공중으로 던져 올렸다. 원숭이들이 그것을 몹시 좋아했기 때문이다. 나이 든 여왕이 일인승 가마를 타고 지나갔다, 육군 장군이 지나갔다, 수상도 지나갔다, 해군 사령관이, 집행인이 지나갔다, 밀라마취만 토폴리스라 불리는 아름다운 장소인 그 마을의 사업계 고관들이 지나갔다. 그 누구도 그 사랑스러운 동물들을 해치지 않았다, 많은 이들이 동물들을 가엾게 여겼다, 왜냐하면 가장 조그마한 원숭이조차 마법에 걸려 있다는 사실이 잘 알려져 있었기 때문이다. 왜냐하면 거대한 여자 괴물이 그 동물들에게 자신의 올가미를 씌워놓았고 사람들은 그것을 알고 있었기 때문이다. 그리고 그 거대한 여자 괴물은 럭튼이라고 불렸던 것이다. 사람들은 자기 집 창문에서 그녀가 그 동물들 위에 우뚝 솟아 있는 것을 보았다. 그녀는 거대한 절벽이 있고 눈사태가 일어나며 눈과 머리칼과 코와 이에 준하는 깊게 갈라진 틈들이 있는 산의 측면 같은 얼굴을 하고 있었다. 그녀는 자신의 영토로 길을 잘못 들어선 모든 동물을 산 채로 얼려버렸고, 그래서 하루 종일 그것들은 그녀의 무릎 위에서 꼼짝 않고 가만히 서 있었다. 그러나 그녀가 잠에 곯아떨어지자 동물들은 풀려나와 저녁에 물을 마시러 밀라마취만 토폴리스로 내려왔던 것이다.

갑자기 나이 든 럭튼 유모가 커튼이 온통 주름지도록 휙 잡아당겼다.

왜냐하면 커다란 금파리가 램프 주위에서 붕붕거리다가 그녀를 깨웠던 것이다. 그녀는 똑바로 일어나 앉았다, 그러고는 바늘을 찔러 넣었다.

일순간 동물들은 이전으로 되돌아갔다. 공기는 파란 모직 천이 되었다. 그리고 커튼은 그녀의 무릎 위에 아주 가만히 놓여 있었다. 럭튼 유모는 바늘을 집어 들었다, 그리고 계속 깅엄 부인의 응접실 커튼을 바느질해나갔다.

과부와 앵무새: 한 편의 실화
The Widow and the Parrot: A True Story

오십여 년 전, 나이 많은 과부인 게이지 부인은 요크셔에 있는 스 필즈비라는 마을의 자기 오두막집에 앉아 있었다. 다리를 절고 눈 이 약간 근시인 그녀는, 나막신 한 켤레를 수선하는 데 최선을 다 하고 있었다. 왜냐하면 그녀는 일주일 동안 먹고 살 돈이 단 몇 실 링밖에 없었기 때문이다. 그녀가 망치로 나막신을 두드리고 있는 데, 우편배달부가 문을 열더니 무릎에 편지 한 통을 던지고 갔다.

그 편지에는 '서스, 루이스, 67 하이 가, 스태그와 비틀 씨 사무실' 이라는 주소가 적혀 있었다.

게이지 부인은 봉투를 열어 편지를 읽었다.

'여사님에게, 우리는 귀하의 오빠이신 조셉 브랜드 씨의 사망 을 삼가 알려드리는 바입니다.'

"오오! 저런!"

게이지 부인은 말했다.

"늙은 조셉 오빠가 마침내 세상을 떠났군!"

'그는 귀하에게 전 재산을 남겼습니다.'

편지는 계속되었다.

'그 자산은 루이스에 가까이 있는 로드웰이라는 마을의 주택 한 채, 마구간, 오이 재배용 틀, 세탁물 탈수기, 외바퀴 손수레 등 등입니다. 그는 또한 귀하에게 그의 전 재산 삼천 파운드를 남겼습니다.'

게이지 부인은 너무 기뻐서 거의 난롯불에 빠질 뻔했다. 그녀는 여러 해 동안 오빠를 만난 적이 없었다. 그녀가 매해 크리스마스 카드를 보냈지만, 그는 잘 받았다는 소식조차 전하지 않았기에, 그녀는 그가 어렸을 적부터 그녀도 익히 알고 있는 구두쇠 같은 습관 때문에 답장에 붙일 일 페니짜리 우표 한 장조차도 아까워하는 거라고 생각했다. 그러나 이제 모든 것이 그녀에게 유리하게 되었다. 집이나 그 밖의 등등은 제쳐놓고라도 삼천 파운드라면 그녀와 그녀의 식구들은 영원히 대단한 호강을 누리며 살아갈 수 있을 것이다.

그녀는 당장 로드웰에 다녀와야만 한다고 마음먹었다. 마을 성직자이신 사무엘 톨보이즈 목사님이 그녀에게 차비로 이 파운드 십 실링을 빌려주었고, 그래서 그다음 날쯤에는 여행을 위한 모든 준비가 완료되었다. 이 준비 중에 가장 중요한 것은 그녀가 없는 동안에 그녀의 애견 셰그를 돌보는 일이었다. 왜냐하면 그녀는 비록 가난했지만 동물들에게 헌신적이었고, 개에게 줄 뼈다귀를 절약하느니 차라리 자신이 종종 굶고 지냈던 것이다.

그녀는 화요일 밤늦게 루이스에 도착했다. 당시 사우스이즈에는 강 위에 다리가 없었고 뉴헤이븐으로 가는 길도 아직 만들어지지 않았음을, 나는 말해두어야겠다. 로드웰에 다다르기 위해서는, 지금도 그 흔적이 남아 있는 얕은 여울목으로 아우스 강을 건너야만 했는데, 오로지 강바닥의 돌이 수면 위로 드러나는 썰물에나 건널 수 있었다. 농부인 스테이시 씨가 그의 마차로 로드웰에 갈 예정이었는데, 친절하게도 게이지 부인을 같이 데리고 가겠다고 제의했다. 어느 십일월 밤 아홉 시경에 그들은 로드웰에 도착했고, 스테이시 씨는 고맙게도 게이지 부인의 오빠가 그녀에게 남겨준 마을 끝의 집을 가리켜주었다. 게이지 부인은 문을 두드렸다. 아무런 대답이 없었다. 그녀는 다시 두드렸다. 매우 기이하고도 높은 목소리가 날카롭게 외쳤다.

"집에 없어요."

그녀는 너무 깜짝 놀라 다가오는 발소리가 들리지 않았다면 도망쳤을 것이다. 곧 포드 부인이라는 나이 든 마을 아낙네가 문을 열어주었다.

"'집에 없어요'라고 누가 그렇게 소리를 질렀나요?"

게이지 부인이 말했다.

"빌어먹을 저놈의 새죠."

포드 부인은 커다란 회색 앵무새 한 마리를 가리키면서 역정 내듯 말했다.

"저 녀석은 거의 내 머리가 떨어져나갈 정도로 비명을 질러대요. 저 녀석은 무슨 기념비처럼 온종일 저기 횃대 위에 구부리고 앉아서, 어쩌다 녀석의 횃대에 가까이 가기라도 하면 '집에 없어요'라고 날카로운 소리로 외쳐대지요."

게이지 부인의 눈에는 앵무새가 썩 잘생겼으나 애처롭게도 깃털이 소홀히 방치된 것으로 보였다.

"아마도 기분이 좋지 않거나 배가 고픈 모양이지요."

그녀가 말했다. 그러나 포드 부인은 단지 그 새의 성질이 그런 것이며, 그 새는 동부에서 어떤 뱃사람의 앵무새였고 따라서 그 주인의 말투를 배웠다고 말했다. 그러나 그녀는 덧붙이기를, 조셉 씨는 그 새를 매우 좋아했고 제임스라고 불렀으며, 사람들이 말하기를 그 새가 마치 이성적인 존재인 양 그에게 말을 걸었다고 했다. 포드 부인은 곧 떠났다. 게이지 부인은 당장 자기 여행 상자에 들어 있는 설탕을 조금 꺼내어 앵무새에게 주면서, 매우 친절한 목소리로 자기는 아무런 해도 끼칠 마음이 없으며, 그의 주인의 여동생이고 그 집을 인수받으려고 왔고, 할 수 있는 한 앵무새가 가장 행복해지도록 마음을 쓸 거라고 말했다. 그러고 나서 등을 들고, 오빠가 그녀에게 남겨준 재산이 어떤지 보기 위해 집을 둘러보았다. 그것은 쓰라린 실망 그 자체였다. 카펫이란 카펫은 구멍투성이였다. 의자 밑바닥은 다 떨어져나갔다. 쥐들이 벽난로를 따라 돌아다녔다. 부엌 바닥을 뚫고 커다란 독버섯들이 자라나고 있었다. 칠 페니 반의 가치라도 되는 가구는 한 점도 없었기에, 게이지 부인은 오로지 루이스 은행에 안전하고도 안락하게 누워 있는 삼천 파운드를 생각하며 스스로를 위로했다.

그녀는 다음 날 스태그와 비틀 씨로부터 돈을 찾아 가능한 한 빨리 집으로 돌아가기 위해 루이스로 출발하기로 마음을 먹었다. 몇 마리의 상급 버크셔 돼지를 시장에 내놓으려 하는 스테이시 씨는 다시 그녀를 데려다주겠다고 제의했고, 마차를 타고 가면서 밀물 때에 강을 건너려다 물에 빠져 죽은 젊은 사람들에 대한 끔찍한 이야기를 그녀에게 들려주었다. 그녀가 스태그 씨 사무실에 들어서자마자 이 불쌍하고 나이 든 여자를 대단히 실망시킬 일이 기다리고 있었다.

"좀 앉으십시오, 부인."

그는 매우 근엄한 표정과 약간 투덜대는 말투로 말했다.

"사실은 말입니다."

그는 말을 이었다.

"당신은 매우 불쾌한 소식을 접할 각오를 하셔야겠습니다. 당신에게 서신을 보낸 이후 저는 세심하게 브랜드 씨의 서류들을 검토해보았습니다. 말씀드리기 유감스러우나 나는 그 삼천 파운드의 흔적을 전혀 찾을 수가 없었습니다. 제 동업자인 비틀 씨도 로드웰에 직접 가서 최대한 꼼꼼하게 그 집과 대지를 수색해보았습니다. 그는 완전히 아무것도 — 금, 은, 혹은 다른 어떤 귀중품도 — 발견하지 못했습니다. 얼마를 받을 수 있든 간에 지금 제가 당신에게 팔아버리라고 조언드리고 있는, 그 회색 앵무새를 제외하고는 말입니다. 벤자민 비틀은 그 새의 말투가 매우 극단적이라고 말했습니다. 그러나 돈은 여기에도 거기에도 없습니다. 당신은 공연한 헛걸음을 하신 것 같습니다. 그 집과 대지는 못쓰게 되었고, 그리고 물론 우리의 노력에 대한 비용도 상당합니다."

여기서 그는 말을 멈추었고, 게이지 부인은 자기가 떠나기를 그가 원하고 있다는 점을 너무나 잘 알고 있었다. 그녀는 실망감에 거의 미칠 것 같았다. 그녀는 사무엘 톨보이즈 목사님으로부터 이 파운드 십 실링을 빌렸을 뿐만 아니라 완전히 빈손으로 집에 돌아가는 신세가 된 것이다. 앵무새 제임스도 그녀의 차비를 마련하기 위해 팔아야만 할 것 같았다. 비가 세차게 내리고 있었으나 스태그 씨는 그녀에게 좀 머무르다 가라고 말하지 않았고, 그녀 역시 비통함에 완전히 제정신이 아니어서 자기가 하는 행동에 대해 개의치 않았다. 비가 오는데도 불구하고 그녀는 초원을 가로질러 로드웰로 되돌아가기 시작했던 것이다.

게이지 부인은 내가 이미 말했던 대로 오른쪽 다리를 절었다. 가장 상황이 좋은 때에도 그녀는 천천히 걸었다. 그런데 이제는 실망스러움과 강둑 위의 진흙 때문에 정말로 느리게 앞으로 나아갔다. 그녀가 터벅터벅 걸어감에 따라 날은 점점 어두워져서 마침내 강변 옆의 돋우어진 길 위로 그저 계속 가는 것이 그녀가 할 수 있는 전부였다. 당신은 그녀가 걸어가면서 불평하는 소리를 들을 수 있을 것이다. 그녀로 하여금 이 모든 고생을 하게 한 교활한 오빠 조셉에게 불평하는 소리를 말이다.

"제기랄."

그녀는 말했다.

"나를 이렇게 고생시키다니. 그는 우리 둘 다 어렸을 때, 늘 잔인한 소년이었어."

그녀는 계속 말했다.

"그는 가여운 곤충들을 괴롭히기를 좋아했지. 그가 내 눈앞에서 털이 난 풀쐐기를 가위로 손질했던 걸 난 알고 있지. 그는 또한 지독하게 욕심 많은 여우였어. 그는 용돈을 나무에다 숨기곤 했지. 그리고 차를 마실 때 누군가 그에게 당의를 입힌 케이크 한 조각을 주면, 그는 설탕을 잘라내어 저녁때 먹으려고 보관해놓았지. 바로 이 순간 그는 지옥의 불 속에서 활활 타고 있을 거라고 나는 확신해. 그러나 그것이 나에게 무슨 위로가 된단 말인가?"

그녀는 자문했다. 그리고 그것은 정말로 거의 위안이 되지 않았다. 왜냐하면 그녀는 강둑을 따라 다가오던 커다란 소와 정면 충돌하여 진흙 속에서 데굴데굴 굴렀던 것이다.

그녀는 가능한 한 최선을 다해 몸을 추스르고는 다시 터벅터벅 계속 걸어갔다. 몇 시간은 걸어온 것 같았다. 이제 사위는 칠흑처럼 깜깜해졌고 코앞의 자기 손도 거의 볼 수가 없었다. 갑자기 그녀는 농부 스테이시 씨가 여울목에 대해 한 말을 생각해냈다.

"제기랄."

그녀는 말했다.

"어떻게 건널 길을 찾을 수 있을까? 만약 조수가 들어와 있으면 나는 깊은 물에 발을 디디게 될 것이고 일순간에 바다로 쓸려

가버릴 것이다! 여기에서 빠져 죽은 부부들이 많다는데, 말, 마차, 소 떼, 건초 더미들은 말할 것도 없고."

실제로 어둠과 진흙 때문에 그녀는 정말이지 곤경에 처해 있었다. 그녀가 여울목에 다다랐는지 아닌지를 구별하는 것은 말할 것도 없고, 강물 자체를 거의 볼 수가 없었다. 어느 곳에서도 불빛을 볼 수가 없었던 것은, 아마 당신도 알고 있듯이, 최근 레너드 울프의 별장이 된 애셔험 하우스보다 더 가까운 오두막집이나 주택이 그쪽 강변에는 없었기 때문이다. 주저앉아 아침이 되기를 기다리는 것 외에는 아무것도 할 일이 없어 보였다. 그러나 나이 든 데다 몸에 류머티즘까지 있으니 그녀는 추위로 죽을 수도 있었다. 다른 한편, 그녀가 강을 건너려 한다면 익사할 것은 거의 확실했다. 자신의 처지가 너무나 비참해서 그녀는 할 수만 있다면, 들판의 소 한 마리와 기꺼이 운명을 바꾸려고 했을 것이다. 주저앉아야 할지, 헤엄쳐 건너야 할지, 젖은 채로 저 풀밭에서 그저 뒹굴고 있어야 할지, 운명이 정해주는 대로 잠이 들지 아니면 얼어죽게 될지 아무것도 모르는 채 강둑에 서 있는 불쌍한 이 나이 많은 여인네는 서섹스 마을 전체에서 더 이상 찾아볼 수 없게 될지도 모를 일이었다.

그 순간 놀라운 일이 일어났다. 엄청난 빛이 거대한 횃불처럼 하늘 높이 치솟아서 모든 풀 잎사귀를 밝게 비추고, 이십 야드도채 안 떨어진 여울목을 그녀에게 보여주었던 것이다. 썰물이었으므로 그녀가 다 건너갈 때까지 그 불빛이 꺼지지만 않는다면 강을 건너는 일은 쉬울 것이다.

"저것은 혜성이나 혹은 뭔가 그처럼 대단하고 기괴한 것임에 틀림없어."

그녀는 절뚝거리며 강을 건너면서 말했다. 그녀는 로드웰 마을

이 자기 앞에 우뚝 환하게 나타나는 것을 볼 수 있었다.

"어유, 저런."

그녀는 외쳤다.

"어느 집이 불타고 있네, 이런 고맙게도."

그녀는 집 한 채가 다 전소되려면 몇 분은 걸릴 것이며 따라서 그동안 그녀가 마을로 가는 길에는 별 어려움이 없을 거라고 생각했던 것이다.

"아무에게도 이롭지 않은 바람은 불지 않는다."

그녀는 로만 로드[1]를 따라 절뚝거리며 걸어가면서 말했다. 과연 그녀는 길 하나하나를 완전히 볼 수가 있었다. 그러다가 그녀가 마을 길로 거의 접어들었을 때, 처음으로 퍼뜩 생각이 떠올랐다.

'어쩌면 내 눈앞에서 전부 까맣게 타버리고 있는 것이 내 집일 수도 있어.'

그녀의 생각은 완전히 옳았다.

작은 소년이 잠옷을 입은 채로 깡총거리며 그녀에게 뛰어와서 소리쳤다.

"늙은 조셉 브랜드의 집이 불타는 것 좀 보세요!"

모든 마을 사람들이 집 주변에 빙 둘러서서 몽크스 하우스 부엌의 우물에서 길러낸 물을 가득 부은 양동이를 건네어 불길에 다 쏟아붓고 있었다. 그러나 불은 대단한 위력을 발휘했고, 게이지 부인이 도착하자마자 지붕이 내려앉았다.

"혹시 그 앵무새를 구해낸 사람이 있나요?"

그녀는 외쳤다.

"부인, 당신이 저 안에 있지 않은 것만도 고맙게 생각하십시오."

성직자인 제임스 혹스포드 목사님이 말했다.

---

1 로마군이 영국 점령 중에 만든 도로.

"그 말 못 하는 짐승에 대해서는 걱정 마십시오. 의심할 것 없이 그 앵무새는 횃대 위에서 안락하게 질식했을 겁니다."

그러나 게이지 부인은 스스로 찾아보기로 작정했다. 마을 사람들은 새 한 마리 때문에 목숨을 아끼지 않는 걸 보니 틀림없이 제정신이 아니라며 그녀를 말렸다.

"불쌍한 노인네."

포드 부인이 말했다.

"그녀는 잠옷가지 등이 들어 있는 낡은 나무 상자 하나 말고는 모든 재산을 다 잃은 거야. 우리가 그녀 입장이라도 틀림없이 정신이 돌았을 거야."

포드 부인은 그렇게 말하면서 게이지 부인의 손을 잡고 자신의 오두막집으로 데리고 갔고, 게이지 부인은 그 오두막집에서 그날 밤을 지내게 되었다. 이제 불은 꺼지고 모두들 잠자러 집에 갔다.

그러나 가여운 게이지 부인은 잠을 잘 수가 없었다. 자신의 비참한 신세를 생각하느라, 그리고 어떻게 요크셔로 돌아갈 수 있을 것이며, 어떻게 사무엘 톨보이즈 목사님에게 빚진 돈을 갚을 수 있을 것인가를 고민하느라 이리 뒤척이고 저리 뒤척였다. 동시에 그 불쌍한 앵무새 제임스의 운명을 생각하니 한층 더 마음이 아팠다. 누구에게도 친절이라고는 베푼 적이 없는 늙은 조셉 브랜드의 죽음을 그토록 깊이 애도하다니, 그 새는 참으로 인정 어린 가슴을 지녔음에 틀림이 없다고 생각하니 그 새가 좋아졌던 것이다. 천진난만한 새 한 마리에게 조셉 브랜드의 죽음은 끔찍했을 거라고 그녀는 생각했다. 그녀가 조금만 일찍 도착했더라면 그 새의 목숨을 구하기 위해 그녀는 목숨을 아끼지 않았을 것이다.

이런 생각들을 하면서 침대에 누워 있는데, 창문을 가볍게 두

드리는 소리가 들려와 그녀는 깜짝 놀랐다. 그 두드리는 소리는 세 번 더 반복되었다. 게이지 부인은 가능한 한 재빨리 잠자리에서 일어나 창문가로 갔다. 거기에는 정말 놀랍게도 커다란 앵무새 한 마리가 창문턱에 앉아 있었다. 비는 그쳤고 달빛이 비치는 멋진 밤이었다. 처음에는 매우 놀랐으나 그녀는 곧 그 회색빛 앵무새 제임스를 알아보았고, 새가 화를 면한 것이 너무나 기뻐서 어쩔 줄을 몰랐다. 그녀는 창문을 열고 새의 머리를 몇 차례 쓰다듬어주고는 들어오라고 말했다. 앵무새는 좌우로 부드럽게 고개를 흔듦으로써 대답을 대신했다. 그러고는 땅으로 날아가 몇 발자국 걸어가더니 게이지 부인이 오고 있나를 확인하려는 듯이 뒤를 돌아보고는 다시 그녀가 놀라움 속에 서 있는 창턱으로 되돌아왔다.

"저 짐승의 행동 속에는 우리 인간이 아는 것보다 더 많은 의미가 담겨 있어."

그녀는 혼잣말을 했다.

"그래 좋다, 제임스."

그녀는 큰 소리로 말했다. 그러고는 그 새가 마치 인간이라도 되는 양 이야기했다.

"네 말을 믿어볼게. 단지 내가 옷 좀 주워 입을 동안 잠시만 기다리려무나."

그렇게 말하면서 그녀는 큰 앞치마를 핀으로 꽂아 입고 최대한 조용히 아래층으로 살금살금 내려갔다. 그러고는 포드 부인을 깨우지 않고 밖으로 나왔다.

앵무새 제임스는 의심할 바 없이 흡족해했다. 그는 이제 불타버린 집을 향하여 그녀보다 몇 야드 앞서 경쾌하게 깡충깡충 뛰어갔다. 게이지 부인은 최대한 빨리 쫓아갔다. 그 앵무새는 길을 완벽히 알고 있는 듯이, 원래 부엌이 있었던 집 뒤편으로 돌아갔다. 바닥 이외에 부엌이라고는 이제 남아 있지 않았고, 벽돌로 된 바닥은 불을 끄기 위해 부은 물로 여전히 흠뻑 젖어 있었다. 제임스가 부리로 마치 벽돌을 시험해보듯 여기저기 쪼아대며 주변을 깡충깡충 뛰어다니는 동안 게이지 부인은 놀라서 가만히 서 있었다. 그것은 매우 기괴한 광경이었기에 게이지 부인이 동물과 함께 사는 습관이 들어 있지 않았다면 십중팔구 허둥지둥 집으로 되돌아갔을 것이다. 그러나 기이한 일들은 이제부터 일어날 참이었다. 이러는 내내 앵무새는 아무런 말도 하지 않았다. 그런데 갑자기 그야말로 엄청난 흥분 상태가 되더니 날개를 퍼득이고 부리로 바닥을 연신 쪼아대며 너무나 날카로운 소리로 "집에 없어요, 집에 없어요"라고 외쳤기 때문에 온 마을이 다 깰까 봐 그녀는 겁이 났다.

"제임스, 그렇게 흥분하지 말아라. 네가 다치겠다."

그녀는 진정시키듯이 말했다. 그러나 새는 전보다 더 강렬하게 여러 번 벽돌을 향한 공격을 반복했다.

"저 행동의 의미는 대체 뭘까?"

게이지 부인은 부엌 바닥을 찬찬히 살펴보며 말했다. 그녀는 환한 달빛 속에서 벽돌 바닥 중에 약간 고르지 못한 부분을 발견했는데, 그것은 마치 그 벽돌을 들어냈다가는 다시 놓아 다른 벽돌들과 편평하지 않게 된 것 같았다. 그녀는 앞치마를 맸던 커다란 안전핀을 빼 벽돌 사이에 비집어 넣어 움직여보고는 벽돌이 그저 엉성하게 모여 있다는 것을 알아챘다. 곧이어 그녀는 손으로 벽돌 하나를 집어 들었다. 이렇게 하자마자 앵무새는 그 옆의 벽돌 위로 깡충 건너가서 부리로 날렵하게 두드리며 "집에 없어요"라고 외쳤는데, 게이지 부인은 그 행동을 돌을 움직여보라는 의미로 이해했다. 그렇게 그들은 달빛 아래 벽돌들을 계속 집어 올렸고 마침내 가로 육 피트 세로 사 피트 반의 공간이 드러나게 되었다. 앵무새는 이것으로 충분하다고 생각하는 것 같았다. 그러나 그다음에는 무엇을 해야 하나?

게이지 부인은 이제 좀 쉬고 나서 앵무새 제임스의 행동에 전적으로 따르기로 작정했다. 그러나 그녀는 오래 쉴 수가 없었다. 당신은 암탉이 발톱으로 모래 속을 긁어내는 모습을 보았는지 모르겠는데, 앵무새가 마치 암탉처럼 몇 분 동안 모래 기반을 이리저리 긁어내자 척 보기에 누르스름한 둥근 돌덩어리 같은 무언가가 파내어졌다. 이제 앵무새의 흥분이 너무나 심해져서 게이지 부인은 앵무새를 도와주러 다가갔다. 그들이 드러내놓은 공간 전체가 길게 둘둘 모아 놓은 둥글고 누르스름한 돌로 꽉 차 있다는 것을 발견하고 그녀는 깜짝 놀랐는데, 그 돌들은 아주 정연하게 쌓여 있어서 옮기는 일은 그야말로 큰일이었다. 그러나 이것들이 대관절 무엇이란 말인가? 그리고 무슨 목적으로 여기에 숨겨져 있었던 것일까? 그들이 맨 위의 층을 완전히 들어내고 그다음에 그 돌 아래 놓여 있는 유포를 걷어내고 나서야 마침내 참으로 기적 같은 광경이 눈앞에 펼쳐졌다—거기에, 한 줄 다음 또한 줄, 아름답게 광을 내어 달빛 아래 찬란히 빛나고 있는 것은 갓 나온 새 금화 수천 개였던 것이다!

그렇다면 이곳은 그 구두쇠의 은닉 장소였다. 그리고 그는 두 가지의 비상한 예방책을 강구함으로써 그 누구도 그것을 찾아내지 못하도록 확실히 해두었던 것이다. 나중에 알게 된 것처럼, 우선 그는 보물을 숨긴 지점 위에다 취사용 화덕을 만들었고, 그래서 화재가 그것을 부숴버리지 않았던들 아무도 거기에 보물이 있는지 몰랐을 것이다. 그리고 두 번째로 그는 금화의 맨 위층을 끈적거리는 물질로 입혀서는 흙에다 굴렸고, 그래서 만약 우연히 금화 한 닢이 노출되더라도 아무도 그것이 어느 날이고 정원에서 쉽게 보게 되는 그런 조약돌 외에 다른 것이라고는 의심하지 않았을 것이다. 이리하여 늙은 조셉의 술책이 좌절된 것은 오로지 화재와 앵무새의 명민함, 그 둘의 비상한 우연의 일치에 의해서였다.

자, 이제 게이지 부인과 앵무새는 열심히 작업하여 전체 저장물을 끄집어내어—그 숫자는 더 많지도 더 적지도 않게 삼천 개였다—땅 위에 펼쳐놓은 그녀의 앞치마 위에다 놓았다. 삼천 번째의 금화가 금화 더미 위에 놓이자 앵무새는 의기양양하게 하늘로 날아올라가더니 게이지 부인 머리 위에 아주 사뿐히 내려앉았다. 이런 식으로 그들은—내가 말했던 대로—게이지 부인이 다리를 절었기 때문에 매우 느린 속도로 포드 부인의 오두막집으로 되돌아갔는데, 이제 그녀는 앞치마의 내용물 때문에 거의 땅에 닿을 정도로 무거움을 느꼈다. 그러나 그녀가 자기 방에 도착했을 때, 그 누구도 그녀가 폐허가 된 그 집을 다녀온 것을 몰랐다.

다음 날 그녀는 요크셔로 돌아갔다. 스테이시 씨는 다시 한 번 더 그녀를 루이스로 태워다주었고, 게이지 부인의 나무 상자가 얼마나 무거워졌는가를 발견하고는 다소 놀랐다. 그러나 그는 조용한 부류의 사람이었고 따라서 단지 로드웰의 친절한 사람들이 그녀가 끔찍한 화재로 전 재산을 다 잃어버린 것을 불쌍히 여겨 그녀에게 이것저것 약간의 잡동사니를 주었을 것이라고 결론을 내렸다. 마음이 순수하고 선량한 스테이시 씨는 반 크라운에 그 앵무새를 사주겠다고 제안했다. 그러나 게이지 부인은 인도 제국의 모든 부富를 준다고 하더라도 그 새를 결코 팔지 않을 거라고 말하면서 너무나 화를 내며 그 제안을 거절했기 때문에, 그는 저 나이 든 여자가 고통으로 말미암아 정신이 이상해져버렸다고 결론을 내렸다.

게이지 부인은 안전하게 스필즈비로 되돌아갔고, 까만 상자를 은행에 가져갔으며, 앵무새 제임스와 개 셰그와 함께 나이가 아주 많이 들 때까지 매우 안락하고 행복하게 살았다는 사실만이 은밀히 남아 있다.

죽음의 침상에 누워서야 그녀는 드디어 목사님(사무엘 톨보이즈 목사님의 아들)에게 이야기 전부를 털어놓았다. 그리고 그녀는 강둑 위에서 그녀가 위험에 처했을 때 그 앵무새가 위험을 알아차리고 부엌의 싱크대로 날아가서 그녀의 저녁 식사 음식을 데우고 있는 석유 난로를 일부러 엎어 그 집을 불태웠다고 확신한다고 덧붙여 말했다. 앵무새는 그렇게 함으로써 그녀가 익사하지 않도록 구해주었을 뿐만 아니라, 무슨 수로도 결코 발견할 수 없었을 삼천 파운드도 빛을 보게 해주었다는 것이다. 이 모든 일들이 그녀가 동물에게 친절했기 때문에 받은 보상이라고 그녀는 말했다.

목사님은 그녀가 자신의 내면 속에서 헤매고 있다고 생각했다. 그러나 숨이 그녀의 육체에서 빠져나가는 바로 그 순간에 앵무새 제임스가 "집에 없어요! 집에 없어요!"라고 비명을 지르더니 횟대에서 떨어져 그 자리에서 죽었다는 것은 확실했다. 개, 셰그는 그보다 몇 년 앞서 죽었다.

로드웰을 방문하는 사람들은 오십 년 전에 전소된 그 집의 폐허를 여전히 볼 수 있을 것이다. 그리고 사람들이 흔히 말하기를 달빛 아래 그 집을 방문하면 앵무새 한 마리가 부리로 벽돌 바닥을 쪼아대는 소리를 들을 수가 있다고 하고, 한편 다른 이들은 어떤 나이 많은 여자가 하얀 앞치마를 두르고 거기에 앉아 있는 것을 본 적이 있다고들 한다.

새 옷
The New Dress

메이블은 망토를 벗을 때 처음으로 뭔가 잘못되었다는 심각한 의심이 들었다. 바넷 부인은 메이블에게 거울을 건네주고 옷솔을 만지면서 화장대 위에 있는, 머리, 안색, 옷매무새를 단장하고 매만지는 모든 도구들에, 어쩌면 약간은 특별히 눈길을 주게 함으로써 그 의심을 확실하게 해주었다. 제대로 안 됐어, 아주 잘못 됐어, 그 의심은 메이블이 이 층으로 올라갈 즈음에는 점점 더 강해졌고, 클라리서 댈러웨이 부인에게 인사를 할 즈음에는 신념이 되어 솟구쳐 올라왔기에, 그녀는 곧장 방 맨 끝, 그늘진 구석에 있는 거울 앞으로 가서 쳐다보았다. 아니야! 제대로 안 됐어. 그리고 당장에 그녀가 언제나 숨기려고 했던 불행, 깊은 불만―그녀가 어린아이일 적부터 가졌던 다른 사람들보다 열등하다는 감각―이 무자비하게 가차없이 너무도 강렬하게 몰려와서, 그녀가 집에서 밤에 자다 깨서 바로우[1]나 스콧[2]을 읽을 때 그랬듯이 물리칠 수가 없었다. 아, 이 남자들, 아, 이 여자들, 이들은 모두 이

---

1 조지 바로우(Gorge Borrow, 1803~1881), 영국의 여행가, 소설가.
2 월터 스콧(Walter Scott, 1771~1832), 영국의 소설가.

렇게 생각하고 있어 —"메이블이 무슨 옷을 입은 거야? 그녀는 정말 꼴불견이군! 정말 보기 흉한 새 옷이네!"—그들은 다가오면서 눈꺼풀을 깜박였고, 그러고는 입술을 다소 굳게 다물었다. 그녀는 바로 자신의 가공할 부적절함, 비겁함, 천박함, 흐리멍텅함 때문에 침울해졌다. 그리고 당장에 그녀가 그렇게 오랜 시간을 들여 양재사와 함께 어떻게 옷을 만들지 계획했던 방 전체가 불결하고 혐오스러워 보였다. 그녀는 너무도 초라한 거실 밖으로 나가면서, 허영에 가득 찬 태도로 홀 테이블 위의 편지들을 만지면서 말했다.

"너무 재미없어!"

과시하는 일이 —이 모든 것이 이제는 말할 수 없이 어리석고 시시하고 촌스럽게 보였다. 그녀가 댈러웨이 부인의 거실로 들어온 순간, 모든 것이 완전히 파괴되었고 폭로되었고 폭파되었다.

그녀가 댈러웨이 부인의 초대장을 받았을 때, 그날 저녁 찻잔을 놓고 앉아서 생각했던 것은 물론 자신이 유행을 좇을 수는 없다는 것이었다. 그런 척하는 것조차 어리석었다. 유행은 재단을 의미했으며, 스타일을 의미했고, 적어도 금화 삼십 닢을 의미했다. 하지만 독특하지 말라는 법은 없지? 어쨌든 나 자신 그대로면 왜 안 돼? 그리고 일어서면서, 그녀는 어머니의 오래된 패션 책을 집어 들었다. 제국 시대의 파리 패션 책이었다. 그때의 여성들이 훨씬 아름답고, 더 위엄 있으며, 더 여자다웠다고 생각했다. 그래서 그들처럼 되려고 —아, 어리석은 짓이었어 —마음먹었고, 실제로는 깃털로 장식하면서도, 수수하고 고풍스럽고 아주 매력적이라는 구실 아래, 의심할 여지없이 허영심에 탐닉하도록 스스로를 내버려두었던 것이다. 그것은 징벌을 받아 마땅했다. 그래서 이처럼 차려입고 나선 것이다.

하지만 그녀는 감히 거울을 쳐다볼 수 없었다. 그녀는 공포의 전모에 직면할 수 없었다. 창백한 노란색의 긴 치마와 높은 소매 그리고 허리가 들어간, 바보 같아 보이는 구식의 실크 드레스. 그 모든 것들이 패션 잡지에서는 너무도 매력적으로 보였는데, 그녀가 입은 모습은 영 아니었다. 이렇게 평범한 모든 사람들 사이에서는 아니었던 것이다. 그녀는 젊은이들이 핀을 꽂도록 한 자리에 서 있는 양재사의 마네킹처럼 느껴졌다.

"하지만, 당신은 완벽하게 멋져 보여요!"

로즈 쇼가 약간 빈정대듯이 입술을 오므리고 그녀를 아래위로 훑어보면서 말했다. 그녀가 예상했던 대로다. 로즈는 최첨단 유행을 좇아 입었다, 언제나, 정확하게 다른 모든 이들처럼 말이다.

메이블은 모두가 찻잔 받침의 가장자리를 기어다니려 하는 파리들 같다고 생각했고, 그 문구를 마치 가슴에 성호를 긋듯이 반복해서 되뇌었다. 마치 이 고통을 소멸시키는, 이 고뇌를 참을 만하게 하는 어떤 주문을 찾으려는 것처럼 말이다. 오래전에 읽은 책의 시행들, 셰익스피어 작품에서의 인용구가, 그녀가 고뇌할 때마다 갑자기 떠올라서, 그녀는 그것을 다시, 또다시 반복했다.

"기어다니려 하는 파리들……"

그녀는 그 말을 되풀이했다. 만약 그녀가 그 말을 충분히 자주 반복해서 정말로 파리들을 볼 수 있다면, 그녀는 마비되고 냉담해지고 냉랭해져서 우둔해지리라. 이제 그녀는 파리의 날개가 한데 달라붙은 채 우유가 묻어 있는 찻잔 받침 밖으로 서서히 기어 나오는 것을 볼 수 있었다. 그녀는 (거울 앞에 서서 로즈 쇼의 얘기를 들으면서) 자신이 로즈 쇼와 거기 있는 모든 사람들을 파리로 보게 하려고 애쓰고 애썼다. 무언가의 밖으로 혹은 안으로 스스로를 끌어들이려고 하는 파리들, 빈약하고, 하찮은, 애쓰는 파리들 말이다. 그러나 그녀는 그들을 그렇게 볼 수가 없었다. 다른 사람들은 아니었다. 그녀 자신만이 그렇게 보였다—그녀가 바로 파리였다, 하지만 다른 이들은 춤추고 퍼덕이고 스치듯이 나는 잠자리, 나비, 아름다운 곤충들이었다. 단지 그녀만 자신을 찻잔 밖으로 질질 끌어올리고 있었다. (질투심과 악의, 악덕 중에 가장 혐오스러운 것들이 그녀의 주요 결점들이었다.)

"저는 초라하고 노쇠하고, 끔찍하게 지저분한 늙은 파리처럼 느껴져요."

그녀는 말했고, 로버트 헤이든을 멈춰 서게 했다, 단지 그녀가 이 말을 하는 것을 듣게 하려고, 단지 그 초라하고 심약한 문구를 새롭게 구사해서 그녀 자신을 되찾으려고 말이다. 그래서 자신이 얼마나 초연하고, 얼마나 재치 있으며, 조금도 소외감을 느끼지 않는다는 것을 보이려 했다. 로버트 헤이든은 물론 아주 공손하면서도 아주 성의 없게 무슨 말인지 대답을 했고, 그녀는 그것을 당장에 꿰뚫어 보았고, 그가 가자마자 자신에게 말했다(다시 어떤 책에서).

"거짓말, 거짓말, 거짓말!"

왜냐하면 파티는 사물들을 아주 더 실재하게 혹은 훨씬 비실제적이게 만들기 때문이라고 그녀는 생각했다. 그녀는 한순간에 로버트 헤이든의 마음 밑바닥까지 보았다. 그녀는 모든 것을 꿰뚫어 보았다. 그녀는 진실을 보았다. 이것은 사실이다, 이 거실, 이 자아, 그리고 다른 것은 거짓이다. 밀란 양의 작은 작업실은 정말로 끔찍하게 덥고 답답하고 불결했다. 그곳은 옷감과 양배추 삶은 냄새가 났다. 하지만 밀란 양이 완성한 드레스를 입고, 손에 쥐어준 거울에 자신을 비춰 보았을 때, 특별한 희열감이 심장을 뚫고 지나갔다. 갑자기 빛으로 가득 찬 그녀의 존재가 나타났다. 근심들과 잔주름들이 없어진, 그녀가 자신에 대해서 꿈꾸었던 존재 — 아름다운 여자가 거기에 있었다. 거기서 그녀는, 단지 한순간 동안(그녀는 감히 더 오래 쳐다볼 수 없었다, 밀란 양은 치마 길이를 알고 싶어 했다), 회색빛 도는 하얀 피부에, 신비스럽게 미소 짓는, 매력적인 소녀, 그녀 자신의 진수, 그녀 자신의 영혼을 바라보았다. 그리고 그녀가 그것이 훌륭하고 다정스럽고 진실되다고 생각한 것은 단지 허영심이나 이기심 때문만은 아니었다. 밀란 양은 스커트가 더 길면 멋지지 않다고 말했다. 손을 댄다면, 스커트가 더 짧아야 한다고, 밀란 양은 앞이마에 주름살을 지으며, 온갖 기지를 동원해 생각하며 말했다. 그리고 그녀는 갑자기 정말로 밀란 양에 대한 사랑으로 가득 차는 것을 느꼈다. 이 세상 어느 누구보다도 밀란 양을 훨씬, 훨씬 더 좋아했다. 그녀의 얼굴은 붉고 눈은 튀어나왔으며, 입에 핀을 잔뜩 물고 바닥에서 기어야 하는 것을 동정하며 거의 울 뻔했다 — 한 인간이 다른 인간을 위해서 이런 일을 해야 한다는 사실에 대해서 말이다. 그녀는 그들 모두를 단지 인간들로 보았다. 그리고 그녀 자신은 파티에 가고, 밀란 양은 카나리아 새장에 커버를 덮어주거나 그녀의 입술 사이에 있는 삼씨를 새가 쪼아 먹게 한다. 그것, 인간 본성의 이런 면에 대한 생각, 인간 본성의 인내심과 참을성 그리고 그렇게 불행하고, 부족하고, 불결하고, 즐거움이 없어도 만족하는 것을 생각하자 눈에 눈물이 고였다.

그리고 이제 그 모든 것들이 사라졌다. 옷, 방, 사랑, 동정, 거울 그리고 카나리아 새장, 모든 것이 사라졌다. 그리고 여기 그녀는 댈러웨이 부인의 거실 구석에서 고통을 겪으며 번쩍 깨어나 현실을 인식했다.

하지만 아이를 둘이나 둔 그녀의 나이에 그토록 마음을 쓰고,

여전히 사람들의 견해에 완전히 의존해서 원칙이나 신념도 없는 것은, 너무 비열하고, 심지가 굳지 못하고, 옹졸한 일이었다. 다른 사람이 하듯이, "셰익스피어가 있지! 죽음이 있어! 우리 모두는 권력자의 비스킷에 핀 바구미들에 불과하지"—사람들이 말하는 것이 무엇이든지 간에 말할 수 없다니 말이다.

그녀는 거울 속의 자신을 똑바로 직면했다. 그녀는 자신의 왼쪽 어깨를 트집 잡았다. 마치 사방에서 그녀의 노란색 옷에 창을 던진 것처럼, 그녀는 방에 불쑥 나타났다. 만약 로즈 쇼라면 그랬을 텐데—로즈는 보우애디시아[3]처럼 보였으리라. 그러나 그녀는 격렬하거나 비극적으로 보이는 대신에 어리석고 자의식이 강해 보였고, 여학생처럼 억지웃음을 지으며 구부정한 자세로 발을 질질 끌며 방을 가로질러 걸었고, 마치 매 맞은 강아지처럼 정말로 살금살금 걸었다. 그리고 그림을, 판화를 쳐다보았다, 마치 파티에 그림을 보러 오기라도 한 듯이 말이다! 모든 사람들이 그녀가 왜 그러는지 알았다. 그것은 부끄러움, 굴욕감 때문이었다.

"이제 파리는 찻잔 받침 속에 있어."

그녀는 자신에게 말했다.

'바로 중앙에, 이젠 나올 수가 없어. 그리고 우유 때문에.'

그녀는 경직되어 그림을 응시하면서 생각했다.

'날개가 한데 달라붙었어.'

"너무도 구식이야."

그녀가 찰스 버트에게 말했는데, 그는 누구 다른 이에게 말하러 가는 중이었고, 그녀의 말이 그를 멈추게 했다(멈추게 한 것 자체를 그는 증오했다).

---

3 고대 브리튼 부족의 맹렬한 여왕으로 로마인들에 저항해서 반란을 이끌었고, 패배한 후 자살했다.

그녀가 말한 뜻은, 혹은 그녀가 뜻했다고 스스로에게 생각하게 만들려는 것은, 구식인 것은 그림이지 그녀의 옷이 아니었다. 그리고 그 순간에 찰스가 애정 어린 칭찬을 단 한 마디만 했다면, 그녀에게는 중대한 변화를 일으킬 수 있었다. 그가 "메이블, 오늘밤 당신은 아주 매력적으로 보여요!"라고만 말했다면, 그 말은 그녀의 인생을 바꾸어놓았을 것이다. 그러나 그런 일이 일어나려면, 그녀는 진실되고 솔직해야만 했다. 물론 찰스는 칭찬의 말 비슷한 것은 전혀 하지 않았다. 그는 악의 그 자체였다. 그는 언제나 사람을 꿰뚫어 보았다. 특히 어떤 사람이 비천하고 무가치하거나 어리석다고 느낄 때 유별나게 그랬다.

　"메이블이 새 옷을 입었군!"

　그는 이렇게 말했다. 불쌍한 파리는 완전히 접시 한가운데로 떠밀려 들어갔다. 정말로 그는 그녀가 익사하기를 원한다고, 그녀는 믿었다. 그는 인정도 없고, 근본적인 친절함도 없으며, 단지 껍데기 친절뿐이었다. 밀란 양은 훨씬 더 실재하고, 훨씬 더 친절했다. 만약 어떤 사람이 그 점을 느끼고 언제나 그 점에만 매달릴 수 있다면. 그녀는 자신에게 물었다 — 찰스에게 아주 버르장머리없이 대답해서 그녀가 화났다는 것을 알리면서 혹은 그가 이름짓듯이 다소 짜증이 나 있다는 것을 알리면서(그는 "약간 짜증이 났나?" 하고 말하며, 저기 있는 어떤 여자에게 가서 그녀를 비웃었다).

　"왜 나는 언제나 한 가지만을 느낄 수 없을까, 밀란 양이 옳고 찰스가 틀렸다는 것을 분명히 확신하며 그것을 고수하지 못할까. 카나리아와 동정심과 사랑을 확신하고, 사람들이 있는 방으로 들어오면서 한순간에 사방에서 회초리를 맞지 않을 수는 없는 걸까?"

　문제는 바로 고약스럽게 연약해서 왔다 갔다 하는 그녀의 성격 때문이었고, 치명적인 순간에 언제나 포기하고, 패류학貝類學, 어원학, 식물학, 고고학에 대해 심각하게 관심을 갖지 않았고, 감자를 잘게 잘라 그것들이 열매 맺는 것을 메리 데니스나 바이올렛 설르처럼 지켜보지 않았기 때문이었다.

그때 홀먼 부인이 그녀가 거기에 서 있는 것을 보고 재빨리 그녀에게 다가왔다. 물론 옷 같은 것은 홀먼 부인의 관심 밖이었다. 그녀의 가족들이 언제나 아래층으로 굴러떨어지거나 홍역을 치르는 판에 말이다. 에름소프가 팔월과 구월 동안에 세를 놓은 적이 있는지, 메이블이 그녀에게 말해줄 수 있을까? 아, 그것은 그녀를 말할 수 없이 지루하게 하는 대화였다! ─그녀가 복덕방이나 심부름꾼처럼 취급되고 이용되는 데 정말 그녀는 분노했다. 아무 가치도 없는, 바로 그거야, 그녀는 생각했다. 무언가 단단한 것, 실제적인 어떤 것을 움켜쥐려고 애쓰면서 말이다. 그러는 동안 그녀는 목욕탕과 남쪽 외관, 집 꼭대기까지 더운물을 가져가는 일에 관해서 현명하게 대답하려 노력했다. 그리고 그녀는 내내 그녀가 입고 있는 노란 드레스를 조금씩 둥근 거울 속에서 볼수 있었다. 거울은 그들 모두를 부츠의 단추나 올챙이 크기로 보이게 만들었다. 얼마나 많은 모멸감, 고뇌, 자기 증오와 노력, 열정적으로 고조되고 하강하는 감정이 삼 페니만큼 작은 크기의 조각 속에 포함될 수 있는지 생각해보면 참으로 어처구니없었다. 그리고 더 기묘한 것은, 이것, 이 메이블 웨어링이 분리되어, 아주 단절되어 있다는 것이다. 비록 홀먼 부인(까만 단추)이 앞으로 몸을 숙이고 자신의 맏아들이 달리기를 하다가 어떻게 심장에 무리가 갔는지 그녀에게 이야기했지만, 그녀는 자신이 거울 속에서 완전히 분리되어 있는 것을 동시에 볼 수 있었다. 그리고 까만 점이 몸을 앞으로 숙이고 손짓 몸짓을 한다고 해서, 혼자 앉아 자기 일에 몰두해 있는 노란 점으로 하여금, 까만 점이 느끼는 것을 느끼게 만드는 것은 불가능했다. 하지만 그들은 가장했다.

"사내 녀석들을 조용하게 하는 것은 전혀 불가능해요."

사람들은 이런 종류의 얘기를 하곤 했다.

그리고 홀먼 부인은 한번도 동정을 충분히 받은 적이 없었기에, 아무리 조금일지라도 있는 것을 탐욕스럽게, 마치 자신의 권리인 양 움켜쥐었다(하지만 그녀는 그보다 더 많이 받는 것이 당연했다. 그녀의 작은 딸이 오늘 아침에 무릎 관절이 부어서 내려왔기 때문이었다). 그녀는 이렇게 참혹하게 제공된 것을 집어 들고, 마치 그것이 일 파운드짜리여야 하는데 반 페니인 것처럼, 의심하는 듯이, 마지못해 쳐다보고는 지갑에 넣었다. 그것이 빈약하고 인색하지만, 상황이 너무나도 어렵고 어렵기 때문에 참아야만 했다. 그리고 그녀, 상처받은 홀먼 부인은 빽빽거리며 관절이 부푼 딸에 대해서 계속 이야기했다. 아, 이것은 비극이었다. 이 탐욕, 인간 존재들의 이 부르짖음은 가마우지[4]의 시끄러운 소리처럼 동정해달라고 짖어대고 날개를 퍼덕였다. 이것은 비극이었다. 단지 한 사람만이라도 그것을 느낄 수 있다면, 단지 느끼는 척하는 것이 아니라!

그러나 오늘 밤 노란 드레스를 입은 그녀는 한 방울도 더 짜낼 수가 없었다. 그녀는 그것 모두, 모두를 자신이 원했다. 그녀는 알았다. (그녀는 계속 거울 속을 들여다보았고, 고약스럽게 정체를 폭로하는 그 파란 물웅덩이 안으로 잠수해 들어갔다.) 그녀가 저주받았고, 경멸받고, 이처럼 정체된 지역에 버려졌다는 것을 말이다. 그녀가 이처럼 연약하고 동요하는 존재이기 때문이었다. 그녀가 노란 드레스를 입은 것은, 그녀가 받아 마땅한 속죄 행위

4　바다새, 네 개의 발가락 모두에 물갈퀴가 있고 탐욕스러운 것이 특징이다.

처럼 보였다. 만약 그녀가 로즈 쇼처럼 아름답고, 백조 가슴 깃털로 된 주름 장식이 있는 달라붙는 초록색 옷을 입었다 해도, 그녀가 속죄하는 것은 당연했다. 그녀는 도망칠 길이 없다고 생각했다. 어디에도 길은 없었다. 하지만 어찌 되었건 전부가 그녀의 잘못은 아니었다. 그녀는 열 명이나 되는 가족 중 하나였으며, 한번도 돈이 충분한 적이 없었고, 언제나 절약하고 절감해야 했기 때문이었다. 그녀의 어머니는 큰 물통들을 날랐고, 층계 가장자리의 리놀륨은 닳아 있었고, 구질구질한 가정의 비극이 연속해서 일어났다. 결코 재난은 아니었다, 목양 농장이 실패했지만 완전히는 아니었다. 그녀의 큰오빠가 자기보다 신분이 낮은 이와 결혼했지만, 아주 비천하지는 않았다―그들 모두에게는 로맨스도, 어떤 극단적인 일도 없었다. 그들은 바닷가의 휴양지로 그저 그만하게 하나씩 흩어져 소멸되어 갔다, 물놀이 행락지 어디에나 그녀의 이모 하나쯤은 지금도 앞 창문이 완전히 바다를 향하지는 않은 어떤 하숙집에서 자고 있을 것이다. 그것은 아주 그들다웠다―그들은 언제나 사물을 곁눈질로 흘겨보아야만 했다. 그리고 그녀도 똑같은 일을 했다―그녀는 꼭 그녀의 이모들 같았다. 그녀는 헨리 로렌스 경 같은 어떤 영웅, 대제국의 건설자와 결혼해서 인도에서 사는 꿈을 꾸었지만(여전히 터번을 쓴 원주민을 보면 그녀는 로맨스로 가득 찼다) 완전히 실패했다. 그녀는 법정에서 안전하고 영구적인 하급 직원으로 일하는 허버트Hubert와 결혼했고, 작은 듯한 집에서 마땅한 하녀도 없이 그런대로 그럭저럭 꾸려갔다. 그녀가 혼자 있을 때는 해시 요리[5]나 그냥 버터 바른 빵만 먹었다. 그러나 때때로―홀먼 부인은 가버렸다. 메이블이 자기가 만난 사람 중에서 가장 메마르고 동정심이 없는, 마

---

5 쓰다 남은 고기나 감자 등의 야채를 그러모아 만든 음식.

른 가지 같은 사람에다 옷도 어이없게 입었다고 생각하면서. 모든 이들에게 메이블의 외모에 대해서 얘기하리라 — 메이블 웨어링은 생각했다, 파란 소파에 홀로 남아서, 바쁜 것처럼 보이기 위해 쿠션을 두드렸다. 왜냐하면 그녀는 찰스 버트와 로즈 쇼와 합류하기 싫었기 때문이었다. 그들은 까치처럼 재잘대면서 아마도 벽난로 곁에서 그녀를 비웃고 있으리라 — 때때로 그녀에게 달콤한 순간들이 정말로 다가왔다. 예를 들어, 지난 밤 침대에서 책을 읽을 때라든지, 부활절에 태양이 비치는 바닷가 모래사장에 있을 때 말이다. 그녀가 그것을 생각하노라면, 창백한 모래풀의 거대한 숲이 윗뿔 모양으로 서로 기대 세워놓은 창같이 온통 뒤엉켜서 하늘을 배경으로 서 있었다. 매끄러운 도자기로 된 달걀 같은 하늘은 파랬고, 너무나도 견고하고 단단했다. 그리고 파도의 멜로디 — "쉿, 쉿" 하는 소리, 아이들이 노 저으면서 외치는 소리 — 그래, 그것은 신성한 순간이었어, 거기서 그녀는 온통 세상이 그녀 자신인 여신의 손안에 누워 있다고 느꼈지. 다소 무정하지만 아주 아름다운 여신, 그리고 제단 위에 작은 양이 놓여 있고(사람들은 실제로 이런 어리석은 것들을 생각하지만, 그것들을 말하지 않는 한 아무 문제가 없다). 그리고 물론 허버트와 함께 때때로 전혀 예상치 않게 — 아무런 이유도 없이, 일요일 점심을 위해 양고기를 썰면서, 편지를 뜯으면서, 방으로 들어가면서 — 그녀는 이런 신성한 순간들을 경험했다. 그때 그녀는 자신에게 말했다(그녀는 결코 이런 얘기를 다른 누구에게 말한 적이 없었다).

"바로 이거야. 이 일이 일어났어. 바로 이거라니까!"

그리고 다른 경우도 마찬가지로 놀라웠다 — 다시 말하면, 모든 것이 준비되었을 때 — 음악, 날씨, 휴가, 행복할 모든 이유가 거기에 있었다 — 그러곤 전혀 아무 일도 일어나지 않았다. 행복하지 않았다. 밋밋했다, 단지 밋밋했다, 그것이 전부였다.

또다시 그녀의 비참한 자아 때문이었다, 의심할 여지가 없었다! 그녀는 언제나 초조해하고, 연약하고, 만족스럽지 않은 어머니였고 불안정한 아내였고, 아주 분명하거나 아주 뚜렷한 어떤 존재도 없이, 다른 어떤 존재도 아닌 채, 일종의 어스름한 존재로 빈둥거렸다. 그녀의 모든 형제자매들처럼 말이다, 아마도 헐버트Herbert를 제외하고 말이다―그들은 모두 똑같이 아무 일도 하지 않는 불쌍한, 물에 물 탄 듯한 존재들이었다. 그러곤 이렇게 서서히 움직이고 기어가는 삶의 한가운데서, 그녀는 갑자기 파도의 정상에 있었다. 그 비참한 파리는―파리와 찻잔 받침에 대해서 계속 마음속에 떠오르는 그 이야기를, 그녀는 어디서 읽었지?―몸부림쳐 나왔다. 그랬다, 그녀는 그런 순간들이 있었다. 그러나 이제 그녀가 마흔이 되어서, 그런 순간들은 점점 좀체 오지 않았다. 점차 그녀는 더 이상 몸부림치는 것을 멈추었다. 하지만 그것은 통탄스러웠다! 그것은 참을 수 없는 일이었다! 그녀는 그 때문에 스스로를 부끄러워했다!

내일 그녀는 런던 도서관에 가리라. 그녀는 신기하고 도움이 되는 놀라운 책을 아주 우연히 발견하리라. 목사가 쓴 책, 아무도 들어본 적이 없는 미국인이 쓴 책을 말이다. 혹은 그녀는 스트랜드 거리를 걸어 내려가다가, 광부가 탄광에서의 삶을 이야기하는 집회장에 우연히 들르리라. 그리고 갑자기 그녀는 새로운 사람이 되리라. 그녀는 완전히 변화되리라. 그녀는 유니폼을 입으리라. 그녀는 자매 누구라고 불리리라. 그녀는 다시는 옷에 결코 마음을 쓰지 않으리라. 그리고 이후에는 찰스 버트와 밀란 양 그리고 이 방과 저 방에 대해서 완전히, 영원히, 분명히 대하리라, 그리고 매일 매일이, 마치 그녀가 태양 아래 누워 있거나 양고기를 써는 것 같으리라. 바로 그것이었어!

그래서 그녀는 파란 소파에서 일어났고, 거울 속의 노란 단추 또한 일어났다. 그녀는 찰스와 로즈에게 자신이 그들에게 의존하지 않는다는 것을 보이기 위해서 손을 흔들었고, 노란 단추는 거울 밖으로 움직여 나갔다. 그리고 그녀가 댈러웨이 부인에게 걸어가 "안녕히 계세요" 하고 인사할 때, 모든 창들이 그녀의 가슴으로 모여들었다.

"하지만 가기에는 너무 이르지 않아요?"

댈러웨이 부인이 말했다. 그녀는 언제나 아주 매력적이었다.

"유감스럽지만 저는 가야 돼요."

메이블 웨어링이 말했다.

"그러나,"

그녀는 연약하고 불안정한 목소리로 덧붙였는데, 그녀가 목소리에 힘을 주려 하자 그저 더 우스꽝스럽게 들릴 뿐이었다.

"아주 즐거웠어요."

"즐거웠습니다."

그녀는 층계에서 만난 댈러웨이 씨에게 말했다.

"거짓말, 거짓말, 거짓말!"

그녀는 자신에게 말하면서, 층계를 내려갔다.

"바로 찻잔 받침 속에 있어!"

그녀는 바넷 부인에게 자신을 도와준 것에 감사하고, 지난 이십 년간 입었던 중국 망토로 몸을 둘레, 둘레, 둘레 감싸면서 혼잣말을 했다.

행복
Happiness

스튜어트 엘톤이 허리를 구부려 바지에서 하얀 실오라기 하나
를 털어내버리자, 어떤 감흥의 사태, 눈사태가 실제로 뒤따르는
그 사소한 행동은 장미 한 송이에서 떨어지는 하나의 꽃잎 같았
다. 그리고 구부러진 허리를 일으켜 세우며 서튼 부인과의 대화
를 다시 시작하는 스튜어트 엘톤은 자신이 하나 위에 또 하나 차
곡차곡 단단히 놓여진 많은 꽃잎들, 즉 모두가 빨갛게 물이 들고
모두가 온통 따뜻하고 모두가 이 형용하기 어려운 광채를 띤 많
은 꽃잎들의 압축이라는 느낌이 들었다. 그래서 그가 구부릴 때
꽃잎 하나가 떨어졌던 것이다. 젊었을 때 그는 그것을 느끼지 못
했다—암, 느끼지 못했다—이제 나이 마흔 다섯에 그는 단지 허
리를 구부리고 바지에서 실오라기 하나를 털어내기만 하면 이
느낌, 이 아름답고 질서정연한 삶의 감각, 이 밀려옴, 이 감흥의
눈사태, 하나가 됨이 그의 온 전신을 타고 쏟아져내렸던 것이다.
그가 다시 가다듬고 일어섰을 때—그런데 그녀가 무슨 말을 하
고 있었지?

서튼 부인(그루터기 위의 털에 여전히 끌려다니고, 중년 초반

이라는 갈아젖힌 땅을 따라 오르락내리락하고 있는)은 무대감독들이 그녀에게 편지를 했고, 만나자고 약속까지도 했지만 아무런 성과가 없다고 말하고 있었다. 그녀의 상황이 이토록 어렵게 된 것은 그녀의 아버지, 그리고 그녀 집안의 모든 사람들이 단지 시골 사람들이어서 그녀가 태어나면서부터 무대와 아무런 연줄이 없다는 것이었다. (스튜어트 엘튼은 그때 그 실오라기를 털어냈던 것이다.) 그녀는 말을 멈추었고 자신이 비난받고 있다고 느꼈다. 그렇다, 스튜어트 엘튼은 그녀가 원하는 것을 가지고 있다고 느꼈다, 그가 몸을 구부릴 때에 말이다. 그리고 그가 다시 똑바로 서자 사과를 했다—그녀가 자기 자신에 대해 너무 말을 많이 한다고, 스스로 말했던 것이다—그리고 덧붙였다. "당신은 이제까지 내가 알고 있던 사람 중 가장 행복한 사람인 것 같습니다"라고.

그것은 그가 내내 생각해오던 바와, 그리고 삶의 그 부드러운 하향적 쇄도와 그것의 질서정연한 재조정의 느낌, 떨어지는 꽃잎과 완벽한 장미의 느낌 등과 기이하게 조화되어 울렸다. 그러나 그런 것이 '행복'일까? 아니다. 그 거대한 말이 그런 느낌에 걸맞은 것 같지는 않았고, 찬란한 빛 주위에서 장밋빛 얇은 조각 안에 돌돌 말려 있는 이 상태를 가리키고 있는 것 같지는 않았다. 어쨌든 서튼 부인은 말했다. 그녀의 모든 친구 가운데 그는 그녀가 가장 부러워하는 사람이라고 말이다. 그는 모든 것을 가진 듯했고 그녀는 아무것도 가진 것이 없는 듯했다. 그들은 따져보았다—둘 다 충분한 돈을 가지고 있었다. 그녀는 남편과 아이들이 있었고 그는 총각이었다. 그녀는 서른다섯이었고 그는 마흔다섯이었다. 그녀는 평생 아픈 적이 없었고 그는 스스로 말하기를 어떤 내과적 병의 확실한 순교자였다—즉 하루 종일 바닷가재가 몹시 먹고 싶었지만 손도 댈 수 없는 처지였던 것이다. 그 점에 대해 그녀는 감탄했다, 마치 그녀가 그것을 정확히 지적해냈다는 듯이. 병조차 그에게는 농담이었던 것이다. 한 가지를 다른 것과 비교 상쇄하는 일이 그것일까? 하고 그녀는 물었다. 그것은 비례의 감각일까? 정말 그럴까? 무엇일까? 그는 그녀가 의미하는 바를 아주 잘 알면서도, 이 덤벙대며 황폐하게 하는 여자, 조급한 방식을 지니고 승강이를 벌이고 드잡이를 하면서 불평불만과 함께 활력도 지니고 있는 이 여자를 받아넘기면서 물었다. 그런데 이 여자는 쳐서 넘어뜨려 파괴할 수도 있을 것이다. 이 귀하고 귀한 소유물, 존재의 이런 느낌을 말이다—두 가지 형상이 동시에 그의 마음속에 번쩍 떠올랐다—미풍에 나부끼는 깃발, 시냇물 속의 송어가—위엄 있고 균형 잡히고, 그리고 공기나 냇물처럼 그를 곧추세워 그가 손을 움직이거나 몸을 구부리거나 무언가를 말할 때 수없이 많은 행복의 입자들의 압력을 풀어놓고 그러고는 오므라들어 그를 다시 떠받치는 깨끗하고 신선하고 맑고 환하고 명료하고 따끔거리며 엄습해오는 감흥의 흐름을 탄 형상들 말이다.

"아무것도 당신에게는 중요하지가 않지요."

서튼 부인이 말했다.

"아무것도 당신을 바꾸지 못해요"

그녀는 그가 거기에 매우 조용히, 매우 비밀스럽게, 매우 점잖게 서 있는 동안 벽돌들을 붙여놓고자 여기저기 접합제를 처바르고 있는 남자처럼 어색하게 돌진하여 그의 주변을 철벅거리며 말했다. 그에게서 무언가를, 어떤 실마리, 열쇠, 지침을 얻어내고자 애쓰면서, 그를 부러워하면서, 그에게 화를 품기도 하면서, 그리고 그녀 정도의 정서적 폭, 열정, 능력, 즉 그녀의 재능에 그것을 보탠다면 그녀는 곧장 시든스 부인[1]의 경쟁자가 될 수도 있을

---

1 사라 켐블 시든스(Sarah Kemble Siddons, 1755~1831), 당시의 매우 유명한 영국 여배우.

거라고 느끼면서 말이다. 그는 그녀에게 말하지 않으려고 했다, 그는 그녀에게 말해야만 한다.

"오늘 오후에 큐 가든에 갔었지요."

그는 말했다. 무릎을 구부려 다시 털어내면서. 그렇다고 거기에 하얀 실오라기가 있었던 것은 아니다, 그러나 그 행동을 되풀이함으로써 그의 기계가 제대로 작동 중임을 실제로 확인하기 위해서였다.

그래서 누군가가 숲을 가로질러 이리 떼에게 쫓기고 있다면 그는 옷을 몇 조각 찢어내고 비스킷을 부숴서 불행한 이리들에게 던져 주었을 것이다. 그 자신이 아주 안전한 것은 아니지만 마치 높고 빠르고 안전한 썰매를 타고 있는 듯이 느끼면서 말이다.

이 한 떼의 이리가 추적하고 있는 가운데 그가 이리들에게 던져 주었던 작은 비스킷 조각—즉, "나는 오늘 오후 큐 가든에 갔습니다"라는 그 말—이 이제는 걱정이 되어 스튜어트 엘톤은 재빠르게 그 이리 떼들을 앞질러서 큐로, 목련나무로, 호수로, 강으로, 그의 손을 들어 이리 떼를 쫓아버리면서 다시 달려갔다. 이리 떼들 가운데서 (이제는 세상이 으르렁대는 이리들로 가득 차 있으므로) 그는 자신에게 저녁과 점심을 같이 하자는 사람들을 떠올렸고—어떤 때는 그 요청을 받아들이기도 하고 어떤 때는 받아들이지 않기도 했었다—, 또한 빼어난 큐 가든의 밝게 펼쳐진 잔디 위에서의 느낌을 떠올렸다. 이것저것, 여기에 저기에 가거나, 비스킷을 부수어 이리들에게 던져 주거나, 이것을 읽거나, 저것을 바라보거나, 이 남자 저 여자를 만나거나, 어떤 맘 좋은 친구의 방에 발이 닿거나를 선택하고자 지팡이를 흔들 때조차 말이다—

"큐 가든에 혼자서요?"

서튼 부인은 반복했다.

"당신 혼자요?"

아! 그 이리는 그의 귀 안에다 대고 요란하게 짖어댔다. 아! 그
는 한숨을 쉬었다, 그날 오후 호숫가에서 잠시 과거를 생각하며
아! 한숨을 쉬었던 것처럼. 거위들이 어기적어기적 옆을 지나가
고 있을 때, 한 그루 나무 아래에서 하얀 모직 천을 꿰매고 있는
어떤 여자 옆에서 그는 한숨을 쉬었었다, 늘 보는 광경, 팔짱을 낀
연인들을 보면서, 한때는 폐허의 폭풍 같은 절망이 있었지만 이
제는 이 평화가 있고 이 건강함이 있는 곳에서 말이다. 그래서 다
시 이 서튼 부인이라는 이리는 그에게 상기시켰던 것이다, 혼자
서, 그래 정말로 혼자서, 라는 것을. 그러나 그는 회복했다, 그때에
도 회복했었던 것처럼, 젊은이들이 지나가고 있고, 이것을, 이것
을 움켜잡으면서 말이다. 그것이 무엇이든 간에 꽉 잡고 계속 걸
어 나갔다, 그 젊은이들을 가엾게 느끼면서.

"정말 혼자서요."

서튼 부인은 반복했다. 그것이 자신이 이해할 수 없는 점이라
며 검고 윤기 나는 머리칼의 머리를 절망적으로 떨구면서 말했
다 — 행복하다는 것 말입니다, 완전히 혼자서요.

"네, 그렇습니다."

그는 말했다

행복 속에는 언제나 이렇게 멋진 심적인 고양됨이 있다. 그것
은 좋은 기분은 아니다. 큰 기쁨도 아니다, 찬양도, 명성도 혹은
건강도 아니다(그는 단지 2마일만 걸어도 몹시 지친 느낌을 받
았다). 그것은 신비스러운 상태, 황홀한 몽환 상태, 무아의 황홀
경인 바, 그것은 그가 무신론자이고, 회의적이고 세례를 받지 않
았음에도 불구하고 그리고 그 밖의 모든 것에도 불구하고, 그가
추측해보건대, 남자들을 성직자로 바꾸어놓고 한창때의 여자들

로 하여금 얼굴에 풀 먹인 시크라멘 식물 같은 주름 장식을 두르고 꼭 다문 입과 돌처럼 굳은 눈을 하고 거리를 뚜벅뚜벅 걸어다니게끔 하는 그런 황홀경과 유사한 점을 지니고 있었다. 다만 이런 차이는 있었다. 그들을 그것은 감금했지만, 그만은 그것이 자유롭게 풀어주었다. 그것은 그를 그 어떤 사람이나 그 어떤 것에 대한 온갖 의존으로부터 해방시켰던 것이다.

서튼 부인 역시 그것을 느꼈다, 그가 말하기를 기다리면서.

그래, 그는 자기 썰매를 멈추고, 밖으로 나와서, 이리 떼가 자기 주변에 몰려들도록 놔두고, 그 불쌍하고 게걸스러운 주둥이를 도닥거려줄 것이다.

"큐 가든은 사랑스러웠습니다─꽃이 가득하고─목련화, 진달래."

그는 이름들을 잘 기억할 수 없노라고 그녀에게 말했다.

그들이 파괴할 수 있는 것은 아무것도 없었다. 파괴할 수 없다, 그러나 그것이 그렇게 불가사의하게 왔다면 또한 그렇게 갈 거라고 그는 느꼈다, 큐 가든을 떠나 리치몬드에 이르기까지 강둑 위를 걸으면서. 그야 물론, 아마 어떤 나뭇가지는 떨어지고, 색깔은 변하고, 녹색은 청색이 되고 혹은 나뭇잎이 흔들릴 것이다, 그리고 그것으로도 충분할 것이다. 맞다, 그것으로도 이 놀라운 것, 이 기적, 그의 것이고 이전에도 내내 그의 것이어왔고 그의 것이고 늘 그의 것임에 틀림없는 이 보물을 산산이 부수고 박살내고 완전히 파괴하기에 충분할 것이다, 라고 마음이 들뜨고 불안해지면서 그는 생각했다. 그는 서튼 부인에 대해서는 생각하지도 않고 즉각 그녀를 떠나 방을 가로질러 걸어가 종이칼을 집어 들었다. 그래. 다 괜찮아. 그는 여전히 그것을 갖고 있으니까.

조상들
Ancestors

밸런스 부인은 잭 렌소가 크리켓 경기 구경을 좋아하지 않는다는 그 어리석은 사견을 피력했을 때 어떻게든 그의 관심을 끌어내야겠다고 생각했다. 그래, 우리 아버지께서 말씀하시던 것을 저 사람이, 아니, 내 눈에 띄는 모든 젊은이들이 이해하도록 만들어야지 하고 생각했다. 우리 아버지와 어머니, 그래, 나도 여기 있는 모든 것과 얼마나 다른가. 그리고 아버지나 어머니같이 정말로 위엄 있고 단순한 사람들과 비교했을 때 이 모두가 얼마나 사소하게 보이는지.

"우린 여기 답답한 방에 처박혀 있군요." 그녀가 갑자기 말을 시작했다. "내 고향 시골에선, 스코틀랜드에서는……" (약간 몸집이 작지만 알고 보면 나쁘지 않은 이 어리석은 젊은이들 덕분에 아버지나 어머니가 느꼈던 것을, 그리고 부모님과 같은 마음이기 때문에 자신이 느꼈던 것을 그들에게 이해시키고 싶었다)

"부인은 스코틀랜드 분이세요?" 그가 물었다.

저 사람은 그럼 모르는구나. 그는 우리 아버지가 어떤 분인지 모르는군. 아버지는 존 엘리스 라트레이, 어머니는 캐서린 맥도

널드라는 사실을.

언젠가 에든버러에서 하룻밤을 지낸 적이 있다고 렌소가 말했다.

에든버러에서 단지 하룻밤이라니! 나는 그 많은 멋진 나날들을 거기서 보냈는데 —에든버러와 엘리엇소와 노섬버랜드 국경 지역에서. 그곳에서 그녀는 까치밥 덩굴 속을 마음대로 뛰어다녔는데. 그곳으로 아버지의 친구들이 다니러 왔고 아직 소녀였지만 그녀는 일생 가장 멋진 대화를 그곳에서 들었다. 아버지와 덩컨 클레멘츠 경 그리고 로저스 씨가 (나이 든 로저스 씨는 그녀가 꿈꾸던 그리스 현인의 모습이었다) 별빛 아래 저녁 식사를 한 뒤 삼나무 아래 앉아 있던 모습이 아직도 생생히 떠올랐다. 지금 생각하니 그들은 이 세상의 모든 일에 대해 대화를 나누었다. 너무나 넓은 사고를 지닌 분들이라서 다른 사람을 비웃는 말은 한 적이 없었다. 그들은 그녀에게 아름다움을 경배하도록 가르쳐주었다. 이 답답한 런던 방 안에 어떤 아름다움이 있단 말인가?

"저 불쌍한 꽃들." 그녀가 외쳤다. 카네이션 한두 송이가 발길에 짓밟혀 꽃잎이 모두 쭈그러지고 짓눌렸다. 그러나 자신이 꽃에 너무 많은 신경을 쓰고 있는 듯이 느껴졌다. 어머니는 꽃을 사랑하셨다. 어린아이 시절부터 그녀는 꽃을 다치게 한다는 것은 자연 속의 가장 고상한 것을 다치게 하는 것이라고 배웠다. 자연은 항상 그녀가 최대의 열정을 기울이는 대상이었다. 산 그리고 바다. 여기 런던에서는 창밖을 내다보면 더 많은 집들만 보였다. 작은 상자 안에서 인간들이 다른 사람 위에 포개져 있었다. 이런 환경에서 자신이 사는 것은 불가능했다. 아이들이 길에서 노는 모습을 보면서 그녀는 차마 런던의 길을 걸을 수 없었다. 아마 자신이 너무나 민감한 모양이었다. 모든 사람이 다 자기 같으면 삶이 불가능할 것이다. 그러나 자신의 어린아이 시절을 기억할 때, 그리고 아버지, 어머니와 그들에게 부여되었던 아름다움과 사랑을 기억할 때……

"아름다운 드레스군요!" 잭 렌소가 말했다. 그게 바로 잘못된 점이야. 젊은 남자가 여인의 옷을 주의 깊게 본다는 것이.

아버지는 여성들에 대해 깊은 존경심을 갖고 있었지만 그들이 무슨 옷을 입고 있는지를 볼 생각조차 하지 않았다. 여기 있는 모든 처녀들. 한 사람도 예쁘다고 할 만한 인물은 없네. 그녀는 어머니를 생각했다. 당당하신 그녀의 어머니를. 어머니는 여름에나 겨울에나, 손님이 있건 없건 옷을 다르게 입지 않았다. 나이가 들면서 작은 모자를 썼을까, 늘 레이스로 된 옷을 입은 항상 그녀만의 모습이었다. 미망인이 되고 나서 어머니는 몇 시간이고 꽃 속에 앉아 있었다. 어머니는 과거를 꿈꾸면서 그들 모두보다 오히려 유령들과 더 함께 있는 것 같았다. 아마도 현재보다 과거가 어머니에게 더 생생했을 것이라고 밸런스 부인은 생각했다. 물론이지. 내가 실제로 살고 있는 곳도 그 과거요, 그 훌륭한 분들과 함께야. 나를 아는 사람들은 바로 그들이야. 그분들만이 나를 이해해(그리고 그녀는 별빛 정원과 나무와 나이 든 로저스 씨와 하얀 마직 정장을 입고 담배를 피던 아버지를 생각했다), 댈러웨이 부인의 응접실에 서서 이 사람들과 이 꽃들 그리고 이 재잘대는 군중들을 쳐다보는 것이 아니라 자기 자신을, 스위트 앨리스 꽃을 꺾으며 그리고 소나무 냄새가 나던 다락방의 침대에 앉아 밤늦도록 이야기와 시를 읽던 그 작은 소녀가 여기까지 온 것을 보면서 그녀는 눈물이 나올 것 같았다. 눈망울이 부드럽게 깊숙이 들어가는 느낌이 들었다. 그녀는 열두 살과 열다섯 살 사이에 셸리의 모든 작품을 다 읽었고 아버지가 면도하는 동안 두 손을 등 뒤에 대고 서서 아버지에게 낭송해드리곤 했다. 이런 자신의 모습을 생각하면서 그리고 일생 동안 겪은 고통이 더해지면서(그녀는 혹독한 고통을 겪었다) 머리 뒤쪽에서 눈물이 솟구치기 시작했다. 인생은 바퀴처럼 스쳐 지나갔다. 인생이란 그 당시 생각하던 것과는 같지 않았다. 그때 서서 셸리를 외우던 아이, 까맣고 때 묻지 않은 눈을 가졌던 아이에게 인생은 이 파티처럼 보였다. 그러나 그 눈망울들이 나중에 보지 못했던 것들. 이제는 죽어서, 고요한 스코틀랜드에 누워 있는 그 사람들만이 그녀를 알았고, 그녀가 어떤 사람이 될지 알았다. 주름진 면직 옷을 입은 작은 소녀를 생각하면서, 그 애의 눈이 얼마나 크고 검었는지를, 「서풍에게 바치는 송가」를 외울 때 얼마나 아름다워 보였는지, 아버지가 그녀를 얼마나 자랑스러워했는지, 아버지가 얼마나 훌륭했는지, 어머니가 얼마나 훌륭했는지, 부모님과 함께 있을 때 그녀는 너무나 순수하고 너무나 착하고 너무나 뛰어나서 무엇이라도 될 수 있는 요소가 자기 안에 있었다고 생각하자 이제 눈물이 고이기 시작했다. 그분들이 살아 있었더라면 그리고 그녀는 항상 그들과 함께 그 정원에서(지금 생각하니 자신의 어린 시절 전부를 그곳에서 보낸 것 같았다. 항상 별이 빛나고 항상 여름이고 그들은 항상 삼나무 아래 앉아 담배를 피우고 있고 어머니만이 꽃들 사이에서 미망인 모자를 쓰고 홀로 꿈을 꾸고 있었다. 그리고 늙은 하인들도 얼마나 친절하고 점잖았는지. 정원사 앤드류스, 요리사 저시, 뉴펀들랜드 종의 늙은 개 술탄. 그리고 포도나무, 연못, 펌프. 자신의 인생을 다른 사람들의 삶과 비교하는 밸런스 부인은 매우 강하고 거만하고 냉소적으로 보였다) 그 삶이 영원히 지속될 수 있었다면, 그렇다면 여기에 있는 어떤 것도 진정한 존재의 의미를 갖지 못했을 거야. 밸런스 부인은 잭 렌소와 그가 감탄했던 옷을 입은 여자를 쳐다보면서 생각했다. 여기 앉아 어떤 젊은 이가 자기는 크리켓 경기 구경을 참을 수 없다고 말하는 것을 듣고 있어야 하는 것보다 그녀는 오, 더할 나위 없이 행복하고 더할 나위 없이 좋을 수 있었는데. 그리고 그녀는 눈에 눈물이 고인 채 거의 경멸하듯 웃었다.

소개
The Introduction

　릴리 에버릿은 댈러웨이 부인이 응접실 반대편에서 그녀를 향해 돌진하는 것을 보며 제발 그녀에게 다가와 자신을 방해하지 않기를 기도했다. 그러나 댈러웨이 부인은 오른손을 쳐들고 (비록 이번이 그녀가 처음 나온 파티지만) 릴리가 알고 있는 미소를 지으며 그녀에게 다가왔다. "구석에만 있지 말고 나와서 대화를 나눠야 해요." 그녀의 호의적이며 동시에 강렬하고 위압적인 미소에, 릴리는 흥분과 두려움, 혼자 남아 있고 싶은 갈망과 구석에서 나와 들끓는 심연 속으로 내던져지고 싶은 충동이 아주 이상하게 뒤섞이는 것을 느꼈다. 그러나 콧수염이 하얀 노신사가 댈러웨이 부인을 도중에 붙잡아 이 분간의 휴식 시간이 생겼다. 그녀는 바다에 떠 있는 부목에 매달리듯 자신에게 매달린 채, 포도주를 홀짝이듯 스위프트[1] 수석사제의 성격에 관한 자신의 평론을 음미했다. 밀러 교수는 그날 아침 그녀의 평론에 최상을 뜻하는 빨간색 별표 세 개를 표시해주었다. 최상, 그녀는 그 말을 되

1　조너선 스위프트(Jonathan Swift, 1667~1745). 더블린 태생의 영국 풍자소설 작가로, 성 패트릭 대성당의 수석사제였음. 『걸리버 여행기*Gulliver's Travels*』 『통 이야기*A Tale of a Tab*』 등의 산문 작품으로 영국의 사회, 정치, 경제, 종교 등을 신랄하게 비판함.

뇌었다. 그러나 지금 그 흥분제의 효력은 그녀의 언니와 하녀 밀드레드가 (여기를 어루만지고, 저기를 토닥거리며) 그녀의 옷매무새를 가다듬으며, 그녀가 기다란 거울 앞에 서 있을 때보다 훨씬 덜했다. 그들의 손이 그녀의 옷을 매만질 때, 그녀는 그들이 기분 좋게 표면을 만지작거릴 뿐 스위프트 수석사제의 성격에 관한 그녀의 평론은 빛나는 금속 덩어리처럼 그 밑에 고스란히 놓여 있다고 느꼈다. 그녀가 아래층으로 내려가 택시를 기다리며 현관에 서 있을 때 그들이 했던 모든 찬사들은—루퍼트는 그의 방에서 나와 그녀가 정말 멋지다고 말했다—리본들 사이로 부는 미풍처럼 펄럭이며 표면을 스쳐 지나갈 뿐, 더 이상은 아무것도 아니었다. 삶은 사실인 이 평론과, 허구인 사교계로 나가는 것, 즉 바위와 파도로 나누어진다고 (그녀는 확신했다). 차를 타고 지나가며 강렬하게 사물들을 바라보면서, 진실과 어두운 운전석의 뒷자리에 앉아 있는 흰색 그림자인 그녀 자신이 헤어날 수 없이 뒤섞여 있는 것을 영원히 보리라고 그녀는 생각했다. 즉 비전의 순간을. 그녀가 그 집에 들어서며 계단을 오르내리는 사람들을 처음 본 바로 그때, 이 단단한 덩어리 (스위프트의 성격에 관한 그녀의 평론)는 흔들리며 녹아내리기 시작하였고, 그녀는 그것을 붙잡을 수가 없었다. 그녀가 구석에서 웅크리고 서 있을 때, (더 이상 삶의 핵심을 산산이 쪼개는 다이아몬드처럼 날카롭지 않은) 그녀의 존재는 놀람과 불안과 방어의 안개로 변하였다. 이곳이 그 유명한 곳, 세상이었다.

세상을 바라보며 지금 릴리 에버릿은 너무 부끄럽고 또한 당황하여 본능적으로 그녀의 평론을 감추었다. 그러면서도 그녀는 초점을 조절하고 이 작아졌다 커졌다 하는 것들의 (이것들을 뭐라고 부를 수 있을까? 사람들—사람들의 삶의 인상들?) 올바른 균형을 맞추고자 기대하였는데 (예전 것은 부끄럽게도 틀렸다), 이 것들은 그녀를 위협하고 짓누르며, 그녀에게 단지 구석에 웅크리고 서 있을 힘만을 남겨놓은 채 ─ 그것만은 그녀가 결코 단념하지 않으려 했기에 ─ 모든 것을 물로 변화시켜버리는 것 같았다.

콧수염이 하얀 늙은 군인에게 붙잡혀 얘기를 나누면서도 결코 팔을 내리지 않고 흔들며 그녀를 잊지 않고 있음을 보여주던 댈러웨이 부인은, 이제 분명하게 팔을 올리며 그녀에게 곧장 다가왔다. 그녀는 창백한 피부, 빛나는 눈, 맵시 있게 손질해 올린 검은 머리와 흘러내릴 듯한 드레스에 싸인 마른 몸매를 가진, 이 수줍어하는 매력적인 아가씨에게 말을 걸었다. "이리 나와요, 소개해줄게요." 댈러웨이 부인은 망설이다가 릴리가 시를 읽는 똑똑한 아가씨라는 것을 상기하고, 어떤 젊은이를 찾기 위해 주위를 둘러보았다. 옥스퍼드 출신으로 아마도 모든 책을 읽었으며 셸리에 관해 이야기할 수 있는 젊은이. [그녀는] 릴리 에버릿의 손을 잡고 밥 브린슬리가 젊은이들과 대화를 나누고 있는 곳으로 데려갔다.

약간 주저하며 따라가는 릴리 에버릿은 기선을 따라가며 인사하는 흔들리는 범선 같았다. 댈러웨이 부인이 그녀를 이끌고 갈 때 그녀는 이제 마침내 올 것이 오고야 말았다고 느꼈다. 이제 아무것도 그것을 막을 수 없었다. 어떤 것도, 죽을 수도 살아남을 수도 있는 소용돌이에 빠지지 않도록 그녀를 구해줄 수 없었다. (그녀는 이제 그것이 끝나기만을 바랐다) 그런데 그 소용돌이는 무엇일까?

오, 그것은 수많은 것들로 이루어져 있고, 하나하나가 그녀에게는 분명히 구분되었다. 웨스트민스터 성당, 거대하게 높은 장엄한 건물들이 그들을 에워싸고 있다는 느낌, 여자라는 것. 아마도 그것은 드러나는 것일 수도 있고, 남아 있는 것일 수도 있고, 드레스 때문일 수도 있고, 그 응접실의 모든 사소한 기사도적 예의나 경의 표시일 수도 있었다. 그 모든 것이 그녀로 하여금 번데기에서 빠져나와 어린 시절의 안락한 어둠 속에서는 결코 된 적이 없었던 존재로 선포되는 듯이 느끼게 만들었다. 남자들이 앞에서 절을 하는 이 연약하고 아름다운 창조물, 자신이 좋아하는 것을 할 수 없는, 이 구속받고 제한된 존재. 눈에 수많은 홑눈들과 섬세하고 우아한 날개를 가진 이 나비, 수많은 곤경과 감수성과 슬픔을 가진 여성이라는 존재 말이다.

댈러웨이 부인과 응접실을 가로질러 걸으며 그녀는 지금 자신에게 주어진 역할을 받아들이며, 자연스럽게, 오래된 유명한 제복의 전통을 자랑하는 군인이 그 전통을 과장하듯이 약간 자신의 역할을 과장했다. 그녀는 걸을 때 자신의 화려한 옷과 장신구와 꽉 조이는 신발과 꼬아서 말아 올린 머리를 의식하며, 만약 자신이 손수건을 떨어뜨리면 (실제로 이랬다) 남자가 얼마나 쏜살같이 몸을 굽히고 주워줄 것인가 생각했다. 그래서 그녀는 부자연스럽게 짐짓 꾸민 우아한 자태를 강조하며 걸어갔다. 어쨌든 그런 자태들은 그녀의 본 모습이 아니었기 때문이다.

오히려 그녀의 역할은 달리고 허둥거리고 오랫동안 홀로 산책하며 사색하고, 대문을 기어오르고, 진흙과 더러운 곳을 철벅거리며 걷고, 꿈을 꾸고 고독의 환희에 빠지는 것이었다. 물떼새가 공중에서 선회하는 것을 바라보며 토끼들을 불시에 습격하고, 숲속이나 황량한 들판에서 관중 없는 조촐한 의식儀式, 사적인 의례依例를 마주하며, 인간이 그들에 대해 어떻게 생각하든 아무런 관심 없는 딱정벌레와 계곡의 백합과 낙엽과 고요한 연못이 주는 순수한 아름다움을 발견하는 것이었다. 이런 것들이 환희와 경이로움으로 그녀의 마음을 채웠으며, 문기둥에 부딪쳐 제정신이 들기까지는 거기에 빠져 있었다. 오늘 밤까지 이것이 그녀의 본 모습이었고, 이런 모습으로 자신을 알았으며 그런 자신을 좋아했고 아버지와 어머니와 형제들의 가슴속에 파고들었다. 그녀의 이다른 모습은 십 분 만에 핀 꽃이었다. 이렇게 꽃이 피면서 역시 부정할 수 없이 너무도 색다르고 너무도 이상한 꽃의 세계가 [펼쳐졌다]. 웨스트민스터 성당의 탑들, 질서정연한 높은 건물들, 대화. 쭈뼛거리며 댈러웨이 부인을 따라가면서 그녀는 이 문명, 이 규제된 삶의 방식이, 하늘로부터 내려와 부드럽지만 완강하게 그녀의 목을 조이는 멍에, 아무런 반박의 여지가 없는 진술 같다고 느꼈다. 그녀의 평론을, 세 개의 빨간 별표가 흐려지는 것을 흘깃 바라보며, 마치 의심할 수 없는 힘에 굴복하듯이 평온하지만 생각에 잠겨, 지배하거나 주장하는 것이 아니라 모든 것이 이미 이루어진 이 질서정연한 삶을 꾸미고 장식하는 것이 그녀의 역할임을 확신하였다. 높다란 탑들, 장엄한 종소리, 한 장 한 장 남성의 노고가 깃든 벽돌로 지어진 아파트들, 남성들이 힘들여 지은 교회들, 또한 의회들, 그리고 복잡하게 얽힌 전선들조차도. 그녀는 걸어가면서 유리창을 보며 생각했다. 이 거대한 남성의 업적에 무엇으로 맞서야만 할까? 스위프트 수석사제의 성격에 관한 평론이라! 그녀는 잘생긴 흰한 이마에 자신감과 우아함, 명성과 건장한 체격, 쾌활함을 갖추고, 셰익스피어의 직계 후손인 밥 브린슬리가 (발꿈치를 벽난로 불똥막이 울에 얹고서 머리를 뒤로 젖힌 채로) 주도하고 있는 무리에게 다가갔다. 그가 꺾어버릴 장미처럼 그가 밟고 지나갈 깔개 삼아 마루 위에 그녀의 평론을, 아 그녀의 존재 전부를 깔아놓을 수밖에 그녀가 달리 무엇을 할 수 있겠는가. 그녀는 단호히 그렇게 했다. 마치 그녀가 이 최고의 시련,

이 소개를 피해 달아나기라도 할 것처럼 댈러웨이 부인이 여전히 그녀의 손을 잡고 "이쪽은 브린슬리 씨, 이쪽은 에버릿 양. 두 분 모두 셀리를 좋아하시죠."라고 말을 했을 때. 그러나 그녀가 셀리를 좋아하는 것은 그에 비하면 아무것도 아니었다.

이들을 소개하며, 댈러웨이 부인은 그녀의 젊은 시절을 상기하면 항상 그렇듯 어이없이 가슴이 뭉클해지는 것을 느꼈다. 그녀에 의하여 두 청춘남녀가 만나는 것이다. 악수할 때 밥 브린슬리의 표정이 무관심에서 순응하는 예의 바른 정중함으로 변하는 것을 보면서, 강철이 부싯돌에 부딪칠 때처럼 (그녀가 감각적으로 느끼기에 둘 다 뻣뻣하게 굳어 있었다), 그녀는 세상에서 가장 사랑스럽고 아주 오래된 불꽃을 보았다. 그것은 클라리서가 생각하기에 모든 남성에게 잠재하는 여성의 부드러움과 선함과 신중함을 예시하는 것으로, 그녀가 눈물을 흘릴 만큼 감동적인 모습이었다. 젊은 여자의 얼굴에 나타나는 표정 중에서 확실히 가장 사랑스런 표정인 수줍은 표정, 놀라는 표정을 릴리에게서 보는 것은 훨씬 더 친밀하게 그녀를 감동시켰다. 남성은 여성에게서 이런 걸 찾고, 여성은 남성에게서 저런 걸 찾지. 그런 접촉으로부터 그 모든 가정생활과 시련과 슬픔과 심오한 즐거움과 재앙에 대처하는 궁극적인 확고함이 흘러나오며, 인간성은 본바탕이 감미롭다고 클라리서는 생각했다. 그녀 자신의 삶은 무한한 축복을 받았다(두 남녀를 소개하는 것은 그녀로 하여금 리처드를 처음 만났던 때를 생각나게 하였다!). 그리고 그녀는 가버렸다.

그러나, 릴리 에버릿은 생각했다. 그러나—그러나—하지만 뭐지?

오, 아무것도 아니야, 그녀는 예리한 본능을 부드럽게 억누르며 급히 생각했다. 그래요, 라고 그녀는 말했다. 그녀는 책읽기를 정말 좋아했다.

"당신은 글도 쓰시지요?" 그가 말했다. "아마도 시를?"

"평론을 써요." 그녀는 말했다. 그녀는 이런 공포가 자신을 사로잡도록 내버려두지 않을 것이다. 교회, 의회, 아파트, 전선들조차, 모든 것이 남자들의 노고로 만들어졌고, 이 젊은 남자는 셰익스피어의 직계 후손이야, 라고 스스로에게 중얼거렸다. 그렇지만 그녀는 이 공포가, 뭔가 다르다는 이 의심이 그녀를 사로잡아 그녀의 날개를 망가뜨리고 그녀를 외로움 속으로 처박아버리도록 내버려두지 않을 것이다. 그러나 그녀가 이렇게 생각할 때, 그녀는 그가—어떻게 달리 그것을 표현할 수 있겠는가—파리를 잡아 죽이는 것을 보았다. 그는 건방지게 벽난로 불똥막이 울에 한쪽 발을 올려놓고 머리를 뒤로 젖힌 채 서서 오만하게 자신에 대한 자랑을 늘어놓으며 파리 날개를 잡아떼냈다. 그가 파리한테 그렇게 잔인하지만 않았더라면, 그녀는 그가 자신에게 아무리 거만하고 무례하게 굴어도 개의치 않았을 것이다.

그녀는 그 생각을 눌러 참느라 안절부절못하며, 그가 세상에서 가장 위대한 존재인데, 왜 안 되겠어, 라고 생각했다. 숭배하고 꾸미고 장식하는 것이 그녀의 임무였다. 그리고 숭배받는 것, 그녀의 날개는 바로 그것을 위해 있었다. 하지만 그는 이야기했고, 쳐다보았으며, 웃었고, 파리의 날개를 잡아떼냈다. 그는 숙련된 힘센 손으로 파리의 등에서 날개를 잡아 뜯었으며, 그녀는 그가 하는 짓을 보았다. 그녀는 그것을 보았다는 사실을 감출 수가 없었다. 하지만 교회들과 의회들과 아파트들을 생각하며, 그것은 반드시 그래야만 할 필요가 있다고 주장하며, 몸을 쭈그리고 웅크리며 날개를 그녀 등에 납작하게 접으려고 애썼다. 그러나, 하지만, 무엇 때문에 왜 그렇게 해야 했나? 아무리 모든 노력을 기울여도 스위프트의 성격에 관한 그녀의 평론이 더욱더 주제넘게 튀어나오며 세 개의 별표들이 훨씬 밝게 다시 불타올랐다. 단지 더 이상 명확하고 찬란하게 빛나지 않고, 불안하고 피투성이가 되어 타올랐다. 마치 이 남자, 이 위대한 브린슬리 씨가 (자신의 평론에 대해서, 그 자신에 대해서, 그리고 한번은 웃으면서 거기에 있는 어떤 아가씨에 대해서) 이야기할 때 파리의 날개를 잡아 뜯음으로써 그녀의 밝은 존재를 구름으로 습격하며 그녀를 영원히 혼란스럽게 만들고 그녀의 등에 있는 날개를 망가뜨린 것처럼 말이다. 그리고 그가 그녀로부터 돌아서 가버릴 때, 그는 그녀로 하여금 공포심을 느끼며 높은 탑들과 문명에 대해 생각하게 만들었다. 하늘로부터 그녀의 목에 떨어진 멍에가 그녀를 으스러뜨렸다. 그녀는 어떤 그늘진 정원에 피난처를 찾다가 쫓겨나고, 절대로, 이 세상에는, 이 문명, 교회, 의회와 아파트들에는 성소도 없고 나비들도 없다는 말을 들은 발가벗은 비참한 사람 같은 느낌이 들었다. 이 문명은, 릴리 에버릿은 늙은 브롬리 부인이 친절하게도 자신의 외모를 칭찬하는 인사말에 답하면서 마음속으로 생각했다, [나에게 달려 있어]. 나중에 브롬리 부인은 모든 에버릿 가 사람들이 다 그러하듯이 릴리도 "마치 그녀가 세상의 모든 짐을 자신의 어깨에 짊어지고 있는 것처럼" 보였다고 말했다.

만남과 헤어짐
Together and Apart

댈러웨이 부인은 그 사람이 마음에 들 것이라고 말하면서 그들을 소개해주었다. 비록 대화는 시작되었지만 한동안 서로 아무런 말도 하지 않았다. 왜냐하면 설 씨와 애닝 양 둘 다 하늘을 바라보고 있었고, 그 둘의 마음속에, 비록 아주 다른 형태이기는 했지만, 하늘은 어떤 의미를 쏟아붓고 있었다. 마침내 애닝 양에게 자기 옆에 있는 설 씨의 존재가 너무도 뚜렷해져서 그녀가 더 이상, 있는 그대로의 하늘만을 바라볼 수가 없게 되고, 하늘이 그의 큰 체구와 검은 눈, 세어진 머리, 마주 잡은 손, 그리고 엄격하고 우수에 잠긴(그렇지만 그녀는 사람들이 그것을 '거짓된 우수'라고 말하는 것을 들은 적이 있었다) 로데릭 설의 얼굴을 둘러싸고 있는 것을 보게 되었을 때, 그녀는 이렇게 말해야 할 것 같았다.

"정말 아름다운 밤이군요!"

바보 같기는! 기막히게 바보스럽군! 그렇지만 사람이 나이 사십이 되어 하늘을 보고 바보가 되지 않는다면, 하늘은 가장 현명한 사람조차도 바보로 — 한줌의 지푸라기로 — 만드는 법인데, 댈러웨이 부인의 창가에 서서, 그녀와 설 씨는 분자로 티끌로 되고, 달빛에 비친 그들의 삶은 벌레의 수명 정도밖에 되지 않았고 더 이상 중요치 않았다.

"저!" 소파의 쿠션을 열심히 만지면서 애닝 양이 말했다. 그리고 그가 그녀 옆에 앉았다. 사람들이 말하는 것처럼 그는 '거짓으로 우울한' 것일까? 그들이 말하는 것, 그들이 하는 모든 행동을 다소간 부질없게 만드는 것 같은 하늘에 의해 자극받아 그녀는 다시 너무도 진부한 말을 했다.

"제가 어려서 캔터베리에 갔을 때, 거기에 설이라는 성을 가진 여자가 있었어요."

마음속에 하늘을 염두에 두고서, 설 씨의 눈앞에 모든 조상들의 무덤이 낭만적인 푸른빛에 싸여 나타났고 그의 눈은 더욱 커지고 어두운 빛을 띠었다. "그래요"라고 그는 말했다.

"우리 집안은 원래 노르만 계열입니다. 정복자 윌리엄과 함께 건너왔지요. 캔터베리 대성당에 리처드 설이라는 사람이 묻혀 있어요. 그는 가터 기사였습니다."

애닝 양은 자신이 우연하게 진짜 사람을 만났다고 생각했다. 가짜 사람은 그 진짜 사람 위에 세워져 있었다. 달의 영향을 받아 (그녀에게 있어 달은 남자를 상징했고, 그녀는 드리워진 커튼의 틈새로 그것을 볼 수 있었다. 그리고 그녀는 달 속에 뛰어 들었고, 달을 한 모금 맛보았다) 그녀는 거의 어떤 말이든 할 준비가 되어 있었고 거짓 모습 아래 감추어져 있는 진실한 사람을 발굴해내기로 마음먹으며 스스로에게 이렇게 말했다. "자, 어서 스탠리."[1] ─이것은 그녀의 구호로, 자신을 비밀스럽게 채찍질하는 말이었다. 중년의 사람들이 만성적인 악습을 꾸짖어야 할 때 사용하는 매질과 같은 것이었다. 그녀의 경우에는 지나친 수줍음이나 나태

---

[1] 테니슨의 시「마리온」에 나오는 마리온의 최후의 말.

같은 것이었는데, 용기가 없다기보다는 에너지의 결핍이라 하겠다. 특히나 그녀를 겁먹게 하는 남자들에게 말을 걸 때 그러했다. 그래서 그녀의 대화는 종종 지루하고 평범한 것이 되기 일쑤였고, 그녀에게는 남자 친구가 거의 없었다. 적어도 가까운 친구는 정말 거의 없다고 그녀는 생각했다. 그런데 그녀는 과연 그런 친구를 원하기는 하는가? 그렇지 않았다. 그녀에게는 새러와 아서, 오두막집, 그리고 중국산 개, 그리고 바로 〈그것〉이 있었다, 소파의 설 씨 옆자리에 앉아 있으면서조차도, 그녀는 〈그것〉에 자신을 담그고 적시면서 그렇게 생각했다. 거기에 축적된 어떤 것의 핵심에, 한 묶음의 기적들에 도달했다는 의미에서 그러했었다. 그리고 그녀는 다른 사람들도 그렇게 했다는 것을 믿을 수 없었다. (왜냐하면 그녀는 아더와 새러, 그리고 오두막집과 중국산 개를 가진 유일한 사람이었기 때문이었다) 그래서 그녀는 다시 아주 만족스러운 느낌에 젖어들었다. 이것과 달(음악이, 바로 달이었다)이 있으니, 그녀는 이 남자와 그의 선조들에 대한 자긍심을 남겨두고 떠날 수 있으리라 생각했다. 아니! 바로 그게 위험한 거야—그녀는 무감각에 빠져들어서는 안 되었다—적어도 이 나이에는. "자, 어서 스탠리"라고 스스로에게 말하면서, 그녀는 그에게 물었다.

"캔터베리에 대해 잘 아시나요?"

캔터베리에 대해 아느냐고? 얼마나 말도 안 되는 질문인가라고 생각하면서 설 씨는 미소 지었다—악기를 연주하고 지적이며, 눈이 예쁘고 멋진 고풍스런 목걸이를 두른 이 조용하고 참한 여인은 이 질문이 무얼 의미하는지에 대해 아무것도 모르고 있었다. 캔터베리를 아는가라는 질문을 받는다는 것—그의 일생의 대부분, 그가 기억하는 모든 것, 그가 아무에게도 털어놓을 수 없었지만 글로 쓰려고 했던 것들—아! 쓰려고 했던 것들(그는 한숨지었다) 그 모두가 캔터베리에 집중되어 있었다. 그는 웃음이 나왔다.

그의 한숨과 그의 웃음, 그의 우수와 유머가 사람들로 하여금 그를 좋아하게 만들었고 그도 그것을 알고 있었다. 그러나 남들이 좋아해준다는 것이 그가 느끼는 실망감을 보상해주지는 않았다. 그리고 그가 사람들이 그에게 갖고 있는 호의에 탐닉한다면 (동정해주는 부인들을 장시간에 걸쳐, 아주아주 오래 방문하면서), 그것은 반쯤은 비통한 마음에서였다. 왜냐면 그가 어렸을 때 캔터베리에서 꿈꾸었고, 자신이 할 수도 있었던 일들을 십분의 일도 해내지 못했기 때문이었다. 그는 낯선 이들에게서 자신의 희망이 되살아나는 것을 느꼈다. 왜냐하면 그들은 그가 약속했던 일을 하지 않았다는 말을 할 수 없기 때문이었다. 그리고 그들이 그의 매력에 이끌린다는 것은 그로 하여금 새로이 시작할 수 있게 했다—나이 오십에. 그녀가 그의 마음 깊은 곳에 자리 잡은 샘을 건드렸다. 들판과 꽃들 그리고 회색빛 건물들이 메마르고 어두운 그의 마음의 벽에 은빛 물방울로 맺혀 흘러내렸다. 그의 시들은 종종 이런 이미지들로 시작되었다. 그는 이 조용한 여인 옆에 앉아, 지금 이미지들을 만들어내고픈 욕망에 사로잡혔다.

"네, 캔터베리에 대해 알지요." 그는 회고조로 감상에 젖어 말했다. 애닝 양은 그가 분별 있는 질문들을 반긴다는 느낌이 들었다. 그리고 그것이 그토록 많은 사람들로 하여금 그에게 흥미를 느끼게 만드는 것이었다. 그리고 이러한 파티에 다녀온 후(그는 사교 시즌이면 때로는 거의 매일 밤 외출하곤 했는데) 셔츠 핀을 빼고, 열쇠와 잔돈을 문갑 위에 올려놓으면서, 그는 이 흔치 않은 재간과 자신에 대해 쉽사리 말하는 면이 그 자신을 망치는 것이라고 그렇게 생각했다. 그리고 매일 아침 식사하러 내려갈 때는 아주 딴판이 되어, 식사하면서 아내에게는 까다롭고 심술궂게 대했다. 아내는 병약해서 결코 외출하는 법이 없었고 대신 오랜 친구들이 가끔씩 그녀를 보러왔는데 대부분이 여자 친구들이었다. 아내는 인도 철학과 색다른 치료법과 특이한 의사들에 관심이 있었는데, 로데릭 설은 그녀가 감당하기에는 너무 어려운 말들로 그것을 빈정대고 묵살해버렸고, 이에 대해 그녀는 부드럽게 탄원하거나 눈물을 조금 보일 뿐이었다―사교계와 여자들, 비록 그에게는 그것이 필요했지만, 그는 종종 그들을 완전히 끊어버리고 글을 쓰지 못했기 때문에 실패자가 되었다고 생각하곤 했다. 그는 삶에 너무 깊이 연루되어 있었다―그래서 여기서 그는 다리를 꼬고 앉았다(그의 모든 움직임은 조금은 남달랐고 눈에 띄었다). 그리고 자신을 탓하지 않고, 자신의 천성이 풍요로운 탓으로 돌렸다. 그는 스스로 자신의 천성을 좋게 보아 워즈워스의 그것에 견주었다. 그리고 사람들에게 그토록 많은 것을 베풀었으므로, 그들은 그 보답으로 자신을 도와주어야 한다고, 이마를 손에 기대며 생각했다. 이것은 전율적이고 멋지고, 흥분되는 이야기의 전주곡이었다. 그리고 그의 마음속에 이미지들이 떠올랐다.

"그녀는 마치 과일나무 같다―만개한 벚나무 같다"라고 멋진 하얀색 머리를 하고 있는 나이보다 젊어 보이는 여인을 바라보며 그가 말했다. 이것은 상당히 멋진 이미지라고 루스 애닝은 생각했다―아주 좋군, 그러나 그녀는 자기가 유명하고 우수에 젖어 있으며 자기만의 독특한 태도를 지닌 이 남자를 좋아한다고 느껴지지 않았다. 그리고 사람의 감정이 어떻게 영향을 받는지 이상했다. 그녀는 그가 마음에 들지 않았다. 비록 어떤 여자를 벚

나무에 비유한 것은 상당히 좋았지만. 마치 말미잘의 촉수들처럼 그녀의 존재를 구성하는 섬유소들이, 이제 신이 나고 또 팽팽해져서, 이리저리 내키는 대로 떠다니고 있었다. 그리고 그녀의 두뇌는 멀리 떨어진 높은 곳에서 사람들이 로데릭 설에 대해(그는 다소간 유명했으므로) 말할 때, "전 그 사람이 좋아요" 또는 "전 그 사람이 마음에 들지 않아요"라고 때맞추어 망설이지 않고 대답할 수 있도록 정보들을 정리하고 있었다. 그리고 그녀의 견해는 영구히 확정될 것이다. 이상한 생각, 진지한 생각, 인간애를 구성하는 요소들에 묘한 빛을 비추면서.

"당신이 캔터베리를 아신다니 기이한 일이군요"라고 설 씨는 말했다. "그건 언제나 충격적이지요." 그는 계속해서 말했다(머리카락이 하얀 여인이 지나갔다). "누군가를 만났을 때," (그들은 그 전에 만난 적이 없었다) "말하자면, 내게는 아주 소중한 어떤 것의 끝자락을 우연히 건드리는 것, 그런 것 말이에요. 왜냐하면 제 생각엔 캔터베리는 당신에게는 단지 멋진 옛 도시일 뿐이겠지요. 당신은 거기서 아주머니와 어느 여름을 지냈겠지요?"(그것은 루스 애닝이 그녀가 캔터베리에 갔던 일에 대해 말하고자 했던 전부였다.) "그리고 당신은 관광을 하고 떠나버렸고 다시는 그곳에 대해 생각지 않았겠지요."

그런 식으로 생각하라지. 그가 마음에 들지 않아서, 그녀는 그가 자신에 대해 말도 안 되는 생각을 지닌 채 그냥 가버리기를 바랐다. 캔터베리에서 보낸 삼 개월은 정말로 놀라웠다. 비록 우연히 아주머니의 지인인 샬럿 설 양을 만나러 가게 되었던 것이지만, 그녀는 세세한 것까지 모두 기억하고 있었다. 바로 지금 이 순간에도 그녀는 설 양이 천둥에 대해 했던 말들을 되뇔 수 있었다. "밤에 천둥소리를 듣고 잠이 깰 때마다. 저는 '누군가가 죽었다'는 생각이 들어요." 그리고 그녀는 뻣뻣하고 털이 북슬북슬한 다이아몬드 문양의 카펫과, 반짝이는 갈색 눈을 한 나이 지긋한 부인이 천둥 이야기를 하면서 빈 찻잔을 내밀던 것을 눈앞에 떠올릴 수 있었다. 언제나 그녀는 천둥 구름과 창백한 사과 꽃 무리, 그리고 긴 회색빛 건물들의 뒷모습들을 지닌 캔터베리를 기억했다.

천둥이 중년의 지나친 무관심의 망연에서부터 그녀를 일깨웠다. "자, 스탠리, 어서." 그녀는 스스로에게 말했다. 다시 말하면, 이 남자는 다른 사람들처럼 나에 대해 잘못된 생각을 지닌 채 멀어져가서는 안 돼. 그에게 진실을 말해야 해.

"전 캔터베리를 사랑했어요."

즉시 그에게 생기가 돌았다. 이것이 그의 재능이자 그의 결점이고 운명이었다.

"사랑했다고요," 그가 반복했다. "그러셨군요."

그들의 눈이 마주쳤다. 아니 충돌했다. 왜냐하면 두 사람 다 그들의 눈동자 뒤에서, 자신의 피상적이고 민첩한 동료가 이리 뛰고 저리 뛰며 일상의 생활을 영위해나가는 동안 어둠 속에 앉아 은둔해 있던 어떤 존재가 갑자기 벌떡 일어서는 것을, 외투를 벗어 던지고 서로를 마주 대하는 것을 느꼈기 때문이었다. 그것은 두렵고도 멋진 일이었다. 그들은 나이가 들었고 번드르르하고 둥글둥글하게 세파에 닳아 있었다. 그래서 로데릭 설은 아마도 이번 사교 시즌에 한 다스는 족히 될 파티에 갈 것이고, 아무것도 특별한 것은 없다고 느낄 것이다. 또는 단지 감상적인 회한이나 예쁜 모습 — 꽃피는 벚나무와 같은 것 — 을 보려는 욕망을 느끼리라. 그러면서 항시 그의 내부에는 그가 만나는 사람들에 대해 흔들리지 않는 어떤 우월감이 있었다. 일종의 개발되지 않은 자원 같은 어떤 것, 그것 때문에 그는 삶과 스스로에게 만족하지 못한 채 집으로 돌아가는 것이다. 하품을 하며, 허무하고, 변덕스러운 상태로. 그러나 지금, 안개 속을 꿰뚫는 한 줄기의 섬광처럼(불가피한 번개라는 이미지와 함께 이 이미지는 저절로 생겨나 떠올랐다) 이런 일이 일어났다. 삶의 멋진 환희, 그 불요불굴의 기습. 그것은 불쾌하고 또 동시에 혈관과 신경을 얼음과 불의 실오리로 가득 채워 다시 젊어지게 하고 갱생시킨다. 그것은 끔찍한 일이었다.

"이십 년 전의 캔터베리 말이에요." 애닝 양이 말했다. 마치 강렬한 빛에 차양을 내리듯이, 또는 붉게 타오르는 복숭아에 푸른 잎사귀를 드리우듯이. 그것은 너무도 강력하고, 너무도 무르익었고, 너무도 충만했다.

가끔 그녀는 결혼을 했었더라면 하는 바람이 있었다. 그러나 때로는 그녀에게 있어 몸과 마음이 상처받지 않도록 자동적인 보호 장치를 갖춘 중년의 차분한 평화는 캔터베리의 천둥과 창백한 사과꽃 무리와 비교할 때 천박해 보였다. 그녀는 색다른 어떤 것, 번개와 같은 강렬한 어떤 것을 상상할 수 있었다. 그녀는 어떤 신체적인 감각을 상상할 수 있었다. 그녀는 상상할 수 있었다—

그리고, 정말 이상하게도, 왜냐하면 그녀는 전에 그를 만난 적이 없었기 때문인데, 전율하고 팽팽해진 촉수와 같은 그녀의 감각들이 이제는 더 이상의 메시지를 보내주지 않고, 가만히 누워 있었다. 마치도 그녀와 셜 씨가 서로에 대해 너무도 잘 알고 있고, 너무도 친밀하게 결합되어 그들은 조수에 따라 나란히 떠가기만 하면 되는 것처럼.

그 변화와 그 극도의 비이성적인 특질, 그리고 또한 그녀가 지금 느끼는 혐오감이 가장 강렬하고 격정적인 사랑 못지않았기 때문에, 세상만사 중에서 인간관계만큼 기이한 것은 없다고 그녀는 생각했다. 그러나 '사랑'이라는 바로 그 단어가 직접 떠오르자 그녀는 그것을 거부했다. 이 모든 놀라운 느낌들, 그 고통과 환희의 변환을 표현할 수 있는 단어는 거의 없는데, 사람의 마음이란 얼마나 야릇한 것인가라는 생각이 들었다. 도대체 어느 누가 이것을 형언할 수 있을까. 이런 것이 지금 그녀가 느끼고 있는 것이었다. 인간에 대한 애정을 철회하고, 설 씨는 떠나가고, 그리고 그토록 인간성을 황폐화시키고 비열하게 만드는 것, 그래서 모두들 점잖게 눈에 띄지 않도록 묻어두려는 것 ─ 이러한 철회와 신뢰에 대한 배신, 이런 것들을 덮어버려야 할 즉각적인 책임을 느꼈다. 그리고 그것을 묻어버릴 점잖고 용인되고 승인된 방법을 찾으면서 그녀는 말했다.

"물론 사람들이 무슨 짓을 하더라도 캔터베리를 망가뜨리지는 못하지요."

그는 미소 지었고, 그것을 받아들였다. 그리고 그는 반대 방향으로 다리를 꼬았다. 그녀는 그녀가 맡은 역할을 했고, 그는 그의 역할을 했다. 이렇게 이 일은 끝이 났다. 그리고 즉시 그들 두 사람에게, 마비시키는 듯한 공허한 느낌이 밀려왔다. 마음속에서 아무것도 솟아나지 않고, 마음의 벽은 마치 슬레이트처럼 보일 때, 그리고 공허함이 지나쳐 아픔으로 다가오고, 눈은 돌처럼 굳어 한 점만을 응시하고 있을 때, 이러한 양상, 석탄통 ─ 끔찍하리만큼 정확하고, 아무런 감정도, 아무런 생각도, 어떤 종류의 감각도 그것을 변화시키지 못하고, 변경하지 못하고, 장식하지 못하기 때문에, 감정의 샘이 봉인되고 마음은 굳어버렸기 때문에, 조각상처럼 뻣뻣하게 굳은 채 설 씨도 애닝 양도 움직일 수도 말을 할 수도 없었다. 그리고 그들은 어떤 마법사가 잠시 그들을 해방시켜, 혈관마다 생명의 샘이 솟구치게 했었던 것 같은 느낌이 들었다. 이때 마이러 카트라이트가 설 씨의 어깨를 장난스럽게 톡톡 치면서 말했다.

"마이스터징거 공연에서 당신을 봤어요, 그런데 모른 척 그냥 지나가시더군요. 나쁜 사람," 카트라이트 양이 말했다. "제가 당신에게 다시는 말을 걸 줄 알아요?"

그리고 그들은 헤어질 수 있었다.

동족을 사랑한 남자
The Man who Loved his Kind

그날 오후 딘스 야드를 바삐 걷다가 프리킷 엘리스는 우연히 리처드 댈러웨이와 정면으로 마주쳤다. 좀 더 정확히 말하자면, 그들이 지나치며 모자 아래 어깨 위로 서로에게 던지는 은밀한 곁눈질이 넓어지다가 갑자기 서로를 알아보았다. 그들은 이십 년 동안 만나지 못했다. 그들은 함께 학교에 다녔었다. 엘리스는 무슨 일을 하고 있지? 변호사였나? 그래, 그렇지, 그는 신문에서 그 소송사건에 대해 읽었다. 그러나 여기서 얘기를 나누기는 힘들지. 오늘 잠깐 들르지 않겠나. (그들은 둘 다, 길모퉁이를 막 돌아서 있는, 오래된 동네에 살았다.) 친구 한두 명이 올 거네. 아마 조인슨도. "이젠 대단한 멋쟁이지,"라고 리처드가 말했다.

"좋아, 오늘 저녁에 보세,"라고 말하고 리처드는 그의 길을 갔다. 저 괴짜 녀석을 만나다니 "아주 반갑군."(이것은 정말 사실이었다.) 그는 학교 다닐 때와 전혀 변하지 않았다. 그때는 온통 편견으로 똘똘 뭉친, 똑같이 둥글둥글하고 오동통한 작은 친구였지. 비상하게 머리가 좋았어. 뉴캐슬 상을 받았거든. 자, 그는 이제 가버렸다.

그러나 프리킷 엘리스는 고개를 돌려 댈러웨이가 사라지는 것을 바라보며, 이제는 그를 만나지 않았기를, 혹은 그가 댈러웨이를 언제나 개인적으로 좋아했기 때문에, 적어도 이 파티에 가겠다고 약속하지 않았기를 바랐다. 댈러웨이는 결혼을 했고 파티를 열었다. 그것은 전혀 그의 체질에 안 맞았다. 정장을 갖춰 입어야만 할 것이다. 그러나 저녁이 다가옴에 따라, 가겠다고 약속을 했고 무례를 범하고 싶지도 않았으므로 그는 그곳에 가야만 한다고 생각했다.

하지만 얼마나 끔찍한 파티인가! 조인슨이 와 있다니. 그들은 서로에게 할 말이 아무것도 없었다. 그는 거만한 소년이었다. 그는 상당히 자만심이 강했었다. 그것이 전부였다. 프리킷 엘리스가 아는 다른 사람은 그 방에 한 명도 없었다. 단 한 명도. 그렇다고, 흰색 조끼를 입고 부산을 떨며 그의 의무에 전적으로 어울리는 것처럼 보이는 댈러웨이에게 말 한마디 없이 즉시 가버릴 수는 없었으므로, 그는 그곳에 서 있어야만 했다. 그것은 그를 구역질나게 하는 일이었다. 책임감 있는 성인 남녀들이 매일 밤 이런 짓을 하다니! 완전한 침묵에 빠져 그가 벽에 기대어 있을 때, 푸른색과 붉은색이 보일 정도로 깔끔하게 면도한 뺨에 주름살이 깊이 패었다. 그는 소처럼 일했지만 운동으로 건강을 탄탄하게 유지했다. 마치 콧수염이 서리를 맞은 듯 그는 단단하고 사나워 보였다. 그는 벌컥 화가 나고 초조했다. 그의 변변찮은 정장 차림이 그를 단정치 못하고 보잘것없고 고집이 세어 보이게 만들었다.

머릿속은 텅 빈 채로, 지나치게 차려입고 한가롭게 잡담이나 나누는, 이 고상한 척하는 신사숙녀들은 계속 떠들고 웃어댔다. 프리킷 엘리스는 그들을 바라보며 브루너 부부와 그들을 비교하였는데, 브루너 부부가 패너즈 양조장과의 소송에서 이겨서 이백 파운드의 보상금을 받았을 때(이것은 그들이 받았어야할 액수의 반도 안 되었다) 그중 오 파운드를 그를 위한 시계에 썼다. 그것은 품위 있는 일이었다. 사람을 감동시키는 그런 일이었다. 그는 지나치게 옷치장을 하고 냉소적이며 부유한 이 사람들을 전보다 더욱 엄격하게 노려보며, 굉장히 존경스럽고 깔끔한 노인들인 늙은 브루너 부부가 옷 중에서 가장 훌륭한 옷을 차려입고 그에게 그 작은 선물을 주기 위해 들렀던 그날 아침 열한 시에 느꼈던 감정과 지금 느끼는 이 감정을 비교해보았다. 브루너 씨가 자신의 소송사건을 아주 유능하게 처리해준 데 대해 감사와 존경을 표하기 위해서 허리를 곧게 펴고 서서 시계를 내놓았으며 브루너 부인도 모두가 그의 덕분으로 느낀다고 큰 소리로 말했다. 그리고 그들은 그의 관대함에 깊이 감사했다. 물론 그가 사례금을 받지 않았기 때문이었다.

그는 그 시계를 가져와 벽난로 선반 가운데 놓으며 아무도 그의 얼굴을 보지 않았으면 좋겠다고 느꼈다. 바로 그런 것을 위해 그는 일했으며, 그것이 그가 원하는 보상이었다. 그래서 그는 실제로 그의 눈앞에 있는 사람들이 자신의 변호사 사무실에서 일어났던 그 장면 위로 어른거리며 그 장면에 의해 드러나는 것처럼 그들을 바라보았다. 그리고 그 장면이 사라질 때─브루너 부부가 사라졌다─마치 그 장면의 흔적처럼 그 자신이 남았다. 매우 초라하게 옷을 입고 어떤 풍채나 기품이 없이 노려보고 있는, 이 적대적인 사람들에 맞서는 평범한 사람, 완전히 소박하고 세련되지 못한 사람, 자신의 감정을 숨기는 데 서툰 사람, 솔직한 사람, 사회의 악과 부패와 냉혹함에 맞서 싸우는 보통의 평범한 사람 말이다. 그러나 그는 계속해서 노려보지는 않을 것이다. 이제 그는 안경을 끼고 그림들을 둘러보았다. 한 줄로 꽂혀 있는 책들의 제목을 보았는데, 거의 다 시집이었다. 그가 예전에 읽었던 책들을 다시 읽는다면 그런대로 좋을 것이다. 셰익스피어, 디킨스. 그는 국립 미술관에 들를 시간이 있었으면 하고 바랐다. 하지만 그는 그럴 수가 없었다. 절대로, 누구도 그럴 수가 없었다. 한창 바쁜 세상에서는 정말로 그럴 수가 없다. 사람들이 도움을 원할 때, 상당히 극성스럽게 도움을 요청할 때 그럴 수가 없다. 지금은 여유를 즐길 때가 아니었다. 그는 안락의자와 종이칼들과 고급스럽게 장정된 책들을 바라보았다. 그는 자신이 결코 그런 즐거움을 누릴 시간적 여유가 없다는 것을 알고 고개를 설레설레 흔들고는, 결코 그럴 마음도 없음을 생각하며 기뻐했다. 여기에 온 사람들은 그가 얼마짜리 담배를 사 피우는지를 알면 놀랄 것이다. 그가 정장을 어떻게 빌려 입고 왔는지를 알면. 그가 가지고 있는 유일한 사치품은 노퍽 브로즈에 있는 작은 요트였다. 그는 그것만을 자신에게 허용하였다. 그는 일 년에 한 번 모든 사람들로부터 멀리 벗어나서 들판에 눕는 것을 좋아했다. 그는 그들, 이 짐짓 점잔 빼는 사람들이 그가 상당히 고리타분하게도 자연의 사랑이라고 부르는 것으로부터 얼마나 많은 즐거움을 얻고 있는지를 알아차린다면 엄청나게 충격을 받으리라고 생각했다. 그가 어린 시절부터 알아왔던 나무와 들판들로부터 말이다.

이 고상한 사람들은 충격을 받을 것이다. 사실 그곳에 서서 안경을 호주머니에 집어넣으며 그는 매 순간 자신이 점점 더 형편없이 되어가고 있다고 느꼈다. 그것은 아주 불쾌한 느낌이었다. 그는 이것─그가 인류를 사랑하고 담배 일 온스에 겨우 오 펜스를 지불하고 자연을 사랑함─을 자연스럽고 평온하게 느끼지 않았다. 이런 각각의 즐거움들은 항변으로 변하였다. 그는 자신이 경멸하는 이 사람들이 그로 하여금 일어서서 진술하며 자신의 주장을 증명하도록 만든다고 느꼈다. "나는 평범한 사람이다." 그는 계속해서 말했다. 그리고 그다음에 말한 것은 정말 말하기 부끄러웠지만, 그는 말했다. "나는 여러분들이 평생 동안 한 것보다 더 많은 일을 단 하루 만에 나의 동족을 위해서 했다." 참으로 그는 스스로 어찌할 수 없었다. 그는 브루너 부부가 그에게 시계를 줄 때와 같은 장면들을 계속 떠올렸다. 그는 자신이 인간애와 관용과 도움을 베풀었을 때 사람들이 했던 멋진 말들을 계속해서 상기했다. 그는 계속해서 자신을 현명하고 관대한 인간애의 종복으로 여겼다. 그는 자신에 대한 칭찬들을 큰 소리로 반복할 수 있으면 좋겠다고 생각했다. 자신의 선행에 대한 느낌이 내면에서만 끓어야 하는 것은 불쾌했다. 사람들이 그에 대해 어떻게 말했는지를 아무에게도 말할 수 없는 것은 훨씬 더 불쾌했다. 다행히도 나는 내일은 일터로 돌아갈 것이다, 라고 그는 계속해서 중얼거렸다. 하지만 그는 몰래 빠져나가 집에 가는 것은 만족스럽지 않았다. 그는 머물러야만 한다. 머물면서 자신의 주장을 정당화해야만 한다. 그러나 어떻게 그럴 수 있겠는가? 사람들로 가득 찬 그 방에는 그가 말을 걸 사람이 아무도 없었다.

마침내 리처드 댈러웨이가 다가왔다.

"오키프 양을 소개하겠네,"라고 그가 말했다. 오키프 양은 그를 빤히 쳐다보았다. 그녀는 다소 거만하고 무뚝뚝한 태도를 보이는 삼십 대 여성이었다.

오키프 양은 얼음이나 다른 마실 것을 부탁했다. 그녀가 그가 느끼기에 거만하고 정당화할 수 없는 태도로 프리킷 엘리스에게 얼음을 가져다달라고 요구한 이유는, 그 더운 날 오후 스퀘어[1] 울타리에 기대서 안을 들여다보고 있는 아주 가난하고 더위에 지

---

1   작은 공원들 주위에 있는 사각형의 고급 주택지역.

친 부인 한 명과 두 아이를 보았기 때문이었다. 그들을 안으로 들어오게 할 수 없을까 라고 생각하며, 동정심이 파도처럼 일어나고 분노가 들끓었다. 절대로 안 되지. 그녀는 다음 순간 마치 자신의 귀를 후려치듯 거칠게 스스로를 질책했다. 세상의 모든 힘을 다 동원해도 그럴 수는 없어. 그래서 그녀는 테니스공을 주워서 세게 던졌다. 세상의 모든 힘을 다 동원해도 그럴 수는 없다고 격분해서 말했다. 그것이 바로 그녀가 모르는 남자에게 그렇게 명령하듯이 말한 이유였다.

"저에게 얼음 좀 가져다주세요."

그녀가 얼음을 먹는 동안 프리킷 엘리스는 아무것도 먹지 않고 그녀 옆에 서서, 자신은 십오 년 동안 파티에 와본 적이 없다고 말했다. 그의 양복도 자신의 매부로부터 빌린 것이라고 말했다. 이런 식의 것은 좋아하지 않는다고 말했다. 그는 자신은 검소한 사람으로 실은 보통 사람을 좋아한다고 계속해서 말하면 굉장히 마음이 편해질 것 같았다. 그러고는 브루너 부부와 시계에 대해서도 말했으면 했는데(그런 말을 하려고 했던 것을 나중에 부끄러워했다), 그녀가 물었다.

"연극 「폭풍우」[2]를 보셨나요?"

그러면, (그가 「폭풍우」를 보지 않았기 때문에) 책으로는 읽었는지 물었다. 또다시 아니라고 하자 얼음을 내려놓으며, 시를 읽은 적이 있느냐고 물었다.

프리킷 엘리스는 이 젊은 여자의 목을 베어버리고 그녀를 희생양으로 만들고 그녀를 학살하고 싶은 어떤 감정이 속에서 치밀어오는 것을 느끼며, 텅 빈 정원에 있는 두 개의 의자에 그녀를 앉혔다. 모두가 위층에 있기 때문에 그들은 방해받지 않고 단지

---

2   윌리엄 셰익스피어의 후기 로맨스 극.

윙윙거리는 소리, 흥얼거리는 소리, 재잘거리는 소리, 짤랑거리는 소리만 들을 수 있었다. 그것은 고양이 한두 마리가 풀밭을 가로질러 살금살금 도망가는 소리, 나뭇잎이 살랑거리는 소리, 초롱꽃 같은 노랗고 빨간 열매가 이리저리 흔들리는 소리에 맞춘 어떤 유령의 오케스트라의 광적인 반주와도 같았다. 그들의 대화는 아주 사실적인 어떤 것에 맞춘 고통으로 가득한 광란의 스켈레톤 무곡 같아 보였다.

"정말 아름답군요!" 오키프 양이 말했다.

응접실에 있다가 나온 후라 이 작은 잔디밭은 주변에 하늘 높이 솟은 웨스트민스터 사원의 검은 탑들과 더불어 아름다웠다. 소음으로부터 해방된 그곳은 조용하였다. 어쨌든 결국에 그들은 그것을 가졌다. 그 지친 여자와 아이들을 말이다.

프리킷 엘리스는 파이프에 불을 붙였다. 그것은 그녀에게 충격을 줄 것이다. 그는 일 온스에 오 펜스짜리, 싸구려 담배로 파이프를 채웠다. 그는 밤에 홀로 자신의 보트에 누워 별들을 바라보며 담배를 피우는 모습을 상상했다. 그날 밤 내내 그는 이곳에 온 사람들 눈에 자신이 어떻게 보일지를 생각하고 있었기 때문이다. 그는 구두 밑창에 대고 성냥을 그으며, 이곳 바깥에서는 특별히 아름다운 어떤 것도 볼 수 없다고, 오키프 양에게 말했다.

"아마도, 당신은 아름다움에 관심이 없겠군요." 오키프 양이 말했다. (그는 연극 「폭풍우」도 안 보았고, 책도 읽지 않았다고 말했었다. 그는 세련되지 못해 보였다. 더부룩한 콧수염과 턱, 그리고 은제 시곗줄.) 그녀는 이런 걸 위해서는 그 누구도 한 푼도 지불할 필요가 없다고 생각했다. 박물관들은 무료이며 국립 미술관도, 전원 풍경도 그랬다. 물론 그녀는 그에 따르는 장애들이 있다는 것을 알고 있었다. 빨래, 요리, 아이들. 그러나 사람들이 말하기 두려워하는데, 문제의 핵심은, 행복이 턱없이 싸다는 것이다. 당신을 그것을 공짜로 가질 수 있다. 아름다움을 말이다.

프리킷 엘리스는 그녀가 자기주장을 하도록 내버려두었다. 이 창백하고 당돌하고 거만한 여자가. 그는 싸구려 담배를 피워대며 그날 자신이 한 일들을 그녀에게 말했다. 여섯 시에 일어났고, 몇 건의 상담을 했고, 더러운 빈민가에서 시궁창 냄새를 맡았으며, 법정에 갔다.

여기서 그는 자신이 스스로 한 일을 뭔가 말해주고 싶어서 머뭇거렸다. 그것을 억누르려니 그는 점점 더 신랄해졌다. 그는 잘 먹고 잘 차려입은 여성들이 아름다움에 대해 얘기하는 것을 들으면 메스꺼워진다고 말했다(그녀는 말랐고, 옷도 기준에 맞게 잘 차려입지 못했으므로, 입을 씰룩거렸다).

"아름다움!" 그는 자신이 아름다움을 인간과 별개의 문제로 이해하지 않았나 싶다고 말했다.

그들은 불빛이 흔들리고 고양이 한 마리가 한 발을 들고 한가운데서 머뭇거리고 있는 텅 빈 정원을 응시하였다.

인간과는 별개의 아름다움? 그의 말이 무슨 의미인가? 그녀가 갑자기 물었다.

그건 이런 거죠. 그는 점점 더 흥분하여 그것에 대한 자신의 자부심을 감추지 않은 채, 브루너 부부와 시계에 대해 말했다. 바로 그런 것이 아름다운 것이죠, 라고 그는 말했다.

그녀는 그의 이야기가 그녀 안에서 일으킨 공포를 구체적으로 명시할 단어가 없었다. 첫째는 그의 자만심, 그다음에는 인간 감정에 대해 얘기하는 그의 무례함. 그것은 하나의 모독이었다. 이 세상의 그 누구도 그들이 같은 인간을 사랑했다는 것을 증명하려고 해서는 안 된다. 그러나 그가 그것을—어떻게 그 노인이 똑바로 서서 감사의 말을 했는지를 ― 얘기했을 때, 그녀의 눈에서 눈물이 솟았다. 아, 누군가 그녀에게 그런 말을 해준 적이 있었던 가! 그러나 그때 또다시 그녀는 그 말이 얼마나 인류애를 영원히 저주하는 것인지를 느꼈다. 그들은 시계와 관련된 짐짓 감동적인 장면들 너머로는 결코 더 이상 도달하지 못할 것이다. 또 다른 브루너들은 또 다른 프리킷 엘리스들에게 감동적인 연설을 하고, 또 다른 프리킷 엘리스들은 그들이 그들과 같은 인간을 얼마나 사랑했는지를 언제나 말할 것이다. 그들은 항상 게으르고, 타협하고, 아름다움을 걱정할 것이다. 이로 인해서 혁명이 일어났다. 게으름과 두려움과 짐짓 이런 감동적인 장면들에 대한 사랑으로부터. 여전히 이 남자는 브루너 같은 사람들로부터 즐거움을 얻고 있다. 그리고 그녀는 스퀘어의 울타리 안에 들어오지 못하게 막힌 불쌍한 여자들 때문에 영원히 고통받도록 운명 지워져 있었다. 그래서 그들은 말없이 앉아 있었다. 둘 다 아주 불행했다. 왜냐하면 프리킷 엘리스는 자신이 말한 것에 의해 조금도 위로받지 못했기 때문이었다. 그녀의 가시를 뽑아내지 못하고 그는 그것을 문질러 박아 넣었다. 그날 아침의 그의 행복은 파괴되어 버렸다. 오키프 양은 혼란스럽고 짜증이 났다. 그녀는 분명하지 않고 머리가 멍했다.

"저는 아주 평범한 사람들 중 하나라고 생각해요."라고 그는 일어서며 주저하듯 말했다. "같은 인간을 사랑하는."

이 말에 오키프 양은 거의 소리치듯 말했다. "저도 역시 그래요."

서로를 증오하며, 그들에게 이 고통스런 환멸을 느끼게 하는 밤을 준 집에 가득한 모든 사람들을 미워하며, 각자 그들의 동족을 사랑하는 이 두 사람은 일어나서 말 한마디 없이 영원히 헤어졌다.

단순한 멜로디
A Simple Melody

그 그림으로 말하자면, 빅토리아 여왕이 아주 젊었던 시기에 그려진 것이리라고, 배우지 못한 사람들이 추측하는 그런 풍경화의 하나였다. 그리고 젊은 부인들이 석탄 통 같은 모양의 밀짚모자를 쓰는 것이 당시의 유행이었다. 세월의 흐름이 페인트의 모든 이음매와 고르지 않은 부분을 매끄럽게 만들었으므로, 캔버스는 래커같이 광택이 나는 얇은 층으로 덮인 것 같아 보였는데, 한쪽은 아주 엷은 청색의, 또 한쪽은 아주 짙은 다갈색의 어두운 색조를 띠고 있었다. 그것은 황야의 그림으로, 대단히 아름다운 그림이었다.

아무튼 카슬레이크 씨는 그 그림이 퍽 아름답다고 생각했는데, 그 이유는 그가 그것을 볼 수 있는 모퉁이에 섰을 때, 그것이 그의 마음을 가라앉히고 진정시키는 힘을 가졌기 때문이었다. 그에게는 그 그림이 아직 안정되지 않은 자신의 남은 감정을—이런 파티에서 그렇게도 산만하고 혼란스러웠던 그의 감정을—평정 상태로 회복시켜주는 것 같았다. 그것은 마치 사람들이 도박을 하고, 재주넘기를 하고, 욕설을 하고, 소매치기를 하고, 물에 빠진 사람을 구해주고, 그리고 놀라운—그러나 정말로 불필요한—묘기를 부리고 있을 때, 한 명의 바이올린 연주자가 더할 나위 없이 조용한 영국의 옛 가곡을 연주하고 있는 것과 같은 것이었다. 그는 이런 자리에서 그가 해야 할 역할을 해낼 수가 없었다. 그가 겨우 할 수 있었던 것은 웸블리 박람회[1]가 대단히 지루했으며, 성공적이 아니라고 생각한다는 것 등의 그 비슷한 이야기를 하는 것 뿐이었다. 미어웨더 양은 그의 말을 듣고 있지 않았다. 어쨌든 그녀가 꼭 들어야 할 이유는 없지 않은가? 그녀는 그녀의 역할을 해냈다. 그녀는 한두 번 약간 서투른 재주넘기를 했다. 말하자면 화제를 웸블리 박람회에 관한 이야기에서 메리 여왕의 품성에 관한 이야기로 갑자기 건너뛰었던 것이다. 그녀는 메리 여왕의 품성이 고귀하다고 생각한다고 했다. 물론 그녀가 실제로 그런 생각을 하지는 않았다. 카슬레이크 씨는 황야의 그림을 보면서 이를 확신했다. 모든 인간의 내면은 매우 단순하다고 그는 느꼈다. 메리 여왕과 미어웨더 양, 그리고 자기 자신이 저 황야에 있다고 생각해보자. 때는 일몰 후의 늦은 저녁이었고, 그들은 노리치[2]로 되돌아가는 길을 찾아야 했다. 곧 그들은 모두 다 아주 자연스럽게 대화를 나누고 있을 것이다. 그는 그것을 조금도 의심치 않았다.

자연에 관해서 말하자면, 그보다 더 깊이 자연을 사랑한 사람은 없을 것이다. 만약에 그가 메리 여왕과 미어웨더 양과 함께 걸어가고 있었다면, 그는 자주 침묵을 지켰을 것이고, 틀림없이 그들 두 사람도 그랬으리라고 그는 생각했다. 조용히 그들의 상념을 띄워 올리면서. 여기서 그는 그림을 다시 보았다. 그는 행복하

---

1   1924년 4월부터 8월까지 웸블리 파크에서 열린 대영제국 박람회를 가리키는 것으로 추정.
2   영국 노퍽 주의 주도.

면서도, 훨씬 더 소박하고 의기양양한 세상을 들여다보았다. 그것은 또한 여기보다 훨씬 더 단순한 세상이었다.

그가 바로 이런 생각을 하고 있을 때, 예쁜 노란색 드레스를 입은 메이블 웨어링이 자리를 떠나는 것이 보였다. 그녀는 생기 있게 보이려 한 모든 노력에도 불구하고, 긴장된 표정과 불만스러운 굳은 눈빛으로 보아 흥분한 것 같았다.

그녀의 불만의 원인이 무엇이었을까? 그는 다시 그림을 보았다. 해는 이미 졌으나 모든 빛깔이 아직도 선명한 것으로 보아, 해가 오래전에 진 것은 아니고 황야의 갈색 언덕 저편으로 이제 막 넘어간 것이었다. 광선은 정말 잘 어울렸다. 그는 메이블 웨어링도 그와 여왕과 미어웨더 양과 함께 노리치로 되돌아가는 길을 걸어가고 있다고 상상해보았다. 그들은 길에 관해 이야기하고 있을 것이다. 거리는 얼마나 되는지. 그리고 그곳이 그들이 좋아했던 그런 시골인지. 또, 그들이 배가 고픈지. 그렇다면, 저녁 식사로 무엇을 먹을 것인지. 그것은 자연스러운 화제였다. 카슬레이크 씨는 스튜어트 엘튼이 혼자 서서, 종이칼을 손에 집어 들고 매우 이상한 표정으로 그것을 들여다보고 있는 것을 보았다 ─ 스튜어트가 만약에 그 황야에 서 있다면 그는 그 칼을 그냥 떨어뜨리거나 던져버릴 것이다. 왜냐하면, 우연히 그를 만나본 사람들은 결코 믿지 않겠지만, 스튜어트는, 내면적으로는 매우 부드럽고 단순한 사람이며, 자신과 같이 평범한 사람들과 하루 종일 거닐어도 불만이 없는 사람이었기 때문이다. 그런데 그의 이 기이한 행동, ─별갑으로 만든 종이칼을 손에 들고 응접실 한가운데에 서 있는 것은 과시하는 것처럼 보였으나 ─ 그것은 단지 그의 버릇이었을 뿐이다. 그들이 일단 황야로 나가서 노리치를 향해 걷기 시작했을 때, 그들이 한 말은 이런 것일 게다. 나는 고무 밑창이 확실히 낫다는 것을 알았어요. 그렇지만 그것은 발을 끌어당기게 하지 않아요? 그럴 때도 있고―그렇지 않을 때도 있지요. 이런 풀밭에선 고무 밑창이 안성맞춤이에요. 그러나 포장길에서는요? 그다음에는 양말과 양말대님에 관해, 남자의 복장과 여자의 복장에 관해 이야기할 것이다. 아니 십중팔구 틀림없이 그들 자신의 버릇에 관해 꼬박 한 시간 내내 이야기할 것이다. 그리고 이런 모든 것들을 아주 자유롭고 편안한 마음으로 이야기할 것이다. 그래서 만약 그나, 메이블 웨어링이나, 스튜어트나, 또는 여기에 아는 사람은 하나도 없어 보이며, 칫솔 같은 콧수염에 화난 얼굴을 한 저 작자가―아인슈타인에 관한 설명을 하겠다거나, 또는―매우 개인적인 어떤 문제에 대해 성명서를 발표하겠다고 해도―(그는 과거에 그런 일이 있었던 것을 알고 있었다)―그런 이야기는 아주 자연스럽게 흘러나왔을 것이다.

그것은 매우 아름다운 그림이었다. 모든 풍경화와 마찬가지로 이 그림은 보는 사람을 슬프게 했는데, 그 이유는 황야가 모든 인간보다 더 오래 남을 것이기 때문이었다. 그러나 이 고양된 슬픔은―이때 조지 카슬레이크는 미어웨더 양에게서 몸을 돌리면서 그 그림을 유심히 보았는데―황야는 평온했고, 황야는 아름다웠으며, 황야는 지속될 것이라는 생각에서 분명히 비롯된 것이었다. 그러나 나는 그것을 확실히 설명할 수가 없다, 그는 생각했다. 그는 교회를 전혀 좋아하지 않았다. 사실, 만약 그가 황야는 남고 교회들은 다 사라질 것이라는 데 대한 그의 느낌과, 그렇지만 그것은 옳은 일이며 슬퍼할 이유가 없다는 그의 생각을 말했다면―그는 웃어버리고, 그 어리석고 감상적인 생각을 곧 떨쳐버릴 것이다. 왜냐하면 말로 표현하자면 그럴 테지만, 생각으로는 그렇지 않을 것이라고 느꼈기 때문이다. 아니, 그는 저녁에 황야를 걷는 것이 아마도 시간을 보내는 최선의 방법이라는 그의 신념을 버리지 않을 것이다.

사람들은 떠돌이나 이상한 사람들과 마주치기도 했다. 어떤 때는 사람이 살지 않는 작은 농장. 어떤 때는 손수레를 끄는 남자. 또 어떤 때는—이것은 아마 조금은 너무 로맨틱한지 모르나—말을 탄 남자와 마주치기도 했다. 양치기들도 틀림없이 있었을 것이고, 풍차도 있었을 것이다. 혹, 그런 것들이 없었다 하더라도, 하늘을 배경으로 한 관목의 숲, 또는—'차이를 조화시키고, 인간으로 하여금 신을 믿게 하는' 그런 힘을 지닌—다시 한 번 그는 이 어리석은 낱말들에 몸을 부르르 떨었다—손수레 바큇자국이 있었을 것이다. 이 마지막 말은 거의 그를 찌르는 듯했다. 정말이지 신의 존재를 믿는다니! 모든 이성의 힘으로 그런 비상식적이고, 비겁하고, 바보 같은 말에 항의를 하고 있을 때에! 그에게는 마치 그가 말의 함정에 빠진 것만 같았다. '신의 존재를 믿다'니. 그가 믿은 것은 메이블 웨어링, 스튜어트 엘튼, 그리고 영국의 여왕과 같은 사람들과 함께 나누는—황야에 대한—그런 문제에 관한 사소하고도 소박한 대화였다. 그는 적어도 그들과 많은 공통점—장화, 배고픔, 피로감—을 지니고 있다는 데 큰 위안을 느꼈다. 그러나 그때 그는 스튜어트 엘튼이, 예를 들어, 말을 중단하거나 또는 침묵에 빠지는 것을 상상할 수 있었다. 만약 당신이 그에게 무슨 생각을 하고 있습니까? 하고 물었다면, 아마도 그는 아무 말도 하지 않았거나, 또는 진실이 아닌 말을 했을 것이다. 아마도 그는 진실을 말할 수 없었을 것이다.

카슬레이크 씨는 다시 그 그림을 보았다. 그는 무언가 요원한 느낌에 마음이 편치 않았다. 실로, 사람들은 사물에 관해 생각했고, 사물을 그림으로 그렸다. 사실 황야에 있는 이들 일행은 서로

간의 차이를 완전히 없애지는 못한다고 그는 생각했다. 그러나 여전히 남아 있는 유일한 차이는(저 멀리에 황야의 수평선이 보였고, 시야를 가로막는 집은 하나도 없었다) 근본적인 차이라고 그는 주장했고, 또 이를 믿었다—그것은 바로 그림을 그린 사람이 생각한 것, 스튜어트 엘튼이 생각한 것과 같은 것들이었다—무엇에 관해서 생각했을까? 아마도 그것은 어떤 신념이었을 것이다.

어쨌든 그들은 계속해서 걸어갔다. 왜냐하면 걷는 것의 큰 장점은 아무도 아주 오랫동안 가만히 서 있을 수 없다는 것이기 때문이다. 그들은 분발해서 계속 걸어야 한다. 그리고 장거리를 걷는 데서 오는 피로와, 피로를 종식시키려는 욕망이야말로 가장 냉정하고 이성적인 사람들, 또는 사랑과 사랑의 고통으로 인해 마음이 산란해진 사람들에게까지도 그들의 마음을 귀가로 향하게 하는 절대적인 이유를 제공한다.

그가 사용한 어구는 하나하나가, 서글프게도 허위 신앙의 느낌으로 그의 귀에 울렸다. '귀가'—종교가들은 이 말을 전용해왔다. 그것은 천국으로 가는 것을 의미했다. 그의 사고로는 조금도 구겨지지 않고, 주름지지 않고, 또 타인이 사용해 빳빳한 풀기가 빠지지 않은 순수하고도 새로운 단어를 발견할 수가 없었다.

그가 메이블 웨어링, 스튜어트 엘튼, 영국의 여왕, 그리고 저기 사납게 튀어나온 눈에 고집스러운 저 남자와 함께 황야를 걷고 있을 때에는 언제나 그 아름다운 곡조의 옛 노래가 그쳤다. 어쩌면 사람들은 야외에서 어느 정도는 야성적이 되는지도 모른다. 갈증도, 발뒤꿈치의 물집도 야성을 드러낸다. 그가 걷고 있을 때 주변 사물에는 견실함과 신선함이 있었다. 거기에는 아무런 혼란도, 동요도 없었다. 아는 것[既知]과 모르는 것[未知] 사이의 구분은 연못의 가장자리처럼 뚜렷했다—이쪽은 마른땅이었고, 저쪽은 물이었다. 이때 기이한 생각이 그의 머리에 떠올랐다—물은 지구상의 인간들을 끄는 매력을 지녔다는 것이다. 스튜어트 엘튼이 그의 종이칼을 집어 든 것, 메이블 웨어링이 주위를 둘러보다가 왈칵 울음을 터뜨린 것, 그리고 콧수염이 칫솔 같은 저 남자가 험한 눈으로 노려본 것은 그들 모두가 물이 있는 곳으로 가기를 원했기 때문이었다. 그러나 물이란 무엇이었던가? 아마도 이해였을 것이다. 누군가 기적적으로 모든 천부의 자질을 이어받고, 인간성의 모든 좋은 점을 다 갖춘 사람이 분명히 있을 것이다. 그래서 한 사람의 마음이 다른 사람의 마음에 적응치 못하는 결과로 초래된 침묵과 불행이 그 사람에 의해 모두 올바르게 이해될 수 있을 것이다. 스튜어트 엘튼이 물속에 뛰어 들었다. 메이블도 물속에 뛰어 들었다. 어떤 사람들은 물속으로 잠수하며 만족해했다. 다른 사람들은 헐떡거리며 수면으로 올라왔다. 그는 자신이 죽음을 연못에 뛰어드는 것으로 생각하고 있음을 알고 안도감을 느꼈다. 왜냐하면 그는 방심한 순간에 구름 속으로 뛰어올라 천국으로 가서, 나부끼는 옛 의상과 온후한 눈매에 구름 같은 망토를 걸친 예스럽고 편안한 모습을 취하고자 하는, 그의 마음속에 일어나는 본능에 놀라 불안감을 느꼈기 때문이다.

반면에 연못에는 도롱뇽과 물고기와 진흙이 있었다. 연못에 관해서 중요한 점은 인간이 자기 힘으로 그것을 창조해야 했다는 것이다. 새로운, 아주 새로운 것으로. 사람들은 이제 더 이상 천국에 넋을 빼앗겨 그곳에서 노래하며 죽은 사람들을 만나보기를 원하지 않았다. 사람들은 이 세상과 현재에 속해 있는 것을 원했다. 이해는 인생의 증강을 의미했고, 사람이 말할 수 없었던 것을 말할 수 있는 힘을 의미했으며, 메이블 웨어링이 한 것과 같은 무모한 시도를 할 수 있는 힘을 의미했다―그녀의 성격에 어울리지 않는, 놀랍고도 당당한 그녀의 갑작스런 행동 방식이 그녀를 실패나 궁지에 더 깊이 몰아넣는 대신, 성공하리라는 것을 그는 알았다.

조지 카슬레이크가 그림에서 눈을 돌려, 사람들을 보고 나서 다시 그림을 보았을 때, 늙은 바이올리니스트가 그의 곡을 연주했다. 그의 둥근 얼굴과 약간 네모진 체격은 달관한 듯한 침착성을 나타냈고, 이것이 그로 하여금 이 모든 사람들 가운데서도 초연하고, 안정되고, 평온한 모습의 인물로 보이게 하였는데, 그것은 둔감해 보이지 않고 민감한 모습이었다. 그는 자리에 앉았다. 그러자 쉽게 자리를 옮겨 다닐 것으로 보였던 미어웨더 양이 그의 옆에 앉았다. 사람들은 그가 한 식후 연설이 매우 훌륭했다고 말했다. 그가 결코 결혼을 하지 않는 이유는 그의 어머니가 그를 필요로 했기 때문이라고 그들은 말했다. 그러나 아무도 그를 영웅적인 인물로 생각하지는 않았다―그에게는 비극적 면이 없었다. 그는 변호사였다. 그는 그의 뛰어난 지적 능력 이상의―걷는 것 외에는―어떤 취미나, 기호나, 선천적 재능을 특별히 갖고 있지는 않았다. 사람들은 그를 너그럽게 받아들이기도 했고, 그를 좋아하기도 했고, 약간은 비웃기도 했는데, 그 이유는 그가 특별히 지적받을 만한 일은 조금도 하지 않았기 때문이었다. 또한 그에게는 그가 형님처럼 여기는 집사가 있었다.

그러나 카슬레이크 씨는 신경 쓰지 않았다. 사람들은―남자나 여자나 똑같이 단순했다. 그 누구와도 말다툼을 한다는 것은 매우 유감스러운 일인데, 사실 그는 한 번도 그런 적이 없었다. 그렇다고 해서 그의 감정이 가끔 뜻밖의 상처를 받지 않았다는 것은 아니다. 글로스터 가까이에 살고 있던 그는 대성당에 대해 우스울만큼 과민한 반응을 보였다. 그는 대성당을 위해 싸웠고, 마치 대성당이 그의 혈족 관계나 되는 듯이 그것에 대한 비판에 분개했다. 그러나 그의 친형제에 관해서는 남들이 어떤 말을 하든, 하고 싶은 대로 내버려두곤 했다. 뿐만 아니라, 누구든 그의 산책에 대해 비웃더라도 상관하지 않았다. 그의 성격은 대체로 원만했지만 부드럽지는 않았다. 그는 때로 느닷없이 그의 모난 성질을 드러내기도 했는데—그것은 대성당을 위해서였거나, 또는 어떤 뚜렷한 부정행위에 대해서였다.

늙은 악사가 바이올린을 켰는데, 그의 단순한 멜로디는 이러한 느낌을 주는 것이었다. 우리들은 여기에 있지 않고 황야에 있다. 우리는 노리치로 되돌아가는 길을 걸어가고 있다. 여왕이 "고귀하다"고 말했던, 예민하고 자기주장이 강한 미어웨더 양은 자기가 믿지 않는 어리석은 얘기는 더 이상 하지 않는다는 조건으로 일행에 합류했다. 그녀는 그 그림을 바라보며 "크롬[3] 화파인가요?"라고 말했다.

좋아. 일이 잘 해결되어 그들은 계속 걸었다, 남은 거리는 육칠 마일쯤 될 것이다. 동시에 두 장소에 존재한다는 이 의식—그것은 조지 카슬레이크에게 종종 일어났기 때문에, 이에 관해서는 조금도 이상할 것이 없었다. 육체는 여기 런던의 응접실에 있지만, 그 큰 거리상의 격리에도 불구하고 시골의 평화로움, 그 적나라한 소박함과 견실함과 기백이 그의 몸에 와닿는 것이다. 그는 다리를 쭉 뻗었다. 산들바람이 그의 뺨을 스치는 것이 느껴졌다. 무엇보다도 우리 모두가 겉으로는 다르나, 이제 일체가 되어 있다고 그는 느꼈다. 우리는 길에서 벗어날 수도 있고, 물을 찾아 헤맬 수도 있다. 그러나 우리 모두가 다 침착하고, 호의적이며, 신체

3   노픽 화파로 유명한 화가(1768~1821).

적으로 편안하다는 것은 틀림없는 사실이다.

친애하는 그대여, 그 옷들을 모두 벗어버리시오. 그리고 그걸 한데 묶어버리시오. 그는 메이블 웨어링을 바라보며 생각했다. 그러고는 친애하는 스튜어트여, 당신의 영혼에 대해, 그리고 당신의 영혼이 다른 사람의 영혼과는 아주 다르다는 것에 대해 걱정하지 마시오, 하고 그는 생각을 했다. 눈을 부릅뜬 그 남자가 그에게는 단연 경이롭게 보였다.

이것을 말로 표현하는 것은 불가능하고, 또 불필요한 일이었다. 이 작은 생물체들의 안달하듯 보이는 깜빡임 밑에는 항상 깊은 저수지가 있었다. 그런데 이 단순한 멜로디는 그 저수지를 표현하는 대신, 그에 대해 무언가 괴이한 일을 했다―거기에 잔물결을 일으키고, 용해시켰다. 그로 하여금 출발하고 회전하여 인간 본성의 깊은 곳에서 진동케 했다. 그럼으로써 상념은 언제나 이 연못으로부터 떠올라 인간의 뇌 속으로 부글부글 거품을 내며 흘러 들어갔다. 상념의 반은 감정이었다. 상념은 그런 감정적인 특성을 지녔다. 그것을 분석한다는 것, 그것이 대체로 행복한 것이었는지 불행한 것이었는지 또는 즐거운 것이었는지 슬픈 것이었는지를 말하는 것은 불가능한 일이었다.

그의 소망은 모든 사람들이 동일하다는 것을 확신하는 것이었다. 만약 그가 이를 증명할 수만 있다면, 그는 중대한 문제를 해결한 것이 된다고 그는 생각했다. 그러나 사실 그럴까? 그는 계속해서 그 그림을 들여다보았다. 그가 천성적으로 대립되고, 다르고, 대적 관계에 있는 사람들에게 아마도 모순된 주장―그들의 본성에 속하지 않는 단순성을 강요해보려 했던 것은 아니었을까? 예술에는 단순성이 있고, 그림에도 그것이 있다. 그러나 사람들은 그것을 느끼지 않는다. 사람들이 같이 모여서 황야를 걸을 때의 심리 상태에서는 유사 집단의 의식이 만들어진다. 반면에, 사람마다 자기를 돋보이게 하려 하고, 자신의 관점만을 강하게 내세울 때, 그러한 사교적 교류에서는 비유사 집단의 의식이 생성된다. 그러면, 어느 쪽이 더 의미 있는 것일까?

그는 그가 특히 좋아하는 이러한 주제 —산책, 특히 서로 속이 다른 사람들이 노리치를 향해 걸어가는 것을 분석해보려 했다. 그는 곧 종달새, 하늘, 경치에 관해 생각했다. 걷는 사람의 생각과 감정은 주로 이러한 외부적 영향에서 조성된다. 걷는 동안 생각하는 것 중에 반은 하늘이었다. 만약 그 생각들을 화학적으로 분석해본다면, 그 속에는 어느 정도 미량의 색깔이 들어 있고, 몇 갤런이나 쿼트나 파인트에 해당하는 상당량의 공기가 들어 있다는 것을 발견하게 될 것이다. 이것이 곧 그들을 공기처럼 더욱 경쾌하고, 더욱 비인간적인 것으로 만들었던 것이다. 그러나 이 방에서 생각들은 마치 그물 속의 물고기들처럼 몸부림치고, 서로의 비늘을 긁어내면서 있는 힘을 다해 지쳐가며, 빠져나가기 위한 모든 노력을 하고 있었는데,—왜냐하면 생각한다는 것은 모두 온갖 장애물을 가능한 한 철저히 제치고 생각하는 사람의 마음으로부터 벗어나려는 노력이었기 때문이다. 모든 사회는 각각의 생각이 나타나는 대로 이를 포착하고, 영향을 주고, 강요하여 또 다른 생각에 굴복케 하려는 시도이다.

그는 모든 사람들이 현재 이러한 상황에 처해 있음을 알 수 있었다. 그러나 엄밀히 말해서 그것은 생각이 아니었다. 그것은 존재이고 자기 자신이었으며, 여기에서 또 다른 존재들인 그들과 투쟁하고 있는 것이었다. 여기에 개인의 감정을 섞지 않은 그림 물감의 혼합은 없었다. 여기에서 담, 등불, 외부의 집들은 스스로 인간애의 화신임을 자처하면서 인도주의를 강화했다. 사람들은 서로를 압박했고, 서로의 아름다움을 없애버렸다. 혹은, 이것이 상반되는 두 가지 뜻으로 표현되어, 서로를 자극하고, 놀랄 만한 활기를 불러오고, 서로를 빛나게 했다.

즐거움과 고통 중에 어느 것이 더 우리를 지배하는지 그는 말할 수가 없었다. 황야에서는 물론 그 답이 분명할 것이다. 그들―미어웨더, 여왕, 엘튼, 메이블 웨어링, 그리고 그 자신―이 걷고 있을 때, 바이올리니스트가 연주를 했다. 그들은 서로의 비늘을 비벼서 벗겨버리기는커녕, 지극히 편안한 마음으로 나란히 서서 헤엄쳐 갔다.

그것은 아름다운 그림이었다, 대단히 아름다운 그림이었다. 그는 자신이 정말로 노퍽 황야에 있었으면 하는 소망을 더욱더 강하게 느꼈다.

그때 그는 미어웨더 양에게 웸블리에 있는 그의 어린 조카에 관한 이야기를 들려주었다. 그가 그 이야기를 할 때, 그녀는 그의 친구들이 늘 그랬듯이, 조지 카슬레이크는 그녀가 지금까지 만나본 가장 교양 있는 사람들 중의 하나이지만, 도무지 알 수 없는 사람이며 괴짜라는 느낌을 가졌다. 그가 무엇을 추구하고 있는지는 알 수가 없었다. 그에게 조금이라도 애정이 있을까, 하고 그녀는 궁금해했다. 그녀는 그의 집사를 떠올리며 미소를 지었다. 그리고 그는 서둘러 자리를 떴고, 그것이 그가 말한 전부였다―다음날 그는 위터링으로 돌아갔다.

하나의 요약
A Summing Up

실내가 점점 더워지고 사람들로 붐비기 시작했기 때문에, 그리고 오늘같이 이렇게 습한 밤에는 별 위험한 일이 없을 것 같았기 때문에, 또 매혹적인 숲속 깊숙이 중국식 초롱이 마치 빨간색과 초록색의 과일처럼 매달려 있는 것처럼 보였기 때문에, 버트럼 프리처드 씨는 래덤 부인을 정원으로 인도했다.

바깥 공기와, 옥외에 있다는 생각이 사샤 래덤을 현혹했다. 그녀는 큰 키에 매력적이며, 다소 활기가 없어 보이는 여자였으나, 그녀의 태도가 무척이나 위엄 있어 보였으므로 그녀가 파티에서 무슨 말을 해야 했을 때, 사람들은 그녀가 스스로 매우 미숙하다고 느끼고, 또 어색해한다는 생각은 결코 하지 않았다. 그러나 그녀는 실제로 그랬던 것이다. 그래서 그녀는 옥외에서도 계속해서 이야기해줄 것 같은 생각이 드는 버트럼과 함께 있게 된 것이 기뻤다. 그가 한 말들을 글로 옮겨본다면 믿어지지 않을 것이다— 그가 한 말 하나하나가 그 자체로 무의미한 것이었을 뿐 아니라, 그가 한 다른 여러 말들과 연관성이 없었던 것이다. 정말이지 누군가가 연필을 손에 잡고 그가 한 말들을—그것도 하룻밤의 이야기가 책 한 권을 채웠을 만한 양의 말들을—그대로 적어놓았다면, 그 누구도 그것을 읽어보면서 이 불쌍한 사람이 지적 결함자라고 의심하지 않을 수 없었을 것이다. 그러나 사실은 전혀 그렇지 않았다. 왜냐하면 프리처드 씨는 존경받는 문관이며 바스 훈작사勳爵士였기 때문이다. 그러나 더욱 기이한 것은 사람들이 그를 변함없이 좋아한다는 것이다. 그의 목소리에는 독특한 음색과 억양과 강세가 있었고, 그의 모순된 견해에도 빛을 발하는 일종의 기품이 있었다. 그의 둥글고 통통한 갈색 얼굴과, 개똥지빠귀와 같은 외모에서 발산하는 것은, 뭐랄까, 실체가 없고 포착할수 없는 것이라 하겠는데, 그러나 그것은 실제로 존재했고 또 왕성해져서, 그 자체가 그가 한 말들과는 관계가 없거나, 실은 종종 반대되는 것으로 느끼게 하는 것이었다. 이렇게 사샤 래덤이 생각하고 있는 동안에도, 그는 계속 이야기를 해댔는데, 데번셔 주[1] 여행에 관해, 여관과 여주인에 관해, 에디와 프레디에 관해, 암소와 밤 여행에 관해, 크림과 별들에 관해, 대륙 철도와 철도 여행 시간표에 관해, 대구를 잡은 것, 감기와 인플루엔자와 류머티즘에 걸리고 키츠에 빠져들었던 것에 관해서였다—그가 이야기할 때, 그녀는 그를 그가 말한 것과는 다른 가장된 인물로, 어떻게 증명할 수는 없지만 확실히 진정한 버트럼 프리처드인 인물로 창조해보면서, 추상적으로 그를 선한 인물로 생각했다. 그가 성실한 친구이며 인정 있는 사람이라는 것을 어떻게 증명할 수 있겠는가—그러나 여기서 그녀는 전에 버트럼 프리처드와 이야기할 때 종종 그랬듯이, 그의 존재를 잊어버리고 다른 것에 대해 생각하기 시작했다.

그녀가 이럭저럭 정신을 가다듬고 하늘을 바라보며 생각한 것

[1] 영국 남서부의 주.

은 밤에 대해서였다. 갑자기 그녀가 맡은 것은 시골의 냄새였으며, 별빛 아래 들판에 퍼져 있는 침침한 정적이었다. 그러나 시골에서 태어나고 자란 그녀였지만, 여기 웨스트민스터에 있는 댈러웨이 부인의 뒤뜰에서 느껴지는 아름다움은, 아마도 대조 때문에 그런지 그녀에게 짜릿한 감동을 주었다. 그곳에는 공기 속에 풍기는 건초 냄새가 있었고, 그리고 그녀의 뒤에는 사람들로 가득 찬 방들이 있다. 그녀는 버트럼과 함께 걸었다. 그녀는 마치 수사슴처럼 걸었다. 발목에 약간의 탄력을 주면서 몸을 활짝 펴고, 위엄 있게, 소리 없이, 그녀의 모든 감각 기관을 불러일으켜, 귀는 쫑긋이 세우고, 코로는 공기의 냄새를 맡으며, 그녀가 마치 밤에 쾌락을 취하는 어떤 야생의, 그러나 완전한 통제력을 지닌 동물인 것처럼 걸었다.

이것이 최고의 경이로움이며, 인류 최상의 업적이라고 그녀는 생각했다. 버들 세공 침대들이 놓여 있던 곳에, 그리고 버드나무 가지에 가죽을 씌운 작은 배들이 노를 저어 늪을 건너가던 곳에 이것이 있다. 그리고 그녀는 건조하고 두껍게 잘 지어놓은 집에 대해 생각해보았다. 그 집은 귀중품들로 가득 차 있고, 사람들의 말소리로 활기에 넘쳐 있다. 그들은 서로에게 가까이 다가오고, 서로에게서 물러서면서, 그들의 견해를 주고받고 서로를 격려한다. 그런데 클라리서 댈러웨이는 그 집을 황량한 밤을 향해 활짝 열어놓았고, 습지 위에는 포석을 깔아놓았던 것이다. 정원의 막다른 곳에 이르자(그 정원은 사실 매우 작았다) 그녀와 버트럼은 간이 의자에 앉았다. 그녀는 존경심에 가득 찬 열렬한 마음으로 그 집을 바라보았다. 그녀의 깊은 감사의 기도 속에 마치 한 줄기 황금빛 광선이 그녀의 몸을 뚫고 지나가고, 눈물이 그 위에 맺혀서 떨어지는 것 같았다. 그녀는 수줍은 성격이었고, 또 갑자기 누군가에게 소개되었을 때에는 거의 아무 말도 할 줄 몰랐지만, 본래의 성격이 겸허했기에 다른 사람들에 대해서 깊은 동경의 마음을 품고 있었다. 자기가 그들이라면 얼마나 좋을까. 그러나 그녀는 그녀 자신이도록 운명 지어져 있었고, 그래서 그녀는 정원에 나와 앉아서 오직 이 무언의 열렬한 방식으로, 그녀 자신은 배제되어 있는 인간사회에 대해 갈채를 보낼 뿐이었다. 그들을 찬미하는 시 구절이 그녀의 입술에 떠올랐다. 그들은 찬양받을 만했고 훌륭했으며, 무엇보다도 용기 있는 사람들이었고, 야음과 소택지沼澤地를 극복한 승리자였고, 위험에서 살아남은 자들이며, 모험대의 대원으로서 위험에 도전하여 항해를 시작한 사람들이었다.

어떤 사악한 운명의 탓으로 그녀는 그들의 대화에 동참할 수 없었고, 그저 앉아서 그들을 찬양할 수밖에 없었다. 버트럼은 계속해서 이야기하고 있었는데, 그도 항해 모험대의 일원으로서, 고급 선실의 급사나 또는 하급 선원의 신분으로—흥겹게 휘파람을 불며 돛대를 기어올랐으리라. 그녀가 이런 생각을 하고 있을 때, 그녀 앞에 어떤 나무의 가지 하나가 집 안에 있는 사람들에 대한 그녀의 감탄에, 속까지 흠뻑 젖어드는 듯이 보였다. 그러고는 황금의 수액을 뚝뚝 흘리는 듯, 또는 똑바로 서서 보초를 서는 듯이 보였다. 그 가지는 용감하고 흥에 취한 일행의 일부였으며—바로 깃발이 펄럭이는 돛대였던 것이다. 어떤 둥근 나무통 하나가 벽에 기대어 있었는데, 그녀는 이것 역시 찬양했다.

버트럼은 몸이 들떠서 갑자기 정원을 탐색해보고 싶은 마음이 들었다. 그는 벽돌 더미 위로 껑충 뛰어올라, 정원의 담 너머를 내다보았다. 사샤 역시 내다보았다. 그녀는 물통인가, 어쩌면 장화 한 짝인가를 보았다. 순식간에 환상이 사라져버렸다. 거기에는 또다시 광대하고 무심하고 비인간적인 런던이 있었다. 버스, 일상의 업무, 선술집 앞의 불빛, 그리고 하품을 하고 있는 경찰관들이 있었다.

버트럼은 그의 호기심을 충족시키고 나서, 또 잠시 동안의 침묵으로 그의 솟아오르는 이야기의 샘을 다시 채우고 나서, 의자 두 개를 더 끌어당기면서 이름 모를 어떤 부부에게 함께 앉을 것을 권했다. 거기에 그들은 다시 앉아서 같은 집, 같은 나무, 같은 둥근 나무통을 보았다. 다만, 담 너머로 눈을 돌려 물통을 언뜻 보았을 때, 또는 달리 말하자면, 런던이 남의 일에는 관심 없이 오로지 자기의 길만을 가고 있는 것을 보았을 때, 사샤는 더 이상 세상 너머로 황금빛 구름을 뿌릴 수가 없었다. 버트럼은 말을 계속했고, 윌리스였는지, 프리맨이었는지, 그녀가 아무리 생각해도 통 기억이 나지 않는, 그 이름 모를 부부가 대꾸를 했다. 그러자 그들이 말한 모든 단어들은 황금색 엷은 안개 속을 뚫고 나아가, 단조로운 산문적 햇빛 속으로 빠져들었다. 그녀는 앤 여왕조 양식의 건조하고 중후한 저택을 바라보았다. 그녀는 소니 섬과 작은 배에 탄 사람들, 굴, 들오리, 그리고 안개에 관해 학교에서 읽었던 것을 기억해보려고 애썼다. 그러나 그녀에게 그 집은 배수 시설과 목공 일에 관한 논리적인 문제로 보였고, 이 파티도—단지 야회복을 입은 사람들일 따름인 것으로 보였다.

그러자 그녀는 지금 본 두 광경 중에 어떤 것이 진실된 것일까, 스스로에게 물어보았다. 그녀는 물통과, 반은 불이 켜지고, 반은 불이 켜지지 않은 집을 볼 수 있었다.

그녀는 그녀 나름대로의 겸허한 자세로, 다른 사람들의 지혜로운 발언과 권위에 찬 행위를 종합하여, 상상 속에 그려본 그 누군가에게 이 질문을 해보았다. 응답은 종종 우연히 주어지는 것으로—그녀는 그녀의 늙은 스패니얼종 애완견이 꼬리를 흔드는 것으로 그녀에게 응답하는 것을 잘 알고 있었다.

이제 금박과 위엄의 옷을 벗어버린 그 나무가 그녀에게 해답을 제시하는 것 같았다. 그것은 이 소택지에 유일한—평범한 야생 나무로 변해버렸다. 그녀는 가끔 그것을 보았다. 가지 사이로 홍조를 띤 구름을 보았고, 또는, 달이 불규칙적으로 은빛을 발산하며 쪼개지는 것을 보았다. 그러나 해답은 무엇일까? 글쎄, 영혼은—그녀는 그녀 안에서 어떤 생물이 날개 치며, 그녀 주위의 길을 찾아 탈출하려 하는 움직임을 감지하고 있었으므로 순간적으로 그것을 영혼이라고 부르기로 했는데, 그것은—본래 짝지어지지 않은 것이고, 짝 잃은 새이며, 나무 위에 초연히 앉아 있는 새라는 것이다.

그러나 그때 버트럼은 그녀를 평생토록 알아왔기 때문에, 늘 하던 습관대로 그녀의 팔에 그의 팔을 끼고는, 그들이 그들의 본분을 다하지 못하고 있다면서 집 안으로 들어가야 한다고 말했다.

그 순간, 어느 뒷골목인가 혹은 선술집인가에서 여느 때처럼 격렬하고도 중성적이고, 무슨 소리인지 알아들을 수 없는 음성이 울려 퍼졌다. 그것은 날카로운 비명이고, 고함 소리였다. 그러자 짝을 잃은 그 새는 놀라서 날아올랐고, 점점 더 폭넓은 원형을 그리면서 (그녀가 불렀던 바, 그녀의 영혼이 되어) 마치 던진 돌에 놀라 공중으로 높이 날아가버린 까마귀처럼 멀어져갔다.

그런데 사샤는 거의 듣고 있지 않았지만, 그들이 대화를 하는 동안 버트럼은 자신이 월리스 씨를 좋아했으나—"의심할 여지없이 아주 영리한"—그의 아내는 싫어했다는 결론에 도달한 것처럼 보였다.

존재의 순간들:
슬레이터네 핀은 끝이 무뎌
Moments of Being: 'Slater's Pins have no Points'

"슬레이터네 핀은 끝이 무뎌 — 그렇지?"

미스 크레이가 돌아보며 말하자 패니 윌못의 옷에 꽂았던 장미가 뚝 떨어졌다. 패니는 귓속 가득히 음악 소리를 들으며 바닥에 떨어진 핀을 찾으려 허리를 굽혔다.

미스 크레이가 바흐의 푸가 마지막 화음을 누르면서 한 이 말에 그녀는 적잖이 놀랐다. 미스 크레이가 정말 핀을 사러 슬레이터네 가게에 갔단 말인가? 패니 윌못은 순간 멈추며 생각했다.

'저 양반이 남들처럼 카운터에 서서 기다렸다가 거스름 동전을 싼 영수증을 받아 가방에 넣고는 한 시간 뒤 화장대 앞에 서서 핀을 꺼냈단 말인가? 저 양반에게 핀이 무슨 소용이람? 저 양반은 갑옷 속에 꽉 들어찬 풍뎅이처럼 겨울엔 푸른색, 여름엔 초록색 옷에 싸여 있을 뿐 어디 옷을 입었다고 할 수나 있나. 줄리아 크레이, 저 양반이 핀이 무슨 소용이야. 바흐의 푸가의 시원하고 투명한 세계 속에 살면서 마음 내키는 대로 피아노를 치고, 아처가 음악학교에서도 '모든 면에서 저 양반을 존경하는' 학생을 하나 아니면 둘만 특혜로 받아주는(킹스턴 교장 선생님이 그랬어)

그런 양반인데. 킹스턴 교장 선생님 말로는 미스 크레이의 오빠가 죽었을 때 그 집은 돈 사정이 어려웠대. 솔즈베리에 살았을 땐 얼마나 좋은 물건이 많았다구. 오빠 줄리어스는 물론 잘 알려진 사람이었어. 유명한 고고학자야. 그 집에 가서 자는 건 굉장한 특권이었어 —킹스턴 교장 선생님이 그러는 거야(우린 가족끼리 잘 아는 사이였어 —그이들은 본토박이 솔즈베리 사람들이었거든). 하지만 애들에겐 좀 겁나는 일이기도 했어. 문을 쾅 닫거나 갑자기 방에 뛰어 들어가면 안 됐으니까. 킹스턴 교장은 개학 첫날 수표를 받고 영수증을 쓰면서 이렇게 설명하고는 미소를 지었지. 그래, 내가 좀 말괄량이긴 했어. 후닥닥 뛰어 들어가 케이스 속에 든 초록색 로마 시대 유리잔이니 뭐니 마구 춤추게 만들었으니까.'

크레이 집안의 사람들은 아무도 결혼하지 않았다. 그래서 그들은 애들에 대해 잘 몰랐다. 대신 고양이를 키웠다. 그 고양이는 로마 시대 항아리 같은 물건들을 누구보다 잘 알아보는 것 같았다.

"나보다 훨씬!"

항상 실무적인 킹스턴 교장 선생님은 직인 위에다 둥근 글씨로 쓱쓱 힘차게 이름을 쓰면서 명랑하게 말했다.

'그러니까,'

패니 윌못은 핀을 찾으면서 생각했다.

'미스 크레이가 "슬레이터네 핀은 끝이 무뎌"라고 말한 것은 되는 대로 한 말인가 봐. 크레이 집안의 사람들은 아무도 결혼하지 않았어. 저 양반이 핀에 대해 뭘 알겠어. 아무것도 모르지. 그러나 이 집을 얽매고 있는 주술을 깨고 싶었던 거야. 남들과 자기들을 갈라놓은 유리를 깨고 싶었던 거야.'

그 팔팔한 소녀 폴리 킹스턴이 문을 쾅 닫고 로마 시대 화병을 춤추게 만들었는데도 아무 탈이 없는 것을 확인한(즉각적인 직감으로) 줄리어스는 창 앞의 화병 케이스 위로 들판을 건너 집으로 달려가는 폴리의 모습을 바라보았다. 그것은 종종 누이동생이 보여주었던 아쉬움과 갈망의 눈초리였다.

'별, 태양, 달.'

눈초리는 말하는 듯했다.

'풀밭의 들국화, 불, 유리창의 서리, 내 마음은 너희를 갈망한다. 그런데,'

그의 눈초리는 말을 이었다.

'너희는 언제나 흩어져 사라져버려.'

그렇게 강렬한 갈망의 마음은 "널 못 쫓아가겠다. 따라갈 수가 없어"라는 부정의 말로 덮여버렸다. 이렇게 별은 사라지고 아이도 가버렸다.

미스 크레이가 총애하는 학생에게(패니 윌못은 그애가 미스 크레이가 총애하는 학생임을 알고 있었다) 상 대신 바흐를 아름답게 연주해주면서 자기도 남들처럼 핀에 대해 생각한다는 것을 보여줌으로써 깨뜨리고 싶었던 것은 바로 그런 주술, 그런 유리의 표면이었다. 슬레이터네 핀은 끝이 무뎌.

그래, 그 '유명한 고고학자'의 눈초리도 그랬다.

'그 유명한 고고학자'—수표에 이서를 하면서, 달과 날짜를 확인하면서, 명랑하게 털어놓는 미스 킹스턴의 목소리에는, 줄리어스 크레이에겐 뭐라고 딱 집어내긴 어렵지만 어딘가 이상한, 어딘가 괴상한 데가 있다고 암시하는 투가 섞여 있었다. 그것은 아마도 줄리아에게도 있을 법한 이상함인지도 몰랐다.

'틀림없어.'

핀을 찾으며 패니 윌못은 생각했다. 파티나 회합에서(미스 킹스턴의 아버지는 성직자였다) 들은 잡담 토막, 그의 이름이 나올 때 사람들의 입가에 떠오르는 미소 아니면 말투가, 그녀에게 줄리어스 크레이에 대한 '어떤 감'을 준 것이다. 물론 다른 누구에게 그런 말을 한 적은 절대로 없었다. 거기에 무슨 뜻이 있는지도 그녀는 알지 못했다. 하지만 줄리어스 이야기를 할 때마다 혹은 들을 때마다 먼저 마음에 떠오르는 것은 줄리어스 크레이가 어딘가 이상하다는 생각이었다.

피아노 의자 위에서 미소를 지으며 반쯤 돌아앉은 줄리아의 모습도 어딘가 이상했다.

'아름다움, ─ 들판에, 유리창 위에, 하늘에 있는 그 아름다움을 나는 잡을 수가 없어, 가질 수가 없어 ─ 이렇게 열렬히 동경하는 그것을 갖기 위해서라면 이 세상이라도 다 내놓겠는데.'

그녀는 개성적인 작은 주먹을 불끈 쥐면서 이렇게 말하는 것 같았다. 그녀는 패니가 핀을 찾는 동안 마룻바닥에 떨어진 카네이션을 집어 들었다. 그녀가 진주알로 장식한 물색 반지 여러 개를 낀, 정맥이 비치는 매끈한 손으로 카네이션을 관능적으로 마구 뭉개는 것이 패니에게 느껴졌다. 손가락의 압력은 꽃 속의 가장 화려한 색채를 더 진하게 해주는 것 같았다. 돋보이게 하는 것 같았다. 꽃잎 주름도 더 많고 더 신선하고 더 청순하게 보이게 하는 것 같았다. 그녀나 그녀의 오빠에게서 이상한 점은 이렇게 뭉개고 움켜쥐는 손가락 짓이 항구적인 좌절감과 겹쳐 있다는 것이었다. 지금 이 카네이션도 그랬다. 그녀는 꽃을 쥐고 눌렀다. 그러나 그것을 소유하거나 즐기는 것은 전혀 아니었다.

'크레이네 집안사람들은 아무도 결혼하지 않았어.'

패니 윌못은 생각했다. 그녀가 떠올린 것은 어느 날 저녁 레슨이 여느 때보다 길어져 해가 저물었을 때 줄리아가 한 말이었다.

"남자의 쓸모는 우리를 보호하는 데 있어."

예의 그 이상한 미소를 띠며 망토 단추를 채우고 서 있는 그녀는 손가락 끝까지 자신의 젊음과 재능을 의식하는 꽃처럼 보였다. 하지만 억눌려 있는 꽃이라고 패니는 생각했다.

"하지만 전 보호 같은 거 필요 없어요."

패니가 웃었다. 줄리아 크레이가 그 이상한 시선으로 그녀를 보며, "그래?" 하고 말했을 때 패니는 그녀 눈에 떠오른 감탄의 빛 앞에 새빨개졌다.

남자의 쓸모는 그것뿐이라고 그녀는 말했다. 이 양반이 결혼을 안 한 것은 그 때문이었을까, 하고 패니는 시선을 마룻바닥에 떨구면서 생각했다. 하지만 이 양반은 내내 솔즈베리에 살진 않았어.

"런던에서 제일 근사한 곳은,"

언젠가 그녀가 말한 적이 있었다.

"켄싱턴이야. 십 분이면 공원 안에 들어갈 수 있어. 마치 시골에 있는 것 같아. 슬리퍼 바람으로 외식하러 나가도 감기에 걸리지 않아. 켄싱턴은 시골 마을 같았어."

그녀는 이렇게 말했었다.

여기서 그녀는 말을 끊고 지하철의 샛바람을 신랄하게 비난하기 시작했다.

"남자의 쓸모는 그거야."

그녀의 말에는 이상하게 뒤틀린 신랄함이 있었다. 그 말이 그녀가 결혼하지 않은 이유를 나타내는 걸까? 그녀의 젊은 시절의 모습은 훤히 상상할 수 있다. 파란 눈, 바르고 단단한 코, 피아노 치는 기술, 머슬린 드레스를 입은 가슴속에서 청순한 정열로 피어나는 그녀의 꽃다움, 도자기 찻잔이나 은제 촛대, 자개 박힌 테이블(크레이네 집에는 멋진 물건들이 있었다)을 근사하다고 생각하는 청년들을 그녀는 처음에는 매혹했다. 그들은 별로 뛰어난 점도 없으면서 야심에 찬 성당 마을의 청년들이었다. 그녀는 처음에는 그들을 매혹했으나 다음에는 옥스퍼드나 케임브리지 대학의 오빠 친구들을 매혹했다. 그들은 여름이면 찾아와 그녀를 보트에 태워 강을 올라가고 편지로 브라우닝에 대한 토론을 하고 그녀가 어쩌다 런던으로 가서 묵을 때면 켄싱턴 가든을 보여주겠다는 약속도 했을 것이다.

"런던에서 제일 좋은 곳은 켄싱턴이야. 이삼십 년 전 이야기지만 말이야."

언젠가 그녀는 이렇게 말했다.

"십 분이면 공원에 갈 수 있어. 시골 한가운데처럼."

'그리고 마음 내키는 대로 무엇이든 생각해낼 수 있어.'

패니는 생각했다. 예를 들어 저 양반의 옛 친구 셔만 씨라는 화가를 생각해보자. 유월의 어느 맑은 날 그는 그녀와 약속을 하고 나무 그늘 아래서 차를 마신다. (두 사람은 감기 들 걱정 없이 슬리퍼 바람으로 참석한 파티에서 만난 거야.) 아주머니나 어떤 늙수그레한 친척이, 두 사람이 서펜타인 연못을 바라보는 동안 지키고 있다. 두 사람은 서펜타인 연못을 바라본다. 남자가 그녀를 보트에 태워 연못을 건넜을 수도 있다. 두 사람은 에이본 강과 연못을 비교한다. 그녀에게는 강 모양이 중요하기에, 그녀는 그 비교론을 진지하게 생각한다. 당시 그녀는 아름다웠지만 노를 젓기 위해 등을 굽힌 모습에는 약간 모가 나 보인다. 그 결정적인 순간에 남자는 말을 해야겠다고 마음먹는다 ─ 그녀와 단둘이 있을 수 있는 유일한 기회니까 ─ 그가 수줍어 어색하게 어깨 너머로 고개를 돌리며 말을 하려는데 ─ 바로 그 순간 그녀가 큰 소리로 가로막는다. 다리에 부딪혀요—그녀가 소리친다. 그것은 두 사람에게 공포와 환멸과 깨달음의 순간이다. 난 안 돼, 가질 수 없어—그녀는 생각한다. 남자는 왜 여자가 자기를 따라나섰는지 알 수 없다. 노로 물을 마구 튕기며 남자는 보트의 방향을 돌린다. 자기를 타박하려고 왔나? 남자는 그녀를 태우고 돌아가 작별을 고한다.

이 장면을 마음대로 변화시킬 수 있다고 패니는 생각했다. (그 핀이 어디 갔지?) 장소가 라베나일 수도 있고—저 양반이 오빠를 위해 살림을 돌봐주던 에딘버러일 수도 있어. 장면과 청년과 세세한 부분은 모두 바꿀 수 있어. 하지만 한 가지만은 변함이 없어—그녀의 거절과 찌푸림과 나중에 느낀 분노와 변명과 그리고 안도감—그래, 그녀의 커다란 안도감. 다음 날 아침 그녀는 여섯 시에 일어나 망토를 걸치고 켄싱턴에서 템스 강까지 걸어갔을 거야. 꽃들이 가장 보기 좋을 때—그러니까 남들이 일어나기 전에—보러 갈 권리를 저버리지 않은 것이 그녀는 너무나 다행스러웠다. 원한다면 잠자리에서 아침을 먹을 수도 있었다. 그녀는 자립성을 희생하지 않은 것이다.

'옳아.'

패니는 미소지었다.

'줄리아는 자기 습관을 저버리지 않았어. 습관을 그대로 보존한 거야. 만일 결혼했다면 습관은 깨지고 말았을 텐데.'

"귀신들이야."

그녀는 냉혹한 미소를 지으며 말했다. 귀신이라면 잠자리의 아침 식사나 새벽 강으로 내려가는 산책에 훼방을 놓을 수도 있을 것이다. 그녀에게 아이들이 있었다면(하지만 그건 상상하기 힘들다) 어떻게 되었을까? 그녀는 오한, 피로, 기름진 음식, 싫은 음식, 샛바람, 불 땐 방, 지하철 타기 등에 대해 놀라운 조심성을 보였다. 그중 어느 것이 그녀의 인생을 전쟁터로 만들어버리는 끔찍한 두통의 원인인지 가려낼 수 없었기 때문이다. 그녀는 항상 적수를 속이는 일에 골몰하고 있어서 마치 그 일에 흥미가 있는 것처럼 보이기까지 했다. 적수에게 이긴다면 아마 인생의 재미가 없어질지도 모른다. 그러나 줄다리기에는 끝이 없었다. 한편에는 그녀가 열렬히 사랑하는 두견새 혹은 경치가 있었고—그녀는 경치나 새들에게 정열을 느꼈다—또 한편에는 다음 날 그녀가 아무 일도 못 하도록 두통이 일게 할 가파른 경사를 오르는 진창길 아니면 지겨운 오르막길이 있었다. 그러니까 어쩌다 힘을 잘 조종하여 햄프튼 코트의 크로커스가 한창일 때(그 밝은색의 반들거리는 꽃을 그녀는 좋아했다) 그곳에 가게 되면 그것은 승리였다. 그것은 언제까지나 계속되는 중요한 일이었다. 그녀는 기억할 만한 나날을 꿴 목걸이에 그날 오후도 끼워 넣었다. 목걸이는 이런 날 혹은 저런 날, 혹은 이런 경치, 저런 도시, 만져보고 느끼고 한숨과 더불어 그 특성을 맛보던 일들을 기억해내지 못할 만큼 길지는 않았다.

"지난 금요일은 하도 날이 좋아서,"

그녀는 말했다.

"거기 가야겠다고 마음먹었어."

그녀는 그 일을 위해 워털루로 갔다—햄프튼 코트에 가기 위해서—혼자였다. 사람들은 자연스럽게 그러나 어리석게 그녀가 바라지도 않은 동정심을 가졌다. (사실 그녀는 평소에 말이 적어서, 전사戰士가 적수에 대해 이야기하듯 자기 건강에 대해서는 별로 말이 없었다.) 그들은 언제나 모든 것을 혼자 하는 그녀에게 동정을 보냈다. 오빠는 작고했고 언니는 천식이었다. 언니는 에

딘버러 기후가 몸에 맞는다고 했다. 그러나 줄리아에게는 그곳이 너무 음산했다. 또 그곳과 연관된 일이 고통스러웠을지도 모른다. 유명한 고고학자인 오빠가 그곳에서 작고한 것이다. 그녀가 사랑했던 오빠가. 그녀는 브럼튼 로路 근처의 조그만 집에서 혼자 살았다.

패니 월못은 양탄자 위에 있는 핀을 발견하고 집어 들었다. 그리고 미스 크레이를 바라보았다. 미스 크레이가 그렇게 외로운가? 아니, 미스 크레이는 언제 봐도 축복 가득하며 순간적이나마 행복한 여자였다. 패니는 환희에 차 있는 그녀를 방해한 것이다. 그녀는 피아노에서 반쯤 몸을 돌려 무릎 위 맞잡은 손에 카네이션을 곧추세워 쥐고 있었고, 등 뒤 커튼 없는 사각의 창은 황혼 속에 보랏빛이 되어 있었다. 텅 빈 음악실에 갓 없는 밝은 전깃불이 켜진 뒤, 창의 보랏빛은 더욱 진해졌다. 꽃을 쥐고 조그맣게 웅크리고 앉은 줄리아 크레이는 밤을 망토처럼 뒤로 젖히고 런던의 밤에서 벗어난 듯이 보였다. 그렇게 드러난 강렬한 모습은 그녀 정신에서 나온 유출물, 그녀가 만들어 몸을 감싸게 한 것, 그녀 자신으로 보였다. 패니는 응시했다.

순간 미스 크레이를 통해서 보듯 패니 월못의 눈에는 모든 것이 투명해 보였다. 그녀는 자기 존재의 샘이 맑은 은빛 물방울이 되어 솟아오르는 모습을 보았다. 그녀는 지나간 과거를 되돌아보았다. 케이스 안에 서 있는 로마 시대 화병이 보이고 성가대원들이 크리켓 하는 소리가 들리고 줄리아가 잔디밭 쪽으로 구부러진 계단을 조용히 내려가는 것이 보였다. 시다 나무 밑에서 차를 따르는 그녀, 아버지의 손을 자기 손으로 살며시 감싸는 그녀가 보였다. 고색창연한 성당 주택 복도에서 수건을 들고 돌아다니며 돌리는 그녀가 보였다. 일상생활의 째째함을 한탄하며 서서히 늙어가면서, 여름이 오면 나이에 안 맞게 색이 밝은 옷을 치우고 병든 아버지의 시중을 들고 고독의 종착점을 향해 마음을 굳히며 헤쳐나가는 그녀, 그리고 검소한 여행이나 저런 고물 거울을 사는 데 필요한 돈을 꼭꼭 잠근 지갑에서 세어가며 꺼내는 그녀, 남이 뭐라고 하든 자기의 즐거움을 선택하는 그녀. 패니는 줄리아 쪽을 보았다.

그녀는 줄리아가 두 팔을 벌리고 불길이 일듯 밝아지는 것을 보았다. 밤의 어둠 속에서 그녀는 백색의 죽은 별처럼 빛나고 있었다. 줄리아는 그녀에게 키스를 했다. 줄리아는 그녀를 소유한 것이다.

"슬레이터네 핀은 끝이 무뎌."

미스 크레이는 묘하게 웃으면서 말하고는, 패니 윌못이 떨리는 손가락으로 그녀 가슴에 꽃을 꽂을 때 팔의 힘을 늦추었다.

거울 속의 여인: 반영
The Lady in the Looking-Glass: A Reflection

수표책이나 끔찍한 범죄를 고백하는 편지들을 펼쳐놓지 말아야 하듯이, 사람들은 방에 거울을 걸어놓지 말아야 한다. 그 여름날 오후에, 바깥을 향해 현관에 걸려 있는 긴 거울을 바라보지 않을 수 없었다. 우연이란 것이 그렇게 장치를 해둔 것이다. 거실 소파에 깊숙이 몸을 묻으면 이탈리아식 거울에 비친 맞은편 대리석 탁자뿐 아니라 그 너머로 펼쳐진 정원을 볼 수 있었다. 키 큰 꽃 무더기 사이로 풀밭 길이 길게 이어지다가 금테두리 한 모서리에서 잘리어 끊기는 것을 볼 수 있었다.

집은 비어 있었다. 그리고 그 거실에 혼자 있었기에, 풀과 나뭇잎들로 몸을 숨기고서 오소리나 수달, 물총새처럼 가장 조심성 많은 동물들이 자유로이 이리저리 움직이는 것을, 모습을 드러내지 않은 채 누워서 지켜보는 동물학자들 중 한 사람인 듯 느껴졌다. 그날 오후 그 방은 그런 조심성 많은 생명체들과 빛과 그림자, 나부끼는 커튼과 떨어지는 꽃잎들로 가득 차 있었다. 누군가 보고 있다면 결코 일어나지 않을 듯한 일들. 양탄자와 석조 벽로 장식, 내려앉은 책장과 붉은색과 금색 칠기 서랍장이 있는 조용하고 오래된 시골 저택의 그 방은 그런 야행성 생명체들로 가득 차 있었다. 마치 학이나, 분홍빛이 바래어가는 플라밍고 무리나 꽁지에 은빛이 맥처럼 뻗어 있는 공작새인 양 그들은 바닥을 가로 질러 발끝을 들고 빙글 돌고, 발을 높이 쳐들고 살금살금 내딛으며, 꽁지를 활짝 펴고 무언가 넌지시 암시하듯 부리로 쪼아대며 다가왔다. 그리고 마치 오징어 한 마리가 갑작스레 공기를 자줏빛으로 뒤덮기라도 한 듯 그곳은 검붉기도 거무스름하기도 했다. 그리고 그 방은, 마치 사람처럼, 그 자체의 열정과 분노와 시기심과 슬픔으로 뒤덮여 있었다. 어떤 것도 단 이 초 동안도 그대로 머물러 있지 않았다.

그러나 바깥에선, 거울이 현관의 탁자와 해바라기들과 정원에 난 길을 아주 정확하게 그리고 아주 확고하게 비추고 있어서 이것들은 벗어날 길 없이 있는 그대로 그곳에 잡혀 있는 듯 보였다. 그것은 기묘한 대조였다―이곳에선 모든 것이 변화하고 저곳에선 모든 것이 정지해 있었다. 이쪽저쪽을 번갈아 보지 않을 수 없었다. 그동안, 더위 속에 모든 문과 창문이 열려 있어, 끝없이 한숨을 내쉬다 잦아드는 소리, 일시적이고 사멸하는 것들의 목소리가 마치 사람의 숨결처럼 오고 가는 듯했다. 반면에 거울 속에서는 사물들이 숨쉬기를 멈추고 불멸이라는 무아지경 속에 정지한 채 정적에 싸여 있었다.

삼십 분 전에 이 집의 여주인, 이사벨라 타이슨은 얇은 여름옷 차림으로 바구니를 들고서 풀밭 길을 따라 내려가더니 거울의 금테두리에 잘려 보이지 않았다. 그녀는 아마도 꽃을 꺾으러 그 아래 정원으로 갔을 것이다. 혹은 가벼우면서도 멋진, 잎이 무성해 늘어지는 것, 미나리아재비 덩굴이나 보기 흉한 벽을 휘감고서 이곳저곳에 흰색과 보라색 꽃봉오리를 터뜨리는 나팔꽃의 우아한 가지를 꺾으러 갔다고 보는 것이 더 그럴듯하기도 하다. 그녀는 꼿꼿한 과꽃이나 빳빳한 백일홍, 혹은 곧게 뻗은 기둥 위에 등불처럼 환하게 타오르는 장미보다는 환상적이고 떨리는 듯한 나팔꽃을 연상시켰다. 이런 비유는 이 모든 세월을 지난 후에도 그녀에 대해 얼마나 아는 것이 없는지를 보여준다. 왜냐하면 쉰 다섯 또는 예순 살의 피와 살로 이루어진 한 여인이 정말로 화관이거나 혹은 덩굴손일 수는 없기 때문이다. 이런 식의 비유는 덧없고 피상적인 것 이상으로, 심지어 잔인하기까지 하다. 왜냐하면 이런 비유는 마치 나팔꽃 그 자체처럼 눈앞에 보이는 바와 진실 사이에서 흔들리며 다가오기 때문이다. 진실이 있어야 한다. 벽이 있어야 한다. 그러나 이 모든 세월 동안 그녀를 알아오고도 이사벨라에 관한 진실이 무엇인지 말할 수 없다는 것은 이상한 일이었다. 여전히 이렇게 나팔꽃과 미나리아재비에 관한 어구를 지어낸다. 사실을 보자면, 그녀가 독신이란 것은 사실이었다. 그녀가 부유하다는 것도. 그녀가 이 집을 사고 자신의 손으로―종종 전 세계의 오지에서 독침과 동양의 질병이라는 위험을 무릅쓰고서―지금 눈앞에서 야행성의 삶을 살고 있는 양탄자와 의자, 진열장들을 수집했다는 것도. 때때로 이런 가구들이, 그 위에 앉기도 하고 그 앞에서 편지를 쓰기도 하고 조심스럽게 밟고 다니기도 하는 우리들에게 허용된 것보다 그녀에 대해서 더 많이 알고 있는 것 같다. 각각의 진열장에는 작은 서랍이 여러 개 있고 각각의 서랍에는 리본으로 묶고 라벤더 가지나 장미 이파리를 흩뿌린 편지들이 아마도 거의 확실하게 있을 것이다. 사실을 원하는 것이라면, 이사벨라가 많은 사람들을 알고 있다는 것, 친구가 많다는 것도 또 다른 사실이다. 그래서 누군가 대담하게도 서랍을 열고 편지를 읽어본다면 수많은 마음의 동요, 만날 약속들,

만나지 않았음에 대한 질책의 흔적들, 친밀함과 애정을 담은 긴 편지들, 질투와 책망을 담은 격렬한 편지들, 이별을 알리는 끔찍한 마지막 전갈—왜냐하면 이 모든 만남과 약속들은 무위에 그쳤으니—을 발견할 것이다. 즉, 그녀는 한 번도 결혼을 하지 않았지만, 그녀 얼굴에 드리운 가면과도 같은 냉담함으로 판단하건대, 그녀는 온 세상이 듣도록 자신들의 사랑을 널리 알리는 이들보다 스무 배나 더한 열정과 경험을 겪었다. 이사벨라에 관한 생각으로 인해 그녀의 방은 더욱 그림자 지고 상징적이 되었다. 방의 모퉁이는 더 어두워진 듯하고 의자며 탁자의 다리들은 더욱 껑충하고 알아보기 어려운 상형문자처럼 보였다.

갑자기 이런 상념들이 광폭하게 그러나 아무 소리도 없이 중단되었다. 커다란 검은 형체가 거울 속으로 불쑥 모습을 드러내어 모든 것을 가리고, 분홍색과 회색이 맥처럼 뻗은 대리석 서판 한 묶음으로 탁자 위를 흐트러뜨리고는 사라졌다. 하지만 그림 전체가 바뀌었다. 한동안 알아볼 수도 없고 이치에도 맞지 않았으며 초점도 전혀 맞지 않았다. 그 서판들을 사람의 그 어떤 용도와도 연결시킬 수 없었다. 그 후 점차 어떤 논리적인 작용이 작동하기 시작하여 그것들을 배열하고 정리하여 일상적인 경험이라는 우리 안으로 들여왔다. 마침내 그것들이 단지 편지였음을 깨닫게 되었다. 그 남자가 우편물을 가져온 것이었다.

처음엔 빛과 색깔에 흠뻑 젖어 생경하게 그리고 동화되지 않은 채로, 편지들은 거기 대리석 탁자 위에 놓여 있었다. 그러다 그 편지들이 어떻게 그 그림에 흡수되고 가지런히 정돈되어 그림 속으로 스며들고 거울이 선사하는 정적과 불멸을 부여받게 되는지를 보는 것은 신기한 일이었다. 편지들은 새로운 실재감과 의미심장함을 수여받고, 마치 탁자에서 편지를 떼어내려면 끌이라도 필요할 듯이, 더욱 육중해지기조차 하여 그곳에 놓여 있었다. 그리고 상상일 수도 있겠지만, 단순히 일상적인 편지 몇 통이 아니라 영원한 진실이 새겨진 석판인 듯 보였다. 만약 누군가 그 편지들을 읽는다면, 그렇다, 이사벨라에 관하여, 또한 삶에 관하여 알려질 수 있는 모든 것을 알게 될 것이다. 대리석처럼 보이는 봉투 속 종이들에 틀림없이 의미심장한 말들이 빽빽하게 아로새겨져 있을 것이다. 이사벨라가 들어와 한 통 한 통 아주 천천히 편지를 집어 들고 봉투를 열어 한 구절 한 구절 주의 깊게 읽은 후, 마치 만상의 심연까지 들여다본 듯, 깨달음에 이르러 깊숙한 곳에서 우러나는 한숨을 내쉬며, 자신이 알리고 싶지 않은 것을 감추고자 하는 결연함으로 편지 봉투들을 잘게 찢고 편지만을 함께 묶어 서랍에 넣고 잠글 것이다.

그 생각은 하나의 도전이 되었다. 이사벨라는 자신이 알려지기를 원치 않았다. 하지만 그녀는 더 이상 피할 수 없었다. 그것은 터무니없는 일이었다. 엄청난 일이었다. 만일 그녀가 그토록 많은 것을 감추고 그토록 많은 것을 알고 있다면 맨 처음 손에 잡히는 도구로 — 상상력으로 — 그녀를 열어보아야 한다. 바로 이 순간 그녀에게로 마음을 모아야 한다. 그곳에 그녀를 확고하게 고정시켜야 한다. 그 순간이 자아냈던 말과 행동, 저녁 식사와 방문, 그리고 예의 바른 대화에 더 이상 물러서지 말아야 한다. 그녀의 구두를 신고 그녀의 입장이 되어 생각해보아야 한다. 말 그대로 받아들여, 바로 이 순간, 저 아래 정원에, 서 있는 그녀가 신고 있는 구두를 살펴보는 것은 쉽다. 그 구두는 갸름하고 길쭉하며 멋진 것이었다. 가장 부드럽고 가장 유연한 가죽으로 만든 것이었다. 그녀가 입고 있는 모든 것처럼 그 구두는 세련된 것이었다. 그리고 그녀는 정원 아래쪽 키 큰 산울타리 아래에 서서 허리에 묶은 전지가위를 들어 올려 죽은 꽃과 지나치게 무성해진 가지를 쳐내려 하고 있으리라. 햇볕이 그녀의 얼굴 위로, 그녀의 눈으로 내리쬐리라. 하지만 안타깝게도 바로 그 중요한 순간에 구름 한 겹이 해를 가려 그녀의 눈에 드러난 표정을 확실치 않게 했다. 조롱하는 표정이었던가 아니면 부드러운 시선이었던가, 환하게 빛나고 있었던가, 혹은 흐릿하니 활기가 없었던가? 하늘을 바라보는 잘생기고 다소 시든 듯한 얼굴의 모호한 윤곽만을 볼 수 있을 뿐이었다. 그녀는, 아마도, 딸기 덤불에 씌울 그물을 새로 주문해야겠다고, 존슨 씨의 미망인에게 꽃을 보내야겠다고, 히페슬리 씨네 새집을 방문해야겠다고 생각하고 있었다. 분명 이런 것들이 그녀가 저녁 식사 때 했던 이야기들이었다. 하지만 그녀가 저녁 식사 때 이야기하는 것들에는 이미 물린 터였다. 보다 더 심오한 그녀의 존재 상태, 그것을 포착하여 말로 표현하고 싶은 것이었다. 숨을 쉬는 것이 신체에 관련된 것이라면 마음에 관한 상태, 행복 또는 불행이라 부르는 것을. 이렇게 말하고 보니 그녀는 틀림없이 행복하리라는 것이 분명해졌다. 그녀는 부유했고, 돋보였다. 친구도 많았고 여행도 했다. 터키에서 양탄자를, 페르시아에서는 청색 도자기를 샀다. 레이스처럼 고운 구름을 얼굴에 드리운 채 흔들리는 나뭇가지를 쳐내려 가위를 치켜든 그녀가 서 있는 곳에서 이쪽저쪽으로 기쁨의 길들이 뻗어나갔다.

　여기 그녀가 날렵하게 가위를 움직이며 미나리아재비 덩굴 가지를 잘라내자 가지가 땅으로 떨어졌다. 가지가 떨어져 내리자, 마침 햇빛도 들어, 훨씬 더 깊이 그녀의 존재를 꿰뚫어 볼 수 있었다. 그때 그녀의 마음은 다정함과 슬픔으로 차 있었다…… 그 가지도 한때 살아 있었기에, 그리고 삶은 그녀에게 소중한 것이기에, 무성하게 자란 나뭇가지를 잘라내는 일이 그녀를 슬프게 했다. 그랬다, 그리고 그 순간 가지가 떨어지면서 그녀에게 그녀 자신도 죽으리라는 것을, 그리고 사물의 덧없음과 헛됨을 일깨웠으리라. 그러고는 다시 직관적인 분별력으로 재빠르게 이런 생각을 건져 올리며 그녀는 삶이 그녀를 잘 대접했다고 생각했다. 설사 그녀가 쓰러진다 하더라도 그것은 땅에 뉘여 향기롭게 썩어 흙이 되어 제비꽃 뿌리가 되기 위함이었다. 그렇게 그녀는 생각하며 서 있었다. 어떤 생각도 명확하게 하지 않으면서 ─ 그녀는 자신의 생각을 침묵이라는 구름 속에 엉클어진 채 두는 과묵한 사람들 중의 하나이므로 ─ 그녀는 생각에 잠겨 있었다. 그녀의 마음은, 빛이 다가섰다 물러서고, 발끝을 들고 빙그르르 돌아 살금살금 내딛으며 다가와, 꽁지를 활짝 펴고, 부리로 쪼면서 오는, 그녀의 방과도 같았다. 그리고 그녀의 존재 전부가, 또다시 마치 그녀의 방처럼, 어떤 심오한 지식이나 입 밖에 내지 않은 후회라는 구름으로 뒤덮였다. 그러자 그녀는, 마치 그녀의 서랍장처럼, 편지로 가득한 채 잠겨 있는 서랍들로 가득 찼다. 마치 그녀가 굴이기라도 한 듯 '그녀를 비집어 여는 것'에 대해 말하는 것은, 가장 섬세하고도 예리하며 유연한 도구가 아닌 그 어떤 도구를 그녀에게 사용하는 것은, 불경스럽고 터무니없는 일이었다. 상상의 나래를 펴야 한다 ─ 여기 거울 속에 그녀가 있었다. 그것에서 시작해야 했다.

처음 그녀는 저 멀리에 있어서 분명히 알아볼 수 없었다. 그녀는 잠시 걸음을 쉬며 장미 송이를 곧추세우기도 하고 분홍색 꽃잎을 들어 올려 향기를 맡기도 하면서 천천히 다가왔지만 결코 멈추지는 않았다. 그리고 그동안 그녀는 거울 속에서 점점 더 커지고, 점점 더 완전하게 우리가 그 마음속 깊은 곳을 꿰뚫어 보고자 하는 그 사람이 되었다. 서서히 그녀임을 확인했다 ─ 이미 알

고 있던 특성들을 이제 눈에 보이는 몸에 맞추었다. 회색빛이 도
는 그녀의 녹색 드레스, 기름한 그녀의 구두, 그녀의 바구니가 있
었고 무언가 그녀의 목 언저리에서 반짝거렸다. 그녀가 워낙 천
천히 다가왔기에, 거울 속에 비쳐 있는 모양을 어지럽히는 것이
아니라, 단지 새로운 요소를 들여와, 마치 예의 바르게 거울 속 다
른 사물들에게 그녀에게 자리를 내주기를 부탁하기라도 한 듯,
다른 형체들을 점잖게 옮기고 모양을 바꾸는 듯했다. 그리고 거
울 속에서 기다리고 있던 편지들과 탁자와 풀밭 길과 해바라기
들은 흩어지고 길을 열어 그들 속에 그녀를 받아들이려 했다. 마
침내 그녀가 그곳에, 현관에 있었다. 그녀는 돌연 멈추었다. 탁자
옆에 섰다. 그녀는 미동도 않은 채 서 있었다. 그 즉시 거울이 그
녀를 붙박아놓을 듯한 빛을 그녀에게 퍼붓기 시작했다. 그 빛은
마치 본질적이지 않고 피상적인 것을 모두 부식시켜 오로지 진
실만을 남겨놓는 황산과도 같았다. 매혹적인 광경이었다. 모든
것이 그녀에게서 떨어져 내렸다―구름, 드레스, 바구니, 다이아
몬드―우리가 덩굴식물이니 나팔꽃이니 불렀던 그 모든 것들
이. 그 아래에 있던 견고한 벽이 여기 있었다. 여기 바로 그 여인
이 있었다. 그녀는 그 무자비한 빛 속에 고스란히 드러난 채 서 있
었다. 그리고 거기엔 아무것도 없었다. 이사벨라는 완벽하게 비
어 있었다. 그녀는 아무 생각도 없었다. 그녀는 친구도 없었다. 그
녀는 누구에게도 관심이 없었다. 그녀의 편지들은, 그건 모두 청
구서였다. 보라, 나이 들고 앙상하게 마른 채, 정맥이 두드러지고
주름진 채, 높은 코와 주름진 목을 하고, 그곳에 서서, 그녀는 그
것들을 열어보려고도 하지 않았다.

사람들은 방에 거울을 걸어놓지 말아야 한다.

연못의 매력
The Fascination of the Pool

그건 아마 아주 깊었을 거예요. 저 밑바닥까지 들여다볼 수는 분명 없었겠지요. 가장자리에 무성히 자란 등심초의 그림자는 바로 그 깊은 수심의 짙은 어둠처럼 어두운 그늘을 만들어냈습니다. 하지만 한가운데엔 뭔가 흰색 빛이 있었어요. 일 마일가량 떨어진 곳에 있는 큰 농장이 팔릴 모양이에요. 어떤 열성적인 사람이 연못가에 있는 나무의 그루터기에 농장의 말들과 농기구, 암소 따위를 적은 매매 광고 포스터를 붙여놓았던 것입니다. 아니 어쩌면 어떤 아이의 장난이었는지도 모르지요. 물 한가운데에 흰색 포스터가 비쳐 있었습니다. 바람이 불면 수면 한가운데 물은 흐르는 듯, 널어놓은 빨래처럼 일렁였습니다. 물속에 새겨진 롬포드 방앗간이라고 쓰인 붉은색의 큰 글자를 알아볼 수도 있었지요. 연못 둑에서 출렁거리는 녹색의 물결에도 붉은 색조가 어른거렸습니다.

하지만 등심초 사이에 앉아서 연못을 바라보고 있노라면—연못에는 묘한 매력이 있어요, 그게 뭔지는 모르겠지만—붉은색과 검은색의 글씨, 그리고 흰 바탕의 종이가 수면 위에 아주 엷게 떠 있고, 그 밑으론 상념과 추억에 잠긴 어떤 이의 마음처럼 깊디 깊은 수중의 삶이 흘러갔답니다. 많은, 아주 많은 사람들이 이따금씩, 오랜 세월을 두고, 홀로 이곳을 찾아와서는 그들의 생각을 물속에 떨어뜨리기도 하고, 의문을 던지기도 했겠지요. 이 여름날 초저녁에 누군가 그랬던 것처럼 말입니다. 어쩌면 그것이 연못의 매력인지도 모르겠어요. 물속에 온갖 환상과 불평, 혹은 확신, 이런 것들을 갖고 있으니까요. 활자로 찍힌 것도 아니고 큰 소리로 외친 것도 아니고, 그저 흐르는 물처럼, 육체에서 분리된 듯, 하나 위에 또 다른 하나가 얹혀져 떠다니는 셈입니다. 물고기 하나가 그 사이로 헤엄쳐 다니다가는 갈댓잎에 두 동강이 날지도 모르지요. 혹은, 달빛이 그 커다랗고 창백한 원반으로 모든 것을 말소해버릴지도 모릅니다. 연못의 매력은, 사람들이 모두가 사라져버린 뒤에도 상념은 거기 남아 있었다는 것이었습니다. 그 몸뚱이가 없어도, 생각은 공동의 연못 속을 자유롭게 넘나들며, 다정하게 속삭이면서, 떠돌고 있다는 것이었어요.

흐르는 물 같은 이 모든 상념들 중에서 어떤 것들은 함께 뒤엉켜서 어디서 본 듯한 사람들의 형상을 만들어내는 듯했습니다. 아주 잠깐이지만 말이에요. 그래서 물속에서 구레나룻을 한 붉은 얼굴을 봤던 것이지요. 그는 몸을 기울여서 물을 마셨습니다. 나는 1851년에 이곳엘 왔습니다. 대박람회의 열기가 막 지난 후였지요. 여왕이 개관식[1]을 하는 모습도 봤으니까요. 그 웃음소리는 물 흐르듯 편안했어요. 마치 그가 고무장화를 벗어 던지고 중산모는 연못가에 벗어놓은 듯 말이지요. 글쎄, 날씨가 얼마나 더웠다고요! 이젠 모두 사라져버렸지요. 모두가, 물론, 갈대밭 사이

---

1 1851년 5월 1일, 런던 하이드 파크의 수정궁에서 열렸던 대박람회에서 빅토리아 여왕이 개관식을 했다.

로 산산이 흩어져버렸습니다, 라고 상념이 그렇게 말해주는 듯했어요. 하지만 나는 한 사람의 연인이었습니다. 또 하나의 상념이 이야기를 시작했군요. 마치 물고기가 서로를 침해하지 않는 것처럼, 다른 상념 위로 고요히 차례대로 미끄러져 들어오면서. 한 소녀입니다. 1662년, 그해 여름, 우리는 농장에서(수면 위에는 농장 매매 광고 포스터가 반사되어 있습니다) 내려오곤 했어요. 군인들은 길에서 우리를 보지 못했지요. 날씨가 무척 더웠습니다. 우린 여기 누웠어요. 그녀는 연인과 함께 등심초 사이에 숨어 있었어요. 연못 속에 웃음을 던지기도 하고, 영원한 사랑과 열정적인 입맞춤, 그리고 절망을 빠뜨려 넣기도 했습니다. 그리고 난 매우 행복해요, 라고 또 다른 상념이 소녀의 절망(그녀는 물에 빠져 죽었답니다)을 활기차게 힐끗 바라보더니 이렇게 말했습니다. 나는 여기서 낚시를 하곤 했답니다. 우리는 그 커다란 잉어를 잡지는 못했어요. 하지만 한 번 본 적은 있지요―넬슨 제독이 트라팔가[2]에서 싸웠던 그날이었습니다. 우린 버드나무 아래에서 녀석을 봤어요. 맙소사! 녀석이 어찌나 사나웠던지요! 녀석은 끝내 잡히지 않았대요. 오오, 애달파라, 소년의 목소리 위로 한숨 섞인 소리가 흘러나왔습니다. 그토록 슬픈 그 목소리는 연못 저 밑바닥에서 나온 것이 틀림없겠지요. 그것은 다른 소리들 밑에 잠겨 있다가 부스스 떨쳐 일어난 것입니다. 숟가락으로 그릇 밑바닥에 있는 것들을 건져 올리듯이 말입니다. 이것은 우리 모두가 그토록 듣고 싶어 하던 바로 그 목소리였습니다. 너무나 비통해서, 그리하여 이 모든 이유를 분명 알고 있는 듯한 그 목소리에 귀를 기울이고자 모든 소리들이 살며시 연못가로 물러났습니다. 그들 모

---

2 넬슨 제독은 1805년 10월 21일 트라팔가 해안의 전투에서 나폴레옹의 함대를 무찌르다 전사했다.

두가 간절히 알고 싶었기 때문이지요.

　누군가 연못에 가까이 다가갔습니다. 그리고 갈대숲을 헤치고 물에 어린 그림자를 지나서, 얼굴과 목소리를 지나서 더 깊이 밑바닥까지 들여다보려고 했습니다. 하지만 거기, 박람회에 갔던 그 사람 밑에, 그리고 물에 빠져 죽은 그 소녀와 물고기를 봤다는 그 소년, 그리고 오오, 애달파라, 하고 서러워하던 그 목소리 밑에, 거기에는 항상 무엇인가가 있었습니다. 언제나 또 하나의 얼굴, 또 하나의 목소리가 있었던 것입니다. 하나의 상념이 다가와 다른 상념을 덮어버린 것이지요. 숟가락이 우리 모두를, 우리의 상념과 그리움, 의문과 고백, 그리고 환멸을 막 건져 올려 백일하에 드러내는 듯한 순간들이 있다고는 해도, 숟가락에서는 뭔가 늘 미끄러져 내리고 우리는 다시금 연못 속으로 되돌아갑니다. 그러면 다시 한 번 연못의 한가운데는 롬포드 방앗간 농장의 매매를 알리는 포스터의 그림자로 덮입니다. 그것이 아마도 우리가 연못가에 앉아 물속을 들여다보는 걸 좋아하는 이유겠지요.

세 개의 그림
Three Pictures

첫 번째 그림

그림을 보지 않고 살아갈 수는 없지요. 만일 나의 아버지는 대장장이고 당신의 아버지는 높은 지위의 귀족이라면 우리는 서로에게 그림이 될 수밖에 없는 거지요. 우리는 일상적인 예사말로 그 그림의 틀 밖으로 벗어날 수는 없을 겁니다. 내가 편자 한 짝을 손에 들고 대장간 문에 기대어 있는 모습을 보고, 당신은 '아, 한 폭의 그림 같구나!'라고 생각하면서 내 앞을 지나갈 겁니다. 또 나는 당신이 차 속에 아주 편히, 마치 군중들에게 목례라도 하려는 듯 여유 있게 앉아 있는 모습을 보고, '아, 호화로운 옛 귀족 시대 영국의 그림 한 장이구나!'라고 생각하겠지요. 우리 두 사람의 판단 모두가 분명 옳지 않을 겁니다. 하지만 그건 어쩔 수 없는 거지요.

자, 이제 길모퉁이에서 나는 그런 그림 한 장을 봅니다. '선원의 귀향' 뭐 그런 이름을 붙일 수 있겠지요. 잘생긴 한 젊은 선원이 짐 꾸러미를 메고 있고 한 젊은 아가씨가 그의 팔에 손을 얹고 있습니다. 그 주위로 동네 사람들이 모여듭니다. 시골집의 정원은 꽃들로 불타오르는 듯합니다. 그 그림 앞을 지나면서 우리는 그림 아래쪽에 씌어진, 그 선원이 중국에서 막 돌아왔다는 내용의 글을 읽습니다. 응접실에는 푸짐한 잔치 음식이 준비되어 있습니다. 그리고 젊은 선원의 짐 꾸러미 안에는 젊은 아내에게 줄 선물이 담겨 있습니다. 그녀는 곧 그들의 첫아기를 잉태하게 되겠지요. 그 그림 속에서는 당연히 그래야 할 것처럼 모든 것이 다 잘되고 다 좋아 보입니다. 이 행복의 정경에는 뭔가 건강하고 만족스런 느낌이 가득하군요. 인생이 전보다 더 아름답고 더 부러운 것이 된 듯합니다.

그런 생각을 하며 나는 두 사람을 지나쳐 갑니다. 그 그림을 가능한 한 풍부하게 가득 채우면서, 그녀의 옷 색깔과 그 젊은 선원의 눈 색깔을 눈여겨보면서, 그리고 연한 갈색 고양이가 집 대문을 살금살금 돌아가는 모습을 흘려 보면서.

그 그림은 대부분의 것들을 보통 때보다 더 밝고 더 따뜻하고 더 단순해 보이게 만들면서 얼마 동안 내 눈앞에 어른거립니다. 어떤 것들은 어리석어 보이게 하고 어떤 것들은 그르게, 어떤 것들은 옳게 보이게 하고 또 어떤 것들은 전보다 더 의미 있어 보이게도 합니다. 그날 그리고 그다음 날도 그 그림은 불쑥 되살아나곤 합니다. 그래서 샘이 나면서도 흐뭇한 마음으로 그 행복한 선원과 아내에 대하여 생각해봅니다. 그들은 지금 무얼 하고 있을까, 무슨 말들을 나누고 있을까. 상상력은 그 첫 그림으로부터 생겨나는 또 다른 그림들을 제공합니다. 젊은 선원이 장작을 패고 물을 길어 오고, 두 사람은 중국에 대해서 이야기를 나누고, 아내는 집에 들어서면 누구나 곧 볼 수 있도록 남편의 선물을 벽난로 위에 놓아두고, 아기 옷 뜨개질을 하고, 모든 문과 창문들이 정원으로 활짝 열려 있어 새들이 훨훨 날고 벌들이 웅웅대고, 두 사람은 그리고 로저스는 (그게 젊은 선원의 이름인데) 정원에 서서 파이프를 피워 물고, 먼 중국 바다로부터 돌아오니 이 모든 것들이 얼마나 가슴 벅찬가를 어떻게 표현할 길 없어 하는, 그런 그림들 말입니다.

두 번째 그림

한밤중에 큰 비명 소리가 마을을 울립니다. 잠시 어수선한 소리가 들린 후 짙은 정적이 내려앉습니다. 창문 밖으로 보이는 것은 아무 움직임 없이 무겁게 매달려 있는 길 건너 라일락 나뭇가지뿐입니다. 무덥고 고요한 밤입니다. 달도 없습니다. 그 비명 소리는 모든 것을 불길해 보이게 만듭니다. 누가 비명을 지른 걸까? 왜? 그 비명은 여자의 목소리입니다. 하지만 너무나 격렬한 감정 상태여서 거의 성의 차이를 느낄 수 없는, 무엇을 표현한다고 할 수 없는 그런 소리입니다. 마치 인간의 본성이 어떤 사악함에 대항하여, 어떤 표현할 수 없는 공포에 대항하여 외치는 소리 같습니다. 그러고는 짙은 정적입니다. 별빛은 변함없이 그대로 흐릅니다. 들은 조용히 숨죽이고 누워 있습니다. 나무들은 아무 움직임이 없습니다. 하지만 모든 것이 죄를 지은 듯, 죄를 깨달은 듯, 불길한 모습입니다. 무슨 일이라도 일어나야 할 것 같은 느낌이 듭니다. 무슨 불빛이라도 솟구쳐 올라와 마구 흔들려야 할 것 같습니다. 누군가 길 아래로 마구 뛰어가야 할 것 같습니다. 집의 창문들에도 불이 켜져야 할 것 같습니다. 그러고는 어떤 또 다른 외침이, 그러나 성性을 느낄 수 없고 어떤 표현인지 느낄 수 없었던 첫 비명보다는 더 가라앉은, 뭔가 위로와 달램을 받은 그런 외침이 들려와야 할 것 같습니다. 그러나 불빛도 보이지 않습니다. 발소리도 들리지 않습니다. 두 번째 외침 소리도 없습니다. 첫 번째 비명이 삼켜진 상태로 짙은 정적만이 무겁게 내려앉아 있습니다.

어둠 속에 누워 온 정신을 모아 귀를 기울여봅니다. 그 비명은 한 목소리일 따름이어서 무엇과 어떻게 연결시켜볼 도리가 없습니다. 그래서 그 비명을 설명해줄, 그 의미를 이해하게 해줄 어떤 종류의 그림도 떠오르지 않습니다. 하지만 드디어 어둠이 되살아나자 거의 형체도 없는 모호한 한 인간의 모습이 어떤 압도적인 사악한 힘에 대항하여 헛되이 거대한 팔을 들어 올리는 모습이 보입니다.

세 번째 그림

맑은 날씨가 계속 이어지고 있습니다. 한밤중의 그 외마디 비명 소리만 아니었다면 이 세상이 마치 항구로 편안히 들어선 듯한 느낌이었을 겁니다. 바람 앞에서 삶이 운항을 멈추고 어떤 조용한 만灣에 이르러 고요한 수면 위에 거의 멈추어 서서 닻을 내리는 듯한 느낌이었을 겁니다. 하지만 그 소리는 계속 남아 있습니다. 어디를 가든—언덕 위로 긴 산책을 나설 수도 있겠지요—무언가가 표면 아래서 불안스럽게 뒤척이며 주위의 평화로움이나 안정감을 뭐랄까, 생소하게 만드는 것 같습니다. 언덕 기슭에는 양 떼들이 무리 지어 있고 계곡은 부드러운 폭포처럼 가녀린 긴 물줄기로 부서집니다. 외딴 농가에 이릅니다. 마당에서는 강아지가 뒹굴고 있습니다. 나비들은 금작화 덤불 위에서 팔랑댑니다. 모든 것이 고요하고 안전하기 그지없어 보입니다. 하지만 그 외마디 비명 소리가 모든 것을 조각내버렸다는 생각을 좀처럼 지울 수 없습니다. 이 모든 아름다움은 그날 밤 공모자였지요. 고요함과 아름다움을 계속 유지하기로 공모한 것이지요. 하지만 이 모든 아름다움은 어느 순간에라도 다시 쪼개져버릴 수 있을 겁니다. 이런 아름다움, 이런 안전함은 그저 표면적인 것일 뿐이니까요.

이제 이 불안한 분위기에서 벗어나 기운을 추스르기 위하여 젊은 선원의 귀향 그림으로 돌아갑니다. 전에는 활용하지 않은 여러 세부 묘사, 예컨대 그녀의 푸른 옷 색깔, 노란 꽃이 핀 나무로부터 뻗어내린 그림자, 이런 것들을 곁들이며 그 그림을 다시 봅니다. 젊은이는 등에 짐 꾸러미를 둘러메고 아가씨는 그의 옷소매에 가볍게 손을 얹은 채, 그들은 시골집 대문 옆에 서 있습니다. 그리고 연한 갈색 고양이가 집 대문을 살금살금 돌아갑니다. 이렇게 그 그림을 자상하게 다시 떠올려보면서 표면 아래 놓여 있는 것이 어떤 불길하고 사악한 것이라기보다는 이런 고요함, 만족감, 행복감이리라는 확신이 점점 강해져 갑니다. 사실 풀 뜯는 양 떼, 계곡의 물줄기, 외딴 농장, 강아지, 춤추는 나비, 이 모든 것들이 처음부터 줄곧 그랬었지요. 이렇게 그 젊은 선원과 그의 아내를 생각하면서, 그들에 대한 그림을 계속 하나하나 만들어가면서, 집으로 돌아옵니다. 하나 또 하나 행복과 만족을 담은 그 그림들은 사악한 비명, 그 불안감 위를 덮고 있다가 마침내 압력으로 그것을 짓이겨 침묵 속으로 사라져버리게 할 수도 있을 겁니다.

드디어 마을에 도착합니다. 이제 교회 묘지를 지나야 합니다. 교회 묘지에 들어설 때면 그림자를 드리운 주목들, 나뭇잎이 스치는 비석들, 이름 없는 무덤들, 이런 것들로 늘 그곳의 평화로움을 생각하게 됩니다. 여기서는 죽음이 즐거운 것으로 느껴집니다. 정말이지, 저 그림을 보십시오! 한 남자가 무덤을 파고 있고 아이들은 그가 일하는 동안 옆에서 피크닉을 즐기고 있지 않습니까. 한 삽, 두 삽, 노란 흙이 퍼 올려지는 동안 아이들은 다리를 쭉 펴고 편히 앉아 잼 바른 빵을 먹으며 큰 잔으로 우유를 마시고 있습니다. 무덤 파는 남자의 곱고 통통하게 생긴 아내가 비석에 몸을 기대고 앉아 무덤 옆 풀밭 위에 식탁보 대신 앞치마를 펼쳐 깔아놓았군요. 퍼 올린 흙덩이가 음식들 있는 곳 여기저기에 떨어져 있습니다. 누가 묻힐 건가요? 내가 묻습니다.

"닷슨 노인이 드디어 돌아가셨나요?"

"아, 아니오, 로저스가 묻힐 거래요, 젊은 선원 말이에요."

무덤 파는 남자의 아내가 나를 바라보며 대답합니다.

"이틀 전에 무슨 외국 열병인가로 죽었대요. 그 사람 부인 목소리 못 들으셨어요? 한길로 뛰어 내려오면서 비명을 질렀더랬는데…… 얘, 토미야. 너 흙을 온통 뒤집어썼잖아!"

아, 이 무슨 그림인가!

어느 영국 해군 장교의 생활 현장
Scenes from the Life of a British Naval Officer

홍해의 거친 물살이 현창[1]을 세차게 두드렸다. 가끔 고래가 하늘 높이 뛰어오르고, 날치 한 마리가 번쩍이며 공중으로 치솟아 포물선을 그렸다.

브레이스 함장은 선실 테이블에 그 테이블만큼 널따란 지도를 펴놓고 앉아 있었다. 그의 얼굴은 마치 오십여 년 동안 닦아 광을 내고 열대의 햇빛에서 건조시킨, 얼어붙는 추위를 견뎌내고, 열대의 비로 물에 푹 잠기기도 했던, 그러고 나서 굽실거리는 군중 앞에 우상으로서 꼿꼿이 선, 잘 준비된 통나무로 한 흑인이 깎아놓은 조각 같은 모습이었다.

그의 얼굴은 수 세기 동안 많은 질문을 받았지만 아무 대답도 내놓지 않은 우상의 불가해한 표정을 띠고 있었다. 선실에는 넓은 테이블과 회전의자를 제외하고는 아무 가구도 없었다. 하지만 그의 뒤쪽 벽에는 하얀 표시판의 계기가 일고여덟 개쯤 걸려 있었다. 그 계기들의 눈금판은 아라비아 숫자와 부호들로 새겨져 있고, 아주 가느다란 바늘이 움직이고 있었는데, 때로는 알아차

1 채광과 통풍을 위하여 뱃전에 낸 창문.

릴 수 없을 만큼 천천히 나아가고, 때로는 갑자기 획 돌곤 하였다. 눈에 보이지 않는 내용이 분류되고, 측정되고, 무게를 달고, 일고 여덟 개의 다른 방법으로 동시에 계산되었다. 그리고 그 내용 자체가 보이지 않기 때문에 측정, 분류, 무게 측량과 계산 역시 소리 없이 처리되었다. 정적을 깨는 소리는 아무것도 없었다. 그 계기들 한가운데 타조 깃털 세 개를 머리에 꽂은 여자의 사진이 걸려 있었다.

갑자기 브레이스 함장은 걸상을 삥 돌려 모든 계기판과 사진을 쳐다보았다. 우상이 갑자기 그 숭배자들에게 등을 돌린 것이다. 브레이스 함장의 등은 뱀가죽처럼 몸에 꽉 끼는 양복 안에 들어 있었다. 그의 얼굴처럼 불가해했다. 그의 숭배자들은 등이건 배건 개의치 않고 기도를 올릴 것이다.

브레이스 함장은 벽을 한참 동안 유심히 쳐다본 후에 갑자기 돌아앉았다. 그는 컴퍼스를 가지고 매우 정교하고 정확한 커다란 모눈종이 위에 그림을 그리기 시작했다. 긋는 선 하나하나마다 틀림없이 영원히 견딜 수 있는 불멸의 것을 만들어내는 것 같았다.

정적은 깨지지 않았다. 빠른 바다 물살도 엔진의 진동도 아주 규칙적이고 똑같은 음조였기 때문에, 이런 소리들 역시 색다른 매체로 표현된 고요함 같았다. 갑자기—그런 긴장된 분위기에서는 동작 하나라도 소리 하나라도 돌연스러웠다—징이 크게 울렸다. 근육 경련 같은 날카로운 진동이 공기를 잡아채었다. 소리가 세 번 울렸다. 그래서 뒤흔들린 공기는 강한 근육 경련처럼 세 번 파문을 일으켰다. 마지막 소리가 정확히 삼 초 동안 울렸을 때 함장은 일어났다. 무의식적인 동작 한 번에, 그는 한 손으로는 그가 그린 도안을 압지로 누르면서, 다른 손으로는 모자를 머리에 썼다. 그런 다음 문으로 걸어가서, 갑판으로 내려가는 계단을 세 계단 내려갔다. 각 발걸음의 간격은 이미 여러 단계로 나누어진 것 같았고 그의 마지막 발걸음은 정확히 그를 특별한 널빤지 위에 데려다놓았다, 오백 명의 수병 앞 연단에. 오백 개의 오른손이 정확히 머리로 쏜살같이 올라갔다. 오 초 후에 함장의 오른손도 머리로 날아올랐다. 정확히 이 초를 기다린 후에 급행열차가 지날 때 신호기가 떨어지듯 손이 떨어졌다.

브레이스 함장은 똑같이 일정한 보폭으로 수병들의 대열을 지나갔다. 장교 몇 명이 적당한 거리를 유지하며 역시 질서 있게 그 뒤를 따랐다. 그러나 함장은 식당 문 앞에서 그들을 마주 보고, 그들의 경례를 받고, 경례로 답한 다음, 혼자 식당으로 들어갔다.

그는 책상에 혼자 앉아 있었듯이 식탁에도 혼자 앉았다. 하인들이 접시를 갖다 놓거나 치울 때도 그 앞에 접시를 놓는 하얀 손밖에 보지 않았다. 그 손이 희지 않을 때 그들을 물러가게 했다. 그의 눈은 결코 손과 접시 위쪽을 보지 않았다.

순서 진행에 따라 고기, 빵, 과자, 과일이 우상 앞에 놓였다. 와인 잔 안의 붉은 액체가 천천히 줄었다, 늘었다, 줄었다, 다시 늘었다 줄었다. 고기도 과자도 과일도 모두 없어졌다. 마침내 함장은 당구공만 한 빵 조각을 집어 둥근 접시를 닦아 게걸스레 먹고 일어났다. 그제야 그는 눈을 들어 눈높이 수준으로 똑바로 앞을 쳐다보았다. 그의 눈앞에 무엇이 나타나건—벽, 거울, 놋쇠봉— 마치 눈길을 가로막을 어떤 고체도 없다는 듯이, 그의 눈길은 꿰뚫고 지나갔다. 그러곤 마치 그의 눈이 쏜 빛의 자국을 따라가듯이, 걸어 나가 갑판으로 가는 철제 사다리로 올라갔다. 이러한 장해들을 넘어 점점 더 높이 올라가 망원경이 서 있는 쇠로 된 갑판에 올랐다.

그가 망원경에 눈을 대었을 때, 망원경은 즉시 그의 눈의 일부가 되었다. 마치 망원경은 그의 시야의 관통을 에워싸게 만들어진 뿔 케이스 같았다. 그가 망원경을 위아래로 움직일 때면 마치 길다란 뿔나팔에 싸인 눈이 움직이는 것 같았다.

프라임 양
Miss Pryme

세상을 원래보다 더 낫게 개선해야겠다는 결심 때문이었다. 그녀가 윔블던[1]에서 본 세상은 매우 따분하고, 매우 부유하고, 테니스를 매우 좋아하고, 매우 무분별하고 무관심했으며, 그녀가 말하는 것이나 바라는 것에 전혀 주의를 기울이지 않았다. 이러한 이유로 윔블던 어느 의사의 셋째딸인 프라임 양이 서른다섯의 나이에 러셤에 정착하게 된 것이다.

러셤은 타락한 마을이었다. 한 가지 이유는, 사람들의 말에 의하면, 버스가 없기 때문이라고 했다. 겨울에는 읍내로 들어가는 길로는 통행이 불가능했다. 그래서 러셤에는 여론의 압력이 없었다. 관할 사제인 펨버 신부는 깃이 깨끗한 옷을 입은 적이 없다. 목욕도 하지 않았다. 그의 늙은 하인 메이블이 없었다면 너무 지저분해서 교회에 나타날 수 없을 때가 많았을 것이다. 물론 교회 제단 위에는 양초도 없었다. 성수반은 금이 가 있었다. 프라임 양은 신부가 예배 중에 슬그머니 밖으로 나가 교회 묘지에서 담배 피우는 것을 목격했다. 그녀는 처음 삼 년 동안 마을 사람들이 해

---

1 국제 테니스 선수권 대회가 거행되는 런던 교외의 지명.

서는 안 될 짓을 하는 것을 잡아내면서 시간을 보냈다. 사람들이 관을 메고 오솔길을 올라갈 때, 벤트 씨네 집 느릅나무 가지 끝이 관에 스쳤다. 가지를 쳐야 했다. 카아 씨네 집의 담장은 주저앉아 불룩 튀어나와 있었다. 다시 쌓아야 했다. 파이 부인은 술을 마셨다. 코울 부인은 망측스럽게도 경찰관과 동거 생활을 했다. 그렇게 사람들의 흠을 잡고 다니는 바람에 그녀는 심술궂은 표정을 갖게 되었다. 구부정하게 걸어다니면서, 사람들을 만나면 얼굴을 찌푸리고 곁눈질로 노려보았다. 결국 그녀는 세 들어 살던 작은 집을 사기로 결심했다. 그 마을에서는 좋은 일을 할 수 있다고 생각했기 때문이었다.

맨 먼저 그녀는 교회의 양초 문제를 해결하기로 했다. 그녀는 하인을 두지 않고 절약한 돈으로 런던에 있는 성물 판매소에서 크고 두꺼운 주교 집전 양초를 한 상자 샀다. 그리고 제단에 촛대를 세워놓을 권리를 얻기 위해 교회 마룻바닥을 깨끗이 닦고, 제단에 깔 깔개를 만들었다. 그리고 세례대를 수리할 비용을 벌기 위해 「십이야」의 한 장면을 연기했다. 그런 다음 양초를 가지고 늙은 펨버 신부와 맞닥뜨렸다. 그는 또 담배를 피워 물었다. 손가락이 니코틴 때문에 황달에 걸린 것처럼 누렇게 변했다. 그의 얼굴, 그의 몸은 가시나무 가지처럼 뒤엉키고 털이 숭숭하고 불그죽죽하고 지저분했다. 그는 양초는 필요 없다고 중얼거렸다. 천주교식은 따르지 않는다는 것이었다. 한 번도 그런 적이 없었다는 것이다. 그리고 그는 담배를 피우며 비틀비틀 걸어가서 농장 대문에 걸터앉아 흔들거리며, 크로퍼 씨의 돼지들에 대해 이야기했다. 프라임 양은 기다렸다. 그녀는 교회 지붕 널판을 새로 까는 데 필요한 돈을 모금하기 위해 자선 바자회를 열었다. 주교도 참석했다. 그녀는 다시 한 번 펨버 신부에게 양초에 대해 물었다. 그녀는 일설에 의하면 주교가 자신의 의견을 지지한다고 말했다. '일설에 의하면'이라고 말한 것은, 마을 사람들이 두 파로 나뉘어, 프라임 양이 신부에게 맞섰을 때 벌어진 일에 대해 서로 다른 이야기를 했기 때문이다. 어떤 사람들은 프라임 양을 편들고, 다른 사람들은 펨버 신부를 편들었다. 어떤 사람들은 촛불과 엄격함을 옹호하고, 다른 사람들은 늙은 신부와 편안함을 옹호했다. 펨버 신부는 관할 사제는 자신이며, 양초 같은 것은 좋게 여기지 않는다고 퉁명스럽게 말했다. 그것으로 이야기는 끝났다. 프라임 양은 집으로 돌아와 양초를 조심스럽게 싸서 긴 서랍 속에 넣어 두었다. 그리고 다시는 신부 집에 가지 않았다.

  하지만 그 신부는 나이가 아주 많았으므로, 기다리기만 하면 되었다. 프라임 양은 세상을 더 살기 좋은 곳으로 만드는 일을 계속했다. 시간이 이보다 더 빨리 가는 일은 없었다. 웜블던에서는 시간이 축 처져 있었지만 이곳에서는 날아갔다. 그녀는 아침 설거지를 한 다음, 여러 가지 서류를 작성했다. 그런 다음 보고서를 만들었다. 그런 다음 마당에 있는 게시판에 게시문을 붙였다. 그러고는 이 집 저 집 방문했다. 늙은 맬서스 씨가 죽어갈 때에는 며칠 밤을 그의 침대 옆에 앉아, 그의 친척들의 수고를 많이 덜어주었다. 차츰차츰 새롭고 대단히 즐거운 느낌이 그녀의 핏줄을 콕콕 찌르기 시작했다. 그것은 부부의 사랑보다 더 좋고, 자녀들이 주는 기쁨보다 더 나은 것이었다. 그것은 세상을 개선하는 힘이었다. 허약한 사람들, 무지한 사람들, 주정뱅이들을 지배하는 힘이었다. 점차적으로, 그녀가 바구니를 들고 마을 길을 걸어 올라가거나 빗자루를 들고 교회로 갈 때면, 제이의 프라임 양이 나타나 그녀를 따라갔다. 그리고 제이의 프라임 양은 원래 프라임 양보다 몸집이 더 크고 더 예쁘고 더 상냥하고 더 눈에 띄는 여자였

다. 정말 그녀는 플로렌스 나이팅게일 같아 보였다. 그리고 오 년
도 지나지 않아 이 두 여자는 한 사람이 되었다.

펜턴빌에 있는 정육점 간판에서
컷부시라는 이름을 보고 쓴 산문체 송시
Ode Written Partly in Prose on Seeing the Name of Cutbush
Above a Butcher's Shop in Pentonville

오, 컷부시, 네가 어린 존이었을 때 아빠와 엄마 사이에
시무룩하게 서서, 그분들이 네가 무엇이 될지,
꽃장수냐 정육업자냐, 네 운명을
결정하는 것을 듣고 있었지. 꽃장수가 될 것인가
아니면 정육업자가 될 것인가. 큰 파도가 캘리포니아
해변에 무지갯빛으로 넘실거리고, 아비시니아의 코끼리와
에티오피아의 벌새와 버킹엄 궁전의 국왕이
각자의 길을 가고 있는데,
존은 꽃장수가 될 것인가 정육업자가 될 것인가?

아스팔트 길 아래로,
벨벳 베레모를 멋지게
삐딱하게 쓰고서,
루이가 내려오네. 사제관의 멈프 사모님 하녀인 루이,
아직은 어리고 아직은 순진하지만
사랑에 목마른 열여섯 처녀, 멋지게 여기저기 쳐다보며,

개들이 짖어대고 오리가 꽥꽥대는
연못을 지나서 오네.
아름답도다
버드나무와 살랑살랑 흔들리는 백합은.
보라, 노신사가 버드나무에 걸린 그 애의 보트를
지팡이로 끌어내는 것을. 존이 루이에게 말하네.
여름에 난 여기서 수영해. 정말? 그래 여기서 수영해,
자신이 위대한 선수인 척, 바이런같이
헬레스폰트[1] 해협을 헤엄쳐 건널 수 있는 것처럼.
펜턴빌의 존 컷부시. 그리고 어스름이 내리네,
이 층 창문의 눈부신 빛을 받아 황금빛으로 물든 어스름,
누구는 이 층 창가에서 헤로도토스 역사책의 원문을 읽고
누구는 지하에서 양복을 재단하고
누구는 동전을 만들어내며, 또 누구는 나무를 깎아서
의자 다리를 만드네. 불빛이 어스름에, 연못에 떨어지네.
물 위에 불빛이 교차하네. 뺨과 어깨를 맞대고,
키스하며 딱 붙어서, 거기 그들이 서 있고
노신사는 지팡이로 보트를 끌어내네. 그때 교회 종이 울어
뾰족한 첨탑에서 가혹한 종소리가 울려와
루이에게 차 시간이 되었다고 경고하네.
요리사는, "너 계속 남자애들과 놀아나면
마님께 일러바칠 거야"라고 말하겠지.
마님이란 커스버트 사제님의 사모님
아델라 멈프 부인을 말하지.
루이는 프림로즈 힐의 휴식처에서 벌떡 일어나네.

---

1 바이런은 한 편의 코믹한 시에서 자신이 헬레스폰트 해협을 헤엄쳐 건넌 것을 기념하고 있다.

그 달콤하고 차가운 땅 위에 있는 휴식처에서.
땅 아래에는 어린 싹과 알뿌리가 있고, 그 아래에는
파이프와 전선이 있네,
그 달콤하고 차가운 흙 속에, 여기는 수도 파이프,
저기는 전선. 그 전선을 통해 메시지가 전송되어
중국으로, 그곳에는 입 다문 비정한 관리들이 있고,
우아하게, 황금 탑을 지나서, 종이 벽지의 집들과
도사같이 묘한 미소를 띤 사람들이 있는 곳.
루이가 벌떡 일어나고, 존은 그 뒤를 따라 길 아래
지물포가 있는 길모퉁이까지 따라가네.
벽보에 핌리코에서 살해당한 남자 이야기가 적혀 있고
그 지물포 옆에서 그들은 키스하고, 헤어져
어두운 밤 속으로 사라지네. 그녀는 서둘러 내려가
불 켜진 부엌으로 들어가네, 주인님의 저녁 식사가 담긴
냄비가 보글보글 끓고 있는 부엌으로.

그리고 그는 손수레를 빌려 새벽에 스미스필드로 가네,
추운 새벽에 장정들이 어깨에 둘러멘 흰 그물 자루 안의
냉동 정육을 보네.
아르헨티나 산 정육, 털북숭이 벌건
돼지와 황소 고기들.

외과 의사처럼 온통 흰옷 입은 도축사들이
자루 속의 고깃덩어리를 손질하고,
뻣뻣하게 얼린 정육들은 냉동실에 미라처럼 놓여 있다가
일요일 오븐 불에 다시 살아나서

큰 접시에 육즙을 떨어뜨리며
신도들의 원기를 돋아주네.

그러나 난 헬레스폰트 해협을 헤엄쳐 건넜어.
그는 꿈꾸네, 그는 채링 크로스²에서 바이런을 읽었고,
거기 먼지바람 속에 도로 가로등 빛을 받으며 놓인
『돈 후안』³을 대강 맛보았네.
내가 스미스필드의 매시와 호지 밑에서
영원히 일해야 하는가? 도제살이를 다 끝낸
그는 스승 앞에 공손히 손에 모자를 들고
그러나 꼿꼿하게 서 있네. 젊은 남자는
자립해야 해.

그리고 그는 제비꽃과 수선화와
레이턴 가의 레이턴⁴ 그림에 그려진 가운을 두르고
제방에 앉아 있는 알몸으로 수영하던 사람들을 보네.
사제관 하녀 루이는 그가 다이빙하는 것을 보며
맨살의 팔을 흔드네.

드디어 그는 자기 가게를 차리네.
지나가는 행인들에게는 이 가게가 토요일 밤,
새벽 한 시까지 문을 여는
평범한 정육점이네.

---

2 영국 런던 도심의 트라팔가 광장 동쪽 번화가로 책방이 집중적으로 늘어서 있다.
3 바이런의 풍자 희극시.
4 프레데릭 레이턴, 그리스와 로마 시대의 생활상을 그린 영국 화가이자 조각가.

런던 서쪽 구역[5]은 커튼과 덧문이 내려져 있는 시각이지만,
이곳 런던 교외, 런던 변두리에서
밤은 축제의 시간이라네.
돼지고기는 불꽃에 구워지고,
모자 깃털과 블라우스가 꽃처럼 휘날리네.
고기가 지글지글 타오르네. 수소 옆구리 고기는
분홍빛 살 속에 꽃무늬가 있네. 칼로 썩썩 썰어서
던진 덩어리는 포장되고, 아낙네 팔에 걸린 장바구니는
불룩해지네. 그들은 이 발 저 발 번갈아 디디며 서 있네.
아이들은 불꽃을 올려다보고,
번득이는 불빛에 비치는 희고 붉은 얼굴들,
아이들 순수한 눈동자 속에 계속 타오르네. 손풍금이
울려 나오고
개들은 고기 부스러기를 찾아 땅에 코를 박고 킁킁거리네.
그리고 펜턴빌과 이슬링턴 지역 저 위로 누런색의
애드벌룬이 떠 있고, 저 멀리 도심에는 하얀 교회와
첨탑이 보이네.

펜턴빌 정육점의 컷부시는 가게 문간에
서 있네.
그는 가게 문간에 서 있네.
아직도 그는 가게 문간에 서 있네.
그러나 시간의 수레바퀴가 그를 밟고 지나갔네. 수백만
마일을 운반차가 다녔고, 수백만 마리의 돼지와 소가
썰려서 던져졌네. 수많은 장바구니가

5 런던에서 가장 번화한 상업 지구이다.

불룩해졌고, 그의 얼굴은 붉어지고 눈은 침침해졌네.
밤마다 불꽃을 들여다보느라. 그리고 때때로
그는 손님 얼굴 너머로 멍하니 쳐다보네. 건너편 가게
청년이 손님을 꾀어 들이는 것을, 어두운 굴 속으로
유인하는 것을. 그러다 정신이 들어 손님, 무엇을
드릴까요? 하고 묻는다네. 그리고 손님은요?
그러나 몇 사람들은 건너편 새 정육점에 눈길을 주네.
그리고 컷부시 가게를 지나쳐 앤슬라이즈 가게로 가보네.
그리고 허벅지가 굵어진 가게 뒷방의 루이는
눈에 시름이 가득하네. 어린 아들은 죽고
딸은 골칫거리로 언제나 남자애들을 따라다니네.
그리고 벽 액자에는 정장을 차려입은 멈프 부인 사진.
그리고 고기 누린내가 사방에 배어 있고,
하루 매출액은 줄어드네.
여기 외국어를 옮긴 것처럼 낯선,
스쳐 지나면서 바라본 사람들의 얼굴이 보이네. 그리고
그 외국어는 언제나 새로운 단어들을 만들어내는구나.
옆집은 유골 단지와 대리석 판이 있는
장의사, 옆집은 악기점,
옆집은 고양이 강아지 애완동물 가게, 그리고 수녀원,
그리고 저기 높은 곳에
교도소 탑이 장엄하게 서 있네. 그리고 급수소가 있고,
여기 어두운 외딴길 전체는
사막 야행성 동물들이 숨어 사는 소굴 같네. 그러나 여기는
마멋이나 갈색제비가 아니라 구역 검사관과 세금 징수원,
가스 회사, 수도국 직원들, 그들의 아내와 아이들.

또 서머셋과 서펵에서 갓 올라온 점원들,
또 손수 집안일 하는 귀족 아가씨가 산다네.

그래서 하이 거리에 있는 집을 지나
고양이들이 저들의 의식을 치르고
도축장 종업원들이 하녀들에게 영원한 사랑을 맹세하는 교회
묘지를 지나서
삶의 꽃송이는 계속 봉오리에서 피어나고
삶의 꽃은 우리 얼굴 앞 벽보들 위에서 펄럭이며,
우리는 육군과 해군과 공군과
밤마다 우리를 즐겁게 해주는 여배우들에게 감사한다네
우리가 램프 불빛 아래서 석간신문을 읽을 때
우리 두 손안에 모을 수 있는 부에 대해서는
조금도 생각하지 못하네,
우리 손에 쥘 수 있는 것은 얼마나 적은가,
우리는 존 컷부시라는 이름을
올바로 이해하거나 읽어낼 수 없다네.
단지 토요일 밤 그의 가게를 지나가면서,
"어이, 펜턴빌의 컷부시여"라고 외칠 뿐.
나는 그대에게 경례하네, 지나가면서.

인물화 모음
Portraits

데쥬네[1]를 기다리며

벌새들이 능소화 위에서 파닥이고, 거대한 코끼리들이 석판같이 큰 발로 진흙 길을 철벅거리고, 눈빛이 짐승 같은 야만인이 카누를 타고 갈대밭을 밀치고 나오고, 페르시아 여인이 아이의 머리에서 이를 잡아내고, 얼룩말들이 거칠게 아라베스크 무늬 모양으로 짝을 지어 지평선을 가로질러 가고, 살점 조금과 꼬리가 절반 남아 있는 해골을 독수리가 부리로 탁탁 쪼아 먹는 소리가 검푸른 허공에 반향을 일으킬 때, 루부와 씨 부부는 아무것도 보지 못하고 아무 소리도 듣지 못했다.

식당 종업원이 구겨진 셔츠와 번쩍이는 코트를 입고 앞치마는 허리에 끈으로 동이고 머리는 기름 발라 뒤로 넘긴 채 접시를 헹구는 수고를 덜기 위해 양손에 침을 뱉어 접시를 문질러 닦을 때, 참새들이 길바닥 오물 더미 위로 몰려들고, 건널목 철문이 쾅 하고 닫히고, 쇠 난간이 달린 사륜마차와 오렌지 상자를 실은 마차,

---

1 늦은 아침 식사나 점심을 뜻하는 프랑스어.

여러 대의 자동차와 당나귀가 끄는 이륜 수레 등으로 길이 꽉 막혔을 때, 노인이 공원에 종이봉투를 던져 넣을 때, 새 정글 영화를 광고하는 불빛이 극장 위에서 번쩍거릴 때, 북반구의 회청색 구름이 센 강 강물 위에 비쳐 잠시 회청색으로 빛날 때, 루부와 씨 부부는 겨자통과 양념병을 응시하고, 대리석 상판을 얹은 식탁 위에 노란 색의 갈라진 금을 응시하였다.

벌새가 파닥거리고, 문이 열리고, 마차들이 갑자기 휙 하고 움직이자, 루부와 씨 부부의 눈에 광채가 빛났다. 왜냐하면 윤기 있는 머릿결을 가진 종업원이 그들 바로 앞에 있는 대리석 식탁 위에 내장 요리 한 접시를 털썩 내려놓았기 때문이다.

기차 안의 프랑스 여인

매우 수다를 떨고, 머리는 흔들거리고, 마치 맥처럼 즙이 많은 양배추 속잎을 코에 대고 킁킁거리고, 샐러드를 뒤적거리고, 심지어 기차 삼등 객실 안에서도 어떤 가십거리를 열망하는…… 알퐁스 여사가 그녀의 요리사에게 말했다. 어떤 둔감한 괴물의 귀처럼 큰 귀에 매달린 귀걸이가 흔들거렸다. 양배추 줄기를 씹는데, 누렇고 뭉툭해진 앞니 사이로 약간의 침이 흘러내리고 쉿 소리가 새어 나온다. 침을 흘리며 꾸벅꾸벅 조는 그녀의 머리 위로 줄곧 프로방스 산 회색빛 올리브가 빛을 발산하며 어느 한 지점에 이르러, 뒤틀리고 앙상한 나뭇가지와 꾸부정한 농부들로 이루어진 쭈글쭈글한 배경이 펼쳐진다.

반짝이는 광고문이 풀칠되어 붙어 있는 삼등 열차로 런던에 도착하면 그녀는 남편 묘지의 꽃병에 꽂아둔 꽃다발을 갈아주기 위해 클래펌을 뛰어서 지나고 하이게이트로 향하는 여정에 접어든다. 환승역에서 그녀는 구석에 앉아 있고 무릎 위에는 검정색 가방이 하나 놓여 있으며, 그 가방 안에는 『메일』지 한 부와 공주들의 사진이 한 장 들어 있다. 찬 쇠고기, 피클, 천막 모양의 커튼, 주일날의 교회 종소리와 교구 목사의 심방을 연상시키는 그녀의 가방 안에는.

그녀는 이제 크고 울퉁불퉁한 어깨 위에 전통을 짊어진다. 비록 그녀의 입에서 침이 흘러내리고, 돼지 눈같이 야성적인 눈이 번쩍거릴 때에도, 사람들은 우거진 튤립 들판에서 개구리 울음소리를 듣는다. 지중해의 파도가 모래밭을 핥는 조용한 소리와 몰리에르의 언어를 듣는다. 이 장면에서 황소의 목에 포도 바구니가 실리고, 덜커덩거리는 기차 소리 가운데 시장의 소음이 들려온다. 뿔로 받기를 좋아하는 숫양 소리, 그 위에 걸터앉은 사람들, 버들가지로 만든 새장 안에 있는 오리 소리, 콘에 담은 아이스크림, 치즈와 버터를 덮은 골풀, 플라타너스 나무 곁에서 입법 회의 놀이를 하는 사람들, 샘물 흐르는 소리, 농부들이 솔직하게 자연의 명령에 순종하는 곳에서 나오는 지독한 냄새.

인물화 3

프렌치 인 호텔의 뜰에 앉아 있는 나에게 존재의 비밀은 벽장 안에 있는 한 마리 박쥐의 해골에 불과하다는 생각이 들었다. 그리고 그 수수께끼는 얽힌 거미줄에 지나지 않는 것 같았다. 그녀의 모습은 너무나 견고해 보였다. 그녀는 햇살을 받으며 앉아 있었다. 그녀는 모자를 쓰지 않았다. 빛이 그녀를 그 자리에 붙잡아

매고 있었다. 그림자도 없었다. 그녀의 얼굴은 누르스름하면서도 발그레한 둥근 모양이었으며, 몸에 과일 하나와, 접시에 담지 않았던 사과 하나를 지니고 있었다. 젖가슴은 몸에 달라붙은 블라우스 속에서 사과처럼 단단한 모습이었다.

나는 그 여자를 바라다보았다. 마치 파리가 살갗 위를 걸어가기나 하는 것처럼 그녀는 맨살을 톡톡 두드렸다. 어떤 사람이 그 앞을 지나쳐 갔다. 나는 가느다란 사과나무 잎사귀 같은 그녀의 눈이 깜박거리고 있는 것을 보았다. 그녀의 거칠고 잔인한 태도는 마치 이끼가 타고 올라간 거친 나무껍질 같았다. 그녀는 죽지 않을 듯한 모습으로 인생의 문제를 완전히 풀어내었다.

인물화 4

그 여자는 그를 해러즈 백화점과 국립 미술관으로 데리고 갔다. 그가 럭비[2]로 돌아가서 교양을 쌓기 위해서는 먼저 셔츠를 구입해야 했기 때문이다. 그는 양치질을 하지 않았다. 이제 그녀는 핼 숙부가 추천해준 레스토랑에 그와 함께 앉아서, 가격이 싸거나 비싸지도 않은 것을 사야 할지, 그가 럭비로 돌아가기 전에 그에게 무슨 말을 해야만 하는지를 정말 숙고해야 했…… 한참 지난 후 전채前菜가 나왔다. 그녀는 전쟁이 일어나기 전에 머리가 까칠까칠한 한 소년과 이곳에서 저녁 식사를 했던 기억이 났다. 그는 그녀를 몹시 흠모했으나 실제로 청혼을 하지는 않았…… 하지만 그녀는 그의 부친이 된 듯한 기분이 든 데 대해 뭐라고 표현할 수 있을까? 그녀는 미망인이었고, 그녀의 남편은 전사했다.

2 영국 잉글랜드 중부 도시.

그가 양치질을 했는가? 그녀가 진한 수프를 먹고 싶다고? 그래 그다음엔? 비엔나 슈니첼? 풀레 마렝고? 그것은 버섯이 들어간 것인가? 버섯은 신선한 것인가?…… 하지만 사람들이 말하는 유혹의 순간에 그가 자신을 지킬 수 있게 그를 도와줄 수 있도록 내가 무슨 말을 해주어야 한다. "우리 어머니께서는……" 이 식당은 왜 이렇게 시간이 오래 걸릴까. 옆 식탁의 저게 바로 전채인데, 정어리는 벌써 다 먹어서 남아 있지 않았다.

그런데 조지는 묵묵히 앉아 있었다. 겨울 동안 잠수했다가 봄이 되면 수면으로 올라오는 잉어의 눈으로, 유리 물병 너머로 춤추는 처녀들의 다리를 구경하면서.

인물화 5

그녀는 여태 한 입밖에 베어 먹지 않은 초승달 모양의 백설탕을 넣은 페이스트리를 내려다보면서 남모를 만족감을 느끼며 "나는 매사를 무섭도록 민감하게 느끼는 사람들 중의 하나야"라고 말했다.

이 장면에서 그녀는 삼지 포크를 입으로 반쯤 가져가다가, 마치 어머니 같고 누이 같으며 아내 같은 부드러운 태도를 나타내려고나 하는 것처럼 손을 모피 옷 위에 문질러보려고 애를 썼다. 방 안에 사랑스런 고양이가 한 마리 있었다면 그런 태도로 쓰다듬어주었을 정도로 부드러운 태도였다. 이어서 그녀는 가지고 다니는 향수병에서, 볼 위의 한 곳에다 향수 한 방울을 더 떨어뜨렸다. 그렇게 함으로써, 아직 충분히 인정받지 못하는 그녀 자신의 인격에서 가끔 발산하는 고약한 냄새를 향기롭게 하고 싶었다.

그녀는 덧붙여 말하기를,

"병원에서는 직원들이 나를 작은 성모라고 부르곤 했어." 그녀
는 마치 자신이 그려낸 초상을 인정해주거나 부인하기를 기다리
는 것처럼 맞은편에 앉은 친구를 바라보았다. 하지만 침묵만 흐
르기에, 인간의 이기심이 그녀에게 주지 않는 칭찬을 무생물로부
터 얻기나 하는 것처럼 그녀는 설탕 넣은 페이스트리의 마지막
작은 조각을 포크로 쿡 찍어서 꿀꺽 삼켰다.

인물화 6

80년대에 태어났어야 할 나는 나 자신을 어느 정도 국외자로
인식하고 심한 고통을 겪는다. 단춧구멍에 장미꽃 한 송이를 제
대로 꽂고 다닐 수가 없다. 우리 아버지처럼 지팡이를 가지고 다
녀야 하는데. 가운데가 움푹 들어간 중절모를 착용해야 하는데.
심지어 본드 가를 걸어 올라갈 때도 실크 모자가 아닌 중절모를.
하지만 난 주름 장식 포장지로 싼 보석처럼 층을 이룬 사회를 여
전히 사랑—이 말이 적합한 것이라면—한다. 그런데 베스날 그
린에 사는 이탈리아 사람들은 침대 밑에 보석을 보관한다고들
하는데 맞는 말이다. 그리도 재치 있는 오스카를 사랑한다. 미끄
러운 마룻바닥에 깔려 있는 호랑이 가죽 위에 서 있는, 입술이 빨
간 그 숙녀도—호랑이가 입을 크게 벌리고 있다. "하지만 그녀는
화장을 한다!" 우리 어머니는 그렇게 말씀하셨다. 물론 그건 피커
딜리에 있는 여성들을 염두에 둔 말이었다. 이런 것이 나의 세계
였다. 요즘은 누구나 화장을 한다. 모든 것이 온통 백설탕처럼 하
얗다. 심지어 철근 조각을 넣어서 콘크리트로 지은 본드 가의 집

들마저도.

그런데 난 차분한 것들을 좋아한다. 가령 베니스 그림, 다리 위의 처녀, 낚시하는 사나이, 고요한 일요일, 삿대로 가는 작은 배도. 나는 다음 버스를 타고 애디슨 로드에 사는 메이블 숙모 댁으로 식사하러 간다. 그녀의 집은 내가 말하는 것을 약간은 간직하고 있다. 포장된 길 위 양지바른 곳에 누워 있는 염소. 유명한 귀족풍의 늙은 염소. 그리고 채찍에 로스차일드 꿩을 매달고 다니는 마부들과 나같이 마부 옆에 앉아 있는 젊은이.

그러나 피커딜리 광장에서조차 사람들이 물푸레나무 지팡이를 휘두르며 다닌다. 모자를 쓰지 않은 사람도 있으나, 한결같이 입술에 립스틱을 바른 채로. 덕성스럽고 진지한 체하면서. 너무나 절망한 젊은이들이 경주용 차를 타고 혁명을 향해 질주한다. 나는 서리에 서식하는 '여행자의 기쁨'이라고 불리는 좀사위질빵 덩굴에서 석유 냄새가 난다는 사실을 확신할 수 있다. 저쪽 구석을 보세요. 장밋빛 붉은 벽돌집이 먼지를 잔뜩 뒤집어쓴 채 그 영혼을 포기하고 있어요. 나 이외엔 아무도 —에드윈 숙부나 메이블 숙모도—먼지 파편에 신경 쓰지 않는다. 그들은 이런 두려운 일들에 맞서서 그들의 작은 촛불을 치켜든다. 실수하고 망가뜨리며 낡은 샹들리에를 머리 위로 떨어뜨리는 우리는 할 수 없지만. 나는 늘 입버릇처럼 누구나 접시를 깰 수 있다고 주장한다. 하지만 내가 찬탄해 마지않는 것은 리벳으로 고정시켜 놓은 옛날 도자기이다.

인물화 *7*

맞아, 나는 버넌 리[3]를 알고 있었다. 말하자면 우린 별장을 가지고 있었다. 나는 아침 식사 전에 일어나곤 했었다. 나는 붐비기 전 이른 시간에 미술관에도 가곤 했다. 나는 아름다움을 향한 깊은 애정을 가지고 있었다―아니 그렇다고 내가 그림을 그리는 건 아니다. 하지만 아름다움을 사랑하면 사람들은 아마 그로 인해 미술을 더 잘 이해할 것이다. 화가들은 너무 속이 좁다. 요즘에도 마찬가지로 그들은 매우 방종하게 산다. 기억하겠지만 프라 안젤리코는 무릎을 꿇고 그림을 그렸다. 하지만 내가 무슨 말을 했더라. 버넌 리를 알고 있다고. 그녀는 별장을 가지고 있다고. 우리는 별장을 하나 가지고 있다고. 어느 집엔 우리 집 라일락과 흡사한 등나무가 드리워져 있으나 더 좋은 것은 서양다목일 것이다. 그런데 사람들은 왜 이탈리아가 아닌 켄싱턴에 살까? 그러나 난 항상 아직도 플로렌스에 산다고 느낀다. 당신은 실제 삶에 있어서도 우리가 정신으로 산다고 생각하지 않는가? 그러나 나는 미를 사랑하는 사람들 중의 한 사람이다. 그것이 한낱 돌멩이이거나 항아리일지라도. 왜 그런지는 나도 설명할 수는 없다. 어쨌든 우리는 플로렌스에 가면 아름다움을 사랑하는 사람들을 만나게 된다. 거기서 우리는 한 러시아 왕자를 만났다. 이름은 잊었지만 어느 파티 석상에서 유명 인사도 한 분 만났다. 어느 날 내가 우리 별장 바깥 도로 위에 서 있었는데, 몸집이 자그마한 할머니 한 분이 개를 줄에 매어 끌고 오고 있었다. 위다였을지도 모른다. 아니면 버넌 리였던가. 내가 말을 걸지는 않았다. 하지만 어떤 의미에선, 진실한 의미에선 미를 사랑하는 나는 버넌 리를 알았다

3   영국의 작가 바이올렛 파제(1856~1935)의 필명.

고 항상 느낀다.

인물화 8

"나는 소박한 사람들 중의 하나이다. 지금은 구식으로 생각될 수도 있지만, 나는 영속적인 가치인 사랑과, 명예와 애국심을 신봉한다. 나는 아내를 사랑하는 것의 가치를 진실로 인정하며 그것을 고백하기를 꺼려하지 않는다."

그렇다. 당신은 니힐 후마눔[4]이라는 말을 자주 하는데, 라틴어를 너무 자주 말하지 않도록 조심하라. 왜냐하면 당신은 돈을 벌어야 하기 때문이다. 우선은 먹고살기 위해서, 그다음으로는 앉을 수 있는 앤 여왕 스타일의 가구를 사기 위해, 거의 다 모조품이긴 하지만.

"나는 영리한 사람 중의 하나는 아니지만 나 자신을 위해 이런 말을 하고 싶다. 나도 인정사정을 아는 사람이다. 나는 교구 목사와 편한 관계로 잘 지내며 선술집주인과도 잘 지낸다. 나는 선술집에 가서 사람들과 다트도 한다."

그런데 당신은 중용을 지키는 사람이며, 중간자여서 런던에서는 예복을 입고, 시골에서는 트위드로 지은 옷을 입는다. 당신은 셰익스피어와 워즈워스를 똑같이 '빌'[5]이라 부른다.

"내가 증오하는 사람들이라고 말하지 않을 수 없는 사람들은 ……으로 사는 피도 눈물도 없는 인간들이다."

높은 곳과 낮은 곳. 당신은 중간에 속한 사람들 편이다.

---

4   Nihil humanum. 전혀 인간적이지 않은 것 또는 비인간적인 것이란 뜻의 라틴어.
5   윌리엄의 애칭.

"그리고 나는 가족이 있다……"

게다가 당신은 고도로 다산성이다. 당신은 도처에 존재한다. 사람들이 정원을 산책할 때, 저 양배추 위에 있는 것은 무엇일까? 중간 계층. 무지한 사람들을 감화시키는 중간 계층. 달도 역시 당신의 영향 밑에 있다. 안개로 덮였다. 당신은 오점을 완화시키고, 하늘 낮의 은빛 날(이 표현을 용서하소서)조차도 훌륭하게 만든다. 쓸쓸한 해변에서 울어대는 갈매기들과 아내가 있는 집으로 돌아가는 농부들에게 나는 물어본다. 만일 중간 입장의 사람들이 지배를 하고 단지 중성만 존재하고 연인이나 친구도 없다면 우리와 새들과 남녀 인간들에게 무슨 일이 일어날 것인가를.

"그렇다. 나는 소박한 사람들 중의 하나이다. 그런 사람들은 구식일지 모르지만, 나는 다른 사람을 사랑하는 것의 가치를 신봉하며, 그것을 인정하는 것을 싫어하지 않는다."

반야 아저씨[1]
Uncle Vanya

　'저 사람들은 정말 모든 것을 꿰뚫어 보지 않아? ―러시아 사람들 말이야. 우리를 감고 있는 작은 가식들까지. 몰락과 대조되는 꽃, 가난과 대조되는 황금과 벨벳, 벚나무, 그리고 사과나무―그 사람들은 그 모든 것들도 역시 꿰뚫어 보지.' 그녀는 극을 보며 생각하고 있었다. 그때 총성이 울렸다.

　'그래! 드디어 그가 저 사람한테 총을 쐈어. 그건 다행이야. 오, 그러나 총알이 맞지 않았네! 체크무늬 외투를 입고 염색한 구레나룻을 기른 늙은 악당은 하나도 다치지 않았네…… 그래도 그는 저 남자를 쏘려고 했었어. 그가 갑자기 똑바로 일어나 나선형 계단을 올라가 자기 권총을 갖고 왔지. 그는 방아쇠를 당겼어. 탄환은 벽에 박혔지. 아마 식탁 다리인가. 어쨌건 아무 일도 안 일어났어. "모든 것을 다 잊읍시다, 반야. 우리 다시 예전처럼 친구가 됩시다." 그가 말하고 있어…… 이제 그들은 무대 위에서 사라졌어. 그리고 우리는 멀리서 마차의 벨 소리를 듣지. 이런 점도 역시 정말 우리하고 비슷하지 않아?' 그녀는 한 손에 턱을 받치고 무대

1　안톤 체호프가 쓴 연극 제목.

위의 처녀 아이를 쳐다보면서 이렇게 생각했다. "우리도 저기 길 아래에서 달랑거리며 사라지는 벨 소리를 듣잖아?" 그녀는 이렇게 반문하며 슬로언 가의 택시와 승합마차를 생각했다. 그들은 카도간 광장의 큰 집들 중 하나에서 살고 있었다.

"우리 이제 쉬어요." 처녀 아이는 반야 아저씨를 꽉 잡으면서, 이제 '우리 그만 쉬어요'라고 말한다. "우리 그만 쉬어요." 그 애는 말한다. 그 아이의 말은 방울처럼 떨어진다 — 한 방울 그리고 또 한 방울. "우리 그만 쉬어요." 그 아이는 다시 말한다. "우리 그만 쉬어요, 반야 아저씨." 그리고 무대 막이 떨어진다.

"우리는 말이죠." 남편이 외투를 입혀줄 때 그녀가 말했다. "우린 권총에 탄환도 안 넣어봤어요. 우린 시도도 안 해봤어요."

'신이여, 왕을 구하소서'라는 국가가 연주되는 동안, 그들은 잠시 통로에 조용히 서 있었다.

"러시아 사람들, 참 괴상하지 않아요?" 남편의 팔을 끼면서 그녀가 말했다.

공작부인과 보석상

The Duchess and the Jeweller

올리버 베이컨은 그린 파크가 내려다보이는 건물의 제일 위층에 살았다. 그는 아파트를 한 채 갖고 있었다. 직각을 이루며 삐죽삐져나와 있는—의자들은 가죽으로 덮여 있었다. 소파들이 밖으로 내민 내받이창들을 채우고 있는—소파들은 태피스트리[1]로 덮여 있었다. 창문들, 세 개의 긴 창문에는 적당한 성김으로 짜인 망사와 무늬진 새틴이 보기 좋게 걸려 있었다. 마호가니 선반에는 격에 어울리는 브랜디와 위스키, 달고 향기로운 독한 술 여러 병이 보기 좋게 어우러져 불룩했다. 그리고 가운데 창문으로 그는 피커딜리의 좁은 거리들을 가득 채운 화려한 차들의 반짝이는 지붕을 내려다보고 있었다. 이보다 더 중심부적인 위치를 상상할 수는 없을 것이다. 그리고 오전 여덟 시면 그는 남자 하인이 쟁반에 날라다 주는 아침을 먹을 것이다. 그 남자 하인은 그의 심홍색 실내복을 펼쳐놓을 것이다. 그는 길고 뾰족한 손톱으로 여러 개의 편지 봉투를 찢어 열고는 대체로 공작부인들, 백작부인들, 자작부인들과 고관 부인들이 보내온 도안 새김이 두드러진

---

1 색색의 실로 수놓은 벽걸이나 실내장식용 비단.

두껍고 하얀 초대장들을 꺼낼 것이다. 그런 다음 그는 씻을 것이다. 그다음엔 토스트를 먹을 것이다. 그러고는 활활 타오르는 전기 석탄 화롯가에서 신문을 읽을 것이다.

"올리버를 보라."

그는 스스로에게 말할 것이다.

"지저분한 좁은 골목에서 삶을 시작한 그대, 그대……"

그리고 그는 더할 나위 없이 안성맞춤인 바지 속 균형 잡힌 자신의 두 다리를 내려다볼 것이다. 다음엔 구두를, 발등과 발목 사이의 짧은 각반을 내려다볼 것이다. 모두 다 맵시 있게, 빛나고 있다. 새빌 로[2]에서 최상의 옷감으로 최고의 재단사가 재단한 옷. 그러나 그는 종종 그 모든 것을 벗고는 다시 어두운 골목에 사는 어린 소년이 되었다. 한때 그가 가졌던 최고의 야심은 화이트채플[3]에서 화려하게 차려입은 여자들에게 훔친 개를 파는 일이었다. 그리고 한때는 그 일을 했다.

"오, 올리버."

그의 어머니는 비탄에 잠겨 탄식했다.

"오, 올리버! 도대체 언제 정신을 차릴래, 아들아?……"

그러면 그는 카운터 뒤로 물러났다. 싸구려 시계를 팔았고 그다음엔 여행 가방 하나만 들고 암스테르담[4]으로 갔다…… 그때를 떠올릴 때면 그는 혼자서 나지막이 웃곤 한다―나이 든 올리버가 젊었을 적을 기억하면서. 그랬다, 그는 다이아몬드 세 개로 잘 해내었다. 게다가 에메랄드에 대한 수수료도 있었다. 그 이후로 그는 해톤 가든에 있는 가게 뒤 내실로 갔다. 저울과 금고, 두

2 런던의 고급 양복점 거리.
3 런던의 빈민가 중 하나.
4 네덜란드의 수도이자 상업 도시로, 다이아몬드 세공으로 유명하다.

꺼운 확대경이 있는 방이었다. 그다음엔…… 그다음엔…… 그는 혼자 만족스러운 듯이 웃었다. 그가 더운 여름날 저녁에 가격, 금광, 다이아몬드, 남아프리카에서 온 소식 등에 관해 서로 이야기를 나누는 보석상 무리 가운데를 지나갈 때면 그들 중 하나가 콧잔등에 손가락을 얹고는 "흠―흠―흠" 하고 웅얼거리곤 했다. 그것은 중얼거림 이상은 아니었다. 어깨를 슬쩍 찌르는 것도, 코에 손가락을 얹는 것도, 무더운 오후에 해턴 가든의 보석 상인 무리 사이에 흐르는 속삭임도, 그 이상은 아니었다―오, 그게 몇 년 전이었던가! 그러나 올리버는 여전히 그 느낌이 등줄기를 타고 기분 좋게 흐르는 것을 느꼈다. 슬쩍 팔꿈치로 미는 그 움직임, 그 속살거림.

"그를 봐―젊은 올리버, 저 젊은 보석상 말이야―저기 가는군."

그때 그는 젊었었다. 그리고 그는 점점 더 잘 차려입었다. 그리고 먼저 승합마차를, 그다음엔 차를 가졌다. 그리고 처음엔 극장의 이 층 특등석으로, 다음엔 일 층 정면 일등석으로 갔다. 그리고 리치몬드[5]에 템스 강이 내려다보이는, 붉은 장미가 피어난 격자 울타리가 있는 빌라를 소유하게 되었다. 그리고 젊은 아가씨가 아침마다 장미 한 송이를 꺾어 그의 단춧구멍에 꽂아주곤 했다.

"그래서,"

올리버 베이컨은 몸을 일으켜 다리를 쭉 뻗으며 말했다.

"그래서……"

그리고 그는 벽난로 선반 위에 놓인 나이 든 부인의 초상화 아래 서서 두 손을 들어 올렸다.

"저는 약속을 지켰습니다."

그는 마치 그녀에게 경의를 표하듯이 두 손바닥을 마주 대며

---

5 템스 강 양쪽에 걸쳐 있는 런던 남서부의 아름다운 교외 주택지.

말했다.

"저는 해냈습니다."

정말 그랬다. 그는 영국에서 가장 부유한 보석상이었다. 그러나 그의 코, 코끼리 코처럼 길게 휘어진 그의 코는 콧구멍을 이상하게 실룩이며 (그러나 콧구멍뿐 아니라 코 전체가 실룩이는 듯 보였다) 그가 아직 만족하지 못했노라고 말하는 듯했다. 여전히 조금 더 멀리 떨어진 땅속 무언가의 냄새를 맡고 있다고. 송로[6]가 무성한 풀밭에 있는 거대한 돼지 한 마리를 상상해보라. 이 송로, 저 송로를 파헤친 후에, 여전히 더 멀리 떨어진 땅속에 있는 더 크고, 더 검은 송로의 냄새를 맡는 돼지. 올리버는 그렇게 언제나 킁킁대며 메이페어[7]의 비옥한 토양 속에 있을 또 다른 송로를, 더 멀리에 있는 더 검고, 더 큰 송로의 냄새를 맡았다.

이제 그는 넥타이의 진주를 바로 하고 말쑥한 푸른색 외투를 걸쳐 입고는 노란색 장갑과 지팡이를 집어 들었다. 그리고 지팡이를 흔들며 계단을 내려가서 피커딜리로 나서면서 길고 뾰족한 코로 반쯤은 킁킁 냄새를 맡고 반쯤은 한숨을 내쉬었다. 비록 인생이라는 내기에 이겼으면서도, 그는 여전히 슬픈 사람, 만족하지 못하는 사람, 숨겨진 무언가를 찾는 사람이기 때문이 아닐까?

걸어가면서 그는 가볍게 몸을 흔들었다, 마치 동물원의 낙타가, 종이봉투에 담은 무언가를 먹으며 은색 종잇조각을 구겨 길에 던지는 식료 잡화상들과 그 부인네들로 가득 찬 아스팔트 길을 따라 걸을 때 이리저리 몸을 흔들 듯이. 낙타는 그런 잡화상들을 경멸한다. 낙타는 자기에게 할당된 구획이 불만스럽다. 낙타

6 松露, 알버섯과의 버섯. 4~5월에 모래땅의 소나무 숲, 특히 바닷가에서 자란다. 원래 흰색이나 파내면 갈색으로 변하며, 맛과 향기가 있다.
7 런던 번화가 중 한 거리.

는 푸른 호수와 호수 앞을 에두른 야자수 나무들을 본다. 이 위대한 보석상, 전 세계에서 가장 위대한 이 보석상이 그렇게 피커딜리를 흔들거리며 나아간다. 장갑을 끼고 지팡이를 들고 멋지게 차려입은 채. 여전히 불만스러워하면서, 작고 어두운 상점에 닿을 때까지, 프랑스에서, 독일에서, 오스트리아에서, 이탈리아에서, 미국 전역에서 잘 알려진, 본드 가를 지난 거리에 있는 그 작고 어두운 상점에.

언제나처럼 그는 아무 말없이 가게를 가로질러 성큼성큼 걸어 들어갔다. 네 남자가, 나이 든 마샬과 스펜서와 두 젊은이 해먼드와 윅스가, 그가 지나갈 때 카운터 뒤에서 몸을 바로 하고 서서 부러움에 가득 차 그를 바라보는데도, 그는 단지 호박색 장갑을 낀 손가락 하나를 살짝 흔들어서 그들의 존재를 알고 있음을 알렸다. 그리고 그는 내실로 들어가 문을 닫았다.

그런 후 그는 창에 처져 있는 격자 창살문을 열었다. 본드 가의 소음이 밀려들었다. 먼 데 차 지나가는 소음도. 상점 뒤에 있는 반사기에서 불빛이 위쪽을 비추었다. 유월이라 나무 한 그루에서 녹색 이파리 여섯 개가 물결처럼 일렁였다. 그러나 그 젊은 아가씨는 그 지역 양조장의 페더 씨와 결혼했고 이제 아무도 그의 단춧구멍에 장미를 꽂아주지 않았다.

"그래서,"

그는 반쯤 한숨을 내쉬며 반쯤은 콧방귀를 뀌었다.

"그래서……"

그런 후 그가 벽에 있는 태엽 하나를 건드리자 서서히 그 판벽이 미끄러져 열리고 그 뒤에 다섯 개, 아니 여섯 개의 금고가 드러났다. 모두 번쩍이는 강철 금고였다. 그는 열쇠를 돌려 금고 하나를 열었고, 또 그다음 금고를 열었다. 금고마다 짙은 붉은색 벨벳

이 깔려 있었고, 팔찌, 목걸이, 반지, 보석이 박힌 관, 공작이 쓰는 관 등 보석 장신구들이 놓여 있었다. 아직 세공되지 않은 보석 알들은 유리 조가비에 담겨 있었다. 루비, 에메랄드, 진주, 다이아몬드. 모두 안전하게, 반짝이며, 차갑게, 그러나 자체 내의 압축된 빛으로 영원히 타오르며.

"눈물!"

올리버가 진주를 보며 말했다.

"심장의 피!"

그는 또 루비를 보며 말했다.

"화약!"

다이아몬드가 타오를 듯 반짝이도록 흔들며 계속 말을 이었다.

"메이페어를 하늘 높이, 높이, 높이 폭발시킬 수 있을 만큼의 폭약."

그 말을 하면서 그는 머리를 뒤로 젖히고 마치 말이 우는 듯한 소리를 내었다.

탁자 위의 전화가 나지막한 소리를 내며 아첨하듯 신호를 보내왔다. 그는 금고를 닫았다.

"십 분 후에."

그는 말했다.

"그 전에는 안 돼."

그리고 그는 책상에 앉아 소맷부리의 단추에 새겨진 로마 황제들의 두상을 들여다보았다. 그리고 그는 다시 자신에게서 벗어나 한 번 더 일요일에 사람들이 훔친 개를 팔던 골목에서 구슬을 가지고 노는 어린 소년이 되었다. 그는 젖은 버찌처럼 빨간 입술을 가진 그때의 꾀바르고 교활한 작은 소년이 되었다. 그는 말아 놓은 소의 내장에 손가락을 집어넣어 장난을 치다가 생선을 튀기는 냄비에 그 내장을 담그고는 군중 사이를 요리조리 요령 있게 피해 다녔다. 그는 가냘프고 민첩한, 핥아놓은 돌멩이 같은 눈을 지닌 아이였다. 그리고 이제는, 이제는, 시곗바늘이 째깍째깍 움직인다. 일 분, 이 분, 삼 분, 사 분…… 램본 공작부인이 그를 기다리고 있다. 램본 공작부인, 백여 대를 이은 백작가의 딸이. 그녀는 카운터에 있는 의자에 앉아 십 분 동안 기다릴 것이다. 그녀가 그를 기다릴 것이다. 그가 그녀를 만날 채비를 갖출 때까지 기다릴 것이다. 그는 우툴두툴한 가죽 케이스에 든 시계를 지켜보았다. 바늘이 움직였다. 바늘이 째깍째깍 움직일 때마다 시계가 그에게 거위 간으로 만든 진미를 건네는 듯했다. 샴페인 한 잔, 고급 브랜디도 한 잔, 금화 한 닢이나 되는 시가도. 십 분이 지났을 때 시계는 이런 것들을 그의 옆에 있는 탁자 위에 차려놓았다. 그러자 그는 느리고 차분한 발소리가 가까워지는 것을 들었다. 복도에 옷자락이 살그락거리는 소리. 문이 열렸다. 해먼드 씨가 벽을 등지고 서 있었다.

"공작부인이십니다."

그가 알렸다.

그리고 그는 벽을 등지고 선 채 그 자리에서 기다렸다.

몸을 일으키며, 올리버는 공작부인이 복도를 걸어올 때 드레스 자락이 스치는 소리를 들을 수 있었다. 그러자 갑자기 문을 가득 채우며 그녀가 모습을 드러냈다. 모든 공작들과 공작부인들의 기품과 명성과 거만함과 화려함과 자존심을, 한 무리의 파도에 실어 방 안을 채우며. 그리고 파도가 부서지듯이 자리에 앉으면서 그녀는, 위대한 보석상 올리버 베이컨 위로 펼쳐져 찰랑이며 부서져내리는 파도가 되어 초록빛, 장밋빛, 보랏빛 등 반짝이는 화려한 색채로, 그리고 향기로, 무지개 빛깔로, 손가락에서 뿜어지고, 깃털 장식에서 너울거리고, 실크에서 퍼져 나오는 광채로 그를 뒤덮었다. 그녀는 몹시 몸집이 크고 살이 많이 찐, 광택이 나는 분홍 태피터[8] 옷을 꽉 끼게 입은 이미 한창때를 지난 여인이기 때문이었다. 주름 장식이 많은 양산이, 혹은 깃털이 무성한 공작새가, 주름을 접는 것처럼, 깃털을 접는 것처럼, 그렇게 그녀는 가죽 팔걸이의자에 가라앉으며 비로소 진정하고 나래를 접었다.

"좋은 아침이군요, 베이컨 씨."

공작부인이 말했다. 그리고 그녀는 하얀 장갑의 갈라진 틈으로 손을 내뻗었다. 그리고 올리버는 그 손을 잡아 악수하며 고개를 숙였다. 그리고 그들의 손이 닿았을 때 그들 사이에 다시 한 번 더 연결고리가 형성되었다. 그들은 친구이자 또한 적이었다. 그가 주인이고 그녀는 여주인이었다. 서로를 속이고, 서로를 필요로 하고, 서로를 두려워하며, 그들은 매번, 밖에는 하얀 불빛이 있고 이파리 여섯이 달린 나무가 있고 멀리 거리의 소음이 들려오고 뒤에는 여러 개의 금고가 있는 그 작은 상점 뒤 내실에서 그렇게 서로의 손을 잡을 때마다 서로 이렇게 느끼며 알고 있었다.

"그럼 오늘은, 공작부인, 오늘은 어떻게 도와드릴까요?"

올리버가 아주 부드럽게 말했다.

공작부인이 그녀의 마음을, 그녀의 속내를 활짝 열어 내보였다. 그리고 한숨과 함께, 그러나 아무 말 없이, 그녀는 가방에서 기다란 가죽 주머니를 꺼냈다—그것은 마치 날씬한 노란 족제비처럼 보였다. 그 족제비 배에 있는 갈라진 틈으로 그녀는 진주를, 진주 열 알을 꺼냈다. 진주알들은 그 족제비의 배에 있는 틈에서 굴러나왔다—한 알, 두 알, 세 알, 네 알, 마치 어느 천상의 새가 낳은 알처럼.

---

8 호박단, 광택이 있는 좀 톡톡한 평직견平織絹.

"이게 남은 전부예요, 친애하는 베이컨 씨."

그녀는 구슬프게 말했다. 다섯, 여섯, 일곱, 진주알이 굴러내렸다. 거대한 산자락을 타고 내려와 그녀의 무릎 사이 좁은 계곡으로 흘러내렸다. 여덟 번째, 아홉 번째, 그리고 열 번째. 그렇게 복숭아 꽃빛이 나는 태피터의 광택 속에 놓여 있었다. 열 알의 진주.

"애플비 보석관에서 나온,"

그녀는 애도하듯 말했다.

"마지막…… 마지막 남은 전부지요."

올리버는 몸을 뻗어 엄지손가락과 검지손가락으로 진주 한 알을 집어 들었다. 진주는 둥글고 광택이 있었다. 그러나 이 진주가 진짜일까, 아니면 가짜일까? 그녀가 또 거짓말을 하는 것일까? 과연 그녀가 감히 속이는 것인가?

그녀는 포동포동한 손가락을 입술에 대었다.

"만약 공작이 알게 된다면……"

그녀가 속삭였다.

"친애하는 베이컨 씨, 불운이……"

또 도박을 했군, 정말 그런 걸까?

"그 악한! 그 사기꾼!"

그녀가 씩씩거리며 말했다.

광대뼈가 패인 그 남자인가? 불한당이지. 그리고 긴 구레나룻을 기른 공작은 쇠꼬챙이처럼 꼿꼿한 터였다. 만약 그가 알게 된다면 그녀를 내쳐 저 아래 그곳에 가두어놓을 것이다―내가 알고 있는 것을 그가 알게 된다면. 올리버는 이런 생각을 하며 금고를 힐긋 보았다.

"애러민타, 다프네, 다이애나."

그녀는 구슬프게 말했다.

"이건 그들을 위한 거예요."

공작의 영애 애러민타, 다프네, 다이애나—그녀의 딸들이다.
그도 그들을 알고 있으며 그들을 흠모했다. 그러나 그가 사랑하
는 이는 다이애나였다.

"당신은 내 모든 비밀을 알고 있어요."

그녀는 곁눈질하며 말했다. 눈물이 흘러 떨어졌다. 눈물이, 다
이아몬드처럼, 벚꽃 빛 뺨을 따라 흘러 분가루를 모으면서.

"오랜 친구."

그녀는 중얼거렸다.

"오랜 친구."

"오랜 친구."

그도 따라 말했다.

"오래된 친구."

마치 그 단어들을 핥듯이.

"얼마나?"

그가 물었다.

그녀는 손으로 진주를 가렸다.

"이만."

그녀가 속삭였다.

그러나 그가 손에 들고 있는 진주가 진짜일까, 가짜일까? 애플
비 보석관이라— 그녀가 이미 그것을 팔지는 않았던가? 그는 스
펜서나 해먼드를 부를 것이다. "이걸 가져가 감정해보게"라고 말
할 것이다. 그는 벨을 향해 손을 뻗었다.

"당신은 내일 올 건가요?"

그녀가 가로막으며 재촉했다.

"수상 전하……"

그녀는 말을 멈추었다.

"그리고 다이애나도."

그녀가 덧붙였다.

올리버는 벨을 향하던 손을 거두었다.

그는 그녀를 지나, 본드 가에 있는 집들의 뒷모습을 바라보았다. 그러나 그가 본 것은 본드 가의 집들이 아니라 잔물결이 이는 강이었다. 송어가 솟아오르고 그리고 연어도. 그리고 수상의 모습, 그리고 자신의 모습도. 하얀 조끼를 입은, 그리고 다이애나도. 그는 손안의 진주를 내려다보았다. 하지만 어떻게 그가 이 강물 빛으로, 다이애나의 눈빛으로, 진주를 감정할 수 있겠는가? 그러나 공작부인의 시선이 그에게 와 있었다.

"이십만."

그녀가 구슬프게 말했다.

"내 명예를 걸고!"

다이애나의 어머니의 명예인 것이다! 그는 수표책을 끌어당긴 후 펜을 꺼냈다.

"이십."

그는 적었다. 그러고는 쓰기를 멈추었다. 초상화 속의 나이 든 여인의 눈길이 그에게 놓여 있었다, 나이 든 여인, 그의 어머니.

"올리버!"

그녀가 그에게 경고했다.

"정신이 있니? 바보처럼 굴지 말아라!"

"올리버!"

공작부인이 간청했다—이제 '베이컨 씨'가 아니라 '올리버'였다.

"기나긴 주말 동안 와 있겠어요?"

숲속에서 다이애나와 단둘이! 다이애나와 단둘이 숲속에서 말을 탄다면!

"만."

그는 적어 넣고 서명을 했다.

"여기 있습니다."

그가 말했다.

그리고 그녀가 의자에서 일어서자 양산의 모든 주름이, 공작새의 모든 깃털이, 그 파도의 눈부심이, 아쟁쿠르[9]의 모든 창검이 열렸다. 그리고 그가 가게를 가로질러 그녀를 문으로 안내할 때 그 두 나이 든 남자와 두 젊은이, 스펜서와 마샬, 윅스와 해먼드는 부러움에 차서 카운터 뒤에 똑바로 서 있었다. 그리고 올리버는 그의 노란 장갑을 그들의 얼굴에 대고 흔들었고, 그리고 그녀는 자신의 명예 — 그가 서명한 이십만 파운드짜리 수표를 — 손에 꼭 쥐었다.

"진짜일까, 가짜일까?"

올리버는 내실 문을 닫으며 물었다. 탁자에 놓인 압지 위에 진주 열 알이 있었다. 그는 진주를 창가로 가져갔다. 그는 렌즈 아래 진주를 두고 빛에 비추어보았다…… 이것이, 그렇다면, 그가 땅속에서 찾아낸 송로인 것이다! 가운데가 썩은, 핵이 썩어버린!

"용서하세요, 오, 어머니!"

그는 그림 속의 나이 든 여인에게 용서를 구하듯 두 손을 들어 올리며 한숨을 내쉬었다. 그리고 그는 다시 사람들이 일요일에 개를 팔던 골목에 사는 어린 소년이 되었다.

---

9 북프랑스의 작은 마을로 1415년 백년전쟁 중 아쟁쿠르 전투에서 영국군이 프랑스군에 대승하였다.

"왜냐하면,"

그는 양 손바닥을 마주치며 중얼거렸다.

"아주 긴 주말이 될 테니까."

사냥꾼 일행
The Shooting Party

그 여자는 들어와 선반 위에 여행 가방을 얹고, 그 위에 꿩 한 쌍을 올려놓았다. 그러고는 구석 자리에 앉았다. 기차는 덜커덩거리며 내륙 지방을 달리고 있었다. 여자가 문을 열 때 따라 들어온 안개 때문에 여행객 네 명이 떨어져 앉아 있는 객차 안이 더 넓어진 듯했다. 틀림없이 M. M.(여행 가방에 수를 놓은 머리글자)은 사냥꾼 일행과 함께 주말을 보냈던 것이 확실했다. 왜냐하면, 여자는 이제 구석에 기대앉아 그 이야기를 되뇌고 있었기 때문이다. 여자는 눈을 감지 않았다. 하지만 분명히, 맞은편에 앉은 남자의 모습도, 요크 대성당의 컬러 사진도 눈에 들어오지 않는 듯했다. 그들이 나누고 있던 이야기를 분명히 들었을 텐데도. 그러기에 여자는 시선에 따라 입술을 움직였고, 가끔씩 미소도 짓곤하였다. 여자는 예쁘장한 모습이었다. 커다란 장미랄까, 붉은, 아니 황갈색의 사과랄까. 하지만 턱에 흉터가 있었다. 웃을 때마다 길게 늘어나는 흉터가. 사냥했던 이야기를 되뇌는 것을 보면 여자는 분명히 손님으로 이곳에 온 것 같았지만, 의상을 보면 몇 년지난 스포츠 신문의 패션 지면 사진에나 나오는 철 지난 복장을 하고 있어서 정확히 손님이랄 수도 없고 그렇다고 하녀처럼 보이지도 않았다. 바구니라도 옆에 끼고 있다면, 폭스테리어를 키우는 여자거나 샴고양이 주인으로, 아니면 사냥개나 말에 관련된 사람으로 보였을 테지만, 여자는 여행 가방과 꿩만 달랑 갖고 있을 뿐이었다. 아무튼 여자는 열차 칸의 방으로 천천히 들어와 앉아 이제 방 안의 물건들, 맞은편 남자의 벗겨진 머리, 요크 대성당 사진들 너머로 무언가를 눈으로 더듬고 있는 것임에 틀림없었다. 그러면서 여자는 사람들이 나누는 말을 듣고 있는 것이 분명했다. 이제 누군가의 소리를 흉내내듯 목구멍 깊숙이 "쯧쯧" 하는 작은 소리를 내었다. 그러고는 빙긋 웃었다.

"쯧" 하며 안토니어 부인은 코에 걸친 안경을 추켜올렸다. 눅눅한 나뭇잎이 발코니의 긴 창문을 가로질러 떨어졌다. 잎사귀 한두 개가 창유리에 물고기 모양으로 달라붙어 마치 새겨놓은 갈색 나무 위의 잎처럼 놓여 있었다. 그때 하이드 파크의 나무들이 몸을 떨었다. 나부끼며 떨어지는 나뭇잎으로 몸의 진동이 생생하게 펼쳐졌다. 축축한 갈색 전율.

"쯧" 하고 안토니어 부인은 다시 킁킁거리며 손에 쥔 부석거리는 흰 빵을 집어 먹었다. 마치 암탉이 흰 빵 조각을 신경질적으로 급하게 쪼아 먹듯이.

바람이 한숨짓듯 스쳐갔다. 외풍이 있는 방이었다. 문짝이 서로 잘 맞지 않았고, 창문도 마찬가지였다. 양탄자 밑으로 파충류가 기어다니는 것처럼 이따금씩 양탄자가 들썩거렸다. 햇살이 머무는 푸르고 노란빛의 창틀이 양탄자 위에 그림자를 드리웠다. 햇빛이 움직이더니 조롱하듯 양탄자 구멍을 손가락으로 가리키며 멈춰 섰다. 연약하지만 공평한 햇빛 손가락이 다시 계속 옮겨

가더니 난로 위쪽의 문장紋章에 머물러 방패, 늘어진 포도 장식, 인어, 창을 부드럽게 비췄다. 햇빛이 강렬해지자 안토니어 부인은 고개를 쳐들었다. 옛 어른들, 안토니어 부인의 조상인 라쉴리 가문은 광활한 땅을 소유했었다고들 한다. 저편에. 아마존 강 상류에. 해적. 항해자들. 에메랄드로 가득 찬 자루들. 섬 주위를 정찰하며. 포로를 잡으며. 처녀들. 꼬리부터 허리까지 온통 비늘에 덮힌 여자가 있었다. 안토니어 부인은 싱긋 웃었다. 햇빛의 손가락이 내리쬐는 곳을 따라 그녀의 시선도 옮겨갔다. 이제 햇빛은 은빛 액자, 사진, 달걀 모양의 대머리, 콧수염 아래 삐죽 내민 입술, 그 밑에 화려한 장식체로 쓴 '에드워드'라는 이름에 머물렀다.

"왕에게는……"

안토니어 부인은 중얼거리며 무릎 위의 하얀 천을 뒤집더니, 고개를 쳐들면서 덧붙여 말했다.

"푸른 방이 있었지."

햇빛이 희미해졌다.

킹스 라이드에서는 사냥꾼들의 총구멍에 꿩들이 내몰리고 있었다. 덤불 속에서 꿩들이 육중한 붉은 자줏빛 로켓처럼 툭툭 튀어 올랐다. 꿩들이 날아오르자, 총들이 폭발음을 내며 차례로, 열심히, 요란하게 불을 뿜었다. 마치 나란히 늘어선 개들이 갑작스레 짖어대는 것처럼. 하얀 연기 뭉치가 잠시 모였다가 서서히 연해지며 흩어져 퍼져나갔다.

숲 아래쪽 가파르게 경사진 길 위에 짐마차 한 대가 서 있었다. 부드럽고 따뜻한 몸체, 축 늘어진 발, 그러나 아직도 반짝거리는 눈—꿩들이 짐마차 위에 벌써 놓여 있었다. 아직 살아 있는 것 같았지만, 축축하고 풍성한 깃털 속에서 기절해 있는 듯, 짐마차

바닥에 쌓인 따뜻하고 부드러운 깃털 더미 속에서 자는 듯이, 약간 뒤척이며, 힘을 빼고 편안해 보였다.

그때 자줏빛 반점이 나 있는 상스러운 얼굴에, 허름한 각반을 찬 주인 나리가 욕지거리를 하며 총을 들어 올렸다.

안토니어 부인은 뜨개질을 계속했다. 불꽃이 때때로 벽난로 쇠가리개를 가로질러 이쪽저쪽 쇠창살에 얹어놓은 잿빛 통나무 주위까지 혓바닥을 날름거렸다. 탐욕스레 나무를 삼켜 먹고 불꽃이 사그라진 다음, 그 나무껍질이 타버린 뒤끝에는 팔찌같이 동그랗고 하얀 재를 남겼다. 안토니어 부인은 잠시 눈을 들어, 불꽃을 쳐다보는 개처럼, 본능적으로 눈을 크게 뜨고 불꽃을 응시했다. 그러고는 불꽃이 잦아들자 뜨개질을 다시 시작했다.

그때 엄청나게 높은 문이 소리없이 열렸다. 비쩍 마른 사내 둘이 들어와서 양탄자에 난 구멍 위로 식탁을 끌어왔다. 그리고 나갔다가 다시 들어왔다. 이번에는 식탁 위에 식탁보를 깔았다. 다시 나갔다가 들어왔다.

이번에는 나이프와 포크가 든 녹색 모직천이 깔린 바구니, 유리잔, 설탕 그릇, 도자기 소금 그릇, 빵, 국화 세 송이가 꽂힌 은제 꽃병을 가져왔다. 식사 준비가 다 되었다. 안토니어 부인은 뜨개질을 계속했다.

다시 문이 열렸다. 이번에는 살짝 열렸다. 작은 스패니얼이 코를 킁킁거리며 쪼르르 들어오더니 멈춰 섰다. 문은 열려 있었다. 그때 라쉴리 노부인이 지팡이를 짚고 느릿느릿 들어왔다. 다이아몬드로 고정한 하얀 숄에 벗겨진 머리가 가려져 있었다. 라쉴리 부인은 비틀비틀 방을 가로질러 걸어가, 벽난로 옆의 등받이 높은 의자에 꾸부정하게 앉았다. 안토니어 부인은 뜨개질을 계속했다.

"사냥 중이에요."

안토니어 부인이 마침내 말문을 열었다.

라쉴리 노부인은 고개를 끄덕였다.

"킹스 라이드에서 하는구먼."

노인은 지팡이를 쥐었다. 그들은 앉아서 기다렸다.

사냥꾼들은 이제 킹스 라이드에서 홈 우즈로 이동하여 자줏빛 경작지에 서 있었다. 가끔씩 나뭇가지가 부러지고, 나뭇잎들이 빙빙 맴돌며 떨어졌다. 하지만 안개와 연기 위로 푸른빛 —희미한 푸른빛, 청명한 푸른빛— 섬 하나가 하늘 한 편에 외로이 떠 있었다. 그리고 티없이 맑은 대기 속으로 저 멀리 보이지 않는 어느 교회 뾰족탑에서 울려오는 종소리가 혼자 길을 잃고 헤매는 아기 천사처럼 까불까불 법석을 떨다 사라졌다. 그때 로켓이 다시 튀어 올랐다. 붉은 자줏빛 꿩들이었다. 높이, 더 높이 날아올랐다. '탕' 하는 총소리가 다시 터졌다. 연기 뭉텅이가 뭉게뭉게 뭉쳐졌다가 옅어지며 흩어졌다. 작은 개들이 바쁘게 코를 킁킁거리며 들판을 정신없이 뛰어다녔다. 기절한 것처럼 축 늘어지고 부드러운, 아직 따뜻한 온기가 남아 있는 축축한 꿩을 각반을 찬 사내들이 짐마차에 내던졌다.

"자!"

가정부 밀리 매스터스가 안경을 벗어 내려놓으며 궁시렁거렸다. 매스터스는 마구간 뜰이 내려다보이는 좁고 컴컴한 방에서 역시 뜨개질을 하고 있었다. 교회에서 청소를 하는 아들에게 줄, 올이 굵은 스웨터가 완성되었다.

"드디어 다 짰어!"

그때 짐마차 소리가 들려왔다. 자갈길이 마차 바퀴에 으깨지는 소리였다. 매스터스는 벌떡 일어났다. 두 손으로 밤색 머리털을 감싸쥐고 바람 부는 뜰에 나와 섰다.

"이제 오네!"

매스터스가 씩 웃자, 턱의 흉터가 길게 늘어졌다. 사냥터지기 윙이 자갈길로 짐마차를 몰고 오자, 매스터스는 엽조실 문을 열었다. 새들은 이제 죽어 있었다. 발은 꽉 오그라져 있었지만 아무것도 움켜쥐고 있지 않았다. 가죽같이 뻣뻣한 눈꺼풀은 잿빛으로 주름 잡힌 채 두 눈을 덮고 있었다. 가정부 매스터스와 사냥터지기 윙은 죽은 꿩 무리의 목을 잡아 엽조 저장실 슬레이트 바닥에 내던졌다. 슬레이트 바닥에 피가 튀어 더럽혀졌다. 이제 꿩의 몸이 오그라든 것처럼 더 작아 보였다. 윙은 짐마차의 끝부분을 들어 고정했던 걸쇠를 들어 올렸다. 짐마차 양옆에 작은 청회색 깃털이 이곳저곳 잔뜩 붙어 있었고, 바닥에는 피가 얼룩져 있었다. 하지만, 비어 있었다.

"이번이 마지막이야!"

밀리 매스터스는 떠나가는 짐마차를 보며 싱긋 웃었다.

"점심 식사가 준비됐습니다, 마님."

집사가 말했다. 식탁을 가리키며 집사는 하인에게 지시했다. 정확히 그가 가리킨 곳에 은 뚜껑이 덮인 접시가 놓였다. 집사와 하인은 대기하고 있었다.

안토니어 부인은 하얀 천을 바구니 위에 올려놓았다. 명주실과 골무를 치우고 바늘을 플란넬[1] 천 조각에 꽂았다. 그리고 안경을 벗어 가슴팍의 고리에 걸친 다음 일어섰다.

"점심 드세요!"

---

1 털실, 면, 레이온의 혼방사로 짠 능직 또는 평직물.

안토니어 부인은 라쉴리 노부인의 귀에 대고 큰 소리로 말했다. 그러자 라쉴리 부인은 다리를 쭉 펴고 지팡이를 잡은 다음 역시 일어섰다. 나이 든 두 여자는 천천히 탁자로 다가갔다. 그리고 집사와 하인의 시중을 받으며 한 사람은 이쪽 끝에 또 한 사람은 저쪽 끝에 앉았다. 은 뚜껑이 열렸다. 접시에는 꿩의 번들거리는 맨몸뚱이가 놓여 있었다. 두 다리는 양옆으로 꽉 묶여 있었고, 두 다리 양옆에는 빵가루가 조금씩 쌓여 있었다.

안토니어 부인이 나이프로 꿩의 가슴살을 야무지게 베었다. 두 조각을 잘라내어 작은 접시에 담았다. 눈치 빠른 하인이 그 접시를 라쉴리 부인에게 가져갔다. 라쉴리 노부인이 나이프를 드는 순간 창밖 숲속에서 총성이 들렸다.

"돌아오는 건가?"

라쉴리 노부인이 포크를 들고 말했다. 하이드 파크에 있는 나무들이 흔들거리며 휘날렸다.

라쉴리 노부인이 꿩고기를 한 입 베어 물었다. 낙엽이 유리창을 톡톡 두드렸다. 한두 잎이 유리창에 달라붙었다.

"지금 홈 우즈에서 휴즈가 마지막으로 사냥하고 있어요."

안토니어 부인이 말했다. 안토니어 부인은 나이프로 가슴살 다른 쪽을 베었다. 고기 소스를 곁들인 감자, 양배추, 빵가루 소스를 접시 위의 꿩 가슴살 조각 주위에 간격을 맞춰 둥그렇게 놓았다. 집사와 하인은 연회에서 시중드는 사람들처럼 지켜보았다. 나이 든 두 여자는 말없이 조용하게 식사했다. 급하게 서두르지 않으면서 꿩고기를 순서대로 말끔히 먹어치웠다. 접시에는 뼈만 남았다. 집사가 포도주 병을 들고 안토니어 부인에게 다가와서 잠시 고개를 숙였다.

"이리 주게, 그리피스."

안토니어 부인이 말하며, 손으로 뼈를 집어 탁자 밑에 있던 스패니얼에게 던져 주었다. 집사와 하인은 목례를 하고 물러갔다.

"점점 가까이 오고 있어."

라쉴리 부인이 귀 기울이며 말했다. 바람이 세차게 일고 있었다. 갈색 전율이 대기를 흔들었다. 낙엽이 너무 빨리 날려 유리창에 달라붙지 않았다. 창문 유리가 덜커덩거렸다.

"새들이 사나워지죠."

안토니어 부인은 고개를 끄덕이며 어지럽게 날리는 바깥을 바라보았다.

라쉴리 노부인이 잔을 채웠다. 두 여자가 포도주를 홀짝일 때 눈이 빛을 받은 준보석처럼 빛났다. 라쉴리 부인의 눈은 청회색이었고, 안토니어 부인의 눈은 적포도주처럼 붉은색이었다. 술을 마신 뒤라 장식 옷에 휘감긴 몸이 따뜻하고 나른해져 옷의 레이스와 주름 장식이 흔들리는 듯했다.

"바로 이런 날이었어. 기억나?"

라쉴리 노부인이 잔을 만지작거리면서 말했다.

"사람들이 그를 데려왔지…… 가슴에 총을 맞은 그를. 가시나무에 넘어졌다더군. 발이 걸려서……"

히죽 웃으며 라쉴리 부인은 포도주를 홀짝였다.

"그리고 존은……"

이번에는 안토니어 부인이 말했다.

"말은 들판 구덩이에 빠져 죽었다고 했죠. 사냥꾼들이 그를 치고 갔고요. 존 역시 들것에 실려 돌아왔어요……"

두 사람은 포도주를 다시 홀짝였다.

"릴리 생각나?"

라쉴리 노부인이 말했다.

"나쁜 여자였지."

라쉴리 노부인은 고개를 저었다.

"채찍에 주홍색 술을 달고 말을 달렸지……"

"더러운 계집!"

안토니어 부인이 소리쳤다.

"그 대령이 보낸 편지 생각나세요? '아드님은 선두에 서서 미친 듯 용감하게 돌진했습니다.' 그러다가 그 적군 때문에, 아! 아!"

안토니어 부인은 다시 포도주를 홀짝였다.

"우리 집안 남자들은……"

라쉴리 부인이 말을 꺼내며 잔을 들었다. 마치 벽난로 위의 인어 석고상에 건배를 하듯 잔을 높이 들었다. 그리고 잠시 멈췄다. 총소리가 요란하게 울렸다. 목공예품 중에 무언가가 부서졌다. 아니면, 석고상 뒤로 쥐가 뛰어가는 소리였을까?

"항상 여자들은……"

안토니어 부인이 고개를 끄덕였다.

"우리 집안의 남자들. 물방앗간의 예쁜 처녀 루시 기억나요?"

"'고트 앤 시클'에 있던 앨런의 딸."

라쉴리 부인이 덧붙였다.

"양복점 여자도요."

안토니어 부인이 중얼거렸다.

"휴가 거기에서 승마 바지를 샀죠. 오른편에 있던 작고 컴컴한 가게요…… 겨울마다 손님이 줄을 섰었죠. 그런데, 교회 청소 일을 하는 애가 바로 휴의 아들이에요."

안토니어 부인이 히죽 웃으며 언니를 향해 몸을 숙여 말했다.

뭔가 부서지는 소리가 났다. 굴뚝에서 슬레이트 한 덩이가 떨어진 것이었다. 큰 통나무가 두 동강이 났다. 벽난로 위에 걸린 방패에서 횟가루가 떨어졌다.

"떨어지네, 떨어져."

라쉴리 노부인이 히죽 웃었다.

"그럼 누가 돈을 내야 하죠?"

안토니어 부인이 양탄자에 떨어진 횟가루를 보며 말했다.

두 사람은 아기들처럼 전혀 신경 쓰지 않은 채 앞뒤 가리지 않고 환성을 지르며 웃어댔다. 그리고 벽난로 쪽으로 걸어가 나뭇재와 횟가루 옆에서 포도주를 홀짝거렸다. 결국 두 술잔 모두 거의 바닥을 드러냈다. 두 여자는 붉은 자줏빛 포도주의 마지막 한 방울과 차마 헤어지고 싶지는 않은지 재 옆에 나란히 앉아 술잔을 만지작거리기만 하고 입술에까지 들어 올리지는 않았다.

"식료품 저장실에서 일하는 밀리 매스터스는 우리 오빠의……"

라쉴리 노부인이 말을 꺼냈다.

창문 바로 밑에서 총소리가 났다. 비를 붙들고 있던 끈이 총소리에 끊어졌다. 비가 쏟아지기 시작했다. 쫙, 쫙, 쫙, 굵은 빗줄기가 창문을 때렸다. 양탄자에서 빛이 사라졌다. 하얀 재 옆에 앉아 귀를 기울이고 있는 그들의 눈에서도 빛이 사라졌다. 그들의 눈은 물속에서 꺼낸 자갈 같았다. 무뎌지고 바짝 마른 회색 돌. 죽은 새가 텅 빈 발을 오그리고 있듯이, 그들도 손을 오므리고 있었다. 옷 속의 몸이 오그라든 것처럼 움츠러들었다. 그때 안토니어 부인이 인어상을 향해 잔을 들었다. 마지막 건배였고 마지막 남은 한 방울이었다. 그 마지막 한 방울을 마셨다.

"오고 있어요!"

안토니어 부인은 쉰 목소리로 외치며 잔을 탁 내려놓았다. 쾅,

문을 여는 소리가 들렸다. 이어 또 다른 문이 쾅. 또다시 다른 문이 쾅. 발코니로 이어지는 복도를 따라 쾅쾅거리면서도 발을 질질 끄는 소리가 들려왔다.

"점점 가까이 오고 있어!"

라쉴리 부인이 누런 앞니를 드러내며 씩 웃었다.

엄청나게 높은 문이 휙 열렸다. 커다란 사냥개 세 마리가 급하게 뛰어 들어와 서며 헐떡였다. 그리고 허름한 각반을 찬 주인 나리가 꾸부정하게 들어왔다. 사냥개들이 주인을 둘러싸고 몰려와 고개를 쳐들어 주인의 주머니에 코를 대고 킁킁거렸다. 그러더니 앞으로 달려갔다. 고기 냄새를 맡았다. 발코니 바닥이 여기저기 냄새를 쫓는 큼직한 사냥개들의 꼬리와 등으로 바람이 몰아친 숲처럼 흔들거렸다. 녀석들은 탁자에 코를 대고 킁킁거렸다. 발로 식탁보를 긁었다. 그러고는 사납게 낑낑거리더니, 식탁 밑에서 꿩의 뼈를 갉아 먹고 있는 작은 스패니얼에게로 몸을 날렸다.

"빌어먹을! 꺼져!"

주인 나리가 욕설을 내뱉었다. 하지만, 그의 목소리는 바람 속에서 소리친 것처럼 미약했다.

"꺼져라, 꺼져!"

이번에는 여동생들을 저주하며 소리 질렀다.

안토니어 부인과 라쉴리 부인은 일어섰다. 덩치 큰 개들이 스패니얼을 포위했다. 개들은 스패니얼을 괴롭히고, 크고 누런 이빨로 물어뜯었다. 주인 나리는 끝이 매듭진 가죽 채찍을 이쪽저쪽 휘두르며, 으르렁거리는 듯하지만 약하게 들리는 목소리로 개를 욕하고 여동생들을 욕했다. 그가 휘두른 채찍에 맞은 국화 꽃병이 바닥으로 굴러떨어졌다. 그리고 라쉴리 노부인도 채찍에 뺨을 맞았다. 부인은 뒤로 비틀거리다가 벽난로 쪽으로 넘어졌다.

부인의 지팡이가 손에서 거세게 튕겨 나가 벽난로 위에 걸린 방패를 내리쳤다. 부인은 쿵, 하며 재 위에 쓰러졌다. 라쉴리 가문의 방패가 벽에 부딪쳐 부서졌다. 인어상과 창들이 쓰러진 부인 위로 쏟아져 내렸다.

바람이 유리창을 흔들어대었다. 하이드 파크에서 일제히 발사되는 총성이 울렸고, 나무 한 그루가 쓰러졌다. 그리고 은제 액자 속의 에드워드 왕도 또한 미끄러지고, 무너지며 떨어졌다.

회색 안개가 객차 안에 짙게 장막처럼 드리웠다. 네 여행객이 비좁은 삼등칸에서 바짝 붙어 앉아 있지만, 베일처럼 낮게 드리운 안개로 서로 멀리 떨어져 있는 듯했다. 그 효과는 신기했다. 나이가 좀 들었지만, 예쁘고, 행색은 좀 초라하지만 그래도 잘 차려입은 여자가 내륙 지방의 어느 정거장에서 열차에 탔었는데, 그 형체가 사라진 것 같았다. 여자의 몸이 온통 안개가 되어버렸다. 오직 눈만 살아서 홀로 반짝이며 변해가는 듯 몸뚱이 없는 눈. 보이지 않는 무언가를 바라보는 청회색 눈. 안개 낀 대기 속에 두 눈은 반짝이며 움직였다. 안개로 유리창도 뿌예지고 램프도 달무리처럼 보이는 음산한 분위기 속에서 두 눈만이 햇빛처럼 춤을 추었다. 교회 묘지에서 편안하게 잠들지 못한 자들의 무덤 위를 날아다닌다는 도깨비불처럼 춤을 추었다. 말도 안 되는 소리라고? 그저 공상일 뿐이라니! 하지만, 결국 무엇이든 잔해를 남기게 마련이고 기억은 현실이 묻힐 때 마음속에서 춤추는 빛이기에, 거기에서 반짝이고 움직이는 눈이란 무덤 위로 춤추는 한 집안의 유령이며, 한 시대와 한 문명의 유령일 수 있지 않겠는가?

기차가 속도를 줄였다. 램프들이 차례로 일어섰다. 잠깐 동안 노란 윗부분을 곧추세우더니 이내 쓰러졌다. 그리고 기차가 역으로 들어설 때 다시 머리를 세워 일어섰다. 빛이 합쳐지며 작렬히 타올랐다. 그럼, 구석의 눈은? 그 눈은 감겨 있었다. 눈꺼풀이 덮였다. 아무것도 보지 않았다. 아마 빛이 너무 강했었나 보다. 물론 이제 역의 램프가 모두 켜지니까 모든 것이 뚜렷하게 드러났다. 그 사람은 나이가 좀 든 그저 평범한 여자로서, 뭔가 아주 평범한 용무 때문에 런던으로 가는 길이었다. 이를테면 고양이나 말이나 개에 관련된 용무 말이다. 여자는 일어서서 선반에 있던 꿩과 여행 가방을 내렸다. 하지만 객차 문을 열고 나가면서도 아까 들어올 때처럼 "쯧쯧" 하고 또 중얼거렸을까?

라뺑과 라삐노바

Lappin and Lappinova

두 사람은 결혼했다. 웨딩마치가 울려 퍼지고 수많은 비둘기들이 공중으로 날아올랐다. 이튼 칼리지 교복을 입은 작은 소년들이 쌀을 던졌다. 폭스테리어 개가 어슬렁거리며 길을 건너갔다. 얼마 안 있어 어니스트 소번은 그가 전혀 모르는 사람들의 작은 무리를 지나 자동차가 있는 곳으로 신부를 데리고 갔다. 런던 거리에는 언제나 사람들이 남의 행복이나 불행을 즐기려고 호기심에 가득 찬 얼굴로 모여든다. 어니스트는 확실히 잘생겨 보였고 그녀는 수줍어 보였다. 소년들은 쌀을 더 던졌고 신혼 부부를 태운 차는 떠나갔다.

이 일은 화요일에 있었던 일이고, 오늘은 토요일이다. 로잘린드는 자기가 어니스트 소번의 부인이라는 사실에 익숙해지려고 아직도 애를 써야만 했다. 어쩌면 자기가 어니스트 모某 부인이라는 사실에 절대로 익숙해지지 못할지도 모른다고 생각했다. 그녀는 지금 호수와 멀리 있는 산들을 굽어보는 호텔의 활모양 내닫이 창가 의자에 앉아 아침 식사를 하러 내려올 남편을 기다리고 있다. 어니스트라는 이름은 익숙해지기 어려운 이름이다. 그녀가 좋아서 선택할 이름은 절대로 아니었다. 차라리 티모시, 앤 토니, 아니면 피터가 더 나았다. 게다가 그는 어니스트[1]라는 이름에 어울리는 사람으로 보이지도 않았다. 이 이름에서 떠오르는 것은 앨버트 기념비[2], 마호가니 찬장, 아이들에게 둘러싸인 앨버트 공의 판화 — 간략하게 말하자면 포체스터 테라스[3]에 있는 그녀의 시댁 식당이다.

그러나 남편은 바로 코앞에 있었다. 다행히 그는 어니스트라는 남자로는 보이지 않았다 — 전혀. 그러면 무엇처럼 보이는 거지? 그녀는 곁눈질로 그를 힐끗 바라다보았다. 글쎄, 토스트를 우적우적 씹고 있을 때는 토끼처럼 보였다. 이렇게 생각한 사람은 지금까지 아무도 없을 것이다. 이 멋지고 늠름한 젊은이, 오뚝한 코에 푸른 눈, 입을 굳게 다문 이 젊은이에게서 작고 겁이 많은 토끼와의 유사성을 느꼈을 사람은. 하지만 그렇기 때문에 더욱 재미있었다. 그가 음식을 먹을 때면 코를 아주 약간 씰룩거렸다. 그녀의 애완용 토끼도 그랬다. 코를 씰룩거리는 그의 모습을 계속 지켜보다가, 쳐다보고 있다는 사실을 남편이 알아차리면, 그녀는 자신이 웃는 이유를 설명해야만 했다.

"어니스트, 당신이 토끼 같아서 그래요."

그녀는 말했다.

"산토끼 말이에요."

그녀는 그를 쳐다보면서 덧붙였다.

"먹이를 추격하는 토끼, 토끼 왕, 다른 모든 토끼를 지배하는 토끼."

어니스트는 그런 토끼가 되는 것에 대해 전혀 이의를 제기하

---

1 어니스트는 성실한(earnest)에서 파생되었다.
2 켄싱턴 가든에 있는 1876년에 건립된 앨버트 공(빅토리아 여왕의 부군)의 기념비.
3 웨스트 런던의 고급 주택가.

지 않았다. 뿐만 아니라 그가 코를 씰룩거리는 것을 보고 그녀가 재미있어 하니까—사실은 자기가 코를 씰룩거린다는 사실을 전에는 결코 알지 못했다—이제는 일부러 더 씰룩거렸다. 그녀는 웃고 또 웃었고 그도 웃었다. 그래서 결혼하지 않은 귀부인들, 낚시하러 온 손님, 기름때 묻은 검은 재킷을 입고 있는 스위스 웨이터, 모두가 제대로 감을 잡았다. 즉, 이 부부는 대단히 행복하다고. 하지만 이런 행복은 얼마나 지속되는 걸까, 하고 그들은 고개를 갸우뚱했고, 각자 나름대로 이 문제에 대한 해답을 내놓았다.

"토끼님, 양상추 드실래요?"

로잘린드는 점심때 호수 가장자리에 있는 히스 덤불 위에 앉아서, 삶은 달걀과 같이 먹으라고 내온 양상추를 집어 들고 말했다.

"자, 내 손에서 갖다 드세요."

그녀는 덧붙여 말했고, 그는 손을 내밀어 받아다가 양상추를 조금씩 갉아 먹으면서 코를 씰룩거렸다.

"착한 토끼, 예쁜 토끼."

그녀는 집에서 애완용 토끼에게 하듯이 그를 어루만져주면서 말했다. 하지만 이건 얼토당토않은 일이었다. 그는 누가 뭐래도 애완용 토끼는 아니었던 것이다. 그녀는 토끼rabbit를 프랑스어로 바꾸어보았다. '라펜Lapin', 그녀는 그를 그렇게 불렀다. 하지만 아무래도 그는 프랑스 토끼는 아니었다. 그는 순전히 영국산이었다—포체스터 테라스에서 태어나 럭비 학교[4]에 다녔고, 현재는 관청에서 일하는 공무원이었던 것이다. 그래서 그녀는 이번에는 '버니'[5]라고 불러보았지만 먼저 것만 못했다. '버니'는 통통

4   영국 워릭서 주에 있는 유명한 남자 사립학교. 1567년 창립.
5   작은 토끼. 토끼의 애칭.

하고 부드럽고 익살맞은데, 그는 마르고 딱딱하고 심각하니 말이다. 그래도 그는 여전히 코는 씰룩거렸다.

"라뺑Lappin."

그녀는 갑자기 외쳤다. 마치 찾고 있던 바로 그 단어를 찾기라도 한 것처럼 작게 소리쳤다.

"라뺑, 라뺑, 라뺑 왕."

그녀는 되풀이해서 불러보았다. 그에게 딱 들어맞는 것 같았다. 그는 어니스트가 아니라 라뺑 왕이었던 것이다. 왜냐고 묻는다면 그녀는 그 이유를 대지 못할 것이다.

길고도 외로운 산책길에 화제가 궁해지면, 그리고 비가 올 거라고 모든 사람들이 그들에게 경고한 대로 정말 비가 내리면, 아니면 저녁나절 추워서 벽난로 불을 쬘 때 결혼하지 않은 귀부인들과 낚시하러 온 손님들이 모두 떠나고 불러야만 오는 웨이터만 남아 있을 때면, 그녀는 상상력을 동원해서 라뺑 족속에 관한 이야기를 꾸며내었다. 그녀는 손에 바느질감을 들고 있었고 그는 신문을 읽고 있었다. 그녀가 꾸며낸 상상의 세계에서 라뺑 족속은 발랄하고 흥미진진한, 실제로 존재하는 부족이 되었다. 어니스트는 읽던 신문을 내려놓고 그녀를 도왔다. 이 상상의 이야기에는 검은 토끼들과 빨간 토끼들이 등장했다. 적군도 있고 아군도 있었다. 그들이 사는 숲이 있었고 주위에는 초원과 늪지가 있었다. 무엇보다도 라뺑 왕이 있었는데 그는 코를 씰룩거리는 재주만 가지고 있는 것이 아니라 날이 가면 갈수록 진짜 위대한 동물이 되어갔다. 로잘린드는 끊임없이 그에게서 새로운 자질을 찾아내었다. 하지만 뭐니 뭐니 해도 그는 위대한 사냥꾼이었다.

"그런데 오늘 왕께서는 무슨 일을 하셨나요?"

로잘린드는 신혼여행 마지막 날에 물었다.

사실 그날 그들은 온종일 등산을 해서 그녀의 발뒤꿈치에 물집이 생길 정도였지만, 그녀는 그런 뜻으로 한 말이 아니었다.

"오늘 산토끼를 따라다녔어."

어니스트는 시가의 끝부분을 물어 떼내면서 코를 씰룩거리며 말했다. 그는 말을 멈추고는 성냥에 불을 붙이고 또 씰룩거렸다.

"여자 산토끼를."

그는 덧붙였다.

"하얀 암토끼를!"

로잘린드는 예측하고 있었다는 듯이 외쳤다.

"좀 작은 산토끼, 은회색 털의 크고 빛나는 눈을 한?"

"맞아."

어니스트는 그녀가 그를 바라볼 때의 표정과 같은 표정으로 그녀를 바라보며 말했다.

"자그마한 놈, 눈은 앞으로 튀어나오고 두 개의 작은 앞발은 대롱거리고."

이 모습은 바로 그녀가 손에 바느질감을 대롱거리며 앉아 있는 모습이었다. 큼지막하고 빛나는 그녀의 두 눈은 확실히 조금 튀어나와 있었다.

"아아, 라삐노바."

로잘린드는 속삭였다.

"그게 그녀의 이름인가?"

어니스트가 물었다.

"진짜 로잘린드의 이름?"

그는 그녀를 쳐다보았다. 그는 자기가 그녀를 대단히 사랑한다고 느꼈다.

"그래요, 그게 그녀의 이름이에요."

로잘린드가 말했다.

"라삐노바."

그리고 그날 밤 잠자리에 들기 전에 모든 것이 정해졌다. 그는 라뺑 왕, 그녀는 라삐노바 여왕으로. 그들은 서로 너무 달랐다. 그는 용감하고 의지가 굳었고, 그녀는 신중하고 유약했다. 그는 분주다사奔走多事한 토끼 세계를 지배했고 그녀는 주로 달빛을 받으며 황량하고 신비한 세계를 돌아다니곤 했다. 그럼에도 불구하고 두 사람의 영토는 인접해 있었다. 둘은 왕과 여왕이었던 것이다.

이리하여 신혼여행에서 돌아왔을 때 그들은 그들만의 세계를 갖게 되었는데, 그곳에는 하얀 산토끼 한 마리를 제외하고는 온통 집토끼들만 살고 있었다. 아무도 이런 곳이 있으리라고는 상상도 못 했다. 물론 그래서 더 재미가 있었다. 이 사실이 다른 젊은 부부들보다 그들이 더, 나머지 세계를 상대로 굳은 동맹관계에 있다고 느끼게 했다. 이따금 사람들이 토끼, 숲, 올가미, 사격 등과 같은 사냥에 관한 이야기를 할 때면 그들은 장난기 어린 시선으로 서로를 바라보곤 했다. 아니면 메리 아주머니가 산토끼 요리가 나오면 도무지 어쩔 줄을 모르겠노라고, 꼭 갓난아기 같다고 말했을 때 그들은 식탁을 가로질러 은밀하게 윙크하기도 했다. 또 사냥을 좋아하는 어니스트의 형제, 존이 그해 가을 월트셔에서 토끼값이 가죽, 내장 등 모두를 포함해서 얼마나 나갔느냐고 물을 때도. 이따금 그들의 상상 세계에 사냥터 관리인, 밀렵자, 또는 영주가 필요할 때면 그들은 친지들에게 그 역할을 분담시키면서 즐거워했다. 예를 들어 어니스트의 어머니인 레지널드 소번 부인은 대지주의 역할에 딱 들어맞았다. 하지만 이것은 절대 비밀이었다―바로 그게 핵심이었다. 그들 외에는 아무도 그런 세계가 존재한다는 사실을 몰랐다.

이런 세계가 없었다면, 어떻게, 그해 겨울을 살아낼 수 있었겠는가? 로잘린드는 생각했다. 이를테면 집안에 금혼 파티가 있었다. 소번 가 사람들이 모두 포체스터 테라스에 모여 이 결혼의 오십 주년을 축하했다. 이 결혼은 대단히 축복받은 결혼이어서 어니스트 소번도 이 세상에 나오지 않았는가? 또한 자손이 번성해서 어니스트 말고도 아홉 명의 자녀가 탄생했고 이 가운데 많은 자손이 또 결혼해서 자식들을 낳지 않았던가? 그녀는 그 파티가 무서웠다. 하지만 가지 않을 수는 없었다. 이 층으로 걸어 올라갈 때 그녀는 자기에게 형제자매가 없고 게다가 고아라는 사실을 느끼며 참담해했다. 빛나는 새틴 천으로 도배를 하고 번쩍거리는 가족 초상화들이 걸려 있는 거대한 거실에 모인 그 모든 소번 가 사람들 가운데 자기는 실로 미미한 존재임을 절감했다. 현재 살아 있는 소번 가 사람들은 초상화의 인물들을 쏙 빼닮았다. 단지 색칠한 입술이 아니라 실제 입술을 가졌다는 사실만이 달랐다. 그들의 입술에서 교실에 관한 농담이 흘러나왔다. 즉, 그들이 어떻게 여자 가정교사가 앉아 있는 의자를 빼냈는지에 관한 농담. 그리고 어떻게 그들이 결혼하지 않은 귀부인들의 새하얀 이불 호청 사이에 개구리들을 끼워 넣었는가 하는 농담들이었다. 그녀로 말할 것 같으면 다리를 충분히 뻗지 못하게 장난으로 시트를 둘로 접은 잠자리조차 만들어본 적이 없었다. 그녀는 준비한 선물을 들고 노란 새틴 드레스를 화려하게 차려입은 시어머니를 향해 걸어갔다. 시아버지는 화려한 노란 카네이션을 가슴에 달고 있었다. 테이블과 의자 위에는 온통 금빛 선물들이 쌓여 있었다. 몇 개는 탈지면 속에 아늑하게 자리 잡고 있었고 다른 것들은 화려하게 삐져나와 있었다—촛대, 시가 상자, 체인. 이것들 하나하나에는 순도 높은 금임을, 우량보증품임을, 순정품임을 증명하는 도장이 찍혀 있었다. 하지만 그녀의 선물은 단지 구멍이 숭숭 뚫린 작은 구리와 아연 합금 상자에 지나지 않았다. 옛날에 쓰던 모래 뿌리는 기구, 18세기의 유물로, 한때는 젖은 잉크에 모래를 뿌리기 위해서 쓰이던 것이었다. 말도 안 되는 선물이라고 그녀는 생각했다—압지를 쓰고 있는 이 시대에 너무도 시대착오적인 선물이라고 느꼈다. 그녀가 선물을 내밀었을 때, 그녀는 바로 눈앞에서, 그들이 약혼했을 때 시어머니가 '내 아들이 당신을 행복하게 해주기를 바란다'고 쓴 글, 그 뭉툭하고 검은 필적을 보는 듯한 느낌이 들었다. 아니, 그녀는 행복하지 않았다. 전혀 행복하지 않았다. 그녀는 어니스트를 바라보았다. 몸은 쇠꼬챙이처럼 곧고, 코는 가족 초상화의 코들과 닮아 있었다. 절대로 씰룩거리지 않는 코.

그러고 나서 그들은 식사하러 아래층으로 내려갔다. 그녀는 커다란 꽃을 달고 있는 한 무리의 국화 그늘에 반쯤 가려졌다. 동그랗게 맺힌 빨갛고 금빛이 도는 국화꽃잎 그늘에. 모든 것이 금빛이었다. 가장자리를 금색으로 장식하고 금색 이니셜을 박아 넣은 카드에는, 그들 앞에 하나씩 내놓을 모든 요리 이름이 적혀 있다. 그녀는 맑은 금빛 액체가 담긴 접시에 스푼을 담갔다. 바깥의 습냉한 하얀 안개가 램프 불빛을 받아 금빛 망으로 변해 접시 가장자리를 흐릿하게 만들고 파인애플의 껍질을 거친 금빛으로 만들어놓았다. 단지 하얀 웨딩드레스를 입고 툭 불거진 눈으로 앞을 뚫어져라 바라보는 그녀만이 녹지 않는 고드름처럼 보였다.

그러나 만찬의 시간이 서서히 끝나가자 실내는 음식의 열기로 뿌옇게 변했다. 남자들의 이마에는 구슬 같은 땀방울이 맺혔다. 그녀는 자신의 고드름이 녹아서 물이 되어가는 것을 느낄 수 있었다. 그녀는 녹고 있었으며, 흩어지고 있었고, 무無로 용해되고 있어서, 곧 기절할 것 같았다. 그때 그녀의 머릿속에 밀려드는 격동과 귀에 들리는 소음을 통해 그녀는 한 여인이 외치는 소리를 들었다.

"하지만 이 사람들의 자손은 계속 번성하고 있네!"

그랬다, 소번 가는 대단히 번성했다. 그녀는 자신을 압도한 현기증 속에서 두 개로 보이는 둥글고 붉은 얼굴들, 그들에게 후광을 부여한 금빛 안개 속에 확대된 그들 모두를 바라보며 맞장구를 쳤다.

"이들은 대단히 번성하고 있어."

그때 존이 고함을 질렀다.

"저런 망할 것들 같으니라구! ……쏘아버려! 장화로 짓밟아버려! 그 길밖엔 없다니까…… 가증스런 토끼 새끼들!"

그 말에, 바로 그 마술 같은 단어에, 그녀는 생기를 되찾았다. 그녀는 국화 사이로 어니스트가 코를 씰룩거리는 것을 보았다. 그의 코는 조용히 계속 씰룩거렸다. 그러자 소번 가에 신비한 재난이 발생했다. 금빛 식탁은 가시금작화가 만발한 황야가 되고, 사람들의 시끌벅적한 소음은 하늘에서 울려 퍼져 내려오는 종달새 노랫소리로 변했다. 하늘은 파랗고 구름은 천천히 흘러가고 있었다. 그러고는 소번 가 사람들 모두가 변했다. 그녀는 수염을 염색한 교활하고 체구가 작은 시아버지를 바라보았다. 그는 수집광이라는 약점을 지니고 있었다. 도장, 에나멜 상자, 그 밖의 18세기 화장대에서 나온 것 같은 시시껄렁한 물건들을 부인의 눈을 피해 자기 서재 서랍 속에 감추었다. 이제야 그녀는 그의 참모습을 보았다—그는 밀렵꾼이었던 것이다. 꿩과 자고새들을 훔쳐 가지고 코트 안에 숨겨서, 불룩해진 코트를 입고 몰래 연기 나는 작은 오두막에 들어가 다리가 셋 달린 솥에 그것들을 떨군다. 이게 그녀의 진짜 시아버지였다—다름 아닌 밀렵꾼. 그리고 아직 결혼하지 않은 딸 셀리아는 끊임없이 다른 사람들의 비밀, 그들이 숨기고 싶어 하는 비밀을 탐지하고 다녔다. 그녀는 분홍빛 눈을 가진 하얀 족제비였다. 그녀의 코로 말할 것 같으면 끔찍하게 땅 밑을 들쑤시고 다녀서 흙이 엉겨 붙어 있었다. 셀리아의 인생은 사냥꾼들의 어깨에 매달린 망 속에 들려 메어졌다가 어느새 구덩이 아래로 냅다 던져지는 비참한 인생이었다. 그러나 그것은 전혀 그녀의 탓이 아니었다. 이런 시선으로 그녀는 셀리아를 바라보았다. 그러고 나서는 소변 가 사람들이 대지주라는 작위를 수여한 그녀의 시어머니를 바라보았다. 벌겋게 상기된 얼굴의 천박한 폭군, 이것이 그녀의 모든 것이었다, 파티에 온 손님들에게 일일이 답례하며 서 있을 때의 그녀는. 그러나 지금 로잘린드, 즉, 라삐노바는 모든 것을 다르게 보았다. 시어머니 뒤로 벽의 석회가 벗겨진 퇴락한 저택이 보였다. 그리고 그녀를 미워하는 자손들에게, 이제는 더 이상 존재하지 않는 세계 때문에 감사를 표하는 시어머니의 목소리에 흐느낌이 섞여 있다는 사실을 알아차렸다. 갑자기 침묵이 흘렀다. 그들은 모두 술잔을 들고 서 있었다. 모두 마셨고 그리고 파티는 끝났다.

"오오, 라삥 왕!"

안개를 헤치며 집으로 돌아갈 때 그녀가 외쳤다.

"당신이 바로 그 순간 코를 씰룩거리지 않았더라면, 나는 꼼짝없이 덫에 걸릴 뻔했어요!"

"하지만 당신은 안전하오."

라삥 왕은 그녀의 앞발을 지그시 누르면서 말했다.

"안전하고 말고요."

그녀는 대답했다.

그리고 그 늪지대의, 그 안개의, 그 가시금작화 향내 어린 황야의 왕과 왕비인 그들은 하이드 파크를 지나 집으로 돌아왔다.

시간은 이런 식으로 일 년, 이 년, 잘도 지나갔다. 어느 겨울날 밤, 우연히도 금혼식 파티가 있던 날과 같은 날, ─하지만 레지널드 소번 부인은 이미 죽고 없었고, 집은 세놓을 참이어서 관리인만이 살고 있었다─어니스트는 어김없이 사무실에서 돌아왔다. 그들은 아담한 집을 갖고 있었는데, 그것은 지하철역에서 그다지 멀지 않은 사우스 켄싱턴에 있는 마구 가게 이 층이었다. 대기 중에 안개가 느껴졌으며 날씨는 추웠다. 로잘린드는 바느질을 하면서 난롯불을 쬐고 있었다.

"오늘 무슨 일이 있었는지 아세요?"

그녀는 그가 자리를 잡고 앉아 두 다리를 벽난로 불길을 향해 뻗자마자 말을 꺼냈다.

"내가 시냇물을 건너가고 있었을 때……"

"어느 시냇물 말이오?"

어니스트는 그녀의 말을 끊었다.

"아, 왜 있잖아요, 우리 숲과 검은 나무가 만나는 지점에 있는 저 아래 시냇물 말이에요."

그녀는 설명했다.

어니스트는 잠시 동안 완전히 멍청해 보였다.

"도대체 무슨 이야기를 하고 있는 거야?"

그가 물었다.

"여보, 어니스트!"

그녀는 낙담해서 외쳤다.

"라뺑 왕."

그녀는 작은 두 앞발을 불빛 속에 대롱거리며 덧붙였다. 하지만 그의 코는 씰룩거리지 않았다. 그녀의 두 손은—이제는 인간의 손으로 변했다—잡고 있던 것을 더 세차게 움켜쥐었고 두 눈은 얼굴에서 거의 튀어나올 지경이었다. 그가 어니스트 소번에서 라뺑 왕으로 변하는 데는 자그마치 오 분이나 걸렸다. 기다리는 동안 그녀는 목 뒷덜미가 뻐근해오는 것을 느꼈다. 마치 누군가가 그 부위를 쥐어짜고 있기나 한 것처럼. 마침내 그는 라뺑 왕으로 변했다. 그는 코를 씰룩거렸고, 그들은 저녁 내내 늘상 하던 대로 상상의 숲속을 배회하며 보냈다.

　그러나 그녀는 그날 밤 잠을 설쳤다. 한밤중에 깨어나 자신에게 뭔가 이상한 일이 일어난 것 같은 느낌을 받았다. 그녀는 몸이 굳어 있었고 추웠다. 하는 수 없이 그녀는 불을 켜고 옆에 누워 있는 어니스트를 바라보았다. 그는 깊이 잠들어 있었다. 코를 골고 있었다. 하지만 코를 골기는 했지만 코는 조금도 움직이지 않았다. 마치 씰룩거려본 적이 없는 듯했다. 그가 진짜 어니스트일 수 있단 말인가, 그녀는 정말 어니스트와 결혼했는가? 시댁 식당의 환영이 그녀 앞에 떠올랐다. 거기에 늙은 그녀와 어니스트가 찬장 앞 조각품들 밑에 앉아 있는 것이다…… 그날은 그들의 금혼식 날이다. 그녀는 견딜 수가 없었다.

　"라뺑, 라뺑 왕!"

　그녀가 속삭였다. 그랬더니 잠시 동안 그의 코가 저절로 씰룩거리는 것처럼 보였다. 그러나 그는 여전히 자고 있었다.

　"일어나요, 라뺑, 일어나라니까요!"

　그녀는 소리를 질렀다.

　어니스트는 잠에서 깨어났다. 그녀가 자기 옆에 허리를 꼿꼿하게 세우고 앉아 있는 것을 보더니 물었다.

"왜 그래?"

"나는 내 토끼가 죽은 줄 알았어요!"

그녀가 우는 소리로 말했다. 어니스트는 화가 났다.

"말도 안 되는 소리 좀 하지 마, 로잘린드."

그는 말했다.

"어서 누워서 잠이나 자요."

그는 돌아눕더니 이내 깊이 잠들어 코를 골았다.

하지만 그녀는 도저히 잠을 이룰 수가 없었다. 그녀는 산토끼처럼 침대 한 귀퉁이에 몸을 구부리고 누워 있었다. 불을 껐지만 거리의 가로등이 천장을 희미하게 밝혀놓았다. 바깥의 나무들이 천장 위에 레이스 그물 세공을 만들어내었다. 마치 천장 위에 어두운 숲이 있기라도 하듯이. 그녀는 그 숲속을 배회하며 방향을 틀기도 하고, 들락날락하고, 빙글빙글 돌고, 쫓고 쫓기고, 사냥개 짖는 소리, 뿔피리 소리를 듣고, 날아오르고, 도망치곤 했다……하녀가 커튼을 젖히고 그들 부부의 이른 아침 차를 들고 들어올 때까지.

이튿날 그녀는 아무 일도 할 수가 없었다. 뭔가 잃어버린 기분이었다. 그녀는 몸이 오그라든 것처럼 느껴졌다. 몸이 작아지고 검고 딱딱해졌다. 관절도 굳은 것 같았다. 아파트 주위를 배회하면서 여러 번 유리창 안을 들여다보았는데, 그때마다 두 눈이 작은 롤빵 속의 건포도들처럼 얼굴에서 튀어나오는 것 같았다. 방들도 작아진 것 같았다. 거대한 몸집의 가구들이 기이한 각도로 삐져나왔고, 그녀는 가구들에 부딪쳤다. 견디다 못해 그녀는 모자를 쓰고 밖으로 나와 크롬웰 거리를 따라 걸었다. 그녀가 지나가면서 들여다보는 방마다 사람들이 앉아서 식사를 하고 있는 식당처럼 보였다. 그 식당에는 어김없이 철제 조각품으로 장식

되어 있고, 두꺼운 노란 레이스 커튼이 걸려 있고, 마호가니 찬장이 있었다. 마침내 그녀는 자연사박물관에 도착했다. 그녀는 어릴 때 이 박물관을 무척이나 좋아했다. 그러나 그녀가 들어갔을 때 처음으로 본 것은 박제된 암토끼가 인공설人工雪 위에 핑크빛 유리 눈으로 서 있는 모습이었다. 왠지 이것은 그녀로 하여금 온몸에 오한을 느끼게 했다. 어둑어둑해지면 나아질런지도 몰랐다. 그녀는 집으로 가서 불을 켜지 않고 난롯불을 쬐며 앉아서, 자신이 혼자 황야에 나와 있다고 상상해보려고 애썼다. 급류로 흐르는 냇물이 있고 그 냇물 너머로는 검은 숲이 있다. 그러나 그녀는 그 냇물에서 더 이상은 갈 수가 없다. 하는 수 없이 젖은 풀 위 강둑에 쭈그리고 앉았다. 그녀의 의자에 웅크리고 앉은 것이다. 두 손은 빈 채로 대롱거리며, 두 눈은 유리 눈처럼 벽난로 불빛 속에 멍청한 상태로 있었다. 그때 총소리가 들려왔다…… 그녀는 마치 총에 맞기라도 한 것처럼 놀랐다. 그건 총소리가 아니라 어니스트가 문 열쇠를 돌리는 소리일 따름이었다. 그녀는 떨면서 기다렸다. 그는 들어와서 스위치로 불을 켰다. 훤칠하게 잘생긴 어니스트가 추워서 빨개진 두 손을 비비며 거기 서 있었다.

"왜 이렇게 어둡게 하고 앉아 있어?"

그가 말했다.

"오오, 어니스트, 어니스트!"

의자에서 발딱 일어서면서 그녀가 외쳤다.

"그래, 그래, 그런데 도대체 왜 이래?"

그는 두 손에 불을 쬐며 활기차게 물었다.

"라삐노바가……"

그녀는 놀란 눈을 커다랗게 뜨고 그를 사납게 흘겨보며 말을 더듬었다.

"어니스트, 라삐노바가 가버렸어요. 그녀를 잃어버렸어요!"

어니스트는 눈살을 찌푸렸다. 그는 입술을 꼭 다물었다.

"오오, 그게 문제였구먼?"

그는 약간 엄숙하게 아내를 향해 미소지으며 말했다. 십 초가량 말없이 그는 거기에 서 있었다. 그녀는 목 뒷덜미를 조여오는 손을 느끼며 기다렸다.

"그래."

그는 마침내 입을 열었다.

"가엾은 라삐노바……"

그는 벽난로 위의 거울을 보며 넥타이를 고쳐 매었다.

"덫에 걸려 죽었어."

그는 이렇게 말하고 앉아서 신문을 읽었다.

그랬다, 이것이 이 결혼의 끝이었다.

탐조등

The Searchlight

18세기 백작의 저택은 20세기에는 클럽으로 바뀌어 있었다. 눈부신 샹들리에의 빛 아래, 기둥이 서 있는 거대한 방에서 저녁 식사를 한 뒤, 공원이 내려다보이는 발코니로 나가는 것은 기분 좋은 일이었다. 나무들은 잎이 무성했고, 달이 떴다면 밤나무 위의 분홍색, 크림색 꽃 모양들을 볼 수 있었을 것이다. 하지만 그날은 화창한 여름 낮을 지내 매우 따뜻한, 달이 뜨지 않은 밤이었다.

아이비메이 부부 일행은 발코니에서 커피를 마시고 담배를 피우고 있다. 마치 대화가 필요한 그들을 구원해주기라도 하는 듯, 그들 몫의 어떤 노력 없이도 그들을 즐겁게 만들려는 듯, 빛줄기들이 하늘을 가로질러 선회했다. 그 무렵은 평화로웠고 공군은 하늘에서 적기를 찾는 훈련 중이었다. 그 빛은 미심쩍은 지점을 살피고자 잠시 멈춘 뒤에 마치 풍차의 날개처럼, 혹은 거대한 곤충의 더듬이처럼 선회하면서, 여기선 시체 같은 석벽을 번쩍 드러내고, 저기선 밤나무의 만발한 꽃들을 휘돌았다. 그러고 나서 갑자기 그 빛이 발코니를 강타해서, 잠시 동안 밝은 원반 모양으로 빛났다—아마도 그것은 한 여성의 손가방 속에 있는 거울이었을 것이다.

"보세요!"

아이비메이 부인이 탄성을 질렀다.

그 빛은 지나갔다. 그들은 다시 어둠에 휩싸였다.

"여러분들은 바로 저 빛줄기가 나에게 뭘 보여주었는지 절대로 맞히지 못하실 거예요!"

그녀는 덧붙였다. 당연히 사람들은 알아맞히려고 했다.

"틀렸어요, 아니라구요."

그녀는 말을 막았다. 아무도 알아맞힐 수 없는 일이고 오로지 자기만 아는 것이며, 오로지 자기만 알 수 있다는 것이다. 왜냐하면 자기는 그 양반의 증손녀였으니까. 그 양반이 자기에게 이야기를 해주었다는 거다. 어떤 이야기냐고? 원한다면 그녀가 말해줄 것이다. 연극이 시작되려면 아직 시간이 남아 있으니까.

"근데 어디서부터 시작해야 하나?"

그녀는 곰곰이 생각했다.

"1820년이던가? ······우리 증조부가 젊었을 때, 아마 틀림없이 그 무렵이었을 거예요. 하긴 저도 이제 젊진 않지요."

사실이다, 하지만 그녀는 매우 체격이 좋고 잘생겼다.

"제가 어렸을 때 증조부는 진짜 노인이셨죠. 그 이야기를 제게 해주었을 때는요. 매우 잘생긴 노인이셨어요."

그녀는 설명했다.

"숱이 많은 흰 머리와 파란 눈. 젊었을 때는 틀림없이 매우 잘생긴 소년이었을 거예요. 하지만 이상한 건······ 그들의 생활을 알고 보면, 당연한 일이긴 했지만. 그 이름은 코머였지요. 가문이 기울어 있었어요. 지체가 높은 사람들이었는데. 요크셔 지방에 땅을 소유하고 있었고. 하지만 증조부가 어릴 때는 탑만 덩그라니 남아 있었어요. 집은 들판 한가운데 있는 작은 농가에 불과했어요. 우리는 한 십 년 전쯤에 그 집에 가보았어요. 우리는 차를 두고 그 들판을 가로질러 가야 했어요. 그 집으로 가는 진입로가 없었거든요. 그 집은 덩그러니 혼자 서 있고 풀은 문 바로 앞까지 자라 있었어요…… 근처엔 닭들이 이 방 저 방을 들락날락하면서 모이를 쪼고 있었고요. 모든 것이 황폐하고 망가져 있었어요. 갑자기 탑에서 돌이 떨어진 게 생각나요."

그녀는 잠시 멈췄다.

"거기서 그분들이 살았어요."

그녀는 계속 말했다.

"노인과 여자와 소년이. 그 여자는 노인의 아내도 아니었고 소년의 엄마도 아니었어요. 그녀는 그냥 농장의 일꾼이었는데, 노인이 자기 아내가 죽었을 때 같이 살려고 데려온 여자였어요. 그게 어쩌면 아무도 그 사람들을 찾아오지 않는 또 다른 이유였나 봐요. 왜 그 모든 장소가 황폐하고 폐허가 되어버렸는가 하는 이유 말이죠. 하지만 그 문 위쪽에 있던 문장이 기억나요. 그리고 책들하고요. 낡고 곰팡이 슬어버린 책들. 증조부가 아는 건 모두 그 책들을 읽어 독학으로 배우신 거래요. 책 사이에 지도가 접혀 삽입된 책들을요. 그 오래되고 낡은 책들을 읽고 또 읽으셨대요. 증조부는 탑의 꼭대기로 그 책들을 끌고 올라가셨대요. 그 밧줄이며 부서진 계단들이 그대로 있어요. 밑바닥이 꺼진 의자는 창가에 여전히 있고요. 그리고 흔들거리며 열리는 창문과 깨진 유리창, 그리고 황야를 가로지르는 끝없는 전망도 그대로예요."

그녀는 마치 탑에 올라 흔들거리며 열린 그 창가에 서서 내다보는 듯 잠시 멈췄다.

"하지만 우리는 그 망원경을 찾을 수가 없었어요."

그녀가 말했다. 그들 뒤에 있는 식당에서 접시의 달그락거리는 소리가 점점 더 커져갔다. 하지만 발코니에 있는 아이비메이 부인은 망원경을 찾지 못해서 당황한 것처럼 보였다.

"망원경은 왜요?"

누군가가 그녀에게 물었다.

"왜냐고요? 거기에 망원경이 없었다면 제가 지금 여기 이렇게 앉아 있을 이유가 없지요!"

그녀는 웃었다.

그런데 분명 그녀는 지금 여기에 앉아 있다. 무슨 파란 걸 어깨에 두르고, 체격이 좋은 중년 여인의 모습으로.

"거기 있었던 게 틀림없어요."

그녀는 다시 말을 시작했다.

"왜냐하면 증조부가 그러는데, 밤마다 어른들이 다 잠자리에 들면 그분은 창가에 앉아 망원경으로 별들을 보셨다는군요. 목성, 황소자리, 카시오페아자리 같은."

그녀는 나무들 위로 모습을 드러내기 시작하는 별들을 향해 손을 흔들었다. 점점 어두워져가고 있었다. 탐조등은 더 밝게 빛나는 듯했다. 그것은 하늘을 가로질러 두루 훑으며 여기저기 멈추어 별들을 응시하는 듯했다.

"별들이 거기 있었다구요."

그녀는 말을 이었다.

"그는 자문했대요. 나의 증조부—그 소년이요. '저 별들은 뭘까? 왜 있는 걸까? 그리고 나는 누굴까?' 말할 상대가 없는 사람이 그렇듯 혼자 앉아서 별을 보면서 그랬던 거죠."

그녀는 입을 다물었다. 그들은 모두 어둠 속에서 나무 위로 나온 별들을 바라보았다. 그 별들은 정말 영원하고 변하지 않는 것

처럼 보였다. 런던의 포효는 가라앉아버렸다. 백 년은 아무것도
아닌 것 같았다. 그들은 그 소년이 그들과 함께 별을 보고 있는 것
처럼 느꼈다. 그들은 그와 함께 그 탑에서 황야 위에 펼쳐진 별들
을 바라보고 있는 듯했다.

그러자 그들 뒤로 한 목소리가 들려왔다.

"맞아요. 금요일."

그러자 그들은 모두 돌아보면서 움직여 다시 발코니로 떨어져
돌아와버린 듯 느꼈다.

"'맞아요―금요일―' 아, 그런데 거기엔 그에게 그렇게 말해
줄 사람이 아무도 없었죠."

그녀는 중얼거렸다. 부부가 일어나 걸어가버렸다.

"그때 그는 혼자였어요. 청명한 여름날이었어요. 유월이었죠.
모든 것이 더위 속에서 멈춰 서 있는 듯한 완벽한 여름날들 중의
하나였지요. 농가 마당에는 모이를 쪼는 닭들이 있었고, 마구간
에는 발을 구르는 늙은 말이, 그리고 안경을 걸친 채 선잠이 든 노
인도 있었죠. 부엌에서 물통을 박박 닦는 여자며. 아마도 돌이 하
나 탑에서 떨어졌겠지요. 마치 그 날은 결코 끝나지 않을 것처럼
보였죠. 그리고 그는 말을 할 상대가 없었어요. 할 일이라곤 없었
구요. 그는 자기네 탑으로 올라갔어요. 모든 세상이 그의 앞에 펼
쳐져 있었죠. 황야가 울퉁불퉁 펼쳐지고, 황야와 맞닿은 하늘, 푸
르름과 파랑, 푸르름과 파랑이, 계속해서 끝없이."

어렴풋한 빛 속에서 그들은 아이비메이 부인이 탑의 꼭대기에
서 황야를 굽어보듯 손으로 턱을 괸 채 발코니에 기대어 있는 것
을 볼 수 있었다.

"황야와 하늘밖엔 없었어요. 황야와 하늘, 계속해서 끝없이."

그녀는 중얼거렸다.

그러고 나서 그녀는 마치 무언가를 제 위치로 놓는 듯 약간 움직였다.

"그런데 망원경으로 보면 땅은 뭐 같았을까요?"

그녀는 물었다.

그녀는 마치 무언가를 빙빙 돌리는 양, 손가락을 재빠르게 다시 움직였다.

"그는 초점을 맞췄어요. 대지에 초점을 맞춘 거예요. 지평선 위의 어두운 숲 지대에 초점을 맞췄던 거죠…… 나무 하나하나…… 따로따로…… 그 새들…… 오르락내리락…… 그리고 연기의 기둥…… 거기…… 그 나무들 한가운데…… 그리고 그다음엔…… 아래로…… 아래로……(그녀는 눈을 내리깔았다)…… 집이 한 채 보였죠…… 그 숲 한가운데에 말이죠…… 농가가…… 벽돌 하나하나가 보였죠…… 문가 양쪽에 함지통들…… 그 안에는 파랑, 분홍의 꽃들, 아마도 수국인지……"

그녀는 잠시 멈췄다……

"그런데 그 집에서 한 젊은 여자가 나왔죠…… 머리에 무슨 파란 걸 두른…… 그리고 거기에 서서…… 새들에게 모이를 주면서…… 비둘기들에게…… 새들은 그녀 주위에 푸드덕거리면서 몰려들었죠…… 그러고는…… 봐요…… 한 남자가…… 한 남자가! 그가 모퉁이를 돌아나왔어요. 그는 그녀를 안았죠! 그들은 키스했어요…… 그들은 키스했어요!"

아이비메이 부인은 마치 누군가에게 키스를 하는 것처럼 팔을 벌렸다 오므렸다.

"남자가 여자한테 키스하는 걸 본 건 그게 처음이었죠—그의 망원경으로—황야를 가로질러 멀리멀리 떨어진 곳에서!"

그녀는 몸으로부터 무언가를 내밀었다. 망원경인 것 같았다.

그녀는 곧추 앉았다.

"그래서 그는 계단을 뛰어내려갔죠. 들판을 가로질러 달려갔어요. 샛길들을 달려 큰길을 달려 숲을 지났죠. 그가 한참을 달리고 달려 그 집에 다다랐을 때는 나무들 위로 막 별이 보이고 있었어요…… 먼지로 뒤덮이고, 땀은 줄줄 흐르고……"

그녀는 마치 그를 보는 듯 멈췄다.

"그래서, 그래서…… 그래서 그가 어떻게 했나요? 그가 뭐라고 했어요? 그리고 그 여자는……"

그들은 재촉했다.

마치 누군가가 망원경 렌즈의 초점을 그녀에게 맞춘 듯 빛줄기 하나가 아이비메이 부인을 비추었다(그건 적기를 찾는 공군기였다). 그녀는 일어서 있었다. 그녀는 무슨 파란 걸 머리에 두르고 있었다. 그녀는 마치 자기가 문간에 선 듯 놀란 얼굴로 손을 들어 올렸다.

"아, 그 여자…… 그 여자는 나……"

그녀는 주저했다. 마치 그녀가 '나 자신'이라고 말하려던 것처럼. 하지만 그녀는 기억해냈다. 그리고 바로잡았다.

"그 여자는 나의 증조할머니였어요."

그녀는 말하고는 망토를 집으려고 몸을 돌렸다. 그건 그녀 뒤의 의자 위에 놓여 있었다.

"하지만 말해줘요. 그 다른 남자는 어떻게 됐어요, 그 모퉁이를 돌아온 남자 말예요."

그들이 물었다.

"그 남자요? 그 남자."

아이비메이 부인은 몸을 숙여 주섬주섬 망토를 추스르며 중얼거렸다(탐조등은 발코니를 지나가 있었다).

"그 사람은, 아마 사라졌겠지요."

그녀는 주변의 물건들을 챙기면서 덧붙였다.

"빛은 그냥 여기저기 비추지요."

탐조등은 지나쳐 갔다. 이제 버킹엄 궁전의 평평한 공터 위에 초점이 맞춰져 있었다. 그리고 그들이 공연을 보러 들어갈 시간이 되었다.

잡종견 집시

Gypsy, the Mongrel

"그녀는 미소 짓는 모습이 일품이었어요."

메리 브리저가 생각에 잠겨 말했다. 그들, 즉 브리저 부부와 배거트 부부는, 어느 날 밤늦도록 벽난로 앞에 앉아 옛 친구들에 관해 얘기를 나누고 있었다. 헬렌 폴리옷이라는 사랑스러운 미소를 지닌 소녀가 사라진 이야기였다. 그녀에게 무슨 일이 생겼는지 아무도 몰랐다. 소문에 의하면 그녀에게 어떤 슬픈 일이 생겼다는데, 그들은 그녀에게 그런 일이 닥칠 거라고 항상 생각해왔다. 이상한 것은, 아무도 그녀를 잊은 적이 없다는 점이었다.

"그녀의 미소는 정말 멋있었어."

루시 배거트가 메리의 말을 되뇌었다.

그러고 나서 그들은 기묘한 인간사에 대한 얘기를 나누기 시작했다. 당신이 우연히 익사하거나 헤엄쳐 나오는 것에 관해, 사람이 왜 기억하고 망각하는지에 관해, 사소한 일들이 빚어내는 변화라든가, 매일 만나곤 하던 사람들과 갑자기 헤어져 두 번 다시 못 본다든지 하는 등등에 관해 말이다.

그들은 갑자기 잠잠해졌다. 바로 그때 그들은 완만한 서폭 평원을 가로질러 멀리서 희미하게 들려오다가 사라지는 휘파람 소리를 들었다. 그것은 기적 소리였을까, 아니면 사이렌 소리였을까? 그 소리가 배거트 부부에게 뭔가를 떠올리게 했음에 틀림없었다. 왜냐하면 루시가 남편을 바라보며 이렇게 말했기 때문이다.

"그 암캐의 미소는 정말 멋졌어요."

그러자 남편은 고개를 끄덕이며 말했다.

"죽음의 면전에서 씨익 웃음 짓는 강아지를 익사시킬 수는 없었지."

그는 남의 말을 인용하듯 말했다. 브리저 부부가 의아한 표정을 짓자 루시가 말했다.

"우리 강아지 말이에요."

그러자 브리저 부부는 졸라댔다.

"그 강아지 얘기 좀 해주세요."

그 부부는 강아지를 몹시 좋아하는 사람들이었다.

자신이 감정 과잉이라고 느끼는 사람들이 흔히 그렇듯, 톰 배거트는 처음엔 수줍어했다. 게다가 그런 것은 얘깃거리도 못 된다면서 망설였다. 기껏해야 암캐에 대한 성격 연구일 뿐이며 남들이 자신을 감상적이라고 생각할 거라면서. 하지만 그들이 졸라대자 그는 단도직입으로 얘기를 시작했다.

"'죽음의 면전에서 씨익 웃음 짓는 강아지를 익사시킬 수 있는 사람은 아무도 없어.' 홀랜드 노인이 그렇게 말했지요. 함박눈이 쏟아지던 날 밤, 물넘이 둑 위에서 그 강아지를 끌어안고서 말이에요. 그는 저 아랫녘 윌트셔 마을의 농사꾼이었어요. 그가 집시들 소리를 들었다는군요. 그들의 휘파람 소리 말입니다. 개 채찍을 손에 들고 눈보라 속으로 나가보았더니, 그들이 사라지고 없었다는 거예요. 덤불 속에 뭔가 구겨진 종잇조각처럼 보이는 것만 남겨놓은 채 말이죠. 하지만 그건 바구니였어요. 아낙네들이 장터에 들고 가는 왕골 바구니 말이에요. 그리고 밖으로 튀어나오지 못하도록 실로 꿰맨 그 바구니 속엔 휴지 조각처럼 작은 강아지 한 마리가 들어 있었대요. 빵 한 조각과 지푸라기 몇 오라기가 먹이로 들어 있었고 말이에요."

"그걸 보면 집시들도 마음이 약해, 차마 그 강아지를 죽일 수는 없었나 봐."

루시가 끼어들어 말했다.

"홀랜드 노인 역시 녀석을 죽일 수 없었대요."

톰 배거트가 말을 이었다.

"강물 위로 그 암캐를 들어 올리자, 달빛 속에서 그 녀석이 그를 올려다보며 이렇게 미소 짓더라는 거예요."

그는 곱슬거리는 콧수염 몇 오라기를 윗니 위로 추켜올렸다.

"할 수 없이 그 녀석을 살려주었죠. 그 암캐는 작고 볼품없는 잡종이었어요. 집시들이 흔히 키우는 종자인데 일종의 폭스테리어 잡종이죠. 지금껏 제대로 한번 뭘 먹어보지도 못한 꼬락서니였다는군요. 털은 현관 매트처럼 거칠기 짝이 없고 말이에요. 하지만 그 녀석에겐 매력이랄까 아니면 개성이랄까, 아무튼 그런 게 있었대요. 그렇지 않았다면 홀랜드 노인이 왜 그 녀석을 데려왔겠어요? 대답해보세요. 하지만 그 암캐는 그의 삶을 피곤하게 만들었어요. 동네 암탉들을 내쫓고 양 떼를 위협하여, 이웃 사람들과 원수가 되었다는 거예요. 열두 번도 더 그 녀석을 죽이고 싶었다는군요. 그러나 아내가 자신이 사랑하는 고양이를 처분하기 전엔 차마 그럴 수 없었대요. 그 강아지를 죽여야 한다고 고집한 사람은 바로 그 아내였다는군요. 할 수 없이 그는 녀석을 마당으로 데리고 나가 담장 앞에 세운 다음, 방아쇠를 당기려고 했대요.

바로 그때, 그 녀석이 또 씨익 웃더라는 거예요. 죽음 앞에서 말이에요. 차마 죽일 수 없었다는군요. 그래서 부부는 그 강아지를 푸줏간에 데려다주었대요. 그들이 차마 할 수 없는 짓을 푸줏간 주인은 할 수 있을 테니까 말이에요. 그러자 또 우연한 일이 생긴 거예요. 작은 기적이라고나 할까요. 바로 그날 아침 편지가 한 통 배달되었지요. 믿거나 말거나, 그야말로 우연이죠. 당시 우리는 런던에 살고 있었고, 아일랜드 출신 요리사를 한 명 두고 있었는데, 그녀는 분명히 쥐가 찍찍거리는 소리를 들었다는 거예요. 징두리판자 속에 쥐가 있어 밤잠을 설친다는 하소연이었어요. 역시 또 우연하게도 우리는 그곳에서 여름 한철을 보낸 적이 있지요. 나는 홀랜드 생각이 나서, 쥐잡이용 테리어 강아지가 있으면 내게 팔라고 편지를 띄웠지요. 우체부를 만난 푸줏간 주인이 홀랜드에게 우리의 편지를 전해줬대요. 운 좋게도 집시 강아지는 목숨을 건지게 되었지요. 홀랜드 노인은 몹시 기뻤던지 편지와 함께 당장 그 암캐를 기차에 태워 보냈더군요. '저 녀석 정말 못생겼군요.' 아내가 끼어들었죠. '정말이지, 저 녀석은 강아지치곤 개성이 강한 괴짜 같아요.' 우리는 그 녀석을 꺼내어 주방 식탁 위에 세워보았어요. 외모가 초라하기 짝이 없더군요. '쥐를 잡겠다고? 쥐가 그 녀석을 잡아 먹겠다.' 비디 노인도 한마디 했지요. 하지만 어쨌든 우린 그 후론 더 이상 쥐 소동 얘길 듣지 못했어요."

이 대목에서 톰 배거트는 말을 멈췄다. 더 이상 말하기 힘든 대목에 이른 것 같았다. 남녀가 사랑에 빠지게 된 경위를 설명하기도 어려운 일인데, 테리어 잡종과의 사랑에 빠진 얘길 꺼내는 것은 더욱 어려워 보였다. 하지만 사랑에 빠진 것만은 분명해 보였다. 그 조그만 강아지가 그에게 말로 표현하기 힘든 모종의 마력을 행사한 것 같았다. 그의 얘기는 일종의 러브 스토리였다. 메리

브리저는 톰의 목소리 톤에서 그 사실을 간파해냈다. 또한 그녀는 그가 아름답게 미소 짓는 헬렌 폴리옷과 사랑에 빠졌던 일도 기억해냈다. 어쨌든 그는 그 두 연애 사건을 서로 연결 지었다. 이야기들이란 어떻게든 서로 연관되어 있지 않은가? 그녀는 스스로 반문하느라 톰의 이야기 한두 문장을 놓쳤다. 다시 귀 기울여 보니, 배거트 부부는 별로 말하고 싶진 않지만, 자신들에겐 무척 소중한 사소한 사건 하나를 기억에서 되살려내고 있었다.

"그 암캐는 모든 것을 혼자 배웠다오."

톰 배거트가 말했다.

"우리가 가르친 거라곤 하나도 없었으니까. 하지만 녀석은, 사소한 장난에 불과하지만, 매일 우리에게 뭔가 새로운 것을 보여주었어요. 입에 편지를 물고 오거나, 루시가 성냥을 켜면, 훅 불어 꺼버리기도 했지요."

그는 성냥개비 하나를 그의 손바닥으로 덮으며 말했다.

"그의 앞발로 이렇게 말이오. 전화벨이 울리면 컹컹 짖기도 했어요. '망할 놈의 전화벨 소리 같으니라고.' 꼭 그렇게 말하는 것 같았다니까요. 게다가 손님들이 찾아오면 그 녀석은 마치 제 친구들인 것처럼 위아래로 훑어보지 않겠어요? 어떤 손님에겐 '들어와도 괜찮아요'라고 말하듯, 손님에게 뛰어올라 그의 손바닥을 핥곤 했지요. 또 어떤 손님에겐 '당신은 안 돼요'라고 말하면서, 출구를 알려주겠다는 듯이 문간 쪽으로 돌진해나갔지요. 결코 실수하는 법이 없었답니다. 그 녀석은 마치 우리들처럼 사람을 정확하게 판단했어요."

"그 말은 맞아요."

루시가 맞장구를 쳤다.

"그 녀석은 성격이 몹시 독특한 개였어요."

"그러나,"

그녀는 덧붙여 말했다.

"많은 사람들이 그 점을 알아보진 못했어요. 바로 그 때문에 저는 녀석을 더욱 좋아했답니다. 우리에게 헥터라는 강아지를 주었던 한 남자가 있었지요."

배거트가 그 얘기를 시작했다.

"그의 이름은 홉킨즈였어요."

그가 말했다.

"주식 브로커 일을 하고 있었지요. 서레이의 작은 저택을 무척 자랑스러워하는 사람이었어요. 왜 그런 사람들 있잖아요, 스포츠 신문 사진에서나 볼 수 있는 승마용 구두와 각반 얘기에 열을 올리는 사람들 말이에요. 경주마의 종류도 잘 구별하지 못하면서 말이에요. 그가 이렇게 말하더군요. '저렇게 작고 볼품없는 잡종 강아지를 키우는 건 정말 눈 뜨고 못 보겠네.'"

배거트가 그의 말을 그대로 인용했다. 분명 가시 돋친 말이었다.

"그러더니, 그 남자가 헥터라는 이름의 개 한 마리를 냉큼 선물하지 않겠어요?"

"털빛이 붉은 세터 종자였어요."

루시가 설명했다.

배거트가 말을 이었다.

"총대 같은 꼬리를 가진 그 녀석의 혈통 증명서는 상당히 장황하더군요. 그러니 암캐 집시가 기가 팍 죽지 않겠어요. 큰일났다 싶었겠지요. 하지만 못생겼어도 영리한 녀석이잖아요. 에라, 운명으로 받아들이자, 세상엔 멋진 개들만 있는 게 아니니까. 그것이 그 암캐의 좌우명이었지요. 아마 당신들은 사이좋게 하이 가를 산책하는 녀석들을 볼 수도 있었을 겁니다. 집시가 헥터에게 이것저것 가르쳐주기도 했겠지요."

"객관적으로 봐도, 헥터는 완벽한 신사였어요."

루시가 말참견을 했다.

"하지만 머리가 좀 비었다고나 할까요."

톰 배거트가 그의 이마를 손가락으로 툭툭 두드리며 말했다.

"하지만 매너 하나는 끝내주는 개였어요."

루시가 대들었다.

개에 관한 얘기보다 사람의 성격을 잘 드러내주는 것은 없다고 메리 브리저는 생각했다. 물론 루시는 신사 헥터 편이었고 톰은 집시 마님 편이었다. 하지만 집시의 매력은 동성에게 엄격한 경향이 있는 루시 배거트마저 굴복시켰다. 집시에겐 뭔가 독특한 매력이 있었음에 틀림없었다.

"그다음엔 어떻게 되었지요?"

메리가 배거트 부부를 채근했다.

"별일 없었어요. 우린 행복하게 살았으니까요."

톰은 말을 이었다.

"가족의 단합을 깨뜨릴 만한 일은 없었어요, 적어도 그때까지는……"

이 대목에서 그는 머뭇거렸다.

"한번 생각해보세요."

그가 불쑥 말을 꺼냈다.

"타고난 성격을 나무랄 순 없겠지요. 게다가 집시는 두 살배기로 한창 때였으니까요. 글쎄, 사람의 나이로는 몇 살쯤 될까요? 열여덟쯤 될까요? 아니면 스무 살? 집시는 암캐답게 삶의 활기와 즐거움이 철철 넘쳤지요."

그가 갑자기 말을 멈췄다.

"당신, 디너 파티 사건이 생각나시나보군요."

그의 아내가 거들었다.

"하베이 시노트 부부가 우리랑 함께 식사를 했던 저녁 말이에요. 2월 14일, 그날이 바로 밸런타인데이였어요."

입가에 보일 듯 말 듯 기묘한 미소를 지으며 그녀가 덧붙였다.

"우리 동네에선 짝짓기 날이라고 부르지요."

딕 브리저가 끼어들었다.

"맞아, 바로 그날이야."

톰이 계속했다.

"밸런타인 성인의 날이었지, 그는 사랑의 수호성인이라지? 아무튼, 우리는 하베이 시노트라는 이름의 작자들과 함께 저녁 식사를 하고 있었지요. 한 번도 만난 적이 없었는데, 다만 회사 일로 알게 된 사람들이었지요. (톰 배거트는 하베이, 마쉬, 코파드가 세운 거대한 회사인 리버풀 엔지니어링의 런던 지부 파트너였다.) 일종의 공식 행사였던 셈이지요. 우리같이 단순한 사람들에게는 일종의 고역이고요. 우리는 그들의 환대에 최선을 다했지요."

그는 자기 아내를 가리키며 말했다.

"이 사람이 굉장히 수고했어요. 나흘 전부터 법석을 떨며 빈틈없이 준비했지요. 루시 성격 잘 아시지요?"

그는 아내의 무릎을 가볍게 두드려주었다. 메리 브리저는 루시를 잘 알고 있었다. 귀빈들을 위해 "한 치의 오차도 없이"란 톰의 말을 듣자 메리의 눈앞엔 쫙 펼쳐진 테이블보와 반짝이는 은도금 테이블 세팅이 그려졌다.

"일류급 파티였기에 한 치의 실수도 용납될 수 없었지요."

톰 배거트가 말을 이었다.

"파티의 격식에서 사소한 실수도 허용되지 않는……"

"시노트 여사는 대화 도중에, '이것은 가격이 얼마쯤 될까? 이것은 진짜일까?'라고 자문하는 부류의 여성처럼 보였어요."

루시가 끼어들었다.

"그녀의 패션은 무척 사치스럽더군요. 식사 도중에 그녀는 이런 말도 했어요. 소박하고 가정적인 식사, 조용히 소찬의 식사를 하는 것은 얼마나 즐거운 일인가, 그것은 휴식이기도 하고······ (사실 그들은 항상 리츠 칼튼 호텔에 머물고 있었거든요.)"

"시노트 여사의 말이 끝나자마자,"

배거트가 말했다.

"갑자가 꽝 하는 소리가 들렸어요······ 일종의 식탁 아래의 지진이라고나 할까요. 갑작스런 소란과 찍찍거리는 소리가 들렸지요. 화려한 의상을 (그는 그녀의 풍만한 몸집을 나타내느라 두 팔을 쫙 벌렸다) 걸쳐 입은 그녀가 벌떡 일어나 소리쳤어요. '뭔가 나를 물었어요! 뭔가 나를!'"

그가 흉내내며 소리를 질렀다.

"나는 식탁 아래쪽으로 몸을 굽혔지요."

(그는 의자의 레이스 장식 아래쪽을 바라보았다.)

"저 발칙한 녀석! 악동 같으니라고! 시노트 여사의 발치 근처에······ 집시가 새끼를 한 마리······ 낳았지 뭐예요."

그것은 몹시도 우스꽝스러운 기억이었다. 그는 의자에 등을 기댄 채, 폭소를 터트리며 몸을 흔들었다.

그는 계속 말했다.

"그래서 나는 냅킨으로 어미와 새끼를 감싼 다음, 밖으로 데리고 나왔지요. 다행히도 새끼는 이미 죽어 있었는데, 나는 그 사실을 확인시키느라 죽은 새끼를 어미 코에 갖다 댔답니다. 달빛이 교교히 비치는 우리 집 뒤뜰에서 별들이 내려다보는데 말입니다.

그 암캐를 실컷 두들겨주고 싶었지만, 나에게 미소 짓는 녀석에게 차마 그럴 순……"

"도의적으로 그럴 순 없었다는 얘긴가요?"

딕 브리저가 물었다.

"뭐 그런 뜻이지요."

배거트가 싱긋 웃었다.

"하지만 그 녀석의 바람기는 대단했지요. 이번엔 그 바람둥이 암캐가 마당을 잰걸음으로 빙빙 돌면서 고양이 꽁무니를 따라다녔어요…… 난 마음이 모질지 못해 녀석을 죽일 순 없었어요."

"게다가 하베이 시노트 부부 역시 그 사건을 대수롭지 않게 생각했어요."

루시가 덧붙였다.

"그 사건 이후 우리는 더욱 가까워졌어요."

"우린 그 녀석을 용서했지요."

톰 배거트가 계속 말을 이었다.

"두 번 다시 그런 짓을 저지르면 안 된다고 녀석에게 말했어요. 그 후론 두 번 다시 그런 일이 없었지요. 하지만 다른 말썽을 무수히 많이 피웠답니다. 말씀드릴 얘기가 한두 가지가 아니에요. 하지만 사실은,"

그는 이 대목에서 고개를 흔들었다.

"전 얘기 따윈 신뢰하지 않아요. 개들도 우리와 마찬가지로 타고난 성격이 있거든요. 사람과 마찬가지로 개들의 성격 역시 사소한 행동거지로 드러나기 마련이지요."

"다시 실내로 들어온 당신은 아마 이렇게 자문했을 거예요."

루시가 덧붙여 말했다.

"그 녀석이 왜 그랬을까? 어리석은 말 같지만, 마치 녀석이 사람인 것처럼 말이에요. 하지만 개의 경우이니 추측할 수밖에 없지요. 때론 그 추측마저 불가능하지만. 양고기를 예로 들어봅시다. 녀석이 저녁 식탁에서 양 다리를 하나 훔쳐 앞발로 움켜쥐고서, 웃는 겁니다. 우리를 웃겨보려고요? 그렇게 보일 수도 있겠지요. 하루는 우리가 녀석에게 속임수를 썼어요. 그 녀석은 사과, 자두 같은 야생 열매를 무척 좋아했거든요. 녀석의 반응을 살펴보려고 우리는 돌이 든 자두 하나를 주었지요. 우리의 감정을 상하지 않게 하려고, 녀석은 자두를 입으로 덥석 받아 물더니, 우리가 보지 않을 때 개 물그릇에 돌을 떨구더라고요. 그리고 꼬리를 흔들면서 다시 우리에게 오는 겁니다. 마치 '안 속아요!'라고 말하는 것 같았어요."

"맞아."

배거트가 말했다.

"녀석은 우리에게 교훈 한 가지를 가르쳐준 것 같소."

그는 이어서 말했다.

"그 녀석이 우리를 어떻게 생각했는지 나는 종종 궁금했어요. 타다 만 성냥개비와 부츠가 널브러진 저 아래쪽 벽난로 깔개 위에 앉아서 말이에요. 그 녀석의 세계는 어떤 모습일까? 개들도 우리가 보는 것처럼 보는 것일까, 아니면 다른 것일까?"

그들 역시 부츠와 타다 만 성냥개비를 내려다보면서, 앞발에 코를 묻은 채 붉게 타오르는 벽난로 동굴과 노르스름한 불길을 응시하는 개의 시선이 되어보려고 시도했다. 그러나 알 수 없는 노릇이었다.

"우리는 녀석들이 저기에 길게 누워 있는 모습을 보곤 했지요."

배거트가 말했다.

"집시와 헥터는 벽난로를 향해 각자 좋아하는 방향으로 드러눕곤 했지요. 완전히 다른 방향이었어요. 혈통과 교육의 문제였던 같아요. 헥터가 귀족이었다면 집시는 평민이었지요. 어미는 도둑 강아지고 애비는 누군지 모르며 주인은 집시였으니까, 당연하달 수 있지요. 둘을 함께 데리고 외출하면, 헥터는 법과 질서를 존중하는 엄격한 경찰 같았지요. 집시는 담장을 뛰어오르고, 오리들을 위협하면서, 언제나 갈매기처럼 자유분방했지요. 방랑자라고나 할까요. 사람들이 갈매기에게 먹이를 던져 주는 강가로 집시를 데려간 적이 있었지요. '자, 생선을 받아 먹어보렴.' 녀석은 갈매기들에게 이렇게 말을 걸었지요. '그래, 잘한다.' 믿지 않으시겠지만, 저는 녀석이 제 입으로 갈매기에게 먹여주는 걸 본 적도 있다니까요. 하지만 집시는 주인의 무릎 위에서 노닥거리는 퍼그 같은 고급 애완견을 못 견뎌 했어요. 저 아래 벽난로 앞에서 뒹굴면서, 집시와 헥터가 그 문제에 관해 논쟁을 벌였다고 상상해보세요. 틀림없이, 집시는 완고한 토리 당원마저도 설득했을 겁니다. 우리는 집시에 대해 좀 더 잘 알았어야 했는데 말이에요. 그래서 종종 저 자신을 자책한답니다. 하지만 일이 터진 다음에야, 사고를 미연에 방지할 수 있었던 묘책이 떠오르는 것 아니겠어요?"

막을 수도 있었던 어떤 사소한 비극 하나를 기억해내는 동안, 그의 표정이 잠시 어두워졌다. 하지만 그 비극 역시 듣는 사람들에게는 낙엽 하나 떨어지는 것이나 나비 한 마리가 강물에 익사하는 것 정도의 의미밖에는 없을 것이다. 브리저 부부는 어떤 비극적 사건이든 경청하겠다는 자세로 정색을 했다. 아마 집시가 차에 치었든지, 혹은 집시를 도둑맞았든지 둘 중의 하나일 것이다.

"나이 든 멍청이 헥터 때문이었어요."

배거트가 계속 말했다.

"난 잘생긴 개들을 결코 좋아하지 않아요."

그가 설명했다.

"잘생긴 외모가 해악를 끼치는 건 아니지만, 그런 개들은 개성이 없어요. 그가 집시를 질투했는지도 모르죠. 왜냐하면 주어진 상황에 대한 집시의 탁월한 감각을 헥터는 갖고 있지 못했거든요. 집시가 어떤 묘기를 보이기만 하면, 헥터는 그보다 더 잘해보려고 시도했지요. 간단히 말하자면 이런 얘기죠. 어느 화창한 날, 헥터가 정원 담장을 뛰어넘었는데, 그만 이웃집 온실을 뚫고 들어간 거예요. 그러고 나서 어떤 노인의 가랑이 사이를 가로질러 자동차와 부딪쳤지요. 하지만 차량의 후드 부분만 움푹 찌그러졌을 뿐 헥터는 아무런 상처도 입지 않았어요. 그날 사고로 우리는 오 파운드 십 페니를 지불했을 뿐더러 경찰서에도 출두했답니다. 모든 것의 발단은 집시 때문이지요. 집시만 없었다면 헥터는 늙은 양처럼 고분고분했을 테니까요. 자, 이제 둘 중의 하나를 처분할 때가 된 것 같았습니다. 분명히 말하자면 집시를 내보내야 했지요. 하지만 이렇게 한번 생각해보세요. 당신에게 하녀가 둘 있는데, 둘 다 고용할 순 없다. 한 명은 자신의 본분에 충실한데, 다른 한 명은 칠칠맞다. 그런 경우라면 당신은 망설이지 않고 우리처럼 행동하겠지요. 우리는 헥터를 친구에게 선물하고 집시를 남겨두었어요. 아마 공평하지 못한 처사였겠지요. 아무튼, 그것이 화근의 시작이었어요."

"맞아요, 그 후 사정이 악화되었지요."

루시 배거트가 말했다.

"집시는 자기가 훌륭한 개 한 마리를 집밖으로 쫓아냈다고 느꼈나 봐요. 그 녀석은 자신이 동원할 수 있는 모든 이상야릇한 방법으로 그 사실을 보여주었지요."

루시는 잠시 말을 끊었다. 이제 이야기는 드디어 그 비극적 사건의 핵심에 접근하고 있었다. 이 중년 부부가 말을 꺼내기도 힘들고 잊기도 힘든, 그 어처구니없는 비극적 사건 말이다.

"그때까지 우리는 미처 몰랐답니다."

배거트가 말을 이었다.

"집시가 얼마나 감정이 풍부한 녀석인지를 말입니다. 루시의 주장처럼, 사실 사람끼리는 서로의 사정을 털어놓을 수 있잖아요. '죄송합니다'라고 말하고 나면 대개 싸움이 마무리되잖아요? 하지만 개의 경우엔 사정이 달라요. 개들은 말을 못하잖아요. 그러나 개들도 기억은 한답니다."

그가 덧붙였다.

"집시는 분명히 기억하고 있었어요."

루시가 남편의 말에 동의했다.

"그 녀석은 행동으로 보여주기까지 했어요. 어느 날 밤 저 혼자 응접실에 앉아 있는데, 집시가 누더기 봉제 인형을 물고 왔더군요. 녀석은 인형을 입으로 물어다가 응접실 바닥에 내려놓더군요. 헥터의 빈자리를 대신할 선물인 것처럼 말이에요."

"또 한 번은 이런 일도 있었답니다."

배거트가 말을 이었다.

"집시가 흰색 고양이 한 마리를 집으로 물어 왔어요. 초라하고 상처투성이에 꼬리마저 없는 녀석이었지요. 우리가 원치 않는데도 그 고양이는 우리를 떠나려 하지 않는 겁니다. 집시도 그 녀석을 좋아하지 않았지만, 뭔가 의미가 있는 것 같았어요. 헥터의 빈자리를 채우려 했던 걸까요? 집시 나름의 방식으로 말이에요. 그럴지도 모르지요……"

"아니면 또 다른 이유가 있을지도 모르겠어요."

루시가 계속 말했다.

"바로 그 점이 명확히 알 수 없는 부분이에요. 집시가 우리에게 어떤 힌트를 제시하려 했던 건 아닐까요? 우리를 준비시키려는 의도로? 녀석이 말을 할 수 있었다면 좋았으련만! 그러면 우리가 토론하면서 녀석을 설득시킬 수도 있었을 텐데. 사실인즉, 한 해 겨울을 보내면서 우리는 집시가 뭔가 이상해졌다고 어렴풋이 느꼈답니다. 잠이 든 집시는 마치 꿈을 꾸는 것처럼 낑낑대기 시작했지요. 그러더니 벌떡 일어나, 마치 무슨 소리를 듣기나 한 것처럼 귀를 쫑긋 세우고 방 안을 빙빙 돌며 달리는 겁니다. 나는 종종 문간으로 가서 밖을 내다보았지요. 그러나 아무도 없었어요. 때로 집시는 반은 공포감으로 반은 열정으로 온몸을 부들부들 떨기 시작하는 겁니다. 만약 집시가 여성이라면, 어떤 유혹이 자기를 엄습하고 있다고 말했겠지요. 집시 자신도 저항을 시도해보지만, 불가능한 어떤 것이 있었어요. 말하자면 자신의 힘으로도 어쩔 수 없는, 핏속에 도도히 흐르는 어떤 것 말이에요. 우리의 느낌으로 파악한 것은 그 정도였어요. 게다가 녀석은 우리와 함께 더 이상 외출하려 하지 않았지요. 녀석은 무언가에 귀를 기울이며 벽난로 깔개 위에 앉아 있곤 했지요. 하지만 모든 사실을 남김없이 다 털어놓고, 여러분 스스로의 판단에 맡기는 것이 좋겠어요."

루시가 말을 멈추었다. 그러나 톰이 그녀를 향해 고개를 끄덕였다. 얘기의 결말 부분을 차마 자기 입으로 말할 자신이 없어서 아내에게 부탁했다.

"당신이 끝까지 다 말하구려."

루시 배거트가 말을 시작했는데, 그 말투는 마치 신문 기사를 읽는 것처럼 뻣뻣했다.

"1937년 12월 16일, 겨울날 저녁이었어요. 아우구스투스라는 흰 고양이는 벽난로 이쪽에, 그리고 집시는 저쪽에 앉아 있었지요. 밖에는 눈발이 흩날리고 있었고요. 돌이켜보건대, 거리의 모든 소음마저 깊은 눈에 파묻힐 지경이었지요."

그때 톰이 한마디 덧붙였다.

"핀 하나가 떨어지는 소리까지 들릴 정도로, 마치 시골처럼 고요한 밤이었지요."

"우리는 자연히 바깥 소리에 귀 기울였지요. 먼 거리에서 버스 한 대가 지나가는 소리가 들렸고, 문이 쾅 하고 닫히는 소리도 들렸어요. 멀리 사라지는 사람들의 발소리도 들렸고요. 쏟아지는 눈발에 파묻혀, 모든 것들이 다 사라지는 것처럼 보였어요. 바로 그때, 우리는 휘파람 소리 하나를 똑똑히 들을 수 있었어요. 바깥의 소리에 귀 기울이고 있었기 때문이지요. 나지막이 길게 이어지다가 점점 사라지는 휘파람 소리 말이에요. 집시가 그 소리를 듣더니 고개를 번쩍 치켜들고 밖을 쳐다보았어요. 몸을 벌벌 떨면서 말이에요. 그러면서 씨익 웃는 모습이라니⋯⋯"

그녀는 차마 말을 잇지 못했다. 북받치는 슬픔을 자제하면서 그녀는 말을 이었다.

"이튿날 아침, 집시가 사라졌어요."

갑자기 방 안엔 죽음 같은 정적이 흘렀다. 그들은 막막한 공허감이 자신들을 감싸고 있음을 느꼈다. 그리고 자신들의 친구들 역시 어떤 신비한 목소리에 이끌려 눈발 속으로 영영 사라지는 것을 느꼈다.

"그 뒤론 그 녀석을 못 찾았나요?"

드디어 메리 브리저가 물었다.

톰 배거트는 고개를 저었다.

"할 수 있는 건 다 해봤지요. 현상금도 내걸고 경찰의 협조도

구했답니다. 소문에 의하면, 누군가 집시들 무리가 지나가는 모습을 보았다고 하더군요."

"당신들 생각엔 집시 그 녀석이 무슨 소리를 들은 것 같나요? 그 녀석은 무얼 향해 씨익 웃었을까요?"

루시 배거트가 물었다. 그러곤 외쳤다.

"그게 마지막이 아니길, 저는 지금도 기도한답니다."

유산

The Legacy

"시시 밀러에게." 길버트 클랜든은 아내의 거실 작은 테이블 위에 어수선하게 놓여 있는 반지와 브로치 가운데서 그 진주 브로치를 집어 들고 "사랑하는 시시 밀러에게"라고 아내가 적어놓은 것을 읽어보았다.

비서인 시시 밀러에게까지 이렇듯 신경을 쓴 것은 참으로 안젤라다웠다. 하지만 어떻게 이렇게 꼼꼼하게 친지 한 사람 한 사람에게 작은 선물일망정 챙겨놓았는지는 아무래도 좀 이상해서 길버트 클랜든은 다시 한 번 고개를 갸우뚱했다. 마치 죽을 것을 미리 안 듯했다. 그렇지만 육 주 전 그날 아침 집을 나섰을 때 그녀는 전혀 건강에 이상이 없었다. 그녀는 피커딜리 가 연석에서 차도로 내려서다가 그 차에 치어 죽었다.

지금 그는 시시 밀러를 기다리고 있었다. 그가 그녀를 오라고 불렀다. 어쨌거나 그들 부부와 그렇게나 오랫동안 함께 지냈기 때문에 이 정도의 작은 배려는 당연하다고 생각했다. 그렇다, 거기에 앉아 기다리면서 안젤라가 모든 것을 이토록 깔끔하게 정리해놓은 것은 아무래도 수상쩍다는 생각을 계속하고 있었다. 그녀는 모든 친지에게 빠짐없이 작지만 애정이 담긴 징표를 남겼던 것이다. 반지, 목걸이, 작은 중국 상자 세트—작은 상자라면 그녀는 사족을 못 썼다—등에 받을 사람의 이름을 적어놓았다. 그런데 이 물건 하나하나에는 그의 추억도 서려 있었다. 이것은 그가 그녀에게 선물한 것이고, 또 이것은—루비 눈이 박힌 이 에나멜 돌고래는—어느 날 베니스 뒷골목에서 그녀가 덥석 집어들었던 것이다. 그녀가 너무 기쁜 나머지 작게 외치던 소리를 아직도 생생하게 기억할 수 있었다. 그에게는 일기장 이외에는 특별히 이렇다 할 만한 것을 남기지 않았다. 초록색 가죽 장정의 열다섯 권이나 되는 작은 일기장들이 그의 뒤쪽에 있는, 그녀가 글을 쓰던 테이블 위에 놓여 있었다. 결혼한 이래 그녀는 계속 일기를 썼다. 대단히 드물었지만—다툼이라고 할 수도 없이 티격태격한 적이 있었는데 그게 모두 이 일기 때문이었다. 그녀가 일기를 쓰고 있을 때 그가 들어오면 그녀는 어김없이 일기장을 덮고 그 위에 손을 얹었다. "안 돼요, 안 돼. 내가 죽은 다음에는 혹시 몰라도." 그녀가 이렇게 말하던 것을 기억할 수 있었다. 그러니까 말하자면 이 일기장은 그녀의 유산으로 그에게 남겨놓은 것이었다. 이 일기장만이 그녀가 살아 있을 당시 그들이 공유하지 않은 유일한 것이었다. 하지만 그는 늘 그녀가 자기보다 더 오래 살 것이라는 사실을 당연하게 받아들이고 있었다. 한순간만 걸음을 멈추고 자기가 지금 무슨 짓을 하고 있는 것인지 생각했더라면 지금 그녀는 살아 있을 것이다. 그러나 그녀가 연석에서 곧바로 내려섰다고, 사고를 일으킨 자동차의 운전사가 심문 과정에서 진술했다. 차를 세울 수 있는 기회를 주지 않았다는 말이다…… 이때 현관에서 두런거리는 소리가 들려와 그는 하던 생각을 접었다.

"밀러 양입니다." 하녀가 말했다.

그녀가 들어왔다. 그는 평생 단 한 번도 그녀를 혼자서 본 적이 없었다. 울고 있는 그녀를 본 적은 더더욱 없었다. 그녀는 몹시 슬퍼하고 있었는데, 따지고 보면 이상한 일도 아니었다. 안젤라는 그녀에게 있어서 단순한 고용주가 아니었다. 다정한 벗이었던 것이다. 그녀에게 의자를 밀어주고 앉으라고 권하면서 그녀가 그 부류의 다른 여인과 별반 다를 바가 없다고 생각했다. 시시 밀러와 같은 여인은 사실 수도 없이 많았다ー검은 옷을 입고 소형 서류 가방을 들고 있는 우중충하고 작은 여인들. 하지만 안젤라는 연민의 천재여서 시시 밀러에게서 온갖 종류의 훌륭한 자질을 찾아내었다. 그녀는 더할 수 없이 신중하고, 그렇게나 과묵하고, 또한 신의가 있어서 그녀에게는 무슨 말이라도 할 수 있다는 등.

밀러 양은 처음에는 도통 아무 말도 하지 못했다. 그저 손수건으로 눈물을 닦아내며 앉아 있었다. 그러다가 애를 써서 다음과 같이 말했다.

"클랜든 씨, 용서하세요."

그는 우물쭈물했다. 물론 그는 이해했다. 너무도 당연하지 않은가. 그의 아내가 그녀에게 어떤 존재였는가를 미루어 짐작할 수 있었다.

"여기서 일하면서 너무 행복했어요." 그녀는 사방을 둘러보며 말했다. 그녀의 눈길은 그의 뒤에 있는 글 쓰는 테이블에 머물렀다. 그녀와 안젤라가 주로 작업을 한 곳이 바로 여기였던 것이다. 안젤라에게는 출중한 정치가의 아내 몫으로 떨어지는 자질구레한 일들이 있었으니까. 그의 생애에 있어서 그의 아내만큼 그에게 큰 도움을 준 사람은 다시없었다. 그는 그녀와 시시가 저 테이블에 앉아 있는 것을 자주 보았다ー시시는 타자기 앞에 앉아서 아내가 불러주는 편지를 받아 치고 있었다. 틀림없이 밀러 양도 그 일을 생각하고 있을 것이었다. 이제 그가 해야만 하는 일은 그의 아내가 그녀에게 남긴 브로치를 건네주는 일뿐이었다. 그런데 선물치고는 조금 부적절한 것 같다는 생각이 들었다. 차라리 약간의 돈이나 아니면 심지어는 타자기가 오히려 나을 뻔했다. 하지만 그 브로치에는 엄연히 ─ '사랑하는 시시 밀러에게'라고 명시되어 있었다. 그래서 그 브로치를 집어 들고 미리 준비한 짤막한 인사말을 하고 그녀에게 건네주었다. 그녀가 그것을 소중히 여길 줄로 안다고 그는 말했다. 아내가 그 브로치를 애용했다…… 그랬더니 그녀는 그것을 받아 들고 마치 그녀도 답사를 준비라도 한 듯 늘 귀중품이라 여기고 보관하겠노라고 했다. 그녀에게도 평상시에 입는 옷 말고 진주 브로치가 어울릴 다른 옷은 있겠지, 하고 그는 마음을 누그러뜨렸다. 그녀는 그녀와 같은 직업을 가진 사람들의 교복처럼 보이는 까만색의 작은 치마를 입고 있었다. 그때 그에게 퍼뜩 그녀도 상중喪中이라는 생각이 떠올랐다. 그녀도 비극을 당했다 ─ 그녀가 매우 좋아하는 오빠가 안젤라가 죽기 겨우 한두 주일 전에 죽었다. 무슨 사고였던가? 안젤라가 하던 말을 어렴풋이 기억할 수 있을 따름이었다. 연민의 천재인 안젤라는 대단히 충격을 받았었다. 그동안 시시 밀러는 일어나 장갑을 끼고 있었다. 그를 방해해서는 안 된다고 느낀 게 분명했다. 하지만 그로서는 그녀가 장차 어떻게 할 것인가에 관한 이야기를 조금도 하지 않고서 그대로 보낼 수는 없었다. 앞으로의 계획은 무엇이며 그가 도와줄 방도는 없겠는지?

그녀는 테이블을 응시하고 있었다. 그녀가 앉아서 타이프를 쳤으며 지금은 일기가 놓여 있는 그 테이블을. 그러고는 안젤라를 추억하며 멍해진 그녀는 도와주겠다는 그의 제안에 대하여 즉시 답을 하지 못했다. 잠깐 동안은 알아듣지 못하는 것 같았다. 그래서 그는 되풀이해서 말했다.

"장차 어떻게 할 계획이세요, 밀러 양?"

"계획이요? 오오, 괜찮아요, 클랜든 씨, 제 걱정은 하지 마세요."
그녀는 말했다.

그는 그녀에게 경제적인 도움이 필요 없다는 뜻으로 받아들였
다. 그러고는 이런 종류의 제안은 편지로 하는 게 낫겠다고 생각
했다. 지금으로서는 그가 할 수 있는 일은 그녀의 손을 꼭 잡으면
서 "밀러 양, 혹시라도 내 도움이 필요하면 기꺼이 돕겠으니 잊지
마세요……"라고 말하는 것뿐이었다. 그러고는 그가 문을 열었
다. 잠깐 동안 문지방에서 마치 갑작스럽게 어떤 생각이 떠오르
기라도 한 것처럼 그녀는 걸음을 멈추었다.

"클랜든 씨." 그녀는 처음으로 그를 똑바로 쳐다보면서 말문
을 열었다. 그도 처음으로, 분명히 동정적이지만 그래도 다른 한
편으로는 무언가를 탐색하는 듯한 그녀의 시선에 어리둥절했
다. "언제라도" [그녀가] 말하고 있었다. "제가 선생님을 도와드
릴 일이 생기면, 선생님의 부인을 위해서 기꺼이 도와드리겠습니
다……"

그 말을 남기고 그녀는 떠났다. 그녀가 한 말과 그 말을 할 때의
표정은 자못 의외였다. 마치 그녀는 그가 그녀의 도움을 필요로
할 것을 믿고 바라는 듯했다. 의자에 돌아오자 이상한, 어쩌면 환
상적이기까지 한 생각이 그에게 떠올랐다. 그가 그녀를 거의 알
아차리지도 못했던 그 기나긴 세월 동안 그녀는 소설가들이 말
하듯이 그에게 쭉 연정을 품어왔던 것일까? 지나가면서 그는 거
울 속에 비친 자신의 모습을 바라다보았다. 그는 이미 오십이 넘
었다. 그러나 거울이 보여주듯이 아직도 대단히 준수하다는 사실
을 인정하지 않을 수 없었다.

"가엾은 시시 밀러!" 반쯤은 웃으면서 그는 말했다. 그는 아내와 함께 이 농담을 즐기고 싶었다. 그는 본능적으로 아내의 일기가 놓여 있는 곳으로 고개를 돌렸다. 되는대로 펼치면서 "길버트는 너무도 멋져 보였다……" 하고 읽어나갔다. 마치 아내가 그의 질문에 답을 한 듯했다. 물론, '당신은 여자들에게 대단히 인기가 있어요'라고 말하고 있는 것 같았다. 물론 시시 밀러도 똑같이 느꼈을 것이다. 그는 계속해서 읽어나갔다. "그의 아내라는 사실이 얼마나 자랑스러운지!" 그 또한 그녀의 남편이라는 사실이 항상 자랑스러웠다. 그들이 외식을 할 때면 그는 얼마나 자주 테이블 맞은편의 그녀를 바라보며 그녀가 여기 있는 여인들 중에서 가장 아름답다고 생각했던가. 그는 더 읽어 내려갔다. 그가 처음으로 국회의원 선거에 출마한 해. 그들은 그의 선거구를 순회했다. "길버트가 연설을 마치고 자리에 앉았을 때 청중의 박수갈채는 대단했다. 모두 일어나서 그를 칭송하는 노래를 불렀다. 나는 감격했다." 그 일도 생각났다. 그때 그녀는 단상 위, 그의 옆에 앉아 있었다. 그는 자신을 흘깃 바라보던 그녀의 시선을 아직도 기억할 수 있었다. 그녀의 눈에 감격의 눈물이 고여 있던 것도. 그러고는? 그는 몇 페이지를 넘겼다. 그들은 베니스로 갔다. 그는 선거가 끝난 후에 즐겼던 그 행복했던 휴일이 생각났다. "우리는 플로리언 가에서 경영하는 아이스크림 가게에서 아이스크림을 먹었다." 그는 미소 지었다―그녀는 그때까지도 아기처럼 아이스크림을 좋아했다. "길버트가 베니스의 역사에 관해서 대단히 재미있는 이야기를 해주었다. 그는 내게 도제들[1]이 ……했다는 이야기를 해주었다." 그녀는 이 모든 것을 여학생 같은 필체로 적어놓았다. 안젤라와 함께 여행하는 즐거움 가운데 하나는 그녀

---

1   옛날의 베니스(697~1797)와 제노아(1339~1797, 1802~1805) 두 공화국의 총독.

가 무엇이든 열심히 배우려 했다는 것이다. 그녀는 마치 바로 그것이 매력인 것을 모르기나 하는 것처럼 늘 자기는 너무 무식하다고 말하곤 했다. 그리고—그는 다음 일기장을 펼쳤다—그들은 런던에 돌아와 있었다. "나는 좋은 인상을 주고 싶었다. 그래서 웨딩드레스를 입었다." 그는 이제 그녀가 늙은 에드워드 경 옆에 앉아 있는 것을 볼 수 있었다. 그의 상사인, 그 경외감을 불러일으키는 막강한 늙은이를 정복하고 있는 그녀의 모습을 떠올릴 수 있었다. 그는 빨리빨리 읽어나갔다. 그녀가 단편적으로 적어놓은 내용에 장면 장면을 채워 넣으면서. "하원에서 저녁을 먹었다…… 로브그로브 가의 저녁 파티에. L 부인이 내게 길버트의 아내로서 책임을 느끼고 있느냐고 물었다." 그러고는 세월이 지나가자—그는 또 한 권의 일기장을 글 쓰는 테이블에서 집어 들었다—이 시기에 그는 점점 더 자신의 일에 몰두하게 되었다. 물론 그녀는 더 자주 홀로 있었다. 그들 사이에 자식이 없었던 것이 그녀에게는 커다란 슬픔이었음이 분명했다. "길버트에게 아들이 하나 있었으면 하고 나는 얼마나 바라는지!" 일기의 한 부분에 적혀 있었다. 이상하게도 그는 자식이 없는 것을 그다지 유감스러워하지 않았다. 그 나름대로 인생은 너무도 충실하고 풍성했다. 그해 그는 정부에서 작은 직책을 하나 맡게 되었다. 별것 아니었는데도 그녀의 논평은 다음과 같았다. "나는 그가 반드시 수상이 될 것이라고 믿어 의심치 않아!" 글쎄, 그럴 수 있었을지도 모르지. 여기서 그는 잠깐 멈추고 어떻게 될 수도 있었을까, 하고 상상의 나래를 펴보았다. 정치는 도박이라고 그는 회고했다. 하지만 이 도박은 아직 끝나지 않았다. 남자 나이 오십에는 끝나지 않는 것이다. 더 많은 페이지를 빨리빨리 훑어보았다. 한결같이 그녀의 생활을 구성하고 있었던 작고, 시시껄렁하고, 즐겁고, 일상적인 일들로 가득 차 있었다.

　그는 다른 일기장을 집어 들고 아무 데나 펼쳤다. "나는 비겁하다! 나는 또 기회를 흘러가버리게 했다. 하지만 그는 생각할 거리가 많은데 내 일로 괴롭히는 것은 이기적인 것 같다. 우리가 단둘이 보내는 저녁이 거의 없다." 무슨 뜻이지? 오오 여기 설명이 있군—이스트 엔드[2]에 있는 그녀의 직장에 관한 일이었다. "마침내 나는 용기를 내서 길버트에게 말을 했다. 그는 정말로 친절하고 매우 자상했다. 그는 조금도 반대하지 않았다." 그도 그때의 대화가 생각났다. 그녀는 그에게 생활이 너무 따분하고 의미가 없다고 말했다. 그녀도 나름대로 일거리가 있었으면 한다고 말했다. 간단히 말하자면 그녀는 무언가 일을 하고 싶었던 것이다—바로 저 의자에 앉아서 이 말을 할 때 그녀가 너무도 아름답게 얼굴을 붉히던 생각이 났다—남을 돕는 일을 하고 싶다고 했다. 그는 그녀를 조금 놀렸다. 그의 뒷바라지와 살림을 하는 것만으로도 충분한 일거리가 되지 않느냐고? 하지만 그녀가 좋다면 물론 그는 전혀 이의가 없다고 했다. 일거리는 무엇인데? 어느 지구? 어느 위원회? 단, 과로해서 병나지 않는다는 약속만은 해야 해. 이리하여 매주 수요일 그녀는 화이트채플[3]에 갔다. 그곳에 갈 때 그녀가 입던 옷을 그가 몹시 싫어했던 기억이 났다. 그러나 그녀는 그 일을 대단히 중요하게 여기는 듯했다. 일기에는 다음과 같은 이야기로 가득 차 있었다. "존스 부인을 만났다…… 자녀가 열 명이나 되었다…… 남편은 사고로 한쪽 팔을 잃었다…… 릴리에게 일자리를 찾아주느라고 무진 애를 썼다." 그는 건너뛰면서 읽어나갔다. 이제 그의 이름은 덜 등장했다. 자연히 그의 흥미

2　영국 런던 동부의 하층민 거리, 공업지구.
3　영국 런던의 템스 강 북안의 타워 햄리츠의 한 지구.

도 반감했다. 일기의 어떤 부분은 그에게 아무 의미도 없었다. 예를 들어 "사회주의에 관해서 B. M.과 열띤 논쟁을 했다." B. M.이 누구지? 약자의 나머지 부분을 채워 넣을 수가 없었다. 어떤 여자겠지 하고 그는 생각했다 어떤 위원회에서 만난. "B. M.은 상류층을 격렬하게 비난했다…… 회의가 끝난 후 B. M.과 함께 돌아가서 그를 설득하려 애썼다. 하지만 그는 속이 너무 좁았다." 그러니까 B. M.은 분명히 자칭 '인텔리'라고 하는, 안젤라가 말하듯이 대단히 격렬하고 속이 좁은 남자였던 것이다. 그녀가 그를 초대했던 것이 분명했다. "B. M.이 정찬에 와주었다. 그런데 그가 미니와 악수를 했던 것이다!" 이 감탄 부호는 그의 정신적인 그림을 다시 한 번 뒤틀어놓았다. B. M.은 잔심부름하는 하녀의 위상을 잘 모르고 있었던 듯하다. 그러니까 미니와 악수를 했던 것이다. 아마도 그는 주로 부인들의 거실에서나 그의 견해를 토로하는, 별 볼 일 없는 노동자였던 모양이다. 길버트는 그런 유형을 잘 알고 있었고, B. M.이 누구였든 간에 이런 녀석은 전혀 좋아하지 않았다. 또 그에 관한 이야기가 나왔다. "B. M.과 함께 런던탑[4]에 갔다…… 그는 반드시 혁명이 일어난다고 말했다…… 그는 우리가 바보의 천국에 살고 있다고 말했다." 바로 B. M.다운 말이었다—길버트는 그가 그렇게 말하는 것을 직접 듣고 있는 기분이었다. 그는 그의 모습도 또렷하게 머릿속에 그려볼 수 있었다—작은 체구에 땅딸막하고 수염은 거칠고 붉은 넥타이를 매고 있으며, 이런 부류의 사람들이 늘 그렇듯이 트위드로 만든 옷을 입고 있고, 평생 단 하루도 성실하게 일을 한 적이 없는 인간의 모습을. 안젤라는 과연 그를 꿰뚫어 볼 안목이 있었을까? 그는 계

---

4 11세기 윌리엄 1세 때부터 건설하기 시작한 템스 강 북쪽 기슭의 성채. 원래는 왕궁이었으나 후에 국사범의 감옥, 조폐창 등으로 사용됨. 현재는 왕관, 무기, 고문 도구 등을 진열, 전시함.

속해서 읽어나갔다. "B. M.은 ……에 관해서 대단히 불쾌한 말을 했다." 그 이름은 주의 깊게 지워져 있었다. "나는 그에게 ……를 비난하는 이야기는 더 이상 듣지 않겠노라고 말했다." 이번에도 그 이름은 지워져 있었다. 혹시 그의 이름이었을까? 그가 들어왔을 때 안젤라가 일기장을 덮은 이유가 바로 이것이었나? 이생각은 그가 B. M.을 점점 더 싫어하게 만드는 데 일조했다. 세상에, 바로 이 방에서 주제넘게도 자기를 도마 위에 올려놓고 왈가왈부하다니. 그런데 안젤라는 왜 자기에게 그 이야기를 한마디도 하지 않았을까? 무언가를 숨기는 것은 전혀 그녀답지 않은 일이었다. 그녀는 솔직 담백함의 화신이었는데. 그는 일기장의 페이지를 넘기면서 B. M.에 관한 언급이 나올 때마다 뽑아 읽었다. "B. M.이 나에게 그의 어린 시절 이야기를 들려주었다. 그의 어머니는 날품팔이를 했다고 했다…… 그 생각을 하면 나는 계속 이렇게 사치스럽게 살아가는 것을 견딜 수가 없다…… 모자 하나에 삼 기니를 주고 사다니!" 그녀로서는 도저히 이해할 수 없는 문제들에 관해서 이해해보려고 머리를 쥐어짜느니 이 문제를 그와 제대로 토의할 수 있기만 했더라면 얼마나 좋았을까! B. M.은 그녀에게 계속 책을 빌려주었다. 칼 마르크스. 『다가오는 혁명』. B. M.이라는, 이름의 첫 글자들은 계속해서 나타났다. 한데 왜 전체 이름은 나타나지는 않는 건가? 이름의 첫 글자만 쓰면 격식을 차리지 않는 어떤 친밀감이 느껴지게 마련인데, 이것은 전혀 안젤라답지 않은 처사이다. 얼굴을 마주하고도 그를 B. M.이라고 불렀을까? 그는 읽어 내려갔다. "저녁 식사 후에 뜻밖에 B. M.이 찾아왔다. 다행히 나는 혼자 있었다." 단지 일 년 전 일이었다. "다행히"—왜 다행이지?—"나는 혼자 있었다." 그날 밤 그는 어디에 있었나? 그는 수첩에서 날짜를 점검해보았다. 그날은 시장 관

저에서 정찬이 있었다. 그리고 B. M.과 안젤라는 그날 저녁을 단 둘이 보냈던 것이다! 그는 그날 저녁의 기억을 되살려보려고 애를 썼다. 그가 귀가했을 때 그녀는 자지 않고 그를 기다리고 있었던가? 방 모습은 달라진 데가 없었던가? 테이블 위에 술잔들이 놓여 있었던가? 의자들이 바싹 끌어당겨져 있었나? 아무것도 생각나지 않았다—전혀 아무것도. 단지 시장 관저 정찬에서 그가 했던 연설만 생각났다. 그는 점점 더 뭐가 뭔지를 모르게 되었다—상황 전체가 도무지 이해되지 않았다. 그의 아내가 외간 남자를 혼자서 맞아들이는 이 상황을 어떻게 이해해야만 한단 말인가. 다음 일기장을 읽으면 알게 될지도 몰랐다. 그는 서둘러 일기장 가운데 마지막 것을 손을 뻗어 집어 들었다—그녀가 죽을 때 미완성인 채로 남겨놓은 일기장. 그 일기장 바로 첫 페이지에 그 망할 놈이 다시 등장했다. "B. M.과 단둘이 저녁을 먹었다……그는 대단히 초조해졌다. 그는 이제 바야흐로 우리가 서로를 이해하게 되었노라고 말했다…… 나는 그로 하여금 내 말에 귀를 기울이게 하려고 애를 썼다. 그러나 그는 들으려 하지 않았다. 그는 만약 내가 말을 듣지 않으면 ……이라고 협박했다." 그 페이지의 나머지 부분은 지워져 있었다. 그녀는 그 페이지에 온통 "이집트, 이집트, 이집트"라고 적어놓았다. 그는 한 자도 이해할 수가 없었다. 하지만 해석은 단 한 가지였다. 이 악당 놈이 그녀에게 그의 애인이 되어달라고 졸랐던 것이다. 그의 방에서 단둘이! 길버트의 얼굴에 피가 끓어올랐다. 그는 페이지들을 재빨리 넘겼다. 그녀는 뭐라고 대답했을까? 이름의 첫 글자들은 더 이상 나타나지 않았다. 이제는 단지 "그이"라고만 적어놓았다. "그이가 다시 찾아왔다. 나는 그에게 어떤 결심도 하지 못하겠노라고 했다…… 제발 나를 떠나달라고 애원했다." 아니 바로 이 집에서 그

놈이 내 아내에게 그의 생각을 강요했단 말인가? 그런데 그녀는 왜 자기에게 말하지 않았을까? 어떻게 잠시라도 망설일 수 있었단 말인가? 그다음에는 "내가 그에게 편지를 썼다"라고 적혀 있고, 다음 몇 페이지는 아무것도 씌어 있지 않은 채 있었다. 그리고 "내 편지에 답이 없었다"라고 씌어 있었다. 그러고는 다시 아무것도 적혀 있지 않은 페이지들이 계속되다가 "그는 협박했던 일을 마침내 실행에 옮기고 말았다"라는 문장이 나타났다. 그 후─그 이후에는 어떻게 된 거지? 그는 페이지를 한 장 한 장 넘겼다. 모두 비어 있었다. 그러나 거기 죽기 바로 전날 일기에 이렇게 적혀 있었다. "내가 그렇게 할 용기가 있을까?" 그게 끝이었다.

길버트 클랜든은 일기장을 밀어내어 마룻바닥에 떨어뜨렸다. 그는 바로 자신 앞에 있는 그녀를 볼 수 있었다. 그녀는 피커딜리가 연석 위에 서 있었다. 그녀는 강한 시선으로 노려보며, 주먹을 움켜쥐고 있었다. 그때 차가 왔다……

그는 참을 수가 없었다. 진실을 알아야만 했다. 그는 전화가 있는 곳으로 성큼성큼 걸어갔다.

"밀러 양!" 침묵이 흘렀다. 그러자 누군가가 방에서 움직이는 소리가 들렸다.

"시시 밀러입니다."─마침내 그녀가 전화를 받았다.

"B.M.이라는 작자가 도대체 누구요?" 그는 버럭 소리를 질렀다.

그는 그녀의 벽난로 위에 걸려 있는 싸구려 시계가 째깍거리는 소리를 들을 수 있었다. 그다음에는 긴 한숨 소리를. 드디어 그녀가 말했다.

"저의 오빠입니다."

그랬구나, 그녀의 오빠였구나. 자살한 오빠.

"제가 해명해드려야 할 게 있나요?" 그는 시시 밀러가 묻는 소리를 들었다.

"없소! 없단 말이오!" 그는 외쳤다.

그는 자신에게 남겨진 유산을 받았다. 아내가 그에게 진실을 말해주었다. 그녀는 죽은 연인을 만나기 위해 일부러 연석에서 차도로 내려선 것이었다. 남편인 자신에게서 도망치기 위해 연석에서 차도로 내려선 것이었다.

상징

The Symbol

그 산의 맨 꼭대기에는 달의 분화구와 같이 작게 움푹 팬 곳이 있었다. 그것은 눈으로 차 있고 비둘기의 가슴처럼 무지개 빛깔이 나거나 아니면 완전한 백색이었다. 가끔 메마른 입자들이 휘몰아쳤지만 무엇인가를 뒤덮거나 하지는 않았다. 그것은 살이나 털로 감싸인 숨 쉬는 생명체가 살기에는 너무나 높이 있었다. 눈은 늘 똑같이 한순간 무지갯빛이었다가 붉은 핏빛이 되고 그러고는 그날에 따라 순수한 백색이 되었다.

골짜기의 무덤은―산의 양편에는 각각 급격한 내리막 경사가 있었는데 우선 순전히 바위만 있고 눈이 침적토처럼 쌓여 있고, 더 아래쪽에는 소나무 한 그루가 돌출한 바위 하나를 꽉 쥐고 있고 그리고 외딴 오두막집이 있고 그리고 완전 초록의 받침 접시 같은 곳이 있고, 그리고 일군의 계란 껍데기 같은 지붕들이 있으며 드디어 맨 아래에는 마을과 호텔과 극장과 무덤이 있었던 것이다―호텔 근처의 교회 마당에 있는 무덤에는 등반을 하다 추락한 대여섯 남자들의 이름이 기록되어 있었다.

"저 산은," 호텔의 발코니에 앉아서 부인은 편지를 쓰고 있었다. "하나의 상징이야……" 그녀는 멈추었다. 안경을 통해 그녀는 맨 꼭대기를 볼 수 있었다. 그녀는 마치 그것이 어떤 상징인가를 알아보려고 하는 것처럼 렌즈의 초점을 맞추었다. 그녀는 버밍엄에 있는 언니에게 편지를 쓰고 있었다.

그 발코니는 극장의 칸막이 특등 관람석처럼 그 알프스 여름 휴양지의 중심가를 내려다보고 있었다. 그곳에는 사적인 거처방은 거의 없었고 그래서 연극도—그것 나름의 연극인 바, 즉 개막극류의 연극이—공공연히 공연되었다. 그것은 언제나 다소 임시적인 것으로 서막이나 개막극이었다. 시간을 보내기 위한 오락물이었으며 가령 결혼이나 혹은 심지어 오랜 우정과 같은 결론에는 거의 이르지 않는 것들이었다. 그런 연극에는 뭔가 환상적이고 공기와 같고 결론이 나지 않는 데가 있다. 이 고지까지 끌어올릴 수 있는 견고한 무엇은 거의 없었던 것이다. 집조차 허울만 좋게 보였다. 영국 아나운서의 목소리가 그 마을에 다다를 즈음에는 그 목소리는 비현실적인 것이 되었던 것이다.

안경을 내리면서 그녀는 저 아래 거리에서 출발할 준비를 하고 있는 젊은이들에게 고개를 끄덕였다. 그들 중 한 명과 그녀는 어떤 연관이 있었다—즉 그 젊은이의 고모 한 분이 그녀의 딸이 있는 학교의 선생님이었던 것이다.

잉크 방울이 끝에 묻어 있는 펜을 여전히 든 채로 그녀는 아래 등반객들에게 손을 흔들었다. 그녀는 그 산이 하나의 상징이라고 적었었다. 그러나 무엇에 대한 상징이지? 지난 세기 사십 년대에 두 사람이, 육십 년대에는 네 사람이 사라졌다. 첫 등반대는 로프가 끊어져서 그리고 두 번째 등반대는 밤에 얼어 죽었다. 우리는 늘 어떤 고지로 올라가고 있다. 그것은 상투적인 문구였다. 그러나 그 문구는, 안경을 통해 처녀 고지를 보고 난 후의 그녀 마음의 눈에 담겨 있는 것을 표현해내주지는 못하였다.

　그녀는 계속 썼다, 두서가 없이. "나는 왜 그것이 나로 하여금 와이트 섬을 생각하게 만드는지 의아해. 엄마가 돌아가시려고 할 때 우리가 엄마를 그곳으로 모시고 간 것을 언니는 기억하지. 그리고 나는 발코니에 서 있었고 보트가 들어왔을 때 승객들을 묘사하기도 했지. 내 생각에 그는 에드워드 씨임에 틀림없어…… 그는 배의 트랩을 막 내렸다고 나는 말했지. 그리고 이제 모든 승객들이 다 내렸지. 이제 사람들은 그 보트를 돌렸지…… 나는 한 번도 언니에게 말하지 않았어. 당연히 안 했지—언니는 인도에 있었고 루시를 낳을 예정이었으니까—의사 선생님이 오셨을 때 엄마는 또 한 주를 넘기기가 어렵습니다, 하고 아주 분명하게 말해주기를 내가 얼마나 고대했는가를 말이야. 또 다른 한 주라는 것이 매우 길어져서 엄마는 십팔 개월을 살았지. 저 산은 바로 지금, 내가 홀로 있었을 때 어떻게 내가 엄마의 죽음에서 눈을 떼지 않고 지켜보았는지를, 즉 하나의 상징으로 보았는지를 상기시켜주고 있어. 내가 그런 시점에—즉 내가 자유로워지는 시점에—언니도 기억하다시피 엄마가 돌아가실 때까지는 우리는 결혼할 수가 없었지—과연 도달할 수 있을까 없을까를 생각했어. 그때는 산 대신에 구름으로 충분했어. 그 시점에 이르면—나는 그 누구에게도 이야기한 적이 없었어. 왜냐하면 그것은 너무 매정해 보였으니까—나는 구름 꼭대기에 있을 것이라고 생각했지. 그리고 나는 너무나도 많은 면들을 상상해보았어. 우리는 물론 영국-인도계 가문의 출신이잖아. 나는 사람들이 하는 이야기를 들으면서 세상의 다른 지역에서 사람들이 어떻게 살고 있는가를 여전히 상상해볼 수 있어. 진흙 오두막집, 그리고 야만인들을 볼 수 있어. 코끼리들이 연못에서 물을 마시고 있는 것도 볼 수 있어.

우리 삼촌과 사촌들 중엔 정말 탐험가들이 많았잖아. 나는 항상 스스로 탐험을 하고 싶은 강한 욕망을 지니고 있었어. 그러나 물론 때가 왔을 때 우리의 오랜 약혼 기간을 고려해보니 결혼을 하는 것이 더 현명하게 보였어."

그녀는 거리를 가로질러 다른 발코니에서 매트를 털고 있는 여자를 쳐다보았다. 매일 아침 똑같은 시간에 그 여자는 밖으로 나왔다. 그녀의 발코니에 자갈돌 하나를 던져볼 수도 있었다. 그들은 사실상 거리를 가로질러 서로에게 미소를 짓는 시점에 도달하게 되었다.

"여기에 있는 작은 별장들은," 그녀는 펜을 집어 들면서 덧붙였다. "버밍엄에 있는 것과 거의 똑같아. 모든 집이 하숙인을 받아들이지. 호텔은 아주 만원이거든. 비록 단조롭기는 하지만 음식은 그리 나쁘지 않아. 그런데 물론 호텔은 전망이 아주 멋져. 모든 창문에서 그 산을 볼 수 있으니까. 하지만 그렇다면 그런 점은 그 동네 전체에 해당되지. 신문을 판매하는 —우리는 한 주 늦게 받아보고 있어 —가게에서 나오면서도 항상 그 산을 보게 되어 가끔 소리를 지르게 된다고 확실하게 말할 수 있으니 말이야. 어떤 때는 그것은 바로 길 건너에 있는 듯이 보여. 또 어떤 때는 구름처럼 보이는데 다만 결코 움직이지를 않지. 어쨌든 사람들의 이야기는, 심지어 병자들 사이에서조차 —병자는 어느 곳에나 있지 —늘 저 산에 대한 것이야. 오늘은 얼마나 또렷하게도 보이는가, 라고 하며 저 산이 길 건너에 있는 듯 보이거나, 혹은 얼마나 멀리 떨어져 보이는가, 라고 하며 저 산이 구름 같아 보이기도 한다는 거지. 그것은 평범하고 상투적인 문구지. 간밤의 폭풍우로 저 산이 한번 숨어버리기를 난 바랐어. 그러나 사람들이 멸치를 가지고 들어오니까 바로 그때에 W. 비숍 목사님이 "자, 봐요. 산이 나왔어요"라고 말하지 뭐야.

내가 이기적인 것일까? 그렇게 많은 괴로움이 있으므로 내 자신을 부끄러워해서는 안 되는 거지? 고통은 방문자들에게만 국한된 것이 아니야. 원주민들도 갑상선종으로 지독하게 고생들 하고 있어. 물론 사업을 하고 돈이 있다면 그것은 멈출 수도 있지. 끝내 치료할 수 없는 것에 지나치게 마음 쓰는 것을 부끄러워해서는 안 되는 거지? 저 산을 파괴하려면 지진이 필요할 거야, 바로 지진에 의해 그것이 만들어진 것처럼 말이야, 라고 나는 생각해. 요전 날 나는 집주인인 멜치오르 씨[1]에게 요즈음엔 지진이 없었냐고 물어보았어. 없었다고 그는 말하더군. 다만 산사태와 눈사태가 있었을 뿐이라고 했어. 알려진 바로는 그 산사태와 눈사태가 마을 전체를 덮어버린 적이 있다고 말했어. 그러나 여기에는 그러한 위험이 없다고 재빨리 덧붙였지.

이런 말들을 써 내려가면서 나는 산의 경사면에 있는 젊은이들을 아주 분명하게 볼 수가 있어. 그들은 같은 밧줄에 함께 몸을 매었어. 내가 언니에게 말했다고 생각되는데 그중 한 사람은 마거릿과 같은 학교에 있지. 이제 젊은이들은 빙하의 벌어진 틈을 건너고 있는 중……"

그녀가 발코니 탁자 위에서 미완성의 편지를 발견한 것은 탐색대가 시신들을 수습하고 난 그날 밤늦은 시간이 되어서였다. 그녀는 다시 한 번 펜을 잉크에 적셨다. 그리고 덧붙였다. "그 오래된 상투적 문구가 매우 편리하네. 그들은 산을 오르다 죽었다고…… 그리고 농부들은 봄꽃을 가져와 그들의 무덤에 놓았어. 그들은 ……을 발견하려고 시도하다가 죽었지."

1　울프의 아버지 레슬리 스티븐은 등산가로 잘 알려져 있었다. 그리고 당시 스위스의 유명한 알프스 등반 안내자들 중 한 사람의 이름이 멜치오르 안더레그였다고 한다.

어떤 적절한 결론이 있는 것 같지 않았다. 그래서 그녀는 "아이들에게 사랑을 보냄"이라고 덧붙이고 나서 그녀의 애칭을 덧붙였다.

해변 휴양지
The Watering Place

여느 해변의 도시처럼 그곳에는 온통 생선 냄새가 퍼져 있었다. 장난감 가게에는 왁스칠이 된, 딱딱하지만 부서지기 쉬운 조가비들이 가득했다. 주민들조차 조가비 같은 표정을 하고 있었다—마치 핀 끝에서 진짜 살아 있는 유기체가 빠져나가고 껍질만 남게 된 것처럼 지각없는 표정이었다. 산책하고 있는 노인들은 조가비들이었다. 노인들의 각반과 승마 바지, 작은 휴대용 망원경들이 그들을 장난감으로 만드는 듯했다. 사진틀의 가장자리와 거울에 박혀 있는 조개껍데기들이 더 이상 바다 깊은 곳에 있을 수 없는 것처럼, 그들도 더 이상 실제로 뱃사람이나 운동선수일 수는 없었다. 바지를 입고, 굽 높은 작은 구두를 신은 채, 라피아 가방을 들고 진주 목걸이를 한 여자들도 가정용품을 사기 위해 아침에 집을 나서는 실제 여성들의 외피처럼 보였다.

한 시에 이 부서지기 쉬운 왁스 칠한 조개류 주민들이 레스토랑에 함께 모여들었다. 레스토랑에서는 비릿한 냄새, 작은 청어류 물고기들과 청어들로 꽉 찬 그물을 끌어올린 조그만 어선 냄새가 났다. 그 식당에서는 틀림없이 엄청난 양의 생선이 소비되었

을 것이다. 심지어 첫 번째 층계참에 숙녀용이라고 표시된 방에
도 생선 냄새가 배어 있었다. 이 방은 하나의 문으로 분리되어 겨
우 두 개의 구역으로 나눠져있었다. 문의 한쪽 면에서는 자연의
욕구가 충족되었다. 다른 쪽에서는 세면대와 거울에서 기술이 자
연을 길들였다. 세 명의 젊은 숙녀들은 일상 의식儀式의 이 두 번
째 단계에 도달했다. 그들은 분첩과 작고 붉은 납작한 조각으로
자연을 개선시키고 굴복시키는 그들의 권리를 행사하고 있었다.
이렇게 하면서 동시에 그들은 이야기를 나누었다. 그러나 그들의
대화는 밀려 들어오는 조수의 굽이치는 파도로 인해 방해를 받
았다. 그런 뒤 조수가 물러나자 한 숙녀가 말하는 것이 들렸다.

"나는 그녀에게 전혀 관심 없었어요—선웃음 치는 작은 여
자…… 버트는 결코 큰 여자들에게 관심이 없었죠…… 당신은 그
가 돌아온 이후 그를 본 적이 있나요?…… 그의 눈…… 그 눈은 몹
시 파랗죠…… 작은 연못처럼…… 거트의 눈도 역시…… 두 사람
은 같은 눈을 가졌죠…… 당신이 그 눈 속을 내려다보고…… 그들
은 둘 다 같은 치아를 가졌어요…… 그는 그렇게 아름다운 하얀
이를 가졌어요…… 거트도…… 하지만 그의 이는 약간 비뚤어졌
죠…… 그가 미소 지을 때……"

물이 세차게 용솟음쳤다…… 조수가 거품을 일으킨 뒤 물러났
다. 그리고 다음 말을 털어놓았다. "그렇지만 그는 좀 더 조심했어
야 했어요. 만약 그가 그것을 하다 들키면, 그는 군법회의에 회부
될 거예요……" 옆 칸에서 많은 양의 물이 용솟음치며 흘러나왔
다. 해변 휴양지에서 조수는 영원히 가까이 오다 물러나다 하는
것 같다. 조수는 이 작은 물고기들을 드러낸다. 조수는 물고기들
위로 세차게 흐른다. 조수는 물러난다. 그리고 휴양지 전체에 퍼
져 있는 듯한 기묘한 비린 냄새가 매우 강하게 풍기면서 다시 물

고기가 나타난다.

　그러나 밤에 도시는 거의 천상의 세계인 것 같다. 수평선 위에 하얀빛이 빛난다. 거리에는 둥근 고리들과 작은 관(冠)들이 있다. 도시는 물속으로 가라앉았다. 그리고 뼈대는 요정의 등불 속에서만 분간될 뿐이다.

작품 해설

「필리스와 로자먼드」, 「불가사의한 V 양 사건」

—

서지문

    이 두 작품은, 울프와 그녀의 언니 바네사는 예외였으나 절대 다수의 동년배 여성들에게는 숙명이었던 자율성이 박탈된 삶을 사는 여성들의 내면에 대한 서글픈 고찰이라 할 수 있다. 익히 알려진 바와 같이, 당시 여성들은 삶의 지상과제이며 존재 이유의 성취가 결혼이었다. 유럽에서 양갓집 규수들의 결혼은 동시대의 동양에서처럼 개인의 선택권이 철저히 배제된 것은 아니었지만 서양 사극에서 보는 것처럼 환상적인 무도회에서 상대를 만나서 꿈 같은 연애 끝에 안착하는 낙원이 아니었다. 계층과 경제 상황, 가풍에 따라 차이가 컸지만 '필리스와 로자먼드'의 자매가 보편적인 경우가 아니었을까. 필리스와 로자먼드는 친정에서는 그저 좀 덜 험한 일을 하는 하녀와 같은 존재로 낮에도 자기 방에서 독서를 하거나 정원이나 이웃 공원을 마음대로 거닐 수 있는 '자유'

가 전혀 없었다. 어머니가 자기 외출복을 수선해놓으라면 반드시 해놓아야하고 손님이 오니까 응접실에서 접대를 하라면 해야 했고, 어머니가 신랑감으로 지목해주는 사람에게 호감을 사기 위해서—라기보다 (신랑감도 그녀에게 특별한 호감이 있어서 구애한다기보다는 그저 여러모로 적절한 신부감이라고 판단해서 형식적인 접근을 하는 것이었으므로) 갈등이 일어나지 않도록—신경을 써야 했다. 특별히 마음에 들지는 않아도 크게 거부감을 일으키지 않는 신랑감도 흔한 것이 아니라서 놓치지 않는 것이 현명한 일임은 분명하지만 자신의 그런 처지에 대한 내적인 반발은 어쩔 수 없는 일이다. 물론, 물론 끼니를 잇기 어렵다거나 생활전선에서 막일을 하며 뭇 남자의 성희롱에 시달려야 하는 여성에게는 그런 처지라도 무척이나 부러운 것이겠지만 그래도 이 작품에서 보여주듯 그 처지는 몹시 암담한 것이고 그것을 받아들이는 것은 굳건한 의지력이 필요한 것이었다.

당시 여성의 위치가 이런 것이었기 때문에 큰 사업가의 딸로 태어나서 유망한 사업가나 정치가와 결혼해서 런던의 사교계의 한 축이 될 수도 있었던 플로렌스 나이팅게일이 그 꼭두각시 같은 삶을 거부하고 당시에는 하녀나 다름없게, 또는 하녀보다도 더 비천한 직종으로 생각되었던 간호사를 택했던 것이 아닌가. 사실은 간호사 자체를 선망해서라기보다 1850년대 초에 여성이 어떤 전문직 트레이닝을 받을 수 있는 기관이 전무하다시피 했는데 마침 그때 독일에 간호학교가 생겨서 나이팅게일이 독일까지 유학을 가서 전문직 교육을 받아온 것이었다. 울프 가의 자매 버지니아와 바네사도 아버지 서재에서 딸들에게 금지된 책이 없는, 무제한 독서가 허용된 매우 예외적인 삶을 살았지만 그래도 그들의 삶의 반경은 가정이었다. 오빠와 남동생처럼 케임브리지

대학에 가서 Apostles(사도師徒)라는 동아리에 들어가서 매일 밤 밤새 세계와 문명과 인간에 대한 토론을 하고, 라전어와 희랍어를 배워 인간 지혜의 근원에서 목을 추기는 삶은 그녀들에게는 원천 차단된 것이었다. 그래서 버지니아는 30세 넘어서 경제적으로 자립하게 된 후에 희랍어 가정교사를 초빙해서 혼자 희랍어를 공부했다. 이 단편은 울프가 자신과 같은 (제한적인) 특권도 누리지 못했던 대다수 여성들이 사는 '고요한 절망의 삶'의 실상을 제시해준다.

「불가사의한 V 양 사건」도 언제나 그림자처럼 자신을 드러내지 않고 누구에게나 상냥하고 겸손했던, 그래서 모든 사람에게 인생의 영원한 엑스트라로 간주되었던 V 양의 존재에 대한 성찰이다. 화자는 한동안 어쩐지 허전하다는 희미한 느낌을 갖다가 어느 날 그것이 V 양의 모습이 보이지 않아서였음을 깨닫고 그녀를 찾아가 보기로 한다. 옷을 입고 나가면서도 자신이 마치 그림자를 찾아 나서는 것같이 생각되지만 그녀의 집에 도착해보니 그녀가 두 달 동안 아팠다가 그 전날 죽었다는 사실을 알게 된다. 한 번도 자신의 의견이나 감정을 표출하지 않고 타인을 위한 소도구처럼 조용히 존재했던 한 여성의 조용한 선의를 더 이상 면대할 수도 없고 인간적으로 만나볼 기회도 영원히 사라진 것이다. 우리가 우리 주변에서 자주 만나면서도 그저 우리 인생의 한 개의 장치로 간주하고 우리와 같은 감정과 사고의 존재임을 간과하는 사람이 얼마나 많은가? 그리고 그들의 존재감을 느끼지 못한 것은 우리 자신의 돌이킬 수 없는 손실이 아닌가?

「조앤 마틴 양의 저널」

—

정명희

이 작품은 중세 일기를 현대 여자 역사가의 이야기라는 틀에
끼워 역사와 사회에서 그림자와 같은 여자의 위치를 탐색한다.
작품의 화자 로자먼드 메리듀는 역사가로서 사실과 허구를 섞어
과거를 서술해서 논쟁을 일으키는데, 울프의 대변인 역할을 한다
고 할 수 있다. 울프는 가부장제 사회가 남자들이 쓴 역사, 정치가
와 장군들과 같은 소위 위대한 영웅들 이야기에만 집중하고, 평
범한 사람들, 특히 여자들의 집 안에서의 삶을 도외시한 것을 자
주 지적했다. 이야기에서 마틴 씨가 중세 삶을 기록한 조앤 할머
니의 일기보다는 윌로비 할아버지의 종마 책을 중시하는 것은
이런 태도를 잘 보여준다.

이런 주제들은 울프의 다른 작품들에서도 자주 다루어지는 아
주 친근한 것들이다. 하지만 많은 비평가들은 이 작품이 등장인
물에 대한 묘사나 톤에 있어서 울프가 비판했던 아놀드 베넷이
나 존 갤스워시의 작품들과 유사하다고 지적한다. 이 작품은 초
기작으로 울프의 강력한 수정 작업이 이루어지지 않아 완성도가
떨어진다고 자주 평가된다. 내용은 분명 중세의 이야기를 다루고
있지만 언어나 스타일이 너무도 현대적이고, 조앤의 일상, 남자
들과 전쟁, 그리고 결혼과 사회 계급에 대한 그녀의 상념들 또한
너무도 자의식적이고 예측 가능한 내용들이라는 것이다.

그러나 이 단편은 울프 평생의 관심사, 여성 이야기, 남자의 공
적 역사 속에 묻힌 여자의 사적인 이야기 또한 실재, 사실을 능가
하는 상상 속 허구의 가능한 파워 같은 이슈들을 상대적으로 순

진한 조앤의 목소리를 통해서 만날 수 있는 흥미로운 작품이다.

「펜텔리쿠스 산정에서의 대화」

—

윤희환

　「펜텔리쿠스 산정에서의 대화」는 영국 여행가 몇 명이 그리스의 펜텔리쿠스 산을 하산하면서 나누는 가상의 대화를 한 편의 단편소설로 엮어낸 것인데, 그들의 대화의 주제는 동물, 포도주, 치즈 제조법, 고대 국가에 있어서의 여성의 지위 등 다양한 영역을 망라한다. 그러나 그들의 대화는 그리스어 혹은 그리스 문명·문화에 대한 현대적 해석의 문제로 거듭 되돌아온다. 그 해석은 다분히 영국인들 고유의 시각인데, 그들은 영국의 문물과 그리스의 문물을 비교하거나 대조시키면서 그리스의 과거, 현재, 미래에 대한 분석을 진행시킨다. 예컨대 밀턴의 작품을 읽으면서 자꾸만 그리스적인 수사를 덧붙이지 말라고 경고하거나, 펜텔리쿠스 산을 바라보면서 그것이 채석장으로 이용되었던 사실만 떠올릴 것이 아니라, 채석의 노역에 지친 그리스 노예의 삶 역시 되짚어봐야 한다는 것이다. 또한 한 덩이의 돌을 다듬어 조각상을 만들 경우, 그 창작 과정엔 예술가의 창의성뿐 아니라 돌 자체의 물성까지 개입된다는 것이다. 종횡무진 펼쳐지는 그들의 대화를 경청하다 보면, 독자들은 버지니아 울프의 지적인 배경과 역량이 엄청나다는 사실에 새삼 놀라게 된다. 작품의 종반부에선 올리브 숲가에서 그리스 수사 한 분을 만나는데, 그의 강렬한 눈빛에서 그들은 그리스 문명의 현재성의 현현顯現을 읽어내면서 최초의 인간의 모습을 떠올리기도 한다. 이 작품은 단편소설임에도 불구하고 다양하고 깊이 있는 사유를 유도하는 대단히 현학적인 작품이다.

「벽 위에 난 자국」

—

정명희

이 작품은 낭만주의 시의 영향을 받은 모더니즘 소설의 면모를 잘 보여준다. 이야기는 일종의 백일몽으로, 내면 의식세계로 깊이 들어가 윌리엄 워즈워스가 얘기하는 "평온한 가운데 회상된 감정emotion recollected in tranquility"을 보여준다.

이 단편을 일반적인 이야기로 이해한다면, 플롯은 세 부분으로 나누어 요약할 수 있다. 첫째, 화자는 자국이 못의 구멍이라고 생각한다. 둘째 부분에서, 자국은 아마도 이파리 때문이라고 추측한다. 세 번째 부분에서는 못같이 작게 돌출한 것으로 생각하며, 소위 골동품 연구가들의 행태를 풍자하지만, 결국 자국은 달팽이로 판명된다. 하지만 작품에서 중요한 것은 자국이 달팽이였다는 것보다는, 화자의 경험을 그대로 재현하는 사색의 과정이다. 마치 낭만주의 시대의 명상시meditative poem처럼, 실재하는 벽 위에 난 자국은 화자의 상상력이 움직여나가는 정점이 되어 생각을 논리적으로 전개하게 해준다. 그리고 생각 속에서 현재와 과거라는 일상적 구분, 현재와 과거 사이의 장벽은 사라지며, 작품의 구성과 고찰하는 내용 모두에서 기발한 창의성이 드러난다. 특히 울프의 사색은 침체되거나 쓸모없이 철학적이지 않으며, 극적인 일관성을 유지한다. 그러나 이런 전개는 낭만주의 시에서 흔히 그렇듯이 어떤 인식의 성장으로 발전하지 않는다.

「큐 가든」

—

박선옥

런던의 남서부에 자리 잡은 '큐 가든Kew Gardens'은 유네스코에서 세계유산으로 지정한 왕립 식물원으로 수 세기에 걸쳐 오랜 역사와 빼어난 풍광으로 유명하다. 식물원 내에는 야자수 온실, 온대 식물 온실, 오렌지 온실, 탑 등 40여 동의 건물들이 들어서 있고, 매년 수많은 관람객들이 다녀간다.

이 작품은 큐 가든을 오가는 군상들과 화단 위의 꽃들, 그리고 그 아래 땅바닥을 기어 다니는 달팽이의 세계를 보여주는데, 마치 카메라를 줌인 혹은 줌아웃 하듯이 미시의 세계와 거시의 세계를 오가면서 자연과 인간, 그리고 인간과 인간을 통합시키고 있다.

장편소설 『파도』의 각 에피소드 앞에 있는 '서곡'처럼 서정시의 분위기를 띠고 있는 이 작품은 단편소설이라기보다는 서정시에 가까운 에세이의 형식을 취하고 있다. 이러한 실험적 형식과 더불어 풍부한 암시를 통해 미시의 세계와 거시의 세계를 교묘하게 통합시키는 내용에 있어서도 예술적 완성도가 높은 작품으로 평가받고 있다.

작품의 서두에서 화단의 꽃잎 위에 비쳐 반사되는 갖가지 색깔들은 꽃잎 위에 맺힌 이슬과 흙, 그리고 땅 위의 작은 세계에서 제 나름의 삶의 목표를 가지고 움직이는 달팽이 껍질에 반사되고, 그 빛은 또한 이 정원을 거닐고 있는 인간들의 눈에 아름답게 비쳐 들어오면서 인간을 포함한 자연의 세계가 함께 어우러진다. 이어서 지나가는 네 쌍의 사람들, 그리고 그 사이사이에 달팽이의 진지한 삶의 고투를 그린 묘사는 그 형식의 면에 있어서 자연의 세계를 묘사한 서곡과 인간의 이야기가 담긴 에피소드가 교차되는 장편소설『파도』를 떠올린다. 특히 울프는 인간의 세계와 대조되는 작은 미물의 세계를 그리기 위해 다른 작품에 서도 종종 달팽이의 비유를 사용하는데, 이 작품에서도 달팽이가 그저 하찮은 미물이 아닌 나름의 삶의 목표를 설정하고 그 목표를 향해 심사숙고하여 결단을 내리는, 인간의 삶의 방식과 다름없는 존재로 묘사된다. 이것은 다시 관점을 바꾸면 인간이라는 존재 역시 달팽이와 크게 다를 바가 없이 자연의 일부에 귀속되는 존재라는 것을 간결하게 보여주는 장치이다. 작가의 이러한 존재론은 마지막에 등장하는 한 쌍의 젊은 남녀를 통해 암시되는 성적인 비유가 작품의 첫머리에서 화단의 꽃 모양을 묘사하는 대담한 비유와 맞물리면서 자연 속에서 순환하는 신비한 생명력의 힘에 통합되는 인간의 모습을 통해 다시 한 번 확인된다.

「저녁 파티」

—

김정

「저녁 파티」는 수잔 딕이 울프의 단편집을 발간할 때까지 출판이 안 된 채로 남아 있던 미발표 원고였다. 화자가 불분명한 채로 마치 희곡처럼 직접 화법으로 이어지는 이야기는 독자 또한 파티에 초대된 손님으로 화자와 함께 우연히 대화를 엿듣고 그 인상을 공유하는 듯한 느낌을 불러일으킨다. 울프에게 있어 파티는 여러 종류의 사람들을 한 장소에 모아놓고 관찰할 수 있는 아주 편리한 장치로 '사교적 유형과 태도가 적나라하게 드러나는 소우주'일 뿐만 아니라 파티라는 겉치레 밑에 깔린 삶의 속살을 훨씬 잘 포착할 수 있는 도구이기도 했다. 주인공이 따로 있기보다는 불분명한 대화와 우연히 듣게 되는 목소리들의 혼합으로 이루어진 '이야기 없는 이야기'는 역설적으로 작가인 울프가 독자들의 귀에 급박하게 속삭여주는 듯한 긴장감이 있다. 누가 말을 하고 있는지 알 수 없는 채로 드러나는 파티의 속성을 통해 울프는 일종의 대비 효과를 보여준다. 자연적인 것과 인공적인 것, 예술과 삶, 고통과 경박함 등이 작가의 분석적 통제 없이 그려져 있는 것이다. 구체화되지 않아 파악하기 어려운 화자의 회피적인 보조로 미루어 볼 때 아마 이 작품은 울프의 여타 '파티 의식party consciousness'을 다룬 작품들의 어떤 시험 작으로 생각되며 그런 이유로 수정도 않고 출판도 하지 않았던 것으로 보인다.

「단단한 물체들」

—

김정

　「단단한 물체들」은 1920년 10월 22일자 『아테네움』에 실렸던 것으로 단단한 물체를 손에 넣고자 하는 주인공 존의 강박이 어떻게 자신과 주변과의 사이에 유연성을 잃게 하고 마침내 세상으로부터 자신을 격리시키는가 하는 과정을 잘 보여주고 있다. 어떤 확고한 형태에 대한 집착이 의사소통의 실패로까지 이어지는 이 '소통의 실패'는 울프의 반복적 주제로, 특히 울프는 형식에 대한 예술가의 강박이 어떻게 실패를 자초하고 대중을 잃을 수 있는지 보여주고자 한다. 그런 맥락에서 「단단한 물체들」은 거리 유지에 실패한 예술가의 이야기이자, 내용을 형태로 대치한, 또는 창작을 우연한 횡재로 대치한 예술가의 이야기로 읽힐 수 있으며 존은 예술적 목적에만 헌신하는 예술가의 원형으로도 볼 수 있는 것이다. 버려진 것들 중에서 존이 수집하는 기괴한 물체들은 어쩌면 작가가 존과 찰스를 작중인물로 수집해 작품 속에 넣는 과정과 평행을 이루는 것으로, 작가의 삶에 대한 해석이 너무 기이하고 상궤를 벗어나면 작가 스스로 자신이 만든 세계 속에 갇혀 독자를 잃게 된다는 점을 보여주고 있는지도 모른다. 제목인 '단단한 물체들Solid Objects'의 다중적 의미와 상징성에도 유의하는 것이 작품 이해에 도움이 될 것이다.

「동감」
—
김정

「동감」은 죽음을 이해하고자 하는 성찰이자 죽음이 살아 있는 사람들에게 남긴 영향에 대한 이야기다. 신문 부고란에서 아는 사람의 죽음을 접하고 그 사람의 죽음에, 그리고 남겨진 부인의 슬픔과 고통에 동감하는 내용으로 죽음이 우리에게 가져다준 상황의 변화와 사념의 변용을 화자의 의식의 흐름으로 탁월하게 그려낸 소설이다. 작품을 위한 단상에 쓰여 있는 대로 "죽음, 얼마나 위대한 것인가! 죽음, 얼마나 달콤한 것인가!······ 오, 죽음 얼마나 대단한 속임수인가!" 하는 내용이 화자의 민감한 마음의 움직임을 타고 고스란히 전해진다. 죽음이 불러일으키는 복합감정, 즉 처음 부고를 보고 느낀 사자에 대한 회한, 다음으로 이어지는 죽은 자의 아내에 대한 연민, 아내에서 미망인으로 바뀌는 과정을 상상하면서 죽음이 그녀에게 가져다준 통찰에 부러움을 느끼는 것까지가 세밀하게 펼쳐진다. 그 부러움은 다시 동감으로, 그리고 같이 나선 산책에서 발견한 존재와 비존재 사이에 있는 지빠귀의 알은 죽음 또한 우리가 넘어서야 하는 또 다른 경계임을 깨닫게 해준다. 끊임없이 흘러가는 삶의 한가운데에서 거대한 힘으로 작용하는 죽음을 서정시처럼 읊어나가다가 소설의 끝에서 보여주는 반전, 그 죽음이 동명의 아버지의 죽음으로 밝혀지면서 화자가 죽음에, 그 슬픔에 동감했던 과정이 전복되는 부분은 단편의 묘미를 더해준다. 이미 그 유명한 의식의 흐름 기법이 실험된 소설로 울프가 극세밀화로 그려낸 감성의 촉수 하나하나가 나비의 파닥거림으로 다가오는 소설이다.

「씌어지지 않은 소설」

—

김정

『밤과 낮』(1919)에서 『제이콥의 방』(1922)으로 이행하는 과정에 놓인 「씌어지지 않은 소설」은 울프의 소설적 실험에서 대단히 중요한 자리를 차지하는 단편으로 사실주의적 소설의 틀에서 벗어나 독자들에게 무엇인가 새로운 의식과 느낌을 전달하고 픈 울프의 작가적 욕구가 잘 드러나 있는 작품이다. 화자는 최소한의 자료로 소설을 읽어가고자 하는 상상력의 소유자 또는 소설가로 기차 앞자리에 앉은 나이 든 여자를 관찰한다. 화자는 머릿속으로 그녀가 삶의 황막함을 지우고자 애를 쓰는 사람이라고 생각하고 그 상황에 맞는 삶을 상상하고 만들어나간다. 이야기의 전개 과정이 상투적 멜로드라마나 어떤 유형에 따라 흘러가자 스스로에게 그 타당성을 묻기도 하면서 결국 이런 상투적인 삶의 묘사가 화자 자신의 문제가 아니라 우리 삶의 상투성이 주는 허물이라고 치부하는 것도 잊지 않는다. 즉 작가가 더 환상적인 것을 쓸 수 있다 하더라도 우리 삶의 실제 모습과 가까워야 한다는 작가의 강박이 그것을 가로막는다는 것이다. 그러나 앞자리에 앉은 여인에 대한 화자 나름의 상상과 현실을 뒤섞은 이 모든 이야기는 기차가 역에 닿고 미니 마시라고 이름 붙였던 여인이 마중 나온 아들을 만나 행복하게 역사驛舍를 떠나는 모습을 보면서 뒤집히게 된다. 슬프고 죄 많은 노처녀의 삶이 즐거운 모자의 모습으로 돌변하는 끝부분에 이르러 화자는 삶이 우리에게 느닷없이 선사하는 경이로움에 찬탄을 보낸다. 한 극단에서 다른 극단으로 치닫는 것으로 보일 수도 있는 이 결말은 상투적으로 상상하고 형식에 맞춰 쓰는 것에 대한 울프 나름의 공박으로, 결국 울프는 상상력의 한계뿐이 아니라 소설에서 다룰 수 있는 내용의 한계에 대해서도 이야기하고 있는 것이다. 울프가 끊임없이 시도했던, 형식뿐 아니라 내용에도 새로운 틀이 필요하다는 그녀의 실험 정신이 잘 드러나 있는 참으로 매력적인 작품이다.

「어떤 연구회」

—

이귀우

1920년에 쓰인 「어떤 연구회」(1921)는 울프의 다른 단편들과 달리 모더니스트로서의 실험적 기법이 사용되지 않은 특이한 단편이다. 그 대신 이 단편은 유머와 풍자로서 남성이 만들어온 문명, 그리고 그들이 가진 여성 비하적 시각을 신랄하게 비판하고 있다. 이런 점에서 『자기만의 방』(1929)과 『3기니』(1938)의 전신이라고 할 수 있다. 수잔 딕Susan Dick에 의하면 이 단편은 작품 속에서도 언급되는 당시의 유명 비평가 아놀드 베넷을 비롯한 몇몇 남성 비평가들이 여성이 남성보다 지적으로 열등하며 특히 창조성이 부족하다고 주장하자 이에 반발하여 쓰게 된 단편이다. 셰익스피어의 출현이 가능한 것은 선배 남성 문인들의 전통이 뒷받침해주었기 때문이라고 주장하는 『자기만의 방』과 비슷하게, 울프는 이 단편에서 여성들에게도 비판을 두려워하지 않고 자유롭게 생각을 나눌 수 있는 지적 모임과 전통을 만들어나가는 것이 필요함을 보여준다.

「어떤 연구회」 이야기는 회장인 카산드라의 일인칭 시점으로 전개된다. 그녀는 연구회가 시작된 연유를 다음과 같이 회고한다. 젊은 여성들이 결혼과 출산에 대해 의문 없이 물려받았던 통념에 의문을 갖게 되면서 연구회는 시작되었다. 그들은 글을 읽을 줄 아는 여성들이었지만 남성의 임무가 문명을 발전시키는 것이라면 여성들의 임무는 출산과 육아라고 믿었기에 남성들의 업적과 성과를 충분히 평가할 시간이 없었다. 그런데 아버지 유산을 상속받기 위해 그 명령대로 런던 도서관의 책을 다 읽게 된 폴이 자세하게 읽어보니 그 책들이 대부분 "엉터리"라고 폭로하는 바람에 이 여성들은 남성들의 성과물을 평가하기 위해 "질문"을 던지는 연구회를 결성하고 검토가 끝나기 전까지는 아이를 낳지 말자고 약속한 것이다.

각자 흩어져 대영박물관, 영국 해군, 옥스퍼드 대학, 왕립 미술원, 법원 등의 분야를 검토하고 때때로 연구회로 모여서 그 결과를 나누면서 그들은 남성들이 업적에 너무도 우스꽝스러운 면이 많다는 것을 알게 되며, 오 년이 지나도록 여성이 안심하고 계속 출산 육아에 전념해야 한다는 결론을 얻지 못한다. 또한 그들은 순결에 대한 개념을 다시 갖게 된다. 매력적인 남성과 사랑에 빠져 임신하게 된 카스탈리아 때문에 촉발된 논의에서 그들은 순결과 불결(타락)의 구별 자체가 문제라고 생각하게 된다. 경이로운 문명의 결과물도 많지만 빈부 격차와 노동자 문제, 식민지 지배 등 많은 문제가 있음을 논의하던 중 그들은 전쟁(1914년 1차 세계대전)이 발발했다는 소식에 낙심하며 남성들의 정치도 검토했어야 함을 깨닫는다.

오 년 동안의 전쟁이 끝난 후 카산드라는 카스탈리아와 함께 지난 회의록을 들여다보며 남성의 지성이 우월한 것은 여성들이 보살펴주었기 때문이고, 게다가 전쟁으로 입증된 지성의 폐해가 심각하므로 딸 세대에는 문명을 믿지 말고 자신을 믿으라고 가르쳐야겠다고 결심하며, 카스탈리아의 딸에게 차기 회장으로 선출되었다고 말해준다. 딸은 울음을 터뜨리지만 어머니 세대의 전통을 물려받은 딸 세대는 더 진전하여 앞으로 세상을 바꾸어나갈 방도를 찾을 것이라는 희망을 암시하고 있다.

「월요일 아니면 화요일」

—

박희진

1931년 울프는 일기에 다음과 같이 적고 있다. "「청색과 녹색」 그리고 「월요일 아니면 화요일」은 세차게 터져 나온 자유의 함성, 불분명하고, 말도 안 되고, 도저히 인쇄할 수 없는 외침에 불과한 것들이다." 확실히 이 작품은 전형적인 작품의 테두리에서 크게 벗어나 있다.

하지만 면밀히 살펴보면 한 번 쓴 것을 지운 듯 불분명하기는 하나 예술적 무늬가 보인다. 사건들은, 글쎄 사건들이라고 부를 수 있는지는 모르겠지만, 왜가리의 비상으로 시작해서 그의 귀환으로 끝난다. 비교적 분명한 이 두 축 사이에 하루의 전형적인 일들이 끼어든다. 버스의 운행, 종 시계의 울림, 차 마시는 일, 벽난로에 불을 붙이는 일 등. 이들과 뒤엉켜서 진리에 대한 파편적 언급이 되풀이된다.

이러한 장치를 도입한 것은 비교적 정돈된 자연의 세계(왜가리와 하늘로 나타나는)와 혼란스럽고 하찮은 인간 세계를 대비시키려 한 것이 아닌가 한다. 인간 세계에서 우리는 잡다한 일상에 파묻혀 진리 따위에는 거의 신경도 쓰지 않는다.

우연인지 울프는 실험적 시를 시도한 커밍스와 같이 문학을 언어의 한계를 뛰어넘어서 그림이나 음악의 세계로 끌고 가려고 부단히 애를 썼다.

「현악 사중주」

—

정명희

이 작품은 1921년 출판된 『월요일 아니면 화요일Monday or Tuesday』에 실린 여덟 개의 실험적인 단편들 중에 하나이다. 울프 생전에 출판된 유일한 단편집인 이 책은 그녀가 이전에 발표한 사실주의를 표방한 작품들, 『출항』이나 『밤과 낮』과는 확연히 구분되는 모더니즘 소설의 특징을 드러낸다.

울프는 이 단편에서 플롯에 의존한 사실주의적이고 직선적인 구성이 아니라, 변덕스럽고 임의적인 인상들과 생각과 대화의 조각들을 나열하는 모더니즘적인 의식의 흐름을 보여준다. 현악 사중주의 음악은 그 자체가 의미가 있는 것이 아니라, 그것을 듣는 일인칭 화자가 그것을 듣고 일어난 임의적이고 공상적인 반응들, 이미지들을 말로 표현하면서 이야기 전체를 구성하는 미학적인 역할을 하고, 이런 음악적인 구성은 이후 울프의 소설에서 아주 중요한 특징이다. 하지만 이 작품은 각자 다른 길로 헤어지는 마지막 간결한 대화를 통해서 현악 사중주가 내포하는 통합성에도 불구하고 화자와 우리 현대인의 근본적인 소외감을 분명히 한다.

「밖에서 본 여자대학」

—

진명희

『버지니아 울프 단편소설 전집』의 편집자인 수잔 딕에 따르면

1920년 7월에 초고가 쓰인 것으로 추정되는 이 단편은 1926년 11월 에딘버러 대학교 여학생회지인 『애틀랜타 갈런드』에 「밖에서 본 여자대학」이란 제목으로 발표되었다. 타자로 친 원고본 맨 앞장에 『제이콥의 방』이라고 썼다가 지운 흔적은 울프가 이 작품을 '제이콥의 방'에 이용할 계획이었음을 암시한다. "깃털처럼 하얀 달이 …… 내버려두지 않았다"는 이 단편의 첫 문장은 1922년 출판된 『제이콥의 방』(호가스 출판사, 1976년 판, 36쪽)에 그대로 다시 나타난다.

이 단편은 전반적으로 서정적인 분위기 묘사가 훌륭한 작품으로, 거의 모든 학생들이 잠들어 있는 한밤중 뉴넘 여자대학 기숙사의 내부를 달빛과 바람과 몇몇 방의 불빛을 통해 드러내 보여준다. 장래의 생계를 책임질 목적으로 대학 공부를 하는 안젤라 윌리엄스의 부지런한 삶의 모습과 고향에서 고생하시는 부모님을 걱정하는 마음이 회화적으로 묘사된다. 반면 카드놀이를 하며 "규칙과 일과표와 규율을 날려버리는 몸과 마음의 이 웃음소리"를 내뿜으며 늦은 밤의 자유를 즐기는 다른 여학생들의 모습이 대조적으로 그려진다.

작가는 즐겁게 노는 여학생들의 자유분방한 편안함과 집안 형편을 걱정해야 하는 근면한 안젤라의 대조적인 모습을 감상에 흐르지 않고 다소 신랄하지만 시적인 필치로 묘사하며, 여학생들의 유쾌한 자유로움과 젊음의 열망, 기대에 찬 미래에 대한 꿈을 펼쳐 보인다. 안젤라는 앨리스 애버리와 마음속 대화를 나누며, 자신의 머리를 어루만지고 키스를 하는 친구의 따뜻한 사랑에 의해, 현재의 힘든 삶의 터널 끝에는 희망에 빛나는 새로운 세상이 놓여 있음을 발견하게 된다.

울프는 한밤중 여학생 기숙사의 정경을 묘사하는 이 짧은 단편에서 여성 간의 따뜻한 동성애와 대학 교육을 받은 후 미래사회에서 새로운 역할을 담당할 젊은 세대 여성을 위한 희망의 메시지를 전달한다. 이 작품은 여성 간의 유대와 당면한 경제적 문제 등, 울프가 에세이나 소설에서 본격적으로 다루고 있는 가부장사회에서 여성의 위치와 역할과 같은 페미니즘 문제의 단초들을 사회 진출을 앞둔 한 여대생의 시각을 통해 제시한다는 점에서 의미가 있다. 또한 문체 면에 있어서도 그녀의 섬세한 심리묘사, 자연 풍경을 인간의 내면 풍경으로 전이시키는 솜씨 등이 유감없이 발휘된 작품이다.

「과수원에서」

—

오진숙

이 작품은 이와 비슷한 시기에 쓰인 「청색과 녹색」, 「월요일 아니면 화요일」과 더불어 단편소설이라기보다는 명상적 스케치이며 울프의 산문 중 가장 시적이며 이미지스트적인 것 중 하나로 여겨진다. 이 작품은 미랜더가 과수원의 사과나무 아래에서 잠을 자다가 차 마실 시간이 되어 황급히 깨어나는 똑같은 장면을 서로 다르게 스케치한 세 부분으로 나누어져 있다. 첫 부분에서 미랜더는 잠든 머리 위로 몇 층의 서로 다른 소리와 광경을 통해 수직적으로 점점 위로 올라가다가 차 마실 시간에 깨어난다. 두 번째 부분은 미랜더가 잠든 것이 아니라 어쩌면 생각을 하고 있었다는 가능성을 이야기하며 첫 부분에서 소개된 여러 층의 소리와 연관된 생각의 층을 수직적으로 점점 그녀의 의식 안으로 내려 들어가며 묘사하고 있다. 그녀의 생각은 일상적인 것에서부터 공상적인 것에 걸쳐 있다. 세 번째 부분은 앞의 두 부분과는 완전히 다르게 그녀가 잠이 들었는지 그렇지 않은지를 물으면서 수평적으로 과수원과 그 안의 나무, 땅, 새에 대한 묘사에 국한되어 있다. 결국 이 세 부분을 합치면 미랜더가 과수원에서 잠자다가 깨어나는 장면이 삼차원적인 입체감을 갖게 된다. 순수예술적 실험 작품이다.

「럭튼 유모의 커튼」

―

오진숙

울프는 1920년대에 두 차례 조카들을 위해 동화를 썼다(다른 작품은 「과부와 앵무새」이다). 이 작품은 특히 여자 조카인 앤 스티븐을 위해 썼다. 두 편의 동화 모두 쾌활하고 명랑한 작품이지만 각각 울프의 상이한 문학적 상상력과 스타일을 보여주고 있다. 이 작품은 순수한 판타지이다. 어느 부인을 위해 커튼을 바느질하고 있던 럭튼 유모가 잠이 들자 파란색 커튼의 무늬를 이루고 있던 동물과 마을 사람들이 살아서 움직이기 시작한다. 동물들은 풀을 뜯고 물을 마시러 호숫가로 가고 사람들은 급히 볼일을 보러 다닌다. 어느 때든 거인 괴물 럭튼이 깨어나 그들 모두를 마법에 걸어 꼼짝할 수 없게 만들 것이라는 것을 알면서 말이다. 이내 금파리 한 마리가 럭튼의 잠을 깨우자 커튼 속의 모든 동물과 사람들의 활동은 중지되고 럭튼은 다시 바느질을 계속한다.

인간이 잠든 동안 무생물이 살아서 움직인다는 것은 어린이

동화에서 흔히 보이는 모티프이다. 울프 이야기의 독특한 매력은 어린이다운 판타지를 거의 숨 쉴 틈 없는 긴 문장과 원숙한 시어에 결합하여 유치하지 않으면서 단순하고 분명한 스타일을 이뤄냈다는 점이다. 또한 어린이들에게는 나이 든 유모를 거인 괴물로 설정한 것이 장난스런 참신함을 더해주고 있다.

「새 옷」

—

정명희

이 단편은 1924년, 울프가 1925년 출간한 『댈러웨이 부인』을 쓰고 있을 즈음 쓴 작품이다. 작품에서 주인공 메이블 워링은 댈러웨이 부인의 파티에 참석하는데, 메이블의 '의식의 흐름'은 너무도 자신감이 부족하고 열등감에 시달리는, 고통스러울 정도로 자의식이 강한 인물을 드러낸다. 어떤 비평가들은 이런 메이블에 사교계의 파티와 그 파티를 위해서 옷 차려입기에 대한 두려움, 사람들 속에서의 소외감 등 자전적인 울프의 경험이 투영되었다고 지적한다.

메이블은 파티 내내 다른 사람들이 자신을 어떻게 인식하는지 근심하고 두려워한다. 동시에 그녀는 그렇게 주체성이 부족한 자신을 미워하며 그것이 바로 자신이 언제나 행복하지 못한 원인이라고 분석한다. 이제 그녀는 그렇게 남의 의견에 연연하는 자신을 끝내고, 멋진 연설이나 놀라운 책을 통해서 자신을 발전시키고 변화시킬 것을 결심한다. 메이블은 파티에서 즐거웠다고 댈러웨이 부인을 안심시키며 오래된 낡은 코트를 걸치고 파티를 나선다. 하지만 이 마지막 장면은 그녀의 실제 삶이 별로 변할 것 같지 않다는 다소 쓰라린 비평을 함축한다. 메이블이 결심한 변화는 한순간 황홀한 그녀의 상상이었다.

「조상들」

—

정덕애

1922년 10월 6일 울프는 노트에다 『집에서 또는 파티에서』라고 부를 책에 대해 적으면서 세 번째 장의 제목으로 「조상들」을 적고 있다. 「조상들」에 대한 스케치가 후에 「행복」이란 제목으로 1925년 3월 14일에 「단편을 위한 노트」에 기록되어 있다. 「조상들」은 1925년 5월에 쓰인 자필로 된 초본이 있으며 첫 페이지를 타이프로 찍고 저자가 수정한 원고 또한 남아 있다. 이 단편은 나중에 「댈러웨이 부인의 파티」에 포함되었다.

이 번역은 수잔 딕이 편집한 『버지니아 울프의 단편소설 전집』을 사용했는데 수잔 딕의 「조상들」은 처음 다섯 문단은 타이프로 친 원고에서 그리고 나머지는 자필본을 엮은 것이다. 수잔 딕은 울프가 지워버린 단어를 때론 문맥을 위해 괄호로 처리해 포함시켰다. 번역본에서 너무 과다한 괄호는 읽기를 방해하므로 필요한 경우만 제외하고 생략하였다.

이 이야기는 울프의 상상력이 어떻게 『댈러웨이 부인』에서 『등대로』로 발전하는지 짐작케 하는 작품이다. 노파인 밸런스 부인이 회상하는 장면은 『등대로』에서 램지 가족이 여름휴가를 보내는 스코틀랜드의 여름 별장을 연상시키며 또한 울프가 그렇게 아름답게 그려내고 있는 자신의 어린 시절이라는 이상향과 흡사하다. 밸런스 부인은 그러므로 『등대로』의 릴리의 전신이기도 하고 또한 어머니 생전의 어린 시절을 그리워하는 작자 자신의 또 다른 표상이기도 하다.

「소개」

—

진명희

처음 파티에 참석하여 불안하고 흥분된 상태인 릴리 에버릿의 의식을 탐색하는 「소개」는 젊은 여성의 개인적이며 사회적인 딜레마의 본질, 즉 세상에서 가장 위대한 존재로 군림하는 독단적이며 우월감에 젖은 남성의 힘과 노고로 이루어진 문명사회 속에 위협당하는 여성의 자아를 묘사한다. 릴리 에버릿은 스위프트 수석사제에 관해 그녀가 쓴 평론이 교수한테 최상의 칭찬을 받은 것을 상기하며, 파티에서도 자신의 진정한 자아와 같은 그 평론에 관한 생각에 사로잡힌다. 이러한 릴리의 의식은 인간 상호작용을 중시하며 파티를 즐기는 댈러웨이 부인이 밥 브린슬리를 소개함으로써 방해받고 위협당한다.

여성을 성공한 남성의 장식품으로 간주하는 사회에서, 지배하고 주장하는 데 익숙한 밥 브린슬리는 남성이 이룩한 업적이나 문명에 대한 우월감과 자신을 자랑하는 오만함 및 유희를 즐기듯 파리의 날개를 잡아 뜯는 남성의 이기적 잔혹함을 강조하여 보여준다. 자신만만한 밥 브린슬리와 스스로를 날개가 잡아 뜯기는 파리처럼 느끼는 릴리 에버릿의 짧은 만남의 상황을 통해, 울프는 남성이 이룬 업적들의 위압적 세계 속에 내면의 자아조차 포기하도록 위협당하는 여성의 의식을 장면과 분위기, 정교한 어법 등 구성상 일체감을 부여하여 보여준다.

작품 말미에 릴리는 "그녀의 목을 조이는 멍에처럼, 규제된 삶의 방식"인 남성이 이룩한 "문명"이 결국 "[나에게 달려 있어]"라고 생각한다. 그러나 울프는 이 부분을 괄호 안에 처리함으로써 문명사회에서 여성의 역할과 위치가 정당한 목소리를 내지 못하고 있음을 암시한다. 울프는 인간의 삶과 사회가 파티에서의 한순간에 집약된 이 짤막한 단편을 통해 남녀 양성이 평등한 사회에 대한 그녀의 희원을 릴리의 신속한 생각의 움직임과 순간의 고통 묘사와 더불어 전반적으로 생생하고 활기차게 묘사하고 있다.

「만남과 헤어짐」

—

손현주

이 작품은 울프가 사십 대 초반(1922~1925)에 쓴 단편들 중의 하나로 작중 인물들의 내면세계를 조명함으로써 개인 간의 의사소통의 가능성을 탐색하고 있다. 중년의 독신녀 루스 애닝은 파티에서 댈러웨이 부인의 소개로 사교계의 명사이며 시인인 로데릭 설을 만나게 된다. 이 둘은 잠시 동안 몇 마디의 대화를 나눈다. 우연히 캔터베리가 대화의 주제로 떠오르고 둘은 그 도시와 연계된 각자의 추억과 삶을 마음속에 떠올린다. 이 작품은 이러한 사소한 언급이 때로는 어떻게 존재의 가장 중요한 핵심을 건

드리고, 그것이 고립되어 있는 개인들에게 비록 짧은 순간이나마 깊은 차원에서의 의사소통을 가능케 할 수 있는가를 이 두 인물을 통해 보여주고 있다.

루스 애닝은 이십 년 전 잠시 방문했던 캔터베리에 대한 추억이 너무도 생생하게 자신의 기억 속에 각인되어 있고 그것이 자기 존재의 중요한 일부라는 것을 알고 있다. 로데릭 설 또한 자기 삶의 핵심에 캔터베리가 자리 잡고 있음을 인식하고 있다. 이 두 사람은 모두 상대방이 자신들의 삶에 있어서의 캔터베리의 중요성을 이해하지 못할 것이라 생각하면서도 일순간 어떤 깊은 교감의 가능성을 보게 된다. 그러나 자신들의 내면을 여는 것은 관습과 타성에 젖은 그들의 생활 방식에 너무나 커다란 모험이 되겠기에 그들은 다시 일상의 세계로 되돌아오게 된다.

이 짧은 단편에서 울프는 원숙한 솜씨로 한 개인의 마음속 깊은 곳에서 한순간에 스치는 존재 간의 교류 가능성과 그 내면의 갈등을 그려 보인다. 겉보기에는 특별할 것이 없는 일상의 사소한 한 가지 사건이 개인의 삶 전체에 지대한 의미를 지니는 순간일 수 있다는 것, 울프는 이러한 순간을 '존재의 순간들moments of being'이라고 부른다. 이 작품은 이러한 존재의 순간을 마치 사진작가가 순간을 포착해내는 것처럼 파티장의 한 구석에서 두 남녀가 나누는 짧은 대화 장면을 통해 포착해내고 있다.

「동족을 사랑한 남자」
—
진명희

본 단편은 이십 년 만에 길에서 우연히 만난 대학 동창 리처드 댈러웨이의 초대로 파티에 참석한 사회주의자인 변호사 엘리스와 역시 사회적 약자들에 대한 연민을 지녔으나 그것을 실천하기에는 자신이 무능함을 깨닫는 오키프 양, 두 사람이 리처드의 소개로 대화를 나누다가 결국 서로 증오하며 헤어지는 아이러니를 보여주는 작품이다.

사치와 부를 과시하는 댈러웨이 부인의 파티에 참석한 프리킷 엘리스는 순박하고 가난한 사람들의 고통을 무시하는 사회의 불의와 불공평함을 비판하며, 한가롭게 웃고 떠들며 고상한 체하는 파티 손님들에게 적대감을 느낀다. 그러나 검소하고 극기하며 사회의 악과 타락과 냉혹함에 맞서 싸우는 평범한 사람이라고 스스로 자만하는 엘리스는 자신의 공로를 널리 알려 공공연하게 인정받고 싶어 하는 욕망을 드러냄으로써 작가의 비판 대상이 된다. 울타리 너머로 파티를 기웃대는 불쌍한 여성과 아이들을 바라보며 자신도 편안하고 사치스런 파티를 즐기는 사람들과 같은 부류라는 인식으로 스스로 분노하는 오키프는 엘리스의 자만심과 무례함으로 인해 극도로 고통스럽고 불쾌한 상태에 이른다.

본래의 자필 원고 제목이 '동족을 사랑한 사람들Lovers of Their Kind'이라는 사실이 보여주듯이, 울프는 본 단편에서 인류를 사랑한다는 자부심을 갖고 있으나, 근본적으로 이기적이지 않고 자만하지 않는 순수한 인류애를 실현하지 못하는 인간의 부정적 측면을 원수처럼 헤어지는 두 주인공을 통해 역설적이며 풍자적으로 묘사한다.

「단순한 멜로디」
—
윤화지

「단순한 멜로디」는 카슬레이크가 파티에서 노퍽 황야의 그림을 보며명상하면서 그의 사고를 더듬어가는 내적 독백의 형식을 취한다. 그 그림은 그의 마음을 진정시키고 그에게 평온한 느낌을 준다. 그는 사람들이 겉으로는 서로 다르나 속으로는 유사성을 지녔으리라고 생각하며, 만약 그와 미어웨더 양과 여왕이 함께 황야를 산책하고 있다면 그들은 자연스럽고 편안하게 이야기를 나눌 것이며, 그들 간의 공통점을 발견할 수 있으리라고 확신한다. 또한 흥분해 있는 메이블 웨어링과 화난 표정의 스튜어트 엘튼도 런던을 벗어나 그와 함께 노퍽 황야에 있다면, 모두 편안한 마음으로 인간적인 공동 의식을 느낄 수 있으리라고 생각한다.

이 작품은 독자에게 사회적인 갈등이 개인의 내적 갈등에서 비롯된다는 것을 일깨워준다. 카슬레이크는 그의 생각이 표현될 때 감상적인 헛소리로 들릴 수 있으므로 마음으로 생각하는 것이 좋으며, 표현의 어려움은 용어의 남용에 있다고 생각한다. 그러므로 그는 언어로 표현하는 대신, 그림과 단순한 멜로디로 주의를 돌린다. 예술이, 인간과 사회에는 결여되어 있는 조화를 포함하고 있기 때문이다. 그는 사회와 개인들 간에 제각기 특유함이 있어서 그물에 갇힌 물고기들처럼 서로 싸우고 다툰다고 생각하며, 서로 상반된 사람들 간에는 화해란 없고, 사람들이 서로를 억압하고 자극한다는 역설만이 있을 뿐이라는 것을 깨닫는다.

이야기의 명상적인 특질은 카슬레이크의 사색을 통합시키는 세 요소인 그림, 단순한 멜로디, 그리고 물의 모티프를 전개시키는 데 도움을 준다. 이들은 사회의 파괴적인 경향과 대조되는 통합 예술 작품의 역할을 한다. 물은 이해를 상징하는 연못으로, 인간의 사상이 솟아오르는 봇물로, 그리고 인간이 살고 있는 저수지로 등장한다. 이것은 물고기의 심상으로 이어져 마지막으로 파티 참석자들이 "평안한 마음으로 나란히 서서 헤엄쳐" 가는 듯한 환상을 불러일으키는데, 이때 물은 예술과 사회와 자연과 이해심을 통합시켜주는 힘이 된다.

「하나의 요약」

—

윤화지

이 이야기는 매력적이며 자신감이 넘쳐 보이나, 스스로 사회 적응력이 없다고 느끼고 있는 사샤 래덤의 사색으로 이어진다. 그녀는 댈러웨이 부인의 파티에 참석하여 정원에서 버터럼 프리처드의 이야기를 들으며, 이 파티가 문명의 위대함을 보여주는 것이라 생각한다. 집과 런던, 그리고 파티에 모인 야회복 차림의 사람들이 그녀의 눈에는 고도로 발달된 문명의 위업으로 비치고, 정원의 나무와 집 옆에 놓인 나무통도 황금으로 덮인 것처럼 보인다.

그러나 그녀가 담 너머로 런던을 바라볼 때, 도시는 장화나 물통의 환영으로 그녀에게 비치며, 파티에 대한 그녀의 화려했던 관점이 갑자기 상반된 것으로 바뀐다. 그들은 같은 집, 같은 나무, 같은 둥근 나무통을 보지만 담 너머에서 물통의 모습을 보고, 또 무관심하고 냉정한 런던의 모습을 보았을 때, 그녀는 더 이상 세상을 찬양할 수 없었다. 파티와 댈러웨이의 집과 사람들도 평범하고 단조로운 것으로 변해버린다. 래덤 부인은 이 두 가지 환영 중 어떤 것이 진실일까 자문해보며 그 해답을 나무의 모습에서, 그리고 자신의 영혼이 짝 잃은 새처럼 나무에 앉아 있는 것처럼 보인다는 사실에서 얻는다. 이야기의 클라이맥스는 버트럼이 그녀에게 집으로 들어가자고 제안하는 바로 그 순간, 그녀가 담 너머를 엿볼 때 일어나는데, 바로 그때 그녀는 누군가의 절규를 들으며, 그녀의 영혼이 놀란 새처럼 날아가버리는 것을 본다.

이 두 가지 환영, 즉 사회와 고도로 달성된 문명에 대한 환영, 그리고 단조롭고 냉담한 이들에 대한 또 다른 환영은 파티가 이루어내는 인간관계를 "인류 최상의 업적"이라고 생각하는 래덤 부인의 의식과, 댈러웨이 부인의 정원 담 너머에 존재했던 원시시대의 위험하고 야수적인 세계와의 대조를 보여준다. 외로운 새의 모습을 한 영혼에 대한 그녀의 환영은 개인이란 항상 고독하며 고립되어 있다는 것을 암시한다.

「거울 속의 여인: 반영」

—

김영주

1929년에 발표된 「거울 속의 여인: 반영」은 빈 거실에서 잠시 정원에 나간 집주인 이사벨라 타이슨을 기다리는 한 화자의 상넘을 뒤따르는 형식의 짧은 이야기이다. 마치 몸을 숨기고 야생 동물들을 관찰하는 동물학자와 같은 기분으로 빈 거실을 둘러보던 화자는 거실이 빛과 그림자의 일렁거림 속에 다양한 움직임과 소리로 가득 찬 살아 있는 공간이라 느끼는 반면 현관에 걸린 거울 속에 비친 같은 공간 속에서는 모든 움직임이 멈추고 고요한 정적에 휩싸여 있음을 발견한다. 거울에 비친 세계와 거울 바깥의 실세계가 화자의 시선을 통해 이렇게 기묘한 대조를 이루는 한편 화자는 정원에서 꽃을 꺾고 있을 이사벨라에 관해 상상의 나래를 편다. 이사벨라를 쉰이 넘은 독신녀로, 부유하고 세련되었으며 두루 여행도 많이 다닌 인물로 소개하지만 이러한 '사실'과 일상적인 대화를 통해서는 알 수 없는, 그녀의 존재 자체에 관한 진실을 추구하며 화자는 이사벨라의 마음을 마치 그녀의 거실처럼 알려지지 않은 다양하고 심오한 감정들이 끊임없이 유동하는 공간으로 상상한다. 마침내 정원에서 돌아오는 이사벨라가 현관에 걸린 거울에 비쳤을 때 화자는 거울 속의 정지된 이미지 속에 진정한 이사벨라의 모습을 포착할 수 있으리라 기대하지만 거울 속에 비친 이사벨라는 단지 늙고 주름 진 여인일 뿐이다. 울프의 장편소설에도 자주 등장하는 거울과 거울에 비친 상이 주요 모티프인 이야기로 차가운 거울 속에 각인된 패턴과 질서와 대비되어 일상적인 한순간이 내포하는 삶의 다채로움을 상상력으로 포착한다.

「연못의 매력」

—

박선옥

    울프에게 있어서 어떤 장소는 그곳의 역사가 스며 있는 곳이다. 그러므로 공간이란 시간을 초월하여 그곳에 머물렀던 많은 사람들의 영혼이 서로 소통할 수 있는 가능성의 의미로 다가오는 것이다. 이와 같은 일종의 초월론은 『댈러웨이 부인』에서 피터의 회상을 통해 언급되는 댈러웨이 부인의 철학에서도 나타나고 있다. "보이지 않는 영혼은 어쩌면 계속 살아남아서 이 사람, 혹은 저 사람에게 다시 소생하거나, 아니면 죽은 후에도 어떤 장소에 계속 머물러 있는 것인지도 몰라……" 이러한 사고의 바탕에는 죽음에 대한, 즉 그 영원한 소멸에 대한 두려움과, 그러한 죽음의 숙명을 타고난 인간들이 그 공동의 운명체 안에서 서로 발견하는 동료 의식이 동시에 깔려 있다. 그러므로 댈러웨이 부인이 젊은 시절 런던 시내를 달리는 이층 버스의 맨 앞좌석에 앉아서 모르는 사람들에게 손을 흔들며 그들과 동질감을 느끼듯이, 이 작품의 주인공 역시 연못가에 앉아서 예전에 그곳을 찾았던 알지 못하는 사람들과 일체가 되는 것을 느낀다. 1851년 산업 혁명이 개가를 올리던 시절, 이곳을 찾아와 물을 마시던 남자, 1660년대 청교도 혁명의 여운 속에서 군인들의 눈을 피해 연인과 연못을 찾아와 자살한 소녀, 그리고 커다란 잉어를 잡으려 했던 씩씩한 소년, 이렇게 연못을 찾았던 사람들의 목소리가 마치 잔영처럼 남아서 연못가를 맴돌고 있다. 이제는 또 하나의 역사적 흔적으로 남아 있던 농가의 매매를 알리는 흰색 광고판이 연못의 수면에 반사되어 있으나, 작가는 깊은 사색을 통해 그 수면 아래 잠겨 있는 더 깊은 곳의 목소리들을 이끌어낸다. 물론, 그 영혼들을 건져냈다고 느끼는 순간, 마치 비밀스런 진실처럼 그것들은 곧 빠져나가버리지만, 그러한 순간을 통해서 우리는 존재의 확장을 경험하며 연못가에서 행복한 명상에 잠기는 것이다.

「프라임 양」

—

이귀우

　이 작품은 울프 작품 특유의 섬세한 문체가 아니라 습작처럼 짧고 간결한 문장으로 한 인물을 만화같이 스케치하려 한 작품이다. 프라임 양의 이름은 최고급을 뜻하는 'prime'과 노처녀같이 깔끔 떠는 모습을 나타내는 'prim'이란 단어의 합성으로서, 이중적인 의미를 갖고 있으며 이 여주인공의 잘난 체하는 독선적인 성격을 잘 나타내고 있다. 프라임 양은 자기 나름대로 세상을 개선한다는 목적을 내걸고 낙후한 러섬 지방으로 온다. 그러나 그녀가 하는 일은 목사가 예배 도중 몰래 담배 피는 것을 잡아내고, 사람들이 '나쁜' 짓을 하는 것을 잡아내는 일이다. 그리고 여러 가지 봉사 활동을 하지만, 마음으로부터 우러나오는 겸손하고 따뜻한 도움이 아니라, 힘없는 약자들을 도우면서 자기만족을 얻는 독선적 행동들이다. 이 작품은 이러한 인물을 조롱하는 재미있는 작품이다.

「펜턴빌에 있는 정육점 간판에서 컷부시라는
이름을 보고 쓴 산문체 송시」

—

이귀우

이 작품은 무운시로 되어 있는 단편으로서, 「프라임 양」처럼 한 인물을 스케치하고 있다. 낭만적 성향을 가진 존 컷부시는 부모의 결정에 의해, 꽃장수와 정육업자 중에서 정육업자로 길러진다. 처음에 그의 사업은 번창하지만 나이가 들고 새로운 정육점에 손님을 빼앗기면서 몰락해간다. 울프가 이 인물을 생계 때문에 낭만적 꿈을 빼앗긴 인물로 동정하고 있는지, 중산층의 물질주의를 대표하는 인물로서 조롱하는지는 분명하지 않다. 마지막 연에서 작가는 경례를 보내지만 그것은 바로 뒤에 오는 "지나가면서passing"라는 단어로 존경심이 경감된다는 인상을 준다. 그러나 귀족 출신의 울프가 런던 변두리의 빈민촌을 지나가며 간판에 씌어 있는 '컷부시'라는 이름만을 보고서, 추측에 의해 그의 일생과 주변을 재구성하는 것은 울프 특유의 감수성이 발휘된 것이며, 또한 낯선 타인을 이해할 수 있는가라는 울프의 주제와 연결되어 있다.

「인물화 모음」

—

나병우

이 단편은 작가가 언니 바네사 벨과 1937년 2월에 논의하였던

『얼굴들과 목소리들』이란 제목의 공동 작품집의 한 부분으로 쓰인 것이다. 그 소재도 다양해서, 식당에서 음식을 기다리는 프랑스인 부부, 남편의 묘지를 찾아가는 프랑스 여인, 어머니와 아들, 어느 명사socialite, 탐미주의자, 잘난 체하는 중산층 등이 등장한다. 그려진 모든 인물화가 다 풍자적인 것은 아니다. 하지만 개개인을 포착하기보다는 사회적 유형을 그리려는 것이 울프의 목적이었다. 그리하여 독자들로 하여금 인간 행위의 여러 양상에 관심을 갖게 만들고, 또한 태도, 언어 사용 유형, 사고의 습관을 강조함으로써 충격을 주어 자아 인식에 이르게 하려는 것이다.

그런데 이 소품들은 기법상 발전하기보다는 퇴보하고 있음을 보여준다. 마치 버지니아 울프가 지금까지 시간의 대부분을 인물의 복잡성을 포착하려는 노력에 바친 후에 인물에 대한 접근을 단순화시킬 방법들을 실험하고 있는 것처럼 생각된다. 그녀의 작품 세계의 전체적 흐름에서 보면 이 단편들은 실험적, 현대적인 방향에서 훨씬 더 전통적인 방향으로 움직이고 있음을 보여주는 작품들이다.

「공작부인과 보석상」

—

김영주

"진짜일까, 아니면 가짜일까?" 「공작부인과 보석상」은 버지니아 울프가 1938년 『하퍼스 바자Harper's Bazzar』에 기고한 단편소설이다. 「공작부인과 보석상」은 사건 중심으로 이야기가 전개된다는 측면에서, 또 유태인을 주인공으로 설정하고 있다는 점에서 독특하다. 초기 원고에서와는 달리, 출판본에서는 보석상이 유태인임을 드러내는 직접적인 언급이 모두 수정 혹은 삭제되었다. 그러나 울프는 주인공 올리버 베이컨의 직업과 긴 매부리코, 그가 유년 시절을 보냈던 런던 화이트채플 지역의 유태인 거주지에 대한 묘사를 남겨놓음으로써 유태인이라는 그의 인종적 정체성이 감추어진 채로 분명히 드러나도록 했으며, 이 단편이 공작부인과 유태인 보석상 간의 은밀한 거래에 관한 이야기임을 분명히 암시하고 있다.

화이트채플지역에서 훔친 개와 싸구려 시계를 팔던 가난하고 교활한 유태인 소년이었던 올리버 베이컨은 이제 "영국에서 가장 부유한 보석상"이다. 런던의 중심지에 있는 고급 주택에 거주하고 말쑥한 맞춤 양복 차림으로 런던 번화가를 활보하지만, 베이컨은 아직도 "만족하지 못하고" "슬퍼하며" "여전히 더 멀리 떨어진 땅속에 있는 더 크고, 더 검은 송로"를 찾고자 한다. 금고에 가득 찬 보석을 손에 쥐고도 그가 찾는 송로버섯은 무엇이며 그가 꾸는 백일몽은 무엇일까? 「공작부인과 보석상」에서 베이컨은 귀족 저택에서 열리는 파티에 초대되어 공작부인의 딸을 만날 수 있으리라는 암시에 공작부인이 들고 온 진주를 감정도 하지 않고 거래를 한다. 공작부인이 남기고 간 진주를 들어 올리며 그가 던지는 질문, "진짜일까, 아니면 가짜일까?"는 진주에 대한 의문일 뿐 아니라 그가 찾던 송로, 그가 꾸는 꿈에 대한 것이다. 공작부인이 이만 파운드짜리 수표를 받아들고 떠난 뒤 베이컨은 "그가 땅속에서 찾아낸 송로"가 다름 아닌 "가운데가 썩은, 핵이 썩어버린!" 가짜 진주임을 알게 된다.

「공작부인과 보석상」은 유태인 보석상과 영국 공작부인이라는 인종과 신분의 차이를 대칭적으로 제시하는 듯하지만, 훔친

개를 되파는 소년이었던 유태인과 썩은 진주를 파는 공작부인 간의 거래라는 설정을 통해 대칭적인 이 두 축이 서로 맞물려 있음을 암시한다. 또한 이 단편소설은 단순히 유태인 보석상의 동화주의적 욕망과 공작부인으로 대변되는 영국성을 회화화하는 데 그치지 않는다. 가짜 진주의 거래를 성사시키고 공작부인은 화려한 깃털을 활짝 편 공작새처럼 영국성의 기품과 명망을 회복하고, 가짜 진주임을 알고 나서도 베이컨은 송어가 솟아오르는 강이 있는 장원의 영지에서 귀족의 딸을 만난 것을 꿈꾼다. 「공작부인과 보석상」의 마지막 장면은 인종과 문화의 차이와 배타, 동화와 포섭 사이에서 베이컨이 꿈꾸는 영국성이 규정됨을 보여주며, 특히 경제 자본과 문화 자본의 구조 속에서 영국성은 여전히 교환의 가치로 매겨짐을 암시한다. (본 해설의 자세한 논의는 「영국성과 반유태주의」: 버지니아 울프의 「공작부인과 보석상」, 『영미문학페미니즘』20권 2호 참조. 본 해설의 일부 구문은 위 논문의 일부를 사용했음.)

「유산」

—

박희진

줄거리를 요약하면 다음과 같다. 당대의 유명한 정치가(길버트 클랜든)의 아내(안젤라 클랜든)가 교통사고를 가장해 자살하는데, 그녀가 희한한 유산(일기장)을 남편에게 남긴 사실이 뒤늦게 알려진다는 것이다. 길버트는 감수성이 둔하고 오만하며 지독한 속물이다. 그의 아내 안젤라는 이름이 암시하듯이 가부장 사회의 가정에서 여성에게 강요된 '집 안의 천사'라는 역할에 충실하면서 한동안 열심히 살아간다. 그러던 어느 날 아무리 해도 채워지지 않는 자기실현의 욕구가 감당할 수 없는 지경에 이른 그녀는 남편의 허락을 얻어 빈민 봉사 활동에 뛰어든다. 그녀는 여기서 'B. M.'이라는 하류계급의 남자를 만나 사랑에 빠지고, 결국은 두 사람 모두 자살하는 비극적 결말을 맞는다.

작품에서는 모든 것이 길버트의 눈을 통해 여과된다. 그의 상징적인 장님 상태는 작품의 주제와 플롯에 없어서는 안 되는 중요한 역할을 한다. 수많은 아이러니가 이 작품에 드러나는 것도 그의 시각의 한계에서 비롯된 소산이다.

울프가 전통적 수법으로 쓴 이 작품이 뜻밖에 독자들의 사랑을 많이 받고 널리 읽히고 있는 이유는 무엇일까? 이 작품의 메시지가 공감을 불러일으키기 때문일까? 이 이야기의 메시지는 우리 인간은 남녀 불문하고 삶에서 의미를 찾지 못하면 살아갈 수 없다는 것이다. 의식의 흐름 작가로 주로 알려진 울프가 전통적인 수법으로 쓴 이 작품을 독자들이 좋아하는 것은, 혹시 우리가 조각가로 유명한 로댕의 그림을 보고 감탄하고, 추상화가로 친숙한 피카소의 구상화를 보고 놀라며 반기는 것과 같은 이치는 아닐까?

「상징」

—

오진숙

이 작품은 알프스 마을에서 휴가(혹은 휴양) 중인 어떤 부인이 자신의 언니에게 편지를 쓰면서 그 마을 어디에서나 보이는 높은 산의 상징성에 대해 생각하는 것들을 기록하고 있다. 그녀는 될 수 있으면 상투적인 해석을 피하려고 하며 몽상에 빠져들기도 하는데, 옛날 아픈 엄마를 혼자서 돌보면서 자신이 해방되고 결혼도 하기 위해 엄마가 빨리 돌아가시기를 고대했던 매정한 시절을 회상하기도 한다. 어머니가 돌아가시면 자신은 산이나 혹은 구름 위에라도 있는 듯이 느껴질 것이라고 생각했다는 것이다. 무언가 비현실적인 듯한 인상을 주는 알프스 마을과 주민들의 묘사를 편지에 담고 있던 그녀는 편지를 쓰기 시작할 때 먼 산에서 등산을 시작했던 등반객들이 빙하의 틈새로 사라지는 것을 목격한다. 그들이 발견하려 했던 그 산의 상징성은 인간 삶에 대해 무엇을 말해주는 것일까? 작품 첫 부분에 나타난 불모의 산정상의 모습과 이야기 전체에 산재해 있는 무덤, 엄마의 죽음, 고통, 질병, 등반객의 죽음에 대한 언급 등은 산이나 혹은 있는 것 중 하나가 죽음임을 강력하게 암시하고 있다. 그렇다면 죽음은 또한 어떤 의미를 가지는가? 산은 다른 어떤 것을 또 상징하는가? 해방? 자유일까? 울프의 죽음에 가까이 와 있는 모호한 이 작품의 의미 발견은 진지한 독자의 몫일 것이다.

울프의 말년의 일기에는 다음과 같이 씌어 있다. "나는 산의 정상에 대한 꿈 이야기를 쓰고 싶다. 이제 왜? 눈 속에 누워 있는 것에 대하여. 색깔, 침묵…… 그리고 고독에 대하여……"(1937년 6월 22일) "산의 정상과 같은 순간들이 참으로 드물다. 내 말은 높은 고지에서 평화를 내다보는 것 말이다."(1938년 11월 16일) "높은 압력의 어떤 순간들을 달여내고 싶다. 나는 나의 산의 정상 ─ 가시지 않는 비전 ─ 을 출발점으로 삼으려고 한다."(1940년) 이 작품의 배후에는 울프가 죽기 일 년 전에 언급하고 있는 이러한 '가시지 않는 비전'이 놓여 있다고 흔히들 말한다. 그 비전이란 무엇일까?

「해변 휴양지」

—

김금주

「해변 휴양지」는 체호프Anton Chekhov의 영향을 받은 작가들 사이에서 1920~30년대에 유행한 짧은 단편의 일종이다. 이런 종류의 글은 플롯이 없이 일련의 사건을 특정하게 배치하고 강조함으로써 하나의 유형을 제시한다. 작품은 해변의 도시와 주민들에 대한 묘사로 시작하여, 영화에서처럼 레스토랑의 숙녀 화장실 장면으로 바뀐다. 남자들에 대한 여성들의 대화는 「큐 가든」에 등장하는 두 명의 여성들의 대화처럼 천박하고 진부하다. 화장실 변기의 물이 솟아오르고, 밤의 도시 정경을 불빛 속에서 돋보이는 뼈대에 비유하는 짧은 묘사가 이어지며 장면은 끝난다. 울프는 이 작품에서 산문으로 표현하기 매우 어려운 형식에 도달하려는 시도를 하고 있다.

울프는 1941년 2월 26일의 일기에 「해변 휴양지」에 나오는 여성들의 대화처럼 브라이턴의 한 레스토랑에 있는 숙녀 화장실에서 그녀가 엿들은 대화를 기록하였다. 울프는 일기에서 이 대화에 대해 교훈적인 논평을 덧붙였다. "내가 문 뒤에 앉아 있는 동안 그들, 천박한 여자들은 파우더를 바르고 화장을 하고 있다." 당시 영국이 역사상 최악의 전쟁 속으로 뛰어들어 생존을 위해 투쟁하였다는 점을 고려해볼 때, "천박한 여자들"에 대한 울프의 혐

516

오감은 그녀가 그 시대에 대해 일반적으로 품었던 낙담의 일부로 볼 수 있다.

버지니아 울프 연보

1882년	1월 25일, 런던 켄싱턴에서 출생.
1895년	5월 5일, 어머니 사망, 이해 여름에 신경증 증세 보임.
1899년	'한밤중의 모임Midnight Society'을 통해 리튼 스트레이치, 레너드 울프, 클라이브 벨 등과 친교를 맺음.
1904년	아버지, 레슬리 스티븐 사망. 5월 10일, 두 번째 신경증 증세 보임. 이 층 창문에서 투신자살을 시도하나 미수에 그침. 10월, 스티븐 가의 네 남매, 토비, 바네사, 버지니아, 에이드리안은 아버지의 빅토리아 시대를 상징하는 하이드 파크 게이트를 떠나 블룸즈버리로 이사함. 12월 14일, 서평이 『가디언*The Guardian*』에 무명으로 실림.
1905년	3월 1일, 네 남매가 블룸즈버리에서 파티를 열면서 이후 '블룸즈버리 그룹Bloomsbury Group'이라는 예술가들의 사교적인 모임을 탄생시킴. 정신 질환 앓음. 네 남매가 함께 대륙 여행을 함. 근로자들을 위한 야간 대학에서 가르침. 『타임스*The Times*』의 문예 부록에 글을 실음.
1906년	오빠인 토비가 함께했던 그리스 여행에서 돌아온 후 장티푸스로 사망.
1907년	블룸즈버리 그룹을 통해 덩컨 그랜트, J. M. 케인스, 데스몬드 매카시 등과 친교를 맺음.

1908년	후에 『출항 *The Voyage Out*』으로 개명된 『멜림브로지어』를 백 장가량 씀.
1909년	리튼 스트레이치가 구혼했으나, 결혼이 성사되지 않음.
1910년	1월 10일, 변장을 하고 에티오피아 황제 일행이라 사칭하고 전함 드레드노트 호에 탔다가 신문 기삿거리가 됨. 7~8월, 요양소에서 휴양. 11~12월, 여성 해방 운동에 참가.
1911년	4월, 『멜림브로지어』를 8장까지 씀.
1912년	1월 11일, 레너드 울프가 구혼함. 5월 29일, 구혼을 받아들여 8월 10일 결혼.
1913년	1월, 전문가로부터 아기를 낳는 것이 건강에 좋지 않다는 진단 결과를 들음. 7월, 『출항』 완성. 9월 9일, 수면제 백 알을 먹고 자살 기도.
1914년	8월 4일, 제1차 세계대전 발발. 리치몬드의 호가스 하우스로 이사.
1915년	최초의 장편소설 『출항』을 이복 오빠가 경영하는 덕워스 출판사에서 출간.
1917년	수동 인쇄기를 구입하여 7월에 부부가 각기 이야기 한 편씩을 실은 『두 편의 이야기 *Two Stories*』를 출간.
1918년	3월, 두 번째 장편 『밤과 낮 *Night and Day*』 탈고. 몽크스 하우스를 빌려 서재로 사용.
1920년	7월, 단편 「쓰어지지 않은 소설 An Unwritten Novel」 발표. 10월, 단편 「단단한 물체들 Solid Objects」 발표, 『제이콥의 방 *Jacob's Room*』 집필.
1921년	3월, 실험적 단편집 『월요일 아니면 화요일 *Monday or Tuesday*』을 호가스 출판사에서 출간. 「유령의 집 A Haunted House」, 「현악 사중주 The String Quartet」, 「어떤 연구회 A Society」, 「청색과 녹색 Blue and Green」

등이 수록됨. 11월 14일, 세 번째 장편 『제이콥의 방』 완성.

1922년	심장병과 결핵 진단을 받음. 9월에 단편 「본드 가의 댈러웨이 부인Mrs Dalloway in Bond Street」을 씀. 10월 27일, 『제이콥의 방』 출간.
1923년	진행 중인 장편 『댈러웨이 부인*Mrs Dalloway*』을 『시간들*The Hours*』로 가칭함.
1924년	5월, 케임브리지의 '이단자회'에서 현대 소설에 대해 강연. 그 원고를 정리한 『베넷 씨와 브라운 부인 *Mr Bennet and Mrs Brown*』을 10월 30일에 출간. 『댈러웨이 부인』 완성.
1925년	5월, 『댈러웨이 부인』 출간. 장편 『등대로*To the Lighthouse*』 구상, 장편 『올랜도*Orlando*』 계획.
1927년	1월 14일, 『등대로』 출간. 5월에 단편 「새 옷The New Dress」 발표.
1928년	1월, 단편 「슬레이터네 핀은 끝이 무뎌Slater's Pins Have No Points」 발표. 3월, 『올랜도』 탈고. 4월에 페미나Femina상 수상 소식 들음.
1929년	3월, 강연 내용을 보필한 『여성과 소설*Woman and Fiction*』 완성. 10월에 『여성과 소설』을 『자기만의 방 *A Room of One's Own*』으로 개명하여 출간. 12월에 단편 「거울 속의 여인: 반영The Lady in the Looking-Glass: A Reflection」 발표.
1931년	『파도*The Waves*』 출간.
1933년	1월, 『플러쉬*Flush*』 탈고.
1937년	3월 15일, 장편 『세월*The Years*』 출간.
1938년	1월 9일, 『3기니*Three Guineas*』 완성. 4월, 단편 「공작부인과 보석상The Dutchess and the Jeweller」 발표, 20년

전의 단편 「라뺑과 라삐노바Lappin and Lapinova」 개필.

1939년   리버풀 대학에서 명예박사 학위를 수여하려 했으나
          사양함. 9월, 독일의 침공, 런던에 첫 공습이 있었음.

1940년   8~9월, 런던에 거의 매일 공습이 있었음. 10월 7일,
          런던 집이 불탐.

1941년   2월, 『막간Between the Acts』 완성. 3월 28일 오전 11시
          경, 우즈 강가의 둑으로 산책을 나간 채 돌아오지 않
          음. 강가에 지팡이가, 진흙 바닥에 신발 자국이 있었
          음. 이틀 뒤에 시체 발견. 오랫동안의 정신 집중에서
          갑자기 해방된 데서 오는 허탈감과 재차 신경 발작
          과 환청이 올 것에 대한 공포 등이 자살 원인이라고
          추측함. 7월 17일, 유작 『막간』 출간.

수록 작품 일람

창작 시기	작품명	옮긴이
초기작	필리스와 로자먼드	서지문
	불가사의한 V 양 사건	서지문
	조앤 마틴 양의 저널	정명희
	펜텔리쿠스 산정에서의 대화	윤희환
	어느 소설가의 전기	나병우
1917~1921	벽 위에 난 자국	정명희
	큐 가든	박선옥
	저녁 파티	김정
	단단한 물체들	김정
	동감	김정
	씌어지지 않은 소설	김정
	유령의 집	박희진
	어떤 연구회	이귀우

	월요일 아니면 화요일	박희진
	현악 사중주	정명희
	청색과 녹색	박선옥
1922~1925	밖에서 본 여자대학	진명희
	과수원에서	오진숙
	본드 가의 댈러웨이 부인	박선옥
	럭튼 유모의 커튼	오진숙
	과부와 앵무새: 한 편의 실화	오진숙
	새 옷	정명희
	행복	오진숙
	조상들	정덕애
	소개	진명희
	만남과 헤어짐	손현주
	동족을 사랑한 남자	진명희
	단순한 멜로디	윤화지
	하나의 요약	윤화지
1926~1941	존재의 순간들: 슬레이터네 핀은 끝이 무뎌	나영균
	거울 속의 여인: 반영	김영주
	연못의 매력	박선옥

세 개의 그림   천승걸

어느 영국 해군 장교의 생활 현장   김보회

프라임 양   이귀우

펜턴빌에 있는 정육점 간판에서   이귀우
컷부시라는 이름을 보고 쓴 산문체 송시

인물화 모음   나병우

반야 아저씨   정덕애

공작부인과 보석상   김영주

사냥꾼 일행   홍덕선

라삥과 라삐노바   박희진

탐조등   이영옥

잡종견 집시   윤희환

유산   박희진

상징   오진숙

해변 휴양지   김금주

옮긴이 소개

김금주

연세대학교 인문학연구원 전문연구원. 연세대학교 영어영문학과를 졸업, 동 대학원에서 박사 학위. 주요 저서로『여성신화 극복과 여성적 가치 긍정하기』가 있다. 주요 논문으로「여성신화에서 탈주하기: 도리스 레싱의『황금색 공책』」,「울프의『파도』에 나타난 자기 창조의 문제: 니체의 '생성'을 중심으로」,「『댈러웨이 부인』에 나타난 생성의 순간들: 니체 철학을 중심으로」 등이 있다. 옮긴 책으로『밤과 낮』,『버지니아 울프 문학 에세이』(공역),『나방의 죽음』(공역) 등이 있다.

김보희

부경대학교 명예교수 역임. 부산대학교 영문과 및 동 대학원 졸업. 미시간대학교(University of Michigan, 1982년), 하버드대학교(Harvard University, 1984년), 케임브리지대학교(Cambridge University, 1991년), 버클리대학교(UC Berkeley, 2002년) 객원교수. 지은 책으로『버지니아 울프의 문학과 페미니즘』(2003),『버지니아 울프』(1987),『여성과 문학』I. II. III.(공저, 1999),『소설과 이론』(공저, 1993),『혼자만의 방』(해설, 1994)이 있고, 논문으로는「버지니아 울프와 영국 문화」,「나

혜석과 버지니아 울프 비교」, 「에코페미니즘과 조선 시대 페미니즘 비교」 등이 있다.

김영주

서강대학교 영미어문전공 교수. 연세대학교 영어영문학과 및 동 대학원 졸업, 텍사스A&M대학교Texas A&M University에서 박사 학위. 주요 논문으로 「영국 소설에 나타난 문화지리학적 상상력: 가즈오 이시구로의 『지난날의 잔재』와 그레이엄 스위프트의 『워터랜드』를 중심으로」, 「"가슴속의 이 빛이": 버지니아 울프와 고딕미학의 현대적 변용」, 「잔혹과 매혹의 상상력: 안젤라 카터의 동화 다시 쓰기」 등이 있으며 지은 책으로 『영국문학의 아이콘: 영국신사와 영국성』, 『20세기 영국소설의 이해』 II(공저), 『여성의 몸: 시각, 쟁점, 역사』(공저) 등이 있다.

김정

가톨릭대학교 영문학과 교수 역임. 영국 런던대학교 퀸 메리 칼리지에서 현대 영국 문학을 공부했고, 서강대학교에서 박사 학위. 현대 영국 소설 전공으로 버지니아 울프와 최근의 영국 소설가들에 대한 논문을 주로 썼다. 지은 책으로 『거울 속의 그림』, 『바람의 옷』, 『20세기 영국 소설의 이해』(공저) 등이 있으며 옮긴 책으로 『부엉이가 내 이름을 불렀네』, 『호텔 뒤락』, 『제이콥의 방』, 『버지니아 울프 문학 에세이』(공역), 『버지니아 울프 단편집』(공역) 등이 있다.

나병우

경성대학교 영어영문학과 교수. 서울대학교 영문과를 졸업, 동 대학원에서 박사 학위. 논문으로 「Virginia Woolf 연구 – 커뮤니케이션을 중심으로 – 」, 「버지니아 울프의 초기 소설 연구」, 「존 파울즈의 서술 전략」, 「프랑스 중위의 여자와 페미니즘」 등이 있다.

나영균

이화여자대학교 명예교수. 이화여자대학교 영문과 및 동 대학원을 졸업. 지은 책으로 『콘래드 연구』, 『현대 영미 소설의 이해』, 『현대 여성 소설의 이해』 등이 있고, 옮긴 책으로 버지니아 울프의 『댈러웨이 부인』, 『등대로』 등이 있다.

박선옥

동국대학교 영문과 강사 역임. 동국대학교 영문과 및 동 대학원 졸업. 영국 노팅엄대학교University of Nottingham에서 박사 후 과정. 논문으로 「버지니아 울프의 은유」, 「『위대한 유산』의 틀 짜기」, 「『파도』에 나타난 자살적 언어」, 「울프의 『플러쉬』: 농담으로 다가간 언어의 경계」 등이 있고, 옮긴 책으로는 『내 심장을 향해 쏴라』(2001) 등이 있다.

박희진

서울대학교 명예교수. 서울대학교 영문과와 동 대학원 졸업, 미국 인디애나대학교에서 박사 학위. 논문집으로 「The Search beneath Appearances: The Novels of Virginia Woolf and Nathalie Sarraute」, 옮긴

책으로『의혹의 시대』,『잘려진 머리』,『영문학사』,『등대로』,『파도』,
『올랜도』,『상징주의』,『다다와 초현실주의』,『어느 작가의 일기』등
이 있고, 지은 책으로『버지니아 울프 연구』,『페미니즘 시각에서 영
미소설 읽기』,『그런데도 못 다한 말』이 있다.

서지문

고려대학교 영문과 명예교수. 이화여자대학교 영문과 졸업. 미국 뉴
욕주립대학교에서 박사 학위. 지은 책으로『인생의 기술: 빅토리아
조 문필가들의 윤리적 미학관 연구』,『서지문의 소설 속 인생』,『영국
소설을 통해 본 영국 신사도의 명암』, 영역서로『The Rainy Spell and
Other Korean Stories』,『Brother Enemy: Poems of the Korean War』,『The
House with a Sunken Courtyard』등이 있다.

손현주

서울대학교 인문학연구원 HK연구교수. 서울대학교 인문대학 영어
영문학과 졸업 및 동 대학원 석사, 영국 버밍엄대학교에서 박사 학위.
옮긴 책으로『버지니아 울프 문학 에세이』(공역)가 있다.

오진숙

연세대학교 학부대학 대학영어과 교수. 미국 로드아일랜드대학교에
서 박사 학위. 옮긴 책으로『자기만의 방』,『버지니아 울프 문학 에세
이』(공역)가 있다.

윤화지

한신대학교 명예교수. 이화여자대학교 영문과 졸업, 미국 페어리디 킨슨대학교Fairleigh Dickinson University에서 영문학 석사 학위, 서강 대학교 대학원에서 영문학 박사 학위. 논문으로 「Duality of Imagery in Virginia Woolf's novels」, 「The significance of Time as a Thematic Device in Virginia Woolf's Mrs. Dalloway」, 「Images of Light and Darkness: An approach to the World of Virginia Woolf's Imagination」, 「The Sea Imagery in Virginia Woolf's To the Lighthouse」 등이 있다.

윤희환

강남대학교 교수. 서울대학교 영문과 및 동 대학원 졸업. 논문으로 「제임스 조이스의 에피퍼니 연구」가 있고, 옮긴 책으로는 『잔잔한 평화, 강렬한 기쁨』, 『뜨거운 태양 아래서』가 있으며, 시집 『간이역에 서』를 출간하였다.

이귀우

서울여자대학교 영어영문학과 명예교수. 미국 뉴욕주립대학교(빙엄턴)에서 박사 학위. 지은 책으로 『페미니즘 어제와 오늘』(공저), 『20세기 미국소설의 이해』(공저) 등이 있으며, 옮긴 책으로 『피로 물든 방』, 『버지니아 울프 문학 에세이』(공역)가 있다.

이영옥

성균관대학교 명예교수. 이화여자대학교 영문과 졸업. 미국 하와이 대학교 미국학과에서 박사 학위. 지은 책으로 『N. 호손과 R. P. 워런,

그 비극적 주제』가 있고, 옮긴 책으로는 데이비드 데이치스D. Daiches 의 『소설과 현대』 등이 있다.

정덕애

이화여자대학교 영어영문학과 명예교수. 미국 뉴욕주립대학교(올버니)에서 박사 학위. 옮긴 책으로 울프의 문학예술 에세이집 『끔찍하게 민감한 마음』, 울프의 일기 편역인 『그래도 나는 쐐기풀 같은 고통을 뽑지 않을 것이다』, 『마저리 켐프 서』 등이 있으며, 그 밖에 영국 르네상스 문학에 관한 논문 등이 있다.

정명희

국민대학교 영어영문학부 교수. 연세대학교 영문과 졸업, 미국 뉴욕대학교New York University에서 박사 학위. 논문으로 「『제이콥의 방』—버지니아 울프와 월터 페이퍼」, 「다시 쓰는 댈러웨이 부인」, 「Mediating Virginia Woolf for Korean Readers」 등이 있고, 옮긴 책으로 『댈러웨이 부인』, 『막간』, 『버지니어 울프: 존재의 순간들, 광기를 넘어서』 등이 있다.

진명희

한국교통대학교 글로벌어문학부 영어영문학전공 교수. 한국외국어대학교에서 박사 학위. 주요 논문으로 「『마음의 죽음』: 엘리자베스 보웬의 삶의 비전에 관한 서사」, 「정원 가꾸기와 글쓰기: 마사 발라드와 가브리엘 루아」, 「『광막한 사르가소 바다』: 대항담론으로서의 자전적 서사」, 「울프의 식탁과 예술적 상상력」 등이 있으며, 옮긴 책으로 『출항』, 『버지니아 울프 문학에세이』(공역), 『유산』(공역), 『불가사의한 V양 사건』(공역)이 있다.

천승걸

서울대학교 명예교수 역임. 서울대학교 영문과 및 동 대학원 졸업. 미국 아이오와대학교 대학원 미국학과 졸업. 예일대학교 교환교수 및 아이오와대학교 객원교수 역임. 지은 책으로 『미국 문학과 그 전통』, 『미국문학개관』 등이 있고, 옮긴 책으로 『현대 소설과 의식의 흐름』, 『자연주의』, 『나사니엘 호손 단편선』 등이 있다.

홍덕선

성균관대학교 교수. 성균관대학교 영문과 졸업. 미국 사우스캐롤라이나대학교에서 박사 학위. 지은 책으로 포스트모던 영국소설의 세계』, 『몸과 문화』, 『제임스 조이스 문학의 길잡이』 등이 있으며, 옮긴 책으로 『혹스무어』, 『젊은 예술가의 초상』, 『기적의 필름 클럽』, 『훌륭한 군인』 등이 있다.

버지니아 울프 전집 10

버지니아 울프 단편소설 전집
The Complete Shorter Fiction of Virginia Woolf

1판 1쇄 발행	2020년 5월 8일
1판 2쇄 발행	2020년 11월 5일
지은이	버지니아 울프
옮긴이	한국 버지니아 울프 학회
펴낸이	임양묵
펴낸곳	솔출판사
편집장	윤진희
편집	최찬미 윤정빈
디자인	오주희
마케팅	이원지
제작관리	박정윤
주소	서울시 마포구 와우산로29가길 80(서교동)
전화	02-332-1526
팩시밀리	02-332-1529
홈페이지	www.solbook.co.kr
이메일	solbook@solbook.co.kr
출판등록	1990년 9월 15일 제10-420호

ⓒ 한국 버지니아 울프 학회, 2019

ISBN	979-11-6020-138-3　(04840)
	979-11-6020-137-6　(세트)